Judith Lennox
Meine ferne Schwester

PIPER

Zu diesem Buch

»Sie hätte alles getan, um ihrer Schwester die Last zu erleichtern. Nur fürchtete sie, dass nichts diese Last erleichtern konnte.« Thea ist sechs Jahre alt, als ein tragischer Segelunfall ihr die Mutter nimmt. Sie selbst überlebt nur dank ihrer großen Schwester Rowan. Der Unfall schweißt die beiden eng zusammen, doch es gibt Momente, in denen ist Thea die ältere Schwester fremd. Warum spricht Rowan kaum über die Mutter? Warum ist sie so verschlossen, wenn es um die Ereignisse von damals geht? Und warum ist sie so unglücklich? Thea ahnt, dass ein Geheimnis die Vergangenheit ihrer Familie überschattet. Doch erst als der Zweite Weltkrieg ausbricht und die Schwestern um ihr Leben und ihre Liebsten fürchten, stellen sie sich der Wahrheit.

Judith Lennox, geboren 1953 in Salisbury, wuchs in Hampshire auf. Sie ist eine der erfolgreichsten Autorinnen des modernen englischen Gesellschaftsromans und gelangt mit jedem neuen Buch auf die deutschen Bestsellerlisten. Judith Lennox liebt Gärtnern, lange Wanderungen, alte Häuser und historische Stätten. Sie lebt mit ihrem Mann in Cambridge. Die beiden sind Eltern dreier erwachsener Söhne.

Judith Lennox

Meine ferne Schwester

Roman

Aus dem Englischen von
Mechtild Ciletti

PIPER

Mehr über unsere Autorinnen, Autoren und Bücher:
www.piper.de

Wenn Ihnen dieser Roman gefallen hat, schreiben Sie uns unter Nennung des Titels »Meine ferne Schwester« an *empfehlungen@piper.de*, und wir empfehlen Ihnen gerne vergleichbare Bücher.

Von Judith Lennox liegen im Piper Verlag vor:

Bis der Tag sich neigt
Serafinas später Sieg
Der Garten von Schloß Marigny
Die geheimen Jahre
Das Winterhaus
Tildas Geheimnis
Am Strand von Deauville
Picknick im Schatten
Die Mädchen mit den dunklen Augen
Zeit der Freundschaft
Das Erbe des Vaters
Alle meine Schwestern
Der einzige Brief
Das Haus in den Wolken
Das Herz der Nacht
Der italienische Geliebte
An einem Tag im Winter
Ein letzter Tanz
Die Frau des Juweliers
Das Haus der Malerin
Meine ferne Schwester
Die Jahre unserer Freundschaft

Unser Versprechen für mehr Nachhaltigkeit
• Klimaneutrales Produkt
• FSC®-zertifiziertes Papier
• Hergestellt in Europa

FSC
www.fsc.org
MIX
Papier | Fördert gute Waldnutzung
FSC® C021394

Ungekürzte Taschenbuchausgabe
ISBN 978-3-492-31815-0
Januar 2023

Titel der englischen Originalausgabe:
»The Secrets Between Us«, Headline Review, London 2020

erschienen im Verlagsprogramm Pendo
Redaktion: Christine Neumann
Umschlaggestaltung: u1 berlin / Patrizia Di Stefano
Umschlagabbildung: Ildiko Neer / Arcangel Images; Jose A. Bernat Bacete / Getty Images; Daniel Vernon / Alamy Stock Foto
Satz: Fotosatz Amann, Memmingen
Gesetzt aus der Stempel Garamond
Druck und Bindung: ScandBook UAB, Litauen
Printed in the EU

Für Macsen James Bethencourt-Smith

Teil 1

Wetterumschwung

1937–1939

I

Dezember 1937

Patrick hatte zur Cocktailparty der Manninghams nicht mitkommen wollen. Verärgert schob Rowan die Absage ihres Mannes auf den Streit, der sich am Morgen beim Frühstück mit weichen Eiern und Toast zwischen ihnen entzündet hatte. Er wünschte, dass sie schon am Heiligen Abend zu seinem Vater nach Guildford reisten, während sie den Besuch so lange wie möglich hinausschieben und erst am ersten Feiertag fahren wollte. Sie war dann ohne Patrick mit ihrer gewohnten Clique losgezogen, den Charlburys, den Wiltons und den Vaughans – nicht zu vergessen Nicky Olivier, der, in Hochform an diesem Abend, von einem halben Dutzend Bewunderern umgeben in seinem Polstersessel Hof hielt und über die Gastgeber spottete.

Etwas abseits im großen, mit scharlachroter Tapete ausgeschlagenen Salon mixte Davey Manninghams Butler alkoholreiche Cocktails, die im Hinblick auf Weihnachten mit einem stachligen Ilexzweiglein dekoriert waren. Auf dem Klavier klimperte jemand Weihnachtslieder, Düfte von Nelke und Orange hingen in der Luft, und im offenen Kamin knisterten Apfelholzäste. Die Frauen trugen Kleider in Smaragdgrün, Eau de Nil, Türkis, Orange und Babyrosa.

Jemand sagte: »Mrs Scott, wie reizend!«, und als Rowan,

die auf einem der voluminösen Sofas saß, den Blick hob, erkannte sie Simon Pemberton, einen Cousin ihrer besten Freundin, Artemis Wilton. Sie war ihm früher schon auf Bällen und in Konzerten begegnet und murmelte jetzt eine kurze Begrüßung.

»Ich war eine Weile lahmgelegt«, erklärte er, halb über die Armlehne des Sofas gebeugt. »Ein Verwandter von mir war krank und brauchte mich. Die letzten drei Wochen habe ich auf dem Land zugebracht. Es ist eine Erlösung, zurück in der Zivilisation zu sein«, schloss er mit einem theatralischen Schaudern.

Es schmeichelte ihr, dass er ihre Aufmerksamkeit suchte. Von seinem Blick umfasst, spürte sie ein Prickeln angenehmer Erregung, die Ahnung einer Aussicht auf Tröstung und Abenteuer. Simon Pemberton war ein hochgewachsener Mann mit kurz geschnittenem kastanienbraunem Haar und tiefblauen Augen, im Profil wirkte sein Kopf wie der eines noblen römischen Senators: Adlernase, leicht grausamer Zug um den Mund.

»Mögen Sie das Land nicht?«, fragte sie.

Seine Mundwinkel zogen sich abwärts. »Fischen und Jagen sagen mir wenig, und was sonst kann man dort schon unternehmen? Es gibt keine nennenswerten Kunstmuseen in Suffolk, wo mein Onkel lebt, und kaum Gelegenheit, Konzerte zu hören, die nicht absolut amateurhaft sind. Und die Leute, mit denen man dort zu tun hat … Ist es möglich, dass Feld, Wald und Wiese jegliches Konversationstalent ersticken? Oder verkriechen sich vielleicht alle, die nicht mit ihm gesegnet sind, ganz bewusst auf dem Land?«

»Mir fehlt das Land, wenn ich zu lange in der Stadt bin«, sagte Rowan. »Sie nimmt mir die Luft.«

»Und doch leben Sie in der Stadt.«

»Es geht nicht anders. Wegen Patricks Arbeit.« Ihr Mann war Prozessanwalt, der regelmäßig bei den höheren Gerichten zu tun hatte.

Er setzte sich neben sie. »Mich hat die Ehe nie gelockt. Was hat sie schon zu bieten außer Einengung des Blickfelds und der Möglichkeiten?«

Obwohl ihre Ehe sich als herbe Enttäuschung erwiesen und sie immer mehr das Gefühl hatte, dass Patrick in jeder Hinsicht anders war als sie, ärgerte sie Simons Urteil.

»Sie bietet Sicherheit«, entgegnete sie. In der Rückschau allerdings fragte sie sich, ob sie nicht Sicherheit mit Liebe verwechselt hatte, als sie Patrick geheiratet hatte.

»Ich hatte das Glück, immer in gesicherten Verhältnissen zu leben«, fügte sie hinzu. »Aber bei uns Frauen ist es anders, wir sind von den Männern abhängig. Und Liebe – gibt es die allein in der Ehe? Ganz ehrlich, gibt es sie überhaupt noch in der Ehe, wenn die ersten Momente der Glückseligkeit vorbei sind?«

»Angemessen zynisch.«

»Verzeihen Sie. Stimmt, Zynismus ist billig und hässlich dazu. Sie haben recht, Optimismus kostet mehr Mühe, gerade heutzutage«, sagte sie, da sie vermutete, dass seine Bemerkung sich auf die Nachrichten bezog, die Gräuel des Bürgerkriegs in Spanien und das bedrohliche Umsichgreifen des Faschismus in Deutschland und Italien. »Man hat ja beinahe Angst, die Zeitung aufzuschlagen.«

Schnell und geschickt lenkte er das Gespräch in andere Bahnen. Sie unterhielten sich über zeitgenössische Kunst – er bewunderte Ben Nicholson und Stanley Spencer, für Henry Moore hingegen hatte er nur Verachtung übrig.

Die Kunst abgehakt, wandten sie sich dem Theater zu,

während der Pianist *The Holly and the Ivy* herunterhämmerte. Simon gab vor, jedes interessante Stück in London gesehen zu haben. »Nicht, dass es mehr wären, als sich an den Fingern einer Hand abzählen lassen«, erklärte er. »Das Theater ist ausgebrannt, ein Schatten dessen, was es in seiner Blüte zu Zeiten Edwards VII. war. Im West End gibt es nichts als absolut grässliche Revuen und ordinäre Musicals.«

»Sie mögen keine Musicals?«

»Wer mit einem Funken Intelligenz mag die schon?«

»Ich liebe sie. Und das Kino? Gehen Sie ins Kino?«

»Nie wieder. Ich war einmal dort und fand es fürchterlich.«

Sie lächelte. »Vielleicht haben Sie sich den falschen Film angesehen?«

»Das glaube ich nicht. Diese schlechte Luft, der Gestank von billigen Zigaretten und Dienstmädchenparfum ... diese geballten Horden mit ihrem Popcorn und ihrem Eis. Und die Banalität der Geschichte auf der Leinwand – es war unerträglich.«

»Ich gehe gern allein, am Nachmittag.« Simon war so überzeugt von sich und seiner Meinung, dass Rowan sich eine kleine Provokation nicht verkneifen konnte. »Es hat so etwas herrlich Dekadentes.«

»Und das gefällt Ihnen? Ich verabscheue diese Leute, die nach Dekadenz um ihrer selbst willen streben und so tun, als genössen sie es, sich in irgendwelchen heruntergekommenen Kaschemmen mit kreischender Jazzband herumzutreiben, weil sie glauben, das mache sie interessanter.«

»Du meine Güte!« Sie warf ihm einen belustigten Blick zu. »Muss ich jetzt Jazzmusik und Nachtlokale auf die Liste der Dinge setzen, die Sie nicht mögen?«

»Es ist doch wahr! Was ist dieses dumme Zeug im Vergleich mit einer Arie aus der *Zauberflöte* … oder einem Gemälde von Velazquez? Oder der Szene in *Giselle*, wenn die Ballerina über die Bühne zu schweben scheint wie das Geistwesen, das sie spielt?«

Rowan kannte selbst diese Momente, da einem der Atem stockte. Auch sie bewunderte Intensität und Leidenschaft und verachtete das Oberflächliche und Halbherzige. Die Ernsthaftigkeit, mit der er gesprochen hatte, machte ihn ihr sympathischer.

»Sie meinen das Erhabene«, sagte sie. »Aber das sind seltene und flüchtige Momente. Und in der Zwischenzeit müssen wir heiter bleiben.«

»Aber Sie werden mir doch zustimmen, dass das Wohlfeile und Oberflächliche uns herabzieht. Es trübt unseren Blick für das wahrhaft Schöne, und was bleibt uns dann noch?« Seine dunkelblauen Augen blitzten amüsiert. »Ich gebe es zu, ich kann Schönheit nicht widerstehen. Was glauben Sie, warum ich mich hier mit Ihnen unterhalte, Mrs Scott, obwohl wir doch offenbar wenig gemeinsam haben?«

Herzklopfen. »Sie sind ein Schmeichler.«

Er schüttelte den Kopf. »Ich schmeichle nie. Wenn es um Schönheit geht, bin ich immer ehrlich. Zum Beispiel sollten Sie nicht diese Farbe tragen. Dieser Blauton nimmt Ihrem Haar das Feuer. Sie sollten Rot tragen. Frauen mit rotblondem Haar schrecken immer vor Rot zurück. Sie fürchten den Aufeinanderprall der Farben. Aber das ist ein Irrtum. Sie sähen grandios aus in einem Venezianisch-Rot. Wie eine Flamme, eine hohe, schimmernde Flamme. Ah, ich sehe schon, ich gehe Ihnen zu weit.« In seinem Ton lag keine Spur von Bedauern.

»Keineswegs«, entgegnete sie und fügte leichthin hinzu: »Ein praktischer Tipp in Modefragen ist immer hilfreich.«

Sie plauderten noch eine Weile, dann lud er sie zum Abendessen ein. Rowan war klar, dass sie im Begriff war, einen gefährlichen Weg zu beschreiten, als sie das Haus der Manninghams und ihre Freunde verließ, aber das konnte sie nicht aufhalten.

Im *Simpson's in the Strand* dinierten sie in einem dunkel getäfelten Raum mit reich verzierter Stuckdecke, und Rowan fragte Simon nach seinen Weihnachtsplänen.

»Ich bleibe zu Hause«, sagte er. »Zu Weihnachten verreise ich nie, diese Familienfeiern mit schreienden Säuglingen und kreischenden Kindern finde ich unerträglich. Zum Mittagessen kommen ein paar gute Freunde, Familienmuffel wie ich, und den Abend werde ich mir mit Samuel Johnsons Essays bei einem guten alten Portwein vertreiben. Ich freue mich schon sehr darauf. Und Sie, Rowan?« Sie waren wie von selbst dazu übergegangen, einander mit Vornamen anzureden.

»Wir sind am ersten Feiertag immer in Guildford beim Vater meines Mannes und meiner Schwägerin Elaine.« Ihr graute schon jetzt vor ihnen – dem gebrechlichen alten Mann mit seiner unablässigen Nörgelei und ihrer Schwägerin, der verbitterten alten Jungfer, die ihn betreute. Schwere Speisen, stickige Räume und Langeweile.

»Meine jüngere Schwester Thea kommt auch«, fuhr sie fort. Die sechzehnjährige Thea lebte noch bei ihrem verwitweten Vater, der für Weihnachten nichts übrighatte. Er ging über die Feiertage lieber fischen oder bergwandern mit einem alten Freund namens Malcolm Reid, einem Sonderling, der abgelegen in den schottischen Highlands lebte und den sie nie kennengelernt hatten.

»Danach fahren wir drei zu Silvester nach Glasgow«, fügte sie hinzu.

»Ich habe gehört, dass in Schottland Silvester vielerorts mit mehr Trara gefeiert wird als Weihnachten.«

»Ja, das stimmt. Haben Sie Familie, Simon? Ach ja, den Onkel in Suffolk.«

»Denzil verbringt die Feiertage auch am liebsten allein für sich in seinem Haus Ashleigh Place. Es ist vielleicht das schönste kleine Herrenhaus in England.«

»Ah, da haben wir wieder die Schönheit!«

»Ja, ich bin ihr verfallen.« Sein Blick saugte sich an ihr fest. Ein ungeschickterer Mann hätte vielleicht irgendein abgedroschenes Kompliment angehängt. Er tat es nicht und rief damit nervöse Spannung bei ihr hervor und das Verlangen nach mehr.

Sie fragte, ob Ashleigh Place schon lange in seiner Familie sei.

»Nein, keineswegs, Denzil war fünfundzwanzig, als er es einem Verrückten abkaufte, einem krankhaften Selbstdarsteller, der gern Theateraufführungen veranstaltete. Vorher gehörte es einer alteingesessenen Familie, den Gardiners, die es langsam verfallen ließen. Denzil restaurierte Ashleigh Place. Es war ein gewaltiges Unternehmen, sein Lebenswerk. Man möchte es heute nicht glauben, da er so schlecht beisammen ist, aber als er noch jünger war, strotzte er vor Kraft und Energie.«

»Sie haben ihn gern, nicht?«

Er lächelte. »Ja. Abgesehen von Denzil gibt es kaum jemanden in meiner Familie, mit dem ich freiwillig meine Zeit teilen würde. Ich habe eine Schwester, Anne, die mit einem Spießer namens Edwin verheiratet ist. Sie hat zwei Kinder. Henry ist ein wackerer kleiner Bursche. Ich werde ihm einen Walnusskuchen von Fullers für seine Süßigkeitendose schicken. Meine Nichte Zorah ist ein eher schlichtes Gemüt. Was, meinen Sie, wäre das richtige Weihnachtsgeschenk für sie?«

»Wie alt ist sie denn?«

»Ich weiß nicht genau. Fünf oder sechs.«

Rowan überlegte. »Buntstifte vielleicht? Ich habe als kleines Mädchen mit Begeisterung gemalt.«

»Und malen Sie noch?«

»Heute? Selten. Unser Haus ist sehr klein, da ist kein Platz für Malsachen. Oh, ich weiß, nichts als Ausreden.« Sie seufzte. »In Wirklichkeit fällt mir einfach nichts mehr ein, was ich malen könnte. Glauben Sie, dass einem die Einfälle ausgehen, wenn man alt wird?«

»Na, alt sind Sie nun wirklich nicht.«

»Ich bin dreiundzwanzig. Manchmal *fühle* ich mich alt.« Dreiundzwanzig kam ihr uralt vor. Sie war knapp neunzehn gewesen, als sie von Glasgow nach London gegangen war. Es schien ihr eine Ewigkeit her zu sein. Sie erinnerte sich, wie aufgeregt sie gewesen war, mit welcher Glut sie den neuen Möglichkeiten entgegengefiebert hatte, die auf sie warteten, wie sehr sie die Streifzüge durch die Stadt geliebt hatte.

»Ich bin sechsunddreißig«, sagte Simon, »und ich fühle mich nicht älter als an dem Tag, als ich aus der Schule kam.«

Aus einem kurzen Gespräch mit Artemis, bevor sie ihren Mantel geholt hatte, wusste Rowan, dass Simon ledig war und es nicht nötig hatte zu arbeiten. »Sie haben es gut.« Sie neigte den Kopf zur Seite. »Sie können ein Leben führen, wie es Ihnen passt.«

»Finden Sie das verwerflich, oder sind Sie neidisch?«

»Keines von beiden. Glaube ich jedenfalls.«

Er lachte. »Was war das dann? Ein schottisch-puritanisches Naserümpfen?«

»Fühlt man sich nicht ziemlich … ziellos, um nicht zu sagen, orientierungslos, wenn man den ganzen Tag nichts zu tun hat, als sich zu vergnügen?«

»Nein, es ist sehr angenehm. Warum versuchen Sie es nicht einmal?« Sie wollte etwas entgegnen, schwieg aber, als er mit den Fingerspitzen ihr Handgelenk berührte. »Sie werden doch jetzt nicht so banal sein und mir erzählen, dass Sie einen Haushalt und einen Ehemann zu versorgen haben, Rowan? Das wäre wirklich enttäuschend.«

Er hob die Finger von ihrer Hand, doch seine Berührung schien einen Abdruck hinterlassen zu haben wie in weichem Ton. Sie sollte aufstehen und gehen, dachte sie, eine Verabredung vorschützen oder vorgeben, Patrick warte auf sie – irgendetwas.

Doch sie blieb, wo sie war. »Jeder hat Pflichten. Selbst Sie müssen doch welche haben.«

»Jeder *tut* so, als hätte er Pflichten, aber die meisten Leute sind wie ich, sie tun nur das, was ihnen in den Kram passt. Ich rede natürlich von meinesgleichen. Das Leben der unteren Schichten ist zwangsläufig eingeschränkt. Man kann natürlich auf lange Sicht planen. Ich habe meine Gründe dafür, die Unbilden des ländlichen Suffolk zu ertragen.«

»Die Schönheit.«

»Richtig.« Er sah sie forschend an. »Und ich vermute, Sie, Rowan, nehmen Ihre häuslichen Pflichten und die gesellschaftliche Routine hin, weil … weil Sie sie befriedigen.«

Bei ihrer Heirat vor drei Jahren hatte sie gemeint, es müsse ein Leichtes sein, einen Haushalt zu führen, weil so vieles, was dazugehörte, belanglos und ständige Wiederholung war. Ja, es war belanglos und immer nur mehr desselben, aber es kostete, wie sich gezeigt hatte, auch Zeit und Kraft. Sie hatte gelernt, alles unter einen Hut zu bringen, die Einkäufe im Lebensmittelgeschäft, beim Gemüsehändler, beim Fleischer und beim Fischhändler, die Wäscheabgabe und die Tageshilfe. Sie konnte inzwischen recht passabel kochen; Gwen, ihre Köchin, hatte ihr die Zubereitung verschiedener kleiner Gerichte gezeigt, die sie an Gwens freien Abenden für Patrick und sich auf den Tisch brachte. Von ihren Freunden wurde sie als amüsante und originelle Gastgeberin geschätzt. Und doch ertappte sie sich immer häufiger bei der Frage: und nun? Wo konnte sie ein Ventil finden für den Tatendrang, der sie umtrieb, für die innere Unruhe, die es ihr unmöglich machte, abends mit einem Buch oder einer Handarbeit still im Haus zu sitzen? Nichts als immer wieder die gleichen Einkaufslisten, die gleichen geselligen Abendessen die nächsten zwanzig oder dreißig Jahre?

»Wohl kaum«, entgegnete sie mit einem kleinen Lachen.

Er zündete zwei Zigaretten an und reichte ihr eine. »Oder«, sagte er gedämpft, »Sie ertragen es für Ihren Mann, den Sie lieben.«

»*Er* liebt mich *nicht*«, sagte sie und bedauerte augenblicklich ihre Offenheit. Wenn er wusste, dass sie nicht begehrt wurde, würde vielleicht sein Interesse an ihr schwinden.

Doch er zog die Augenbrauen hoch. »Dann ist er ein Narr.«

»Nein«, entgegnete sie mit Bitterkeit. »Patrick ist alles andere als ein Narr.«

»Aber warum dann?«

Sie antwortete mit einem kurzen Kopfschütteln. Sie wusste nicht, warum Patrick sie nicht begehrte. In ihren Gesprächen klammerten sie das Thema aus. Sie getraute sich nicht, ihn zu fragen, aus Angst, es könnte an ihr liegen. Sie war kalt. Sie wurde älter. Ihr fehlte die erotische Ausstrahlung. Schönheit und Attraktivität waren nicht das Gleiche. Immer häufiger beschlich sie der Verdacht, sie sei einfach nicht liebenswert.

Gedämpfter Tumult an einem anderen Tisch, wo ein Gast zu viel getrunken und die Weingläser umgestoßen hatte, bot willkommene Ablenkung. Kellner eilten mit Tüchern und Kehrschäufelchen hin und her.

»Sie machen so ein trauriges Gesicht«, bemerkte Simon sanft. »Was ist?«

Der Kellner kam und räumte ihre Teller ab. Als er gegangen war, sagte sie: »Als ich Patrick kennenlernte, lebte ich in London, allein. Ich war ziemlich deprimiert … ich hatte gerade eine unglückliche Liebe hinter mir. Bei Patrick hatte ich das Gefühl, dass er mir Halt gibt. Ich brauchte das. Kennen Sie dieses Gefühl, ziellos dahinzutreiben, ohne die geringste Ahnung, welche Richtung man einschlagen soll?«

»Nein.«

Damals, in der ersten Zeit, hatten Patricks Liebenswürdigkeit und Gelassenheit sie angezogen. Ihr selbst fiel Gelassenheit schwer, und sie fand sich nicht besonders liebenswürdig. Aber nach drei Jahren Ehe, in denen der Sex zwischen ihnen, von Anfang an nicht gerade stürmisch, völlig abgeflaut war, machte das Schweigen, in das Patrick sich zurückzog, sie nur noch ängstlich und wütend.

Mit einem feinen Lächeln fügte Simon hinzu: »Tja, ich bin zwar Ästhet und überzeugter Stadtmensch, aber wenn man ein wenig schürft, stößt man zwei Generationen zurück auf eine lange Reihe bodenständiger Bauern aus Hertfordshire. Eigentlich sollte ich jetzt wohl meine Schweine füttern.«

»Gott, da würden Sie sich ja bekleckern, Simon.« Sie lachte mit einem Blick auf seinen tadellos sitzenden Abendanzug.

»Ja, das ist wahr.« Er tätschelte ihre Hand, und sie hätte am liebsten die seine ergriffen wie einen rettenden Anker. »Rowan …« Er senkte die Stimme, während er zart die Innenfläche ihrer Hand streichelte, »ich bewundere schon seit einer Weile Ihren Glanz und Ihr Feuer. Nur die Furcht, darin zu verbrennen, hat mich bis jetzt zurückgehalten.«

Wie sollte man als Frau auf eine solche Erklärung reagieren? Sie war froh, als der Kellner mit der Dessertkarte kam. Sie wollten beide keinen Nachtisch; sie hatte den Appetit verloren, und Simon nahm nie Nachspeisen, wie er sagte. Bei Kaffee und Petit Fours unterhielten sie sich über dies und das, doch Rowan wusste, dass eine Grenze überschritten war und sie sich auf gefährliches Terrain zubewegten – aber nein, er, Mann und Junggeselle dazu, hatte nichts zu fürchten, gefährlich war es nur für sie.

Heißes Verlangen kämpfte mit lähmender Angst. Es war so lange her, dass sie einen Mann begehrt, dass sie überhaupt etwas gefühlt oder gespürt hatte, dass Lust und Vorsicht miteinander gestritten hatten. Ein Schleier hob sich. Sie war sich selbst verloren gegangen, und nun, plötzlich, hatte sie sich wieder von der Asche ihrer Ehe befreit, brach Farbe sich Bahn durch das Grau. Er begehrte sie und machte kein Geheimnis daraus. Sie fühlte sich wieder lebendig.

Draußen auf der Straße schimmerten blass in dunstigem Strahlenkranz die Gaslampen. Sie winkte einem Taxi, aber es fuhr vorbei. Solche Kleinigkeiten können ein Leben wenden, dachte sie später. Hätte das Taxi gehalten, wäre es nie zu diesem Kuss gekommen, diesem erschreckenden und leidenschaftlichen Kuss, den sie besinnungslos vor Lust und Begierde erwiderte.

Auf der frühmorgendlichen Fahrt durch die froststarren Straßen Londons sah sie zum Fenster des Taxis hinaus. Der Nebel legte verwaschene gelbe Schleier über die Reklamewände, die Gesichter der Menschen auf den Bürgersteigen wirkten wie gefroren, weiß und verzerrt, mit offenen Mündern, von Schatten zerschnitten. Ein Obdachloser, der schlafend in einer Toreinfahrt lag, wurde zu einem leeren Haufen Lumpen und alter Decken. Die dunklen Geschäfte und Büros erinnerten an finster gähnende Höhlen.

Rowan leckte sich mit der Zungenspitze die Oberlippe, die wie wund war. Ihre Euphorie war verflogen, noch nicht Reue gewichen, aber von Trübsinn verdrängt. Ihr graute vor der Heimkehr in die Mallord Street in Chelsea. Sie hatte sich aus einer Laune heraus für das Haus entschieden, verführt von der unkonventionellen Bohemeatmosphäre des Viertels, doch inzwischen hasste sie dieses ehemalige Künstleratelier in seiner ganzen Fipsigkeit und klaustrophobischen Enge. Die Räume waren klein und gedrängt, unten eine Küche mit Spülküche, ein Salon und ein Speisezimmer; oben drei Schlafräume. Die verwinkelte Mansarde mit den schrägen Decken diente als Speicher für die Möbel und den Nippes, den sie von Patricks Großmutter geerbt hatten. Das Gästezimmer, in dem Thea übernachtete, wenn sie zu Besuch kam, lag nach hinten hinaus, mit Blick auf den Hof. Das Schlafzimmer von Rowan und Patrick war vorn. Durch das Erkerfenster, das sie beim Umbau hatten einsetzen lassen, drang Wasser ein, sobald es stärker regnete.

Wenn sie sich jetzt ins Schlafzimmer stahl, würde Patrick tun, als schliefe er. Er würde nicht fragen, wo sie gewesen war, und sie würde nichts sagen. Keiner von ihnen würde die stillschweigende Vereinbarung brechen, die zwischen ihnen bestand und die sie zunehmend als Fesselung empfand. Sie schlichen auf Zehenspitzen um eine Aussprache herum, so wie sie gleich auf Zehenspitzen ins Schlafzimmer schleichen, sich leise ausziehen und abschminken würde, um den Schein zu wahren, dass er schlief.

Man konnte nicht richtig streiten mit Patrick. Wenn sie laut wurde oder weinte, wurde er nur umso passiver und distanzierter. Ihre Auseinandersetzungen entzündeten sich an Nebensächlichkeiten: Sie hatte irgendeinen gesellschaftlichen Termin mit seinen Kollegen vergessen; er hatte noch immer keinen Handwerker für den tropfenden Wasserhahn bestellt. Die Kluft, die Kränkung und Groll zwischen ihnen aufgerissen hatten, ging so tief, dass sie nicht angesprochen werden konnte.

Patrick war schmal und zart, mit hellem Haar, kleinen blauen Augen und fein gezeichneten Zügen, ein auf unaufdringliche englische Art gut aussehender Mann. Er bereitete ihr ein sorgenfreies Leben, seine Freunde konnten sich auf ihn verlassen, und wer in sein Haus kam, wurde mit offenen Armen aufgenommen. Der Vorwurf, es fehle ihm an Lust und Feuer, hätte ihn tief gekränkt, das wusste Rowan. Manchmal bemerkte sie, bevor er sich im Bett von ihr abwandte, Schuldbewusstsein und nackte Scham in seinem Blick. Aber es war nicht nur Mitleid, was sie von einer

Konfrontation abhielt. Ein Wort über die Leere ihrer Ehe würde womöglich einer Flut bisher unterdrückter Gefühle und Vorwürfe die Schleusen öffnen.

So kann es nicht weitergehen, schoss es ihr durch den Kopf, während das Taxi durch Chelsea fuhr. Sie und Patrick standen am Rand eines Abgrunds. Heute Nacht hatte sie sich taumeln gefühlt. Simon hatte sie an die Macht der Begierde erinnert, die stärker war als Logik, Verstand und Pflicht. Mit einer tiefen Bitterkeit bereute sie die verlorene Zeit, die dürren Jahre ihrer Ehe.

Als sie in der Mallord Street die Haustür aufsperrte, hatte sie das Gefühl zu schrumpfen, als wollte sie sich den engen Räumen des Hauses und ihrer Ehe anpassen. Im Spiegel in der Diele vergewisserte sie sich, dass ihr Lippenstift nicht verschmiert war. Patricks Papiere lagen unordentlich verstreut auf dem Esstisch. Der von ihr ausgesuchte Weihnachtsbaum war, fand sie, zu groß für den Salon. Sie zog ihre Schuhe aus und ging nach oben.

Sie schlief ein paar Stunden. Um sieben weckte Patrick sie, um ihr zu sagen, dass ihre Schwester am Telefon sei.

Und so erfuhr sie von Thea, dass ihr Vater an einer schweren Lungenentzündung erkrankt war. Thea war am 17. Dezember aus dem Internat in Yorkshire für die Weihnachtsferien nach Hause gefahren. Ihr Vater kam am folgenden Tag von einer Geschäftsreise nach Südengland zurück. Er fühlte sich nicht wohl, wurde von Fieber und Husten geplagt, dennoch erlaubte er Thea nicht, den Arzt zu holen. Erst am nächsten Tag, als sein Zustand sich besorgniserregend verschlechtert hatte, setzte Thea sich durch. Der Hausarzt stellte eine Lungenentzündung fest. Ihr Vater sprach auf die Behandlung nicht an. Er litt seit dem Großen Krieg, als er in einen Senfgasangriff geraten war, an einer Lungenschwäche.

Patrick bestellte ein Taxi, das Rowan zum Bahnhof Euston bringen sollte, wo sie den Zug nach Glasgow nehmen wollte. Rowans Hände zitterten, während sie in panischer Angst Blusen und Röcke faltete. Tief im Innern lauerte der Verdacht, dass die Erkrankung ihres Vaters ihre Schuld sei, eine Strafe für die leidenschaftlichen Stunden mit Simon.

Als sie von unten Hupen hörte, sah sie zum Fenster hinaus. Das Taxi war da. Sie klappte ihren Koffer zu und eilte nach unten.

2

Dezember 1937

Es war nicht das erste Mal, dass Hugh Craxton Weihnachten fern seiner Familie verbrachte. Vor einigen Jahren hatten dringende Geschäfte ihn kurz vor dem Heiligen Abend nach Glasgow gerufen (er arbeitete ja so hart, der arme Hugh) und seine rechtzeitige Heimkehr verhindert. Und mehr als einmal, wenn er kurz vor Weihnachten einen Wanderurlaub gemacht hatte, um seinen einsiedlerischen Freund Malcolm Reid in den Highlands zu besuchen, hatten Wetterstürze und Schneestürme, die Straßenverkehr und Eisenbahn lahmlegten, ihm die Heimreise unmöglich gemacht. In diesem Jahr war es Anfang Dezember sehr kalt gewesen, und im Süden Englands hatte es stark geschneit, doch in der Woche vor den Feiertagen war das Wetter milder geworden. Sophie, seine Frau, hatte sich die Wettervorhersagen aufmerksam angehört, es waren keine Schneestürme oder ähnlich Ungemütliches gemeldet worden.

Sonst rief Hugh stets an oder schickte ein Telegramm, wenn er sich verspätete, um sie wissen zu lassen, dass alles in Ordnung war. Er war in dieser Beziehung sehr zuverlässig. Wenn er verreist war, meldete er sich regelmäßig. Diesmal tat er es nicht. Das trübte den ersten Weihnachtstag, die Stimmung war gedrückt und angespannt. Sophie, die sich selbst Sorgen machte, bemühte sich, ihre Söhne aufzumuntern. Ihr Vater würde sicher bald nach Hause kommen, etwas Unvorhergesehenes musste ihn aufgehalten haben. Dennoch war der fünfzehnjährige Stuart traurig und enttäuscht, während Duncan, der Ältere, mit Ärger und Groll reagierte.

Duncan und sein Vater waren im vergangenen Jahr häufiger heftig aneinandergeraten. Er war achtzehn, ein schwieriges Alter, sagte sich Sophie, kein Kind mehr, aber auch noch nicht erwachsen. Im kommenden September wollte er ein Ingenieursstudium beginnen. Hugh hatte verfügt, dass er bis dahin weiter die Schule besuchen werde, was Anlass zu Reibungen gab. Aus Angst vor neuen Streitereien hatte Sophie ihren Mann unterstützt. Rückblickend allerdings fragte sie sich, ob sie ihn nicht hätte bereden sollen, Duncan nachzugeben und ihm zu erlauben, von der Schule zu gehen und sich eine Arbeit zu suchen. Hugh hätte ihm für die Zeit bis zum Beginn des Studiums eine Aushilfsstellung in der Fabrik oder im Büro besorgen können. Mit eigener Hände Arbeit sein eigenes Geld zu verdienen war vielleicht genau die Erfahrung, die Duncan brauchte. Doch Hugh hatte von dieser Idee nichts gehalten.

Es war der Tag nach den Feiertagen. Duncan und Stuart waren mit ihren Freunden Michael und Thomas Foster unterwegs. Ohne sie war das Haus, das in einer Sackgasse in South Kensington stand, unnatürlich still. Einzig das ferne Rauschen des Verkehrs und das schwache Säuseln des Luftzugs, der durch das undichte Küchenfenster drang, waren zu hören. Und in dem Topf auf dem Herd, in dem sie die Hühnerknochen ihres Weihnachtsessens auskochte, brodelte es leise.

Sophie spülte und trocknete die Kuchenform. Stuart, der

Unmengen essen konnte, hatte am Vorabend beinahe den ganzen Weihnachtskuchen vertilgt. Für Hugh war kein Stück mehr da. ›Dein Weihnachtskuchen ist der beste der Welt, Sophie, mein Schatz.‹ Als sie an Hughs Worte dachte, bekamen die Gefühle die Oberhand, die sie die ganze Zeit zu verdrängen suchte, Angst und die schreckliche Ahnung, dass ihm etwas passiert war.

Die Räume kamen ihr vor wie tot, während sie durchs Haus ging und mechanisch Ordnung machte, Dinge an ihren Platz zurückstellte. Es fröstelte sie, dann ärgerte sie sich über ihre Schwarzseherei. Das Wetter hatte ihn aufgehalten. Oder die Arbeit.

Aber diese Medizin wirkte nicht mehr. ›Sieh den Tatsachen ins Auge, Sophie.‹ Hugh war eine Woche vor Weihnachten aus London abgereist. Er hatte sich den ganzen Dezember schon angeschlagen gefühlt, dann war noch ein hartnäckiger Husten hinzugekommen, dennoch war er Hals über Kopf nach Norden aufgebrochen, als es in der Fabrik in Glasgow Probleme gab, die dringend seiner Aufmerksamkeit bedurften. Beim Abschied hatte er versprochen, spätestens zu Weihnachten wieder zu Hause zu sein.

Am zweiten Abend telefonierten sie kurz miteinander. Hugh wollte sie wissen lassen, dass er in Glasgow angekommen war. Sein Husten hatte sich verschlimmert, und er meinte, möglicherweise habe er Fieber. Er versprach ihr, sich ins Bett zu legen und sich zu pflegen. Seitdem hatte sie nicht mehr von ihm gehört. Die Angst, die sie mit sich herumtrug, wuchs von Stunde zu Stunde.

Sie glättete ein Stück Geschenkpapier, das hinter dem Sofa lag, und packte es fürs nächste Jahr weg. Hugh hatte vor seiner Abreise so blass und angestrengt ausgesehen, dass sie ihn gedrängt hatte, seine Besprechungen abzublasen und zu Hause zu bleiben, aber davon hatte er nichts wissen wollen. Wie so viele Männer hasste er es, Schwäche einzugestehen, und lehnte es ab, zum Arzt zu gehen. Lag er vielleicht mit einer Bronchitis oder Influenza allein und ohne Behandlung in irgendeinem Hotelbett? Oder mit Fieber und schwer erkrankt, womöglich in Lebensgefahr, im Krankenhaus?

Aber all diese Schreckensvorstellungen ergaben keinen Sinn. Von einem Hotel aus hätte er anrufen können. Und wenn er nicht mehr bei sich gewesen wäre und man ihn ins Krankenhaus gebracht hätte, so hätte man sie doch sicherlich telefonisch oder telegrafisch benachrichtigt. Vielleicht hätte man auch eine dieser Meldungen aufgegeben, wie man sie im Radio hörte: Die Familie von Mr Hugh Craxton, der schwer erkrankt ist, wird dringend gebeten, sich mit dem Krankenhaus Soundso in Verbindung zu setzen.

Aber nichts.

Hugh hatte seine Schwächen. Er trank. Sein Tag war aufgeteilt in hier ein Gläschen und dort ein Gläschen und ›noch einen Letzten für den Heimweg, Schatz‹. Der Alkohol war Hughs Schutzwall vor der Welt, das Ritual des Auswählens und Mixens beinahe so wichtig wie der Alkohol selbst. Einen eleganten Cocktail zu mixen lenkte ihn von geschäftlichen Schwierigkeiten ab; eine Flasche Champagner zu öffnen vertrieb eine düstere Stimmung. Hatte er vielleicht ein Glas zu viel getrunken, bevor er in den Wagen gestiegen war? Hatte er sich einen seiner seltenen, aber spektakulären Alkoholexzesse erlaubt und lag nun volltrunken in irgendeinem tristen Zimmer in einem Rasthaus an der Great North Road?

Sie und Hugh hatten es nicht so mit Geselligkeit über die Feiertage. Der Gottesdienst am Weihnachtsmorgen war so ziemlich die einzige Gelegenheit, bei der sie mit anderen zusammenkamen. Hugh war es am liebsten, wenn die Familie unter sich blieb. ›Warum soll ich meine Zeit mit anderen Leuten verbringen, wenn ich alle, die mir etwas bedeuten, hier um mich habe?‹ Das hatte er oft gesagt, als Duncan und Stuart noch klein gewesen waren, und sie hatte es dankbar aufgenommen und ihn dafür umso mehr geliebt. Jetzt dachte sie, dass dieser Mangel an gesellschaftlichem Kontakt, durch den sie sich manchmal isoliert fühlte, an diesem Weihnachten eine Erleichterung war, weil er ihr peinliche Erklärungen für Hughs Abwesenheit ersparte.

Im Wohnzimmer sammelten sich die vom Weihnachtsbaum abgeworfenen dürren braunen Nadeln in den Ritzen zwischen den Dielenbrettern. Die Kerzen des Engelsglockenspiels waren heruntergebrannt. Draußen, sah Sophie, als sie zum Fenster hinausblickte, schneite es in feinen Flocken, die zergingen, sobald sie den Boden berührten. Autos und Lastwagen fuhren langsamer als sonst, mit eingeschalteten Scheinwerfern, deren Licht in einem gespenstischen Grün leuchtete. Es war gerade drei Uhr nachmittags, aber in diesen letzten Tagen des Jahres brach die Nacht schnell herein, schon senkte sich die Dämmerung über London.

Das Telefon läutete erschreckend laut. Das musste er sein! Voller Hoffnung griff sie nach dem Hörer.

»Hallo?«, stieß sie atemlos hervor.

»Sophie? Viola hier.« Viola Foster war eine Nachbarin und Freundin, Mutter von Michael und Thomas, den Freunden ihrer Söhne. »Ich wollte dich fragen, ob es dir recht ist, wenn Duncan und Stuart zum Abendbrot bleiben.«

»Aber natürlich«, sagte sie und schluckte mit Mühe die

Enttäuschung hinunter. Nach einem kurzen nichtssagenden Austausch legte sie auf. Stille kehrte wieder ein, bedrückend und unerbittlich.

Sie öffnete die Tür zu Hughs Zimmer. Sie betrat sein persönliches Terrain selten. Einmal die Woche machte Mrs Leonard, ihre Zugehfrau, dort sauber, sonst wurde das Zimmer nur von Hugh benutzt. ›Mein Reich‹, nannte er es scherzend. Mit Herzklopfen zog sie die oberste Schublade des Schreibtischs auf.

Briefpapier, Umschläge, Löschpapier, Füller und Bleistifte und ein kleines Notizbuch, das sie genau durchsah, das jedoch nur Haushaltsabrechnungen enthielt. Ein Hefter mit den Schulzeugnissen der Jungen und ein zweiter mit Rechnungen. Die einzige Überraschung war die Scotchflasche in der untersten Schublade, vielleicht noch zwei Fingerbreit Whisky darin. Ein Glas fand sie nicht. Sie hatte plötzlich ein bestürzendes Bild vor sich: Hugh, wie er, mit einer türkischen Zigarette zwischen den Fingern seiner Linken, am Schreibtisch saß, die wöchentlichen Ausgaben addierte und dazwischen immer wieder Schluck um Schluck Whisky aus der Flasche kippte.

Das gerahmte Foto auf dem Schreibtisch, das vor zwei Jahren bei einem Ausflug nach Ramsgate von einem Strandfotografen aufgenommen worden war, zeigte sie und Hugh mit den Jungen. Duncan sah groß und hübsch aus, aber missmutig. Schon zu der Zeit war er der Meinung gewesen, er sei zu alt für Familienausflüge; sie erinnerte sich, wie widerspenstig er an dem Tag gewesen war. Stuart hingegen strahlte unbeschwert.

Ihr Blick wanderte zu Hugh. Er stand ein klein wenig abseits von der Familie, groß und gut gewachsen, ein stattlicher Mann in kerzengerader, militärischer Haltung. Sein langes, schmales Gesicht mit der hohen Stirn und den schwerlidrigen Augen konnte distanziert wirken, ja streng, doch sein Lächeln war warm und gewinnend.

Sophie griff in die Taschen des alten Tweedjacketts über der Stuhllehne – ›meine Schreibjacke‹, nannte Hugh es. Ihre Suche förderte nur ein Taschentuch, einen Kamm und ein Billett für die Glasgower U-Bahn zutage. Die Zielstation auf dem Billett, Buchanan Street, sagte ihr nichts. Sie war nie in Glasgow gewesen. Hugh hatte sie und die Jungen nie zu einem Besuch der Firma Craxton & Sons, des Schreibwarenunternehmens, das er betrieb, mitgenommen. »Warum, um alles in der Welt, wollt ihr Hunderte Kilometer reisen, um euch lärmende Maschinen anzusehen, die Schreibpapier und Briefkuverts herstellen?«, hatte er gefragt. »Du fändest es furchtbar, Sophie. Ich find's furchtbar. Das einzig Gute daran ist, dass es die Rechnungen bezahlt.«

Die Entschlossenheit, das innere Aufbegehren, die während Hughs Abwesenheit immer stärker in ihr gewachsen waren, hatten sie veranlasst, seinen Bereich zu betreten. Sie zog die Schubladen seiner Kommode auf. Er hatte sich aus seiner Militärzeit das peinliche Achten auf Ordnung bewahrt. Sie oder Mrs Leonard durften ihm seine frisch gewaschenen Sachen immer nur aufs Bett legen, er ordnete sie dann selbst in seinem Zimmer ein. Wenn ein Knopf angenäht oder irgendwo das Futter ausgebessert werden musste, legte er das betreffende Kleidungsstück in ihre Nähecke. Hugh war sehr eigen; war ein Stück nicht so gefaltet, wie er es haben wollte, so faltete er es unweigerlich neu. Sie war sich bewusst, dass sie eine Grenze übertrat, als sie daranging, in seiner Wäsche zu kramen. In der zweiten Schublade lagen Socken, Schals, Handschuhe und Sockenhalter. In der darunter fand sie Pullover und eine Jacke, die sie ihm gestrickt hatte. Er behauptete, sie zu lieben, trug sie aber kaum. Sie war wohl zu warm und zu schwer, dachte sie.

In der untersten Schublade stieß sie auf mehrere in braunes Papier eingeschlagene Päckchen, die mit roten Satinbändern verschnürt waren. Sie las die Schildchen: *Meiner liebsten Sophie. Für Duncan, in Liebe von Dad. Für Stuart, alles Liebe meinem Jungen, Daddy.*

In der Hocke sitzend drückte sie ihr Weihnachtsgeschenk an die Brust und kämpfte gegen die Tränen. Ach, Hugh, was ist dir zugestoßen? Komm nach Hause, ich brauche dich zu Hause. Bitte, bitte, komm nach Hause.

Sie lief in die Küche, setzte Wasser auf, löffelte Tee in die Kanne, während ihre Gedanken sich überschlugen. Sollte sie die Polizei anrufen? Ihnen sagen, dass ihr Mann verschwunden war und sie Todesangst hatte, es könnte ihm etwas passiert sein? Sie fühlte sich unfähig, irgendeine Entscheidung zu treffen. Sie konnte nicht einmal entscheiden, ob sie Duncan und Stuart die Weihnachtsgeschenke ihres Vaters geben sollte. Würde Hugh das von ihr wünschen? Sie wusste es nicht.

Doch sie konnte die Fragen vorhersagen, die die Polizei ihr stellen würde, und die Antworten, die sie würde geben müssen. ›Wo wohnte Ihr Mann, wenn er sich in Glasgow aufhielt, Mrs Craxton?‹ ›Ich weiß es nicht. Ich habe ihn nie gefragt.‹ ›Aber Sie haben ihm doch sicher geschrieben?‹ ›Nein, er hat mich immer angerufen.‹ ›Und die Adresse seiner Firma dort, wissen Sie die?‹ ›Nein, die weiß ich nicht. Das war nie nötig.‹

Sie goss kochendes Wasser in die Kanne und rührte um. Nachdem sie ein, zwei Schluck vom Tee getrunken hatte, ging sie zurück in Hughs Zimmer und kniete wieder vor der untersten Kommodenschublade nieder. Zwischen verschiedenen anderen Dingen fand sie die Kästchen mit Hughs militärischen Auszeichnungen, eine Taschenlampe, zwei alte Pfeifen, einen silbernen Taufbecher und ein paar Stück Draht in einer braunen Papiertüte.

Unter der Tüte lag ein kleines Notizbuch, wie man es vielleicht zur Erinnerungshilfe in der Innentasche eines Jacketts trägt. Der blaue Ledereinband war an den Ecken abgewetzt. Sophie blätterte das Büchlein durch. Auf den Seiten waren Telefonnummern vermerkt, alle von Initialen begleitet. Stirnrunzelnd versuchte Sophie, sie einzuordnen. Keine sagte ihr etwas, bis sie auf eine stieß, neben der Hugh das Kürzel ›C & Sons‹ eingetragen hatte.

Sie zögerte. Doch es gab nur eine Möglichkeit, sich Gewissheit zu verschaffen.

Sie wählte das Amt und bat um eine Verbindung mit der Glasgower Nummer. Minuten verstrichen, es knisterte in der Leitung, dann meldete sich eine Frauenstimme.

»Craxton und Söhne, Schreib- und Büromaterialien.«

Hoffnung. »Ich würde gern Mr Hugh Craxton sprechen«, sagte Sophie.

»Es tut mir sehr leid, aber Mr Craxton ist verstorben.«

Hatte die Frau sie falsch verstanden? Oder hatte sie die Frau wegen ihres starken schottischen Akzents missverstanden? »Mr Hugh Craxton«, wiederholte sie laut und gereizt. »Ich möchte *Mr Hugh Craxton* sprechen.«

»Mr Hugh Craxtons Familie hat uns mitgeteilt, dass er am ersten Weihnachtsfeiertag an Lungenentzündung verstorben ist«, sagte die Frau in gelangweiltem Ton. »Alle Anrufe für ihn leiten wir an Mr Ross und Mr Paterson weiter. Soll ich Sie verbinden?«

»Nein. Danke.« Sie bekam kaum Luft.

Ich bin Hugh Craxtons Frau. Doch die Worte blieben ihr im Hals stecken, als der furchtbare Gedanke sie überfiel, dass die Frau vielleicht keinen Fehler gemacht hatte und Hugh wirklich gestorben war.

In freundlicherem Ton sprach die Frau am Telefon weiter. »Die beiden Töchter von Mr Craxton kümmern sich um die Bestattungsformalitäten. Soll ich Ihnen die Privatnummer der Familie geben?«

Der Impuls, durch die Leitung zu schreien: »Töchter? Welche Töchter?«, schwoll an, bis er kaum noch zu beherrschen war, dann fiel er kraftlos in sich zusammen, und Sophie brach das Gespräch ab. Ihre Knie gaben nach, ihr war schlecht, als sie, beide Hände auf den Mund gepresst, zitternd zu Boden glitt.

»Mr Craxtons Familie hat uns mitgeteilt, dass er am ersten Weihnachtsfeiertag an Lungenentzündung verstorben ist. Die beiden Töchter von Mr Craxton kümmern sich um die Bestattungsformalitäten.« Ihre Gedanken verschwammen. Das ergab doch alles keinen Sinn.

Es dauerte eine Weile, bis sie es schaffte, aufzustehen und ins Wohnzimmer zu gehen. Als sie sich ein Glas Kognak eingoss, zitterte ihre Hand so stark, dass ein paar Spritzer der Flüssigkeit auf die niedrige Vitrine tropften. Sie ließ sich in einen Sessel fallen und trank den Kognak in kleinen Schlucken, die sie zur Ruhe bringen sollten, während sie zum Fenster hinausstarrte, auf Straßenlampen, Mauern und Briefkästen unter blassem Schneebelag. Alles wirkte unnatürlich klar. Jedes Geräusch traf laut und schrill ihre Nerven.

»Die beiden Töchter von Mr Craxton kümmern sich um die Bestattungsformalitäten.« Wenn Hugh tot war – nein, das konnte doch nicht wahr sein, oder? – aber wenn, o Gott, es wirklich so sein sollte – nein, niemals, Hugh hatte keine Töchter. Es musste ein schrecklicher Irrtum sein. Die Frau am Telefon musste von irgendeinem anderen Craxton gesprochen haben.

Aber die Nummer, unter der sie angerufen hatte, die Nummer in Hughs Notizbuch, war die des Schreibwarenunternehmens. Und Craxton war kein geläufiger Familienname.

»Mr Hugh Craxtons Familie hat uns mitgeteilt, dass er am ersten Weihnachtsfeiertag an Lungenentzündung verstorben ist.« Die Worte überschlugen sich in ihrem Kopf. Im verschwommenen Grau des Abends erkannte Sophie zwei vertraute Gestalten, die sich dem Haus näherten. Duncan und Stuart kamen nach Hause. Sie stellte die Kognakflasche und das Glas in die Vitrine und wischte die Spritzer ab. Auf dem Weg hinaus sah sie sich flüchtig im Spiegel über dem Kaminsims: ein Ausdruck wie der einer Wahnsinnigen, dachte sie. Sie fuhr sich mit der Hand übers Gesicht, als könnte sie ihn so wegwischen, dann ging sie ihren Söhnen entgegen.

Lachend, sich gegenseitig gutmütig puffend kamen sie ins Haus, die Gesichter von der Kälte gerötet. Ihre Stiefel hinterließen matschige Spuren auf den Fliesen im Flur.

»Ist Dad nach Hause gekommen?«, fragte Stuart.

Sophie schüttelte den Kopf. Und Duncan sagte: »Halt den Mund, du Idiot.«

»Ich dachte, er wäre vielleicht inzwischen da.«

»Ist er nicht, das siehst du doch. Also, sei still.«

Duncan ging nach oben. Stuart ließ seine ausgezogenen Schuhe mitten im Flur liegen und nahm Kurs auf die Küche. »Ich hab einen Riesenhunger.«

»Ich dachte, ihr hättet bei Fosters zu Abend gegessen.« Sie verstand nicht, wie sie in diesem Moment, am Rand der Katastrophe, so ruhig sein konnte.

»Das waren nur Reste.« Stuart langte zu einem hohen Brett des Vorratsregals hinauf und holte sich eine Dose Salzcracker herunter. Duncan mit den rotbraunen Haaren und hellbraunen Augen schlug seinem Vater nach, doch Stuart war ganz ihr Kind, helle Haare, blaue Augen, sanftes Naturell. Er befand sich mitten in diesem rührenden Zwischenstadium der Wandlung vom Knaben zum Mann, hoch aufgeschossen und linkisch und zugleich immer noch das anhängliche Kind, das alles richtig machen wollte.

»Haben wir Käse?«, fragte er.

»Nur noch einen Rest. Die Lieferung ist heute nicht gekommen.« Sophie musste überlegen, welcher Wochentag es war. Montag, es war Montag. Das Lebensmittelgeschäft lieferte gewöhnlich montags. Nichts stimmte mehr.

Stuart kippte ein Häufchen Cracker auf einen Teller und packte den Käse aus. Er erzählte von dem Fußballspiel, das er und Duncan mit den Foster-Jungen im verschneiten Park ausgetragen hatten. »Wenn es weiter so schneit, können wir morgen einen Schneemann bauen.« Er war einen Kopf größer als sie, aber solche Spielereien freuten ihn immer noch wie ein Kind.

Sophie rief nach oben, ob Duncan eine Tasse Tee wolle, und erhielt ein »Nein danke« zur Antwort. Sie setzte sich mit Stuart an den Esstisch, wo er an seinem Weihnachtspuzzle weitermachte, ein Bild des *Royal Scot*, der über eine Brücke stampfte. Nach einer Weile kam Duncan herunter und setzte sich zu ihnen. Von irgendeinem Symphoniekonzert im Radio begleitet, suchte Duncan die Teile für den Himmel zusammen, während Sophie und Stuart sich

Lokomotive und Wagen vornahmen. Eigentlich war es nur Stuart. Sophie war immer noch so verstört, dass sie nicht fähig war, sich zu konzentrieren.

Stuart fragte unvermittelt: »Machst du dir Sorgen um Dad, Mum?«

»Natürlich macht sie sich Sorgen, du Trottel. Wir haben seit mehr als einer Woche nichts gehört.«

Wir haben nichts gehört, dachte Sophie. Nichts, er ist weg.

»Aber er kommt doch bald zurück, oder?«, fragte Stuart.

Sophie drückte seine Hand. »Wie wär's, wollen wir alle einen Kakao trinken?«

»Ich mach ihn.« Duncan erhob sich und ging in die Küche.

Sie war froh, als Stuart eine Stunde später gähnend erklärte, er sei müde, und nach oben verschwand. Sie stand ebenfalls auf und sagte Duncan, der abends gern lang aufblieb, Gute Nacht. Oben legte sie sich nieder, ohne sich auszukleiden. Schon hatte sie das Gefühl, das Bett sei allein ihres. Hughs Kopfkissen war wie unberührt, von Mrs Leonard aufgeschüttelt, das Zimmer war gelüftet und roch nicht mehr nach Hughs Zigaretten.

Sie hatte Hugh während des Krieges kennengelernt, Anfang 1918. Sie war damals einundzwanzig Jahre alt und arbeitete in einem Genesungsheim für Offiziere, das ein Freund ihrer Familie in einem Haus in Knightsbridge eingerichtet hatte. Sie musste die Betten machen, die Bettpfannen leeren, die Böden wischen und dergleichen mehr. Hugh besuchte einen Freund, der bei Passchendaele verwundet worden war. Nach der Besuchszeit zeigte Sophie ihm den Weg hinaus, und er lud sie zum Abendessen ein.

Sie nahm an; sie dachte keinen Moment daran, nicht anzunehmen. Während Hughs vierzehntägigem Urlaub gingen sie ins Theater und ins Kino, machten Hand in Hand lange Spaziergänge an der Themse und Einkaufsbummel am Piccadilly. Und tauschten leidenschaftliche Küsse unter Gaslaternen und in abendlich kalten Parks.

Am Tag vor Hughs Rückkehr an die Front umarmten sie sich im Schatten einer Brücke, wo das dunstige graue Wasser des Flusses leise plätschernd ans schlammige Ufer schwappte. Er öffnete den obersten Knopf ihrer Bluse. Dann den nächsten. »Hugh«, sagte sie, »nicht.« Als er den dritten Knopf öffnen wollte, sagte sie: »Nein, Hugh«, und entzog sich ihm. »Tut mir leid, tut mir leid«, murmelte er. Er lächelte sie an und sagte mit Armsündermiene: »Du bist einfach so ein verdammt hübsches Mädchen, Sophie, ich bin ganz verrückt nach dir.«

Es war nicht so, dass sie nicht in ihn verliebt war, aber sie hatte, wie jedes Mädchen, Todesangst vor der Schande, schwanger zu werden, ohne verheiratet zu sein. Seit sie alt genug war, es zu verstehen, hatte man ihr eingebläut, ihr Leben wäre vorbei, wenn das passierte. Lose Sitten führten unausweichlich in den Ruin, zu Ächtung und Ausgrenzung.

Doch als sie Hugh später vor dem Genesungsheim Lebewohl sagte, wollte sie ihn kaum aus den Armen lassen und wünschte, sie könnte die Zeit zurückdrehen. Sie hatte Angst, ihn vor den Kopf gestoßen zu haben oder er glaube womöglich, sie hätte nur mit ihm gespielt. Sie würde ihn vielleicht verlieren, weil sie seine Liebe nicht zugelassen hatte. Wie hatte sie so prüde sein können, so dumm!

Hugh kehrte in das Gemetzel an der Westfront zurück. Er schrieb ihr zweimal die Woche; sie fieberte seinen Briefen entgegen und war krank vor Angst und Sorge, wenn sie sich verspäteten. Im April kehrte Hugh nach einer Verwundung in der zweiten Schlacht an der Somme nach England zurück. Noch benommen von der Narkose, bat er sie, ihn zu heiraten. Er trug den rechten Arm in der Schlinge, als sie zwei Wochen später standesamtlich getraut wurden. Ganz konnte er sich von seiner Verletzung nie erholen; seine Schrift blieb die eines ungeübten Schuljungen.

Wer, um alles in der Welt, konnten diese Töchter sein, von denen die Frau am Telefon gesprochen hatte? Hatte Hugh etwa eine Geliebte gehabt? Tränen sprangen ihr in die Augen und liefen über. Wenn ein Mann sich eine Geliebte halten wollte, dachte sie, würde er sich sein Leben vielleicht genau so einrichten, wie Hugh seins geführt hatte. Da eines seiner Unternehmen seinen Sitz in Glasgow hatte, war er immer viel unterwegs und häufig von zu Hause abwesend gewesen. War es möglich, dass er sich irgendwann vor einigen Jahren in Schottland eine Geliebte genommen und mit ihr zwei kleine Kinder hatte? Aber nein, das passte nicht. Mr Craxtons zwei Töchter kümmern sich um die Bestattungsformalitäten. Diese Töchter mussten mindestens sechzehn Jahre alt sein, um das tun zu können, also etwa im gleichen Alter wie Stuart. Es war Sophie unmöglich zu glauben, dass Hugh so lange eine Geliebte gehabt haben sollte, ohne dass sie etwas gemerkt hatte. Und ganz gewiss besäße doch jede solche Frau, gleich, wie locker ihr Lebenswandel und ihre Moral, den Anstand, mit ihr, der betroffenen Ehefrau, Verbindung aufzunehmen, um sie vom Tod ihres Ehemannes zu verständigen. Das Ganze konnte nur ein Missverständnis sein. Sie würde das morgen klären.

Aber die Zweifel ließen nicht nach. Was wusste sie von

Hugh? Nicht viel. Nach einer unglücklichen Kindheit in einem düsteren, klammen Pfarrhaus in Devon war er mit achtzehn von zu Hause weggegangen und nie zurückgekehrt. Seine Eltern waren schon tot gewesen, als Sophie ihn kennenlernte; sonst hatte er keine Familie. Ihre Mutter hatte ihn von Anfang an nicht gemocht. »Schön ist, wer schön handelt«, hatte Mrs Torrance nach ihrer ersten Begegnung mit Hugh abfällig gesagt.

Was noch? Er war nicht gern unter Menschen und liebte keinen Rummel. Deshalb gingen sie nie ins Kino oder Theater und verbrachten ihre Ferien in ruhigen Seebadeorten oder stillen Fleckchen auf dem Land. Wenn sie zum Essen ausgingen, dann meistens in irgendein bescheidenes Lokal am Ort, aber am liebsten aß Hugh, der ihre Kochkünste bewunderte, zu Hause. Er war kein Gesellschaftsmensch und verbrachte seine Abende lieber mit seiner Familie als im Kreis männlicher Freunde. Er hatte, soweit sie wusste, gar keine persönlichen Freunde außer Malcolm Reid. Ihre – Sophies – Bekannten und Nachbarn langweilten ihn, sie traf sich also meistens allein mit ihnen. Abendliche Einladungen, sei es bei ihnen, sei es bei anderen Leuten, gab es nicht. Hugh hatte sie nie mit irgendeinem seiner Mitarbeiter oder Geschäftskollegen bekannt gemacht. »Öde Bagage«, erklärte er. »Die werde ich dir nicht antun, Liebes. Es mag egoistisch sein, aber ich habe dich lieber für mich allein.«

Hugh war witzig und amüsant, einfallsreich und großzügig. Mit seiner Ausstrahlung konnte er einen Allerweltstag zum Abenteuer machen. Wenn nötig, war er zu Mut und Tapferkeit fähig, das bewiesen die Auszeichnungen, die ihm für seine dreieinhalb Jahre Einsatz an der Front im Großen Krieg verliehen worden waren. Doch er langweilte sich auch leicht, und häufig trieb innere Unrast ihn ins Freie hinaus, wo er einsame Spaziergänge machte, selbst am späten Abend, selbst bei Kälte und Regen. Er gehörte keiner Kirche oder politischen Partei an; im Krieg, hatte er einmal zu ihr gesagt, sei ihm jegliche Fähigkeit zu glauben abhandengekommen. Er war umgänglich und charmant, aber er konnte auch still und nach innen gekehrt sein. Es gab Momente, da ließ er sie nicht an sich heran.

Hugh war ein liebevoller und leidenschaftlicher Mann, aber es entging ihr nicht, wie er hin und wieder andere Frauen auf der Straße musterte. Es hatte ihr jedes Mal wehgetan. Konnte er allen Ernstes so etwas Unglaubliches getan haben? Hatte er es wirklich fertiggebracht, mit einer anderen Frau zwei Töchter zu zeugen, Halbgeschwister von Duncan und Stuart, und ihr das jahrelang zu verheimlichen? Unmöglich, sagte sie sich, als sie vom Bett aufstand und die Nadeln aus ihrem Haar zog. Ein derartiger Verrat war unvorstellbar.

Irgendwann musste sie schließlich eingeschlafen sein. Als sie in ihrem zerwühlten Bett erwachte, war es sechs Uhr morgens. In der Nacht war es wärmer geworden, der Schnee war geschmolzen, sah sie, als sie zum Fenster hinausblickte. Der Wetterumschwung drückte auf die Stimmung im Haus. Die Jungen waren brummig und gereizt, und Sophie hatte Kopfschmerzen.

Aber sie wusste jetzt, was sie tun würde. Sobald Duncan und Stuart aus dem Haus waren, rief sie die Telefonvermittlung an und erklärte, sie brauche die Nummer eines Bestattungsunternehmens in Glasgow. Innerlich flatterte sie vor Angst, während sie mit dem Telefonhörer in der Hand im Flur saß. Ein alter Freund sei gestorben, erklärte sie der Telefonistin. Sie habe zwar die Nachricht von seinem Tod erhalten, aber sonst keinerlei Informationen, sie wisse nicht, an wen sie sich wegen der Beerdigung wenden solle. Ja, es sei traurig. Wenn man sie freundlicherweise mit einigen Bestattern in Glasgow verbinden würde, könnte sie vielleicht herausbekommen, welches Unternehmen beauftragt worden war. Nein, sie wisse nicht, welches Stadtviertel am ehesten infrage komme. Sicherlich keine der ärmeren Gegenden, falls das eine Hilfe sei.

Es war verrückt, dachte sie später, dass man dasitzen und herumtelefonieren konnte, um herauszubekommen, ob der eigene Mann tot oder lebendig war, und sich zugleich Gedanken wegen der Kosten der Ferngespräche machte. Der achte Bestatter, ein Mr Peasgood von der Firma Peasgood und Price, bestätigte ihr schließlich, was die Telefonistin bei Craxton ihr am Vortag mitgeteilt hatte. Sophie erzählte von Neuem ihre Geschichte, wobei sie ihren Mädchennamen, Torrance, angab, um verwunderten Fragen zu entgehen. Ja, sagte der Bestatter in salbungsvollem Ton, Peasgood und Price seien von Mr Craxtons Töchtern beauftragt worden, die Bestattung von Mr Hugh Craxton vorzubereiten, der am ersten Weihnachtsfeiertag verstorben war; und ja, Mr Hugh Craxton sei der Generaldirektor des Schreibwarenunternehmens Craxton und Söhne gewesen.

Fassungslosigkeit und Entsetzen. Sophie musste tief durchatmen, ehe sie ruhig genug war, um Mr Peasgood eine letzte Frage zu stellen. Ob er ihr bitte den vollen Namen des verstorbenen Mr Craxton angeben könne.

Papier raschelte, dann meldete sich wieder die salbungsvolle Stimme. »Hugh James Dashwood Craxton, Mrs Torrance.«

Mühsam presste sie sich ein »Danke sehr« ab, bevor sie

auflegte. Statt, wie sie vielleicht erwartet hatte, von Schmerz darüber erfasst zu werden, dass ihre schlimmsten Ahnungen sich erfüllt hatten und kein Zweifel mehr möglich war, überfiel sie unversehens eine ungeheure Wut. Sie rannte ins Wohnzimmer und kletterte auf einen Stuhl. Zuerst riss sie, auf Zehenspitzen stehend, die Papiergirlanden ab, die von der Zimmerdecke herabhingen, dann fegte sie mit einem Schwung ihres Arms sämtliche Weihnachtskarten vom Kaminsims.

Schwer atmend blieb sie danach in der Mitte des Zimmers stehen, umgeben von bunten Papierfetzen und Glitzer.

3

Januar 1938

Der Persianerkragen von Theas schwarzem Mantel kratzte. Als sie die Hand hob, um ihn zurechtzuschieben, streiften ihre Finger den dunkelroten Kaschmirschal ihres Vaters, den sie um den Hals trug, und es löste sich ein Hauch von türkischem Tabak und Blenheim Bouquet, Düfte, die sie immer an ihn erinnern würden. Sie schluckte, und Rowan, die neben ihr saß, legte ihr eine Hand auf den Arm. Rowan hatte ihren schwarzen Schleier heruntergezogen, und Thea konnte ihr tröstendes Lächeln nicht richtig erkennen, aber sie wusste, dass es da war. Ihre Schwester trug einen eleganten schwarzen Mantel, dazu einen schwarzen Hut, schwarze Strümpfe und Schuhe. Der einzige Farbfleck war der rotblonde Haarknoten in ihrem Nacken.

Auf Theas anderer Seite in der ersten Bankreihe, die der nächsten Familie vorbehalten war, saß Patrick. Thea hätte lieber irgendwo hinten gesessen, aber das hätte gegen die Regeln verstoßen. Es war bitterkalt in der Kirche, aus den Reihen hinter sich hörte sie das gedämpfte Gemurmel der anderen Trauergäste. Beim Anblick des Sarges ihres Vaters vor dem Altar erhob sich ein Gestöber so schrecklicher Gedanken in Theas Kopf, dass sie die Zähne zusammenbeißen musste, um nicht zu weinen. Sie wollte nicht hier vor den Leuten in Tränen ausbrechen. Irgendwie, dachte sie, war das völlig unlogisch; wenn überhaupt, müsste man doch bei der Beerdigung seines Vaters weinen, erst recht, wenn man keine Mutter mehr hatte. Aber vor all diesen fremden Menschen kam sie sich vor wie auf dem Präsentierteller, und dieses Gefühl war ihr verhasst. Bei der Preisverteilung in der Schule graute ihr jedes Mal vor dem Moment, wenn sie über die Bühne gehen musste, um ihr Exemplar von *Der Master von Ballantrae* oder was immer in Empfang zu nehmen. Sollte sie jemals heiraten, so würde sie nach Gretna Green fahren, da würde es keine Gaffer geben.

Thea versuchte, sich mit Nachdenken über die Bestattungsbräuche in Ländern der Antike abzulenken – in Ägypten, wo man die Toten einbalsamiert und von Grabbeigaben und Zaubersprüchen der Priester begleitet in die Erde gelegt hatte. Wäre es ein Sakrileg, die Gebete des Pfarrers mit Zaubersprüchen zu vergleichen? Oder in Ur, wo die bedeutenden Toten mit ihrer Gefolgschaft, den entbehrlichen Sklaven und Ehefrauen, begraben worden waren. Orgelmusik dröhnte, und ihre Gedanken wanderten zu den Bestattungen der Jungsteinzeit, den Hünengräbern in Wiltshire und den Steingräbern in Schottland, wo man die Toten mit jenen Dingen zur Ruhe gelegt hatte, die ihnen im Leben wichtig gewesen waren, Pfeilspitzen aus bearbeitetem Feuerstein, Elfenbeinspangen und Perlenschnüre. Was würde sie ihrem Vater mitgeben? Seine Wanderstiefel, dachte sie, sein Fernglas, eine Packung türkische Zigaretten und eine Flasche Whisky. Aber nicht den Kaschmirschal; von seinem Kaschmirschal könnte sie sich niemals trennen.

Das Gemurmel hinter ihr ließ ein wenig nach; gleich würde die Trauerfeier beginnen. Thea, die in der vergangenen Nacht kaum geschlafen hatte – genau genommen in den zweieinhalb Wochen seit der Erkrankung ihres Vaters kaum geschlafen hatte – und fürchtete, sie könnte in aller Öffentlichkeit hemmungslos zu weinen anfangen, wechselte das gedankliche Thema und dachte über die Psychopompoi nach. Sie war dreizehn gewesen, als sie in einem Buch über Mythologie zum ersten Mal über das Wort gestolpert war. Lange Zeit war es ihr Lieblingswort gewesen. Die Aufgabe eines Psychopompos war es, die Seele des gerade Verstorbenen ins Jenseits zu geleiten. Ein Psychopompos konnte ein Gott, ein Engel oder auch ein Tier sein. Wer würde ihren Vater in den Himmel geleiten? Ihr Vater hatte nicht an einen Himmel geglaubt. Hieß das also, dass kein hilfreicher Begleiter sich seiner annehmen würde? Wieder musste sie mit den Tränen kämpfen. Welches wäre das rechte Geschöpf, ihren Vater durchs Totenreich zu geleiten? Ein Hirsch, dachte sie, als sie sich mit schmerzhafter Klarheit an einen strahlenden Herbsttag erinnerte, an dem sie und ihr Vater in den Highlands gewandert waren. Von einem Hügelhang aus hatten sie zwei kämpfende Hirsche beobachtet. Das Krachen der aufeinanderprallenden Geweihe war mit der kalten Luft bis zu ihnen getragen worden. Ihr Vater war wie gebannt gewesen. Hirsche waren stolz, schön, stark und menschenscheu, wie er.

Lautes Orgelgebraus riss sie aus ihren Gedanken und verdichtete sich nach einer Reihe donnernder Akkorde zum Vorspiel von *Dear Lord and Father*. Thea wischte sich über die feuchten Augen und stand mit dem Rest der Gemeinde auf.

Dann war es vorbei, die Feier und das Begräbnis, und sie stellte fest, dass stimmte, was einige Leute vorher zu ihr gesagt hatten, sie fühlte sich ein klein wenig erleichtert.

Der Wind brannte, und der Schnee knirschte unter ihren Schritten, als sie vom Grab weggingen.

Rowan berührte Theas Arm. »Geht's dir einigermaßen, Schatz?«

Thea nickte. »Und dir?«

»Ich bin froh, wenn der heutige Tag vorbei ist. Aber jetzt noch ... Schaffst du's, den Sekretärinnen und Schreibkräften zu danken? Ich übernehme die Abteilungsleiter.«

Die Angestellten von Craxton & Söhne, die in großer Anzahl zum Begräbnis des Firmeninhabers erschienen waren, hatten sich in Grüppchen auf dem Friedhof verteilt. Fabrik und Büros waren an diesem Tag zum Zeichen des Respekts geschlossen geblieben. Thea schüttelte Hände und dankte den schwarz gekleideten weiblichen Angestellten. Obwohl sie brav die Fragen herunterleierte, die Rowan ihr am Morgen beim Frühstück eingetrichtert hatte, war sie befangen und hatte das Gefühl, ihre Sache nicht sehr gut zu machen.

Eine Frau fiel ihr auf, die allein in der Nähe des Portals stand, neben einem von grauen und orangefarbenen Flechten überwachsenen Grabstein. Sie hatte den Eindruck, dass es ihr ähnlich ging wie ihr selbst und sie das ganze Ritual als eine Qual empfand. Impulsiv ging Thea auf sie zu und bot ihr die Hand.

»Guten Morgen. Ich bin Thea Craxton.«

Die Frau mit den auffallend großen saphirblauen Augen musterte Thea, dann reichte sie ihr die Hand. »Mrs Torrance.«

Frage Nummer eins: »Haben Sie eng mit meinem Vater zusammengearbeitet, Mrs Torrance?«

Kopfschütteln. »Ich bin keine Angestellte. Ich bin ... ich bin eine Freundin.«

Mrs Torrance hatte etwa die gleiche Größe wie Thea. Helles lockiges Haar quoll unter ihrem Hut hervor. Thea, deren Haare glatt und dunkel waren, beneidete jede Frau mit Naturlocken, die sich wahrscheinlich das ganze langweilige Getue mit Brennschere und Lockenwickeln sparen konnte.

Sie kam zu Frage Nummer zwei. »Hatten Sie einen weiten Weg?«

»Ich komme aus London.«

»Meine Schwester lebt in London, in Chelsea. Wohnen Sie auch dort?«

»Nein, in South Kensington.«

Mrs Torrance sah plötzlich tieftraurig aus. Sie tat Thea leid. »Beerdigungen sind etwas Schreckliches, nicht?«

Mrs Torrance starrte sie an. Thea fürchtete, etwas Falsches gesagt zu haben, und überlegte, wie sie die Situation retten könnte, als Mrs Torrance fragte: »Hat er … hat er sehr gelitten?«

»Nein, nicht allzu sehr«, murmelte Thea. Es war gelogen, aber sie konnte jetzt nicht an die letzten Lebenstage ihres Vaters denken, und außerdem hatte Rowan ihr geraten, genau das zu sagen. »Ich weiß, es ist nicht wahr, Thea, aber einige dieser Leute haben über Jahre für Dad gearbeitet, und es hat doch keinen Sinn, ihnen das Herz noch schwerer zu machen.« Auch wenn Mrs Torrance keine Angestellte der Firma war, galt doch sicher die gleiche Regel.

Mrs Torrance' Blick schweifte über den Friedhof zu Rowan, die mit Mr Paterson im Gespräch war. »Ist das dort drüben Ihre Schwester? Mit den roten Haaren?«

»Ja, das ist Rowan. Und das ist Patrick, ihr Mann, der blonde Mann neben ihr.«

Der gequälte blaue Blick kehrte zu ihr zurück. »Ihre Schwester ist verheiratet?«

»Ja.«

»Wie alt ist sie?«

»Rowan ist fast vierundzwanzig.«

»Vierundzwanzig …« Was Thea in Mrs Torrances Gesicht sah, erschien ihr wie das blanke Entsetzen. »Und Sie?«

»Ich bin sechzehn.«

Schweigen. Dann fragte die Frau unerwartet scharf: »Wo ist Ihre Mutter?«

»Sie ist tot. Sie ist gestorben, als ich noch klein war.«

»Das tut mir leid.« Mrs Torrance senkte den Blick, schüttelte den Kopf. »Verzeihen Sie.«

Abgelenkt von ihren Nachbarn, einem Ehepaar in den Sechzigern, die ihr sagen wollten, dass sie zum nachfolgenden Mittagessen leider nicht kommen konnten, wandte Thea sich ab. Als sie sich wieder umdrehte, war Mrs Torrance gegangen. Verwundert blickte sie sich um und sah eine schmale, schwarz gekleidete Gestalt eilig die Straße hinaufgehen, weg von der Kirche.

Sie hatte die Frau anscheinend irgendwie verärgert, überlegte Thea schuldbewusst, obwohl sie den Eindruck hatte, dass sie sich bei dem Gespräch eher ungewandt verhalten hatte als unhöflich oder beleidigend. Jetzt jedenfalls reichte es ihr fürs Erste an Gesprächen mit Fremden. Außerdem hatte sie eben auf einem der Grabsteine in der Nähe einen hübschen kleinen Flecken gelber Krustenflechte entdeckt – *Caloplaca flavescens,* dachte sie, während sie die Pflanze mit zusammengekniffenen Augen betrachtete.

Es gelang Rowan, sich elegant aus dem Gespräch mit Mr Paterson, dem Fabrikleiter ihres Vaters, herauszulavieren. Große schwarze Limousinen fuhren vor, die sie, Thea und Patrick sowie die Alten und Gebrechlichen unter den Trauergästen zum Mittagessen fahren würden. Das Hotel, in dem es stattfand, war keinen halben Kilometer entfernt, für die übrigen Gäste also bequem zu Fuß zu erreichen.

Patrick war immer noch mit der Sekretärin ihres Vaters ins Gespräch vertieft. Man musste es ihm lassen, in Situationen wie dieser konnte man auf ihn bauen. Er tat, was getan werden musste. Nicht nur war er ihr eine große Hilfe bei der Erledigung all der schaurigen Formalitäten gewesen, sondern in der ganzen Zeit auch zuverlässiger Trost. Er war so wunderbar in mancher Hinsicht, dachte sie beschämt, wie gemein war es da von ihr, ihn zu betrügen.

Sie sehnte das Ende des Tages herbei, um endlich nach London zurückkehren zu können. Es war unsäglich, aber selbst an diesem Tag, an dem sie ihren Vater beerdigt hatte, war sie in Gedanken immer wieder bei Simon Pemberton gewesen, und dafür hasste sie sich. Seit der Nacht nach der Party bei den Manninghams hatte sie nicht mehr von ihm gehört. Sie fürchtete, er könnte die Tatsache, dass er ihr danach nie mehr bei den üblichen Anlässen begegnet war, als Zeichen dafür nehmen, dass sie ihm aus dem Weg ging.

Sie hörte jemanden ihren Namen sagen und drehte sich um.

»Mr Ross«, begrüßte sie den distinguiert wirkenden älteren Mann, der Chefbuchhalter bei der Firma Craxton und Söhne war. »Vielen Dank, dass Sie gekommen sind.«

Ross lüftete den Hut und gab ihr die Hand. »Verzeihen Sie, dass ich Sie behellige, Mrs Scott, aber könnten wir bei Gelegenheit unter vier Augen miteinander sprechen?«

»Morgen?«, meinte Rowan. »Vielleicht am Nachmittag…«

»So lange hat es leider nicht Zeit. Es geht um die Firma. Ich müsste wirklich heute mit Ihnen sprechen.«

»Oh.« Der Tag, der noch vor ihr lag, war schon jetzt unerträglich lang und angefüllt mit bitteren Verpflichtungen, doch sie sagte lächelnd: »Dann heute Nachmittag. Passt Ihnen fünf Uhr?«

»Danke, Mrs Scott.«

Sie sah sich suchend nach Thea um, während sie sich fragte, was, um alles in der Welt, Mr Ross mit ihr zu besprechen hatte und was an der Sache so dringend war. Sie hatte keine Ahnung vom Geschäft. Ihr Vater hatte nie viel darüber geredet, und sie hatte, um ehrlich zu sein, nie das geringste Interesse für Briefumschläge und Visitenkarten aufbringen können. Als sie Thea entdeckte, die im Schnee vor einem Grabstein kauerte, lief sie zu ihr.

Sophie saß im Zug nach London. Als dieses junge Mädchen sie gefragt hatte: »Leben Sie in Chelsea, Mrs Torrance?«, war sie einen Moment versucht gewesen zu sagen: »Nein, Hugh und ich leben in South Kensington«. Vielleicht hätte sie es tun sollen, dachte sie erbittert. Oder vielleicht hätte sie, als Hughs Sarg ins Grab hinuntergelassen wurde, den Kreis der Trauernden durchbrechen und laut schreien sollen: »Er war mit mir verheiratet!«

Dass sie es nicht getan hatte, war zum Teil angeborener Höflichkeit und ihrer Abneigung gegen alles Theatralische zuzuschreiben, zum Teil der Tatsache, dass sie jetzt wusste, dass sie und Hugh nie verheiratet gewesen waren. Sophie brach ein Stück von dem Früchtekuchen ab, den sie sich in einem Café am Glasgower Hauptbahnhof gekauft hatte, und schob es in den Mund, wie ausgehungert plötzlich, nachdem sie tagelang kaum einen Bissen hinuntergebracht hatte.

Sie starrte zum Fenster hinaus auf die Reihen von Fabrikgebäuden und Mietskasernen mit den schneebedeckten Dächern und ging im Kopf noch einmal die Daten durch. Sie hatte Mühe, sie zusammenzurechnen, erschüttert und erschöpft, wie sie war, aber es musste sein. Die Grabrede war von einem Mr Paterson gehalten worden, der zu Beginn auf die bedeutenden Ereignisse im Leben des Verstorbenen hingewiesen hatte. Hugh hatte seine Frau Sigrid 1912 geheiratet, sechs Jahre bevor sie – Sophie – ihm begegnet war. Sechs Jahre! 1914 war die erste Tochter zur Welt gekommen, Rowan – die teilnehmenden Blicke der Gemeinde flogen zur ersten Bankreihe. Darauf war Mr Paterson kurz auf Hugh Craxtons tapferen Einsatz für sein Heimatland im Großen Krieg eingegangen und danach auf die Geburt einer zweiten Tochter, Thea, im Jahr 1921. Was hieß, dass Hugh zwischen den Geburten seiner zwei Söhne Duncan und Stuart noch ein Kind gezeugt hatte, ebendieses junge Ding, diese Thea, die heute sechzehn Jahre alt war.

Damit war Sophie letzte kleine Hoffnung zunichte, dass Hugh bei ihrer Hochzeit 1918 vielleicht verwitwet oder geschieden gewesen war und ihr das nur aus irgendeinem Grund nicht gesagt hatte. Die harten, kalten Zahlen bestätigten ihr, was sie im Grunde ihres Herzens schon seit dem Gespräch mit Thea Craxton wusste: Dass *ihre* Ehe ungültig war, *ihre* Kinder außerehelich geboren waren.

Es war alles so ungeheuerlich, dass sie es kaum aufnehmen konnte. Hugh hatte zwei erwachsene Töchter. Er war schon mit einer anderen Frau verheiratet gewesen, als er ihr seinen Antrag gemacht hatte. Ihre Ehe war nie rechtsgültig gewesen. Er hatte sie zwei Jahrzehnte lang nach Strich und Faden belogen. Sie fragte sich, wie sie es überhaupt noch geschafft hatte, in den richtigen Zug zu steigen.

Mr Paterson hatte geredet und geredet, und jedes seiner Worte hatte Sophies Herz wie ein Pfeil getroffen. Er berichtete vom Tod von Hughs Frau Sigrid durch einen tragischen Unfall, nach dem, wenn ihm zu glauben war, ein gramgebeugter Hugh es tapfer und schicksalsergeben auf sich genommen hatte, seine zwei kleinen Töchter allein großzuziehen. Hugh Craxton sei ein Mensch voller Humor und Zuversicht gewesen, der – und hier, am Schluss seiner Rede, glitt Mr Paterson ins Klischee ab – die Unbilden des Lebens tapfer gemeistert habe. Seine große Leidenschaft habe der Landschaft Schottlands gegolten … und jenem anderen großartigen Produkt des Landes, einem edlen Malt Whisky. Nun, das wenigstens war wahr, dachte Sophie wütend, als sich rundum gedämpftes Lachen erhob. Ihr selbst war so übel, dass sie Angst hatte, sie würde sich gleich übergeben. Immerhin hatte sie darüber flüchtig den Schock der Erkenntnis vergessen, dass der Mann, den sie zu kennen geglaubt, den sie für ihren Ehemann gehalten hatte, ihr in Wirklichkeit ein Fremder gewesen war.

Sie aß den letzten Bissen vom Kuchen, lehnte sich in ihrem Sitz zurück und schloss die Augen. Bevor sie am Vortag nach London gefahren war, hatte sie den Jungen erzählt, sie reise nach Cornwall zu einer alten Freundin, der es nicht gut gehe. Sie wusste, dass Duncan ihr nicht geglaubt hatte.

Nach der langen Reise hatte sie sich ein Zimmer in einer kleinen Pension genommen, die nur ein paar Straßen von der Kirche entfernt war, in der Hughs Trauerfeier stattfinden sollte. Angst und Grauen und die eisige Kälte ihres

Zimmers, das keinen Kamin hatte, hielten sie die ganze Nacht wach. Am Morgen ging sie zur Kirche, ein imposanter roter Backsteinbau, und wartete im Bushäuschen auf der anderen Straßenseite, während die Trauergäste eintrafen. Manche kamen mit dem Auto, andere mit dem Bus oder zu Fuß. Bis zum letzten Moment unschlüssig, ob sie überhaupt an der Trauerfeier teilnehmen sollte, war sie schließlich von der Kälte in die Kirche getrieben worden und hatte sich in eine der hinteren Bänke gesetzt. Irgendwie schaffte sie es, zu den Liedern aufzustehen und zu den Gebeten niederzuknien.

Und jetzt war sie todmüde und ausgelaugt und sehnte sich aus tiefstem Herzen nach zu Hause. Ihr war nichts geblieben als der bittere Trost, dass die Strohhalme, an die sie sich in den letzten zweieinhalb Wochen geklammert hatte, endgültig zu Asche zerfallen waren. Auch wenn sie Hughs Verrat kaum fassen konnte, brauchte sie jetzt doch wenigstens nicht mehr zu versuchen, Entschuldigungen für ihn zu finden.

Jedes Mal, wenn ihr nach irgendeiner flüchtigen Ablenkung wieder der Gedanke daran kam, was er getan hatte, wurde sie von einer neuen Welle des Schmerzes und der Bitterkeit überschwemmt. Zwanzig Jahre lang hatte Hugh sie skrupellos und systematisch getäuscht. Und er hatte ihre Söhne getäuscht, dafür hasste sie ihn am meisten.

Vermutlich hatte er auch seine Töchter und deren Mutter belogen, aber das war nicht ihre Sorge. Als sie die Augen wieder schloss, sah sie Hughs Töchter vor sich. Die jüngere, Thea, klein und zierlich, mit dunklen Haaren und braunen Augen; die ältere, die rothaarige Rowan, hochgewachsen, elegant und auffallend schön. Beide waren sie gut angezogen gewesen. Sophie, der Kleidung wichtig war, hatte gesehen, dass die Garderobe der beiden jungen Frauen von besserer Qualität und modischer war als ihre eigene. Vielleicht stand Hughs erste Familie finanziell besser da als seine zweite.

Auch das nahm sie ihm übel, nicht um ihrer selbst willen – sie war zu Sparsamkeit erzogen worden –, aber ihrer Söhne wegen. Tja, ein Wort von mir, und es wäre aus mit deiner heilen Welt, dachte Sophie rachsüchtig. Ich könnte dir dieses höfliche Lächeln von deinem hübschen Gesicht wischen. Aber im nächsten Moment, als ihr etwas einfiel, was Thea Craxton erwähnt hatte, wurde die Wut von Angst verdrängt. Rowan und ihr Mann Patrick lebten in Chelsea, praktisch um die Ecke von South Kensington. Sie waren beinahe Nachbarn, ihre Söhne und Hughs Tochter. Jeden Tag konnten sie sich auf der Straße begegnen. Der Gedanke war erschreckend.

Eine weiße Dampfwolke verhüllte die Landschaft vor dem Fenster und löste sich auf, während der Zug weiterraste. Schneeige Hügel und schattige Täler hoben sich aus dem abendlichen Dunkel. Sophie hätte nicht sagen können, was für eine Antwort sie sich wünschte, als sie Thea Craxton gefragt hatte, ob Hugh gelitten hatte. Er verdiente die Hölle für seine Lügen und diesen Verrat, von dem sie nicht wusste, ob sie sich je von ihm erholen würde. Gleichzeitig hatte sie ein Gefühl der Sinnlosigkeit. Nichts konnte jetzt noch etwas ändern. Nichts konnte je wiedergutmachen, was er ihr angetan hatte.

Sie hatte offenbar laut gestöhnt, denn der Mann ihr gegenüber – um die vierzig, seriös wirkend, grauer Wollmantel – sagte: »Verzeihen Sie, Madam, ich wollte gerade in den Speisewagen. Darf ich Ihnen etwas mitbringen? Einen Kognak vielleicht?«

Sophie lehnte höflich dankend ab. Der Mann im grauen Wollmantel ging hinaus. Eine Frau mit einem scheußlichen grünen Hut, die neben Sophie saß, starrte sie an. Sophie starrte zurück, und die Frau senkte den Blick. Sah sie aus wie eine Frau, die sich von fremden Männern im Zug zum Kognak einladen ließ? Wenn ja, war es kaum verwunderlich. Ein Tag hatte gereicht, um sie zu so einer Person zu machen, einer Mätresse, einer Frau, die sich aushalten ließ. Es gab schlimmere Bezeichnungen für das, was sie war, eine Frau, die mehr als neunzehn Jahre unverheiratet mit einem verheirateten Mann zusammengelebt hatte.

Wie hatte Hugh es fertiggebracht, mit der Lüge zu leben? Die ständige Anspannung dieses Doppellebens musste ihn doch Kraft und Nerven bis zur Verzweiflung gekostet haben. Ja, vielleicht. Aber vielleicht auch nicht. Vielleicht hatte es für ihn einen besonderen Reiz gehabt, dachte sie mit einer neuen Aufwallung von Wut. Hatte er sich seiner Geheimnisse geschämt, oder hatte er sie genossen? Es fiel ihr nicht schwer, sich vorzustellen, dass Hugh es höchst befriedigend gefunden hatte, die Fäden in der Hand zu halten und sich nicht um die Regeln zu scheren. Für Autorität und gesellschaftliche Konventionen hatte er nie viel übriggehabt. Ein Doppelleben zu führen hatte ihm vielleicht das Gefühl gegeben, interessanter zu sein als die meisten. Hugh war stets stolz gewesen auf seine Schlauheit. Vielleicht hatte sie ihm immer nur als Abwehrmittel gegen die Langeweile und Rastlosigkeit gedient, die ihn geplagt hatten.

Ihr Urteil über sich selbst war schnell gefällt. Wie hatte sie nicht merken können, dass in ihrer Ehe etwas von Grund auf nicht stimmte? Hatte er sie gewählt, weil sie dumm war und blind vor Liebe? Denn es hatte Hinweise gegeben, das erkannte sie jetzt, als ihr Hughs Unberechenbarkeit und plötzliche Launen einfielen, die sie immer wieder irritiert hatten. Einmal hatten sie an ihrem Geburtstag ein Restaurant besucht, in dem Hugh einen Tisch reserviert hatte. Bei ihrer Ankunft hatte er sich nur kurz umgesehen und festgestellt, dass es ihm nicht passte. Ohne ein Wort zum Personal waren sie wieder gegangen. Oder ein Sommerurlaub in Torquay: Sie hatten einen Spaziergang auf der Esplanade gemacht, als Hugh ohne Vorwarnung abschwenkte und eine andere Richtung einschlug. Später am Tag hatte er darauf bestanden, aus dem Hotel auszuziehen und nach London zurückzukehren.

Sie erinnerte sich an wichtige Anlässe, zu denen Hugh nicht erschienen war, Sportfeste, Abschlussfeiern, Preisverleihungen in der Schule. Zur Beerdigung ihrer Mutter, mit der er sich allerdings nie verstanden hatte, war er zu spät gekommen. Sophie hatte damals den Verdacht gehabt, dass es Absicht war. Sie und Hugh hatten wie auf einer Insel gelebt, abgeschnitten vom Rest der Welt. Er hatte dieses Leben gewollt, aber sie hatte es ihm ermöglicht.

Mit neu aufflammender Wut fragte sie sich, warum sie sich über Hugh den Kopf zerbrach, diesen gemeinen Lügner und Betrüger. Jeder Gedanke an ihn war verschwendet. Einzig ihre Söhne waren wichtig. Sie musste sie schützen, denn sie hatten jetzt nur noch sie. Ihr graute davor, Duncan und Stuart die Wahrheit über ihren Vater zu sagen, und das Grauen wuchs mit jedem Meter, den sie London näher kam. Was Hugh getan hatte, war so grausam, dass es ihnen vielleicht unheilbare Wunden schlagen würde. Besser, sie glauben zu lassen, dass Hugh sie verlassen hatte oder einfach verschwunden war. Alles war besser, als ihnen die Wahrheit zu sagen.

Aber wenn sie ihnen verschwieg, dass ihr Vater gestorben war, würden sie vielleicht ihr Leben lang nach ihm suchen. Stuart jedenfalls; dass Duncan mit seinem Vater nicht mehr einig war, war schon länger spürbar. Was war grausamer? Ihnen zu sagen, dass ihr Vater tot war und sie sein Leben lang belogen hatte, oder ihnen falsche Hoffnung zu lassen? Wäre sie dann nicht genauso verlogen wie Hugh?

Vor neun würde sie nicht zu Hause sein. Sie könnte sich, durchaus einleuchtend und der Wahrheit entsprechend, darauf berufen, dass sie von der Reise kaputt sei, gleich zu Bett gehen und ein Gespräch auf den nächsten Tag verschieben.

Nein. Als der Zug in der Carlisle Station einlief, beschloss sie, zu ihren Söhnen immer ehrlich zu sein, ganz gleich, was geschah. Sie brauchten nicht noch mehr Lügen. Ihnen die Wahrheit über ihren Vater zu sagen würde nicht leichter werden, wenn sie es vor sich herschob.

Bremsen kreischten, die ersten Türen knallten. Und wenn es ihr noch so schwerfiel, sie würde ihnen die Wahrheit sagen, so behutsam und schonend wie möglich. Von jetzt an nur noch die Wahrheit.

Selbst das Haus wirkte fremd, dachte Thea, als sie in den Salon trat. Nichts war so, wie es sein sollte. Im Erdgeschoss roch es aufdringlich nach Lilien, und Jessie, das Mädchen, sonst eher trampelig, huschte wie ein Mäuschen von Kamin zu Kamin, um Feuer zu machen. Den ganzen Tag waren die transparenten Rollos vor den drei großen Fenstern heruntergelassen und die lindgrünen Vorhänge teilweise zugezogen geblieben. Jessie hatte nur wenige Lampen angezündet, vermutlich, weil sie das dämmrige Licht den jüngsten Ereignissen angemessen fand. Dunkle Schatten lagen auf dem Flügel, dem cremefarbenen Sekretär und den blassgrünen Polstersesseln mit den geschwungenen Arm- und Rückenlehnen, die Theas Mutter bei ihrer Heirat aus ihrem Elternhaus in Schweden mitgebracht hatte.

Mr Ross, der Chefbuchhalter der Firma, hatte am späten Nachmittag angerufen. Sie hatten ihn hier, im Salon, empfangen. Es folgte ein kurzes Gespräch, und als es beendet war, wusste Thea, dass nichts wieder so sein würde, wie es gewesen war.

Mr Ross eröffnete ihnen, dass das Bankguthaben von Craxton & Söhne nicht ausreichte, um Löhne und Gehälter der Angestellten zu bezahlen. Das Schreibwarenunternehmen hatte zu kämpfen gehabt, erklärte Mr Ross, seit es einige Jahre früher, zur Zeit der großen Depression, beinahe Bankrott gemacht hatte. Danach war man immer tiefer in die roten Zahlen geraten. Ein Schlag folgte auf den anderen, einer so erschütternd wie der andere. Hugh Craxton versuchte, die Firma zu sanieren, indem er eine weitere Hypothek auf sein Haus aufnahm – dieses Haus. Mr Ross hatte ihm davon abgeraten. Es sei unklug, hatte er gesagt, das Heim der Familie als Sicherheit zu bieten, um ein krankes Unternehmen auf den Beinen zu halten, doch Hugh hatte nicht auf ihn gehört. »*Noch* eine Hypothek, Mr Ross?«, fragte Patrick, und Mr Ross sagte Ja. Er habe gewusst, dass das Haus bereits mit einer Hypothek belastet sei.

Als Mr Ross gegangen war, hatte Rowan den Familienanwalt, Mr Macready, angerufen, der mit dürren Worten bestätigte, was der Buchhalter ihnen mitgeteilt hatte. Und das war nicht alles gewesen: Macready informierte sie außerdem davon, dass auch Mr Craxtons persönliches

Bankkonto leer war. Man war bei beiden Hypotheken im Zahlungsrückstand. Mr Craxtons Töchter würden das Haus verkaufen müssen. Allerdings würde der Erlös bei den derzeitigen finanziellen Gegebenheiten wahrscheinlich nicht ausreichen, um beide Hypotheken zu bezahlen.

Thea hatte von alldem nichts gewusst. Die Firma, das Haus waren so sehr Konstante ihres Lebens gewesen, dass sie sich selbst jetzt, mehrere Stunden später, fragte, ob das nicht alles ein großes Missverständnis war. Dass sie jahrelang am Rand des Ruins gelebt hatten, ihr scheinbar sicheres Leben auf Sand gebaut war, wollte ihr einfach nicht in den Kopf.

Rowan, die sich umgezogen hatte, kam jetzt in grauem Rock und Shetlandpullover ins Zimmer und setzte sich zu Thea aufs Sofa.

»Mein Gott! Was für ein Tag«, sagte Thea.

»Ja.«

»Wir stehen also vor dem Ruin.«

»Na, das ist ein bisschen melodramatisch. Aber ja, sieht ganz so aus.«

»Hat Dad jemals etwas gesagt?«

»Keinen Ton.«

»Vielleicht wollte er uns nicht beunruhigen. Der Arme.«

Thea erinnerte sich an einen Besuch in der Fabrik, Jahre war das her, sie war noch ein kleines Mädchen gewesen. Es hatte nach Papier und Maschinenöl gerochen, und einer der Männer hatte ihr Visitenkarten mit geprägtem Goldrand gemacht. Ihr Vater hatte nicht einmal versucht zu sparen. Obwohl ihm ihre prekäre finanzielle Lage bewusst gewesen sein musste, hatten sie weiter auf dem gewohnt großen Fuß gelebt.

Sie fragte Rowan nach Patrick.

»Er hat zu tun. Er muss morgen nach London zurück. Irgendein neuer Fall, eine Frau, die ihren Mann mit dem Bügeleisen erschlagen und die Leiche im Kohlenschacht versteckt hat.« Rowan gähnte. »Er hat übrigens Daddys Schreibtisch durchgesehen und eine Quittung für dein Schulgeld für das nächste Trimester gefunden. Das ist also bezahlt, Gott sei Dank.«

Von geliehenem Geld, dachte Thea. Sie konnte sich kaum vorstellen, an ihr Internat in North Yorkshire zurückzukehren. Nach allem, was passiert war, fühlte sie sich ihm entwachsen. Zurück auf die Schulbank, als wäre nichts geschehen? Unmöglich.

Rowan sagte: »Nach dem Frühjahrstrimester musst du zu uns ziehen. Du hast bei uns immer ein Zuhause, das weißt du, solange du willst.« Als Thea ihr danken wollte, schnitt sie ihr das Wort ab. »Das war doch nie eine Frage, Thea.«

Gerührt von Rowans Fürsorge, war Thea gleich wieder den Tränen nahe. Um sie abzuwehren, wechselte sie das Thema und fragte: »Hast du Dad eigentlich jemals von einer Mrs Torrance reden hören?«

»Ich glaube nicht. Warum?«

»Sie war auf der Beerdigung. Ich habe auf dem Friedhof mit ihr geredet. Klein, ungefähr meine Größe, blonde Haare und blaue Augen. Sehr hübsch.«

Rowan schüttelte den Kopf. »Nein, die kenne ich nicht. Hat sie für Daddy gearbeitet?«

»Nein. Sie sagte, sie sei eine Freundin von ihm.« Als Thea jetzt an das Gespräch zurückdachte, erschienen ihr einige von Mrs Torrance' Fragen reichlich merkwürdig. Warum hatte sie wissen wollen, wie alt sie und Rowan waren? Warum hatte sie sich nach ihrer Mutter erkundigt?

Wenn sie ihren Vater so gut gekannt hatte, dass sie die weite Reise aus London zur Beerdigung auf sich genommen hatte, musste er ihr doch vom tödlichen Unfall ihrer Mutter erzählt haben.

»Sie wirkte ziemlich aufgewühlt«, sagte sie. »Und dann ist sie einfach verschwunden. Ich hoffe, es lag nicht an irgendwas, was ich gesagt habe. Ich frage mich …«

Sie brach ab, weil es klopfte. Jessie erkundigte sich, ob jemand Tee und Sandwiches wünsche.

»Für mich nichts, danke, Jessie«, sagte Rowan. »Was ist mit dir, Thea?«

»Nein danke.«

Als das Mädchen die Tür schloss, murmelte Rowan: »Wenn mir noch einmal jemand labberige Sandwiches und lauwarmen Tee anbietet, schrei ich. Was fragst du dich?«

Thea äußerte unverblümt ihren Verdacht. »Ob Mrs Torrance Dads Geliebte war. Ich frage mich, ob sie sich getroffen haben, als Dad in der Londoner Filiale war, und sie dann seine Geliebte wurde oder so was.«

»Und wenn? Er hätte ein bisschen Glück verdient.«

Es hörte sich an, als fühlte Rowan sich persönlich angegriffen, und Thea zögerte, das Thema weiterzuverfolgen. Ihr Blick flog zu dem Porträt ihrer Mutter über dem Kaminsims. Sigrid Craxton war Schwedin gewesen, in einer kalten, einsamen Landschaft aufgewachsen, die überwiegend aus Seen und Wäldern bestand. Auf dem Gemälde trug sie eine weiße Bluse und einen cremefarbenen Rock. Ihre weißblonden Haare fielen ihr lose bis zur Taille hinunter, und im Blick ihrer blauen Augen lag ein Anflug von Trotz. Im gesprenkelten Licht unter den hohen Bäumen schien sie mit der Landschaft zu verschmelzen, als wäre sie schon damals langsam entschwunden.

Thea war sechs Jahre alt gewesen, als Sigrid umgekommen war, bei einem Segelunfall, bei dem auch Thea beinahe ertrunken wäre. Rowan, die damals dreizehn war, hatte sie gerettet. Sie war mit ihrer kleinen Schwester im Arm von der Unfallstelle an einem Felsriff vor Corran, einer kleinen Insel, bis zum achthundert Meter entfernten schottischen Festland geschwommen. Seither bestand zwischen Thea und ihrer Schwester, der sie ihr Leben verdankte, eine tiefe Verbundenheit, die nichts erschüttern konnte. Dass Schwestern einander besonders nahestanden, war keine Seltenheit, aber die Nähe zwischen diesen beiden war ungewöhnlich. Dennoch gab es Themen, die sie im Gespräch mit Rowan besser mied, das wusste Thea nur zu gut. Noch nie war Rowan ein freundliches Wort über ihre Mutter über die Lippen gekommen. Sie sprach kaum je von ihr. Jedes Mal, wenn Thea versuchte, von ihr etwas über ihre Mutter zu erfahren, verschloss sich Rowan. Konnte es sein, dass hier zu Sigrids Lebzeiten zwei starke Willen unvereinbar aufeinandergeprallt waren?

Thea hatte, genau wie Rowan, ihren Vater sehr geliebt, aber sie hatte immer gewusst, dass er nicht vollkommen war. Er flirtete gern mit hübschen Frauen. Bei einem Ferienaufenthalt in Südfrankreich hatte der größte Teil seiner Aufmerksamkeit einer schwülen Brünetten gegolten, die er am Strand kennenlernte. Thea war in dieser Woche meistens allein durch Pinienwälder gestreift und hatte nach Steinschmätzern und Misteldrosseln Ausschau gehalten. Und ihr fiel eine ähnliche Episode ein, in einem Hotel in Balmoral, wo ihr Vater sich eingehend einer gewissen Mrs Vale gewidmet hatte. Thea, die sich viel mehr für die prähistorischen Stätten in den nahe gelegenen Bergen interessierte, hatte es nichts ausgemacht, sie hatte nur ein wenig Angst gehabt, ihr Vater könnte die viel zu stark geschminkte Mrs Vale heiraten. Zum Glück hatte er das nicht getan.

Sie wechselte erneut das Thema. »Für Malcolm Reid konnte ich auch keine Adresse finden.«

»Für wen?«

»Du weißt schon, Dads Freund.« Als Rowan verständnislos blieb, erklärte Thea: »Dad wollte Weihnachten mit ihm verbringen, du weißt doch, in den Highlands. Da war er immer mit Mr Reid beim Angeln und auf der Jagd.«

Da in den Sachen ihres Vaters keine Adresse zu finden gewesen war, hatte sie Mr Reid noch nicht mitteilen können, dass ihr Vater gestorben war. Sie würde noch einmal gründlich suchen müssen. Es musste doch Briefe geben oder wenigstens eine Telefonnummer. Bei der Erinnerung daran, wie sehr sich ihr Vater auf seinen Angelausflug gefreut hatte, biss sie die Zähne aufeinander.

»Ein scheußliches Weihnachten für dich, Süße«, sagte Rowan liebevoll.

»Für dich auch.«

»Aber wenigstens ist mir der jährliche Besuch bei der angeheirateten Verwandtschaft erspart geblieben«, versetzte Rowan mit Galgenhumor. »Das ist immerhin ein kleiner Trost.« Sie sah sich im Zimmer um. »O Gott, das alles hier werden wir wohl ausräumen müssen.«

All diese vertrauten und geliebten Gegenstände mussten verkauft werden. Im Haus von Rowan und Patrick war nicht genug Platz für die Möbel und Objekte der Craxtons. Der Gedanke tat Thea weh. Es würde so bitter werden wie ein Abschied von alten Freunden.

Reiß dich zusammen, Thea, ermahnte sie sich streng. Werd jetzt bloß nicht rührselig wegen ein paar Tischen und

Stühlen. »Ich sehe Dads Schreibsachen durch«, erbot sie sich.

»Sicher?«

»Ich habe sowieso schon vieles sortiert, als ich nach Adressen suchte. Und ich weiß, du hasst solche Arbeiten.«

»Das stimmt, aber du musst mich auch was tun lassen«, entgegnete Rowan energisch. »Ich werde dich diese ganze furchtbare Schreiberei nicht allein erledigen lassen.«

Thea hätte gern gewusst, wie Mrs Torrance vom Tod ihres Vaters erfahren hatte. Vielleicht hatte jemand von der Londoner Filiale es ihr mitgeteilt. War jemand von der Londoner Filiale bei der Beerdigung gewesen? Sie wusste es nicht.

Patrick kam herein. »Kann ich euch irgendwas bringen? Sherry … Tee … irgendwas anderes?«

Sie verneinten beide.

»Rowan«, sagte Patrick, »erinnere mich, dass ich dir morgen, bevor ich fahre, Geld für Jessie und Mrs Williams gebe.« Mrs Williams, die Putzfrau, kam täglich, um die Böden zu wischen und die Kamine zu reinigen. »Es ist wahrscheinlich das Beste, du kündigst Mrs Williams gleich, so leid mir das tut. Jessie behalten wir besser, bis das Haus verkauft ist. Ihr seht beide völlig fertig aus. Warum geht ihr nicht nach oben zu Bett?«

Er legte Rowan die Hand auf die Schulter. Rowan zuckte ein wenig zusammen und schüttelte die flüchtige Berührung ab, indem sie die Haltung änderte.

Thea stand auf, küsste beide auf die Wangen und ging hinauf in ihr Zimmer. Obwohl sie gleich das Licht ausmachte und in der Dunkelheit gewissenhaft Schäfchen zählte, blieb der Schlaf aus. Alles Mögliche ging ihr durch den Kopf. Im Lauf des Nachmittags war einer ihrer großen, ehrgeizigen Pläne, dass sie auf die Uni gehen und Geschichte studieren würde, sang- und klanglos gestorben, zerstoben wie Asche im Wind.

Aber sie ließ kein Selbstmitleid aufkommen. Auch wenn Patrick Jessie und Mrs Williams bezahlen würde, konnte er nicht die ausstehenden Lohnkosten für die Firma übernehmen. Alle, die bei Craxton & Söhne arbeiteten, würden in Kürze ihre Anstellung verlieren. Sie würden nicht einmal ihren letzten Wochenlohn bekommen.

Zwei Hypotheken, ein leeres Bankkonto und ein Familienunternehmen am Rand des Ruins. Was hatte ihr Vater noch verschwiegen?

Thea erinnerte sich an die letzte Wanderung in den Yorkshire Dales, die sie in den vergangenen Herbstferien mit ihrem Vater unternommen hatte. Das Geräusch des Regens und das Knistern welker brauner Blätter, die der Wind von den Bäumen riss. Das Schmatzen ihrer Stiefel im Matsch des Fußwegs, als sie den Hang hinunterstiegen zu einem Bauernhof, wo sie zu Abend essen wollten. Wenn sie sich ganz intensiv konzentrierte, konnte sie das Gewicht seines Arms auf ihren Schultern spüren. Da musste er schon gewusst haben, dass die Firma nicht zu retten war und er alles verlieren würde. War es tapfer, unbekümmerten Optimismus vorzutäuschen, wenn man vor dem Abgrund stand, oder war es einfach heller Wahnsinn? Hatte ihr Vater den bevorstehenden Untergang vielleicht sogar vor sich selbst zu verbergen versucht?

Vor ihrem Toilettentisch in ihrem früheren Mädchenzimmer cremte sich Rowan das Gesicht und fragte sich dabei, ob Thea recht hatte und ihr Vater tatsächlich eine Geliebte in London gehabt hatte.

Sie schob den Gedanken weg. Das war weder ihre Sache noch Theas. Unten fiel eine Tür zu, und Rowan hörte Schritte auf der Treppe. Hastig wischte sie die Coldcream ab, legte sich in ihr Bett, knipste die Lampe aus und schloss die Augen.

»Wo willst du hin?«, fragte Sophie, und Duncan erwiderte kurz: »Raus.« Der Knall, mit dem er die Haustür zuschlug, sagte alles.

Stuart stand in der Küche und schlang eine Scheibe kalten Schinkenspeck hinunter.

»Hat Duncan dir gesagt, wohin er will?«

Stuart schüttelte den Kopf. Sophie sah zum Fenster hinaus. Es war noch nicht richtig hell, ein grauer, nasser früher Morgen. Sie fühlte sich elend, als sie sich vorstellte, wie Duncan jetzt allein und ziellos durch das kalte London irrte.

»Er ist nur wütend wegen Dad«, sagte Stuart.

»Ich weiß, Schatz.« Duncan hatte keinen Bissen gefrühstückt. Er war wütend auf seinen Vater, aber er war auch wütend auf sie. Doch davon sagte sie Stuart nichts, er hätte es seinem Bruder womöglich übel genommen. Ihr war klar, wie leicht ihre kleine, zurückgebliebene Familie sich spalten konnte, wenn sie nicht achtsam war. Im Übrigen konnte sie gut verstehen, dass Duncan auch ihr Schuld gab und es fahrlässig und dumm von ihr fand, dass sie Hugh so blind vertraut hatte.

»Was ist, wenn er nicht mehr nach Hause kommt?«, fragte sie, dem Weinen nahe.

Stuart hob den Kopf. »Ach, er kommt bestimmt, Mum. Spätestens, wenn er Hunger kriegt.«

»Aber vielleicht geht er einfach weg, ich weiß nicht, zur See oder so was.«

»Nie im Leben. Duncan hat für Schiffe nichts übrig, er mag Flugzeuge. Soll ich abspülen?«

»Danke, Schatz, lass nur.«

»Ich will aber.« Stuart stapelte alles, was herumstand, wie Kraut und Rüben im Spülbecken, Teller, Gläser, Schüsseln. Dann fragte er: »Mum, weißt du das mit Dad ganz sicher? Kann das nicht alles ein Riesenirrtum sein?«

»Nein, ich bin mir sicher.« Sie legte ihm tröstend die Hand auf den Rücken. »Ich wollte, es wäre ein Irrtum, aber so ist es leider nicht.«

Stuart sagte nichts. Wasser lief aus dem Hahn. Die Reaktion ihrer Söhne, als sie ihnen nach ihrer Rückkehr aus Glasgow am vergangenen Abend gesagt hatte, dass ihr Vater tot war, war vorhersehbar gewesen. Stuart hatte geweint, und Duncan war sofort misstrauisch gewesen. Warum er und Stuart nicht an der Beerdigung ihres Vaters teilgenommen hätten? Warum sie in Glasgow stattgefunden habe und nicht in London? Wenn ihr Vater wirklich am ersten Weihnachtsfeiertag gestorben war, warum hatten sie dann nichts davon gewusst? Oder habe sie es vielleicht gewusst und ihnen verschwiegen?

Mit den Antworten auf diese Fragen war alles ans Licht gekommen. Hughs zweite Familie, die zwei Töchter – Duncans und Stuarts *Halbschwestern* – und die Tatsache, dass ihre Ehe mit Hugh nie rechtsgültig gewesen war. Alles war aufgedeckt worden. »O Gott«, sagte Duncan leise, als sie fertig war. Dann rannte er nach oben, Türen knallten, und als sie später bei ihm klopfte und leise seinen Namen rief, rührte er sich nicht.

Stuart spülte, wie eben halbwüchsige Jungen spülten, schwenkte Teller und Schüsseln, dass das Wasser überschwappte, und wischte dabei oberflächlich mit dem kleinen Schwamm über das Porzellan. Sophie entfernte beim Trocknen die verbliebenen Flecken mit dem Geschirrtuch.

Stuart fragte unvermittelt: »Mum, glaubst du … glaubst du, es war ein Versehen?«

»Dass dein Vater mich geheiratet hat, meinst du?«

»Ja.«

»Das ist schwer vorstellbar.« Sie merkte, dass Stuart Mühe hatte, die Tränen zurückzuhalten, und sagte zart: »Ich glaube, du meinst, es könnte eine Impulshandlung gewesen sein, dass euer Vater mich Hals über Kopf geheiratet hat, ohne weiter zu überlegen. Ja, das halte ich für möglich. Wir haben während des Krieges geheiratet. Damals haben viele Paare überstürzt geheiratet. Vielleicht dachte euer Vater, er würde den Krieg nicht überleben. Oder vielleicht war er in seiner ersten Ehe nicht glücklich und meinte, nach allem, was er durchgestanden hatte, hätte er etwas Glück verdient. Ja, ich kann mir vorstellen, dass er so dachte.«

»Hast du Sehnsucht nach ihm, Mum?«

Der Blick, mit dem er sie ansah, war ein Flehen. Sie wusste, was er wollte: dass sie Ja sagte, Hugh entschuldigte, eine Rechtfertigung für ihn fand.

Aber sie hatte gelobt, ihren Söhnen die Wahrheit zu sagen, deshalb antwortete sie: »Im Augenblick … nein, ich bin zu wütend auf ihn.« Und zu tief verletzt. Es gab Momente, viele davon, in denen sie Hugh hasste, froh war, dass er tot war, und hoffte, dass Thea Craxton gelogen hatte, als sie sagte, er habe kaum gelitten.

»Ich hab Sehnsucht nach ihm, Mum.«

»Ja, aber natürlich.« Sie legte den Arm um ihn. »Er war dein Vater.«

Später, als sie allein war, verbrannte sie Hughs Briefe im Küchenherd. Liebesbriefe, die er ihr auf dünnem Durchschlagpapier geschrieben hatte, als er an der Front gewesen war, Briefe auf blauem Briefpapier, die er geschickt hatte, wenn er geschäftlich auf Reisen gewesen war. Postkarten und Geburtstagskarten, jahrelang gehütet wie ein Schatz, und die kleinen Liebesbotschaften, die er ihr täglich gesandt hatte, als sie im Genesungsheim gearbeitet hatte. Sie schob sie alle ins Feuer und sah zu, wie seine Worte – jedes von ihnen eine Lüge – in Flammen aufgingen.

4

April–Juni 1938

Thea lag bäuchlings auf ihrem Bett im Gästezimmer der Scotts und las *Die Fahrt der Beagle*, als es klopfte. Sie riss sich von den Galapagosinseln los und hob den Kopf.

»Tolles Kleid«, sagte sie, als Rowan in einem roten Abendkleid eintrat, das in weichen Bahnen zum Boden hinabfloss. »Ist es neu?«

»Ja, ja.« Rowan wirkte irgendwie verstohlen. »Entschuldige, aber könntest du mir einen Gefallen tun?«

»Ja, klar, gern.«

»Könntest du einen Brief für mich besorgen?«

»Du meinst, jetzt?«

»Ja. Es ist ziemlich dringend.«

Thea nahm den Brief, den Rowan ihr hinhielt, und warf einen Blick auf die Anschrift. *Mr S. Pemberton … Charles Street.*

»Simon ist ein alter Freund von mir«, erklärte Rowan hastig. »Er hat ein Faible für antike Möbel. Ich dachte, Daddys kleiner Kartentisch könnte ihn interessieren, ich dachte, es wäre vielleicht ein französisches Stück. Das stimmt aber offenbar nicht. Ich wollte ihn eigentlich heute Abend bei den Charlburys treffen, aber ich hatte vergessen, dass wir bei den Stanleys zum Essen eingeladen sind. Also klappt das nicht.«

»Kannst du ihn nicht anrufen?«

»Er hat kein Telefon.« Ein Ausdruck der Gereiztheit flog über Rowans Gesicht. »Er findet Telefone störend und widerlich modern.«

»Aber nützlich sind sie. Natürlich erledige ich das. Ich kann sowieso einen Spaziergang gebrauchen.« Thea zog ihren flaschengrünen Schultrenchcoat über und stopfte den Brief in die Tasche.

»Danke, Schatz, wirklich lieb von dir.« Rowan drückte sie kurz und gab ihr einen Zehnschillingschein. »Nimm ein Taxi.«

»Unsinn, ich gehe zu Fuß.«

»Aber es regnet. Und so spät am Abend läufst du mir nicht allein auf der Straße herum. Nimm schon.« Rowan runzelte die Stirn. »Du sagst doch Patrick nichts, oder? Er würde es mir nur vorhalten, dass ich dieses blöde Abendessen vergessen habe.«

»Ich schweige wie ein Grab.«

»Thea, dein Hut.«

Thea sah sich suchend im Zimmer um. Ihr Hut, ein schwarzes Filzding, war nirgends zu sehen. Sie klappte die Kapuze ihres Mantels hoch und machte sich mit einem kurzen Lächeln zu Rowan auf den Weg.

Keinesfalls würde sie ein Taxi nehmen. Es nieselte ja nur, und es würde ihr guttun, sich die Beine zu vertreten. Aus den Gärten, an denen sie vorüberkam, neigten sich üppig blühende Apfel- und Birnbäume in leuchtender Pracht über Backsteinmauern und Holzzäune. Eine Magnolie streckte ihre protzigen hellen Kelche dem dämmrigen Himmel entgegen; sie blieb einen Moment stehen, um den rosafarbenen Hauch auf den wächsernen Blütenblättern zu bewundern. Mit dem schwülen Duft irgendeines blühenden Busches in der Nase – sie würde später nachschlagen, wie er hieß – schob Thea die Hände in die Taschen und ging weiter in Richtung Sloane Square.

Die letzten vierzehn Tage hatte sie bei Rowan und Patrick in der Mallord Street gewohnt. Nicht jeder Mann hätte seine mittellose Schwägerin, die nicht wusste, wohin, bei sich aufgenommen. Sie rechnete Patrick seine Güte und Großzügigkeit hoch an.

London war verwirrend und beängstigend in seiner unüberschaubaren Größe, ein endloses Meer von rußgeschwärzten Häusern, von Regierungsgebäuden, Palästen, Theatern und Filmtheatern, Fabriken, Lagerhäusern und Bürobauten. Aber Thea gefiel es, sich mit dieser Riesenkrake einer Stadt vertraut zu machen, um ihr entspannt begegnen zu können. Sie wollte sich hier so instinktiv zurechtfinden können wie die jungen Frauen ihres Alters, die sich, makellos geschminkt, in schicken Mänteln, Federhütchen schräg auf dem Kopf, mit der Selbstverständlichkeit der geborenen Londonerin in ihr bewegten, ganz dem alles durchdringenden, lärmenden Rhythmus der Stadt angepasst.

Zwischen fahrenden Autos hindurch rannte sie über den Sloane Square. Der dünne Regen legte einen silbrigen Glanz auf Asphalt und Pflaster der Bürgersteige und verschleierte das neue Peter-Jones-Kaufhaus, das von Gerüsten umgeben aus dem Boden emporwuchs. Regenglitzernde Privatautos und Taxis glitten vorbei, die Gesichter der Menschen in ihnen von den Fenstern umrahmt – eine Frau, deren blonde Haare genauso stumpf und unlebendig wirkten wie ihr Pelzkragen; ein dicker Mann mit weißem Seidenschal und Zigarette im Mund. Auf dem Bürgersteig flatterte müde ein durchweichtes Stück Zeitung mit Schlagzeilen vom Sudetenland und der Tschechoslowakei.

Sie ging an einer Reihe stattlicher hoher Häuser vorbei, wich einer Gruppe lauter Männer in Abendanzügen aus und stolperte dabei beinahe über eine alte Frau, die, Gesicht und Hände von Furunkeln bedeckt, in einer Toreinfahrt hockte. Thea kramte in ihrer Tasche und ließ ein paar Münzen in den Blechbecher fallen. Vor ihr ging Hand in Hand unter einem Schirm ein altes Paar.

Die regennasse Piccadilly war voller Menschen, überall Lichter und wechselnde Gerüche von feuchtem Stein und teuren Parfums und, einmal, nach der ungewaschenen Kleidung eines beinamputierten Kriegsveteranen, der an einer Ecke lehnte und bettelte. Thea bewunderte die Kleider und Hüte in den Schaufenstern und spähte in die Autoausstellungsräume mit auf Hochglanz polierten Bentleys und Wolseleys. Leute sprangen aus Taxis und rannten durch den Regen zu Theatern und Restaurants; ein paar junge Frauen kamen lachend und redend aus einem Kino und banden sich über Pfützen springend Kopftücher um.

Sie bog in die Half Moon Street ein, die Hand an dem Brief in ihrer Tasche. Lichter brannten in den Fenstern hoher, imposanter Häuser. Vom Fuß einer Kellertreppe bellte ein Hund sie an; sie schnalzte mit der Zunge, und er wurde still.

Dann stand sie vor dem vierstöckigen Haus, in dem Mr Pemberton wohnte. Angesichts des vornehmen alten Baus bedauerte sie es flüchtig, dass sie ihren Hut nicht gefunden hatte. Schnell versuchte sie ohne viel Hoffnung, ihre nassen Haare einigermaßen in Ordnung zu bringen, bevor sie läutete. Nachdem sie dem Portier ihr Anliegen erklärt hatte, wurde sie eingelassen und zu einer breiten Mitteltreppe gewiesen.

Ein drahtiger kleiner Mann in dunklem Jackett und gestreifter Hose öffnete die Tür zu Mr Pembertons Wohnung.

»Mr Pemberton?«, fragte Thea.

»Ich bin Mr Pembertons Butler, Madam. Sie wünschen?«

Thea hielt ihm den Brief hin. »Der ist für Mr Pemberton.«

»Bist du das, Rowan?«, rief jemand in leicht gereiztem Ton aus der Wohnung. »Du kommst sehr spät. Ich habe dich vor einer halben Stunde erwartet.«

»Es ist nicht Rowan, Mr Pemberton«, rief Thea zurück. »Ich bin Rowans Schwester, Thea Craxton.«

Simon Pemberton erschien. Er war groß und sehr attraktiv. »Ah, Sie sind also Rowans Schwester.« Er musterte sie. »Sie sehen ihr nicht ähnlich.«

»Ja, das sagen alle.« Sie hielt ihm den Brief hin. »Rowan hat mich gebeten, Ihnen den zu bringen.«

Er dankte ihr, öffnete aber den Brief nicht gleich, sondern schnippte ihn gegen seine Handfläche und sagte: »Mal sehen, was für eine Entschuldigung sie hat.«

»Sie sagte, der Kartentisch ist doch kein französisches Stück. Sie wollte es Ihnen eigentlich heute Abend auf dem Fest sagen, aber dann fiel ihr ein, dass sie eine andere Verpflichtung hat. Sie hat das sicher in ihrem Brief erklärt.«

»Meinen Sie? Meiner Erfahrung nach hält Rowan nicht viel von Erklärungen.« Simon Pemberton runzelte die Stirn. »Der Kartentisch? Ach ja, der Kartentisch. Sie sehen ganz durchnässt aus. Vielleicht kommen Sie besser einen Moment herein.«

»Das ist sehr nett, aber …«

Simon Pemberton beachtete ihren höflichen Absageversuch gar nicht. »Geben Sie Leach Ihren Mantel, er trocknet ihn.«

Thea reichte dem Butler gehorsam ihren Mantel, während Simon Pemberton sagte: »Kommen Sie, trinken Sie inzwischen einen Cocktail mit mir.« Ein forschender Blick. »Sie sind doch alt genug für einen Cocktail, nehme ich an?«

»Ja, ich bin neunzehn.«

Sie war gerade siebzehn geworden. Aber hier war sie in London, hier war das Leben. Endlich.

Der Vorsaal der Wohnung – Ölgemälde, Skulpturen, Marmortische – versprach kommende Pracht und der große Salon mit den drei hohen, von üppigen Vorhängen in Gold und Terrakotta umrahmten Fenstern enttäuschte nicht. Drei bequeme Sofas, cremegold bezogen, gruppierten sich um einen offenen Marmorkamin. Kleine Sitzgruppen mit grazilen Sesseln und Sofas und zierliche dekorative Schränkchen standen den Wänden nahe verteilt. Etwas aufgelockert wurden der Prunk und die Opulenz des Raums durch die Bücher und Zeitschriften, die auf einem niedrigen Tisch in der Mitte verstreut lagen.

»Das ist ja ein wunderbarer Raum«, rief sie.

»Freut mich, dass er Ihnen gefällt. Rowan behauptet, er sei verstaubt und überladen. Bitte setzen Sie sich doch.«

Thea achtete darauf, dass ihre nassen Schuhe den cremefarbenen Stoff nicht berührten, als sie sich niederließ. »Ja, Rowan mag es lieber modern.«

»Ah, hier ist Leach mit den Getränken. Leach macht die besten Pink Gins in London«, erklärte Simon Pemberton und fügte hinzu: »Inneneinrichtung ist eines von vielen Themen, bei denen Rowan und ich unterschiedlicher Meinung sind.«

Thea war noch dabei, sich von dem viel zu großen Schluck ihres bitteren Getränks zu erholen. Der Spaziergang hatte sie durstig gemacht.

»Es tut ihr sehr leid«, behauptete sie. Rowan hatte zwar nichts dergleichen geäußert, aber sie fand, die Höflichkeit gebiete diese kleine Lüge.

»Hm. Sie stehen einander nahe?«

»Ja, sehr.«

»Ich habe auch eine Schwester, aber das Verhältnis ist distanziert. Würden Sie Rowan alles verzeihen?«

»Ja, ich glaube schon«, antwortete sie verblüfft.

»Dann sind Sie ein sehr verständnisvoller Mensch. Bei einer Schwester wie Rowan ist das wahrscheinlich ein Glück.«

»Wie meinen Sie das?«

»Nun, als *zuverlässig* kann man sie gewiss nicht bezeichnen, nicht wahr?«

»In wichtigen Dingen ist sie absolut zuverlässig«, versetzte Thea ärgerlich. »Sie hat mir einmal das Leben gerettet. Ohne sie wäre ich damals ertrunken.«

»Tatsächlich? Alle Achtung. Man kann es sich vorstellen, wie Rowan mit einem Kind in den Armen durch die Wellen pflügt. Körperlichen Mut hat sie, ja, das habe ich bemerkt.« Mit einer beschwichtigenden Geste fügte er hinzu: »Verzeihen Sie, ich bin Ihnen zu nahe getreten. Ich bin heute nicht auf der Höhe.«

Er klappte ein goldenes Zigarettenetui auf und hielt es ihr hin. Thea nahm eine Zigarette, und Simon gab ihr Feuer, bevor er sich selbst eine anzündete und das Etui zuklappte.

»Gefällt es Ihnen in London, Miss Craxton?«

»Ja, sehr. Es ist unheimlich aufregend.« Die Zigarette schmeckte widerlich, aber auf eine andere Art als der Gin. »Ich bin gerade dabei, mir Arbeit zu suchen.«

»Wie spannend. Woran dachten Sie denn?«

»Büroarbeit wäre mir das Liebste. Ladenhilfen oder Bedienungen werden schlechter bezahlt.« Sie fragte sich, ob er es gewöhnlich von ihr fand, dass sie über Geld redete. Simon Pemberton musste vermutlich nicht rechnen.

»Ist das Ihr höchstes Ziel, in einem Büro zu arbeiten?«

»Nein, ich wollte auf die Uni und Geschichte studieren, aber mein Vater ist gestorben, und das geht jetzt nicht mehr.«

»Sie sind also ein Blaustrumpf?« Wie er das sagte, klang es entschieden herabsetzend.

»Ja, das könnte man sagen.«

Er machte eine wegwerfende Handbewegung. »Ich habe keinerlei Ziel.«

Sie wusste nicht, ob er dazu Glückwunsch oder Mitleidsbekundung von ihr erwartete, und flüchtete sich ins Konventionelle. »Sind Sie und Rowan schon lange befreundet, Mr Pemberton?«

»Simon. Bitte nennen Sie mich doch Simon. Nein, nicht lange. Aber gesehen habe ich sie häufig. Sie ist ja nicht leicht zu übersehen.«

Er blickte sie an und runzelte wieder die Stirn. Hatte sie einen schmutzigen Fußabdruck auf dem Teppich hinterlassen, oder hatte sie einen Fleck im Gesicht? Doch dann sagte er: »Sie haben sehr schöne Augen, weit schönere als Rowan.« Als sie rot wurde, lachte er. »Arme Thea, ich habe Sie in Verlegenheit gebracht. Ich bin mir sicher, dass Ihnen noch viele Männer das sagen werden. Erzählen Sie, welche historische Periode interessiert Sie besonders?«

Beim Gespräch über das alte Ägypten zeigte Simon ihr seine Sammlung von Skarabäen, die damals als Amulette beliebt gewesen waren. Sie war fasziniert. Aber nach einer

Weile spürte sie, dass sein Interesse an ihr schwand, deshalb stand sie auf und erklärte, sie müsse gehen. Der Butler brachte ihr ihren Trenchcoat, wunderbarerweise ganz trocken und angenehm warm – und frisch gebügelt, wie sie bemerkte.

Sie war froh, Simon Pemberton und seiner Prachtwohnung entfliehen zu können. Der Regen ließ nach, während sie zur Piccadilly zurückging. Simon hatte die Bemerkung über ihre Augen, die blöd und gelogen war, nur gemacht, um sie aus dem Konzept zu bringen. Es hatte ihn amüsiert, sich über sie lustig zu machen. Außer in dem Gespräch über ägyptische Geschichte war, ihrem Gefühl nach, keine seiner Ansichten echt und jede Bemerkung mit Spott oder Provokation gewürzt gewesen. Am meisten aber ärgerte Thea die Art, in der er von Rowan gesprochen hatte. ›Nun, als zuverlässig kann man sie gewiss nicht bezeichnen.‹ Was für eine Frechheit!

Dennoch konnte sie nicht umhin, sich Gedanken zu machen. Die Wände des Hauses in der Mallord Street waren dünn, und abends hörte sie erhobene Stimmen aus dem Schlafzimmer von Rowan und Patrick, meistens Rowans Stimme, untermalt von verdrossenen Tönen aus Patricks Mund. Es war unangenehm, das Eheleben ihrer Schwester aus nächster Nähe mitzubekommen. Es kriselte offensichtlich zwischen den beiden, anscheinend hatte keiner im anderen das gefunden, was er suchte.

Patrick und Rowan führten größtenteils getrennte Leben. Rowan ging abends oft aus, elegant, Polarfuchs – wie eine weiße Wolke um die bloßen Schultern –, in der Hand ein Petit-Point-Täschchen mit Portemonnaie, Taschentuch, Lippenstift und Puderdose. Wenn Patrick aus der Kanzlei nach Hause kam, schaufelte er allein das Essen in sich hinein, das Gwen, die Köchin, ihm warm gestellt hatte, und arbeitete danach am Esstisch. Er hatte kein Arbeitszimmer, und im Schlafzimmer war kein Platz für einen Schreibtisch. Viel später erst kam Rowan nach Hause, Fuchs verrutscht und eine Clique Freunde im Schlepptau, die das Haus bis in die frühen Morgenstunden mit ihren lauten Stimmen und ihrem ungehemmten Gelächter erfüllten. Manchmal übernachtete irgendeine verlorene Seele, die nicht wusste, wohin, auf dem Sofa im Salon und lag im tiefsten Dornröschenschlaf noch morgens dort, wenn Patrick sich für die Arbeit fertig machen musste.

Kein Wochenende verging ohne Gäste. Entweder lud Rowan zum Abendessen ein, oder es kam ein Trupp Freunde vorbei und ließ sich von Patrick Cocktails mixen. Rowan und Patrick waren die perfekten Gastgeber, Rowan sprühend vor Geselligkeit, Patrick charmant auf seine ruhige Art, immer darauf bedacht, dass niemand sich ausgeschlossen fühlte. Stets waren ein Drink zur Hand und irgendein interessanter Gesprächspartner zur Stelle.

Simon Pemberton hatte sich nicht nur kritisch über Rowan geäußert, er hatte sich aufgeführt, als wäre sie sein Eigentum. Es lag auf der Hand, dass die Geschichte vom Kartentisch reiner Quatsch war. Er hatte sich kaum bemüht, es zu verbergen. Er sah gut aus und hatte Kultur, gut vorstellbar, dass Rowan das gefiel. Thea hatte den finsteren Verdacht, dass Rowan in ihn verliebt war.

Im Haus war alles dunkel, als sie eintrat. Sie machte sich eine Tasse Kakao und nahm sie mit in ihr Zimmer. An einer Wand standen aufgestapelt die Akten mit den Papieren ihres Vaters, seine Korrespondenz, Notizbücher, Adressbücher und Tagebücher, alles, was sie aus dem Haus in Glasgow, das zur Tilgung der Schulden verkauft worden war, mitgenommen hatten. Auch die Geschäfte der Firma waren abgewickelt worden, allerdings nicht ohne weitere unangenehme Überraschungen. Die Firma Craxton & Söhne hatte keine Filiale in London. Es hatte nie eine gegeben. Auf Theas Frage erklärte Mr Ross, dass die Geschäfte immer von Glasgow aus geführt worden waren. Es hatte immer nur reisende Vertreter gegeben, die die Aufträge für die Firma hereingeholt hatten.

»Aber Dad war so oft in der Filiale in London«, hatte Thea verwirrt gesagt.

»Ja, Hugh ist häufig nach London gereist.« Anteilnahme – oder war es Mitleid? – lag in dem flüchtigen Blick, den Mr Ross ihr zuwarf. »Aber vermutlich nicht aus geschäftlichen Gründen. Ich glaube, Ihrem Vater lag wenig an der Firma. Sie fiel ihm nur zu, weil Ralph, sein älterer Bruder, im Krieg gefallen war. Ich weiß nicht, was ihn nach London zog, aber ich glaube nicht, dass es irgendetwas mit der Firma zu tun hatte.«

So war das also. Ihr Vater war selbst während ihrer Schulferien zweimal im Monat, oder auch häufiger, nach London gereist, um eine Firmenfiliale zu besuchen, die reine Erfindung war. Patrick meinte: »Vielleicht hat Hugh sich in London ein Büro gemietet. Oder in seinem Club oder einer Bibliothek gearbeitet.« Aber Thea fand keinerlei Quittungen über Mietzahlungen oder Beitragszahlungen für die Mitgliedschaft in einem Club. Und so, wie sie ihren Vater kannte, hatte er sich sicher nicht in eine Bibliothek gesetzt.

Sie ließ sich aufs Bett fallen und starrte auf die braunen Aktenordner. In den Monaten seit dem Tod ihres Vaters hatte sie sich jedes Fetzchen Papier angesehen. Sie hatte nicht einen Hinweis gefunden, weder Adresse oder Telefonnummer noch einen Tagebucheintrag, der sich auf Malcolm Reid bezog, den Freund, mit dem ihr Vater seine Jagd- und Angelausflüge gemacht hatte. Kein Malcolm Reid hatte sich nach Weihnachten bei ihnen gemeldet, um zu fragen, warum Hugh Craxton sich nicht wie sonst in seiner Hütte oder Burg oder was auch immer in Schottland eingestellt hatte. Kein Malcolm Reid hatte geschrieben und sich nach dem Befinden seines alten Freundes erkundigt. Thea hatte bei der Post in Glasgow einen Nachsendeantrag gestellt, aber nichts. Langsam wuchs ein Verdacht in ihr, dass Malcolm Reid, genau wie die Londoner Filiale, überhaupt nicht existierte.

Warum? Warum hatte er das getan? Warum hatte er diese Erfindungen in die Welt gesetzt? Das Einzige, was ihr dazu einfiel, war, dass die Reisen nach London und die Ausflüge in die Highlands ihm als Vorwand gedient hatten, dass er etwas zu verbergen gehabt hatte. Das Bild von Mrs Torrance kam ihr in den Sinn, wie sie klein, einem dunklen Standbild gleich, neben einem schneebedeckten Grabstein stand. Irgendwann war sie spontan in ein Postamt in South Kensington gegangen und hatte das Telefonbuch durchgesehen. Aber es gab keinen Eintrag für eine Mrs Torrance. Auch nicht für einen Mr Torrance. Der Name Torrance kam selten vor. Es war natürlich möglich, dass Mrs Torrance einfach kein Telefon hatte.

Während Thea in *Die Fahrt der Beagle* blätterte, um die Stelle zu finden, die sie zuletzt gelesen hatte, ging ihr der Gedanke durch den Kopf, dass es im Leben ihres Vaters weite Strecken gab – Wochen und Monate, die sich zu Jahren summierten –, über die sie rein gar nichts wusste. Es war, als ob sie geglaubt hatte, ein Buch durchgelesen zu haben, und erst hinterher entdeckte, dass sie ganze Kapitel ausgelassen hatte.

Theas erste Stellung war die einer Assistentin bei einem Wahrsager und Medium, der sich Monsieur Pierre nannte. Ihre Aufgabe war es, das Telefon zu bedienen und die Korrespondenz zu erledigen. Die Bezahlung war schlecht, einundzwanzig Schillinge die Woche. »Monsieur Pierres Assistentinnen halten sich meist nicht zu lang«, warnte Miss Forrester von der Arbeitsvermittlung sie mit zweifelndem Blick. »Die letzte Bewerberin hat es nur einen Monat geschafft. Sie könnten sich überlegen, als Ladenhilfe zu arbeiten. Es ist schwierig, Frauen ohne Qualifikationen zu vermitteln.«

Das bezog sich darauf, dass Thea weder Kurzschrift noch Maschineschreiben konnte. Miss Forrester empfahl ihr, bei Pitman einen Kurs zu nehmen, aber das wollte Thea nicht, sie wollte sich lieber gleich ins Arbeitsleben stürzen. Sie musste Geld verdienen, um aus der Situation herauszukommen, in der sie sich befand.

Für Rowan spielte sie die Botin, die die Briefe zwischen Rowan und Simon Pemberton hin- und hertrug. Beide taten weiterhin so, als wären sie lediglich befreundet. Thea wusste, dass sie zu dem Betrug beitrug, die Scham darüber, dass sie Patrick hinterging, in dessen Haus sie zu Gast war, quälte sie ebenso wie das schlechte Gewissen, eine Beziehung zu unterstützen, die Rowan ihrer Meinung nach eines Tages bereuen würde. Trotzdem hätte sie ihre Schwester niemals abgewiesen. Sie und Rowan hatten immer füreinander gesorgt.

Thea gab sich der Hoffnung hin, wenn sie nichts sagte, würde Rowan irgendwann Vernunft annehmen, oder die Geschichte mit Simon Pemberton würde im Sand verlaufen. Bisher jedoch war nichts Derartiges geschehen. Das Einzige, was ihr einfiel, um sich der Komplizenrolle zu entziehen, die sie in diesem Ehedrama spielte, war, möglichst schnell auszuziehen. Sie konnte sowieso nicht ewig bei Rowan und Patrick unterschlüpfen; sie hatte immer schon den Wunsch gehabt, auf eigenen Beinen zu stehen. Und um das zu schaffen, musste sie Geld verdienen und sparen.

Monsieur Pierre und seine Frau pflegten lautstarke Auseinandersetzungen, gern auch unter Einsatz von Gewalt. Nach einem solchen Krach, bei dem Monsieur Pierre von seiner Gattin eine Butterdose an den Kopf bekam, kündigte Thea und versuchte ihr Glück erneut bei der Arbeitsvermittlung.

Miss Forrester besorgte ihr eine Anstellung als Bedienung im Ginger Cat Teashop in Earl's Court, ein tristes, enges Souterraincafé, aber die Bezahlung war besser – fünfundzwanzig Schilling die Woche zuzüglich Trinkgeld. An ihren halben Tagen fuhr Thea mit der Untergrundbahn zum Russell Square und erkundete das Britische Museum. Sie verbrachte viel Zeit in den Räumen, wo die Funde aus Ur ausgestellt waren, stand lange vor den Vitrinen mit der wuchtigen kleinen Terrakotta-Sau, dem königlichen Spiel von Ur und der silbernen Leier. Sie las aufmerksam, wie Leonard Woolley das Spiel ausgegraben hatte, indem er ein Wachstuch über das Brett und die Spielsteine gebreitet hatte. Er hatte ein Wachsfaksimile herstellen müssen, um die Saiten und Verbindungsteile zu tragen, die als Einziges von der Leier geblieben waren. Der Zauber dieser Artefakte bestand für sie vor allem in der Erinnerung an die lang vergessenen Menschen und Orte, denen sie einst angehört hatten. Manchmal hatte sie das Gefühl, wenn sie sich nur tief genug darauf einließ, würde sich der Schleier, der sie von der antiken Welt trennte, lüften, und sie könnte weit zurückgehen.

Die Wirtin des Ginger Cat, Mrs Woolfit, eine Witwe um die sechzig, backte selbst die uninspirierten Scones und Rosinenkekse, die im Café angeboten wurden. Es lockte größtenteils weibliche Gäste an, Frauen mittleren Alters mit abgetragenen Schuhen, dicken graubraunen Strümpfen, die Falten schlugen, und Wolljacken, die an den Ärmeln geflickt waren. Sie konnten eine Stunde bei einer Kanne Tee und einem Rosinenkeks sitzen. Romane zu lesen oder Postkarten zu schreiben war ihnen nicht gestattet. »Wo kämen wir denn da hin, Kind«, sagte Mrs Woolfit seufzend. »Sie würden bis zum Abend herumsitzen.«

Dort, im Café, lernte Thea Peggy Garland kennen. Peggy studierte Kunst an der Slade Akademie und frühstückte regelmäßig im Ginger Cat. Sie war groß, mager und gesprächig und lief fast immer in grün karierten Kitteln zu dunkelblauen Baumwollhosen herum, die sie selbst nähte. Die glatten dunkelblonden Haare trug sie lang mit stumpf geschnittenen Stirnfransen über den sonnigen, hellbraunen Augen. Sie wohnte in einem Souterrainzimmer in einer Pension in Bloomsbury, erzählte sie Thea, und hatte einen Freund namens Gerald, der Forscher war.

Peggy freundete sich schnell mit Thea an und lud sie zu einer Fete in ihrer Pension ein, wo ein gut aussehender dunkler Spanier, der in der Schlacht von Guadalajara einen Fuß verloren hatte, Gitarre spielte. Es wurde getanzt, Bier getrunken, und Peggys herzhaftes Lachen schallte hin und wieder durch die nostalgische Musik.

Eines Morgens sah Thea sich bei der Ankunft im Café vor verschlossener Tür, an der ein handgeschriebener Zettel hing: *Bis auf Weiteres geschlossen.* Miss Forrester zog Erkundigungen ein, doch Mrs Woolfit war nirgends zu finden. Sie schien mitsamt Theas letztem Wochenlohn und den Gebühren, die sie der Vermittlung schuldete, spurlos verschwunden zu sein.

»Das ist wirklich schlimm von ihr. Wirklich schlimm«, klagte Miss Forrester schniefend. Sie hatte eine Sommererkältung. »Und ich dachte, wir hätten Sie fest untergebracht, Miss Craxton. Leider ist im Moment fast gar nichts da.« Sie fuhr mit der Fingerspitze eine Liste hinunter. »Zahnarzthelferin ... Gesellschafterin ... Redaktionslehrling – geht nicht, da müssten Sie Kurzschrift und Schreibmaschine können. Lebensmittellieferung, die werden einen jungen Mann wollen ... Versicherungsangestellter ...«

»Warum sollten sie einen jungen Mann wollen?«

Miss Forrester schob ihre Hornbrille hoch und sah Thea an. »Das geht alles mit dem Fahrrad. Bei jedem Wetter. Und die Lieferungen sind schwer.«

»Das würde ich schon schaffen.« Draußen schien die Sonne. Es wäre doch herrlich, auf dem Fahrrad durch London zu sausen und Lebensmittel zu liefern. »Ich fahre gern mit dem Rad.«

»Wenn Sie meinen ...« Der skeptische Blick wich zögernd einem aufmunternden Lächeln. »Na gut, versuchen wir's, ja?«

Der Mann, in den sich Sophie damals verliebt hatte, den sie geheiratet, mit dem sie zwei Söhne bekommen und mehr als neunzehn Jahre zusammengelebt hatte, war ihr zum Wildfremden geworden. Wusste der Himmel, welche Lügen ihr Hugh noch aufgetischt hatte. Womöglich gab es weitere Ehefrauen, kreuz und quer im Land verstreut, ein ganzes Bataillon.

Sie lebte in ständiger Anspannung, immer auf den nächsten Schlag gefasst, es erschöpfte sie. Hinzu kam, dass ihre

Gedanken immer wieder zu Hugh und seinen Töchtern schweiften. Es war eine Folter, sich Hugh mit seiner Glasgower Familie vorzustellen, aber sie konnte es nicht lassen. Sie war wie besessen von der quälenden Frage, ob Hugh sein Leben in Glasgow dem in London vorgezogen hatte, ob er seine Töchter mehr geliebt hatte als seine Söhne. Wenn er überhaupt eines seiner Kinder geliebt hatte. Sie konnte stundenlang darüber nachdenken, wie er die praktischen Probleme seines Doppellebens bewältigt hatte. Wie hatte er seine häufigen Abwesenheiten erklärt? Mit welchen Ausreden war er seiner Familie in Glasgow Weihnachten ferngeblieben? Wie hatte er den Überblick über Geburtstage und Schulfeste und all die unvorhergesehenen Zwischenfälle, die Kinder einem bescherten, behalten, ohne sie durcheinanderzubringen und sich zu verraten?

Sie wusste, wie. Er hatte geschäftliche Besprechungen erfunden, Geschäftsfreunde, die besucht werden mussten. Eine Reifenpanne auf der Great North Road oder einen schweren Schneesturm bei Shap. Eines Nachmittags, als sie in der Küche stand und einen Kuchenteig rührte, erkannte sie, dass er seine Abendspaziergänge nicht aus Rastlosigkeit gemacht hatte, wie sie glaubte, sondern um von einer öffentlichen Telefonzelle aus seine Töchter anzurufen. Er hatte es nicht gemocht, dass sie sein Arbeitszimmer betrat, weil er dort seine Briefe an Rowan und Thea geschrieben hatte.

Sie schichtete Hughs Bücher in Kartons, um sie zu verkaufen, als ihr der Gedanke kam, dass er seine Töchter auf ein Internat geschickt haben musste. Das hätte ihm die Freiheit gegeben, während der Schulzeit nach London zu reisen. Während sie auf dem Boden kniend zornig Kriminalromane in Kartons stapelte, fragte sie sich, ob Hugh dieses Genre so gern gelesen hatte, weil er sein eigenes Leben als eine Art Krimi gesehen hatte. All diese Romane von Erskine Childers und John Buchan hatten ihn vielleicht inspiriert.

Sie konnte von Glück reden, dachte sie, dass Hugh darauf bestanden hatte, ihr ein eigenes Bankkonto einzurichten. Nein, mit Glück hatte das nichts zu tun, begriff sie jetzt, es war Absicht gewesen. Hugh hatte wohl immer mit der Möglichkeit einer Panne in seinem komplizierten Leben gerechnet, sonst hätte er das Haus nicht auf ihren Namen eintragen lassen. Er hatte ihr damals irgendeine vage Erklärung gegeben – irgendetwas über steuerliche Vorteile –, der sie nur mit halbem Ohr zugehört hatte. Gott, war sie naiv gewesen. Sie hätte damals schon merken müssen, dass etwas nicht stimmte.

Da Hugh so viel unterwegs gewesen war, hatte sie die Haushaltsfinanzen verwaltet. Sie gehörte also nicht zu den Frauen, die beim Anblick eines Scheckbuchs nicht wussten, was sie damit anfangen sollten. Obwohl sie sparsam gewirtschaftet hatte, waren ihre Ersparnisse kärglich. Duncan war von der Schule abgegangen. Er hatte den Studienplatz in Cambridge abgelehnt und arbeitete jetzt für ein Versicherungsunternehmen in der Lime Street. Jede Woche lieferte er ihr einen Teil seines Gehalts ab. Es erbitterte sie, dass sie auf finanzielle Unterstützung ihres Sohnes angewiesen war. Sie musste sich zweimal überlegen, ob sie den Fensterputzer bezahlen konnte, während diese beiden jungen Frauen wahrscheinlich in Saus und Braus lebten. Sie trugen elegante Kleider, während ihre Söhne in geflickten Hemden mit gewendetem Kragen herumliefen. Es war alles so ungerecht. Sie fand, das Leben schuldete ihr etwas.

Eines Tages, als sie im strömenden Regen durch Chelsea

ging, ertappte sie sich dabei, dass sie, wie von einer fixen Idee besessen, nach Hughs rothaariger älterer Tochter Ausschau hielt. War sie das, die große Frau in dem langen schwarzen Mantel? Wohnte sie vielleicht dort, in dem hübschen Haus mit der blauen Tür und den Blumenkästen?

Regen tropfte von der Krempe ihres Huts und von ihrem Schirm. Sie fror, und einen Moment lang war ihr, als sähe sie sich mit fremden Augen, wie sie da zitternd vor Nässe und Kälte auf dem Bürgersteig stand. Was, um alles in der Welt, wollte sie denn? Hughs Tochter die Wahrheit sagen? Einen Teil ihres Erbes fordern? War sie denn völlig verrückt geworden?

5

Juli 1938

Als Thea ihr Fahrrad am hinteren Gitter abstellte, sah sie Patrick, der unten an der Tür zur Spülküche stand. Er hatte die Hände in den Taschen seiner cremefarbenen Leinenhose, und im offenen Kragen seines Hemdes zeigte sich ein Stück gebräunte Haut.

Er hob eine Hand über die Augen und sah zu ihr herauf. »Du arbeitest lange, Thea«, sagte er. Es war nach acht, ein wunderbarer Juliabend mit leuchtendem saphirblauem Himmel. »Oder hast du eine Botenfahrt für Rowan gemacht?«

Ihr stockte der Atem. Sie konnte ihn nicht belügen, nicht einmal Rowan zuliebe. Sie nickte.

»War es ein Brief für Simon Pemberton?«

»Ja.« Sie spürte, wie sie brennend rot wurde.

»Dieses Schwein. Ein elender Nichtstuer und Parasit.«

Er wandte sich ab, doch Thea sah den Ausdruck in seinem Gesicht. Wut, in die sich Schuldbewusstsein und Bedauern mischten.

Aber er sagte nur: »Weißt du, wo sie jetzt ist?«

Sie schüttelte den Kopf. »Nein. Ehrlich, Patrick, ich habe keine Ahnung.«

Einen Moment starrte er stumm vor sich hin, dann fragte er: »Hast du gegessen?«

»Noch nicht, nein.«

»Komm, gehen wir irgendwohin. Gwen hat einen Eintopf warm gestellt, aber er sieht nicht sehr verlockend aus.«

Sie spürte, welche Mühe es ihn kostete, einen leichten Ton anzuschlagen. Drinnen im Haus sagte er: »Dieser verdammte Wasserhahn«, und drehte mit einem harten Ruck den tropfenden Hahn zu.

Thea, die nach oben ging, um sich frisch zu machen und umzuziehen, graute vor dem Abend. Auf dem Weg durch die Mallord Street konnte nicht einmal eine von Scharen rotgoldener C-Falter belagerte Buddleia sie erfreuen. Aber Patrick sagte kein Wort mehr über Rowan. Wahrscheinlich, dachte Thea bedrückt, wusste er schon alles, was er wissen musste. Stattdessen fragte er sie nach ihrer Arbeit, die sie auf ihren täglichen Lieferfahrten in die besten Häuser in Knightsbridge und Mayfair führte. Sie bemühte sich, das Gespräch in Gang zu halten, doch es war schwer, wenn sie sich innerlich wie erstarrt fühlte.

»Ich wollte, ich wäre wieder siebzehn wie du, Thea«, sagte er, als sie im Restaurant saßen. »Alles erschien damals so viel einfacher. Entschuldige, ich weiß, ich bin ein bisschen sentimental. Rowan und ich … na ja, du hast sicher bemerkt, dass es zwischen uns nicht stimmt.« Dann schien er sich einen Ruck zu geben und sagte nochmals: »Entschuldige, ich will dich nicht langweilen. Ich habe heute von einem Freund von mir gehört. Colin Slater, er geht nach Singapur. Er wird mir fehlen. Slater und ich haben uns im Internat kennengelernt. Wir waren beide ›Neue‹. Ich weiß nicht, wie ich es ohne ihn ausgehalten hätte. Er ist so ein lebenslustiger Mensch, ein wirklich feiner Kerl.«

Ihr Essen wurde ihnen auf riesigen Porzellantellern serviert, die den kleinen Tisch beinahe völlig einnahmen.

Patrick goss Wein nach, während er von seinem Freund erzählte. »Slater war unser Trauzeuge. Anfangs war er ein paarmal zum Essen bei uns, aber Rowan und er konnten nicht miteinander. Komisch, ich war überzeugt, die zwei Menschen, die mir die liebsten waren, würden sich auf Anhieb glänzend verstehen.« Er sah plötzlich tiefunglücklich aus. »Wenn ich mir vorstelle, dass er bald auf der anderen Seite der Welt lebt! Es ist schrecklich, wie die Zeit rennt und man plötzlich merkt, dass man sich viel zu wenig um die Menschen gekümmert hat, die einem wirklich etwas bedeuten.«

»Ach, Patrick …« Anteilnahme und Scham über ihre Rolle in Rowans heimlicher Affäre bewegten sie.

Patrick schien es zu verstehen. »Es ist doch nicht deine Schuld, Thea«, sagte er. »Niemand kann dir einen Vorwurf machen.« Er sah sie mit einem wehmütigen Lächeln an. »Es ist allein meine Schuld. Ich habe sie nicht glücklich gemacht. Ich habe alles gründlich verpfuscht.«

Als sie nach dem Essen wieder zu Hause waren, ging Patrick mit Hammer und Schraubenschlüssel gerüstet in die Spülküche hinunter. Thea hörte oben gurgelnde Geräusche und mehrere klirrende Schläge, als er, offenbar nicht ohne Gewalt, versuchte, den Wasserhahn zu reparieren. Doch der tropfte weiter.

In der folgenden Woche gaben Rowan und Patrick ein Abendessen. Als gegen Mitternacht die letzten Gäste nach vielen Küsschen und Umarmungen gegangen waren, verschwand Patrick gleich nach oben. Thea und Rowan rissen sich die hochhackigen Schuhe von den Füßen und begannen, Gläser und Kaffeetassen in die Küche zu tragen, damit sich Gwen nicht am Morgen beschweren würde.

Nach dem Abwasch setzte Thea Wasser auf, und Rowan kletterte in ihrem mandarinfarbenen Seidenkleid auf einen Stuhl und stellte die blitzenden Gläser in den Hochschrank.

Thea brannte darauf, mit Rowan zu reden, denn Peggy Garland hatte ihr am Nachmittag angeboten, mit ihr zusammenzuziehen. Sie packte den Stier bei den Hörnern: »Das Mädchen, mit dem Peggy zusammenwohnt, geht nach Brighton, und Peggy hat mir angeboten, zu ihr zu ziehen.«

Rowan geriet leicht ins Schwanken, als sie zu ihr herunterblickte. »Aber das tust du doch nicht, oder?«

»Ich habe zugesagt.«

Rowan sprang vom Stuhl. »Thea, das kannst du doch nicht tun. Wirklich.«

Ihr hatte vor diesem Gespräch gegraut, aber jetzt gab es kein Zurück. Sie versuchte zu erklären. »Ich habe genug Geld gespart. Ihr beide, du und Patrick, wart so lieb, ihr habt mich lange genug durchgefüttert. Bitte glaub nicht, dass ich euch nicht dankbar bin für alles, was ihr für mich getan habt. Ich kann euch gar nicht genug danken. Und bitte, nimm es mir nicht übel, das wäre schrecklich. Ich brauche einfach etwas Eigenes. Ich kann nicht ewig bei dir und Patrick leben.«

»Aber ohne dich werde ich so einsam sein.«

»Du bekommst dein Gästezimmer zurück. Und ich besuch dich so oft, dass es dir zum Hals raushängen wird. Ganz sicher.«

Thea nahm den Kessel vom Herd. Sie stellte die Tassen mit dem Kakao auf ein Tablett und trug es ins Wohnzimmer. Rowan tappte auf Strümpfen hinterdrein.

»Das kostet dich doch ein Vermögen, Thea. Was für ein

Unsinn, wenn wir hier ein freies Zimmer haben. Willst du es dir nicht noch mal überlegen? Bitte.«

Sie hatte gehofft, den zweiten Grund für ihre Entscheidung für sich behalten zu können, aber jetzt sah sie, dass das feige von ihr war. Sie stellte das Tablett auf den Tisch.

»Ganz ehrlich«, sagte sie leise. »Ich halte das nicht aus. Ich komme mir vor wie das Seil beim Tauziehen, an dem von beiden Seiten gerissen wird.«

»Aber Thea ...«

»Simon«, flüsterte sie, besorgt, dass Patrick oben etwas hören könnte.

»Simon und ich ...« Rowan stockte.

»Sag mir jetzt bitte nicht, dass ihr nur gute Freunde seid. Ich bin nicht blöd.«

Rowan setzte sich hin. »Tut mir leid«, murmelte sie. »Ich hätte dich da nie reinziehen sollen. Aber ich wusste mir nicht anders zu helfen. Es war falsch von mir. Bitte verzeih mir.«

Thea tunkte einen Keks in ihren Kakao. »Patrick weiß von Simon.«

Rowan starrte sie an. »Nein, du musst dich irren.«

»Er hat's mir selbst gesagt.«

»O Gott! Sicher?«

Thea nickte. Scham, Furcht, Trotz spiegelten sich in schnellem Wechsel im Gesicht ihrer Schwester. Jetzt wusste Rowan, dass ihre Affäre für Patrick kein Geheimnis mehr war. Jetzt hatte sie, Thea, nichts mehr damit zu tun. Sie hätte erleichtert sein müssen, stattdessen kam sie sich wie eine Verräterin vor.

»Patrick sagte, du bist einer der zwei Menschen, die er auf der Welt am meisten liebt.«

Rowan warf den Kopf hoch. In ihren Augen glänzten

Tränen. »Nein! Das kann er nicht gesagt haben. Das ist nicht fair.«

»Rowan, er liebt dich.«

Alle hielten die schöne, temperamentvolle und tüchtige Rowan für eine selbstbewusste Frau, aber Thea wusste, dass sie das nicht war. Wenn Rowan glauben könnte, dass Patrick sie liebte, würden die beiden ihre Ehe vielleicht retten können, hoffte Thea.

Rowan nahm sich eine Zigarette aus dem Kästchen auf dem Tisch. »Patrick begehrt mich nicht mehr«, sagte sie schroff. »Er hat mich wahrscheinlich nie begehrt, auch wenn ich das Gegenteil glaubte, als wir geheiratet haben. Ich habe mich getäuscht.«

Thea fühlte sich überfordert. Sie wusste nichts von Leidenschaft und Begehren. Sie hatte bis jetzt noch nicht einmal einen Jungen geküsst.

»Ich kann so nicht mehr leben.« Rowan knipste ihr Feuerzeug an. »Wirklich, ich glaube, ich wäre gestorben, wäre nicht Simon gewesen. Ich liebe ihn, Thea. Ich wollte mich nicht in ihn verlieben, aber es ist passiert, und nichts kann daran etwas ändern.«

War es denn so, dass man sich als Frau verlieben *wollte?* Das Wort »passiert«, das Rowan gebraucht hatte, legte nahe, dass Liebe etwas Zufälliges war, so etwas wie ein Unfall, von dem man aus heiterem Himmel überrascht wurde.

Sie war sich nicht sicher, ob sie fragen sollte, aber sie tat es trotzdem. »Und Simon fühlt wie du?«

»Ja, da bin ich mir sicher.« Rowan knüllte ihren Seidenrock zusammen und rauchte in kurzen hastigen Zügen. »Du findest mich bestimmt furchtbar. Ich weiß, es ist schäbig von mir, Patrick zu hintergehen. Ich habe mir eine glückliche Ehe gewünscht, wirklich. Ich habe nie gewollt, dass sich die Dinge so entwickeln. Ich wollte es besser machen als Mama, und jetzt …«

Thea hielt Rowans Hand fest. »Du zerreißt noch deinen Rock«, sagte sie sanft. »Aber Dad und Mama waren doch glücklich, oder nicht?«

»*Er* war glücklich. Oder wäre es gewesen, wenn … Es war ihre Schuld«, rief sie heftig. »Ich wollte nie so werden wie sie!«

Thea hatte schon seit Langem begriffen, dass Rowan ihrer Mutter die Schuld an dem Unfall damals gab. Hätte Sigrid nicht in ihrer Leichtfertigkeit und ihrem Eigensinn darauf bestanden, bei Sturm mit dem Boot hinauszufahren, so wäre sie nicht ertrunken; ihrem Mann wäre ein niederschmetternder Verlust erspart geblieben; ihre zwei Töchter hätten nicht mutterlos aufwachsen müssen. Rowan hatte Angst, die Leichtfertigkeit ihrer Mutter geerbt zu haben.

Sie rieb Rowan tröstend den Fuß mit den knallrot lackierten Zehennägeln.

Rowan versuchte zu lächeln. »Tut mir leid. Achte nicht auf mich. Ich bin einfach mit den Nerven am Ende.« Die kupferroten Haare, die sich aus den Nadeln gelöst hatten, fielen Rowan wie ein glänzender Vorhang über das Gesicht. »Es ist alles nur noch ein Scherbenhaufen«, seufzte sie. »Soll ich dir etwas sagen, Thea? Ich dachte immer, es sei meine Schuld, ich dachte, Patrick liebt mich nicht richtig, weil mit mir etwas nicht stimmt. Aber jetzt weiß ich, dass es nicht so ist, denn Simon liebt mich wirklich.«

Rowan hatte eigentlich nur den Tennisdress und die Röcke, die sie bestellt hatte, bei ihrer Schneiderin in der Blandford Street abholen wollen. Niedergedrückt, wie sie war, hatte sie sogar mit dem Gedanken gespielt, den Termin abzusagen, aber sie hielt es im Haus nicht aus, sie musste hinaus. Und so kam es, dass in Edwinas pfirsichfarbenem Anproberaum das graue Crêpekleid für die Stadt, das leichte Tweedkostüm fürs Land und das pastell gestreifte Kleid aus merzerisierter Baumwolle für den Strand probiert, von Edwina persönlich auf die Passform geprüft und von Rowans Freundin Artemis Wilton bewundert wurden.

»Du nimmst aber auch kein Gramm zu, Rowan!«, rief Artemis, die gern aß und um die Mitte recht füllig geworden war. »Du hast keine Ahnung, wie ich dich beneide.«

Das graue Crêpekleid stand ihr besonders gut. Rowans Stimmung hellte sich ein wenig auf, als sie sich im Spiegel betrachtete.

Edwina rollte verschiedene Stoffbahnen auf dem langen Tisch aus. »Gestern erst eingetroffen. Sind sie nicht traumhaft? Ich habe einen fantastischen neuen Lieferanten aufgetan, der seine Stoffe direkt aus Paris bezieht.«

Rowan und Artemis bewunderten die Seiden und Satins. Der schimmernde Glanz verlieh ihnen eine ungeheure Lebendigkeit.

»Irene Waterford hat ein Abendkleid in diesem grünen Changeant mit fliederfarbenem Besatz bestellt«, verriet Edwina ihnen, während sie den Stoff zwischen Daumen und Zeigefinger hindurchgleiten ließ. »Ganz unter uns, der Farbton wäre eher etwas für Sie, Rowan. Die gute Mrs Waterford ist nicht der Typ für kräftige Farben. Aber sie ist gegen jeden guten Rat immun. Nun ja … Ist dieser lindgrüne Seidensatin nicht hinreißend? So *sommerlich.*«

Rowan sah sich in grüner Seide mit Simon tanzen, stellte sich den Kontrast von rotem Haar und lindgrüner Robe vor, wenn sie Arm in Arm mit ihm bei einer Gartenparty über den Rasen schritt. Man musste nur die richtigen Kleider tragen, dann würde das Leben vielleicht ganz von selbst ins richtige Gleis kommen.

Edwina streckte einen Finger in die Höhe. »Ich habe ein bildschönes kleines Jäckchen für Sie auf die Seite gelegt, Rowan. Elsie, bringen Sie doch mal das Abendjäckchen aus weißem Samt, das ich für Mrs de la Haye kreiert habe.« Die Gehilfin tauchte eilig in einen Schrank, und Edwina senkte die Stimme. »Die arme Louise hat es dann doch nicht genommen. Geldprobleme, vermute ich. Ich kann Ihnen zwanzig Prozent nachlassen. Es sähe entzückend an Ihnen aus, und es ist so praktisch, man kann es einfach zu allem tragen.«

Am Ende bestellte Rowan zwei Abendkleider, eins in der grünen Seide, das andere in dem lindgrünen Satin. Und in ihrem Rausch, in dem ein gutes Stück Trotz steckte, kaufte sie auch noch das Jäckchen. Während Elsie die Maße überprüfte und das gute Stück in Seidenpapier einschlug, erzählte Edwina ihnen die neueste Episode ihrer turbulenten Affäre mit einem verheiraten Mann namens Reynaud, der in Südfrankreich lebte.

Irgendwann verließen Rowan und Artemis nach überschwänglichen Dankesbekundungen und Versicherungen, dass man bald wiederkommen werde, mit Paketen beladen Edwinas Atelier.

»Irgendwie werde ich den Verdacht nicht los, dass der göttliche Reynaud ein ganz übler Gauner ist«, bemerkte Artemis, sobald sie ein Stück vom Atelier entfernt waren. »Ich möchte nicht wissen, wie viele Frauen er noch am Bändel hat. Wahrscheinlich in ganz Europa verstreut.«

Beschwingt von ihren erfolgreichen Einkäufen, beschlossen sie, bei Selfridges zu Mittag zu essen. Artemis winkte einem Taxi. Während sie im Restaurant auf das

Essen warteten, erzählte Artemis von ihrer Tochter Elizabeth, die wie eine Klette an ihr hing. Als der Kellner die Speisen gebracht hatte und das Thema Elizabeth erschöpft schien, warf sie Rowan einen fragenden Blick zu. »Was ist los, Rowan? Du wirkst bedrückt. Ist etwas passiert?«

»Patrick weiß von Simon.«

Artemis riss die Augen auf. »O nein!«

»Er hat es mir heute Morgen gesagt, bevor er in die Kanzlei gefahren ist.« Rowan fühlte sich elend, als sie sich erinnerte, wie offen Patrick seinen Schmerz gezeigt hatte. Sie hatte Tränen in seinen Augen gesehen.

»Du Arme«, sagte Artemis. »Wie hat er denn davon erfahren?«

»Ich nehme an, er hat uns irgendwo zusammen gesehen. Vielleicht ist ihm unsere innere Verbundenheit aufgefallen.« Sie sagte nichts von Theas Rolle in der Geschichte, dazu schämte sie sich zu sehr. Es war rücksichtslos von ihr gewesen, Thea da hineinzuziehen.

»Und was machst du jetzt?«

»Machen?« Rowan starrte ihre Freundin an. »Ich kann gar nichts machen. Das Ganze ist ein einziges Desaster.«

Nach kurzem Schweigen schlug Artemis vor: »Du könntest Patrick versprechen, Simon nicht wiederzusehen. Vielleicht verzeiht er dir dann.«

Rowan stieß die Gabel in ihren russischen Salat. »Das kann ich nicht. Ich kann einfach nicht.«

Wieder ließ Artemis einen Moment verstreichen, ehe sie vorsichtig sagte: »Darling, auch in der Liebe hat man bis zu einem gewissen Grad die Wahl, genau wie bei den meisten anderen Dingen. Es wird vielleicht wehtun, Simon aufzugeben, ich kann mir vorstellen, wie schwierig und schmerzhaft es wäre, aber es wäre vielleicht *vernünftig*.«

Artemis hielt viel von vernünftiger Überlegung. Sie hasste Kopflosigkeit und Durcheinander und führte ihr Leben, wie sie ihre Häuser in London und Hertfordshire führte, mit nüchterner, unaufgeregter Kompetenz. Allgemein wurde vermutet, Artemis habe den vermögenden Finanzier Maurice Wilton aus Vernunftgründen geheiratet (Maurice war zwanzig Jahre älter als seine Frau, und Artemis hatte ein Faible für Pariser Mode, teuren Schmuck und Ozeankreuzfahrten), aber Rowan wusste, dass Artemis und ihr Mann sich liebten.

»Ich kann Simon nicht aufgeben«, erklärte sie eigensinnig. »Ich liebe ihn. Das verstehst du doch, nicht wahr?«

Artemis' kräftiges, kantiges Gesicht bekam einen weichen Zug. »Du armes Kind.« Sie tätschelte Rowan die Hand. Rowan sah ihrem Mienenspiel an, dass sie nach den Worten suchte, ihr etwas Unerfreuliches zu sagen.

Artemis fasste sich ein Herz. »Simon ist mein Cousin, ich kenne ihn mein Leben lang, und ich hoffe, du gestehst mir zu, dass mir das die Freiheit gibt, offen zu reden. Ich habe ihn sehr gern, und er hat wirklich etwas sehr Gewinnendes, aber er ist ... nun ja, er ist kein ... *Steher*. Er ist jetzt sechsunddreißig und war noch nie verlobt. Nicht mal auf dem Weg dahin.«

»Er liebt mich.«

»Ja, das glaube ich dir, und es liegt mir fern, etwas anderes zu behaupten.« Artemis spielte einen Moment nervös mit ihrem Feuerzeug, bevor sie sagte: »Simon wird eines Tages heiraten müssen, schon wegen Ashleigh Place, aber bisher habe ich kein Anzeichen dafür gesehen, dass er überhaupt daran denkt. Er ist ein Mann, und Männer können es sich leisten zu warten.« Sie warf Rowan einen forschenden Blick zu und seufzte. »Ich sollte mich nicht einmischen. Was weiß ich denn schon? Ich möchte nur nicht, dass du verletzt wirst.«

»Patrick und ich sind schon lange nicht mehr glücklich.« Sie brachte es nicht fertig, selbst Artemis, ihrer besten Freundin, die Wahrheit über ihre Ehe zu sagen. Bei dem schwierigen Gespräch, das sie und Patrick am Morgen geführt hatten, hatte sie gesehen, dass auch Patrick sich gedemütigt fühlte.

»Ich kann nicht einfach alles so lassen, wie es ist, Artie. Das ist ausgeschlossen. Ich würde umkommen.«

»Ach, Rowan ...«

»Ich weiß, dass Simon nicht vollkommen ist, ich weiß, er kann ein bisschen egozentrisch sein. Aber er liebt mich, er liebt mich wirklich, und mit ihm habe ich wenigstens eine Chance, glücklich zu werden.«

Artemis hatte ihren Teller weggeschoben. Sie sah Rowan aufmerksam an. »Hast du vor, dich von Patrick scheiden zu lassen?«

»Ich weiß nicht.« Rowan fürchtete, gleich in Tränen auszubrechen, hier, mitten im Lokal, zwischen flitzenden Kellnern und speisenden Mittagsgästen.

»Auch Patrick könnte die Scheidung einreichen, wenn du ihm nicht versprichst, Simon nicht wiederzusehen. Manche Ehemänner sehen gern einfach weg, aber ich kann mir nicht vorstellen, dass das Patricks Art ist.« Artemis umfasste Rowans Hand. »Bitte, bitte versprich mir, dass du genau überlegst, bevor du diesen Schritt unternimmst. Eine Scheidung kann deinen Ruf ruinieren. Denk bloß an die arme Peony Deakin. Kein Mensch redet mehr mit ihr. Sie lebt in diesem grässlichen kleinen Haus in Wimbledon und muss sich allein um die vier Kinder ihres Neuen kümmern, wenn sie ihn besuchen, weil sie sich kein Kindermädchen leisten können. Hilda Banister hat mir erzählt, dass sie völlig fertig ist.«

Widerspruchsgeist regte sich in Rowan, die sich von niemandem gern belehren ließ, auch nicht von ihrer besten Freundin. »Das ist doch etwas ganz anderes«, murmelte sie trotzig. »Simon ist nicht arm wie Peonys Neuer.«

»Eine geschiedene Frau fasst nie wieder Fuß in der Gesellschaft. Dir würde eine Scheidung weit mehr schaden als Patrick, auch wenn er so anständig sein sollte, die Schuld auf sich zu nehmen. Das ist sicher ungerecht, aber so ist es nun mal.« Artemis' Ton wurde weicher. »Ich bitte dich nur, genau zu überlegen, Darling. Ich verstehe natürlich, dass das alles sehr schwierig ist, wirklich.«

Sie trennten sich eine Viertelstunde später – beide aufgewühlt, aber bemüht, sich nichts anmerken zu lassen. Artemis wollte zum Tennis, und Rowan wollte noch etwas zum Abendessen einkaufen. Als sie schließlich im Bus nach Hause saß, war der letzte Rest Euphorie über ihren gelungenen Kleidereinkauf verflogen. Sie vermutete, dass das Lindgrün sie blass machen würde, und bereute es, dass sie sich von Edwina zu dem Abendjäckchen hatte überreden lassen. Weißer Samt war so ein undankbares Material. Ein einziger kleiner Fleck, und es wäre hinüber.

Die ernste Warnung ihrer Freundin bedrängte sie. Artemis kannte Simon seit ihrer Kindheit. Und es war nicht zu bestreiten, dass Artemis mit ihren Bemerkungen über das Schicksal geschiedener Frauen recht hatte. Die beiden Gespräche, das mit Artemis und das am Morgen mit Patrick, beunruhigten sie tief. Aber alle Anteilnahme, die sie Patrick vielleicht entgegengebracht hatte, war bei seinen Worten über Simon restlos geschwunden.

»Glaubst du im Ernst, dass du ihm etwas bedeutest?«,

hatte er sie gefragt. »Pemberton interessiert sich einzig für sich selbst. Er ist ein affektierter Esel, der nur um sich selbst kreist und unfähig ist, an andere zu denken. Selbst wenn du frei wärst … er würde dich nicht heiraten.«

Rowan stieg aus dem Bus, bevor er von der Piccadilly abbog, und schlug den Weg zur Charles Street ein. Sie brauchte jetzt Simon, seine Zusicherung, dass er sie liebte. Sie wollte von ihm in den Arm genommen werden, aus seinem Mund hören, dass alles gut werden würde.

Der Portier wünschte ihr einen schönen Nachmittag, als sie ins Treppenhaus trat. Oben läutete sie. Der Butler öffnete ihr. Als Rowan von drinnen Simons Stimme hörte, rannte sie an Leach vorbei in den Salon.

Auf der Schwelle blieb sie wie angewurzelt stehen. Die Worte gefroren ihr auf der Zunge. Simon war nicht allein. Eine ältere Frau mit einem rotbraunen Federhut saß auf einem der cremegoldenen Sofas, neben sich ein schmales blasses Kind mit verdrossenem Gesicht in einem rosa Kleid. Auf dem Tisch stand ein Tablett mit Tee und Gebäck.

Simon zog die Brauen zusammen, als er sie sah. Er stand auf. »Rowan.«

»Entschuldige …« Sie geriet ins Stocken. »Ich wusste nicht, dass du Gäste hast.«

Er sagte kurz: »Darf ich dich mit Mrs Cecil und ihrer Tochter Francesca bekannt machen? Mary, Francesca, das ist Mrs Scott, eine Freundin von mir.«

Man begrüßte sich, gab sich höflich die Hand, und Rowan blieb Zeit, ihre Fassung wiederzufinden. Es tue ihr leid, dass sie störe … Und dann fiel ihr nichts Besseres ein, als zu fragen, ob sie einen weiten Weg gehabt hätten?

»Hertfordshire«, antwortete Mrs Cecil. »Mit dem Auto aus Steadings«, fügte sie hinzu, als müsste das Rowan etwas sagen. Das verdrossene Mädchen, Francesca, war nicht so jung, wie Rowan zuerst geglaubt hatte – eher achtzehn oder zwanzig als zwölf, sehr feine, glatte, fast weißblonde Haare und ein Teint, der beinahe durchsichtig blass war. In einem Ton, der blasiert und herrisch zugleich klang, sagte Mrs Cecil: »Simon, ich hoffe, du hast daran gedacht, die Theaterkarten zu bestellen.«

Nach einem kurzen Austausch von Höflichkeiten nahm Simon Rowan beim Ellbogen und schob sie aus dem Zimmer ins Vestibül hinaus. Sie erwartete, dass er sie umarmen und mit Küssen trösten würde, stattdessen zischte er: »Was machst du hier? Du weißt, ich hasse Überraschungsbesuche.«

»Es tut mir leid … ich wusste nicht …« Er war ihr gegenüber noch nie wütend geworden. »Ich musste dich sehen.«

»Dein Besuch kommt ungelegen«, sagte er kalt. »Die Cecils sind alte Freunde von mir.«

Und was bin ich?, hätte sie ihn am liebsten angeschrien, fand aber dann doch die Würde, nach einer neuerlichen Entschuldigung mit kurzem Gruß zu gehen. Draußen, auf der Straße, hatte sie Mühe, die Tränen der Demütigung zurückzuhalten. Sie getraute sich nicht, den Bus zu nehmen, weil sie gewiss war, sie würde zu weinen beginnen, wenn sie sich jetzt irgendwo still niedersetzte. Die schweren Pakete zogen an ihren Armen, während sie sich zu Fuß nach Hause in die Mallord Street schleppte.

Mit hämmernden Kopfschmerzen sperrte sie endlich die Haustür auf. Im Flur stand ein Koffer, im Wohnzimmer nahm Patrick Bücher aus dem Regal.

Rowan ließ ihre Pakete fallen. »Wieso bist du hier? Ich dachte, du hättest einen Gerichtstermin.«

»Der Prozess ist geplatzt. Einer der Hauptzeugen hat sich offenbar abgesetzt.«

»Und was machst du da?«

»Ich packe meine Bücher.« Jetzt erst sah er ihr ins Gesicht. »Rowan, ich ziehe aus.«

»Patrick, nein!« Sie starrte ihn erschrocken an.

»Doch, es muss sein.«

»Bitte, Patrick … das ist doch nicht nötig.«

Er musterte sie. »Wo warst du?«

Der Hausschlüssel fiel ihr herunter, als sie ihn in ihre Handtasche stecken wollte. »Bei meiner Schneiderin.«

»Nein, da warst du nicht. Ich habe bei ihr angerufen, und sie sagte, du seist vor Mittag gegangen.«

Rowan hob den Schlüssel auf. Sie sah Patrick direkt in die Augen. »Ich war bei Simon. Was hast du nach heute Morgen erwartet?«

»Nichts.« Er war blass geworden. »Ich erwarte gar nichts von dir, Rowan. Und ich verlange nichts von dir. Ich weiß, dass ich kein Recht dazu habe.« Er griff nach dem nächsten Buch. »Ich finde es nur traurig, dass du dich an ihn wegwirfst.«

Sie fühlte sich plötzlich zu Tode erschöpft und ließ sich in einen Sessel fallen. Das Flimmern am Rand ihres Gesichtsfelds kündigte eine Migräne an. »Es ging mir schlecht, und ich dachte, es würde mir helfen, wenn ich zu Simon gehe«, sagte sie leise. »Hat's aber nicht, falls dich das tröstet.«

»Tut es nicht. Ich weiß, dass ich dich ihm praktisch in die Arme getrieben habe. Es ist meine Schuld. Das Mindeste, was ich jetzt noch tun kann, ist, dich in Ruhe zu lassen und nicht alles noch schlimmer zu machen.« Patrick schloss die Reisetasche. »Du kannst hier im Haus bleiben, solange du willst. Ich werde es allerdings irgendwann verkaufen müssen, wenn wir in Zukunft getrennt leben.«

Getrennt. Das eine Wort brachte ihr das Ungeheuerliche dieses Moments zu Bewusstsein. »Ach, Patrick«, murmelte sie.

»Ich werde natürlich dafür sorgen, dass du finanziell abgesichert bist, aber du musst entscheiden, ob du im Haus bleiben willst.«

»Ich hasse es«, sagte sie. Das Haus hatte sich, wie ihre Ehe, als Enttäuschung erwiesen.

Er verzog das Gesicht, als er die Reisetasche aufhob. »Zu viele verdammte Bücher.«

»Wo kommst du jetzt unter? Was machst du?«

»Keine Sorge.« Er schaffte beinahe ein Lächeln. »Ein Kollege in der Kanzlei geht für ein paar Monate ins Ausland, er hat mir seine Wohnung zur Verfügung gestellt. Willst du die Scheidung, Rowan, oder genügt dir eine amtliche Trennung?«

»Ich weiß es nicht.« Ihre Ehe war ihr wie eine Last erschienen, jetzt aber war sie tief deprimiert. »Ich habe nie darüber nachgedacht.«

»Das wirst du aber tun müssen. Eine Scheidung ist keine einfache Sache. Solche Dinge brauchen Zeit.« An der Tür blieb er stehen und blickte zu ihr zurück. »Ich wünsche dir alles Gute, wirklich. Ich hoffe, eines Tages wirst du mir verzeihen.«

»Patrick, bitte, ich ertrag das nicht …«

Die Tür fiel hinter ihm zu. Rowan blieb sitzen wie gelähmt. Einige Augenblicke später kam Gwen ins Zimmer und fragte, ob sie Kaffee machen solle. Als Rowan nur den Kopf schüttelte, zog Gwen sich beleidigt in die Küche zurück, wo sie scheppernd mit Töpfen und Pfannen hantierte.

Jetzt war sie ganz allein. Thea war weg, und Patrick war weg, und ihr Vater war auch weg. Ihr Leben lang war sie vor dem Alleinsein geflohen. Sie dachte daran, zu Thea zu gehen, aber es war erst drei Uhr, sie arbeitete sicher noch.

Schließlich ging sie nach oben und legte sich aufs Bett. Wenn sie ganz still lag, würde das Augenflimmern vielleicht vergehen. Die Kartons mit den neuen Kleidern blieben ungeöffnet. Die Erinnerung an Simons Ärger, als sie ihn besucht hatte, und der Gedanke, dass er sie vielleicht gar nicht liebte, sie womöglich ihre Ehe für nichts zerstört hatte, quälte sie. Doch nach einer Weile empfand sie nur noch Resignation. Ihre Ehe war gescheitert, sie hatte das schon lange gewusst. Und sie war nicht mehr zu retten, ganz gleich, was geschah. Vielleicht hatte Patrick recht, wenn er sagte, sie trage keine Schuld. Aber sie hatte versagt, indem sie die Wahrheit nicht hatte sehen wollen. Sie und Patrick hätten Freunde bleiben sollen. Sie hatten den Fehler gemacht, Liebe erzwingen zu wollen. Mit Simon war es anders. Sie wusste nicht, wie sie weiterleben sollte, wenn er sie nicht liebte.

Sie war ins Bad hinübergegangen und spritzte sich gerade kaltes Wasser auf die Stirn, als sie das Telefon läuten hörte. Hastig trocknete sie sich das Gesicht und lief nach unten.

»Es ist Mr Pemberton, Madam«, meldete Gwen.

Rowan nahm den Hörer. »Simon? Von wo rufst du an?«

»Meinem Club. Du weißt ja, ich hasse diese Dinger, aber ich wollte mich wegen meiner schlechten Laune heute Nachmittag bei dir entschuldigen.«

»Nein, es war meine eigene Schuld, ich hätte nicht einfach hereinplatzen sollen.«

»Verzeihst du mir?«

»Es gibt nichts zu verzeihen.« Sie wickelte das Telefonkabel um ihren Finger. »Liebst du mich noch?«

»Ich bete dich an. Ich vergöttere dich.«

Sie ließ den Verdacht, dass das nicht ganz dasselbe war, vorbeiziehen und setzte sich hin, den Kopf an den Stuhlrücken gelehnt. »Patrick hat mich verlassen«, sagte sie. »Er weiß von uns.« Sie erwartete sich nichts von Simons Reaktion, sie erwartete überhaupt nichts mehr.

»Das tut mir leid.«

»Wahrscheinlich ist es das Beste so.«

»Wahrscheinlich, ja. Aber es kann natürlich Turbulenzen geben.«

»Turbulenzen?«, rief sie. »Turbulenzen? Ich komme mir vor wie mitten in einem Tornado.«

»Natürlich, Liebes. Es tut mir so leid, du bist sicher erschöpft. Szenen sind immer so anstrengend.«

»Ich habe wahnsinnige Kopfschmerzen.«

»Du Arme. Ich wollte, ich könnte zu dir kommen, aber ich muss mit Mrs Cecil und Francesca ins Theater. Ich habe ihnen einen Abend im West End versprochen.«

»Was seht ihr euch an? Ein Musical?« Sie vermutete, dass das junge Mädchen gern Musicals sah.

Er lachte kurz auf. »Nein, das bleibt mir erspart. Shakespeare, einen ganz erträglichen zum Glück, *Der Sturm*. Hat Francesca ausgesucht.«

»Wann sehen wir uns?«

»Die nächsten Tage geht es leider nicht. Ich muss morgen nach Ashleigh Place.«

»Oh.« Sie fühlte sich wie ausgesetzt.

»Denzil hat mich gebeten zu kommen. Ich kann es kaum erwarten, es dir zu zeigen, Rowan.«

Die Schwärze lichtete sich ein wenig. Simon würde ihr

nicht Ashleigh Place zeigen wollen, wenn es ihm nicht ernst mit ihr wäre. »Ich würde es liebend gern sehen«, sagte sie.

»Du wirst hingerissen sein. Und Denzil wird von dir hingerissen sein.«

»Wie kommt es, dass du so sehr daran hängst?«

»Ich könnte jetzt sagen, es liegt an seiner Geschichte. Weißt du, manchmal, wenn man einen selten benutzten Raum betritt, glaubt man beinahe, irgendeinen Geist davonhuschen zu sehen. Und egal, wie oft man schon im Haus war und wie gut man es zu kennen meint, immer entdeckt man etwas Neues, Initialen, die in einen alten Holzbalken eingeritzt sind, oder eine Keramikscherbe im Rosenbeet beim Umgraben. Aber vielleicht ist es einfach so, dass ich mich als Kind in Ashleigh Place mehr zu Hause gefühlt habe als daheim bei meinen Eltern.«

Sie versuchte, sich ihn vorzustellen, während er sprach. Einmal hatten sie sich in seiner Wohnung in der Charles Street eine Schallplattenaufnahme von *Così fan tutte* angehört, und sein Gesicht hatte einen Ausdruck gezeigt, den man beinahe Verzückung nennen konnte. Dass er starker Gefühle fähig war, war einer der Gründe, warum sie ihn liebte.

6

September 1938

»Ich gehe zur Royal Air Force«, verkündete Duncan, als sie am Sonntag nach dem Mittagessen gerade den Nachtisch in Angriff genommen hatten, Rosinenkuchen mit Vanillesoße.

»Du Glücklicher«, rief Stuart voll Neid.

Sophie fiel ihr Stück Kuchen von der Gabel. Sie schluckte mit Mühe einen Aufschrei hinunter. »Duncan, soll das heißen, dass du dich freiwillig gemeldet hast?«

Er sah sie kühl an. »Ich habe den ganzen Anmeldeprozess fast hinter mir. Vor zwei Tagen, an meinem freien Nachmittag, war ich zu einem Gespräch im Adastral House. Die haben mir da einen blauen Zettel in die Hand gedrückt und mich zur ärztlichen Untersuchung geschickt. Einer, den ich dort getroffen habe, sagte, so einen blauen Zettel bekommt man nur, wenn man praktisch angenommen ist.«

Du hast mir kein Wort gesagt. Du hast das alles getan, ohne mir etwas mitzuteilen, wollte Sophie sagen. Zum Glück ließ Stuart sie gar nicht zu Wort kommen.

»Haben Sie dich in Mathe geprüft und so? Fliegst du dann Hurricanes?«

Duncan beachtete seinen Bruder nicht, sondern wandte sich zu Sophie. »Kann sein, dass sie dir schreiben, um deine

Genehmigung einzuholen, weil ich unter einundzwanzig bin. Du wirst doch kein Theater machen, oder, Mum?«

Es kostete sie ungeheure Anstrengung, ihm ruhig zu antworten. »Nein, wenn du dir deiner Sache wirklich sicher bist, mache ich kein *Theater*, Duncan.«

»Ich bin mir vollkommen sicher. Darf ich noch eins nehmen?« Er goss Vanillesoße über sein Stück Kuchen.

»Wann musst du los?«, fragte Stuart.

»Das weiß ich noch nicht. Man bekommt einen Brief, wenn man zur Pilotenausbildung angenommen ist, und dann schicken sie einen irgendwo in ein Ausbildungslager.«

Stuart begann wieder, über Hurricanes zu reden. Sophie goss Vanillesoße über ihren Kuchen, obwohl sie wusste, dass sie ihn nicht mehr essen würde.

Nach dem Essen erbot sich Stuart abzuspülen, aber Sophie ließ sich lieber von Duncan helfen und schickte Stuart mit ihren Briefen zum Postkasten. Duncan war beim Spülen und Abtrocknen weit umsichtiger als sein jüngerer Bruder. Es war nicht schwer, ihn sich an den Instrumenten eines Flugzeugs vorzustellen, besonnen und methodisch, wie er war. Trotzdem wurde sie fast verrückt vor Angst bei der Vorstellung, dass ihr Erstgeborener sich etwas so Gefährlichem wie der Fliegerei verschreiben wollte.

»Du hast Stu hoffentlich nicht weggeschickt, um mir einen Vortrag zu halten, Mum. Das wäre dann nämlich reine Zeitverschwendung«, durchbrach er das Schweigen.

Sophie ärgerte sich über seine Anmaßung. »Ich habe Stuart weggeschickt, damit er mir die Briefe einsteckt und weil ich unter vier Augen mit dir reden wollte. Ich möchte mir nämlich sicher sein, dass du deine Entscheidung nicht aus den falschen Gründen getroffen hast.«

Er kniff kurz die hellbraunen Augen zusammen, Hughs Augen. »Und was für Gründe sollen das sein?«

»Zorn auf deinen Vater. Zorn auf mich.«

Zu ihrer Überraschung und ihrem Ärger lachte er. »Du hast wirklich eine unglaubliche Gabe, dich immer in den Mittelpunkt zu stellen. Ich habe mich zu den Fliegern gemeldet, weil ich fliegen will.«

»Dann ist es ja gut. Das Glas hier ist nicht ganz sauber.« Sie reichte es ihm zurück. Verdrossen tauchte er es nochmals ins Wasser. »Es wäre schlimm, wenn du dich nur gemeldet hättest, um mich damit zu treffen, weil du weißt, dass das so ziemlich das Schlimmste ist, was du mir antun kannst. Wie gesagt, wenn es nicht so ist, dann respektiere ich deine Entscheidung selbstverständlich.«

»Es ist ein Beruf, Mum«, erklärte er gönnerhaft. »Es geht nicht darum, dich zu treffen.«

Sophie trocknete schweigend das silberne Besteck. Alte Gefühle brandeten auf, und sie sagte: »Mein Bruder Harold ist damals im zweiten Kriegsmonat gefallen, in der Schlacht an der Marne. Meine Mutter ist nie darüber hinweggekommen. Ich wurde seinetwegen Hilfskrankenschwester. Ich konnte es nach seinem Tod nicht ertragen, tatenlos herumzusitzen.« Duncan wollte etwas einwerfen, aber sie wehrte mit einer heftigen Geste ab. »Viele Leute sind überzeugt, dass es spätestens in einem Jahr zum Krieg mit Deutschland kommen wird. Hast du das bedacht?«

»Ja, natürlich.« Sein ausweichender Blick verriet ihr, dass er es in seiner Begeisterung eher nicht getan hatte. Sie bedauerte ihre Schärfe ihm gegenüber. Er war ein junger Mann mit einer Leidenschaft für die Fliegerei. War es da nicht verständlich, dass er unbedingt fliegen lernen wollte und glücklich war, sein Ziel erreicht zu haben?

»Tut mir leid.« Sie legte ihm die Hand auf den Arm. »Ich nehme es dir nicht übel, wirklich nicht. Im Gegenteil, ich bin stolz auf dich, Duncan. Und du hast jedes Recht, auf dich selbst stolz zu sein.«

Ihm schien das mehr zu schaffen zu machen als ihr früherer Widerstand. Sie merkte es an der Art, wie er die Augen zusammenkniff, und an der angespannten Konzentration, mit der er sich dem Abwasch widmete. Minuten lang sagte keiner von ihnen etwas.

Duncan legte einen Topf auf das Abtropfbrett. »Außerdem kann's noch Ewigkeiten dauern. Anscheinend beordern sie einen nicht immer sofort zur Ausbildung.«

Sie nahm es als Friedensangebot und tätschelte ihm kurz die Schulter. »Dann müssen wir aus dieser Zeit das Beste machen. Ich stricke dir warme Socken und Handschuhe.«

Als Stuart vom Briefkasten zurückkam, beschlossen die Jungen, zu den Fosters hinüberzugehen, um mit Michael und Thomas Fußball zu spielen. Sophie machte sich gerade eine Tasse Kaffee, als es draußen läutete.

Viola Foster, glattes braunes Haar, braune Augen, gelblicher Teint, wie meistens braun gekleidet, stand vor der Tür und hielt ihr einen Korb hin. »Ich hoffe, du nimmst es mir nicht übel, dass ich deinen Sonntagnachmittag störe, Sophie.«

»Aber nein. Komm rein.« Die Sonntage waren tödlich, seit Hugh nicht mehr da war, das Haus so still, alle Geschäfte geschlossen, sodass man nicht einmal einen Einkaufsbummel machen konnte, um sich abzulenken.

»Ich habe Schränke ausgeräumt und die hier gefunden. Thomas ist aus ihnen herausgewachsen, vielleicht kannst du sie gebrauchen.« Viola hielt ihr den Korb hin, in dem ein Stapel grauer Schulhemden lag.

Sophie dankte ihr, obwohl sie sich ziemlich sicher war, dass sie Stuart, der gerade richtig in die Höhe schoss, schon in ein paar Monaten zu klein sein würden. Sie bot Viola eine Tasse Kaffee an und ging ihr voraus in die Küche.

»Duncan hat uns eben die großen Neuigkeiten mitgeteilt«, bemerkte Viola. »Da wollte ich doch mal nach dir sehen.«

Sophie konnte es sich vorstellen: Duncan platzte sofort damit heraus, dass er sich zur Royal Air Force gemeldet hatte, Viola sagte etwas wie: »Und was hält deine Mutter davon?«, Duncan antwortete mit einem »Ach, sie hat nichts dagegen«, worauf Viola ihn nur schweigend ansah. So in etwa würde es abgelaufen sein.

Sie sagte: »Eigentlich hätte es mich nicht wundern dürfen. Er schwärmt für Flugzeuge, seit er zwei Jahre alt war.«

Viola, dünn wie eine Bohnenstange, rührte drei Löffel Zucker in ihren Kaffee. »Wer weiß, ob er überhaupt fliegen wird. Vielleicht landet er bei der Bodenbesatzung.«

»Es ist sein größter Wunsch zu fliegen, und ich muss ihn darin unterstützen. Es wird ihn stolz auf sich machen, und das kann ihm nur guttun.«

»Du bist eine kluge Frau, Sophie.«

Sophie starrte ihre Freundin an. »Klug? Ich? Ach, Viola, wenn du wüsstest.« Ihre Stimme wurde brüchig.

Viola nahm sie in den Arm. Sie war nicht nur groß, sondern auch knochig, Sophie fühlte sich wie von einem staksigen Jungen umarmt. Und kam sich neben ihr, wie immer, wie eins von Rubens' üppigen Frauenzimmern vor.

»Ich weiß, wie schwer es für dich ist«, sagte Viola teilnahmsvoll. »Und du bist so unglaublich tapfer. Hugh muss dir doch schrecklich fehlen.«

»Kein bisschen.« Die Worte rutschten ihr wie von selbst

heraus. Sie gab Hugh die Schuld daran, dass Duncan wegwollte. Sie gab ihm die Schuld an der Entscheidung ihres Sohnes, zu den Fliegern zu gehen.

»Wirklich?« Viola fuhr zurück.

»Er fehlt mir überhaupt nicht«, bekräftigte sie. »Ich bin froh, dass er nicht mehr da ist.« Zu spät für einen Rückzieher, dachte sie erbittert. Und wenn ihre Freundschaft daran scheiterte, dann war sie sowieso nichts wert.

»Viola, Hugh war mit einer anderen Frau verheiratet«, erklärte sie heftig. »Ich meine, er war schon verheiratet, als er mich geheiratet hat. Das heißt, wir waren nie richtig verheiratet. Hast du zufällig deine Zigaretten dabei?«

Viola kramte mit gesenktem Kopf in ihrer Handtasche. Sophie konnte ihr Gesicht unter den braunen Haaren nicht sehen. Sie hatte seit Jahren nicht mehr geraucht. Sie hatte im Krieg angefangen, als sie in dem Genesungsheim gearbeitet hatte, aber Hugh hatte rauchende Frauen nicht gemocht, deshalb hatte sie es bei ihrer Heirat aufgegeben. Bei der Erinnerung schoss neue Wut in ihr hoch. Dass ausgerechnet er, jemand, der so unehrlich und verlogen war, sich angemaßt hatte, ihr über irgendetwas Vorhaltungen zu machen. Würde sie je wieder ohne Groll an Hugh denken können? Man sollte doch meinen, dass Zorn und Wut irgendwann verrauchten.

Viola gab Sophie Feuer für ihre Zigarette. »Du meinst, er war verwitwet – oder geschieden – und hat es dir nicht gesagt?«

»Ich meine, er war zu dem Zeitpunkt, als er mich heiratete, mit einer anderen Frau verheiratet, einer Schwedin.«

»Das gibt's doch nicht.« Viola neigte nicht zu Überraschungsausbrüchen, sie war eine bemerkenswert ruhige, beherrschte Person. Sophie hatte immer angenommen, sie betrachte es als ein Zeichen von Schwäche, Überraschung oder Bestürzung zu zeigen. Jetzt jedoch schien Viola fassungslos.

»Ich habe es Anfang des Jahres erfahren, kurz nach Hughs Tod. Er war in Glasgow, bei seiner anderen Familie, als er krank wurde. Und dann kam alles heraus.«

»Mein Gott«, sagte Viola. Die braunen Augen waren weit aufgerissen. »Hugh hatte noch eine andere Familie. Noch andere Kinder?«

»Ja, zwei Töchter.«

»Oh, Sophie.«

»Eine seiner Töchter, die ältere, lebt in Chelsea. Sie ist verheiratet. Ich weiß ihren Nachnamen nicht, aber mit Vornamen heißt sie Rowan.«

»Ich kenne kaum Leute in Chelsea. Die sind oft so hochgestochen, findest du nicht, diese Leute, die in Chelsea wohnen.« Hochgestochene Leute waren Viola zuwider. »Ich fand immer schon, dass Hugh nicht gut genug für dich war. Er sah natürlich sehr gut aus und konnte ausgesprochen charmant sein, aber er hatte irgendetwas an sich – nicht direkt verschlagen, eher undurchsichtig. Man wusste nie, was in seinem Kopf vorging. Und er hat dich rumkommandiert.«

Jetzt war Sophie die Erstaunte. »Er ist mir gegenüber nie grob geworden«, sagte sie, obwohl sie nicht wusste, warum sie ausgerechnet jetzt Hugh verteidigte.

»Ich meine, er hat es bestens verstanden, dich dazu zu kriegen, das zu tun, was er wollte. Er hat es immer verstanden, seinen Kopf durchzusetzen. Bei dir, aber auch bei allen anderen. Auch Doug.« Doug war Violas Mann.

Sophie fiel es wie Schuppen von den Augen. Viola hatte recht. Wieso hatte sie es nicht gemerkt? Hugh hatte immer seinen Willen durchgesetzt. Wenn nicht auf Anhieb, hatte er einen entweder so lange bearbeitet, bis er einen so weit hatte, oder er hatte trotzdem einfach getan, was er wollte. Sie hätte sich stärker gegen ihn behaupten müssen. Alle Entscheidungen hatte unweigerlich er getroffen. Er hatte entschieden, wo sie lebten, welche Schule die Jungen besuchten, wo und wie sie ihre Ferien verbrachten, wie viele Tage die Woche Mrs Leonard, die Zugehfrau, ins Haus kam. Hatte sie Einwände erhoben, so hatte er versucht, sie ihr auszureden, und, wenn das nicht klappte, schließlich ein Machtwort gesprochen. Wenn Charme nicht verfing, hatte er Härte angewendet.

»Ich dachte, er wäre meine große Liebe, Vi«, sagte sie. »Ich komme mir so unendlich dumm vor.«

»Er war ein gemeiner Schuft«, erklärte Viola heftig. »Was er getan hat, ist unsäglich. Komm ja nicht auf die Idee, dir auch nur den kleinsten Vorwurf zu machen.«

Violas Zuspruch tat ihr gut. Sie empfand eine Zuversicht wie lange nicht mehr.

»Wissen es die Jungs?«

»Ich habe es ihnen gleich nach Hughs Tod gesagt. Duncan hat seitdem kaum noch ein Wort mit mir gesprochen.«

»Ja, mir ist aufgefallen, wie verschlossen er ist. Ich dachte, es wäre sein Alter und der Tod seines Vaters. Und Hughs Töchter? Wissen sie von dir?«

»Ich denke, nicht.« Bei dem Gedanken an ihr Gespräch mit Thea Craxton nach Hughs Beerdigung hatte sie die leise Befürchtung, dass sie nicht so vorsichtig gewesen war, wie sie hätte sein sollen. Sie konnte sich nicht genau erinnern, was sie gesagt hatte; sie konnte nur hoffen, dass sie nichts verraten hatte.

»Du bist der erste Mensch, dem ich es erzählt habe«, sagte sie. »Außer Duncan und Stuart, meine ich.«

»Du hättest es mir gleich erzählen sollen. Es muss ja entsetzlich für dich gewesen sein, das alles allein durchzumachen.«

»Ich hatte Angst, du würdest mich verachten.«

»Oh, Sophie, das ist wirklich traurig. Wie kannst du so was von mir denken!«

»Hugh und ich haben fast zwanzig Jahre lang in Sünde gelebt. Das würden viele verächtlich finden.«

Viola verzog den Mund. Sophie dachte, sie würde sagen: Dann sind sie's nicht wert, dass man sie kennt. Worauf sie erwidern würde, dass es trotzdem nicht schön sei, sich geächtet zu sehen.

Doch Viola sagte etwas ganz anderes. »Mir würde das gar nicht zustehen. Ich … ich habe nämlich einen Geliebten, Sophie.« Sie holte tief Luft. »Arnold ist ein wunderbarer Mann, wir treffen uns zweimal im Monat in einem Hotel. Es hält mich aufrecht. Es gibt mir die Kraft, Doug zu ertragen. Ich habe dir das nie gesagt, weil ich immer dachte, du wärst ziemlich konventionell.«

Viola erzählte, während Sophie sich bemühte, ihre Überraschung zu verdauen. Arnold war Uhrmacher. Er lebte in Bermondsey, einem Stadtteil von London. Er war nicht glücklich in seiner Ehe. Sophie schoss der Gedanke durch den Kopf, wie oft doch die Menschen so ganz anders waren, als sie äußerlich wirkten. Hier saß Viola, hager und flachbrüstig, nie auch nur eine Spur Lippenstift oder Puder im Gesicht, und erzählte ihr, was für ein göttlicher Liebhaber Arnold war, ganz anders als Doug, dem es im Bett an Fantasie fehlte. Es war verrückt, aber irgendwie war es auch tröstlich.

Mr Ludgate, bei dem Thea eines Abends eine Archäologievorlesung hörte, war ein schmächtiger kleiner Mann, der einen altmodischen Gehrock und einen Vatermörder trug wie Neville Chamberlain. Die meisten seiner Studenten waren Männer; die beiden einzigen Frauen im Saal waren Thea und eine Blondine, die sich in einer beneidenswert schicken schwarzen Wildlederjacke auf einer Bank ganz hinten verkrochen hatte. Neben ihr saß ein hochgewachsener Mann mit lockigen kupferroten Haaren. Thea hörte, wie die Blondine zu ihm sagte: »Also wirklich, Max, musst du so ein gelangweiltes Gesicht machen? Ich war doch auch bei deinem Boxkampf.« Hin und wieder warf Thea über ihre Schulter hinweg einen verstohlenen Blick auf das Paar. Während der ersten Hälfte der Vorlesung, in der sich Mr Ludgate über gegenwärtige archäologische Theorien ausließ, las Max Zeitung. Die Schlagzeile: Neue britische Verteidigungsmaßnahmen für morgen zu erwarten, verhieß nichts Gutes. Mr Ludgate kam von Flinders Petries Entdeckungen in Ägypten auf Carl Blegens Ausgrabungen in Troja zu sprechen und weiter auf die jungsteinzeitliche Siedlung, die Vere Gordon Childe in Skara Brae auf Orkney erforscht hatte. Die Zeitung sank herab, Max verschränkte die Arme und schlief ein, sein sanftes Schnarchen – die rhythmische Untermalung zu Mr Ludgates Stimme.

Mr Ludgate sprach seine Zuhörerschaft mit »Meine Herren« an, als wären Thea und die Blondine in der schwarzen Jacke gar nicht vorhanden. Als die Studenten am Schluss der Vorlesung aufgefordert wurden, Fragen zu stellen, reagierte Mr Ludgate ausschließlich auf erhobene Männerhände.

Die Blondine trat an Thea heran, als sie sich zum Ausgang des Gebäudes bewegten. »Dieser aufgeblasene Kerl«, sagte sie ärgerlich. »Am liebsten hätte ich ihm irgendetwas ins Gesicht geworfen. Als gäb's in der Archäologie keine Frauen.«

»Gibt's denn welche?«

Das brachte Thea einen geringschätzigen Blick ein. »Aber natürlich. Meine Großmutter ist Archäologin. Meine Mutter auch. Und hast du nicht von Dorothy Garrod gehört? Oder Mary Kiston Clark?« Sie leierte noch einige Namen herunter und sagte dann: »Wenn's dich interessiert, solltest du das hier lesen. Ich hab's fertig.« Sie hielt Thea ein Buch hin.

Auf dem abgegriffenen Einband stand: *Die prähistorische Archäologie Britanniens*. Die Autorin hieß Rana Hughes. »Wirklich?«, fragte Thea.

»Ja, ja, nimm's nur. Aber ich warne dich, es ist ziemlich trocken.«

»Vielen Dank.« Thea wollte die Frau nach ihrem Namen fragen, um ihr das Buch zurückschicken zu können, aber sie hatte sich schon abgewandt und rief ihrem Begleiter zu: »Beeil dich, Max, sonst kommen wir noch zu spät.« Die beiden liefen zu einem Motorrad, das am Bordstein stand, und brausten davon.

Thea kehrte zu ihrer Pension in Bloomsbury zurück, in ihr kleines Souterrainzimmer. Sie hatte es für sich allein, da Peggy unterwegs war. Bei Tag warfen sie bunte Decken über die zwei schmalen Betten und dekorierten sie mit Kissen, um sie mehr wie Sofas aussehen zu lassen. Der Rest des Mobiliars bestand aus einer Kommode, einem kleinen Tisch und zwei Stühlen. Ihre Kleider und Mäntel wurden an Wandhaken aufgehängt. Peggys Farben, Skizzenblöcke und Leinwände waren in einer Zimmerecke verstaut, Theas

Bücher standen zu einem Turm gestapelt neben ihrem Bett. Küche und Bad teilten sie sich mit den anderen Pensionsbewohnern. Manchmal veranstalteten sie Feste, die, laut und ausgelassen, in die übrigen Souterrainräume überschwappten. Rowan nannte das Zimmer nur den »Schrank«, aber Thea liebte es.

In der Küche hörte sie Radio, während sie nach etwas Essbarem suchte, obwohl Radiohören dieser Tage einer Berg-und-Tal-Fahrt der Gefühle glich: Auf die Angst, wenn sie den Apparat einschaltete, und die nachfolgende Erleichterung, wenn sie hörte, dass England noch nicht im Krieg war, folgte kurz vor der nächsten Nachrichtensendung unweigerlich neue Angst. Der Empfang in der Küche ließ einiges zu wünschen übrig, sodass die Nachrichten, die in diesem September 1938 ausnahmslos düster und beängstigend waren, sie wie durch eine Wand aus Rauschen und Knistern erreichten.

An diesem Abend war es nicht anders. Premierminister Neville Chamberlain war nach Deutschland geflogen, um mit dem Reichskanzler Adolf Hitler weitere Gespräche über die Zukunft der Tschechoslowakei zu führen. Rauschen. Knistern. Hitler forderte einen ansehnlichen Teil der Tschechoslowakei für Deutschland. Neuerliches Rauschen, dann Stille.

Es war kein Brot da, und Thea hatte vergessen, Milch zu besorgen. Während sie sich Tee machte, versuchte sie sich vorzustellen, wie es wäre, wenn plötzlich ein Teil ihres Heimatlandes an ein anderes Land abgetreten würde. Wenn zum Beispiel Hampshire und Wiltshire auf einmal zu Frankreich gehören würden. Undenkbar.

Einer der Mitbewohner, ein großer, magerer, kränklich aussehender Mann namens Miller, kam in schmuddeligem

Morgenrock und abgetretenen Hausschuhen in die Küche geschlurft. Das Radio wurde wieder lebendig. Miller neigte lauschend den Kopf.

»Großer Gott, spätestens in einer Woche haben wir Krieg«, sagte er.

»Glauben Sie wirklich?«

»Hört sich ganz so an.«

»Möchten Sie eine Tasse Tee?«

»Nein danke. Haben Sie was zu essen da?«

Thea schüttelte den Kopf. »Tut mir leid.«

»Ich hab seit drei Tagen nichts gegessen.« Miller ließ sich ein Glas Wasser einlaufen und schlurfte wieder hinaus.

Thea schaltete das Radio aus, das wieder nur Wortfetzen spuckte, und ging mit ihrem Tee ins Souterrain hinunter. Der Appetit war ihr vergangen, sie fühlte sich nur elend. »Spätestens in einer Woche haben wir Krieg.« Was, wenn Miller recht hatte? Wie sinnlos würden alle ihre Hoffnungen, Sorgen und Ambitionen dann erscheinen. Sie erinnerte sich an Zeitungsfotos von spanischen Städten, die von den Deutschen bombardiert worden waren. In einer Woche konnte London schon in Flammen stehen. Von der Pension und dem Zimmer, das sie sich mit Peggy teilte, würde vielleicht nichts bleiben als Schutt und Asche.

Aber was hätte sie schon tun können, um einen Krieg zu verhindern? Das ewige Grübeln bewirkte nichts weiter, als sie nachts wach zu halten, deshalb griff sie zur Ablenkung nach dem Buch über die prähistorische Archäologie Britanniens und blätterte darin, während sie ihren Tee trank. Der Name, der mit Tinte geschrieben auf dem Vorsatzblatt stand, Helen Fainlight, war vermutlich der der Blondine in der schwarzen Jacke, deren Großmutter Archäologin war. Als sie das Inhaltsverzeichnis mit den Kapitelüberschriften las, stieß sie auf einen anderen Namen, der so starke Gefühle in ihr aufrührte, dass ihr der Atem stockte.

Die grauen Tänzer von Corran Island. Eine der Ausgrabungsstätten, die in dem Buch beschrieben wurden, befand sich auf der Insel Corran. Das Boot ihrer Mutter, die *Iduna*, war an den Felsriffen vor Corran gesunken, ihr Leichnam war zwei Tage später am Strand angespült worden. Sigrid Craxton war auf der Insel beerdigt worden, weil sie, wie Theas Vater einmal erzählt hatte, der Ort auf der Welt war, den sie am meisten geliebt hatte. Thea selbst hatte keine Erinnerung an die Insel.

Sie blätterte weiter bis zu einer in Bleistift und Tinte ausgeführten Zeichnung hoher unbehauener Steine, die in einem losen Kreis gruppiert waren – die Grauen Tänzer. Nach flüchtiger Lektüre eines Volksmärchens über Liebende, die in Stein verwandelt worden waren, weil sie den Sabbat nicht geheiligt hatten, konzentrierte sie sich auf die Beschreibung der Stätte. Zwischen den dreizehn Menhiren aus rotem Sandstein erhoben sich kleinere graue Granitblöcke. Sie standen auf einem flachen, sumpfigen Plateau, achthundert Meter von der Küste der Insel entfernt. Der größte Stein war drei Meter sechzig hoch. Die Autorin sprach von einem majestätischen und bemerkenswerten Steinkreis, der aus der Jungsteinzeit stammte.

Ein Bild kam Thea in den Sinn, von einem gewaltigen Stein, der stolz vor einem gleißend blauen Himmel stand. Grüne und ockerfarbene Flechten zogen sich über seine Oberfläche, und unter ihrer Hand fühlte sie sonnenwarmen Stein. Ein fernes Meer funkelte im Sonnenschein. War das Erinnerung oder Fantasie? Sie war sechs Jahre alt gewesen, als bei diesem letzten, schicksalhaften Besuch auf Corran ihre Mutter gestorben war. Sie wünschte sich, es wäre ein Bild aus ihrem Gedächtnis. Sie hatte so wenige Erinnerungen an ihre frühe Kindheit und ihre Mutter. Eine Kaskade weizenblonder Haare, die an den Stangen eines Gitterbettchens herabfiel. Eine hohe, klare Stimme, die ein Lied in einer fremden Sprache sang. Eine Hand um die ihre, als sie über den Sand rannte, und ein Lachen. Immer, wenn sie versuchte, diese Fragmente zu fassen, lösten sie sich auf wie Kakaopulver in heißer Milch.

Peggy und Gerald kamen ins Zimmer. »Wir wollen jetzt rauf zu Ralph und Nancy«, sagte Peggy. »Nancy hat Suppe gekocht. Kommst du mit, Thea?«

Auf dem Weg nach oben klopften sie bei Miller. Ralph und Nancy Waldham bewohnten mit ihrer kleinen Tochter Mollie vier Zimmer im obersten Stockwerk des Hauses. Ralph, ein untersetzter, bärtiger Mann Anfang dreißig, war Bühnenbildner und unterrichtete in Teilzeit an der Slade Akademie. Seine Frau Nancy, die um einiges jünger war als er, war früher Studentin bei ihm gewesen.

Es waren vielleicht zwölf Leute im Zimmer, die auf Sesseln und Sofas und zum Teil auf dem Boden saßen. Nancy sammelte die leeren Suppentassen ein. Sie hatte feine weiche Gesichtszüge, doch an diesem Abend sah sie bleich und müde aus und trug das lockige braune Haar nachlässig unter einem blasslila Kopftuch zurückgeschoben.

Peggy und Thea hockten sich auf ein Fensterbrett: Gerald setzte sich auf den Boden zu Peggys Füßen. Sie waren mitten in eine hitzige Diskussion hineingeplatzt, die Atmosphäre war spürbar aufgeladen.

Ralph Waldham sagte laut: »Wir müssen bei Disputen zwischen einzelnen Ländern zu zivilisierten Lösungen finden, statt gleich mit Kanonendonner dazwischenzufahren.«

»Vielleicht finden die Tschechen aber Chamberlains Lösung nicht besonders zivilisiert«, meinte ein fahler, intellektuell aussehender junger Mann namens Leo, dem Thea schon früher bei den Waldhams begegnet war.

»Die Tschechoslowakei hat vor fünfundzwanzig Jahren noch nicht mal existiert. Sie ist doch das Produkt eines völlig verfahrenen Friedensvertrags.«

»Also, ich glaube, ich wäre überhaupt nicht scharf darauf, wenn ich Tschechin wäre«, erklärte eine junge Frau mit flachsblonden Zöpfen. »Plötzlich zu einem anderen Land zu gehören, bloß weil es ein paar alten Männern so passt.«

»So kann man das nicht sagen. Es ist eine Möglichkeit, die Dinge ohne Gewalt zu regeln, verstehst du das nicht? Was wäre dir denn lieber? Dass wir in Deutschland einmarschieren, weil die dort nicht unserer Meinung sind?«

»Von Einmarschieren hab ich nichts gesagt«, wehrte sich die Flachsblonde. »Ich meinte …«

»Gewalt wäre undenkbar, sowohl aus praktischer wie auch moralischer Sicht.«

»Aber wenn wir nichts tun und Hitler einfach machen lassen, was er will …«

»Mit einem Militäreinsatz würden wir uns mit denen auf eine Stufe stellen, das ist doch wohl klar«, sagte Ralph mit Entschiedenheit, und die junge Frau mit den Zöpfen schwieg.

»Komm, setz dich zu uns«, sagte Peggy zu Nancy. »Du siehst ganz erledigt aus.« Sie rückten auf dem Fensterbrett zusammen.

»Danke.« Nancy ließ sich mit einem Seufzer nieder. »Mollie war die halbe Nacht wach. Sie zahnt.«

Ralph fragte: »Wo bleibt der Nachtisch, Nance?«

Nancy stand auf und ging in die Küche. Thea und Peggy folgten ihr.

Nancy spülte schnell die Schalen unter dem laufenden Wasser, Thea und Peggy trockneten ab. »Wir haben nur sechs«, sagte Nancy.

»Was ist mit Untertassen?«, meinte Thea.

»Ja, Untertassen.«

Als sie wieder ins Zimmer kamen, erbot sich ein junger Mann namens Gwyn, den Nachtisch zu servieren. Thea fiel der Glanz auf, den die einfallende Abendsonne über sein volles dunkles Haar warf. Sie hätte nicht erklären können, warum, aber sie sah ihn gern an. Lag es an der klaren Kontur der Wange oder der sanften Krümmung des gesenkten Augenlids, dass sie sich kaum sattsehen konnte?

Gwyn hob den Kopf und bemerkte ihren Blick. Verlegen wandte Thea sich ab.

»Pscht«, sagte Nancy hastig und neigte den Kopf zur Seite. »Ist das Mollie?«

»Ich geh mal lauschen, Nancy.« Eine hochgewachsene junge Frau namens Roma, die eine marineblaue Latzhose über einer weißen Bluse trug, stand auf.

»Wenn du den Wagen schaukelst, schläft sie vielleicht wieder ein, Ro.«

»Wir haben die Aggression der Deutschen und der Italiener hingenommen wie Feiglinge«, fuhr Leo fort. »Mit unserer Weigerung, der spanischen Republik Waffen zu liefern, verhelfen wir Franco zum Sieg. Die Italiener haben in Abessinien sogar Giftgas eingesetzt, und wir tun immer noch nichts. Es ist erbärmlich.«

»Welche Waffen eingesetzt werden, ist doch völlig egal«, rief eine junge Frau, die im Erdgeschoss ein Zimmer bewohnte. »Es ist alles abscheulich.«

»Ach, du findest nicht, dass Giftgas besonders abscheulich ist?«

»Wenn du es als Sonderfall hinstellst, sagst du damit, dass es in Ordnung ist, konventionelle Waffen einzusetzen.«

»So ein Blödsinn. Nein.«

Jemand erwähnte die pazifistische Peace Pledge Union. »Gequassel«, behauptete Leo. »Pazifismus ist doch nichts als Beschwichtigung unter anderem Etikett.«

»Du Kriegstreiber!«, brüllte Ralph.

»Kriegstreiber? Ich?«, rief Leo entrüstet.

»Es ist keine Vanillesoße mehr da«, sagte Ralph mit einem Blick in den Krug. »Apfelkuchen ohne Vanillesoße, das geht nicht.«

Sie hörten alle das jammervolle Weinen des Babys. Nancy nahm mit zusammengepressten Lippen den Krug und ging in die Küche.

»Ralph«, sagte Jacob, ein jüdischer Wissenschaftler, der aus Deutschland geflohen war, »du redest, als *warteten* wir darauf, dass etwas passiert. Aber es passiert schon, und es wird von Tag zu Tag schlimmer. Die Ambitionen der Machthaber sind keine hypothetischen Probleme, der Horror ist schon angekommen. Nur hier in England noch nicht. Aber sogar hier, in London, wo sich's so angenehm lebt, gibt es Leute, die mit Hitler sympathisieren.«

Roma kam ins Zimmer zurück. »Mollie ist hellwach«, meldete sie. »Nancy versucht, sie zu beruhigen.« Sie setzte sich neben Gwyn, der ihr liebevoll den Rücken streichelte. Thea sah weg.

»Mein Vater«, sagte Ralph, »ist seit dem Ende des Großen Krieges in einer psychiatrischen Anstalt. Zwanzig

Jahre. Meine Mutter und ich besuchen ihn einmal im Monat. Er bringt kaum einen Satz zustande. Er weiß nicht, wer ich bin. Ich hab mein Leben lang erfahren, was Krieg heißt.«

Peggy gab Thea einen sanften Stoß, und sie gingen zusammen in die Küche. Abwechselnd trugen sie das Baby herum. Mollie lag rund und warm in Theas Armen; als sie den Duft des Säuglings einatmete, legte sich ihre innere Unruhe. Im Wohnzimmer ging die Diskussion über München weiter, sie konnten es bis in die Küche hören.

»Man sollte nie aufhören zu reden.«

»Ja, bei Franco hat das prima gewirkt. Und bei Hitler kommt's auch ganz hervorragend an.«

»Den Spott kannst du dir sparen.«

Thea wiegte Mollie sachte in den Armen. Dem Kind fielen die Augen zu. Sie dachte an das Buch und die Zeichnung von den Steinen auf Corran. Waren sie und ihre Mutter einmal dort gewesen? Waren sie im Schatten der Steine umhergewandert? Hatte ihre Mutter sie auf den Arm genommen, als sie müde wurde, wie Nancy das jetzt bei Mollie tat?

Als sie und Peggy wenig später nach unten gingen, ohne Gerald, der noch bleiben wollte, bemerkte Peggy: »Nancy hat mir erzählt, dass sie wieder schwanger ist. Sie muss sich ständig übergeben.«

»Wie scheußlich.«

Der letzte Abendsonnenschein fiel durch das staubige Laub der Platane vor dem Fenster und sprenkelte den rissigen Linoleumboden des Zimmers mit grünlichem Licht.

»Nancy malt unheimlich gut«, sagte Peggy. »Ihre Dozenten an der Slade fanden sie sehr gut.«

»Was hat sie denn gemalt?«

»Blumen. Hauptsächlich in Öl. Riesige Bilder in leuchtenden Farben, fantastisch.«

»Ich nehme an, sie kommt jetzt nicht mehr viel zum Malen.«

»Nein. Seit Mollies Geburt nicht mehr.«

»Kann man sich denn noch als Malerin bezeichnen, wenn man gar nicht mehr malt?«

»Sie fängt bestimmt wieder an.«

Thea hatte da ihre Zweifel. Sie dachte daran, wie abgekämpft und resigniert Nancy gewirkt hatte, als Ralph mehr Vanillesoße haben wollte. Als wäre es ihre Aufgabe, ihren Mann bei Laune zu halten.

»Ralph könnte ihr wirklich ein bisschen mehr helfen«, sagte sie. »Er muss doch sehen, wie kaputt sie ist.«

Peggy lachte kurz und spöttisch. »Ralph rührt nie einen Finger, ist dir das noch nicht aufgefallen? Seiner Meinung nach ist das alles Frauensache, die ganze Kocherei und so. Keiner der Männer hat irgendwie geholfen.«

»Doch, Gwyn schon, ein bisschen.«

»Gerald nicht.«

»Willst du ihn heiraten, Peggy?«

»Ich weiß nicht. Aber er geht sowieso demnächst weg.«

»Was? Wohin denn?«

»Nach Südamerika, Brasilien. Ein Freund von ihm organisiert eine Expedition und hat ihm angeboten mitzukommen. Sie wollen irgendeinen verschollenen Stamm finden.«

»Das ist ja spannend.« Bei Thea regte sich Neid. Wie gern würde sie reisen wie Gerald. Ihr Blick wanderte zu dem Buch über die prähistorische Archäologie Britanniens, das auf ihrem Bett lag. Sosehr sie ihr Leben in London genoss, in letzter Zeit hatte sie immer häufiger Sehnsucht nach Weite, nach Bergen und Meer. In dem Lebensmittelgeschäft, bei dem sie angestellt war, erwog man, die Waren in Zukunft mit einem Auto anstelle des Fahrrads auszuliefern, es war also gut möglich, dass sie ihre Arbeit bald los sein würde. Sie könnte, dachte sie, nach Corran fahren und sich den Steinkreis in natura ansehen. Geld hatte sie genug gespart.

Peggy schob die Hände in die Taschen ihres grünen Baumwollrocks. »Gerald behauptet, er liebt mich, aber dann verschwindet er monatelang und schreibt mir keine Zeile.«

»Na ja, im Urwald ist das sicher schwierig.«

»Er war drei Monate in Schottland und hat mir eine einzige verschimmelte Postkarte geschickt. In Schottland gibt's ja wohl Briefkästen, oder?«

»Ja, klar, an allen Ecken.« Thea sah ihre eigenen Aussichten auf Romantik und Liebe eher düster; sie hatte bis jetzt noch nicht einmal einen festen Freund gehabt. Die Männer, die ihr gefielen, Männer wie Gwyn, waren schon in festen Händen, und von den anderen, die Interesse an ihr zeigten, hatte sie bisher nicht einer gelockt.

»Ich wünschte, ich würde endlich mal jemanden kennenlernen«, sagte sie. »Ich glaube, ich hab was Abschreckendes.« Sie war vielleicht wirklich zu blaustrümpfig, dachte sie, sich an Simon Pembertons Wortwahl erinnernd.

»Ach, Unsinn, du hast nur noch nicht den Richtigen getroffen.« Peggy verdrehte schmachtend die Augen, und Thea lachte.

In diesem September nahm Simon Rowan mit nach Ashleigh Place. Üppige grüne Hecken begrenzten die schmalen, gewundenen Landstraßen Suffolks, und das spätsommerliche Licht warf zwischen Buchen hindurch flirrende Kringel auf den Randstreifen, wo er den Wagen anhielt, um sie zu küssen. Das Haus stand einige Kilometer entfernt von dem Dörfchen Hawkedon in einer parkähnlichen Landschaft mit alten Eichen und Kastanien, die tiefe Schatten auf das Gras breiteten. Simon zeigte offen seine Freude über ihre Begeisterung bei ihrem ersten Blick auf Ashleigh Place. Das Haus stand an einen sanften Hang gelehnt, eine unerwartete Erscheinung, beinahe wie eine Theaterkulisse. Die nach Lavendel und Buchsbaum duftende Luft, die verblassten Erdtöne der alten Holzbalken und die roten Backsteinmauern des Hauses, der Garten mit den in Form von Schachfiguren geschnittenen Taxussträuchern – all das vereinte sich zu einem überwältigenden Eindruck von Schönheit.

Simons Onkel Denzil Pollington empfing sie mit Komplimenten. Unter seinem braunen, mit Stickereien und einer Quaste versehenen türkischen Fes lugte ein dünner Kranz wolliger weißer Haare hervor. Der Blick der blassen blauen Augen, die tief in Falten eingebettet lagen, war scharf und klar. Als sie sich zum Abendessen setzten, legte er sich eine Wolldecke über die Knie und bat das Mädchen, auch Rowan eine zu bringen. Das alte Haus war kalt, man musste sich auf Petroleumlampen, Kerzen und die offenen Kamine verlassen, da es nicht ans Stromnetz angeschlossen war. Denzil fragte Simon mit leisem Vorwurf, warum er seine Freundin nicht schon früher einmal mitgebracht habe, und überredete sie, zum Essen ein Glas Sauternes aus seinem Keller zu trinken.

Anfang siebzig und nicht bei bester Gesundheit, entschuldigte sich Denzil bald nach dem Abendessen, um zu Bett zu gehen. Rowan und Simon waren die einzigen Gäste im Haus; als sein Onkel verschwunden war, lachte Simon triumphierend. »Er scheint hingerissen von dir, Darling. Gut gemacht.«

Am nächsten Morgen stand Rowan früh auf und ging allein hinaus, um sich den Garten hinter dem Haus anzusehen. Die Luft war kühl und frisch, die noch tief stehende Sonne leuchtete weiß. Violette Salvien und kleine rosaweiße Maßliebchen schossen in Büscheln aus Mauerspalten und Ritzen zwischen den Steinplatten auf dem Gartenweg. An einem Goldfischteich stand eine steinerne Nymphe mit einer Schale in den Händen, aus der Wasser tropfte.

Als sie zum Ende des Gartens gelangte, drehte sie sich zum Haus um. Vielleicht, hatte sie beim Aufstehen gedacht, würde Simon erwachen und ihr nachkommen. Sie hoffte, er würde ihr heute einen Heiratsantrag machen, hoffte, dass er sie deshalb nach Ashleigh Place mitgenommen hatte: um ihr das Haus zu zeigen, in dem sie einmal leben würden. Noch war sie zwar nicht frei, aber sie glaubte fest, Simon werde ihr sagen, er wolle auf sie warten.

Doch er ließ sich nicht blicken. Langsam streifte sie durch das hohe Gras einer Wiese. Eine rotbraune Kuh sah sie mit ihren lang bewimperten braunen Augen an, die Blätter an Bäumen und Hecken leuchteten saftig grün. Sie ging an einer Scheune vorbei, an Ställen und einem kleinen Fachwerkhaus, wo ein Mann, der in seinem Gemüsegärtchen Unkraut jätete, grüßend den Hut lüftete. In einem Wäldchen aus Erlen und Ulmen hörte sie das gellende Lachen eines Grünspechts, während sie an einem Bach einem bunt schillernden Eisvogel bei seinen Tauchübungen zusah.

Sie ging durch das Wäldchen und über die Wiese zurück. Im Garten erwartete sie Simon.

»Wo warst du?« Er schien verärgert. »Du kommst zu

spät zum Frühstück. Denzil hat schon gefragt, wieso du nicht da bist. Er hat einen Termin, wir bleiben also nicht zum Mittagessen.«

Sie küsste ihn und schluckte ihre Enttäuschung darüber hinunter, dass sie so bald schon wieder fahren würden. Dass Simon sie nach Ashleigh Place mitgenommen hatte, war für sich schon eine Liebeserklärung. Sie hakte sich bei ihm ein. »Das ist wirklich ein wunderschöner Ort, Darling. Du hast recht, es ist das vollkommenste Haus der Welt.«

An dem Abend, an dem Rowan bei Nicky Olivier zu Besuch war, kehrte Neville Chamberlain von seiner dritten Deutschlandreise nach London zurück. In seiner Wohnung in Belgravia öffnete Nicky eine Flasche Champagner und schaltete das Radio ein. Gemeinsam hörten sie sich die Übertragung vom Flughafen Heston an, den aufgeregten Kommentar des Sprechers, der beschrieb, wie der Premierminister aus dem Flugzeug stieg und dabei der jubelnden Menge mit dem von ihm und Hitler unterzeichneten Papier zuwinkte, das der Lohn seiner Bemühungen war. Es garantiere, behauptete Chamberlain, dass die beiden Länder nie wieder Krieg führen würden.

»Frieden für unsere Zeit!«, zitierte Nicky, nachdem er das Radio ausgeschaltet hatte. Er stieß mit Rowan an, dann ließ er sich wieder aufs Sofa fallen. Ein sarkastisches Lächeln breitete sich auf seinem düsteren Gesicht aus. »Ich muss also vorläufig nicht zu den Soldaten. Was für eine Erleichterung!«

7

November 1938

Thea nahm auf ihrer Reise nach Norden einen Umweg und legte einen Zwischenhalt im Lake District ein, um sich den Steinkreis von Castlerigg anzusehen. Von dort aus fuhr sie unter mehrmaligem Umsteigen weiter nach Ardrossan am Firth of Clyde, einem Meeresarm an der Westküste von Schottland. Das letzte Stück Weg reiste sie per Anhalter in einem Lieferwagen, der sie über eine kurvige Küstenstraße zu einem kleinen, den Meereswinden ausgesetzten Hafen brachte. Die kleine Fähre nach Corran mit Postsendungen und Warenlieferungen verkehrte einmal am Tag.

Auf dem schlichten Boot, das über die Meerenge tuckerte, überkam sie plötzlich eine Welle heftiger Übelkeit. In Schweiß gebadet fixierte sie krampfhaft die graue Masse der näher kommenden Insel und war froh, als sie Portmore erreichten. Als sie von Bord ging und sich auf eine niedrige Steinmauer setzte, war sie sich deprimiert ihrer Hoffnungslosigkeit bewusst. Sie hätte doch bewegt oder aufgewühlt oder von Gefühlen überwältigt sein müssen bei dieser Wiederbegegnung mit Corran, der Insel, auf der die Craxtons einmal ein Ferienhaus besessen hatten und auf der ihre Mutter begraben war. Aber das Einzige, was sie fühlte, war Erleichterung darüber, die Bootsfahrt überstanden zu haben, ohne sich übergeben zu müssen.

Nach einer Weile erholte sie sich so weit, dass das Interesse an ihrer Umgebung erwachte. Eine steile Gasse führte von einer Gruppe gedrängt stehender Steinhäuser weg um den Anleger herum. Sie folgte ihr. Am Ende der kleinen Ansiedelung waren nur noch Felder und Wiesen.

Sie schleuderte ihren Rucksack über ein Gattertor und kletterte hinterher. Als sie ihr Zelt auf der Wiese aufgeschlagen hatte, merkte sie, wie hungrig sie war, und machte sich zum Abendessen eine Tomatensuppe warm, zu der sie Haferkekse aß. Sie las, bis das Licht schwand, dann kuschelte sie sich in ihren Schlafsack.

Am nächsten Morgen machte sie sich auf den Weg zum Steinkreis. Nach einem Marsch von vielleicht drei Kilometern erreichte sie eine Abzweigung zu einem Fußweg, der stetig bergauf führte, zum Inneren der Insel. Ein Bach mit Trittsteinen querte plätschernd ihren Weg, und als sie ihn überwunden hatte, wurde der Fußweg zu einem schmalen Streifen platt gedrückten Grases und flach getretener Erde. Ihre Stiefel sanken im Matsch ein, und ihr Blick flog, bezaubert, von einem Pulk grell orangefarbener Pilze – *aleuria aurantia,* dachte sie – zu gefiederten Klingen grünen Farns und, unglaublich im November, einer einsamen Glockenblume, die sich auf einem geschützten Grasbüschel wiegte.

Der Weg wurde ungewisser, verlor sich manchmal fast zwischen Gesteinsbrocken und Ginsterbüschen, wand sich um moosbewachsene, rund geschliffene Felsen. Und dann erhoben sie sich plötzlich vor ihr, die Grauen Tänzer auf grasbewachsener Lichtung. Sie blieb stehen, staunend, beinahe ehrfurchtsvoll. Die Majestät und die schiere Größe des Monuments raubten ihr den Atem. Die Beschreibung in Helen Fainlights Buch, das in ihrem Rucksack steckte, fiel ihr ein: Die Steine sind in einem leicht eingedrückten

Kreis angeordnet … wie bei vielen jungsteinzeitlichen Stätten bilden zwei massige Menhire den Eingang. Sie legte die Hand auf einen der dreizehn roten Sandsteine. Von der Sonne erwärmt, schien er beinahe von Leben durchströmt.

Sie machte eine Zeichnung des Kreises und schoss mehrere Fotos, dann aß sie die Tafel Schokolade und den Apfel, die sie am Morgen auf dem Festland gekauft hatte. War der Steinkreis in das tägliche Leben der Menschen von damals einbezogen gewesen, oder hatte er ausschließlich kultischen Feiern gedient? Vielleicht hatten sie diesen Ort gewählt, weil er eine halbwegs ebene Fläche auf einer Insel bot, die kaum mehr war als ein Felsenriff. Was für ein hartes Leben musste das gewesen sein, da alle Nahrung der steinigen Erde abgerungen werden musste. Wie schwer musste es gewesen sein, sich in den langen, dunklen Wintern warm zu halten.

Regentropfen klatschten dunkle Flecken auf die Steine, und rußschwarze Wolken wälzten sich über den Himmel, der am Morgen noch kornblumenblau gewesen war. Während Regenschauer den Steinkreis in silbrige Schleier hüllten, lief Thea zu dem Waldweg, der auf der anderen Seite der Lichtung abwärtsführte, und suchte Schutz unter den hohen Bäumen. Es war so still und kalt wie in einer Kathedrale. Auch hier zeigte sich die Natur in ihrer Fülle: Es gab Fliegenpilze, die rot-weißen Giftpilze der Märchen, und dort drüben einen glänzenden, klebrig braunen Pilz, den sie nicht kannte und der im Begriff schien, wieder mit der Erde zu verschmelzen. Und da wieder ein anderer, gallertartig und durchscheinend, der ihr vielleicht durch die Finger schlüpfen würde, sollte sie versuchen, ihn zu fassen. *Auricularia auricula* oder Judasohr, ein besonders prächtiges Exemplar.

Die Wolke hatte sich abgeregnet, als sie wieder auf offenes Gelände hinaustrat. Ein Weg schlängelte sich unter Ebereschen und Birken abwärts. Das Meer war ein fernes, glitzernd blaues Dreieck; am Himmel kreiste ein Bussard.

Zeit und Witterung hatten die Inschriften auf den älteren Grabsteinen auf dem kleinen Friedhof von Portmore fast unleserlich gemacht. Männer waren auf See umgekommen, Mütter waren mit ihren Neugeborenen gestorben und geliebte Kinder von Krankheit dahingerafft worden. Thea entdeckte das Grab ihrer Mutter mit dem schlichten weißen Marmorstein in einer Ecke im Schatten einer Eibe. Sigrid Margareta Craxton, 1892–1927, geliebte Ehefrau von Hugh Craxton. Ruhe in Frieden.

Sie fegte das welke Laub vom Grab und legte die Zweige mit den herbstlichen Beeren darauf nieder, die sie am Morgen gesammelt hatte. Ein leichter Wind, der nach Salz und Meer schmeckte und eine Ahnung der kommenden Winterkälte mit sich trug, strich über das Grab. Rowan hatte ihr erzählt, dass sie drei – Thea, Rowan und ihre Mutter – im Sommer 1927 die meisten Wochenenden auf Corran verbracht hatten. Was hatte Sigrid Craxton in jenem Sommer immer wieder an diesen abgelegenen Ort gezogen? Vielleicht die Sehnsucht nach der Stille und Einsamkeit des ländlichen Schwedens, der Landschaft ihrer Kindheit und frühen Jugend; vielleicht hatte sie etwas von dieser Abgeschiedenheit auf Corran gefunden. Warum die Insel sie in Bann geschlagen hatte, war leicht zu verstehen. Auch Thea war ihr sofort verfallen.

Und doch nagte etwas an ihr: Sie waren zu dritt. Sigrid hatte mit ihren Töchtern die Insel in jenem Sommer 1927 wiederholt besucht. Sigrid und ihre Töchter, aber Hugh nicht. Vielleicht war Sigrid, die das Schwimmen und das Segeln liebte, Rowan ähnlich eine ruhelose Frau gewesen, die ein Ventil für ihre überschüssige Energie brauchte. Rowan konnte nicht still sitzen. Vielleicht war Sigrid auch so gewesen. Hinter der Fassade von Vitalität und Betriebsamkeit war Rowan unglücklich. Vielleicht war auch Sigrid unglücklich gewesen und war deshalb in jenem letzten Sommer so häufig hierhergekommen. Hätte Sigrid so viel Zeit fern von zu Hause verbracht, wenn sie glücklich verheiratet gewesen wäre? Das Bild einer Frau in Schwarz, die neben einem Grabstein stand, kam Thea in den Sinn.

Es war denkbar, oder nicht, dass an den Wochenenden, wenn Sigrid mit ihren Töchtern auf Corran beim Segeln gewesen war, auch Hugh unterwegs gewesen war. Es war denkbar, dass ihr Vater schon damals Besuche bei seinem angeblichen Freund Malcolm Reid vorgeschützt hatte, um seine mögliche Geliebte Mrs Torrance aufsuchen zu können.

Duncan war in eine Fliegerschule in Desford, in Leicestershire, berufen worden. Im Trubel der Vorbereitungen vergingen die Tage vor seiner Abreise wie im Flug. Sophie war bemüht, sich nichts von ihrem Schmerz anmerken zu lassen. Viel zu früh kam der Morgen des Aufbruchs. Sie frühstückten zusammen, dann zog Duncan seinen Mantel über. An der Tür umarmten sie sich zum Abschied, dann ging er. An der Gartenpforte drehte er sich noch einmal um, lächelte und winkte.

Von einem der oberen Fenster aus sah Sophie ihm nach. An seinem Gang konnte sie beides erkennen, Vorfreude und Beklommenheit. Der Gedanke, dass er jetzt ein Mann war, der Junge für immer fort, zog schmerzhaft an ihr, aber sie unterdrückte die Tränen, um ihn so lange wie möglich im Blick behalten zu können. Dann verschwand er in der Menschenmenge, und sie konnte ihn nicht mehr erkennen, sosehr sie ihre Augen auch anstrengte. Er war fort.

Es war Waschtag, sie und Mrs Leonard zogen die Betten ab und wuschen Leintücher und Bezüge. Am Nachmittag räumte sie gerade das Gästezimmer aus, als Stuart von der Schule heimkam. Sie hörte ihn in Sätzen die Treppe hinaufspringen.

»Tag, Mum.«

»Tag, mein Schatz.« Sie gab ihm einen Kuss. »Wie war's in der Schule?«

»Schön. Was machst du?«

»Ich vermesse die Fenster. Hältst du mal das Maßband am anderen Ende?« Sie drückte es ihm in die Hand. »Ich muss ein bisschen Geld verdienen, damit wir die Rechnungen bezahlen können«, erklärte sie. »Ich dachte, wir könnten das Gästezimmer vermieten.«

»Gute Idee.«

Sie warf ihm einen Blick zu. »Es stört dich nicht?«

Er schüttelte den Kopf. »Warum sollte es?«

»Eins fünfundsechzig«, sagte sie und schrieb es auf. »Diese Vorhänge hängen hier, seit wir das Haus gekauft haben. Gestrichen werden muss das Zimmer auch.«

»Ich helf dir, Mum.«

»Danke, Schatz.«

Stuart ging nach unten, um etwas zu essen. Sophies Gedanken schweiften zu dem Haus in Glasgow, in dem Hughs Töchter lebten. Es hatte wahrscheinlich Sanderson-Tapeten und Liberty-Vorhänge. Während sie und die Jungen sich mit billiger Leimfarbe und merzerisierter Baumwolle von Woolworth begnügen mussten.

Das Zimmer zu vermieten schien ihr die beste Lösung für ihre drückenden Geldprobleme zu sein. Die einzige andere Möglichkeit, das Haus zu verkaufen und in ein kleineres oder eine Wohnung umzuziehen, war zu abschreckend. Sie schaute zum Fenster hinaus und dachte an Duncan, wie seine Gestalt immer kleiner geworden war und sich dann in der Menge verloren hatte. In ein paar Jahren würde vielleicht auch Stuart aus dem Haus gehen, dann würde sie hier ganz allein sein. Da wäre ein Untermieter oder eine Untermieterin wenigstens etwas Gesellschaft. Und sich um jemanden kümmern zu müssen würde ihr etwas zu tun geben.

Sie fragte sich, ob ihr je wieder Liebe begegnen würde. Sie wusste nicht, ob sie je wieder das Vertrauen aufbrächte, um Liebe überhaupt zuzulassen. Aber sie brauchte Liebe und Wärme, Freundschaft und Kameradschaft. Diese menschliche Nähe war zum Glück so notwendig wie ein Teller Suppe und ein Feuer im Kamin. Sie war zweiundvierzig Jahre alt, und wenn sie in den Spiegel sah, fand sie sich immer noch hübsch. Auf der Straße warfen ihr Männer noch immer bewundernde Blicke zu. Es war schwer, diesen Teil ihrer selbst aufzugeben.

Ein schmaler Fußweg wand sich zwischen rostbraunen Farnen den Fels hinunter zu einem Kiesstrand. Von der Höhe der Felsklippe aus betrachtet, funkelte das bewegte preußischblaue Meer wie Diamant. Farne und dornige Zweige schlugen Thea um die Beine, als sie den Pfad hinunterlief. Die grauen Splitter anderer Inseln, kleiner als Corran, hoben sich aus dem Wasser. Hunderte von Inseln lagen an der Westküste von Schottland verstreut wie Perlen einer zerrissenen Halskette.

Am Strand begleiteten sie das Knirschen des Kieses unter dem Sog des Wassers und der tosende Schlag der Wellen an den Felsen. Sie kletterte auf eine Felsplatte, die ins Meer hinausragte. Wenn die höchsten Wellen anbrandeten, erreichte sie die feine Gischt. Lange saß sie dort und beobachtete die Tölpel, die in unbeschwertem, pfeilgeradem Flug ins Wasser tauchten.

Nach einer Weile brach sie wieder auf und folgte der Rundung des Kaps. Glänzende Bänder braunen Seetangs und die durchscheinenden klebrigen Überreste von Quallen lagen auf dem Strand verstreut. In einer tief in den Fels getriebenen Höhle, deren Ende in schwarzem Dunkel lag, versiegte das Geräusch des Meeres und ließ einem stetigen, hohl klingenden Tropfen von Wasser Raum. Hatten die Menschen der Jungsteinzeit, die den Steinkreis errichtet hatten, in diesen Höhlen gewohnt? Thea sah rot lodernde Feuer vor sich, die tiefe Schatten auf den Stein warfen.

Als es erneut zu regnen begann, schob sie die Kapuze ihres Regenmantels hoch und folgte einem steilen Weg, der sich in engen Windungen wieder das Riff hinaufzog. Das Meer war jetzt von grauen Regenschleiern verhangen. Die Höhe, die sie hinaufging, war der Witterung preisgegeben, nirgends ein Busch oder Baum, die Schutz geboten hätten. Thea fühlte sich nicht verloren, aber sie wusste auch nicht genau, wo sie war. Als sie etwas entfernt ein niedriges kleines Haus entdeckte, ging sie ihm entgegen.

Es wurde wieder hell, und die Sonne kam heraus. In der Ferne leuchtete ein Regenbogen über dem Meer. Es roch nach regenfeuchtem Gras und ein bisschen wie nasser Hund von ihrem Regenmantel. Den Garten des Hauses umgab eine kleine Mauer, vermutlich, um die Pflanzen vor stürmischen Meereswinden zu schützen. Als sie davor stehen blieb, sah sie, dass er in einem akkuraten Muster aus Wegen und gehäufelten Beeten angelegt war. Verkrüppelte Bäume breiteten ihre knorrigen Äste darüber aus. Über einem gewundenen Weg schlangen sich Weiden zu einem Laubengang, ein nackter Baumstumpf war mit Schnitzmesser und Hohleisen zum springenden Fisch geformt worden. Ein steinerner Vogel hockte auf der Mauer, zu Aufstieg und Sturz in die Wellen bereit, wie die Tölpel, die sie am Strand beobachtet hatte.

Ein Mann trat aus dem Haus. Er war mittleren Alters, die Cordhose, die er zu einem karierten Hemd trug, war an den Knien abgewetzt.

Er winkte ihr zu. »Guten Morgen!«

»Guten Morgen!«

»Ein schöner Tag für eine Wanderung.« Er kam an die Pforte.

Sie stimmte ihm zu und fragte dann nach dem Weg nach Portmore. Sie sei nur ein paar Kilometer vom Ort entfernt, sagte er und beschrieb ihr den Weg mit schnellen Handbewegungen.

»Sind Sie Bildhauer?«

Die dunklen Augen in dem markanten Gesicht waren klar und scharf wie die eines Falken. Erstes Grau durchzog das glatte schwarze Haar. »Nein«, antwortete er. »Die Bildhauerin ist meine Schwester Eilidh. Ich bin Gärtner und Geschichten- und Gedichteschreiber. Und Sic? Was machen Sie?«

»Ach, nicht viel«, sagte Thea freimütig. »Im Moment bin ich arbeitslos. Bis vor Kurzem habe ich mit meinem Fahrrad Lebensmittel ausgefahren, aber jetzt erledigen sie das mit einem Lieferwagen.«

»Ah, der Fortschritt.«

»Wenn ich wieder in London bin, suche ich mir was Neues. Aber vorher wollte ich nach Corran. Ich wollte den Steinkreis sehen.«

»Und waren Sie schon dort?«

»O ja, ich bin jetzt noch ganz verzaubert.«

Er lächelte. »Es ist eine meiner Lieblingsstellen auf der Insel. Ach was, auf der Erde, glaube ich. Warten Sie, ich möchte Ihnen etwas zeigen.«

Er ging ins Haus und kam kurz darauf mit einem Gegenstand wieder, den er in der halb geöffneten Muschel seiner Hände trug. Als er sie ganz öffnete, sah Thea, dass es ein Axtkopf aus Stein war.

»Ist der schön! Darf ich ihn mal halten?«

»Natürlich.« Er reichte ihn ihr. »Die Grauen Tänzer haben ihn mir geschenkt. Ich habe dort mehrere entdeckt.«

Das alte Werkzeug war aus grauem Granit, der Form nach ein Zwischending von Oval und Dreieck. Thea strich mit dem Daumen über die glatten Rundungen. Der Axtkopf lag in ihrer Hand, als gehörte er dahin, schön und zweckmäßig.

Eine Frau rief aus dem Haus: »Lorcan! Dein Essen ist fertig.«

»Dann geh ich jetzt.« Thea wollte ihm den Axtkopf zurückgeben, aber Lorcan sagte: »Nein, behalten Sie ihn.«

Verblüfft entgegnete sie: »Nein, das kann ich nicht.«

»Doch, es wäre mir eine Freude. Nehmen Sie ihn mit nach London. Dann haben Sie immer ein Stück Corran bei sich.« Er sah sie an und runzelte die Stirn. »Ach, warten Sie noch einen Moment.«

Er lief wieder ins Haus und kam gleich darauf mit einem Buch zurück, das er ihr hinhielt. »Das schenke ich Ihnen auch.«

»Danke.« Es war ein Gedichtband, wie sie sah, mit dem Titel *Abschied von der Insel.* Der Verfasser war Lorcan Richardson. »Das ist so nett von Ihnen«, sagte sie.

Thea verstaute Axtkopf und Buch in ihrem Rucksack, verabschiedete sich von Lorcan und machte sich auf den Rückweg nach Portmore.

In der Nacht erhob sich ein Sturm, der heulend über die Insel fuhr und durch die Ritzen zwischen den Zeltplanen pfiff. Am Morgen regnete es noch immer, doch der Wind hatte sich ein wenig gelegt. Thea ging den Wiesenhang hinunter. Das Meer war gefurcht wie der Kamm eines Drachen, das Wasser mancherorts glatt, schwarz und glänzend wie Feuerstein, dann wieder wild bewegt unter tanzenden weißen Schaumkronen. In Strudeln von Grau und Weiß glaubte sie, ein Felsenriff zu erkennen.

Vielleicht waren das die Felsen, an denen das Segelboot ihrer Mutter zerschellt war. Es war ein stürmischer Tag, hatte Rowan gesagt, als sie sie nach dem Unfall gefragt hatte. Ein Tag ähnlich dem heutigen vielleicht. Was hatte Rowan noch erzählt? Diese kurze Fahrt zwischen der Insel und dem Festland war eine Kleinigkeit für Mama, ungefähr so, wie wenn man eine Straße überquert. Hinterher haben sich alle Gedanken gemacht, ob sie vielleicht nicht erkannt hatte, wie stark der Wind war. Oder ob die Sicht vielleicht wegen des Regens so schlecht war, dass sie das Riff erst sah, als es zu spät war. Vielleicht wollte sie das Boot auch zu hastig wenden, als sie die Gefahr erkannte. Das glaubte jedenfalls Dad: Das Boot stellte sich quer, prallte gegen die Felsen, schlug dadurch leck und sank.

Thea fröstelte. Was war das für eine Frau, die bei Sturm mit einem kleinen Boot hinausfuhr und das Leben ihrer

Kinder aufs Spiel setzte? Eine fahrlässige Frau, dachte sie auf dem Rückweg zum Zelt. Oder eine verzweifelte.

Sobald sie gepackt hatte, trat sie den Weg nach Portmore an. Das Meer hatte sich beruhigt, das Postboot konnte ablegen und brachte sie zurück zum Mull of Kintyre. Nachdem sie sich von der Überfahrt erholt hatte, marschierte sie zur Straße nach Ardrossan. Eine Frau mit einem Laster voller Schafe nahm sie mit, die die ganze Fahrt hindurch blökten. Von Ardrossan fuhr sie mit dem nächsten Zug nach Glasgow und stieg dort nach London um. Über der Lektüre von Helen Fainlights Buch schlief sie ein und erwachte erst, als der Zug durch die Vororte von London ratterte. Nun hatte sie fast kein Geld mehr, sie musste sich unbedingt eine Arbeit suchen. Sie musste unbedingt etwas finden, was ihrem Leben Sinn gab, dachte sie.

Aber vorher musste sie Helen Fainlight ausfindig machen und ihr das Buch zurückgeben. Am nächsten Morgen suchte sie die Bibliothek von Kensington auf. Fainlight war ein ungewöhnlicher Name, im Londoner Telefonbuch waren nur zwei Personen dieses Namens aufgeführt. Mr W. Fainlight wohnte in Earl's Court, ein ziemlicher Weg, aber Professor M. Fainlight am Gordon Square, nicht weit vom Britischen Museum. Das hieß, sie waren praktisch Nachbarn. Thea beschloss, ihr Glück zuerst bei Professor Fainlight zu versuchen.

Ein in braunes Papier eingeschlagenes Päckchen lag auf dem Treppenabsatz vor dem Haus am Gordon Square. Thea läutete.

Eine junge Frau in einem Schottenrock und einem selbst gestrickten blasslila Pullover öffnete die Tür. »Guten Tag. Ja bitte?«

»Das lag hier auf der Treppe«, sagte Thea und reichte der jungen Frau das Päckchen. »Ich suche eine Helen Fainlight. Wohnt sie zufällig hier?«

Aus der Tiefe des Hauses rief jemand: »Wer ist es, Lucy? Ist es Stafford?«

»Nein, Grace, es ist eine Bekannte von Helen. Entschuldigung, wie heißen Sie?«

»Thea Craxton.«

Eine zweite, ältere Frau zeigte sich, Grace, vermutete Thea. »Kommen Sie doch bitte herein«, sagte Grace. »Helen ist nicht da, aber wir erwarten sie jeden Augenblick.«

Sie ging Thea voraus durch den Flur. Sie war klein, einen Kopf kleiner als Thea, und ihre grauen Haare waren am Hinterkopf hochgesteckt, ziemlich achtlos. Und sie hinkte.

Auf den Borden und in den Glasvitrinen längs den Flurwänden gab es Hunderte faszinierender Objekte zu bewundern – Fossilien, Tonscherben, Keramikperlen und Knochen. Bücher standen in Zweierreihen hintereinander, auf denen sich wiederum seitlich gelagerte Bände türmten. Theas Blick flog zur Wand gegenüber, wo Fotografien von Pyramiden und Ausgrabungsstätten die konventionellen Familienfotos an Zahl weit übertrafen.

»Sind Sie eine Dorothea oder eine Althea?«, fragte Grace. »Oder vielleicht sogar eine Theodora?«

»Nichts davon. Ich bin einfach Thea.«

Grace führte sie in einen Raum, in dem ein apfelgrünes Sofa und ein paar Stühle und Sessel standen, sowie ein Schreibtisch mit einer Schreibmaschine und Unmengen von Papieren und Zeitschriften. Im offenen Kamin brannte ein Feuer. Grace nahm sich einen Stuhl, und Thea setzte sich aufs Sofa. Irgendwo im Haus klingelte das Telefon, das

Kläffen eines Hundes übertönte gedämpfte Musik und ferne Stimmen.

»Diese moderne Vorliebe für kurze Namen ist sehr vernünftig«, bemerkte Grace. »Meine Eltern meinten, sie müssten mich Wilhelmina Hiltraud Grace taufen. Natürlich habe ich die beiden ersten Namen schnellstens abgelegt. Ah, ich sehe, Sie haben ein Exemplar von Ranas Buch.«

Thea hielt *Die prähistorische Archäologie Britanniens* im Arm. »Es gehört mir nicht«, erklärte sie. »Es gehört Helen Fainlight. Ich wollte es ihr zurückgeben.«

»Helen ist meine Enkelin.« Grace strahlte. »Ich freue mich immer, Freunde von ihr kennenzulernen.«

Die junge Frau im Schottenrock, Lucy, fragte von der Tür her: »Soll ich Tee machen?«

»Das wäre schön.«

»Jetzt rette ich erst mal Sylvia und Russell vor Monty. Ich glaube, er lässt sie nicht Mittag essen.« Lucy verschwand.

Ein alter Spaniel trottete ins Zimmer und legte sich hechelnd neben Graces Stuhl nieder. »Das ist nicht Monty, Monty ist mein Mann«, erklärte Grace auf Theas fragenden Blick. »Hat Ihnen das Buch gefallen?«

»Ja, ich fand's unheimlich interessant.«

»Rana ist eine gute Freundin von mir. Was sie über die Jungsteinzeit schreibt, ist hoch spannend. Das Kapitel über die Orkneys hat sie natürlich geschrieben, bevor Vere Gordon Childe dort seine großartige Arbeit leistete. Ein Archäologe muss ständig neue Erkenntnisse in seine Arbeit miteinbeziehen. Die beleidigte Leberwurst zu spielen, wenn die eigenen Theorien von neuen abgelöst werden, ist wenig hilfreich. Wir leben in einer Zeit, in der unglaublich viele neue, spannende Fundorte und Artefakte entdeckt werden. Waren Sie in Skara Brae, Thea?«

»Nein, noch nicht. Aber ich habe die Grauen Tänzer auf Corran gesehen, und Stonehenge und Avebury.«

»Sie interessieren sich also für Archäologie?«

»Sehr.«

»Es gibt Leute, die sehen nichts als einen Haufen alter Steinbrocken, wenn sie vor einem jungsteinzeitlichen Steinkreis stehen. Und für andere sind solche Orte Tore zu einer anderen Zeit. Sie sind nicht auf dem Gebiet tätig?«

»Nein, leider. Ich wär's gern.«

»Wirklich?« Grace lächelte. »Können Sie zeichnen, Thea?«

Verblüfft über den plötzlichen Themawechsel, sagte Thea: »Ja, ich glaub, da bin ich ganz gut.«

»Auf welcher Schule waren Sie denn? Haben Sie die Reifeprüfung gemacht? Ja, und welches waren Ihre Lieblingsfächer?«

Thea beantwortete Graces Fragen, so gut sie konnte. Das Telefon klingelte wieder, eine Tür wurde geöffnet. Im Flur kreischte jemand: »Joan! Russell ist hier! Er ist ganz braun gebrannt!«

Ein gut aussehender alter Mann in abgetragenem Tweed kam gemächlichen Schrittes ins Zimmer. »Ah, da bist du, Monty«, sagte Grace. »Das ist Thea Craxton. Sie ist eine Freundin von Helen.«

Nachdem sie sich kurz begrüßt hatten, sagte Monty: »Stafford ist am Telefon, Gracie. Er will mit dir reden. Gibt's keinen Tee?«

»Doch, Lucy macht ihn gerade.«

»Na, Gott sei Dank. Ich bin am Verdursten«, sagte er und spazierte wieder hinaus.

»Verzeihen Sie, Thea, ich muss ans Telefon.« Auch Grace verließ das Zimmer.

Es gefiel Thea, in Grace Fainlights Arbeitszimmer zu sitzen. Es gefiel ihr, wie das winterliche Licht durch die Fenstertüren strömte und sich auf dem gewachsten Holzboden spiegelte. Es gefiel ihr, dass es einem hier gewiss niemals an lesenswerten Büchern mangeln würde oder an interessanten Funden, die nähere Betrachtung verdienten. Und ihr gefiel Grace, die ihr auf Anhieb sympathisch gewesen war. Grace interessierte sich für die gleichen Dinge wie sie. Aber sie wusste, dass sie ihr gegenüber absolut ehrlich sein musste. Helen würde sich vielleicht nicht einmal an sie erinnern.

Deshalb sagte sie gleich, als Grace wieder ins Zimmer kam: »Ich bin eigentlich gar keine Freundin von Helen. Ich meine, sie ist mir sympathisch, aber wir sind uns nur einmal kurz begegnet. Es war so nett von ihr, mir das Buch zu leihen, aber ich kam nicht mal dazu, sie nach ihrem Namen zu fragen. Den weiß ich nur, weil er vorn im Buch steht.«

Grace lächelte. »Das hört sich doch ganz nach meiner Helen an.«

Von einer kleinen Gruppe Frauen und Männern gefolgt, kam Lucy mit dem Tee herein. Sie schenkte ein, während die anderen sich auf den Sofas und Stühlen verteilten oder sich kurzerhand auf dem Boden niederließen. Das allgemeine Gespräch über einen Vortrag von Mortimer Wheeler versiegte einen Moment, als Grace Thea vorstellte, und schwenkte dann übergangslos in eine andere Richtung ab. Monty stand mit einer Tasse Tee in der Hand in der Mitte des Raumes, und als der Tee bei einer plötzlichen Bewegung überschwappte, schlürfte er ihn kurzerhand aus der Untertasse. Kuchen wurde aufgeschnitten, Scones und Erdbeerkonfitüre wurden herumgereicht.

Als draußen die Haustür klapperte, hob Grace erwartungsvoll den Kopf. Kurz darauf erschienen Helen und Max, Helen mit windzerzausten blonden Haaren und in der schwarzen Wildlederjacke, an die Thea sich aus der Vorlesung erinnerte.

»Tut mir leid, dass wir so spät dran sind, Granny.« Helen neigte sich zu Grace hinunter und gab ihr einen Kuss. »Das blöde Motorrad ist einfach nicht angesprungen. Hallo, Grandpa.« Sie umarmte Monty. »Ich komm um vor Hunger.«

»Wie schön, dass ihr da seid, Kinder«, sagte Grace. »Wenn du die Papiere da wegschiebst, Max, kannst du dich auf den Schreibtisch setzen. Thea ist hier, Helen. Du erinnerst dich an Thea?«

Helen ließ ihre Jacke zu Boden fallen und schob sich ein Scone in den Mund. »Oh, ja, diese fürchterliche Vorlesung von diesem gleichermaßen fürchterlichen Menschen. Wie geht's dir, Thea?« Sie hockte sich neben dem Stuhl ihrer Großmutter auf den Teppich und ließ die langen, seidenweichen Ohren des Spaniels durch ihre Hände gleiten.

Monty begann von einem Ausgrabungsort in der Schweiz, in der Nähe von Basel, zu erzählen. Russell zeigte Fotos herum.

»Großartiges Amphitheater«, sagte jemand.

»Aber römisch.« Helen verzog geringschätzig das Gesicht. »Wie bitte? Sag nicht, du siehst das anders. Du musst zugeben, dass die Römer unheimliche Langweiler waren.«

Max lachte. Monty sagte: »Kann man eine ganze Zivilisation so mir nichts, dir nichts abschreiben?«

»Warum nicht?«

»Helen hat sehr feste Überzeugungen«, bemerkte Max.

»Das will ich hoffen. Leute ohne eigene Meinung sind unglaublich öde. Gut, dass du deinen eigenen Kopf hast, Max.«

»Ja, nicht wahr?« Er warf ihr eine Kusshand zu.

»Hast du von deinem Vater gehört, Helen?«

»Ich habe heute Morgen einen Brief bekommen.«

»Wir sollten Tobias Abzüge schicken. Hast du seine Adresse in Schweden?«

Helen kramte einen Briefumschlag aus einer Tasche und reichte ihn Grace. »Hier, Granny.«

»Ich schick sie ihm«, erbot sich Lucy.

»Die reinsten Faschisten«, sagte Helen. »Die Römer, meine ich. Immer, wenn ich an die Römer denke, denke ich an die schlimmste Art von Männlichkeitswahn. Schlimmer als bei Max.«

»Danke. Süße.« Er machte eine kleine Verbeugung.

»Ach, Kind, das waren doch ganz andere Zeiten«, meinte Grace. »Thea hat dir übrigens dein Buch zurückgebracht.«

»Welches Buch?«

»Ranas.«

Helen gab einen Klacks Konfitüre auf ihr nächstes Scone. »Du kannst es behalten, wenn du willst.«

»Thea möchte Archäologie vielleicht einmal beruflich machen«, bemerkte Grace.

»Dann könnte sie doch für Rosemary einspringen«, meinte Helen.

»Genau mein Gedanke.« Grace' Blick wanderte zu Thea. »Ich brauche jemanden, der zeichnen und für mich schreiben kann. Meine Hüfte macht mir beim Gehen Probleme, deshalb brauche ich eine zuverlässige Hilfe. Können Sie Maschine schreiben?«

»Ja.« Thea hatte plötzlich heftiges Herzklopfen. Es war, als stünde sie auf der Schwelle zu etwas Wunderbarem. Dennoch fügte sie aufrichtig hinzu: »Allerdings nicht besonders schnell. Ich habe es mir mehr oder weniger selbst beigebracht.«

»Das macht nichts. Hauptsache, es stört Sie nicht, sich die Hände schmutzig zu machen.«

»Überhaupt nicht. Im Gegenteil.«

»Und Ihre häusliche Situation? Ehemann oder kleine Kinder?«

»O nein, ich bin frei wie ein Vogel.«

»Großartig.« Grace war offensichtlich erfreut. »Könnten Sie sich dann vorstellen, für mich zu arbeiten, Thea?«

8

Dezember 1938

Obwohl sie jetzt keine Rücksicht mehr nehmen mussten und sich sehen konnten, wann sie wollten, hatte Rowan das Gefühl, dass sie in Simons Leben nur einen eng begrenzten Raum einnahm. Tage konnten vergehen, ohne dass sie ihn sah. Mit einigen seiner Freunde machte er sie bekannt, mit anderen nicht. Er hatte in der Dean Street einen wohltätigen Verein für mittellose Künstler ins Leben gerufen, wo den Leuten angenehme Unterkunft und eine anständige Mahlzeit geboten wurden. Hin und wieder versprach er vage, sie dorthin mitzunehmen, aber es kam nie dazu. Sie hatte angenommen, ihre Ausflüge nach Ashleigh Place würden nun zum regelmäßigen Ereignis, doch Simon hatte sie kein weiteres Mal aufgefordert, ihn zu begleiten, obwohl er Denzil seit September mehrmals besucht hatte. Rowan fürchtete, dass die Beziehung sich abzukühlen begann.

Artemis hatte sie davor gewarnt, dass man ihr die kalte Schulter zeigen würde, wenn sie sich von Patrick scheiden ließ, und sie hatte recht behalten. Rowan war nicht einmal geschieden, sondern saß noch in der gesellschaftlichen Wüste der getrennt lebenden Frau fest, dennoch hatten verschiedene Freunde sie fallen lassen, darunter ein, zwei, denen sie sich eng verbunden geglaubt hatte. Einmal, als sie bei Selfridges einen Tee trinken wollte, entdeckte sie an einem der Tische eine Freundin und wollte sich spontan zu ihr setzen. Aber die Frau wandte sich ab und nahm eine Puderdose aus ihrer Tasche. »Ich denke nicht, Rowan«, sagte sie, den Blick in ihren Taschenspiegel gerichtet. Das war alles. »Ich denke nicht.« Der Vorfall traf sie tief.

An einem Freitag im Dezember traf sich Rowan zum Mittagessen mit Dora Mottram, einer alten Schulfreundin, der es finanziell ziemlich schlecht ging, und lud sie anschließend noch zu sich ein. Die Wohnung in der Macklin Street hatte Patrick ihr gekauft, nachdem er das Haus in Chelsea verkauft hatte. Bei ihrer Ankunft überreichte der Portier ihr einen Brief. Als sie Simons kräftige Schriftzüge erkannte, schob sie ihn in die Tasche und machte erst Tee, bevor sie ihn öffnete.

Glücklich und aufgeregt sah sie, dass Simon sie wieder nach Suffolk einlud. *Meine liebe Rowan,* schrieb er, *hast du Zeit und Lust, morgen mit mir nach Ashleigh Place zu fahren? Denzil beschwert sich, dass er dich seit Ewigkeiten nicht gesehen hat. Ich hole dich Punkt dreizehn Uhr ab.*

Der Bentley rollte durch Straßen, an denen Fabriken und Lagerhallen so dicht zusammengepfercht standen, dass kein Baum zwischen ihnen Platz hatte. Spinnennetze verrosteter Feuerleitern zogen sich über die Mauern rußgeschwärzter Reihenhäuser, und mächtige Gaskessel überragten Einkaufsstraßen und Bahnhöfe. Dann erreichten sie die Vororte im Norden Londons, wo die Reihen von Doppelhäusern mit weißen Mauern in Kieselrauverputz und mit Giebelfassaden im Fachwerkstil von Tankstellen, Gasthäusern und städtischen Parkanlagen durchbrochen waren.

»Es ist alles so entsetzlich spießig«, sagte Simon, der

schlecht gelaunt war. »Wenn ich zwischen Vorort und Slums wählen müsste, würde ich mich, glaube ich, für die Slums entscheiden. Da herrscht wenigstens Leben.«

»Da ist ein nettes kleines Pub«, rief Rowan, um ihn aufzumuntern. Ein Gasthausschild, das einen Retriever mit einem toten Fasan zu seinen Füßen zeigte, schwankte vor einem kleinen weiß gekalkten Haus im Wind.

»Dazu haben wir keine Zeit. In der Thermosflasche ist Tee, wenn du Durst hast. Hast du den Namen des Gasthauses gesehen, The Dog and Gun? Vor zwanzig, dreißig Jahren war man hier noch auf dem Land. Vor hundert Jahren, bevor das gemeinschaftlich genutzte Land eingefriedet wurde, war das hier wahrscheinlich eine Sumpflandschaft. Wie wir unser Land misshandelt haben.«

Missbilligung verfinsterte sein Gesicht. Als sie Braintree hinter sich ließen, wurden die Straßen schmaler und tauchten in eine Landschaft gepflügter Äcker und wilder Hecken.

Hinter Castle Hedingham platzte ihnen ein Reifen. Sie mussten am Straßenrand anhalten. Simon kämpfte lamentierend mit dem Wagenheber und lehnte Rowans Angebote zu helfen kategorisch ab. Sie hockte sich auf ein Gatter und aß ein Stück von dem Zitronenkuchen, den Leach, Simons Butler, ihnen mitgegeben hatte.

Dann waren sie endlich da. Kies knirschte, als Simon den Wagen auf dem Vorplatz von Ashleigh Place parkte. Denzils Haushälterin nahm sie in Empfang und zeigte ihnen ihre Zimmer. Mr Pollington ruhe, teilte sie ihnen mit; er erwarte sie um sechs zu Drinks im alten Rittersaal.

Ein Hausmädchen half Rowan beim Ankleiden. In ihrem lindgrünen Satinkleid stand sie parat, als Simon bei ihr klopfte.

»Du siehst großartig aus«, sagte er und küsste sie.

Auf dem Weg nach unten hörten sie aus dem alten Rittersaal Stimmen, Denzils und die einer Frau. Simon blieb abrupt stehen.

»O nein!«

»Was ist denn?«

»Diese Person ist hier. Das ist zu viel.«

»Wer denn?« Sie zupfte ihn am Ärmel. »Was ist los, Simon?«

»Mrs Farmer«, zischte er, sichtlich verärgert. »Sie ist Witwe und lebt hier in der Nähe. Eine unglaublich ordinäre Person. Ich hoffe, Denzil hat sie nur zum Cocktail eingeladen.«

Simons Onkel saß in einem Sessel vor einem steinumrandeten offenen Kamin imposanten Ausmaßes, als sie in den Saal traten. Er war im Abendanzug, über seinen Knien lag eine Wolldecke. Neben ihm stand eine Frau im schwarzen Abendkleid, ein Sherryglas in der Hand. Zu ihren Füßen döste ein Pekinese.

»Ihr müsst verzeihen«, sagte Denzil, als er Simon die Hand gab und Rowan einen flüchtigen Kuss auf den Handrücken hauchte, »dass ich nicht aufstehe, um euch zu begrüßen, aber ich fühle mich herzlich schlecht, dieser Rheumatismus ist eine Plage. Simon, du kennst Mrs Farmer. Mrs Scott, gestatten Sie, dass ich Sie mit Mrs Clarice Farmer bekannt mache, meiner lieben Freundin, Gefährtin und Trost meines Alters.«

Die zwei Frauen tauschten einen Händedruck. »Ganz reizend, Sie kennenzulernen, Mrs Scott«, sagte Mrs Farmer. »Bitte nennen Sie mich doch Clarice.«

Rowan nannte ihren eigenen Vornamen, worauf Clarice Farmer höchst befriedigt erklärte: »So! Jetzt sind wir alle Freunde, nicht wahr, Pooky?«

Die Worte galten Denzil, nicht dem Pekinesen. Simon zuckte merklich zusammen, aber Denzil schien sich an dem Spitznamen nicht zu stören, quittierte ihn vielmehr mit einem nachsichtigen Lächeln.

»Bitte nehmen Sie doch Platz«, forderte Clarice sie auf. Als wäre sie in Ashleigh Place zu Hause, dachte Rowan. Simon konnte seine Gereiztheit kaum verbergen.

Während die Getränke serviert wurden, bot sich Rowan Gelegenheit, Mrs Farmer zu beobachten. Sie war weder übermäßig jung – sicherlich um die fünfundvierzig – noch besonders ansehnlich. Eine üppige Figur und dunkelbraune Haare, die in weichen Wellen herabfielen, lenkten ein wenig von den groben Gesichtszügen und dem fleckigen Teint ab. Das Abendkleid, das Rowan mit erfahrenem Auge musterte, war zweifellos teuer gewesen, saß aber zu eng um Busen und Hüften.

Clarice Farmer berichtete ihnen weitschweifig von einer Reihe unglückseliger Ereignisse, die sie in letzter Zeit überrascht hatten – von einem Mäusenest, das sie in der Speisekammer ihres Hauses entdeckt hatte, von einer Freundin, die bei ihr lebte und Hals über Kopf abreisen musste, um eine schwer erkrankte Cousine zu pflegen, von ihrer Haushälterin, die mit ihrem Fahrrad gestürzt war und sich das Handgelenk verstaucht hatte.

»Wenn Denzil nicht so lieb gewesen wäre, mich zum Abendessen einzuladen«, schloss sie, »säße ich jetzt mutterseelenallein bei einem Schinkenbrot zu Hause.«

Simon warf ihr einen giftigen Blick zu. »Das war wirklich nett von dir, Denzil, so kurzfristig noch einen Gast dazuzubitten.«

»Ich glaube, du missverstehst da etwas.« Denzil sah Simon kühl an. »Clarice habe ich schon vor einigen Tagen eingeladen. Der nachträgliche Einfall bist du, Simon. Du bist übrigens sehr spät gekommen. Ich hatte euch viel früher erwartet. Ich hatte gehofft, mit dir über Priest's Field sprechen zu können.«

»Tut mir leid. Wir hatten eine Reifenpanne.«

»Ich hasse Unpünktlichkeit«, sagte Denzil. »Das weißt du doch.«

»Hat Richard ein Angebot für die Wiese gemacht?«, überging Simon die Rüge.

Denzil antwortete mit einer gereizten Geste. »Ja, aber es ist sehr enttäuschend.«

»Dann musst du es ablehnen.«

»Damit ich dieses Stück Land noch einen ganzen Winter entwässern darf?« Denzils kurzes Lachen war eisig. »Da spricht der Städter.«

»Denzil, glaub mir, es kümmert mich so sehr wie dich.«

»Bei meiner gegenwärtigen gesundheitlichen Verfassung könnte das für mich fatal sein.«

Sie wurden der Suche nach einer Lösung des Problems durch das Mädchen enthoben, das meldete, es sei angerichtet. Im Speisezimmer, einem großen, kalten Raum mit dunkler Holztäfelung, setzten sie sich zu Tisch.

Im Schein von Petroleumlampen, der die Düsternis kaum erträglicher machte, wurde zunächst eine klare Rinderbrühe von delikatem Geschmack serviert. Denzil hatte einen erstklassig ausgebildeten Koch. Rotwein wurde eingeschenkt, und einen Moment lang schien es, als hätten die Männer ihre Gereiztheit und ihren Groll in den Hintergrund verbannt. Bis Denzil wieder das Wort ergriff.

»Wirklich eine Schande, wie lang du mich nicht besucht hast, Simon. Ich nehme an, du hast Aufregenderes zu tun, als nach einem kranken alten Mann zu sehen.«

Er war, dachte Rowan, offenbar entschlossen, den armen Simon, der betroffen und gekränkt dreinsah, gründlich büßen zu lassen. Um ihm zu helfen und in der Hoffnung, dem Gespräch eine freundlichere Wendung zu geben, sagte sie mit einem Lächeln: »Du meine Güte, Denzil, er war doch erst vor vierzehn Tagen hier. Manchmal bekomme ich ihn kaum zu Gesicht.«

Denzil zupfte mit seinen kurzen, rosigen Fingern an einem Stück Brot. »Ich kann mir nicht vorstellen, dass es einer Frau wie Ihnen an männlichen Begleitern mangelt.«

Rowan brauchte einen Moment, um die Bemerkung in ihrer ganzen Unverschämtheit zu erfassen. Sie wartete darauf, dass Simon für sie in die Bresche springen würde. Als er schwieg, verbarg sie ihre Betroffenheit und sagte in leichtem Ton: »Sie haben recht, ich habe das Glück, sehr viele Freunde zu haben.«

»Ach, ich habe so viele Freunde, dass ich kaum Zeit für alle habe«, mischte sich Clarice ins Gespräch. »All meine Londoner Freunde aus der Zeit, als der arme Ronald und ich in Highgate lebten, und dann meine hiesigen Freunde. Sie werden es nicht glauben, aber es vergeht kaum ein Tag, an dem mich nicht jemand zum Mittagessen einlädt. Ständig schreibe ich Briefe oder telefoniere mit meinen alten Schulfreunden. Aber natürlich nehme ich mir immer Zeit für meine besten Freunde.« Dabei berührte sie Denzils Arm.

Clarice Farmers wichtigtuerischer Monolog war ein Segen, er ließ Rowan Zeit, ihren Ärger hinunterzuschlucken. Sie suchte Blickkontakt zu Simon, doch der sah geflissentlich in eine andere Richtung. Es tat weh, auch wenn sie versuchte, sich seine mangelnde Solidarität damit zu erklären, dass er sich bemühte, die Form zu wahren, schließlich befanden sie sich in Denzils Haus, saßen an seinem Tisch.

Sie beteiligte sich danach kaum noch am Gespräch. Denzil ignorierte sie die meiste Zeit; seine ganze Aufmerksamkeit galt Mrs. Farmer, seine Komplimente und kleinen Anekdoten waren ausschließlich an sie gerichtet, während er seinen Neffen vor allem mit bissigen Bemerkungen bedachte. Nur die Schatten, die immer wieder über Simons Gesicht flogen, und seine angespannte Haltung verrieten seine Gekränktheit und Irritation, doch Rowan vermutete, dass der Abend für ihn so qualvoll war wie für sie.

Die beiden Männer kamen auf den Kauf eines Waldstücks zu sprechen, das an Denzils Grundstück grenzte. Der Bauer, dem es gehörte, hatte mit der allgemeinen Depression der Landwirtschaft zu kämpfen; Denzil wollte das Land gern erwerben, weil es eine natürliche Grenze zwischen Ashleigh Place und der Landstraße bildete. Simon stimmte Denzil zu, dass der Bauer einen zu hohen Preis verlangte.

»Ich habe Martin selbst geschrieben«, sagte Denzil, »mit eigener Hand. Ich war überzeugt, er würde auf mein Angebot eingehen. Stattdessen bekam ich postwendend eine Absage in übelster Sprache.«

»Owlstone Wood ist seit mehr als einem Jahrhundert in Besitz der Martins«, meinte Simon, während das Mädchen eine Pflaumentarte mit Creme servierte. »Du brauchst nur zu warten, Denzil. Wenn er vor dem Bankrott steht, bleibt ihm nichts anderes übrig, als zu verkaufen.«

»Warten?«, rief Denzil empört. »Während Automobile und Möbelwagen an meinem Tor vorbeidonnern, wie die Ver…«

»Aber, aber, Pooky«, unterbrach Clarice unklug. »Nicht aufregen. Denk an dein Herz.«

»Bitte lass diesen albernen Spitznamen«, fauchte Denzil, und Clarice wurde blass.

»Ich wollte doch nur … ich sorge mich um dich.«

»Genau wie ich«, stimmte Simon ein. »Du musst an deine Gesundheit denken.«

Aber Denzil verharrte in seiner Gehässigkeit. Seine scharfen blauen Augen blitzten boshaft, als er sagte: »Dann muss ich mich wohl geirrt haben. Ich hatte den Eindruck, du zählst die Tage, bis ich endlich das Zeitliche segne und Ashleigh Place dir gehört. Ich dachte, du scharwenzelst deshalb so um mich herum, Simon. Wenn ja, wirst du wohl eine Enttäuschung erleben. Ich beabsichtige, noch ein paar schöne Jahre zu leben. Ich werde vielleicht mein Testament ändern. Ich werde vielleicht sogar heiraten, wenn ich die richtige Frau finde.«

Er tätschelte Clarice Farmers feiste kleine Patschhand.

Simon war blass geworden. »Denzil, ich versichere dir, das ist mir nie in den Sinn gekommen …« Er verstummte.

Wenig später standen Rowan und Clarice auf und überließen die übellaunigen Männer ihren Zigarren und ihrem Portwein. Im alten Rittersaal schenkte Clarice Kaffee ein und plapperte Belanglosigkeiten. So verstrich etwa eine Viertelstunde, dann kam Simon und sagte ihnen, dass Denzil zu Bett gegangen sei.

»Ach, der arme Schatz«, flötete Clarice besorgt. »Ich geh hinauf und seh nach, ob er alles hat, was er braucht.«

Simons hämischer Blick folgte ihr, als sie aus dem Zimmer huschte. Er wartete kaum, bis sie außer Hörweite war, bevor er leise zu Rowan sagte: »Lieber Gott, sie meint wohl, sie muss Pooky ins Bettchen bringen.«

»Oder etwas Ähnliches.«

Er kniff die Augen zusammen. »Du glaubst doch nicht, dass sie miteinander schlafen?«

»Simon! Es würde mich wundern, wenn's nicht so wäre.«

»Ich dachte, über diese Dinge wäre er hinaus.«

»Sie sorgt sicher für das Gegenteil.«

»Ach, verdammt.« Simon setzte sich und lockerte Kragen und Krawatte. »Diese Frechheit, diese absolute Arroganz dieser Person. Sie sieht sich schon als Herrin von Ashleigh Place. Aber er würde sie doch nicht heiraten? Nein, so dumm kann er nicht sein.«

Rowan unterdrückte ein Seufzen. »Darling, Mrs Farmer hat eine appetitliche Figur und scheint förmlich an Denzils Lippen zu hängen. Männer haben schon aus weit erbärmlicheren Gründen geheiratet. Aber ich will jetzt nicht mehr über die beiden reden. Mir reicht's für heute an Egozentrik. Ich hätte gern einen Kognak. Einen großen, bitte.«

Clarice Farmer kam nicht wieder nach unten. Das Mädchen huschte ab und zu herein, um die Aschenbecher zu leeren und frischen Kaffee anzubieten. Gegen Mitternacht gingen Rowan und Simon zu Bett. In ihrem Zimmer schliefen sie miteinander, ein schneller, heftiger Clinch, bei dem er einem Teil seiner Wut Luft zu machen schien, bevor er in sein eigenes Zimmer verschwand.

Weder Denzil noch Mrs Farmer erschienen am nächsten Morgen zum Frühstück. Später ging Simon nach oben, um sich nach Denzils Befinden zu erkundigen. Als er nicht wiederkam, zog Rowan ihren Mantel über und ging ins Freie hinaus. Aber dem Garten fehlte der Zauber des frühen Jahres. Die Astern ließen im Regen die schwarz verdorrten Köpfe hängen, und statt Vogelgezwitscher war nichts zu hören als das Tropfen des eisigen Regens in der Stille. Nachdem sie eine halbe Stunde gelaufen war, kehrte sie in ihr Zimmer zurück und packte.

Endlich klopfte Simon bei ihr. »Denzil ist krank«, berichtete er. »In der Nacht war noch Dr. Paxman hier und hat ihm strikte Bettruhe verordnet. Diese Person wollte unbedingt seine Pflege übernehmen, aber ich habe inzwischen mit Paxman gesprochen und ihm klargemacht, dass Denzil eine ausgebildete Pflegekraft braucht. Unter diesen Umständen hat es für uns wenig Sinn zu bleiben.«

Mrs Farmer ließ sich nicht blicken, und Simon wollte offensichtlich nicht, dass Rowan sich persönlich von Denzil verabschiedete. Schweigend ging er mit ihr die Auffahrt hinunter. Erst als sie im Wagen saßen und durch die regennasse braune Landschaft fuhren, brachen die Worte aus ihm heraus.

»Stell dir vor, er heiratet sie!« Diese Möglichkeit quälte ihn anscheinend schon die ganze Zeit. »Stell dir vor, sie bekommen ein Kind!«

Rowan, die das Thema langweilte, sagte: »Ich glaube nicht, dass er sie heiraten wird. Er betont doch immer, wie sehr er alles Vulgäre verabscheut. Und sie ist wahrscheinlich schon zu alt, um noch Kinder zu bekommen. Aber wenn er sie wirklich heiratet und sie ein Kind bekommen, dann wirst du wohl die Zähne zusammenbeißen und ihm gratulieren müssen.« Sie musterte ihn nachdenklich. »Ist dir schon mal der Gedanke gekommen, dass eine Ehe mit ihr ihn glücklich machen könnte?«

»Glücklich?«, wiederholte er wegwerfend. »Wie kommst du denn auf diesen Gedanken?«

»Es muss doch ein einsames Leben sein, so ganz allein in diesem großen alten Haus, weitab von allem. Wenn er dir etwas bedeutet, müsste dir sein Glück eigentlich wichtig sein. Und so, wie du dich von ihm behandeln lässt, kann ich nur vermuten, dass er dir sehr viel bedeutet.«

Er warf ihr einen kurzen Blick zu. »Wie meinst du das?«

»Er braucht nur zu pfeifen, und du springst. Genau wie Clarices grässliches kleines Schoßhündchen.«

»Rowan, bitte!«

Seine Stimme hatte einen warnenden Unterton, aber sie beachtete ihn nicht. »Es war gemein, wie er sich gestern Abend dir gegenüber benommen hat.«

»Das ist seine Art. Es hat nichts zu bedeuten.«

»Wenn du bereit bist, seine Beleidigungen hinzunehmen, geht mich das nichts an. Aber wenn er mich beleidigt und du keinen Ton dazu sagst, geht mich das sehr wohl etwas an.«

Flüchtig zeigte sich etwas in seiner Miene und war gleich wieder verschwunden. Gereiztheit? Schuldgefühle? Sie war sich nicht sicher.

»Denzil ging es nicht gut«, murmelte er. »Er hatte Schmerzen.«

»Es ging ihm gut genug, um sich ein Essen von vier Gängen mit Nachschlag einzuverleiben. Gut genug, um mindestens fünf Gläser Rotwein zu trinken.«

»Ich wusste nicht, dass du mitzählst.«

»Er ist ein Hypochonder, das musst du doch sehen. Und er wickelt dich und Mrs Farmer um den Finger.«

»Bitte wirf mich nicht mit dieser schrecklichen Person in einen Topf.«

»Wieso nicht? Ihr lasst ihm doch beide seine Unverschämtheiten und seinen Egoismus durchgehen. Gestern Abend habe ich mich wirklich gefragt, ob dir Denzils Meinung über dich wichtiger ist als meine.«

»Das ist absoluter Blödsinn. Du verstehst das nicht.«

»Du hast recht. Bis zu diesem Moment habe ich es nicht verstanden. Aber jetzt weiß ich, es geht um das Haus. Kann sein, dass du an Denzil hängst, aber an dem Haus hängst du weitaus mehr. Dass es dir so viel bedeutet, hätte ich dann doch nicht gedacht.«

»Ashleigh Place ist ein außergewöhnliches Haus.«

»Und Denzil ist ein verwöhnter und außergewöhnlich unangenehmer Mensch.«

»Er ist mein Onkel«, sagte Simon ärgerlich.

Sie fuhren durch eine tiefe, bewaldete Senke, wo der Nebel sich in Schwaden über die Straße legte. Rowan hatte zu keinem der Häuser, in denen sie gelebt hatte, eine besondere Beziehung gehabt. »Menschen sind wichtiger als Häuser«, erklärte sie. »Ich würde nie ein Haus über eine Freundschaft stellen.«

Mit wütendem Gesicht trat Simon das Gaspedal durch. »Du solltest vielleicht in Betracht ziehen, dass ich Denzil weit länger kenne als dich. Und im Grund hatte er recht. Wir sind ja wirklich zu spät gekommen.«

»Wir hatten eine Panne. Es war niemandes Schuld. Ein wahrer Freund hätte das verstanden. Und dieser arme Bauer …«

»Welcher Bauer? Was, um alles in der Welt, redest du da?«

»Der Mann, dem Denzil sein Land abkaufen will.«

»Das war geschäftlich. Von Geschäften versteht ihr Frauen nichts.«

»Aber Gier und Geiz kann ich durchaus erkennen.«

»Geiz? Ich würde es Vorsicht nennen. Du kannst doch mit Geld überhaupt nicht umgehen, Rowan. Du wirfst es zum Fenster hinaus, das seh ich doch. Du umgibst dich mit Schnorrern und Schmarotzern.«

»Stimmt überhaupt nicht.«

»Und diese Freundin von dir, diese spießige Person …«

»Redest du von Dora Mottram? Ihr Mann ist ganz jung an einer scheußlichen Krankheit gestorben und hat ihr nichts hinterlassen.«

»Die nimmt dich doch nur aus. Du lädst sie zum Essen ein, machst ihr Geschenke. Kein Wunder, dass sie ständig um dich herumtanzt.«

»Dora hat großes Pech gehabt«, entgegnete sie aufgebracht. »Du, du hast doch immer nur Glück gehabt, was weißt du schon von Not …?«

»Ich habe mein Glück mir selbst zu verdanken. Ich bin nicht verschwenderisch und extravagant wie du.«

»Ich bin lieber verschwenderisch als geizig!«, rief Rowan. Sie war atemlos vor Zorn. »Ich bin lieber extravagant als der Fußabtreter eines bösartigen alten Mannes. Ich könnte nie einen Mann heiraten, für den Großzügigkeit ein Fremdwort ist.«

Sie sah, wie er den Kopf herumwarf, sah seinen Blick. Es blieb einen Moment drückend still, während sie das Erstaunen, ja die Fassungslosigkeit in seiner Miene wahrnahm.

»Oh«, sagte sie, und ihre Stimme schien zu schrumpfen. »Oh, ich verstehe.«

Es war, als sähe sie ihn zum ersten Mal ganz klar. Bis jetzt hatte sie ihn durch einen Schleier gesehen, durch eine selbst geschaffene rosarote Brille. Schleppend und mühsam sagte sie: »Du hast nie daran gedacht, mich zu heiraten, oder, Simon?«

Er machte eine beschwichtigende Geste. »Darling, bitte. Du bist doch gar nicht frei.«

»Nein, lass, ich seh doch, dass Heirat dir gar nicht in den

Sinn gekommen ist. Du liebst mich nicht, jedenfalls nicht richtig. Du bist dessen gar nicht fähig. Du wirst immer nur dich selbst lieben … und dieses verdammte Haus. Fahr langsam, Herrgott noch mal, du bringst uns noch beide um.«

Er bremste ab. Dann sagte er kalt: »Du hast recht, ich würde dich niemals heiraten, Rowan. Das Geld würde dir wie Sand durch die Finger rinnen. Außerdem lehnt Denzil geschiedene Frauen ab und würde nicht daran denken, eine in die Familie aufzunehmen.«

Draußen flog das Land vorbei, Bäume und Hecken verschwammen hinter ihren Tränen. »Ach, warum müssen einen Männer immer so enttäuschen«, brach es aus ihr heraus. »Erst Patrick – und jetzt du!«

Etwas Grausames blitzte in seinem Blick auf. »Aber, Rowan, dir muss doch klar sein, dass deine Ehe nur schiefgehen konnte.« Dann beugte er sich zu ihr und senkte seine Stimme. »Oder wusstest du etwa nicht, dass Patrick Männer bevorzugt?«

Insgeheim hatte sie das schon lange vermutet. Patricks Interesselosigkeit im Bett und seine überbordende Zuneigung zu seinem Freund Colin Slater hatten sie irgendwann veranlasst, sich über seine Sexualität Gedanken zu machen. Und eines Abends, als sie und Nicky Olivier, der ebenfalls Männer liebte, sich einen Schwips angetrunken hatten, hatten sie darüber gesprochen. Zu Patrick hatte sie bisher nichts gesagt.

Es ging ihr unter die Haut, dass Simon so kalt und brutal über etwas sprach, was so schmerzhaft war. »Sei still, Simon!«

»Es ist allgemein bekannt.«

»Ich hab gesagt, du sollst still sein.« Sie umfasste die Türklinke neben sich.

»Was soll das?«

»Ich steige aus.«

»Mach dich nicht lächerlich.«

»Ich halt's keine Minute länger mit dir in diesem Auto aus!«

»Rowan, du bist ja hysterisch. Nimm die Hand von der Tür, du wirst dich nur verletzen. Hier, trink einen Schluck Tee, und beruhige dich.« Er reichte ihr die Thermosflasche.

Es machte sie wütend, dass ausgerechnet er, der an ihrem Unglück und ihrer Erregung schuld war, ihr zu sagen wagte, sie solle sich beruhigen, aber sie hatte keine Ahnung, wo sie sich befanden, nirgends war eine Bushaltestelle, ein Bahnhof oder auch nur eine menschliche Behausung in Sicht, ihr Herz raste. Sie zog den Stöpsel aus der Thermosflasche und trank. Dann starrte sie zum Fenster hinaus, und den Rest der Fahrt sprachen sie kein mehr Wort miteinander.

»Ich würde sie gern kennenlernen.«

Duncan, der auf Urlaub vom Ausbildungslager der Royal Air Force zu Hause war, starrte Stuart über den Esstisch hinweg fassungslos an. »Das kann nicht dein Ernst sein.«

»Doch.«

Stuart sprach von Hughs Töchtern. Es war der zweite Weihnachtsfeiertag, Hughs Tod jährte sich zum ersten Mal, und als Sophie den Räucherschinken auf den Tisch gestellt hatte, hatte Stuart gesagt: »Sicher denken Dads Töchter heute an ihn, glaubst du nicht auch, Mum?« Und dann, ehe sie eine Antwort geben oder Duncan ihm befehlen konnte, den Mund zu halten, hatte er die Bombe platzen lassen.

»Ich würde sie wirklich gern kennenlernen.«

»Mit denen haben wir nichts zu tun«, sagte Duncan.

»Sie sind unsere Halbschwestern.«

»Jetzt tu nicht so, als gäb's irgendeine Beziehung zwischen uns. Es gibt keine«, sagte Duncan mit kalter Wut. »Du redest mal wieder Blödsinn, wie gewöhnlich.«

»Duncan«, sagte Sophie scharf.

Sie sah Stuart an, dass er verletzt war, aber er ließ nicht locker. »Ich denk da schon ewig drüber nach. Dir gefällt's vielleicht nicht, dass wir mit ihnen verwandt sind, aber wir sind es eben, und ich finde es eher blöd, so zu tun, als wären wir's nicht.«

Duncan legte den Kopf zur Seite und lachte ungläubig. »Stuart, das kommt nicht infrage. Vergiss es.«

Stuart wandte sich Sophie zu. »Siehst du das auch so, Mum? Findest du auch, ich soll's vergessen?«

Ja, hätte sie am liebsten gesagt. Aber sie sah, wie wichtig ihm die Sache war, und wählte ihre Worte vorsichtig. »Stuart, es ist sehr wahrscheinlich, dass sie gar nicht von unserer Existenz wissen.«

»Wir haben es doch rausbekommen. Sie vielleicht auch.«

»Ja, das ist möglich. Aber wenn nicht, wäre es dann nicht grausam, es ihnen zu sagen?«

Stuart runzelte die Stirn. »Ich wette, sie wissen genau, dass etwas nicht stimmt. Und ich an ihrer Stelle würde dann wissen wollen, was es ist.«

»Nicht jeder ist so unglaublich naiv wie du.« Duncan stand auf. »Was glaubst du denn, was passieren wird? Dass du mit offenen Armen aufgenommen wirst? Der verschollene Familienangehörige, der verlorene Bruder? Du hast's immer noch nicht kapiert, oder? Wir sind die Unehelichen. Wir sind die Bastarde.«

Er stürmte aus dem Zimmer und ließ den Widerhall seiner heftigen Worte zurück. Sekunden später folgte ihm Stuart, kreidebleich im Gesicht.

Aus dem Flur waren weiter die erregten Stimmen der Jungen zu hören. Sie sollte dazwischengehen und die Sache klären, dachte Sophie müde, aber sie blieb am Tisch mit dem verlassenen Mittagessen sitzen. Irgendwann flog krachend die Haustür zu, dann war es still.

Sie wusste, sie hätte früher mit Stuart über Rowan und Thea Craxton sprechen müssen. Stuart war ein Junge, der den Dingen gern auf den Grund ging. Im Gegensatz zu Duncan besaß er nicht die geringste Neigung, schwierige Themen zu verdrängen. Zweifellos hatte er sich seine Gedanken über diese jungen Frauen gemacht und erkannt, dass eine Verwandtschaft zu ihnen bestand, so peinlich, so unerwünscht das sein mochte. Sie, die Stuart so gut kannte, hätte ihn zu Fragen ermutigen müssen, anstatt sich in ihrem Zorn und ihrem Selbstmitleid zu suhlen. Jeder von ihnen hatte seine eigene Art, sich der Katastrophe, die die Familie getroffen hatte, zu stellen – oder sie zu leugnen.

Stuart hatte jedes Recht darauf, seine Halbschwestern kennenzulernen. Trotzdem schreckte sie allein vor der Vorstellung zurück. Wieder ein Weihnachten, das Hugh uns gründlich verdorben hat, dachte sie, während sie die Teller einsammelte.

Es war fast acht Uhr abends, als Stuart allein nach Hause kam.

»Wo ist Duncan?«, fragte Sophie besorgt, als sie ihm im Flur entgegenging. »Ist alles in Ordnung mit ihm?«

»Alles bestens. Er musste nur Dampf ablassen. Wir sind erst ein Stück gelaufen, dann sind wir ins Pub.«

Ins Pub. Sie wollte ihn gerade darauf hinweisen, dass er erst sechzehn war, als er hinzufügte: »Er ist jetzt bei Sally.«

»Sally?«

»Sie ist seine Freundin. Ist noch was zu essen da, Mum? Ich hab wahnsinnigen Hunger.«

»Ich wusste gar nicht, dass Duncan eine Freundin hat.« Sie hörte selbst, wie ihre Stimme schrill wurde, als sie Stuart in die Küche nachlief.

»Ach, sie gehen schon ewig miteinander.«

Hm, dachte sie, während sie den Brotkasten öffnete, wusste sie überhaupt noch irgendetwas von ihren Söhnen?

»Wie ist denn diese Sally?«

»Sie ist ziemlich nett.« Stuart säbelte sich ein dickes Stück Brot ab und belegte es mit einer Scheibe übrig gebliebenem Schinken. »Und sie ist hübsch. Soll ich dir auch ein Brot machen, Mum?«

»Ach, ja, bitte.« Sie hatte, wie die Jungen, den größten Teil ihres Mittagessens stehen lassen und war hungrig. Sie setzte sich an den Küchentisch und versuchte, sich mit der Vorstellung vertraut zu machen, dass Duncan eine feste Freundin hatte. Stuart schnitt zwei krumme Scheiben Brot ab.

»Stuart«, sagte sie, »wenn du mit Rowan und Thea Kontakt aufnehmen willst …«

Er unterbrach sie. »Ist nicht so wichtig.«

»Ich hätte euch früher von ihnen erzählen müssen.«

»Duncan dachte, du willst das nicht.«

Das stimmte. Dennoch sagte sie: »Ich habe bei der Beerdigung nur mit Thea, der jüngeren der beiden, gesprochen. Die Ältere, Rowan, habe ich lediglich gesehen. Sie ist verheiratet.«

»Und wie sind sie?«

»Sie wirkten eigentlich ganz sympathisch«, antwortete sie mit Widerstreben. »Thea ist ungefähr in deinem Alter.

Sie hat mich nach der Feier angesprochen. Wahrscheinlich ist ihr aufgefallen, dass ich allein da war.«

»Sie wussten nicht, wer du bist?«

Sie schüttelte den Kopf. »Ich sagte, ich wäre eine Freundin von Hugh. Ich habe ihr meinen Mädchennamen genannt.« Sie lachte etwas mühsam. »Mir schoss der Gedanke durch den Kopf, dass sie den Anlass wahrscheinlich so schrecklich findet wie ich.«

Erstaunt stellte sie fest, dass es ihr guttat, einzuräumen, dass Hughs Töchter normale junge Frauen waren und keine habgierigen Hexen. Und vielleicht hatte Stuart ja recht. Vielleicht hatten Rowan und Thea Craxton wirklich den Verdacht, dass – wie er es ausgedrückt hatte – etwas nicht stimmte.

Doch dann sagte sie mit rauer Stimme: »Es ist nur – wenn du mit ihnen redest, wollen sie vielleicht mit mir sprechen. Und ich glaube, das schaffe ich nicht, jedenfalls jetzt noch nicht. Ich kann mir gut vorstellen, dass sie mich ablehnen. Ich meine, von ihrem Standpunkt aus hätten sie allen Grund, mich abzulehnen. Ich kann mir das im Moment neben allem anderen nicht antun.«

Stuart, der größer war als sie, tätschelte ihr den Kopf – wie ein Vater einem trotzigen kleinen Kind, dachte sie.

»Ist schon gut, Mum. Zerbrich dir nicht den Kopf. Es war nur eine Idee.«

Zum endgültigen Bruch kam es in der Bar des Ritz-Hotels. Es war zwischen Weihnachten und Neujahr. Von einem Abendessen war keine Rede, und später kam Rowan der Gedanke, dass Simon sich dort mit ihr getroffen hatte, weil es unwahrscheinlich war, dass sie vor einer so noblen und eleganten Kulisse eine Szene machen würde.

Aber sie hätte so oder so keine Szene gemacht. In den Tagen nach ihrer Rückkehr aus Ashleigh Place hatte Rowan reichlich Zeit gehabt, über ihre Auseinandersetzung nachzudenken. Simon hätte sie niemals geheiratet; er hatte nicht das geringste Interesse an einer Ehe. Sie war für ihn ein Zeitvertreib gewesen, eine hübsche Errungenschaft wie die vergoldeten Tischchen und die Louis-quinze-Sessel in seiner Wohnung.

Das sagte er natürlich nicht. Sie sei eine bezaubernde und attraktive Frau und er wünsche ihr alles Glück der Welt. Er werde einige Monate verreisen – das verstehe sie doch, nicht wahr?

Natürlich, vollkommen, dachte sie, als sie im Taxi nach Hause saß. Der prasselnde Regen und ihre Tränen verwischten die Lichter am Piccadilly und verzerrten die Gesichtszüge der Menschen auf der Straße. Sie hatte immer gewusst, dass Simon egozentrisch war; aber sie hatte nicht erkannt, wie ausschließlich dieses Interesse an der eigenen Person und dem eigenen Vergnügen war. Sein Leben passte ihm ausgezeichnet. Warum also sollte er etwas daran ändern?

9

Januar–Juli 1939

Theas Schreibtisch stand in einem kleinen Raum gegenüber Grace' Arbeitszimmer. Wie die übrigen Räume im Haus der Fainlights war er gedrängt voll mit Büchern und Vitrinen, in denen Tonscherben und farbige Keramikperlen aufbewahrt wurden. Ein steinernes Bildnis der Bastet, der ägyptischen Katzengöttin, blickte von einem Eckschrank hochmütig auf sie herab.

In der ersten Zeit bestand ihre Arbeit darin, das Telefon zu bedienen, Briefe für Grace zu tippen und Dokumente auszufüllen. Nach etwa sechs Wochen übertrug Grace ihr interessantere Aufgaben: die Abschrift von Feldnotizen, die Sichtung und Beschriftung eines riesigen Kartons voller Fotografien von einer Expedition. Sehr bald schon war sie mit dem großen, weiträumigen Haus und seinen Bewohnern vertraut, lernte die Menschen kennen, die häufig zu Gast waren. Montys Studenten und Grace' Kollegen und Freunde kamen zum Mittagessen vorbei und erzählten von Reisen in exotische Gegenden, oder man diskutierte beim Kaffee die neuesten archäologischen Theorien.

Monty und Grace hatten einen Sohn, Tobias, der in Schweden lebte, wo er am Historischen Museum in Stockholm tätig war. Seine von ihm getrennt lebende Frau, Helens Mutter, hingegen war in die USA übergesiedelt.

Helen, die einundzwanzig Jahre alt war, lebte bei ihren Großeltern am Gordon Square. Sie und Thea freundeten sich schnell an. Grace versuchte immer wieder, Helen zu einem archäologischen Studium zu überreden, aber bisher hatte sie damit nichts erreicht. »Ich habe nichts dagegen, zu einer Grabung mitzukommen. Das macht immer viel Spaß«, sagte Helen einmal beim Mittagessen zu Thea, als – ganz ungewöhnlich – nur sie, Thea und Lucy, Grace' Wirtschafterin, im Haus waren. »Aber mein Leben lang in alten Grüften herumbuddeln? Nein danke. In dieser Familie gibt es ohnehin schon zu viele Archäologen.«

Ihr Freund Max habe ihr einen Heiratsantrag gemacht, erzählte sie Thea. Nun überlegte sie, ob sie ihn annehmen sollte oder ob so ein Schritt vielleicht ein Riesenfehler wäre.

»Ja, aber liebst du ihn?«, fragte Thea und Helen hob den Blick von dem Buch, in dem sie herumblätterte, und sagte obenhin: »O ja, wahnsinnig, obwohl er manchmal unglaublich albern ist.« Für Thea war offensichtlich, dass Max, der im Finanzsektor in der City arbeitete, Helen anbetete, auch wenn er sie mit Vorliebe neckte.

Grace gab Thea, wenn sie abends nach der Arbeit ging, gern ein Buch oder einen Artikel zum Lesen mit. »Ich glaube, das wird Sie interessieren«, sagte sie dann und drückte Thea, während die ihren Mantel zuknöpfte, etwa Hilda Petries *Ägyptische Hieroglyphen der Ersten und Zweiten Dynastie* in die Hand. Oder sie kramte ein Sitzungsprotokoll der Prähistorischen Gesellschaft aus: »Da sind zwei hervorragende Artikel über die Jungsteinzeit dabei, Thea. Sie werden sie sicher lesenswert finden.« Wenn Thea sie später zurückgab, nahm Grace sich stets Zeit, um mit ihr die Inhalte zu diskutieren.

Monty, Grace und Helen gingen mit einer Ungezwungenheit miteinander um, die Thea ungeheuer entspannend fand. Dennoch war das Leben in dem Haus am Gordon Square bei aller Lebendigkeit und allem oberflächlichen Chaos stets von einer inneren Ordnung bestimmt. Thea war überglücklich mit ihrer Arbeit bei Grace. Sie wusste, dass sie wie durch ein Wunder das große Los gezogen hatte.

Immer mehr fiel ihr auf, wie sehr sich das Familienleben der Fainlights von dem unterschied, das sie von zu Hause kannte. Da gab es keine unvorhergesehenen Abwesenheiten oder plötzlichen mysteriösen Reisen. Man konnte alles fragen, was einem auf dem Herzen lag, ohne fürchten zu müssen, jemandem damit auf die Füße zu treten. Es gab kein Schweigen und keine Geheimnisse.

Helen lehnte mit ihrem angebissenen Apfel in der Hand an Theas Schreibtisch und erzählte von ihrem Besuch bei ihrem Vater.

»Stockholm war grausam«, sagte sie. »Mein Vater liebt Schnee, ich kann ihn nicht ausstehen. Und zum Frühstück gab's süßsauren Fisch.« Sie biss in ihren Apfel und kaute. »Ich würde viel lieber in der Wärme leben, auf einer griechischen Insel oder so, du nicht auch, Thea?«

»Ich mag's kalt.« Thea spannte einen frischen Bogen Papier in ihre Maschine.

»Ja, weil du Schottin bist.«

»Meine Mutter war Schwedin, ich bin also halb Schottin, halb Schwedin.«

»Dann würdest du wahrscheinlich süßsauren Fisch mögen. Dad kommt in ein paar Wochen hierher. Das Museum hat ihn einen Monat für Forschungsarbeit freigestellt. Er kommt mit uns nach Barbury Hill.«

»Ach? Da wird Grace sich freuen.«

Helen warf den abgenagten Apfel in den Papierkorb und machte sich auf die Suche nach Kaffee, während Thea wieder zu tippen begann. Im Mai würde Grace eine Ausgrabung in Barbury Hill leiten, einem Grubenwerk in Wiltshire. Der ganze Haushalt, von Monty bis zu Lucy, der Wirtschafterin, war in die Vorbereitungen eingebunden. Genehmigungen waren erwirkt, Sponsoren gefunden, das Budget ausgearbeitet worden. Jetzt wurde die Ausrüstung zusammengestellt – Hacken, Schaufeln, Schubkarren, Seile, Spaten, Zelte und Lagermöglichkeiten für eventuelle Funde. Thea half bei der Organisation der Beförderung dieser Dinge zu einer abgelegenen Grabungsstätte in den Hügeln von Wiltshire.

Sie zog den fertigen Brief aus der Maschine und ging zu Grace, um ihn unterschreiben zu lassen. Grace legte das Telefon auf, als sie hereinkam.

»Das war Russell. Er und Sylvia haben beschlossen, dieses Jahr nach Kreta zu reisen.« Grace stützte die Ellbogen auf und drückte die Handflächen aneinander. »Er ist überzeugt, die Regierung wird bald mit den Einberufungen beginnen. Er sagt, er möchte noch mal ins Ausland, solange es noch möglich ist. Ich verstehe das natürlich.« Sie nahm ihre Brille ab und polierte die Gläser mit ihrem Seidenschal. »Ja, man ist immer versucht, sich in der Vergangenheit einzunisten«, sagte sie leise, »und die Gegenwart und die Zukunft außen vor zu lassen, nicht wahr?« Mit einem Seufzer wandte sie sich wieder der Liste auf ihrem Schreibtisch zu. »Es ist ein ziemlicher Schlag. Ich hatte mit Russell und Sylvia gerechnet. Jetzt sind wir knapp an Leuten.«

»Helen hat mir erzählt, dass Tobias für eine Weile herkommt.«

Grace' Gesicht hellte sich auf. »Ja, ist das nicht eine wunderbare Nachricht?«

»Wenn Sie mir eine Liste mit möglichen Kandidaten geben«, meinte Thea, »könnte ich jetzt noch ein bisschen herumtelefonieren.«

»Sie müssen nicht gleich weg?«

Es war halb sieben. Sie und Peggy wohnten in Rowans Wohnung in Covent Garden, solange Rowan mit ihrem neuesten Freund, einem Mann namens Bobbie Wharton, in New York war. Rowan hatte ihr und Peggy die Wohnung förmlich aufgedrängt, und Thea hatte dankbar angenommen. Das war doch ein viel angenehmeres Leben als in dem Souterrainzimmer, dessen Wände im Winter schwarzen Schimmel ansetzten.

»Nein, nein«, sagte sie.

»Dann lassen Sie mich mal sehen.« Grace schlug ihr Adressbuch auf, eine dicke, abgegriffene Lederschwarte, aus der hin und wieder Zettel wie Schneeflocken zu Boden rieselten. »Nina, Sie könnten es bei Nina versuchen … oder nein, sie sagte, dass sie diesen Sommer mit Mortimer zusammenarbeitet. Was ist mit Geoffrey, Geoffrey King? Der Arme, hat nur eine Hand zur Verfügung, aber in den Somerset Levels hat er großartige Arbeit geleistet.«

Seiten wurden gewendet, der Liste Namen angefügt. Lucy brachte ihnen Kaffee und Kekse.

»Will Towler«, sagte Grace. »Seine Nummer habe ich. Er weiß vielleicht noch ein, zwei andere. Eva … Eva dabeizuhaben wäre wunderbar. Sie ist so genau. Sie hat den Namen ihres Lebensgefährten angenommen, obwohl sie nie mit ihm verheiratet war. Wie war der gleich wieder? Ach ja, Harper. Er ist vor einigen Jahren gestorben. Traurig. Und Laurence – mit ihm rede ich, wenn er heute Abend zum Essen kommt. Sagen Sie ihnen, es gibt ein Pfund pro Woche bei freier Unterkunft und Verpflegung. Das ist ein Taschengeld, aber es wird bestimmt spannend. Sie bleiben doch zum Essen, Thea?«

»Gern, danke.«

Das Telefon klingelte, eine Tür knallte, Monty kam ins Zimmer und erzählte etwas von Geweihhacken, und Thea holte sich das Telefonbuch aus dem Flur. Sie arbeitete die Liste durch, hakte die Leute ab, die sie erreicht hatte, und unterstrich die Nummern derer, die sie noch einmal anrufen musste.

Als sie zu dem Namen Eva Harper gelangte, kam ihr ein Gedanke. »Sie hat den Namen ihres Lebensgefährten angenommen, obwohl sie nie mit ihm verheiratet war.« Sie lutschte ein Fruchtgummi, während sie im Telefonbuch zu C blätterte.

Ca... Ch... Cr... Und da war es schon, am Ende der Seite, ein einsames Craxton. Mrs S. Craxton, 17 Gilbert Street, South Kensington.

Bobbie Wharton tanzte zwar wie ein junger Gott, aber sein Konversationstalent war in den Kinderschuhen stecken geblieben, und sein Humor war albern. Er fand es zum Kaputtlachen, einem Kellner einen Eiswürfel hinten ins Hemd zu schieben. New York war aufregend, aber als Rowan auf der Queen Mary nach England zurückreiste, war die Affäre beendet.

Die Überfahrt war kalt und stürmisch. Selbst wenn sie zu dem Zeitpunkt nicht längst aufgehört hätten, miteinander zu reden, hätte sie Bobbie kaum zu Gesicht bekommen. Der lag von Seekrankheit geplagt in seiner Kabine.

Rowan, die nie seekrank wurde, verbrachte einen großen Teil der Reise an Deck, wo sie, in Pelze und Decken gehüllt, dem unerbittlichen Toben der Wellen zusah. Der Ozeanriese stampfte im stürmischen Seegang; hin und wieder türmte sich eine granitgraue Woge zur Höhe eines Hauses, ehe sie sich tosend überschlug. Stewards boten heiße Getränke an, ein paar andere Wetterfeste marschierten auf den Decks herum, aber die meiste Zeit war sie allein und hatte viel Zeit zum Nachdenken.

Der Sturm wurde heftiger. Regen peitschte gegen das Deck, und der Wind heulte. Eine gewaltige Welle baute sich auf und brach sich tosend am Schiffsbug. Als Rowan sich umschaute, sah sie, dass sie der einzige Passagier auf dem Erste-Klasse-Deck war. An einer Tür stand ein Steward und winkte ihr, doch sie nahm ihn kaum wahr. Sie dachte an Corran und die wilde See im Firth of Clyde, den krachenden Schlag der Wellen an der *Iduna* und ihren Kampf gegen den Widerstand des Wassers, als sie mit Thea in den Armen zur Küste zurückgeschwommen war. Sie zwinkerte, wie um das Bild zu vertreiben.

Jemand berührte ihre Schulter. »Mrs Scott!«, brüllte der Steward in das Brausen des Sturms hinein. »Sie müssen hereinkommen. Sie sind hier draußen nicht sicher.« Rowan riss sich aus ihrer Trance und folgte ihm unter Deck.

Zwei Tage später legte das Schiff in Southampton an. Das Angebot des noch immer grüngesichtigen Bobbie, sie im Auto nach London mitzunehmen, lehnte Rowan ab und nahm stattdessen die Bahn. Es war Abend, als sie die Tür zu ihrer Wohnung aufsperrte. Thea und Peggy waren nicht da. Peggy war mit ihrem Freund Gerald in Wales und Thea in Vorbereitung auf archäologische Grabungsarbeiten in Wiltshire.

Aus dem Stapel Post, der auf sie wartete, fischte sie einen Brief von Artemis, die sie bat, sie anzurufen, sobald sie zu Hause sei.

»Darling«, rief Artemis, als sie ihre Stimme hörte. »Du bist wieder da! Wie geht es dir? Warst du nicht hingerissen von New York? Du hast mir wahnsinnig gefehlt. Kann ich auf einen Sprung bei dir vorbeikommen?«

Rowan versuchte gerade, ein Geschlinge von Strümpfen zu entwirren, als Artemis läutete. Sie fielen sich in die Arme. In der Wohnung war es kalt, und Artemis behielt ihren Pelzmantel an, während Rowan sich nach Maurice und Elizabeth erkundigte.

Während Rowan ihnen beiden einen Gin mit Wermut mixte, sagte Artemis: »Hast du gehört, dass Denzil gestorben ist?«

Rowan, die gerade den Wermut eingießen wollte, hob den Kopf. »Nein.« Sie dachte an den boshaften alten Mann mit seinen Spielchen und Intrigen. Er war also doch krank gewesen.

»Er hat Ashleigh Place Simon hinterlassen.«

»Da wird Simon ja überglücklich sein. Aber welch eine Enttäuschung für Clarice Farmer.«

Artemis lächelte, irgendwie verlegen, fand Rowan. Ihr kam der Verdacht, dass die Nachricht von Denzil Pollingtons Tod nicht das Einzige war, was Artemis mitzuteilen hatte. Sie gab einen Spritzer Orangebitter in die Gläser und reichte eines ihrer Freundin.

»Danke, Darling. Mmh, köstlich.« Artemis stellte ihr Glas ab und seufzte. »Es fällt mir furchtbar schwer, dir das sagen zu müssen, aber ich dachte, du erfährst es besser von mir als von jemand anderem. Simon hat sich verlobt.«

Rowan starrte sie an. »Simon? Verlobt?«

»Ja, es tut mir leid, ich weiß, das muss ein Schock für dich sein.«

Mit »Schock« ließen sich die Gefühle, die in ihr losbrachen, bei Weitem nicht beschreiben. Ungläubigkeit zuerst. »Artemis, weißt du das sicher?«

»Ja, leider. Die Cecils haben es letzte Woche in der Times bekannt gegeben.«

»Die Cecils?« Rowan fiel das käsebleiche Geschöpf ein, dem sie in Simons Wohnung begegnet war. »Simon hat sich mit Francesca Cecil verlobt?«

»Ja.«

Mit Mühe schaffte sie es, nicht zu rufen: »Aber die kann er doch nicht heiraten, sie ist ja kaum mehr als ein Kind«, oder, schlimmer noch: »Aber zu mir hat er gesagt, er würde niemals heiraten.« In Wirklichkeit hatte Simon gesagt: »Mich hat die Ehe nie gelockt.« Während die Ungläubigkeit langsam einem tiefen Jammer wich, erkannte sie, dass Simon gemeint hatte, es habe ihn nie gelockt, *sie* zu heiraten.

»Darling, du bist leichenblass. Komm, setz dich hin.« Artemis führte sie zu einem Sessel und drückte ihr das Glas in die Hand. »Trink.«

Gehorsam trank sie einen Schluck. »Ich dachte, ich wäre über ihn hinweg«, murmelte sie.

Artemis setzte sich neben sie. »Die Cecils sind entfernte Verwandte der Pembertons«, erklärte sie behutsam. »Simons Mutter war eine geborene Cecil. Ich glaube, es gab eine Vereinbarung, dass Simon und Francesca eines Tages heiraten würden. Ashleigh Place verschlingt unheimlich viel Geld, und Francesca ist eine reiche Erbin, da hast du's.« Artemis tätschelte Rowan die Hand. »Simon war immer schon hinter dem Geld her. Ich habe ihm gesagt, wie widerwärtig er ist. Man fragt sich, wie die Kleine in diesem eiskalten alten Haus zurechtkommen soll. Jedes Mal, wenn ich dort war, bin ich fast umgekommen vor Kälte. Und das Sanitäre – ich kann dir sagen! Man getraut sich kaum, ein Bad zu nehmen. Findest du nicht auch, Francesca sieht schwindsüchtig aus?«

Rowan antwortete nicht. Sie konnte weder Zorn auf Simon noch Groll gegen Francesca aufbringen. Sie versank in einer tiefen Niedergeschlagenheit, als sie begriff, wie wenig sie Simon bedeutet hatte, dass er sie wahrscheinlich von Anfang an mit Francesca betrogen hatte. Es mochte eine Abmachung zwischen Simons und Francescas Mutter bestanden haben, aber die Verlobten mussten einander mindestens mögen und anziehend finden. Rowan kannte Simon gut. Die Verlobung war nicht nur ein finanzielles Geschäft. Ein so anspruchsvoller Mann wie Simon würde gewisse Dinge von einer Ehe erwarten. Er würde von seiner Frau Schönheit, Eleganz und Kultiviertheit erwarten. Er würde erwarten, dass er seine Frau zumindest achten konnte …

Rowan spülte ihren Drink hinunter und stand auf. »Komm, gehen wir aus«, sagte sie. »Ich habe ja wochenlang niemanden mehr gesehen.«

Artemis sah sie zweifelnd an. »Rowan, willst du das wirklich?«

Ja, sie wollte. Sie nahmen ein Taxi zum Savoy. In der American Bar waren alle ihre Freunde versammelt: die Manninghams, die Vaughans und die Charlburys. Rowan redete und trank, erzählte von New York und der Überfahrt und brachte alle zum Lachen.

Sie bildete sich ein, sich zu amüsieren, bis sie in den frühen Morgenstunden im Spiegel hinter der Bar unversehens ihr Gesicht sah. Ein groteskes Bild. Ihr Teint war so bleich, dass er grünlich zu schimmern schien wie Bobbies auf dem Schiff, und ihr Lächeln wirkte wie eine Grimasse. Mit einem Schlag fiel alle Hochstimmung in sich zusammen. Zwar blieb Rowan am Tisch sitzen, aber sie beteiligte sich nicht mehr am Gespräch. Es war, als stünde sie auf der Bühne und hätte ihren Text vergessen.

Sie fühlte sich wie vernichtet. Sie hatte alles falsch gemacht. Mit Beschämung erinnerte sie sich, dass sie, wenn auch nur flüchtig, allen Ernstes geglaubt hatte, Bobbie Wharton zu lieben. Viel beschämender noch war die Erinnerung daran, wie tief und ernsthaft sie Simon geliebt hatte. Keiner der beiden Männer hatte sich ihrer Liebe als würdig erwiesen. Und es hatte Warnsignale gegeben. Artemis hatte versucht, sie zu warnen, Simon selbst hätte nicht deutlicher sein können. Ihre Enttäuschung hatte sie allein sich selbst zuzuschreiben. Wie hatte sie nur so blind sein können? Sie kam sich unendlich dumm vor.

Und Patrick? Sie hatten sich nach der Trennung ein paarmal getroffen, um die Scheidungsformalitäten zu besprechen. Ihr kühler, wohlerzogener Umgang miteinander hatte die beiderseitige Verletztheit nicht überdecken können. Weder Simon noch Patrick hatten ihr die Liebe entgegengebracht, nach der sie sich sehnte. Patrick hatte sie geliebt, aber er hatte sie nicht begehrt. Und Simon hatte sie begehrt, aber nie geliebt. Sie fürchtete, dass sie niemals die Liebe finden würde, die sie suchte, eine Liebe, die leidenschaftlich, aufrichtig und uneigennützig war.

»Wir sollten gehen.« Artemis stand neben ihr.

»Ich bin nicht müde.«

»Darling, du bist völlig erschöpft.«

»Ich kann sowieso nicht schlafen«, entgegnete Rowan bockig.

»Dann komm mit zu mir. Wir bleiben die Nacht durch auf und quatschen uns richtig aus.« Artemis legte ihre Hand an Rowans Ellbogen, um sie zum Aufstehen zu bewegen.

Als sie am Portier vorbei aus dem Hotel hinausgingen, packte Rowan plötzliche Panik. Beinahe erwartete sie, das Wetter habe umgeschlagen, während sie in der Bar gesessen hatte, und die Straßen müssten, der Jahreszeit völlig unangemessen, mit glitzerndem Eis überzogen, die Themse gefroren sein.

Aber draußen war alles wie zuvor. Ein paar Taxis rollten das Embankment entlang, und in der Luft lag die dumpfe Kühle des nahen Flusses, in die sich der Frühlingsduft der Scheinhasel mischte. Geändert, dachte sie, hatte sich nur sie selbst.

Der frühe Morgen war Thea der liebste Teil des Tages. Das fröhliche Gezwitscher der Vögel weckte sie. Sie bemühte sich, leise zu sein beim Waschen und Ankleiden, um Helen nicht zu stören, die keine Frühaufsteherin war. Bevor sie das Zelt verließ, stopfte sie sich noch eine Handvoll Rosinen in die Tasche ihrer Shorts, dann machte sie sich auf den Weg zur Grabungsstätte hinauf.

Der Tau auf den Gräsern funkelte im Glanz der Sonne, die sich hinter Barbury Hill am leuchtenden Himmel hinaufschob. Der schmelzende, trillernde Gesang der Feldlerchen, blitzend wie Quecksilber, begleitete sie, als sie über den grauen Kreideboden schritt. Auf der Höhe des Hügels drehte sie sich ganz langsam, um das Panorama auf sich wirken zu lassen, den weiten Blick auf die dunstige grüne Hügellandschaft, die in der Ferne mit einem bläulich violetten Horizont verschwamm.

Sie war an diesem Morgen die Erste an der Grabungsstätte. Der Barbury Hill war eine Serie großer konzentrischer Gruben, die von schmalen Erdbrücken unterbrochen waren. In der ersten Grabungswoche hatten sie drei archäologische Gräben angelegt, die jetzt die Erdbrücken und die Gruben dahinter durchschnitten. Die Männer hoben das Erdreich aus und beförderten es mit Karren auf eine Seite der Anlage. Danach begannen die Frauen ihre Arbeit an den Einschnitten in der Wiese, indem sie vorsichtig Kalk und Erde abschabten. Es war, als blätterte man eine Seite in einem Buch um. Man entfernte eine Schicht Erde und entdeckte den Schimmer einer Pfeilspitze aus Feuerstein. Am vergangenen Tag hatten sich in dem Grabenstück, wo Thea arbeitete, die Spitzen einer Geweihhacke gezeigt. Ihre Fingernägel waren inzwischen schwarz von der Erde und ihre Knie voller Kratzer und Schrammen.

Sie empfand einen Anflug von Bedauern über diese Ausbeutung der unberührten Landschaft. Das Grubenwerk war von Menschen geschaffen und im Lauf einer beträchtlichen Zeitspanne erweitert worden. Aber nach Grace' Meinung konnten die Gruben und dieses uralte Land, das über fünftausend Jahre oder länger immer wieder Veränderungen durchgemacht hatte, noch ein wenig mehr aushalten. Wenn die Grabungsarbeiten im Spätsommer abgeschlossen waren, würden sie ihre Werkzeuge und die Funde zusammenpacken, die Gräben auffüllen und das Gras neu aussäen. Innerhalb weniger Jahre würde die Natur die Narben am Barbury Hill tilgen. Das beruhigte Thea.

Sie aß die Rosinen, dann holte sie ihre Schaufel heraus und kniete am Graben nieder. Sie begann, das Erdreich abzuschaben, das die Geweihhacke umschloss. Sie atmete den feuchten, lehmigen Geruch der Erde ein und hörte ferne Stimmen. Ihre Kollegen kamen den Hang herauf. Die Sonne brannte auf sie herunter. Es würde wieder ein heißer Tag werden.

Um zwölf machten sie Mittagspause und setzten sich zum Essen in den Schatten eines Eichenwäldchens am Fuß des Hügels. Lucy verteilte die Post. Mit dem Rücken an einen Baumstamm gelehnt, las Thea Rowans Brief, während sie ihr belegtes Brot kaute.

Katastrophe, schrieb Rowan. *Wir saßen in einem wunderschönen Gasthof im Schwarzwald beim Abendessen, als Christopher mir eröffnete, dass er sich in mich verliebt hat.* Thea rutschte ein wenig zur Seite, um dem gleißenden Sonnenlicht zu entkommen. *Er ist jetzt beleidigt nach England zurückgefahren*, schrieb Rowan weiter. *Ich reise allein weiter. Ich kann noch nicht nach Hause zurückkommen, Thea. Ich kann einfach nicht.*

Als Lucy mit einer Thermosflasche Kaffee vorbeikam, steckte Thea den Brief ein. Sie aßen und redeten und dösten ein wenig, und um zwei Uhr gingen sie alle wieder an die Arbeit. Trotz des breitkrempigen Strohhuts, den sie trug, rann ihr der Schweiß den Rücken hinunter. Eigentlich hätte sie sich ganz auf ihre Arbeit, die Ausgrabung ihres Funds, konzentrieren müssen, aber ihre Gedanken schweiften immer wieder zu Rowans Brief.

»Ich kann noch nicht nach Hause zurückkommen, Thea. Ich kann einfach nicht.« Simon Pembertons Verlobung hatte Rowan tief getroffen. Sie hatten lange darüber geredet, und Thea hatte verstanden, dass Rowan an nichts anderes denken konnte. Immer wieder ging sie alles durch und gelangte stets zu dem gleichen Ergebnis: dass sie zu den Frauen gehörte, mit denen Männer ins Bett gingen, die sie aber niemals heiraten würden; dass alles ihre eigene Schuld war.

Dann hatte Rowan plötzlich verkündet, dass sie vorhabe, mit einem Freund, Christopher Page, auf dem Kontinent auf Reisen zu gehen. »Ich war die ganze Zeit so deprimiert«, hatte sie Thea gestanden. »Ich muss endlich raus.« Nachdem Plätze gebucht und die Koffer gepackt waren, hatte Thea sie zum Bahnhof gebracht.

Die Spitze des Geweihs war freigelegt. Thea nahm einen Backpinsel aus der Tasche und entfernte vorsichtig den weißen Staub. Einer der Jungs, Will, ein paar Jahre älter als sie und alterprobter Teilnehmer der Sommergrabungen, hockte sich neben ihr nieder.

»Das ist ein tolles Stück, das du da hast, Thea«, sagte er.

Die Sonne brannte auf ihre Schultern, aber sie arbeitete unverdrossen weiter. Sie schabte an dem Erdreich, das das andere Ende des Geweihs verkrustete, da, wo sein Besitzer den Griff umfasst haben musste. Ich habe alles falsch gemacht, hatte Rowan zu ihr gesagt. Ich mache immer alles falsch. Rowan sah die Schuld allein bei sich, und egal, was Thea sagte, egal, wie oft sie ihr vor Augen hielt, was für ein egozentrisches Schwein Simon Pemberton war, sie drang nicht zu ihr durch. Genauso lastete sie sich allein ihre Entscheidung an, Patrick zu heiraten. Dass sie Sigrid an dem Unfall vor Corran die Schuld gab, brachte Thea auf den Gedanken, dass sich das Muster schon vor langer Zeit, in Rowans Kindheit, herausgebildet hatte. Der Untergang der *Iduna* und Sigrids Tod hatten Rowan traumatisiert. Sie, Thea, wusste nichts mehr von dem Unglück, doch allein die Vorstellung, wie entsetzlich Rowans Erinnerungen an diesen Tag sein mussten, wühlte sie auf. Rowan lehnte sich selbst ab. Rowan schien auch ihre Mutter abzulehnen, doch sie weigerte sich, darüber zu sprechen.

»Fast geschafft«, sagte Will. Er stand auf und winkte Grace heran.

»Na bitte«, sagte Grace. »Gut gemacht, Thea.«

In dem Zelt, in dem die Funde untergebracht wurden, schrieb Thea ein Etikett für die Geweihhacke und trug den Fund ins Verzeichnis ein. Dann nahm sie ein paar Fotos auf und machte eine Bleistiftzeichnung in ihr Tagebuch. Der Gedanke, dass sie die Erste war, die nach viertausend Jahren dieses Werkzeug wieder in der Hand gehalten hatte, weckte Ehrfurcht in ihr. Man nahm allgemein an, dass diese Hacken von Männern gebraucht worden waren, aber als Thea mit einer zweiten Skizze begann, zeichnete sie unwillkürlich eine Frau, eine kräftige, gedrungene Frau, die mit einem Tierfell bekleidet war. Die schwarzen Haare fielen ihr den Rücken hinunter, der emporgeschwungene Arm holte zum Schlag mit der Hacke aus.

Der Ton von Rowans Brief beunruhigte Thea. »Ich kann noch nicht nach Hause zurückkommen. Ich kann nicht.« Offenbar hatte die Reise Rowan bisher nicht geholfen. Sie befand sich schon seit längerer Zeit in einem seelischen Tief, aus dem sie nicht herauskam, seit dem Tod ihres Vaters. Sie, Thea, musste ihr irgendwie helfen. Ihr schwebte auch schon etwas vor, es beschäftigte sie seit Wochen. Sie war überzeugt, das Schweigen musste gebrochen, die Geheimnisse mussten ans Licht geholt werden. Geheimnisse waren Gift, sie erstickten das Leben.

War es möglich, dass sich hinter der Mrs Torrance, mit der sie bei der Beerdigung ihres Vaters gesprochen hatte, Mrs S. Craxton aus der Gilbert Street verbarg? Sollte sie herauszufinden versuchen, ob die eine mit der anderen identisch war, oder sollte sie es einfach gut sein lassen?

Doch dafür war es schon zu spät. Sie konnte es nicht gut sein lassen, weil nichts gut war. Thea hatte Angst um Rowan. Eigentlich hätte sie glücklich und zufrieden sein müssen, hier, an diesem herrlichen Ort, wo sie genau das tat, was sie sich gewünscht hatte, aber beinahe unablässig plagten sie die Gedanken an Rowan. Der Mensch, den sie auf der Welt am meisten liebte, war nicht glücklich. Und das bedeutete, dass auch sie nicht glücklich sein konnte.

Sie musste der Wahrheit auf den Grund gehen, um Rowans willen und um ihrer selbst willen. Nach einem letzten Blick auf das Geweih schloss sie den Kasten. Um die Gegenwart mit Vernunft betrachten zu können, musste man die Vergangenheit klar sehen. Sie würde den Schleier lüften, der diese Vergangenheit verhüllte.

Rowan und ihre Bekannten, ein englisches Ehepaar namens Winchester und dessen Freund Lucian Cardew, ein Amerikaner, saßen in einer Trattoria in einem Dorf zwischen Fiesole und dem Monte Ceceri. Rowan hatte Lucian und die Winchesters vierzehn Tage zuvor in Mailand kennengelernt. Abends gingen sie zu viert zum Essen aus. Danach kehrten Rowan und Lucian in ihr Hotel in der Via degli Strozzi zurück und schliefen miteinander.

Lucian war neununddreißig, groß, dunkel und schwierig. Er war einmal verheiratet gewesen. Er hasste die Hitze und verbrachte seine Tage eingesperrt in düsteren Salons mit kühlen Marmorböden, wo er las und trank. Rowan fühlte sich genötigt, die Sehenswürdigkeiten von Florenz kennenzulernen, obwohl auch sie die Hitze, den Staub, die Fliegen und, vor allem, die Männer leid war, die ihr »Bella,

bella« hinterherriefen und sie mit Einladungen ins Restaurant ihrer »Nonna« bedrängten.

Die Terrasse blickte auf einen steilen Hang, an dem tintenschwarze Zypressen mit einem Himmel verschmolzen, dessen Farben von lichtem Rosa bis zu tiefem Violett reichten. Sie waren eigens aus der Stadt hinausgefahren, um der Hitze zu entkommen, doch Rowan hatte den Eindruck, sie hätten sie in all ihrer Schwüle und Stickigkeit mit sich genommen. Es war spät, und die Tische leerten sich. Sie waren bei Kaffee und Likör angelangt, und eine gewisse Müdigkeit breitete sich aus. Die Männer, die ziemlich betrunken waren, begannen, die Kekse, die der Kellner ihnen zu den Getränken gebracht hatte, über die steinerne Balustrade zu werfen, wobei einer den Wurf des anderen an Weite zu übertreffen suchte.

»Sie sind furchtbar, nicht wahr?«, sagte Fay Winchester zu Rowan. »George und Lucian, sie benehmen sich wie die Pennäler.«

»Fünf Pfund, dass du diesen Felsen nicht triffst.«

»George, wirklich!« Fays kleine blaue Augen blitzten.

»Die verdammten Kekse sind alle. Ober!« George – stämmig, rosiger Teint und rundes Gesicht – schnippte mit den Fingern. »Noch eine Portion Kekse.«

»So kindisch«, murmelte Fay. Sie stand auf und stellte sich, die Arme auf die Balustrade gestützt, neben Lucian, als dieser sein Ziel anvisierte.

Rowan blieb am Tisch sitzen. Sie fühlte sich abgeschnitten von den anderen. Eigentlich hätte sie sich amüsieren müssen, aber so war es nicht, und auch der Gedanke an die Rückkehr nach Florenz war ihr kein Trost. Sie hatte genug von staubigen Spaziergängen durch die Boboli-Gärten, wo es keinen Grashalm gab, der nicht verdorrt war, und von den Besichtigungen des Doms. Sie war der Stadt müde, sie musste weiter. Aber wohin? Ihr Geld wurde knapp.

Ein Fluch von George und Applaus von Fay rüttelten sie auf.

»Fünf Pfund bitte, Winchester«, sagte Lucian.

George kramte in seiner Brieftasche. »Ich habe nur blöde Lira.«

»Dann verlange ich ein Pfand. Aber was … mal überlegen. Ich weiß, eine Haarlocke deiner Frau.«

Fay kreischte und schlug theatralisch die Hände über dem Kopf zusammen, als Lucian ein Taschenmesser zückte. »Lucian! Du Ungeheuer!« Die anderen Gäste starrten zu ihnen herüber.

Mit einem schnellen, sauberen Schnitt trennte Lucian eine Strähne platinblondes Haar ab und streckte sie einer Trophäe gleich in die Höhe. Sie glänzte im Mondlicht wie ein silbernes Band.

Mit einem unterdrückten Aufschrei griff Fay sich an den Kopf. »Meine Haare …« Diesmal war sie wirklich entsetzt.

»Man sieht es nicht«, tröstete Rowan sie, obwohl man es sehr wohl sah.

»Du hast Nerven«, sagte George wütend.

Lucians dunkle Augen strahlten. »Ach, komm, reg dich nicht auf, alter Junge.«

Der Oberkellner kam zielstrebigen Schrittes über die Terrasse auf ihren Tisch zu. »Wir sollten gehen.« Rowan stand auf. »Bevor sie uns rauswerfen.«

Die Frauen nahmen ihre Seidenstolen und ihre Handtäschchen; Lucian warf ein Bündel Scheine auf den Tisch. Auf dem Weg hinaus sagte George: »Wer zuerst in Florenz ist, Cardew. Um einen Zehner diesmal. Und ich bekomme die Haarlocke zurück.«

Lucian antwortete mit seinem trägen Lächeln. »Mit Vergnügen.«

Er nahm Rowans Hand, als sie den Winchesters den Hügel hinunter zu den Autos folgten. Vor ihnen klapperten Fays hohe Absätze auf der schmalen gepflasterten Straße.

»Amüsierst du dich, Rowan?«, fragte Lucian.

»Nicht so recht.«

Wieder lächelte er. »Du solltest es machen wie ich. Jedem Vergnügen, das sich finden lässt, das Beste abgewinnen und die Ernüchterung gleich einkalkulieren. Die meisten Menschen sind naturgemäß Durchschnitt. Verdammt, er ist schon unterwegs.«

Der grüne Jaguar der Winchesters schoss in Staubwolken gehüllt vom Dorfplatz. Lucian öffnete die Tür seines Alfa-Romeo-Cabrios, und Rowan stieg ein. Das helle Licht des Vollmonds begleitete ihre Fahrt durchs Dorf. Sie fühlte sich Lucian weit entfernt, als sie auf die Landstraße hinausfuhren, die durch das Umland Fiesoles führte. Die vom silbrigen Mondschein übergossene toskanische Landschaft zeigte sich in herzergreifender Schönheit, doch sie fühlte nichts. Sie hatte diese Reise unternommen, um Trauer und Niedergeschlagenheit zu entfliehen, doch sie schien sie überallhin mitzuschleppen.

Auf einem geraden Stück Straße entdeckten sie nicht weit vor sich den Jaguar. Lucian trat das Gaspedal durch, der Motor des Alfa röhrte, als der Wagen Tempo gewann, und Rowan empfand die halsbrecherische Geschwindigkeit beinahe als willkommene Abwechslung. Die Zypressen flogen vorbei wie die Bilder eines Daumenkinos. In der Dunkelheit zu beiden Seiten der schmalen Scheinwerferbahn hätte alles verborgen sein können.

Als sie um eine Kurve rasten, bemerkte Rowan ein Fahrzeug, das ihnen entgegenkam. »Lucian! Pass auf!«, schrie sie.

Er zog den Alfa auf den Straßenrand und entging einem Zusammenstoß um Haaresbreite. »Das macht Spaß, nicht?«, rief er in den Motorendonner hinein. »Ist doch ein Heidenspaß, oder?«

Sie hatte jetzt Angst. »Fahr langsamer«, bat sie ihn. »Lucian, bitte, fahr langsamer.«

Hinter der nächsten Kurve sichteten sie den Jaguar.

»Jetzt hab ich ihn!« Lucian schlug begeistert aufs Lenkrad.

Ein tiefes Schlagloch gähnte auf ihrer Straßenseite. Lucian riss am Steuer, um auszuweichen, und Rowan spürte das seitliche Abgleiten der Hinterräder. Fluchend versuchte Lucian, den schlingernden Wagen unter Kontrolle zu bringen. Es schien, als wären sie in einen Strudel geraten. Rowan schrie, als der Wagen von der Fahrbahn abkam und über den Straßengraben geschleudert wurde. Sie wurde heftig nach vorn geworfen; Metall krachte. Die Wucht des Aufpralls presste ihre Lunge zusammen. Sie hörte das Surren der Räder und das Heulen des Motors, während sie krampfhaft nach Luft rang.

Sie öffnete die Augen. Sie war in den Fußraum geschleudert worden und irgendetwas stach ihr ins Gesicht. Die Scheinwerfer brannten nicht mehr, es war stockfinster.

»Lucian«, keuchte sie.

Er antwortete nicht. Sie kämpfte sich zum Sitz hinauf. Der Wagen hing schräg. Ihr schoss der Gedanke durch den Kopf, dass er hinausgeschleudert worden war. »Lucian.« Ihre Stimme zitterte. Sie tastete nach ihm.

Ihre Finger berührten den Ärmel seines Jacketts. Er stöhnte. Rowan sandte einen verzweifelten Blick zur Straße.

Ihre Hoffnung, dort George Winchesters Jaguar zu sehen, wurde enttäuscht. Alles war dunkel.

Im Handschuhfach entdeckte sie eine Taschenlampe. Der Lichtschein erleuchtete das Innere des Wagens, das übersät war von Laub und abgebrochenen Ästen. Die Motorhaube des Alfa war von einem Baum zusammengedrückt worden wie eine Ziehharmonika. Jeder Gedanke daran, loszufahren, um Hilfe für Lucian zu holen, war illusorisch. Der Wagen war nur noch ein Wrack.

Lucian hing über dem Lenkrad. Als Rowan seine Stirn berührte, spürte sie das Blut. Sie neigte sich zu ihm hinüber und schaltete die Zündung aus. Er stöhnte wieder.

»Ich bin hier, Lucian«, sagte sie und versuchte, ruhig zu erscheinen. »Mach dir keine Sorgen, es wird alles gut.«

»Ich Idiot«, murmelte er. »Tut mir leid.«

»Liebling, das wird schon wieder.«

Mühsam richtete er sich auf und lehnte sich in den Sitz. Sein Gesicht war schmerzverzerrt. Die Platzwunde an seiner Stirn blutete stark. Rowan war vor Ewigkeiten einmal bei den Pfadfindern gewesen und hatte Erste Hilfe gelernt. Mit den Zähnen riss sie den Saum ihrer Seidenstola auf, trennte einen Stoffstreifen ab und verband damit die Stirnwunde. Sie spürte den schnellen Schlag seines Pulses und breitete das Reiseplaid über ihm aus, als sie merkte, wie er fröstelte.

Angst erfasste sie plötzlich. Vielleicht hatte er einen Schädelbruch. Das Lenkrad konnte seine Rippen gequetscht oder einen Lungenflügel verletzt haben. Vielleicht hatte er innere Blutungen und verblutete ihr unter den Händen. Sie fasste einen Entschluss.

»Lucian, ich muss versuchen, Hilfe zu holen«, sagte sie. »Ich komme wieder, so schnell ich kann, das verspreche ich dir. Kann ich irgendetwas für dich tun?«

»Mein Kopf tut so weh«, flüsterte er. »Und meine Schulter …«

»Ich weiß, Liebling. Warte, ich versuch, es dir ein bisschen bequemer zu machen.« Vorsichtig las sie die Ästchen und Blätter ab, die an ihm hingen, dann kniete sie sich auf den Sitz und versuchte, ihn besser zu lagern.

»Ist es gut so?«

»Ja.« Er schnappte nach Luft. Seine Augen waren geschlossen. »Du bist wunderbar, Rowan.«

»Ich gehe jetzt, aber ich bin gleich wieder da.«

Sie kletterte aus dem Auto und lief die Straße hinauf, während sie die Taschenlampe von Seite zu Seite schwenkte, in der Hoffnung, ihr Licht würde ihr ein Bauernhaus oder irgendeine andere Behausung zeigen. Aber sie sah nur Felder und Bäume und die Zypressen, wie schwarze Grabsteine. Sie rannte weiter bis zur nächsten Kurve und betete, dass sich irgendwo in der verlassenen dunklen Landschaft ein erleuchtetes Fenster zeigen würde, aber sie sah nichts.

Sie lief zum Auto zurück. »Lucian, wie geht es dir?«

Er war wieder tiefer in den Sitz gerutscht. Seine Lider zuckten, und er murmelte Unverständliches.

»Es kommt bestimmt bald jemand vorbei«, sagte sie mit gespielter Zuversicht. »Dann holen wir einen Arzt, und alles ist gut.«

Der provisorische Verband war von Blut durchtränkt. Sie riss einen frischen Streifen von ihrer Stola. Im Auto roch es nach Benzin und Blut. Obwohl die Nachtluft schwül war, fühlte sich Lucians Haut kalt an unter ihren Fingern. Sie legte einen Arm um ihn, um ihn zu wärmen. Als sie seinen Namen sagte, reagierte er nicht, und sie sah, dass seine Augen geschlossen waren.

Sie war allein. Sie sah plötzlich Thea vor sich, wie sie vor

Corran von den Wellen hin und her geworfen wurde, das Gesicht bleich, die Augen geschlossen. Die ganze Zeit, während Rowan der Küste entgegengeschwommen war, hatte sie Angst gehabt, Thea wäre schon tot. Sie schüttelte die Erinnerung ab. Wenn sie jetzt an Corran dachte, würde sie zusammenklappen, damit würde sie Lucian am wenigsten helfen. Sie kniete sich auf den Sitz und sah wieder nach dem Verband. Die Blutung schien nachgelassen zu haben.

Dann hörte sie ein Geräusch und blickte zur Straße hinauf. Im ersten Moment sah sie gar nichts, aber als das Geräusch lauter wurde, erkannte sie in einem Taumel der Erleichterung, dass es der Hufschlag eines Pferdes war.

»Hilfe!«, schrie sie, so laut sie konnte. »Bitte helfen Sie mir!« Sie kletterte aus dem Wagen.

Im Schein der Taschenlampe, die sie verzweifelt hin und her schwenkte, sah sie ein Pferdefuhrwerk die Straße heraufkommen, das mit Holzfässern beladen war. Es hielt neben dem verunglückten Auto an. Der Kutscher, ein breitschultriger Mann mit zottigen schwarzen Haaren, musterte den Wagen und sagte ein paar italienische Worte zu Rowan, von denen sie nur »morto« verstand.

»Nein, nein, er ist nicht tot. Er braucht einen Arzt.« Sie suchte nach dem Wort. »Dottore! Per favore! Bitte, Sie müssen uns helfen.«

Die Fässer wurden auf die Seite geschoben; gemeinsam hoben Rowan und der Kutscher Lucian aus dem Auto. Er schrie, als sie ihn bewegten, ein entsetzlicher Laut, dann verlor er wieder das Bewusstsein. Sie legten ihn auf die Pritsche, Rowan hüllte ihn in die Decke, so gut es ging, und hockte sich neben ihn.

Die Fahrt auf dem rumpelnden Wagen erschien ihr endlos. Sie war froh, dass Lucian bewusstlos war und das Rütteln und Schütteln des Fuhrwerks nicht mitbekam. Als sie endlich Fiesole erreicht hatten, hielt der Kutscher vor einer Villa an. Er hämmerte an die Haustür, zunächst ohne Erfolg, aber dann öffnete doch jemand – ein Dienstbote, vermutete Rowan.

Der Dienstbote und der Kutscher trugen Lucian ins Haus, durch einen gefliesten Korridor in eine Küche, wo sie ihn auf einem Tisch niederlegten. Eine ältere Frau im Morgenrock und mit aufgedrehten Haaren erschien und sagte auf Englisch mit starkem italienischem Akzent zu Rowan: »Der Doktor kommt bald.« Dann ging sie wieder hinaus. Der Dienstbote folgte ihr wenig später.

Allein mit Lucian, setzte Rowan sich auf einen Stuhl neben den Tisch. Die Küche war geräumig und sparsam eingerichtet, Licht spendeten nur Petroleumlampen. Die Stirnwunde hatte wieder zu bluten begonnen. Rowan suchte ein Geschirrtuch und drückte es auf Lucians Stirn.

Dann kehrte der Dienstbote zurück, diesmal in Begleitung des Arztes, eines rundlichen, kleinen Mannes in Schwarz. Er sah sich Lucian an, schüttelte bedächtig den Kopf und öffnete dann seinen Koffer.

»Sie bleiben.« Er wies auf Rowan. »Sie müssen mir assistieren. Sie werden doch nicht …« Er mimte eine Ohnmacht.

»Aber nein«, antwortete sie mit fester Stimme.

»Sie sind nicht verletzt, Signora?« Er nahm ein Stethoskop aus dem Koffer.

»Nein, ich glaube nicht.«

Der Arzt sprach etwas Englisch, Rowan ein wenig Italienisch, beide sprachen ganz passabel Französisch. Der Dienstbote blieb ebenfalls und leuchtete ihnen mit einer Petroleumlampe. Rowan hielt Lucians Kopf, während der

Arzt die Wunde nähte. Als er danach die verletzte Schulter versorgte und den Arm mit einer Schlinge fixierte, konnte sie dem stöhnenden Lucian nur die Hand halten.

Danach trug der Arzt zusammen mit dem Dienstboten Lucian in ein anderes Zimmer, wo ein Bett wartete. Als er zu Rowan zurückkam, sagte er: »Gennaro bleibt jetzt bei Signor Cardew. Ich komme morgen früh wieder, dann sehen wir, wie es ihm geht. Es ist möglich, dass er innere Verletzungen erlitten hat.« Dabei berührte er seinen Bauch und seine Brust. »Wenn nötig, lasse ich ihn in ein Krankenhaus in Florenz bringen. Aber er ist jung und kräftig, beten wir, dass er sich schnell erholt. Er hat Glück gehabt, es hätte viel schlimmer sein können.« Er lächelte ihr zu. »Sie sind eine gute Assistentin, Signora. Das haben Sie gut gemacht. Aber jetzt brauchen Sie erst einmal Ruhe.«

Gennaro führte Rowan in ein kleines Zimmer im ersten Stock. Sie dankte ihm, dann schloss sie die Tür und setzte sich aufs Bett. Sie fühlte sich erschöpft und ausgelaugt von der Angst der letzten Stunden. Bei einem Blick in den Spiegel über der Kommode sah sie, dass ihr Gesicht voller Kratzer und Schrammen war.

Auf dem Nachttisch hatte jemand ihr ein Tablett mit einem Glas Rotwein und einem Teller Kekse hingestellt. Ein Handtuch und ein Nachthemd lagen auf dem Fußende des Bettes. Rowan tauchte das Handtuch in die Schüssel auf dem Waschtisch und tupfte ihr Gesicht ab; die tiefen Schrammen taten jetzt weh. Sie trank den Rotwein und aß einen Keks. Dabei musste sie an Lucian und George und ihr albernes Spiel in der Trattoria denken. Ihre Hände zitterten, als sie sich mühte, den Reißverschluss ihres Kleides zu öffnen, das schmutzig und voller Risse war, aber sie schaffte es schließlich und zog sich dann das Nachthemd über.

Todmüde legte sie sich auf dem Bett nieder, aber an Schlaf war nicht zu denken. Ihr war kalt bis ins Innerste, trotz der warmen Nacht, und selbst als sie die Decke bis zum Kinn hochzog, hörte das Frösteln nicht auf.

Jetzt konnte sie die Erinnerungen nicht mehr zurückhalten. Sie brachen über sie herein wie die Strömung, die durch die Meerenge zwischen Corran und dem Festland drängte. Sie war wieder dreizehn Jahre alt, und sie war auf der Insel und schrie ihre Mutter an. »Ich hab dich mit dem Mann gesehen! Ich hab gehört, was er gesagt hat. Ich hasse dich. Ich hasse das alles hier.« Die Worte waren unauslöschlich, und sie wusste, dass sie sich ihr Leben lang ihrer erinnern würde.

Dann waren sie am Strand. Ihre Mutter zog ihr Ölzeug über und befahl ihr und Thea, aufs Boot zu gehen. Es regnete in Strömen, und die Wellen schäumten weiß, als die *Iduna* von Portmore ablegte. Sigrids lange, helle Haare flatterten im Wind, während sie mit dem Segel und Ruder manövrierte, und ihr schönes Gesicht war verzerrt vor Anstrengung und Schmerz.

Es ging alles so schnell. Auf einmal war sie im Wasser. Die Wellen schlugen über ihr zusammen, und die eisige Flut spülte alles weg, außer Angst und Entsetzen. Sie hatte Wasser in Mund und Nase, und sie bekam keine Luft, und sie konnte Mama und Thea nicht sehen und wusste nicht, in welche Richtung sie schwimmen sollte, um an die Oberfläche zu gelangen. Sie sackte immer tiefer ab. Unaufhörlich dröhnten ihre eigenen Worte ihr in den Ohren.

Ich hasse dich. Ich hasse dich.

10

Juli–August 1939

Sophies Untermieter, ein junger Mann namens Roland Toft, war zur militärischen Ausbildung einberufen worden. Stuart half Sophie bei der Vorbereitung des Zimmers für den nächsten Mitbewohner, diesmal eine Frau mittleren Alters.

Sie hatten das Bett abgezogen und den Boden geputzt. Stuart schrubbte jetzt ein Stück Teppich, wo Mr Toft Kaffee verschüttet hatte, und Sophie nahm die Fenster in Angriff.

Ihr Blick fiel auf eine Gestalt, die auf der Straßenseite gegenüber stand, und einen Moment schien ihr das Herz stillzustehen. Die Hand, die das Fensterleder hielt, erstarrte. Konnte sie das sein? Nein, ausgeschlossen, alles Einbildung. Aber dann bewegte sich die junge Frau ein wenig, und da wusste sie, dass sie es war.

Sie hatte wohl einen Laut von sich gegeben, denn Stuart sprang auf und kam zu ihr. »Ist irgendwas, Mom?«

Sie schüttelte kurz den Kopf, unfähig, den Blick zu wenden. »Da«, flüsterte sie.

Stuart schaute zum Fenster hinaus. »Ich sehe nichts.« Doch dann runzelte er die Stirn und sagte fragend: »Mum?«, und sein Blick kehrte zu ihr zurück. Sophie blieb stumm, stand wie angewurzelt, während Stuart die Scheuerbürste hinwarf und aus dem Zimmer lief.

Sie hörte, wie er unten die Haustür aufzog und hinter sich schloss, und starrte weiter aus dem Fenster, während Stuart über die Straße zu der jungen Frau hinüberlief. Sie sprachen einen Moment miteinander, dann gingen sie zusammen weg. Stuart und Thea Craxton.

Später, auf dem Weg durch Covent Garden, rief Thea sich ins Gedächtnis, was Stuart ihr erzählt hatte. Wie nett er gewesen war, dachte sie, bevor sie erneut daran denken musste, dass Stuarts Mutter, Sophie Craxton oder Torrance, wie immer man es sehen wollte, über neunzehn Jahre mit ihrem Vater, oder vielmehr ihrem und Stuarts Vater, verheiratet gewesen war – gewissermaßen jedenfalls. Die Ehe war ungültig, weil Hugh zum Zeitpunkt der Trauung noch mit Sigrid verheiratet gewesen war, bis diese gestorben war. Und nun war auch Hugh tot. Das hieß, dass Stuarts Mutter nie Sophie Craxton gewesen war, sondern, ohne selbst davon zu wissen, immer Sophie Torrance geblieben war.

Stuart war offenbar ein Mensch, der, genau wie Thea, gern klare Verhältnisse schuf. Es ergab sich fast von selbst, dass sie sich in ein Café setzten und dort eine kleine Ewigkeit damit zubrachten, Zeiten und Daten auszutauschen und Zusammenhänge aufzudecken. Hugh hatte Sigrid 1912 geheiratet. Stuarts Mutter, Sophie, hatte er dann 1918 geheiratet. Rowan war im Jahr des Kriegsbeginns zur Welt gekommen, Duncan ein Jahr nach Ende des Krieges. Sie selbst und Stuart trennte nur ein Jahr.

»Zwei Babys«, sagte Stuart und verdrehte die blauen Augen. »Da muss er eine Menge um die Ohren gehabt haben.«

Flüchtig hatten sie überlegt, warum Hugh nicht nach Sigrids Tod Sophie geheiratet und Ordnung in sein Leben gebracht hatte, aber die Antwort lag natürlich auf der Hand. Hugh hätte Sophie nicht ein zweites Mal heiraten können, ohne ihr zu bekennen, dass die erste Eheschließung nie rechtskräftig gewesen war. Sie waren sich beide einig darin, dass Hugh Craxton kein Mensch gewesen war, der gern eigenes Unrecht eingestand. Und vielleicht gewannen solche Dinge auch eine Eigendynamik. Hatte man einmal gelogen, fuhr man fort zu lügen. Man vergaß, der hübschen Krankenschwester, in die man sich verliebte, zu sagen, dass man Frau und Kind hatte, und das führte zur Erfindung einer Londoner Firmenfiliale, eines praktischen Freundes in den Highlands sowie zur Vertuschung der finanziellen Schwierigkeiten, in denen man steckte, und aller möglichen anderen Dinge.

»Als ich noch klein war, haben Dad und ich oft so ein Spiel gespielt«, erzählte Stuart, bevor sie sich trennten. »Ich durfte zusehen, wie er im Wohnzimmer irgendetwas versteckte, eine Münze, einen Würfel, eine Zwirnrolle. Dann musste ich raten, wo es versteckt war, und ich täuschte mich jedes Mal. Wenn ich mir sicher war, dass es irgendwo auf dem Regal lag, steckte es in Wirklichkeit in seiner Hosentasche und so. Taschenspielerei nannte er das. Er war wirklich gut darin. Ich frag mich, ob alles ein Spiel für ihn war, Thea, ein großes Verwirrspiel, das ihn von all den Dingen ablenkte, über die er nicht nachdenken wollte.«

Thea sperrte die Tür zu Rowans Wohnung auf. Peggy war nicht da, und das war gut so; sie hätte nicht gewusst, was sie ihr erzählen sollte. Sie hatte vergessen, die Eier zu kaufen, die sie eigentlich zum Abendessen hatte mitnehmen wollen; nun ja, so etwas passierte, wenn man stundenlang mit einem Halbbruder redete, von dessen Existenz man bis dahin keine Ahnung gehabt hatte.

Sie hielt in der fast gähnend leeren Speisekammer Umschau, als sie draußen im Treppenhaus Schritte hörte. Überall hätte sie diesen Schritt erkannt.

Sie riss die Tür auf. Rowan stand vor ihr, noch dabei, in ihrer Handtasche zu kramen. Sie trug ein zerknittertes cremefarbenes Leinenkostüm und hatte ihren Koffer neben sich abgestellt. Eine Seite ihres Gesichts war voller Kratzer, die zu dünnen rosigen Linien auf Stirn und Wange verheilt waren.

»Rowan«, rief sie im selben Moment wie Rowan »Oh, Thea« sagte. Und sie fielen einander in die Arme.

»Was ist mit deinem Gesicht? Rowan, was ist da passiert?«

Rowan berichtete von dem Autounfall in Italien, während Thea Kaffee machte. »Der Mann, bei dem ich im Wagen saß, Lucian, wurde ziemlich schwer verletzt. Ich bin bei ihm geblieben, bis seine Schwester, die in Paris lebt, nach Fiesole kommen konnte. Er wird wieder gesund, aber es wird wohl eine Weile dauern.« Sie strich sich mit den Fingerspitzen über die rechte Gesichtshälfte. »Das hier ist nicht schlimm. Da bleiben vielleicht ein paar kleine Narben, sonst nichts. Als Lucians Schwester mich ablösen konnte, bin ich abgereist. Mein Geld wurde sowieso knapp, und außerdem hatte ich Sehnsucht nach zu Hause.« Sie lächelte schief. »Ich hatte das Ausland so satt, Thea. Du kannst es dir nicht vorstellen. Ich habe mir sofort eine Bahnkarte nach London gekauft und wollte die ganze Fahrt nur schlafen. Ich hatte ja kaum ein Auge zugetan, als es Lucian so schlecht ging. Aber in Mailand, wo ich umsteigen musste, merkte ich, dass mir mein Portemonnaie gestohlen worden war. Mein ganzes Geld war weg und die Bahnkarte auch. Es war furchtbar.«

»Und was hast du gemacht?«, fragte Thea.

»Geheult.« Rowan schenkte den Kaffee ein und reichte Thea eine Tasse. »Ich hab mich neben meinem Koffer auf den Bahnsteig gehockt und geheult.«

»Ach, Rowan.«

»Aber dann fragte mich eine nette Frau, ob sie mir helfen könnte. Eine Engländerin, älter als ich – da habe ich erst richtig losgeheult. Es ging gar nicht mehr nur um mein gestohlenes Portemonnaie, es ging um alles andere, den Unfall, die ganze Misere hier – Patrick, Simon –, einfach alles.«

»Du Arme. Gut, dass du jetzt zu Hause bist.«

Rowan rührte Zucker in ihren Kaffee. »Vieles«, sagte sie leise, »war meine eigene Schuld. Ich habe mir die ganze Suppe selbst eingebrockt. Ich weiß nicht, was ich getan hätte, wenn die Engländerin nicht gewesen wäre. Ich hatte schon Angst, ich müsste zum britischen Konsulat gehen. Ich sah mich schon meinen Koffer kreuz und quer durch Mailand schleppen, total orientierungslos mit meinem schlechten Italienisch. Und es war so heiß. Ich weiß jetzt, dass ich die Hitze hasse, Thea. Kurz und gut, die Frau bot mir an, mir das Geld für eine Bahnkarte zu leihen. Sie wollte selbst am Nachmittag nach London zurückreisen und schlug vor, dass wir zusammen fahren.«

»Das war wirklich nett.«

»Ja, und ich war so erleichtert und dankbar.«

Fremde konnten manchmal unerwartet großherzig sein. Tränen schossen Thea in die Augen, als sie an Stuart dachte, der einfach über die Straße gekommen war, um mit ihr zu reden, der so offen und aufmerksam gewesen war. Obwohl es für ihn ja irgendwie viel schlimmer gewesen sein musste zu erfahren, dass ihr gemeinsamer Vater ein Bigamist gewesen war – er und sein Bruder waren außerehelich, nicht sie und Rowan –, war er auf sie zugegangen. »Ich kann mir vorstellen, was für ein Schock es für dich sein muss, plötzlich zu hören, dass du zwei versprengte Brüder hast. Komm, da unten ist ein Café. Trinken wir einen Tee zusammen, was meinst du?«, hatte er vorgeschlagen.

»Von Mailand bis London ist es eine lange Fahrt«, erzählte Rowan weiter. »Ich hatte reichlich Zeit zum Nachdenken. Ich dachte natürlich über Lucian nach und darüber, dass ich meine Zeit immer wieder an Männer verschwende, die ich überhaupt nicht liebe. Ich weiß nicht einmal, ob ich ihn überhaupt besonders gemocht habe. Und natürlich habe ich über Simon nachgedacht. Hätte ich nicht so dringend nach Liebe gesucht, hätte ich Simon nehmen können, wie er ist, und es wäre vielleicht ein nettes Abenteuer gewesen. Aber so hat er mir das Herz gebrochen. Und Patrick hätte ich niemals heiraten dürfen. Er ist ein guter Kerl, aber wir passten überhaupt nicht zusammen. Ich war blutjung und dachte, in der Ehe würde ich ruhiger werden. Aber ich bin viel zu rastlos für jemanden wie ihn. Und er konnte mich ja auch nicht so lieben, wie ich geliebt werden möchte.« Rowan strich glättend über ihren Rock. »Und ich habe viel an Mama gedacht. Wie bei mir letzten Endes immer alles auf Mama zurückgeht und auf das, was damals auf Corran passiert ist.«

»Rowan«, sagte Thea sanft. »Du musst jetzt nicht darüber reden.«

»Doch.« Rowans Blick zeigte ihre Anspannung. »Wenn ich es jetzt nicht tue, schaff ich's nie. Ich hätte es dir schon längst erzählen müssen.«

»Was denn?«

»Das von Mama und Corran. Von dir. Die Wahrheit. Du hast ein Recht darauf, sie zu erfahren.«

Thea spürte einen Anflug von Furcht bei Rowans Worten. Nach ihren Erlebnissen an diesem Tag war ihr die Neugier erst einmal vergangen. Verwirrt fragte sie sich, ob Rowan von Sophie wusste, wusste, dass ihr Vater die ganze Zeit eine zweite Familie gehabt hatte – aber nein, das konnte es nicht sein, woher sollte sie das wissen.

»Ich war so lange nur wütend auf Mama«, sagte Rowan. »Ich glaube, dass ich ihr ähnlich bin, und die Vorstellung machte mich noch wütender. Ich bin rastlos und ungeduldig wie sie, und ich kann mich offensichtlich nicht für einen Mann entscheiden. Aber vielleicht verstehe ich sie jetzt besser. Vielleicht kann ich begreifen, warum sie so handelte. Mama hatte eine Affäre, Thea, mit einem Mann, der auf der Insel lebte.«

Thea wollte etwas sagen, aber sie konnte nicht. Zu viel war an diesem Tag schon auf sie eingestürmt, noch mehr konnte sie jetzt nicht verarbeiten. Stumm starrte sie ihre Schwester an.

»Am letzten Tag auf Corran habe ich Mama mit ihrem Liebhaber reden hören«, sagte Rowan. »Es hatte angefangen zu regnen, und ich bin schnell raufgelaufen zum Haus, um unsere Regenmäntel zu holen. Dich hatte ich bei den anderen Kindern am Strand gelassen. Mama war nicht im Haus, also hab ich sie gesucht. Ich habe sie im Garten gesehen – mit einem Mann. Sie weinte. Es goss in Strömen, und sie haben gestritten. Er wollte, dass sie Dad verlässt. Er hat sie angefleht. Und sie sagte, sie könne das nicht tun, wegen uns, dir und mir.«

Thea sagte: »Das ist alles so lange her, das spielt doch jetzt keine Rolle mehr.«

»Leider doch. Für dich spielt es eine Rolle.«

Kümmerte es sie überhaupt, dass ihre Mutter, wie Rowan sagte, auf Corran einen Liebhaber gehabt hatte? Nein, nicht besonders. Es war lange her. Nur zwei Stunden waren vergangen, seit Stuart ihr erzählt hatte, dass ihr Vater 1918 Sophie geheiratet hatte. Zu der Zeit also, als Sigrid das Ferienhaus auf Corran gekauft hatte, konnte ihre Ehe nicht mehr glücklich gewesen sein, um es milde auszudrücken. Sigrid hatte nur ein kurzes Leben gehabt. Warum sollte man ihr nicht ein bisschen Glück gönnen?

»Doch«, wiederholte Rowan, »für dich spielt es eine Rolle, Thea. Eine weit größere als für mich«, und Thea dämmerte, was Rowan ihr zu sagen versuchte.

»Als Mama erklärte, dass sie Dad wegen dir und mir nicht verlassen könne, sagte er – ihr Liebhaber: ›Aber Thea ist meine Tochter, nicht Hughs.‹«

Rowan redete weiter, aber Thea hörte kaum ihre Worte. Thea ist meine Tochter, nicht Hughs. Sie ging zum Fenster und blickte hinaus zu dem Fleckchen Garten, der Wäsche, die auf der Leine hing, der schwarzen Katze, die zwischen den Nelkenkübeln umherstrich. Sie sagte sich, dass das Leben weiterging und nicht alle Tage sein würden wie dieser.

»Thea ist meine Tochter, nicht Hughs.« Sie wollte Rowan sagen, dass sie sich irren müsse, dass sie damals ein Kind gewesen sei, dass das Unglück auf Corran sich vor mehr als einem Jahrzehnt ereignet hatte, dass das Gedächtnis einem gern Streiche spielte. Doch im nächsten Moment packten sie Zweifel. Sie sah Rowan – hochgewachsen und rothaarig wie Hugh –, und sie sah sich – klein, zierlich, dunkel. Rowan war ein Ass beim Skilaufen und beim Tennis, bei gesellschaftlichen Veranstaltungen stets umworben, während sie selbst Feste und Feierlichkeiten hasste und in der

Schule kein einziges Mal für ein Sportteam ausgewählt worden war. Leute, die ihr begegneten, nachdem sie Rowan kennengelernt hatten, sagten häufig mit einem enttäuschten Unterton: »Sie haben gar keine Ähnlichkeit mit Ihrer Schwester.« Auch der widerwärtige Simon Pemberton hatte so reagiert.

Rowans kleine, ängstliche Stimme drang zu ihr durch. »Ich konnte dir das nicht sagen, als Dad noch lebte. Es hätte ihm so wehgetan. Das verstehst du doch, oder?« Und dann: »Sie hat ihn betrogen. Er war ein guter Mensch, und *sie* hat ihn betrogen.«

Thea drehte sich um. Rowan saß auf dem Sofa. Die Narben in ihrem Gesicht hoben sich wie rosa Farbstriche von ihrer weißen Haut ab. Thea dachte, welch schreckliche Belastung ein Geheimnis sein konnte, und ihr Herz quoll über vor Liebe und Mitgefühl mit ihrer Schwester.

»Vielleicht war es ganz anders«, sagte sie.

Am Montag fuhr Thea zurück nach Wiltshire. Sie brauchte die Struktur und die Ablenkung, die ihre Arbeit ihr boten, und sie brauchte die Zeitlosigkeit der Landschaft. Sie brauchte die Fainlights und die anderen, die sowohl Kollegen als auch Freunde waren. Und sie brauchte etwas, das sie fesselte, die Beschäftigung mit vergangenen Kulturen, die es zu entdecken und erforschen gab; etwas, das jenen Teil ihres Denkens besetzte, der sich seit dem Gespräch mit Rowan endlos im Kreis drehte.

Während ihrer Abwesenheit hatten sie in einem der Grubenwerke einen weiteren Graben ausgehoben. Gebeine, von Tieren wie Menschen, kamen zum Vorschein, wie von der Erde ausgespien. Der Schenkelknochen eines Kriegers, die Fingerknochen einer Frau, die Samen und Beeren gesammelt hatte, um für Nahrung zu sorgen, und die skelettierten Überreste eines Säuglings mit Fußknöchelchen wie winzige Perlen.

Mittags legten sie stets ihre Werkzeuge nieder und setzten sich zum Essen in das Eichenwäldchen. Häufig drehten sich in diesem Sommer 1939 die Gespräche um den Ausbruch eines Krieges. Im März hatte Hitlers Wehrmacht die sogenannte Rest-Tschechei besetzt, die nach der Liquidierung der Tschechoslowakei übrig geblieben war. Im Mai hatte Deutschland mit Mussolinis Italien einen Bündnisvertrag, den Stahlpakt, geschlossen.

Einer der Archäologen, Geoffrey, hatte im Großen Krieg einen Arm verloren. Er war allgemein ziemlich wortkarg, aber Thea fiel auf, dass es Gespräche gab, an denen er sich bewusst nicht beteiligte. Einmal sprachen sie mittags über Hitlers Anspruch auf den polnischen Korridor, jenen Streifen Land, über den Polen Zugang zur Ostsee hatte und der das deutsche Ostpreußen vom Rest Deutschlands abtrennte.

»Er wird sich nie zufriedengeben«, sagte Geoffrey unvermittelt. »So ist das bei solchen Leuten. Du gibst ihnen den kleinen Finger, und schon verlangen sie die ganze Hand. Wir werden wieder in den Schützengräben liegen, und Hitler wird immer noch mehr wollen.« Er stand auf und ging den Hügel hinauf zur Grabungsstätte.

Als Thea in dieser Nacht wach in ihrem Zelt lag, dachte sie an ihre Mutter. Sigrid hatte das Haus auf der Insel und das Segelboot, die *Iduna*, kurz nach dem Ende des Großen Krieges gekauft. Vielleicht hatten die häufigen Abwesenheiten ihres Mannes sie dazu getrieben; vielleicht war sie aufgebracht gewesen und hatte ihn sogar bezichtigt, sie zu betrügen, was Hugh, ein routinierter Lügner, natürlich geleugnet hätte. Auf der Insel, beim Segeln mit dem Boot, das sie liebte, hatte Sigrid Freude, Ablenkung und Trost gesucht.

Und hatte sich ganz unerwartet verliebt. Danach war sie häufig nach Corran gereist. Wenn sie – Thea – die Tochter Sigrids und ihres Liebhabers war, musste die Beziehung mindestens sieben Jahre lang bestanden haben.

Bis es zur Krise gekommen war: Sigrids Geliebter hatte genug gehabt von der Geheimnistuerei. Vielleicht hatte er sogar öffentlich als Vater seiner Tochter anerkannt werden wollen. Wie auch immer, das Paar hatte gestritten, und Rowan hatte den Streit mitgehört.

Sicherlich hatte Sigrid versucht, ihre Tochter zu beruhigen, ihr die Tatsachen zu erklären. Aber Rowan hatte nur den Verrat ihrer Mutter gesehen. Ich hasse dich, hatte sie gesagt. Ich hasse alles hier. Ich will nach Hause. Und so hatte Sigrid den folgenschweren Entschluss gefasst, die Insel noch an diesem Tag zu verlassen.

»Wir sind noch am Morgen aus Corran weg«, hatte Rowan ihr erzählt. »Nach dem Unglück verstand niemand, warum das Boot an die Felsen geschlagen war – wie Mama, die so eine erfahrene Seglerin war, einen solchen Anfängerfehler machen konnte. Aber ich wusste es. Es war eine Folge dessen, was vorher passiert war. Sie war nicht bei der Sache. Sie war aufgelöst von dem Streit mit ihrem Geliebten und dem Streit mit mir.«

Was für eine entsetzliche Erinnerung, die Rowan da allein mit sich herumgetragen hatte. Thea hätte weinen können, wenn sie daran dachte.

Eines Abends, als sie nach einem Paar sauberer Socken suchte, stieß sie auf den Kaschmirschal ihres Vaters, der zusammengerollt ganz unten in ihrem Rucksack lag. Hugh Craxton war kein guter Mensch gewesen, und sie war nicht seine Tochter. Dennoch holte sie den Schal heraus und drückte ihn an ihr Gesicht, fühlte die weiche Liebkosung des Stoffes, atmete die Düfte, die nur noch ein erinnerter Hauch waren – Blenheim Bouquet und türkischer Tabak – und trotz allem sein Lächeln heraufbeschworen, den warmen Zusammenhalt ihrer Hände bei ihrer Wanderung in den Bergen über dem Loch Lomond.

Es war ein schöner Abend im August, jetzt, da das Land am Abgrund des Krieges taumelte, waren die normalsten Dinge wie von Gold übergossen. Rowan und Thea waren auf dem Weg in die Gilbert Street, um Sophie zu besuchen. Rowan erzählte Thea von dem Vorstellungsgespräch, das sie am Morgen im St. Anne's Krankenhaus geführt hatte.

»Ich glaube, es ging ganz gut. Die Oberschwester sagte, man würde mir Bescheid geben.«

Rowan hatte beschlossen, eine Ausbildung als Krankenschwester zu machen. Sie hatte Bewerbungsschreiben an ein halbes Dutzend Schwesternschulen in London geschrieben, und das St. Anne's hatte sich gemeldet und ihr ein Vorstellungsgespräch angeboten. Sie sah einen neuen Weg vor sich, und das gab ihr Zuversicht.

Der Arzt in Fiesole hatte sie auf die Idee gebracht. Sie sind eine gute Assistentin, hatte er an dem Abend gesagt, an dem Lucian beinahe gestorben wäre. Zwar hatte sie den Verdacht, dass er sie aus reiner Güte gelobt hatte, aber sie musste endlich etwas Nützliches anfangen mit ihrem Leben. Alles war besser, als sich von einer hoffnungslosen Liebesgeschichte in die nächste zu stürzen. Krankenpflege war etwas Nützliches, vor allem, wenn es, wie es jetzt unvermeidbar schien, zum Krieg kommen sollte. Sie hatte beschlossen, einen Versuch zu wagen.

Rowan und Thea hakten sich unter. Thea hatte den Brief bei sich, in dem Stuart ihnen geschrieben hatte, dass seine Mutter sie gern kennenlernen würde. Rowan war etwas bange vor der Begegnung, sie hatten nichts mit Sophie Craxton gemein, dachte sie, und doch alles.

Sie bogen in die Gilbert Street ein. Die Nummer 17 war eine adrette Villa aus rotem Backstein mit einem Topf weißer Geranien vor der Haustür.

»Wenn sie ganz fürchterlich ist«, murmelte Rowan, als Thea klingelte, »erfinde ich Kopfschmerzen, damit wir schnell verschwinden können.«

Stuart kam an die Tür, und nachdem Thea ihn mit Rowan bekannt gemacht hatte, folgten sie ihm ins Haus.

Sophie Craxton erwartete sie im Flur. Sie hatte ein grün-weiß gestreiftes Sommerkleid an und lächelte. Und Rowan stellte überrascht fest, dass sie ihr auf den ersten Blick sympathisch war.

Teil 2

Wir warten auf morgen

1940–1944

II

Juni 1940

›Du hast zu lange gewartet.‹ Die Worte gingen Thea immer wieder durch den Kopf, als der Zug schnaufend an einem Bahnhof irgendwo in Frankreich anhielt. Sie konnte das Bahnhofsschild nicht erkennen, weil sie, unfähig, sich zu rühren, im Gang stand, eingepfercht zwischen einer fülligen Frau in einem gelben Kleid und einem alten Mann, der Pfeife rauchte.

Die anderen Passagiere waren wie sie auf der Flucht aus Frankreich. Thea hatte den Zug genommen, obwohl völlig ungewiss war, wohin er fuhr. Ein Bestimmungsort war nicht angesagt worden, es hatte nur ein Gerücht gegeben, dass er nach Cherbourg oder zu einer der anderen Hafenstädte am Ärmelkanal unterwegs sei, also hatte sie sich kurz entschlossen in den nächsten Waggon gedrängt. Zumindest würde er sie von der schnell vorrückenden deutschen Front wegbringen, hatte sie sich gesagt. Es wurde eine unerträglich schleppende Fahrt, immer wieder unterbrochen von langen Aufenthalten auf irgendwelchen Nebengleisen oder menschenverlassenen Bahnhöfen. Durch ein Eckchen Fenster konnte Thea hoch oben am wolkenlos blauen Sommerhimmel das Glitzern von Flugzeugen erkennen, und als einmal unterwegs jemand behauptete, Geschützfeuer zu hören, schwappte eine Welle der Angst durch den Wagen.

Irgendwann hielten sie an einem größeren Bahnhof an. Menschenmengen warteten auf dem Bahnsteig, Männer, Frauen und Kinder mit Koffern, Taschen, Kinderwagen und Vogelkäfigen. Es war das gleiche Bild wie bei den früheren Bahnhöfen, die sie passiert hatten, und einen erschreckenden Moment lang fragte sich Thea, ob sie vielleicht die ganze Zeit im Kreis gefahren und nun zurück in Paris waren.

Draußen hämmerte ein Bahnhofswärter ans Fenster und brüllte, der Zug fahre nicht weiter, alle müssten aussteigen. Die Leute stöhnten und schimpften und ein Mann begann, mit schriller Stimme laut zu protestieren. Eine Tür wurde aufgerissen, eine Brise frische Luft strömte in den stickigen Wagen. Die Passagiere drängten stoßend und schubsend ins Freie, Thea wurde mitgerissen, ob sie wollte oder nicht. Einem Schild auf dem Bahnsteig entnahm sie, dass sie sich in Alençon in der Normandie befanden, ungefähr zweihundert Kilometer westlich von Paris.

Das war immerhin etwas, sagte sie sich tröstend, während sie sich durch das Getümmel schob. Wenigstens war sie jetzt der Kanalküste und einem Boot nach England um einiges näher als noch am Morgen. In der Hoffnung, einen Zug zu entdecken, der sie nach Cherbourg oder St. Malo bringen würde, kämpfte sie sich weiter, ihren Rucksack fest an die Brust gedrückt. Säuglinge schrien, und Kinder tobten um Bänke und Gepäckstapel herum, ohne auf die schimpfenden Eltern zu achten. Als Thea einen Träger um Auskunft nach einem Zug zu einer der Hafenstädte bat, breitete der nur die Hände aus und zuckte mit den Schultern.

Schließlich stieß sie auf einen Mann in der Uniform der französischen Bahn, der durch einen Lautsprecher schrie, dass der Zugverkehr für diesen Tag eingestellt sei. Trotzdem blieben die meisten Fahrgäste stehen, wo sie waren, und starrten wie hypnotisiert auf die Anzeigetafeln. Vielleicht glaubten sie ihm nicht, oder vielleicht hatten sie, froh darüber, einen Platz gefunden zu haben, beschlossen, auszuharren und den nächsten Tag abzuwarten.

Sie kämpfte sich durch das Gewühl aus der Bahnhofshalle hinaus zum Vorplatz, wo, wie drinnen, alles voller Menschen war. Es war ein warmer Junitag, und es tat gut, in eine der ruhigeren Seitenstraßen zu entkommen. Sie ließ ihren Rucksack herunter, nahm ihre Wasserflasche heraus und trank in tiefen Zügen, ehe sie weiterging. Als sie an einer Ladenreihe vorbeikam, kaufte sie Äpfel, Käse und Brot. Danach ging sie in ein Tabac, in der Hoffnung, dort eine Karte zu bekommen, aber es waren keine Karten von Frankreich oder der Normandie mehr da. Auch Zeitungen gab es kaum noch; die wenigen Blätter auf dem Tresen berichteten in Schlagzeilen vom schnellen Vormarsch der Deutschen durch Nordfrankreich. Der Feind befand sich auf der Straße Dieppe-Paris. In Rouen rollten Panzer.

Der Ladenbesitzer erklärte Thea den Weg in westlicher Richtung aus der Stadt hinaus, aber sie benötigte seine Anweisungen gar nicht, sie brauchte nur den Menschenmengen zu folgen. Ganz Frankreich schien auf den Beinen zu sein. Alle wollten, wie Thea, so schnell wie möglich das Schlachtfeld hinter sich lassen, in das sich das Land verwandelt hatte.

Sie geriet in einen Zug von Flüchtlingen, der so gewaltig war, dass er sich nur schleppend voranschieben konnte. Die Leute schimpften über die Bahn, über die Straßen, über irgendeinen Verwandten, der sie aufgehalten hatte, die Rücksichtslosigkeit der anderen im Zug. Erstaunlicherweise redeten sie kaum über die zwei Heere, die sich irgendwo im Norden auf Leben und Tod bekämpften. Pferdefuhrwerke rammten teure Automobile, deren blitzender Chrom und Lack schon von Staub blind war. Es war heiß und trocken, und die Gemüter erhitzten sich schnell. Radfahrer schlängelten sich zwischen den schlurfenden Menschen durch, forderten mit Klingeln und lauten Rufen freie Bahn. Säuglinge wurden in Kinderwagen geschoben und manche Alte, ganz in Schwarz gekleidet, in Schubkarren. Am Straßenrand lag das Strandgut des Exodus: ein Käfig mit Gänsen, ein Bücherhaufen, ein geblümtes Porzellanservice, Schätze, die auf dem ermüdenden Marsch zur Last geworden waren. Mehr als einmal beobachtete Thea, der es bei dem Anblick fast das Herz zerriss, kleine Kinder, die allein am Straßenrand standen und weinend nach ihrer Mutter riefen.

»Du hast zu lange gewartet«, wiederholte die Stimme in ihrem Kopf im Takt mit ihren Schritten. »Du hast zu lange gewartet.«

Die letzten vier Monate hatte sie in der Schweiz gelebt. Sie war im Frühjahr mit Grace dorthin gereist, um alles für die Grabungen vorzubereiten, die für den Sommer beim römischen Amphitheater außerhalb von Basel geplant waren. Monty war im April zu ihnen gestoßen. Sie hatte das Gefühl gehabt, dass ihr Leben sich weitete, und sich vorgestellt, dass es immer so weitergehen würde. Die Jahre würden verstreichen, während sie als Archäologin arbeitete und im Zuge dieser Tätigkeit alle möglichen aufregenden Orte bereiste – in Griechenland, Italien und Persien … Sie hatte nicht vorausgesehen, dass das Fenster so plötzlich zuschlagen und ihr nichts bleiben würde, als Hals über

Kopf Sicherheit zu suchen und in das enge Leben zurückzukehren, das sie hinter sich geglaubt hatte.

Als am 10. Mai bekannt wurde, dass Deutschland die Niederlande, Belgien und Luxemburg überfallen hatte, traf die Nachricht alle wie ein körperlicher Schlag. Jeder hatte gewusst, dass es dazu kommen könnte, aber niemand hatte es glauben wollen. Erschreckend schnell folgte die Schlacht um Frankreich. Doch selbst da noch hatte man sich lang, viel zu lang, in dem Glauben gewiegt, es werde schon gut ausgehen, die Franzosen würden den Angriff zurückschlagen. Man hatte gemeint, dieser Krieg werde eine zweite Auflage des Großen Krieges, der Konflikt werde im Norden ausgetragen werden, in Flandern, wie 1914. Stattdessen hatten deutsche Infanterietruppen und Panzer die französischen Befestigungsanlagen durchbrochen und strömten in Massen ins Land.

Thea fragte sich, ob sie so lange gebraucht hatten, um zu reagieren, weil die Katastrophe in ihrer Wucht unvorstellbar war. Bei ihr selbst hatte ein gewisses Maß an Egoismus und Selbsttäuschung mitgespielt. Sie ging gemeinsam mit den Menschen, die ihr nahestanden, der Arbeit nach, die ihre Leidenschaft war. Wie konnte sie auch nur daran denken, dass ihr das alles womöglich durch den Starrsinn eines wahnsinnigen Diktators genommen werden würde? Erst Ende Mai, als sich das Britische Expeditionskorps bei Dünkirchen in vollem Rückzug befand, hatte sie beschlossen, nach England zurückzukehren.

Obwohl es ihr vorkam wie eine Ewigkeit, lag der Abend keine vierzehn Tage zurück, an dem Grace ihr eröffnet hatte, dass sie und Monty in der Schweiz bleiben würden.

»Wir haben einen Krieg durchgemacht, wir wollen so etwas nicht noch einmal erleben müssen«, erklärte sie.

»Tobias hat im Schützengraben gekämpft, und ich habe gesehen, was ihm das angetan hat. Ich kann nur froh und dankbar sein, dass er beschlossen hat, in Schweden zu bleiben.« Schweden war, wie die Schweiz, ein neutrales Land.

Sie saßen auf dem Balkon der Wohnung, die die Fainlights in einem Vorort von Basel gemietet hatten. Rosiges Abendlicht ergoss sich über Grace' Kräutertöpfe.

»Willst du's dir nicht doch anders überlegen und bei uns bleiben, Thea?«, fragte Grace. »Monty und mir wäre es eine Freude, dich bei uns zu haben.«

»Ich kann nicht – wegen Rowan. Ich muss nach Hause.«

»Ja, natürlich.« Grace' Gesicht war voller Unruhe. »Thea«, sagte sie, »ich mache mir Sorgen um Helen. Ich habe seit drei Wochen nichts mehr von ihr gehört. Ich habe ihr bestimmt zehn Briefe geschrieben, aber sie antwortet nicht. Das letzte Mal, als sie sich gemeldet hat, war sie in Paris. Ich denke, da ist sie sicher, Hitler wird nicht bis Paris kommen, aber trotzdem … Würdest du mir einen Gefallen tun, wenn du dort bist? Würdest du sie besuchen und ihr sagen, sie soll zu uns kommen, hierher, nach Basel? Oder, wenn ihr das lieber ist, nach Schweden gehen, zu ihrem Vater.«

Thea versprach, mit Helen zu reden. Ihre Meinung, dass niemand Helen zu etwas überreden konnte, was sie nicht wollte, behielt sie für sich.

»Danke dir, Kind.« Grace seufzte. »Es beunruhigt mich, dass ich so gar keine Ahnung habe, wie ihre Pläne aussehen. Sie kann so eigensinnig sein.« Sie drückte Theas Hand. »Du wirst uns fehlen. Was hast du denn vor, wenn du wieder in London bist? Wir werden vielleicht alle ganz von vorn anfangen müssen und versuchen, uns nützlich zu machen.«

»Ach, mir wird schon was einfallen«, meinte Thea.

Grace stand auf und ging ins Zimmer. Kurz darauf war sie wieder da und reichte Thea einen Briefumschlag.

»Nicholas Grey ist ein Freund von mir. Er ist Staatssekretär. Gib ihm den Brief. Er kann dir vielleicht in London weiterhelfen.«

Am folgenden Morgen brachten die Fainlights Thea zum Bahnhof. Alle drei hielten sie sich beim Abschied an die stillschweigende Vereinbarung, so zu tun, als werde der Krieg schon bald vorbei sein, der Angreifer schnell zurückgeschlagen werden. Später fragte sich Thea, ob es nicht mutiger gewesen wäre, der Katastrophe ins Auge zu sehen, die über ihrer aller Leben die Macht gewinnen sollte.

In Paris angekommen, nahm sie sich ein Zimmer in einer billigen Pension. Gleich am ersten Nachmittag entdeckte sie, dass Helen nicht mehr unter der Adresse wohnte, die Grace ihr angegeben hatte. Die Concierge meinte, sie sei möglicherweise zu einer Freundin gezogen, die auf der Rive Gauche wohnte. Die Freundin war schwer zu finden, und als Thea sie endlich aufgestöbert hatte, konnte sie ihr nur sagen, dass sie Helen das letzte Mal vor einem Monat gesprochen hatte.

Sie schrieb ihr immerhin die Namen anderer Pariser Freunde von Helen auf. Thea telefonierte, lief in der Stadt herum, hinterließ Nachrichten. Restaurants boten weiterhin ihre edlen Speisen an, die Tuileriengärten strahlten in gewohnter Pracht, die Boote auf der Seine zogen ihre Bahn. Und dennoch wirkte Paris still und gedämpft. Hinter einer Fassade der Normalität bereiteten die Menschen sich vor, führten Telefongespräche und studierten Landkarten, machten Pläne, wanderten in den großen, eleganten Wohnungen im Sechsten Arrondissement umher. Vielleicht um zu entscheiden, was sie mitnehmen und was sie zurücklassen sollten.

Helen war nicht zu finden. Irgendjemand behauptete, sie sei schon nach London zurückgekehrt. Thea schrieb Grace eine Karte.

Im Eingeständnis der Niederlage waren Hunderttausende britischer und französischer Soldaten von den Kanalhäfen aus nach Südengland evakuiert worden. Hitlers Truppen rasten wie eine schwarze Flut Paris entgegen, und was eben noch unvorstellbar gewesen war, Stoff von Albträumen, wurde grimmige Realität. Zu spät erkannte Thea, dass sie vielleicht gar nicht mehr nach Hause kommen würde, wenn sie noch länger wartete. Hals über Kopf packte sie, wie alle anderen, ihre Sachen und machte sich auf den Weg zum Bahnhof.

Die Motorhaube eines Autos stupste sie an. Eine Frau streckte den Kopf zum Fenster heraus.

»Entschuldigung, Entschuldigung.« Englisch.

Thea rieb sich die Hüfte. »Nicht so schlimm …«

»Ach Gott, es tut mir so leid, aber diese Straßen …«

»Wirklich, es ist nichts passiert.«

Ein Mann fragte: »Schottin, wie?«

»Ja.«

»Kriechen Sie hinten rein, kommen Sie.«

Zwei Tage waren vergangen, seit Thea in Alençon losmarschiert war, zwei Tage quälend langsamen Vorankommens. Sie dankte dem englischen Paar und stieg in den Wagen. Auf der Rückbank des kleinen Citroën saßen eng zusammengequetscht drei Leute, ein Mann und zwei Frauen. Thea fand nur noch auf dem Schoß einer der Frauen Platz.

»Gut, dass Sie so winzig sind«, sagte die Frau. »Gut,

dass ich gut gepolstert bin.« Sie wollte sich ausschütten vor Lachen.

Sie machten sich miteinander bekannt. Der Fahrer hieß Richard Collins, und die hübsche dunkle Frau im kirschroten Seidenkleid, die vorn neben ihm saß, war seine Frau Mary. Hinten saßen die »gut gepolsterte« Charlotte King und ihr Mann sowie Joan, die etwas älter war als die anderen. Sie waren alle Lehrer an einer englischsprachigen Schule in Paris.

Der Citroën konnte sich kaum schneller fortbewegen als der schleppende Zug von Flüchtlingen. Immer häufiger versperrten verlassene Fahrzeuge und Nutztiere die Straße; oft kamen sie in einer Schlange von hupenden Autos zum Stillstand. Aber es tat gut, eine Weile sitzen zu können. Richard und Mary überlegten, ob sie sich weiterhin westlich halten oder lieber nach Süden fahren sollten. Sie würden auch, sagte Richard, über Spanien oder Portugal oder sogar Nordafrika nach Hause gelangen können.

Sie bogen von der Hauptstraße ab und fuhren mit Geschwindigkeit zwischen Wiesen und Wäldern hindurch. Hier, mitten auf dem Land, erinnerten nur die schmerzenden Füße und der Staub auf ihren Beinen Thea daran, dass sie sich auf der Flucht vor einem Krieg befand. Gegen Abend hielten sie vor einem Dorf an und setzten sich zum Essen auf eine Wiese voller Gänseblümchen. Thea machte, im Gras ausgestreckt, die Augen zu. Als Mary sie später weckte, sagte sie ihr, dass sie sich nun doch entschlossen hatten, nach Süden weiterzufahren.

»Joan kennt in der Nähe von Montpellier eine Villa, in der wir unterkommen können. Die Fahrt ist zwar länger, aber Richard meint, dass es auf den Straßen sicher nicht so voll sein wird. Und jemand hat uns erzählt, dass die

Kanalhäfen bereits in deutscher Hand sind. Sie können gern mitkommen, Thea, wenn Sie wollen.«

Thea dankte Mary, lehnte das Angebot aber ab. Sie wollte versuchen, sich nach Westen durchzuschlagen. Bevor sie sich trennten, gab Mary ihr noch einen Beutel Kekse, und Richard legte sein Notizbuch auf die Motorhaube des Wagens und zeichnete ihr eine Karte: Frankreich auf ein Sechseck reduziert, Paris ein dicker schwarzer Tintenpunkt, Alençon, wo ihr Zug geendet hatte, ein kleinerer. Weitere Punkte an der Küste markierten die Hafenstädte: Le Havre, Cherbourg, St. Malo, St. Nazaire. Sie kannte Richard und Mary Collins gerade ein paar Stunden, aber als sie sich von ihnen trennte, war ihr, als ließe sie ihre letzten alten Freunde zurück.

Thea hatte sich wieder in den langen Flüchtlingszug eingereiht, als Geräusche am Himmel sie aufschreckten. »Stuka!«, brüllte jemand, und die Menschen liefen schreiend auseinander, um Deckung zu suchen.

Das Flugzeug raste im Tiefflug über die Straße. Feuerblitze flammten auf, begleitet vom ohrenbetäubenden Geknatter von Maschinengewehren.

Als der Lärm nachließ, kroch Thea zitternd aus einem Graben. Sie hörte Schreie und ein grauenvolles, schmerzverzerrtes Wimmern. Sie brauchte ein paar Sekunden, um zu erkennen, dass dort ein Pferd schrie, das mit blutverschmiertem Fell zusammengebrochen war. Eine Frau lag reglos auf der Straße, den Rock bis zu den Hüften hochgeschoben, ein weißes Kinderkleidchen färbte sich rot. Ein Kinderwagen war umgekippt, sein Inhalt hatte sich auf die Straße entleert, und eine Frau wühlte mit irrem Blick und weit aufgerissenem, in stummem Schrei erstarrtem Mund in Kissen und Decken. Ein junger Mann hob ein Fahrrad vom Straßenrand auf und fuhr davon, und ein grauhaariger Mann rannte ihm schreiend und stolpernd hinterher.

Thea ging weiter, vorbei an einem zuckenden Körper, einem Menschen, der nur noch ein Bündel blutiger Kleider war, zu schwer verwundet, um auf Überleben hoffen zu können. Als sie eine Lücke in der Hecke entdeckte, schlüpfte sie hindurch, lief über mehrere Felder, bis sie einen Wald erreichte. Unter dem Dach dicht belaubter Äste war es still und kühl. Sie stapfte tiefer in den Wald hinein und hielt erst an, als nirgends mehr Wiesen oder Felder zu sehen waren. Dort setzte sie sich auf einen umgestürzten Baumstamm, schloss die Augen und drückte die Fäuste an die Stirn. Sie hörte das Wimmern des sterbenden Pferdes, sah den verstümmelten Körper des Mannes und die anderen Verletzten. Sie hätte bleiben und helfen müssen, aber sie war weggelaufen. Sie fühlte sich stärker allein, fern von all diesen klagenden, verängstigten Männern und Frauen, trotzdem hätte sie nicht davonlaufen dürfen, das wusste sie. Sie hätte etwas tun müssen, auch wenn ihre Instinkte sie zur Flucht getrieben hatten.

In der Stille des Waldes beruhigte sie sich allmählich, doch das Zittern ließ nicht nach. Schließlich schwang sie ihren Rucksack über die Schultern und machte sich wieder auf den Weg. Mit sich trug sie die Last der Schuld und das erschreckende Bewusstsein ihrer Mängel. Sie taugte nicht für einen Krieg. Ihr fehlte es an Heldentum.

Sie hatte die Karte, die Richard Collins für sie gezeichnet hatte, und einen Kompass. Sie ging stetig nach Westen, über Hänge und niedrige Hügel, an Bächen entlang, an denen sie ihre Wasserflasche füllte. Am liebsten war ihr der Wald, sie fühlte sich dort geborgener, und es war eine Erleichterung, allein zu sein, aber seit dem Stuka-Angriff schaffte sie es nicht mehr, ihre Angst zu unterdrücken. Großbritannien war mit Deutschland im Krieg. Wenn es ihr nicht innerhalb der nächsten Woche gelang, England zu erreichen, würde sie interniert werden. Ihr Ziel waren die Häfen, aber sie wusste nicht einmal, ob sie noch offen waren. Mary Collins hatte gesagt, einige seien schon in deutscher Hand. Wenn man sie internierte, würde sie ihr Zuhause vielleicht jahrelang nicht wiedersehen. Würde vielleicht Rowan jahrelang nicht sehen. Sie wünschte sich, Rowan wäre bei ihr, ginge an ihrer Seite und würde sie aufmuntern. Und im nächsten Moment war sie froh, dass Rowan wohlbehalten in London war und im St.-Anne's-Krankenhaus ihrer Schwesternausbildung nachging.

Sie lief und lief, bis die Sonne sank und ihr Licht in goldenen Bändern zwischen den Bäumen herabfloss und eine Schleiereule wie ein bleicher Geist über ihren Weg schwebte. Als sie schließlich anhielt, war sie so sehr mit ihren schmerzenden Beinen beschäftigt, dass sie wenigstens nicht mehr ständig an das schreiende Pferd und die Frau, die mit irrem Blick die Kinderwagendecken durchwühlte, denken musste.

Ein Zelt hatte sie nicht. Der Gedanke, dass sie eines brauchen würde, war ihr gar nicht gekommen, als sie vor etwas mehr als zwei Wochen ihren Rucksack für die Fahrt von Basel nach Paris gepackt hatte. Sie aß einen Apfel und die letzten Kekse und massierte ihre wunden Füße. Dann wickelte sie sich in ihren Regenmantel ein und legte sich schlafen. Sie wollte für immer im Wald bleiben und nie wieder aus ihm herauskommen. Sie fühlte sich sicher in seinem Schutz.

Sie trat aus dem Wald auf welliges Hügelland hinaus. Die Sonne brannte, Felder und Wiesen waren von grünen Hecken abgegrenzt, in denen Geißblatt und Wildrose blühten. Hohe Pappeln warfen bläuliche Schatten auf goldenen Weizen und Mais.

Thea folgte der Straße, bis sie, die Augen mit einer Hand beschattend, in der Ferne eine Formation Panzer entdeckte, die schwerfällig über ein Feld rollten, gigantische Insekten aus Stahl, die näher und näher krochen. Von da an hielt sie sich auf Forst- und Feldwegen. Hin und wieder vernahm sie das Lärmen des Krieges, fernen Geschützdonner und das schrille Kreischen im Sturzflug herabstoßender Bomber. Sie war sich nicht sicher, ob sie sich weiter nach Norden bewegt hatte als beabsichtigt oder ob der Feind tiefer nach Süden vorgedrungen war. Der eine Gedanke war so wenig tröstlich wie der andere.

Ihre Füße bereiteten ihr Sorge. In ihrem Leichtsinn hatte sie ihre Wanderstiefel in Basel zurückgelassen und nur Ledersandalen mitgenommen. Sie hatte zwei Paar Socken, die sie wechselte, wann immer sie ein Gewässer fand, in dem sie sie auswaschen konnte. Sie waren voller Löcher und klebten an ihren Füßen, an denen sich Blasen gebildet hatten. Sie behalf sich mit einem Taschentuch, das sie in Streifen riss, um die schlimmsten Stellen abzudecken. Auch wenn sie versuchte, die Schmerzen zu ignorieren, merkte sie doch, dass sie jeden Tag langsamer vorwärtskam, und das machte ihr Angst.

Ihr langer Weg führte sie durch Dörfer und Weiler, wo sie sich Proviant kaufen konnte. Einige der Ortschaften waren verlassen, in anderen gingen die Menschen ihren täglichen Geschäften nach, als gäbe es keinen Krieg. An einem späten Nachmittag stieß sie auf eine Gruppe erschöpfter französischer Soldaten, die unter den Platanen auf einem Dorfplatz rasteten. Thea trug Shorts, und ihre Beine waren nackt. Normalerweise hätte das Pfiffe und anzügliche Bemerkungen herausgefordert, doch diese jungen Männer reagierten gar nicht, zeigten nicht einen Funken Interesse. Gut, sie war verdreckt und ungepflegt, da war das wohl verständlich. Doch als sie sich ihnen mit ihrer Karte in der Hand näherte, sah sie den stumpfen, toten Blick ihrer Augen.

Einer der Soldaten deutete auf eine Stelle auf ihrer Karte, die zwischen Rennes und Fougères lag, etwa sechzig Kilometer von St. Malo entfernt. Dann sagte er ihr, dass Paris gefallen war. Zuerst dachte sie, sie hätte ihn missverstanden, doch er wiederholte es. Die Wehrmacht war in Paris einmarschiert. Die französische Hauptstadt, diese wunderbare Stadt, war in deutscher Hand!

Trauer und Schmerz schienen sich von ihrem Herz aus im ganzen Körper auszubreiten, während sie einen Fuß vor den anderen setzte. Sie hatte seit dem Internat, wo das öffentliche Morgengebet Zwang gewesen war, nicht mehr gebetet. Jetzt betete sie darum, dass Helen sicher in England sein möge, dass den Menschen, die sie liebte, nichts Böses widerfahren, sie selbst bald zu Hause sein möge.

Sie war an diesem Tag die erste Fremde in einem kleinen, isoliert gelegenen Dorf, und so war sie es, die die Nachricht vom Fall der Hauptstadt überbrachte. Sie stand in einer Bäckerei, und die Verkäuferin, die sie bediente, sah sie mit einem Blick an, als wäre sie eine Irre oder der Teufel persönlich. Sie nahm das Geld nicht für das Brot, das Thea kaufte, sondern scheuchte sie zum Laden hinaus, als wäre sie von der Pest befallen.

Jedes Mal, wenn sie eine Anhöhe erreichte, suchte sie am Horizont begierig nach dem fernen Glitzern der See. Sie leuchtete vielleicht gleich hinter diesem nächsten Hügelkamm auf oder war vielleicht noch unendlich weit weg. Thea hatte seit mehr als einer Woche nicht mehr richtig geschlafen, und die kleinen Dörfer sahen inzwischen alle gleich aus – die gleichen blinden Häuser, baumbestandenen Dorfplätze und kleinen, dunklen Bäckereien. Sie kämpfte gegen die Angst, sie könnte sich verlaufen haben. Gewiss, sie hatte einen guten Orientierungssinn, aber auf den gewundenen Wegen, denen sie gefolgt war, während Tage und Nächte ineinanderflossen, konnte sie leicht vom Kurs abgekommen sein. Vielleicht steuerte sie gar nicht auf die Küste zu, sondern auf die Landmasse der bretonischen Halbinsel. Vielleicht stolperte sie ständig im Kreis herum, unterwegs auf einer Höllenreise, die erst enden würde, wenn sie dem Feind in die Arme lief und in einem Internierungslager landete. Vielleicht würde auch St. Malo, wenn sie es denn erreichte, bereits in Feindeshand sein, oder es würde keine Boote geben, um sie über den Kanal zu bringen.

Ihre Schultern waren von der Sonne verbrannt, und ihre Augen juckten vom Staub. Sie hatte ständig Kopfschmerzen, vermutlich von der Hitze. Aber das Schlimmste war der Zustand ihrer Füße. Sie waren inzwischen voller blutender offener Wunden; aus einer großen, an der Seite ihres rechten Fußes, quoll gelbliches Sekret. Besonders schmerzhaft waren die Blasen an ihren Fußsohlen, sie machten jeden Schritt zur Qual.

Sie hatte Grace gesagt, sie verlasse die Schweiz, weil sie zu Rowan wolle, aber das war nicht der einzige Grund, warum es sie nach Hause zog. Nun, da Hitler Nordeuropa unterworfen hatte, würde sich seine Aufmerksamkeit auf

Großbritannien richten. Thea wollte für ihr Land da sein, Hilfe leisten. Der Vorfall mit dem Stuka hatte ihr die Grenzen ihres Mutes gezeigt, und sie vermutete, dass ihr Beitrag, wenn sie dazu kam, einen zu leisten, bescheiden sein würde. Trotzdem. Sie musste England erreichen, auch wenn die Strecken, die sie zurücklegte, von Tag zu Tag kürzer wurden. Daran, dass sie eines Morgens vielleicht überhaupt nicht mehr würde weitergehen können, wagte sie nicht zu denken.

Im Schatten einiger Weiden setzte sie sich ins Gras und trank einen Schluck Wasser. Nur noch ein Stückchen, ermunterte sie sich, den Blick auf das muldenförmige Tal gerichtet, das vor ihr lag. Bestimmt würde sie, wenn sie den gewundenen Pfad hinaufstieg, der es durchschnitt, auf der anderen Seite das Meer sehen.

Sie öffnete die Riemen ihrer Sandalen und zog mit zusammengebissenen Zähnen die Socken von ihren Füßen. Dann faltete sie ihr letztes Taschentuch und verband damit vorsichtig den schlimmeren Fuß. Sie war sich nicht mehr sicher, dass sie die Willenskraft aufbringen würde, noch einen Kilometer zu laufen, geschweige denn zwanzig oder dreißig. Sie merkte nur, wie gut es tat, eine Weile zu sitzen und den kühlen Schatten über ihre wunden Füße streichen zu lassen. Den Blick auf die Landschaft konzentriert, versuchte sie, alle dunklen Gedanken zu vertreiben.

Nachdem sie noch etwas Wasser getrunken und ein Stück Baguette gegessen hatte, stellte sie ihren Kompass auf einen Stein und sah zu, wie die Nadel zitterte und stillstand. Ihre Richtung stimmte, sie sollte weitergehen. Doch das Bedürfnis nach Ruhe war überwältigend. Die Lider wurden ihr schwer; ihre Augen fielen zu.

Lautes Motorengeknatter riss sie aus dem Schlaf. Auf

einem Feldweg sah sie ein kakifarbenes Motorrad auf sich zukommen. Angst verlieh ihr Flügel, sie zog ihre Socken über, stopfte ihre Sachen in den Rucksack und duckte sich hinter einen Baum. Gerade, als sie vorsichtig den Kopf ein wenig vorschob, prallte die Maschine mit dem Vorderrad gegen einen großen Steinbrocken. Sie geriet ins Schleudern, rutschte weg und kippte zur Seite. Der Fahrer wurde zu Boden gerissen.

Thea stand auf. Der Chromlenker des Motorrads blitzte im Sonnenlicht, die Räder rotierten im Leeren. Der Fahrer, der reglos am Wiesenrand lag, trug die kakigraue Uniform des britischen Expeditionskorps, nicht das Feldgrau der Wehrmacht.

Sie lief den Hang hinunter. »Ist Ihnen etwas passiert?«, rief sie. »Hallo?«

Sie kniete neben dem Soldaten nieder. Er war jung, und seine Kleidung war abgerissen und verdreckt wie ihre. Als sie sich zu ihm hinunterbeugte, bemerkte sie erleichtert den Pulsschlag an seinem Hals. Sonnengebräunte Haut, bedeckt von grauem Staub, ein klar gezeichneter Mund, gerade dunkle Brauen über den geschlossenen Augen, lange dunkle Wimpern. Ein perfekt geformtes Ohr. Er war schön, und sie hätte am liebsten die Hand ausgestreckt und sein dunkles Haar gestreichelt, das Grübchen an seinem Mundwinkel berührt.

»Hallo?«, sagte sie wieder und tippte seine Schulter an. »Ist alles in Ordnung?«

Er stöhnte. Thea richtete sich auf. Endlich öffnete er die Augen, so blau wie die Kornblumen auf den Feldern.

»Sind Sie verletzt?«

»Ich weiß nicht.« Er stöhnte wieder. »Wie kann man so blöd sein! So verdammt blöd!«

»Sie sind mit dem Vorderrad auf einen Stein geprallt.«

Er setzte sich. »Oh, doch, Sie sind verletzt«, sagte sie. Aus einer Wunde über seiner Schläfe quoll Blut, und seine Hände waren aufgerissen von der rauen Oberfläche des Weges, über den er gerutscht war. »Hier.« Sie nahm das Baumwolltuch, das sie um den Hals trug, faltete es und reichte es ihm. »Stillen Sie damit die Blutung.«

»Danke.« Er drückte es an die Kopfwunde und gab dann dem Motorrad, dessen Vorderreifen geplatzt war, einen freundlichen Tritt. »Der Tank war auch fast leer.« Er sah sie an. »Sie sind Britin, richtig?«

»Ja. Ich heiße Thea Craxton.«

»Cormac Jamieson. Was tun Sie denn hier?«

»Das Gleiche wie Sie, vermute ich. Ich versuche, irgendwie nach Hause zu kommen.«

Fernes Brummen veranlasste Thea, zum Himmel hinaufzublicken. »Flieger«, rief sie, als sie das ominöse silberne Glitzern sah, und sprang auf. »Ich weiß nicht, was für welche, aber es ist besser, wir bleiben nicht hier. Kommen Sie.«

Sie schob ihre Hand unter seinen Arm, um ihm auf die Beine zu helfen. Gemeinsam humpelten sie den Hang hinauf zu einem Gebüsch, das Deckung bot. Seite an Seite warteten sie im Schutz der Büsche, während über ihnen die Flugzeuge kreisten. Cormac Jamieson war mehr als einen Kopf größer als Thea. Mit zusammengekniffenen Augen beobachtete er den Himmel. Beim schrillen Wimmern der Stukas, die im Sturzflug herabstießen und dann heulend wieder in die Luft hinaufstiegen, krampfte sich alles in ihr zusammen vor Angst. Eine überraschende und alarmierende Sehnsucht überkam sie, ihren Kopf an die Brust dieses Fremden zu legen, sich von seinen Armen umfangen zu lassen, um dieses entsetzliche durchdringende Heulen nicht mehr hören zu müssen.

»Sie ziehen ab«, sagte er.

Die beiden Maschinen schlugen einen weiten Bogen und entfernten sich in die Richtung, aus der sie gekommen waren. Thea atmete tief auf.

Cormac fragte: »Wohin wollen Sie?«

»St. Malo.«

»Tja, da haben wir dieselbe Richtung. Uns wurde gesagt, dass es von St. Malo aus weitergeht.« Er faltete eine Karte auf und deutete auf eins der Quadrate. »Wir müssten ungefähr hier sein. Also noch zwölf bis vierzehn Kilometer höchstens.«

Zwölf Kilometer. Vielleicht würde sie diese zwölf Kilometer noch schaffen. War es möglich?

Cormac wischte sich Staub und Erde von der Uniform und nahm seinen Seesack. »Wir sollten losgehen«, sagte er. »Je früher wir ankommen, desto größer ist die Chance, dass wir ein Schiff bekommen.«

Jenseits der Büsche nichts als Felder und Hecken. Sie waren nur ein kurzes Stück gegangen, als er feststellte: »Sie humpeln.«

»Es sind nur Blasen.«

»Lassen Sie mal sehen.«

Sie setzte sich und zog sich vorsichtig die Socken von den Füßen. Sie hörte, wie er den Atem einsog. Er hatte Heftpflaster und ein Fläschchen Jod in seinem Seesack. Sie teilten sich das Jod, ein paar Tropfen für seine Kopfwunde, ein paar Tropfen für ihre Füße.

Er reichte ihr ein Paar kakigraue Socken. »Sie sind bestimmt viel zu groß«, sagte er, »aber wenigstens haben sie keine Löcher. Wie weit sind Sie denn schon gelaufen?«

»Ich bin in Alençon losgegangen.«

Er pfiff. »Das ist eine ganz schöne Strecke.«

Während Thea in die frischen Socken schlüpfte, sah Cormac sich noch einmal die Karte an, und als sie startbereit war, schwang er sich, ohne auf ihre Proteste zu achten, ihren Rucksack über die Schulter.

Im Gehen erzählte er ihr seine Geschichte. Er war bei der britischen Meldetruppe gewesen. Als sein Vorgesetzter ihnen eröffnet hatte, nun sei jeder auf sich selbst gestellt, hatten er und ein paar andere seiner Einheit beschlossen, sich nach Cherbourg durchzuschlagen. Eines Abends, als sie irgendwo in der Nähe von Rouen Rast machten, schreckte sie plötzlich der Anblick von Panzern auf, die sich genau in ihre Richtung bewegten. Cormac und seinen Freunden blieben nur Sekunden, um sich auf ihre Motorräder zu schwingen und das Weite zu suchen. Nicht einmal Helme und Handschuhe konnten sie mitnehmen. Am folgenden Tag trafen sie mit einem anderen britischen Soldaten zusammen, der wie sie zur Kanalküste wollte. Als er ihnen berichtete, dass die Straße nach Cherbourg von feindlichen Truppen besetzt war, wandten sie sich kurzerhand nach Süden, um St. Malo zu erreichen.

»Und dann, ich weiß nicht mehr wann genau, vor ein, zwei Tagen vielleicht, stießen wir direkt auf die Wehrmacht. Wir bogen irgendwo ab und da waren sie – in Massen.« Cormac wischte sich Staub und Schweiß aus den Augen. »Ich bin in die eine Richtung gefahren, der Rest meiner Einheit in die andere. Später habe ich meine Leute gesucht, aber sie waren verschwunden. Ich weiß nicht, ob sie gefangen genommen wurden. Hier wimmelt's überall von Deutschen, hinter jedem Baum, hinter jeder Straßenecke Soldaten und Panzer.«

Ferner Geschützdonner begleitete sie auf ihrem Weg, ein dunkles, bedrohliches Grollen, das sie daran erinnerte, wie leicht sie direkt in die Katastrophe laufen konnten. Thea hatte gehofft, ihre geschundenen Füße würden sich dank der Pflaster und der frischen Socken erholen, aber die Schmerzen wurden immer stärker. Jeder Schritt war wie ein Schritt auf Glasscherben. Sie merkte sehr wohl, dass Cormac sich zurückhielt, um sich ihrem Tempo anzupassen. Er war nett und fürsorglich, trotzdem wappnete sie sich für den Moment, in dem er beschließen würde, allein weiterzugehen. Ohne sie würde er weit schneller vorwärtskommen.

Wieder eine Senke und wieder aufwärts zum nächsten Kamm. Ihr Verlangen, endlich das Meer zu sehen, war überwältigend. Sie würde durchhalten können, wenn sie nur das Meer im Blick hatte. Als sie von oben wieder nur die gleichen Felder, Wiesen und Hecken erblickte, hätte sie weinen können vor Enttäuschung.

»Ich halte Sie auf«, brach es aus ihr hervor. »Sie brauchen nicht auf mich zu warten. Ich kann verstehen, wenn Sie gehen.«

Cormac blickte suchend den Straßenrand entlang, dann schnitt er mit seinem Messer einen geraden Ast von einer Esche ab. »Komm, stütz dich auf den Stock«, sagte er. »Ich lass dich nicht allein, Thea. Wir schaffen das zusammen, in Ordnung?«

Mit gesenktem Kopf murmelte sie: »Ich weiß nicht, ob ich das kann.«

»Einen Schritt nach dem anderen. Mehr brauchst du nicht zu tun.«

»Wenn sie mich einsperren, brauche ich wenigstens nicht mehr zu laufen.«

»Quatsch. Das ist nicht dein Ernst, das weiß ich. Wir sind gleich da. Du hast es fast geschafft. Morgen um diese Zeit bist du zu Hause.«

Woher willst du das wissen? Aber sie sprach es nicht aus, sie hatte Angst, ihr Gejammer würde ihm auf die Nerven gehen und er würde sie irgendwann doch am Straßenrand stehen lassen. Sie hatte genug vom Alleinsein, und sein Optimismus tat ihr gut, ebenso wie – weniger rational – sein nordenglischer Akzent. Sich in der Gesellschaft eines pragmatischen, vernünftig denkenden Briten zu wissen machte diesen endlosen, mühevollen Marsch so viel erträglicher. Er besaß eine ordentliche Landkarte, er war ein Mann, der ein Motorrad fahren und feindlichen Truppen ein Schnippchen schlagen konnte, und das machte ihr Mut. Morgen um diese Zeit bist du zu Hause. Allen Strapazen und aller Erschöpfung zum Trotz entzündeten diese Worte unerwartet ein Fünkchen Hoffnung.

Sie gingen wieder los, Thea auf den Stock gestützt. Einen Schritt nach dem anderen.

»Was hattest du denn in Alençon zu tun?«, fragte er, um sie vom Schmerz abzulenken.

»Ich war dort nur ein paar Stunden. Vorher war ich in Paris und davor in Basel. Ich bin Archäologin.«

»Archäologin? Ich bin beeindruckt.«

»Nur eine ganz kleine. Hauptsächlich mache ich Aufzeichnungen und schreibe Schildchen für die Funde. Aber ich liebe diese Arbeit«, fügte sie hinzu.

Sie erzählte ihm von den Fainlights und der Grabung am Barbury Hill. Er hörte ihr nur zu, damit sie durchhielt, das ahnte sie. Sie kannte genug Leute, die Archäologie zum Gähnen fanden. Wenn er ihr etwas vormachte, dann tat er das sehr überzeugend.

Sie erzählte von ihrer Entscheidung, nach Paris zu reisen, und ihrer Suche nach Helen. »Ich hoffe nur, ich habe sie nicht verfehlt«, sagte sie. »Ich hoffe, sie ist in England oder in Schweden bei ihrem Vater.« Als ihr bewusst wurde, dass nur sie redete, fragte sie: »Was machst du, wenn du nicht beim Militär bist, Cormac? Oder bist du Berufssoldat?«

»Ich habe mich achtunddreißig gemeldet.« Sie machten an einer Wegkreuzung halt, um in die Karte zu sehen. Als er sie wieder zusammenfaltete, fragte er: »Kannst du noch? Da oben, auf dem nächsten Hügel, können wir eine längere Pause einlegen.«

»Ich hatte einen Riesenkrach mit meinem Vater«, sagte er, als sie wieder losgingen. »Danach konnte ich nicht mehr nach Hause. Also bin ich zum Militär gegangen, ich fand das eine gute Idee.«

»Warum verstehst du dich nicht mit ihm?«

»Er ist ein schwieriger Mensch. Wir Jamiesons sind fast alle ziemlich aufbrausend, aber mein Vater ist ein wandelndes Pulverfass. Wir hatten uns wegen etwas zerstritten, und ich brauchte erst mal Abstand.«

»Es ist vielleicht gut, solche Dinge offen auszutragen. Besser, als sie zu vertuschen.«

»Kann sein, ja.« Er lächelte flüchtig. »Aber eigentlich bin ich ein lammfrommer Mensch.«

Sie lachte. »Da bin ich aber froh. Und woher kommst du?«

»Aus Crawburn, das ist in Northumberland. Der schönste Ort der Welt.« Er sagte das so trocken, als wäre es eine unbestreitbare Tatsache. »Und du? Du bist Schottin, oder? Hast du Familie zu Hause?«

»In Glasgow niemanden mehr. Meine Eltern sind beide

tot. Ich habe eine ältere Schwester, Rowan, sie lebt in London.«

»Ich habe eine jüngere Schwester. Nicola. Meine Mutter ist gestorben, als ich zwölf war. Ich kann verstehen, dass mein Vater so ist, wie er ist, er hat's richtig schwer gehabt.«

Sie hatten die Höhe des Hügels erreicht. Thea ließ sich erleichtert ins Gras fallen, und Cormac setzte sich neben sie. Sie sah, wie er zusammenzuckte.

»Tut dein Kopf sehr weh?«

»Es geht.« Er drückte die Fingerspitzen an die Stirn und verzog das Gesicht. »Ich glaub, ich mach ein kleines Nickerchen, Thea. Nur fünf Minuten. Weck mich, wenn ich länger schlafe. Versprich's mir.«

»Ich versprech's.«

Er schlief augenblicklich ein, kaum dass er die Augen geschlossen hatte. Trotz Sonnenbräune und Staub ließ sich der bläuliche Schimmer seiner Haut erkennen. Eine Fliege umkreiste brummend sein Gesicht. Sie scheuchte sie weg.

Er erwachte pünktlich fünf Minuten später. Sie teilte den Rest ihres Proviants mit ihm, danach ging er ein Stück voraus, um die Umgebung zu erkunden. Sie beobachtete ihn, seinen ausholenden Schritt, wie er seine Augen abschirmte, während sie den Himmel absuchten. An seiner Haltung konnte sie erkennen, dass er starke Kopfschmerzen hatte.

Dann machten sie sich wieder auf den Weg. Der Geschützdonner wurde lauter, als sie sich der Küste näherten, und sie beschlossen, der Straße zu folgen, anstatt wie bisher den Fußwegen durch Felder und Wiesen. Das war gefährlicher, aber sie würden schneller vorankommen. Thea vermutete, auch Cormac war klar, dass sie beide dem Ende ihrer Kräfte nahe waren. Zu den körperlichen Anstrengungen der vergangenen Tage und Wochen kam die innere Spannung, das Erfordernis, ständig auf der Hut zu sein, um nicht im nächsten Feld, im nächsten Wäldchen von Truppen überrascht zu werden, immer wieder den Himmel nach feindlichen Flugzeugen abzusuchen. Wehrmacht und Luftwaffe rückten in südlicher und westlicher Richtung durch Frankreich vor, um die Kanalhäfen abzuriegeln und so die Einschiffung weiterer alliierter Soldaten zu verhindern. Sie und Cormac mussten St. Malo vor dem Feind erreichen.

Am frühen Abend trafen sie in einem Dorf mit weiß getünchten Häusern und von Heckenrosen überwachsenen Steinmauern auf einen ganzen Zug englischer Familien, die in Automobilen oder auf Pferdewagen zusammengequetscht auf der Flucht nach St. Malo waren. Junge Männer auf Tourenrädern studierten Landkarten und reichten Wasserflaschen herum. Die Uniformen der Soldaten des britischen Expeditionskorps waren abgerissen und verdreckt wie Cormacs, die Gesichter der Männer blass und hohlwangig vor Müdigkeit.

Sie beschlossen, sich nicht dem Zug anzuschließen, sondern allein weiterzugehen. Die Häuser blieben zurück; eine Reihe kleiner Hütten, eine alte Frau, die ihr Gärtchen harkte, ein Hund, der ein Kaninchen über eine Wiese jagte.

»Schau!«, sagte Cormac.

In der Ferne, jenseits der grünen Ebene mit verstreut liegenden Dörfern und einsamen Gehöften, dehnte sich ein breiter Streifen blaugrünen Wassers, das im Sonnenlicht glitzerte.

Ihr Herz öffnete sich. »Oh, Cormac.«

Er stand an einen Baum gelehnt, blaue Schatten unter den Augen. »Ich hab's dir doch gesagt.« Auch das Lächeln war nur ein Schatten.

»Brauchst du eine Pause?«

»Nein, mir geht's gut. Wir müssen weiter. Und du?«

»Alles in Ordnung.«

Thea fühlte sich benommen: die Hitze, das gleißende Sonnenlicht. Sie redeten nichts mehr, Thea merkte, dass für Cormac jetzt jeder Schritt so anstrengend war wie für sie.

Je näher sie der Stadt kamen, desto dichter wurde der Verkehr auf den von hohen Häusern gesäumten Straßen. Sie wurden mitgerissen von einer Flut hastender, vorwärtsdrängender Menschen, die alle in dieselbe Richtung wollten, zum Hafen. Cormac nahm sie bei der Hand, und sie war froh, die Wärme seiner Finger auf ihrer Haut zu spüren. Die Leute ließen ihre Autos und Fuhrwerke stehen, rissen Koffer, Taschen und kleine Kinder aus den Fahrzeugen, um sich den Rest des Weges zu Fuß durchzukämpfen.

»Thea«, sagte Cormac. »Da ist ein Schiff.«

Sie fielen sich in die Arme. Er lachte, und sie weinte, während sie sich so fest umschlungen hielten, dass sie den Duft seiner Haut riechen, die Wärme seines Körpers fühlen konnte. Dann lockerte er die Umarmung ein wenig und senkte den Kopf zu ihr herunter, seine Lippen, spröde und warm, mit einem Hauch von Salz, berührten die ihren, und ihr war das Herz so voll, dass sie nichts sagen konnte.

Cormac hielt ihre Hand fest in der seinen, als sie sich wieder aufmachten und sich einen Weg durch die wogenden Menschenmassen zu bahnen suchten. Jemand wies ihnen die Richtung zum britischen Konsulat, wo Thea sich in die Schlange der Wartenden einreihte, um ihren Reisepass vorzulegen und sich eine Genehmigung für die Rückreise nach England zu holen. Immer wieder sah sie sich nach Cormac um, der blass und sichtlich geschwächt an einer Wand lehnte.

Überall um sie herum waren weinende Frauen und schimpfende Männer, die, da sie aufgrund ihrer französischen Staatsbürgerschaft keine Reisegenehmigung erhielten, von ihren britischen Angehörigen getrennt wurden. Thea war tief erleichtert, als sie endlich ihre Genehmigung in der Hand hielt. Sie drängte sich durch das Getümmel zu Cormac durch. Er stand mit geschlossenen Augen da.

Sie berührte seine Hand. »Wie geht es dir?«

Seine Lider flatterten. »Gut. Gut.«

»Und dein Kopf?«

»Tut weh.« Er drückte eine Hand an die Stirn.

Sie verließen das Gebäude und schlugen den Weg zum Hafen ein. Jetzt war sie es, die ihn stützte. Sie spürte sein Gewicht, ein paarmal stolperte er.

Als sie sich dem Schiff näherten, rief jemand laut: »Jamieson!« Ein blondhaariger Soldat drängte sich breit lächelnd durch das Meer von Kakigrau zu ihnen durch.

»Ich dachte, sie hätten dich gefangen genommen«, sagte er. »Mensch, bin ich froh, dich zu sehen.«

»Coleman«, sagte Cormac. »Gott sei Dank.«

»Die anderen sind auch alle hier«, sagte der Blonde. »Komm.«

»Einen Moment noch. Thea, du musst aufs Schiff.«

»Cormac …«

»Ich muss zu meiner Einheit, dem, was davon übrig ist.« Er lächelte sie an. »Geh schon, Thea. Gott schütze dich, komm gesund nach Hause.«

Der Seemann am Fuß der Gangway verlangte ungeduldig ihre Papiere und schob sie eilig aufs Schiff. Oben an Deck blickte sie zurück. Cormac winkte ihr zu. »Ich schreibe dir!«, rief er. »Wo wohnst du?«

»Bei meiner Schwester, Macklin Street.« Sie wurde weitergestoßen, als die letzten Passagiere an Deck kamen und die Gangway hochgezogen wurde. Als sie zum Kai hinunterblickte, konnte sie Cormac nicht mehr sehen. Sie fühlte sich wie beraubt.

Sie spürte das Stampfen der Maschinen unter ihren Füßen, als das Schiff aus dem Hafen glitt. Es hieß, man würde nicht seekrank, wenn man an Deck blieb, und es hieß, man würde nicht seekrank, wenn man den Blick auf den Horizont gerichtet hielt. Anfangs hatte Thea die Hoffnung, das würde sich bewahrheiten. Aber als das Schiff aus der Bucht ins offene Meer hinausfuhr und auf den Wellen zu schaukeln begann, spürte sie das bekannte Grummeln im Magen, Vorzeichen der aufsteigenden Übelkeit. Wenigstens, dachte sie, als sie sich auf der Suche nach einem freien Platz an der Reling zwischen den Menschen hindurchdrängte, lenkte die Übelkeit sie von den Bombern ab, die wie Raubvögel über ihnen kreisten. Gerade noch rechtzeitig entdeckte sie eine Lücke an der Reling und übergab sich in die schäumenden Wellen. In den Momenten der Erleichterung, die folgten, dachte sie an Cormac, rief sich seine Umarmung und seinen Kuss ins Gedächtnis und war glücklich trotz Erschöpfung, Sonnenbrand, geschundener Füße und Seekrankheit. Bis mit gnadenloser Unerbittlichkeit die Übelkeit von Neuem zuschlug und sie am Ende an der Reling zusammensank und in einen Schlaf der Ermattung fiel.

12

Juni 1940

Er war blutjung, gerade zwanzig Jahre alt. Er war Soldat, Gefreiter, und hieß Alfred Claybourn. Er lag reglos auf dem Bett unter blauen Krankenhausdecken, und Rowan, die ihm als Pflegerin zugeteilt war, konnte nur seinen Haarschopf sehen, hellbraun wie ein Sperlingsflügel, und seine graublauen Augen, die zu Schlitzen zusammengezogen waren, trübe vom Morphium. Ein großer Teil seiner unteren Gesichtshälfte war zerstört, und das, was geblieben war, verhüllte ein dicker weißer Gazeverband.

Er blickte Rowan an und stieß einen Laut aus, der tief aus seiner Kehle kam. Sie sah ihn lächelnd an. »Ihre Eltern sind schon unterwegs«, sagte sie tröstend. »Sie sind sicher bald hier, Alfie.« Sie hatte ihm das schon mehrmals gesagt, konnte aber nicht erkennen, ob er es aufgenommen hatte.

Wieder gab er diesen erstickten, gutturalen Laut von sich.

»Sie kommen mit der Bahn. Es dauert nicht mehr lang, ganz bestimmt nicht.«

Alfies Eltern lebten in Saithes an der Küste North Yorkshires. Sie würden einen Tag fahren müssen, um ihren Sohn, oder das, was von ihm geblieben war, in dem Lazarett in Kent zu besuchen.

Sein Bett stand in einer Ecke des Saals, durch Paravents

von den anderen Betten getrennt. Die typischen Krankenhausgeräusche, die eilenden Schritte des Pflegepersonals, das Stöhnen der Patienten, das Quietschen der Rollen an den Betten und das Rascheln gestärkter Bettwäsche, schienen sich in der Ferne verloren zu haben. Nach endlosen Tagen an den Betten der Brandopfer, Schwerverwundeten, Traumatisierten und zu Tode Erschöpften von Dünkirchen, Calais, Le Havre und jetzt St. Nazaire fühlte Rowan sich wie ausgehöhlt. Die Oberschwester hatte sie angewiesen, Alfie die Hand zu halten und mit ihm zu reden. Sie hatte sich immer eingebildet, Konversationstalent zu besitzen, aber wie unterhielt man einen sterbenden Jungen?

Im wässrigen Licht, das durch die blauen Stoffparavents sickerte, bewegte er sich in rastlosen kleinen Zuckungen. Sie fragte: »Haben Sie Geschwister, Alfie?«

Ein angedeutetes Nicken. Einer seiner Arme war eingegipst. Rowan hielt seine andere Hand. Kaum wahrnehmbar hob er drei Finger.

»Drei Schwestern?«, riet sie. »Nein? Also Brüder. Sie Glückspilz. Da haben Sie bestimmt viel Spaß miteinander. Ich war noch nie in Saithes. Es muss ein hübscher Ort sein.« Im letzten Moment schluckte sie die Frage hinunter, ob er mit seinen Brüdern viel im Meer badete. Man hatte Alfie aus dem Wrack eines Schiffes geborgen, das deutsche Bomber vor der französischen Küste versenkt hatten. Reste von Salz aus dem Ärmelkanal hafteten noch wie Reif in seinen Haaren.

»Ich war in Yorkshire auf dem Internat«, sagte sie. »In den Ferien kam immer mein Vater, dann ist er mit meiner Schwester und mir gewandert, und hinterher gab es Tee und Scones. Die besten Scones, die ich in meinem Leben gegessen habe. Aber die Schule habe ich gehasst. Ich hab mir nie gern Vorschriften machen lassen. Wie beim Militär wahrscheinlich. Und in der Krankenpflege.«

Er gab schwache Laute der Erregung von sich, und seine Hand zuckte. »Warten Sie, ich mache es Ihnen ein bisschen bequemer.« Sie ließ seine Hand los. »Ich schüttle Ihnen das Kissen auf. Nur ein wenig, sodass es Sie nicht stört. Na, besser so?«

Ihre Stimme schien besänftigend auf ihn zu wirken. Während sie von Sommerferien erzählte, von den Spielen, die sie und Thea gespielt, den Eisbechern, die sie gegessen, und den Wanderungen, die sie unternommen hatten, legte sich die Erregung. Aber jedes Mal, wenn sie schwieg, weil ihr nichts mehr einfiel, wurde er von Neuem unruhig und begann wieder, die heiseren, unmenschlichen Laute auszustoßen, dieses Röcheln, als erstickte er. Dann redete Rowan krampfhaft weiter, über irgendetwas, was ihr gerade in den Kopf kam. Nach einiger Zeit schlossen sich seine Augen, und sie ließ ihre Stimme leiser werden, während sie weiter seine Hand streichelte. Sie murmelte immer wieder dieselben Worte, wie eine Beschwörung oder ein Schlaflied, dass alles gut werde, dass seine Mutter und sein Vater auf dem Weg zu ihm seien und alles gut werde.

Rowan arbeitete seit fast neun Monaten im St.-Anne's-Krankenhaus auf der Südseite der Themse. Ihr erster Tag dort hatte ihr eine Folge schmerzhafter Ernüchterungen beschert, denen sie manchmal fassungslos gegenübergestanden hatte. Frühmorgens um sechs Uhr aus dem Bett zu müssen war ein ebenso ernüchterndes Erlebnis gewesen wie die erste Begegnung mit der steifen, unbequemen und altmodischen Tracht und das mit fünfzig schnatternden und quengelnden Kolleginnen eingenommene Frühstück aus Haferschleim und trockenem Brot. Und dann die Station. Als Neue auf Probe war sie in der Frauenabteilung das kleinste Rädchen, und das mit Recht, denn sie hatte ja von nichts eine Ahnung. Den halben Tag stand sie dumm herum, weil sie nicht wusste, was sie als Nächstes tun sollte, die restlichen Stunden flogen ihr kurz geblaffte Anweisungen um die Ohren, von denen sie nicht wusste, wie sie sie ausführen sollte.

Trotzdem war sie glücklich. Als sie das Krankenhaus am Abend verließ, war ihr fast schwindlig vor Müdigkeit, und der Kopf wirbelte ihr von all dem Neuen. Aber der Tag war wie im Flug vergangen, weil sie immer interessiert und ganz bei der Sache gewesen war. Wie öde erschien ihr im Vergleich dazu ihr früheres Leben, wie nutzlos und ohne Sinn. Diese Entdeckung überraschte und erfreute sie. Irgendwie hatte sie endlich etwas richtig gemacht.

Im April, kurz vor dem Ende des Sitzkriegs an der Westfront, wurde sie an ein Notlazarett in Kent versetzt. Die Einrichtung aus Baracken und Zelten war abseits der Hauptstadt zur Betreuung der erwarteten Kriegsverletzten geschaffen worden. Sechs Wochen später wurden Pflegepersonal und Pförtner eines Morgens angewiesen, die Station zu räumen. Die gehfähigen Patienten wurden entlassen, die Rekonvaleszenten in Pflegeheime überwiesen.

Und dann rollten die Sanitätswagen an, in schier endlosen Konvois, die die aus Dünkirchen evakuierten Soldaten brachten. Bis zu diesem Tag war der Krieg eine Schlagzeile in der Zeitung gewesen oder ein Bericht im Radio, den man abschaltete, um stattdessen Tanzmusik zu hören. Rowan hatte vielleicht ab und zu mit etwas Unruhe an Thea gedacht, aber niemals mit ernsthafter Sorge. Die Schweiz war ein neutrales Land, sie war überzeugt, dass Thea dort sicher war, gleich, was geschehen würde.

Dünkirchen veränderte alles. Diese traumatisierten und verstümmelten Soldaten waren das Gesicht der Niederlage. Rowan schnitt dreckstarrende, zerlumpte Uniformen auf und wusch schmutzige, salzverkrustete Körper. Von einer Minute zur anderen musste sie Schrapnellverletzungen versorgen. Sie hatte nie gelernt, Granatsplitter zu entfernen, aber alle ausgebildeten Schwestern hatten zu tun. Jemand drückte ihr eine Pinzette in die Hand und sagte, sie solle anpacken. Also packte sie an, fischte Metallsplitter aus Köpfen und Rücken und Gliedern. Manchmal schrien die Soldaten, wenn sie einen tief sitzenden Splitter entfernte, aber meistens blieben sie stumm, nur die Flecken bleicher Haut, die unter dem Öl und dem Schmutz sichtbar waren, wurden noch bleicher. Die absurden Krankenhausvorschriften – die Gleitrollen der Betten mussten so eingestellt werden, dass sie zur Zimmermitte zeigten, die Messinggriffe mussten zweimal am Tag poliert, die Patientenschränke regelmäßig aufgeräumt werden – waren vergessen. Ein oder zwei Tage vergingen, und zu dem Geruch von Blut und Öl gesellte sich der süßliche Geruch des Wundbrands. Als die Nachricht kam, dass Paris gefallen war, drehte einer der französischen Soldaten das Gesicht zur Wand und weinte.

Alfies Atemzüge verlangsamten sich zunehmend. Ein erschreckendes Röcheln unterbrach sie, und die Stationsschwester schob sich zwischen den Paravents hindurch. Sie war jemand, der immer gern etwas auszusetzen hatte und strikt auf das Einhalten der Vorschriften achtete, aber diesmal sagte sie nur sanft: »Der Junge ist tot, Schwester Scott. Es ist vorbei.«

Ein Fliegeroffizier vom nahe gelegenen Militärflugplatz der Royal Air Force nahm Rowan und ihre Kollegin, eine frische junge Frau namens Jenkins, in seinem MG mit nach London. Rowan setzte sich mit den beiden noch auf ein Glas in eine Bar in Covent Garden, bevor sie nach Hause ging.

Sie sah die Briefe in ihrem Fach durch, aber von Thea war nichts dabei. Auf dem Weg nach oben hielt sie den Atem an, ein alter Aberglaube, den sie sich aus der Kindheit bewahrt hatte. Wenn ich die Luft anhalten kann, bis ich in der Wohnung bin, ist Thea da.

Aber sie war nicht da. Rowan trat in leere, kühle Räume, in denen es ein wenig muffig roch, weil sie zu lange unbewohnt gewesen waren. Sie spülte eine Milchflasche aus, in der die Milch sauer geworden war, und machte die Fenster auf, um Luft hereinzulassen, während Enttäuschung und Angst an ihr nagten. Schließlich schaltete sie den Gasbadeofen ein und ließ sich ein lauwarmes Bad einlaufen. Sie blieb in der Wanne liegen, bis das Wasser fast kalt war, um die Krankenhausgerüche loszuwerden, und wickelte sich dann in ein großes Badetuch. Nachdem sie die Fenster geschlossen und die Verdunkelungsvorhänge zugezogen hatte, legte sie sich auf ihr Bett, um ein Weilchen zu schlafen.

Sie hatte zehn Tage durchgearbeitet; an diesem Morgen hatte sie ihre Schicht um sieben Uhr angetreten. Doch ihre Gedanken ließen sie nicht zur Ruhe kommen, Erinnerungen an die vergangenen Tage im Krankenhaus, an Alfie Claybourns flehenden Blick, an seine Hand, die unter ihrer zuckte, und nach einer Weile gab sie jeden Versuch zu schlafen auf und begann sich anzukleiden.

Sie schaltete das Grammophon ein, legte Cole Porter auf

und nahm einen pfirsichfarbenen Büstenhalter und ein Hemdhöschen gleicher Farbe aus dem Schrank. Während sie sich eine Zigarette anzündete, fragte sie sich, wo Thea sein mochte. Warum war sie nicht nach Hause gekommen? War sie noch wohlbehalten in der Schweiz? Oder war sie etwa irgendwo in dem Chaos in Frankreich unterwegs, allein und verloren und in Gefahr, gefangen genommen zu werden? Im Krankenhaus hatte ihr jemand erzählt, dass auf Alfies Schiff auch Zivilisten gewesen waren. Thea voll Blut und Maschinenöl oder mit zerfetzten Gliedern, wie dieser arme Junge … ihr wurde schlecht bei dem Gedanken.

Sie drückte die Zigarette aus und setzte sich an ihren Toilettentisch, um sich zu schminken und ihre Haare in einer Rolle hochzustecken. Dann Seidenstrümpfe, korallenrotes Satinkleid und das weiße Samtjäckchen, das sie bei Edwina gekauft hatte. Ihre Handtasche mit Portemonnaie, Puderdose und Schlüsseln. Sie betrachtete sich kritisch im Spiegel, während sie ihre Ohrclips befestigte. Na bitte, wenn man die rauen roten Hände übersah, fast wie früher.

Rowan sperrte nicht ab, als sie ging, für den Fall, dass Thea nach Hause kommen würde. Sie ließ die Wohnung häufig unverschlossen, damit ihre Freunde sie jederzeit nutzen konnten, wenn sie, im Urlaub oder auf der Durchreise, ein, zwei Nächte in London waren. Und immer wieder lag von den Gästen Vergessenes herum, wenn sie nach Haus kam: ein Flakon Parfum, ein dunkelblaues Herrenjackett, ein, zwei Taschenbücher.

Artemis und Maurice Wilton erwarteten sie in der American Bar im Savoy. Artemis umarmte sie. »Ich habe ein Bad genommen«, sagte Rowan, »aber ich glaube, ich rieche immer noch nach Karbol.«

»Keine Spur, Darling, du bist hinreißend wie immer.«

Artemis zog sie zu einem Sessel. »Komm, setz dich. Du musst ja völlig erledigt sein.«

Ein Kellner schenkte Champagner ein, und sie unterhielten sich über dies und jenes. Maurice hatte einen Posten beim Ministry of Supply, das für Kriegsbeschaffungsmaßnahmen zuständig war, und Artemis arbeitete für die Women's Voluntary Services. Sie hatte mitgeholfen, als diese Organisation freiwilliger Helferinnen an der Südküste Bataillone von Frauen mobilisiert hatte, die die Überlebenden von Dünkirchen mit Verpflegung und Getränken empfangen hatten. Sie hatte selbst Hunderte von Broten geschnitten und vom Bahnsteig aus den Soldaten in den Zügen heißen Kakao gereicht.

»Hast du von Thea gehört?«, fragte sie Rowan jetzt.

Rowan schüttelte den Kopf. »Nichts.«

»Mach dir keine Sorgen.«

»Artemis! Du hast sie doch gesehen. Ich habe sie auch gesehen.« Rowan konnte ihre Angst nicht länger bezwingen. »Ich habe in den letzten zwei Wochen diese Männer betreut. Thea versucht ganz sicher, nach Hause zu kommen. Ich kenne sie, ich weiß es. Sie kann weiß Gott wo sein.« Sie wandte sich Maurice zu. »Wenn sie gefangen genommen wird, was passiert dann mit ihr?«

»Man wird sie internieren. Das heißt, sie kommt als feindliche Ausländerin in ein Lager.«

»Und dann?«

»Das weiß ich nicht«, antwortete Maurice zurückhaltend. »Es tut mir leid, Rowan. Man kann nur hoffen, dass alle anständig behandelt werden.«

»Im Krankenhaus erzählte jemand etwas von einem Schiff, das vor St. Nazaire gesunken ist, und ich frage mich …«

Maurice senkte die Stimme. »Rowan, es gab ungeheure Verluste an Menschenleben, gerade deshalb halten sie es geheim. Es geht um die Kampfmoral, verstehst du.«

»Weißt du, ob Zivilisten an Bord waren?«

»Leider ja. Wir wissen nicht, wie viele. Es wird sich vielleicht nie feststellen lassen.«

Artemis tätschelte ihre Hand. »Thea ist ein vernünftiges Ding«, sagte sie mit Entschiedenheit. »Sie ist bestimmt geblieben. Würde ich jedenfalls tun, wenn ich in der Schweiz säße. Denk doch bloß an die köstliche Schokolade und den Käse.«

Rowan wusste, dass Artemis versuchte, sie aufzuheitern, deshalb lächelte sie und sprach von anderen Dingen.

Später, auf dem Heimweg, gestand sie sich ein, dass sie bis zu diesem Tag nie ernsthaft an die Möglichkeit gedacht hatte, sie könnte Thea verlieren. Tief im Inneren war sie immer überzeugt gewesen, dass Thea irgendwann nach Hause kommen würde, auch wenn es vielleicht noch ein oder zwei Wochen dauerte. Aber jetzt konnte sie sich nichts mehr vormachen. Überall starben junge Männer und Frauen. Alfie war nur ein Jahr älter gewesen als Thea. Schiffe mit britischen, französischen und polnischen Soldaten und ebenso britischen Zivilisten waren vor den französischen Häfen bombardiert und versenkt worden. Wenn die Regierung beschlossen hatte, die Verluste geheim zu halten, konnte das heißen, dass Tausende umgekommen waren.

Die Wolken teilten sich, und ein ausgefranster Mondstrahl erleuchtete einen riesigen silbernen Sperrballon, der schön und bedrohlich am Himmel schwebte. Rowan kam an einem eingezäunten Garten vorüber. Die Nachtluft war mild und duftete nach Rosen. Bei dem Gedanken, dass

Thea, die sie vor so vielen Jahren vor dem Ertrinken gerettet hatte, nun vielleicht doch von der See verschlungen worden war, ergriff sie das blanke Entsetzen.

Das letzte Stück Weg bis zur Macklin Street rannte sie beinahe. Aus reiner Gewohnheit sah sie nach Briefen in ihrem Fach, dann lief sie nach oben. Als sie den schmalen Lichtstreifen unter ihrer Wohnungstür erblickte, begann ihr Herz zu rasen. Es konnte jeder sein, sagte sie sich, bevor sie den Türknauf drehte. Es konnte Nicky sein oder Patrick oder Davey Manningham, irgendjemand, der ein Bett für die Nacht brauchte.

Sie ging ins Wohnzimmer. Auf dem Boden lag ein Rucksack und auf dem Sofa ein kleines zusammengerolltes Bündel.

»Thea!«, rief sie, überschwemmt von Glück und Erleichterung.

Die geschundenen Füße in einer Schüssel mit warmem Seifenwasser, berichtete Thea ihrer Schwester von ihrer Expedition. Rowan war in der Küche und machte Toast und Rührei.

»St. Malo war ziemlich gespenstisch.« Thea verzog das Gesicht, als sie ihre Füße bewegte. »In den Läden waren schicke Kleider und Handtaschen ausgestellt, und auf den Straßen wälzten sich Massen von verdreckten Menschen, die sich vor Müdigkeit kaum noch auf den Beinen halten konnten. Jeder wollte nur weg. Ich hatte Glück, weil ich einen britischen Pass habe, aber sie haben so viele abgewiesen. Und als wir dann alle auf dem Schiff waren, kamen die Flieger und versuchten, uns abzuschießen.«

»Oh, Thea, wie furchtbar.« Rowan streckte den Kopf aus der Küchentür.

»Alle hatten Angst. Aber unsere Flieger haben sie dann vertrieben.«

»Gott sei Dank.«

»Sind eigentlich alle Schiffe aus St. Malo durchgekommen? Weißt du das, Rowan?«

Ihre Schwester kam ins Wohnzimmer. »Ein Freund hat mir von einem erzählt, das gesunken ist. Es gab unheimlich hohe Verluste.«

Theas Herz zog sich zusammen, aber dann kniff Rowan die Augen zusammen und sagte: »Nein, das war bei St. Nazaire, glaube ich, nicht St. Malo. Ja, ich bin mir sicher, es war St. Nazaire.«

Sie fühlte sich wie erlöst. Sie betete darum, dass Cormac mit dem nächsten Schiff sicher in England gelandet war. Auf der Heimreise war ihr bewusst geworden, dass sie sich in ihn verliebt hatte. Sie war noch nie in jemanden verliebt gewesen und konnte nicht verstehen, dass man so tief für jemanden empfinden konnte, den man weniger als einen Tag kannte. Aber so war es, und sie wusste es. Sie fühlte sich innerlich wund, so brennend und schmerzhaft waren ihre Gefühle. Sie hatte sich vielleicht schon in ihn verliebt, als sie ihn das erste Mal gesehen hatte, wie er bewusstlos im Staub an einem französischen Feldrain gelegen hatte.

»Hier.« Rowan stellte ihr eine Tasse Tee hin. »Trink schon mal. Dein Essen ist gleich fertig.«

»Danke.« Thea tupfte ihre Füße vorsichtig mit dem Waschlappen ab. Das Wasser war grau geworden. »Du kannst dir nicht vorstellen, wie seekrank ich war«, sagte sie. »Ich dachte, auf einem großen Schiff wäre es vielleicht nicht so schlimm, aber es war grässlich. Ich habe eigentlich erwartet, dass ich bei der Landung so was wie Heimatgefühle bekommen würde, aber ich war nur froh, dass ich wieder festen Boden unter den Füßen hatte.«

Rowan brachte ihr einen Teller mit Rührei. »Zeig mal deine Füße. Ach, du armes Ding, das sieht ja schlimm aus. Jetzt iss, und dann legst du dich in eine heiße Wanne, und danach verarzte ich deine Wunden. Ich bin so froh, dass du wieder da bist, Thea.« Rowan setzte sich neben sie. »Wir hatten viele Soldaten aus Frankreich im Lazarett. Ich habe mir solche Sorgen gemacht.«

Thea schob sich eine Gabel voll Rührei in den Mund. »Ich hatte schon Angst, ich hätte es verbockt. Ich dachte, ich hätte zu lang gewartet.«

Rowan drückte ihre Schulter. »Es muss ein schrecklicher Marsch gewesen sein.«

Ja, es war schrecklich. Sie hatte Dinge über sich selbst erfahren, von denen sie manche lieber nicht gewusst hätte. Aber es hatte auch Momente gegeben, die sie, rückblickend, um keinen Preis hätte missen wollen. Dieses Gefühl, als sie das Meer erblickt hatte. Und Cormacs Stimme. »Thea, ich lasse dich nicht allein.« Und sein Kuss.

Aber davon sagte sie Rowan nichts. Es war alles zu zerbrechlich, zu zart, um es in Worte zu fassen. Außerdem war sie todmüde, körperlich so am Ende, dass sie Mühe hatte, die Gabel zum Mund zu führen.

Deshalb sagte sie nur: »Ich bin auch froh, zu Hause zu sein. So unglaublich froh.«

Als sie später im Bett lag, meinte sie, immer noch das Schwanken des Schiffes zu spüren. Sie hatte Cormac zwar ihre Adresse zugerufen, aber sie wusste nicht, ob er sie überhaupt gehört hatte. Vielleicht würde sie ihn nie wiedersehen.

Der Gedanke war zu niederdrückend, um länger bei ihm zu verweilen. Unvorstellbar, Cormac zu verlieren, nachdem sie ihn gerade erst gefunden hatte. Sie wollte das einfach nicht glauben. Als ihr vor Müdigkeit die Augen zufielen, sah sie sein Gesicht vor sich, und mit diesem Bild schlief sie ein.

13

Juli–September 1940

Stuart hatte sich zur Marine gemeldet, und das hieß, dass Sophie jetzt für drei Mieter Platz im Haus hatte. Mit dem Ausbruch des Krieges hatte sich ihre Klientel gewandelt. Keine reisenden Vertreter, unverheirateten älteren Damen und verarmten Witwen mehr; stattdessen war im April Mr Reynolds eingezogen, ein ruhiger, zurückhaltender Mann, der bei der Admiralität tätig war. Wenig später stieß seine Kollegin, Miss Cornish, zu ihnen, etwa in Sophies Alter, groß, kräftig und geradeheraus. Sie war eine aufgeräumte und umgängliche Person, die gern »mit anpackte«, wie sie es nannte, und darauf bestand, jeden Abend nach dem Essen beim Abdecken zu helfen.

Als Letzter kam Hauptmann Kazimierz Wajszczyk, den man ihr im Juni zugeteilt hatte. Hauptmann Wajszczyk war Pole. Er hatte bei der deutschen Invasion Polens im September 1939 aufseiten seines Landes gekämpft und sich beim Einmarsch der Russen, als die Niederlage unausweichlich schien, über Ungarn nach Frankreich durchgeschlagen. Dort hatte er sich General Sikorskis polnischer Exilarmee in Frankreich angeschlossen. Nach der Kapitulation Frankreichs war er über einen der Häfen im Süden nach England geflohen.

Sophie schätzte ihn auf etwa fünfunddreißig. Er war ein

hochgewachsener Mann mit glatten hellbraunen Haaren und einem gut geschnittenen Gesicht, wenn auch kühl wie Marmor. Seine graugrünen Augen hatten etwas Stählernes. Obwohl Sophie sich alle Mühe gab, passierte es ihr immer wieder, dass sie seinen Nachnamen mit dieser zungenbrecherischen Aufeinanderfolge von Konsonanten verstümmelte. Sie merkte, dass er sich bemühte, seine Irritation nicht zu zeigen. Manchmal kniff sie und sprach ihn einfach mit »Hauptmann« an.

Er war adrett und ordentlich, sie musste kaum etwas für ihn tun, außer für die Mahlzeiten zu sorgen, seine Hemden zu waschen und zu bügeln und gelegentlich mit dem Staubwedel über Kaminsims und Fensterbretter in seinem Zimmer, Duncans Zimmer, zu gehen. Seine Schuhe und seine Uniform pflegte er selbst, war stets höflich, beschwerte sich nie und begrüßte sie gewöhnlich mit formvollendeter Verbeugung. Er ging morgens früh aus dem Haus und kam spätabends zurück.

Er machte also eigentlich überhaupt keine Umstände. Aber Sophie hegte den Verdacht, dass Hauptmann Wajszczyk sein derzeitiges Leben und ihr Haus unter seiner Würde fand. Sie fragte sich, ob es in Polen ein Schloss oder etwas Ähnliches gab. Am Essen war nicht viel zu ändern. Butter, Zucker, Schinken und Fleisch waren jetzt rationiert. Ihre Haushaltshilfe, Mrs Leonard, war im April gegangen, um in einer Flugzeugfabrik zu arbeiten, sodass Sophie jetzt den ganzen Haushalt allein in Schwung halten musste. Zudem hatte sie sich trotz ihrer eingerosteten Erfahrungen in der Krankenpflege als Aushilfe bei einer Rettungsstelle gemeldet und nahm an Kursen teil, wo geübt wurde, wie man Bombenopfern Erste Hilfe gab.

Im Frühjahr hatten die Jungen ein Stück Garten umgegraben und Gemüsebeete angelegt. Das frische Gemüse war ein Segen, der Fluch dabei waren allerdings das zeitraubende Unkrautjäten und Gießen. Jede Minute am Tag war mit dieser oder jener Aufgabe ausgefüllt. Mit dem zerstückelten Rasen und dem klobigen Anderson-Luftschutzunterstand war nicht einmal mehr der Garten das, was er früher gewesen war. Sie fürchtete, dass auch die Rosen würden weichen müssen. Manchmal, wenn sie ihr Haus und ihren Garten mit Hauptmann Wajszczyks Augen betrachtete, konnte sie seine Geringschätzung verstehen.

Hauptmann Wajszczyk ging gerade aus dem Haus, als Viola Foster kam, Sophies Nachbarin und Freundin. Er bedachte sie im Vorbeigehen mit einer seiner perfekten Verbeugungen. Viola zog halb ironisch, halb beeindruckt die Augenbrauen hoch, nachdem sie im Flur ihre Gasmaske deponiert hatte.

»War das der polnische Offizier? Er sieht ja wirklich blendend aus.«

»Kann man sagen, ja.« Viola warf ihr einen vielsagenden Blick zu, und Sophie lachte. »Er ist viel zu jung für mich. Ein grüner Junge.«

»Hm«, sagte Viola nur. Sie stellte einen Korb voll Erdbeeren auf den Küchentisch. »Sie sind zwar ein bisschen angenagt von den Vögeln, aber für Marmelade tun sie's noch.«

Es war ein schöner Tag, und sie setzten sich draußen auf das niedrige Mäuerchen an der Terrasse, um die Erdbeeren zu entstielen. Viola, die Shorts trug, streckte ihre dünnen, beinahe knochigen braunen Beine aus. Sophie trug ein leichtes Baumwollkleid, so rot wie die Erdbeeren. Seit Hauptmann Wajszczyks Einzug achtete sie besonders auf ihre

Kleidung. Nicht weil sein gutes Aussehen sie beeindruckte, ganz und gar nicht, sondern weil sie nicht auch noch ein Objekt seiner Geringschätzung sein wollte.

Während Viola ihr erzählte, was ihr älterer Sohn Michael ihr aus dem Ausbildungslager in Yorkshire geschrieben hatte, schweiften Sophies Gedanken ab. Es war völlig falsch gewesen, Hauptmann Wajszczyk als »grünen Jungen« zu bezeichnen. Er war alles andere als ein Junge, er war ein Mann, ein Mann, der Schreckliches gesehen haben musste und wahrscheinlich selbst getan hatte.

»Sophie?«

Sie fuhr aus ihren Gedanken. »Oh, entschuldige, Vi, was hast du gesagt?«

»Nur, dass wir hier gleich fertig sind.«

In der Küche kippte Sophie die Erdbeeren in einen großen Topf und gab Zucker und Zitronensaft dazu, während Viola den Wasserkessel füllte und auf den Herd stellte.

»Hast du von Duncan gehört?«, fragte sie dabei.

»Ja, ich habe vor ein paar Tagen einen Brief von ihm bekommen, und gestern kam Sally vorbei. Duncan hat sie vorgestern Abend angerufen. Sie sagte, er hörte sich gut an.« Duncan und seine Freundin Sally Fleming hatten sich im April verlobt.

»War nett von ihr, vorbeizukommen.«

»Ja, finde ich auch.«

Der köstliche sommerliche Duft der Früchte breitete sich in der Küche aus. Sallys Familie lebte in Richmond-on-Thames. Sally fuhr täglich nach London hinein zu ihrem Arbeitsplatz bei der BBC. Am vergangenen Abend hatte sie nach der Arbeit vorbeigeschaut und war zum Essen geblieben. Hinterher hatten sie und Miss Cornish darauf bestanden, den Abwasch zu machen.

Bevor Stuart seine Koffer gepackt hatte, hatte er Sophie noch geholfen, die zwei großen braunen Lederfauteuils und einen kleinen Chintzsessel ins Arbeitszimmer zu transportieren, um es als Aufenthaltsraum für die Untermieter einzurichten. Am vergangenen Abend hatte Sophie dort gesessen und bei einer Tasse Tee mit Mr Reynolds und Hauptmann Wajszczyk höfliche Konversation gemacht, während die beiden Spülerinnen in der Küche sich, dem schallenden Gelächter nach zu urteilen, glänzend unterhalten hatten. »Ein großartiges Mädchen«, hatte Miss Cornish festgestellt, nachdem Sally gegangen war, und Sophie hatte ihr zugestimmt. Es hatte eine Zeit gegeben, da hatte sie die Flemings um ihre enge Beziehung zu Duncan beneidet, im Besonderen Sallys Mutter Eva. Aber diese Zeiten waren lange vorbei. Sally machte ihn glücklich, und dafür würde sie sie immer lieben und ihr dankbar sein.

»Wenn du mir die Einmachgläser gibst, spül ich sie heiß aus«, sagte Viola.

Sophie stieg auf einen Hocker und reichte die Gläser hinunter. »Sally ist halb so alt wie ich«, sagte sie, »aber ich habe das Gefühl, sie weiß, was sie will. Wenn ich da an mich denke, wie ich mit einundzwanzig war, so lebensfremd, so unsicher – und dann verliebe ich mich auch noch in Hugh. Gott, muss ich naiv gewesen sein!«

Viola goss kochendes Wasser in die Gläser. »Hugh war sehr clever und hat eine Menge Leute hinters Licht geführt. Keiner von uns hatte auch nur eine Ahnung, was mit ihm los war. Du hast überhaupt keinen Grund, dich niederzumachen.«

Sophie stieg vom Hocker und rührte die Marmelade um. »Ich traue meinen Gefühlen nicht mehr. Ich hab einfach keine Menschenkenntnis.«

»Quatsch«, entgegnete Viola energisch. »Lass dir bloß nicht von Hughs Hinterhältigkeit die Lust an den Männern verderben. Leichter gesagt als getan, ich weiß, aber trotzdem. Hugh hatte Charme. Damit hat er alle geblendet. In Wirklichkeit war er rücksichtslos.«

Solange sie mit ihm verheiratet gewesen war, hatte sie ihn vergöttert. Erst jetzt, in der Rückschau, schien er zu schrumpfen.

»Soll ich die beschriften?«

»Ach, ja bitte.« Sophie suchte in einer Schublade nach Etiketten und einem Stift. »Stuart hofft immer noch, dass Hugh irgendeinen akzeptablen Grund hatte, mich zu heiraten. Bevor er nach Portsmouth fuhr, fragte er mich, ob sein Vater vielleicht an einer Amnesie gelitten haben könnte. Er könnte doch im Krieg am Kopf verletzt worden sein und, ich weiß auch nicht, vergessen haben, dass er verheiratet war, oder so was.«

Viola verzog das Gesicht. »Ach, Sophie. Der arme Junge, wie traurig.«

»Ich kann ihm nicht sagen, was ich von seinem Vater halte. Ich kann nicht sagen, dass Hugh in Wahrheit ein egoistischer und gieriger Kerl war, der sich nahm, was er wollte. Stuart trauert immer noch so sehr um ihn.«

Sophie stützte die Hände auf die Kante des Spültischs und schaute in den Garten hinaus. Oft hatte sie den Eindruck, dass sie Hughs Lügen niemals ganz auf den Grund kommen würde. Als sie vor einem Jahr Hughs Töchter kennengelernt hatte, hatte sie erfahren, dass er in einem Städtchen in der Nähe von Glasgow aufgewachsen war. Er hatte das Schreibwarenunternehmen von seinem Vater geerbt. Es hatte nie ein Pfarrhaus in Devonshire gegeben, keine repressive religiöse Erziehung – das war genauso gelogen gewesen wie alles andere, was er ihr erzählt hatte. Sie konnte natürlich nicht nachprüfen, ob das, was Rowan und Thea für die Wahrheit hielten, tatsächlich stimmte. Hugh konnte seine Töchter genauso belogen haben. Er konnte ebenso gut in London oder Leeds wie in irgendeinem fernen Außenposten des britischen Empires aufgewachsen sein. Niemand von ihnen wusste es. Sie hielten Kontakt, sie, Rowan und Thea. Ihr war das wichtig, nicht nur weil damit die Mauern der Lüge eingerissen wurden, die Hugh so sorgsam zwischen ihnen errichtet hatte. Thea und Stuart schütteten einander ihr Herz aus, und wenn auch ihre eigene Verbindung mit den Mädchen auf die gelegentliche höfliche Postkarte oder einen kurzen, sachlichen Brief beschränkt war, schien es ihr ein Wunder, dass sie überhaupt existierte.

Sie rührte noch einmal die Marmelade um.

»Hat Duncan Hughs Töchter schon kennengelernt?«, fragte Viola.

Sophie schüttelte den Kopf. »Er will nicht.« Sie vermutete, dass Duncan seine Halbschwestern vielleicht niemals würde sehen wollen. Es war absolut verständlich.

Sie erkundigte sich nach Violas Mann Doug und ihrem Liebhaber Arnold.

»Sie haben sich beide zur Heimwehr gemeldet. Ich muss höllisch aufpassen, dass ich nicht den einen mit dem anderen verwechsle, wenn sie etwas erzählen.« Viola fügte trocken hinzu: »Doug hat den größten Spaß bei der Sache. Er genießt es, in Hampstead Heath rumzulaufen und die Leute zusammenzustauchen. Kommt sich wahnsinnig wichtig vor. Arnold hasst das Ganze. Er sagt, er könnte nie im Leben einen deutschen Fallschirmspringer abschießen.«

Sophie gab einen Klecks Marmelade auf eine Untertasse,

um zu prüfen, ob sie schon fest genug war. Als sie mit dem Fingernagel gegen das Häufchen drückte, runzelte es sich. Viola füllte die Gläser und Sophie verschloss sie mit Pergamentpapier. Während die Marmelade abkühlte, setzten sie sich mit einer Tasse Tee in die Liegestühle im Garten.

Jeden Abend, wenn Sophie nach getaner Arbeit allein im Wohnzimmer saß, überwältigte sie der Verlust. Sie wartete so lange wie möglich damit, das Licht einzuschalten, zum Teil, um Strom zu sparen, zum Teil aber auch, weil sie sich hinter der Verdunkelung wie eingesperrt fühlte. Und während sie da im Zwielicht saß, spürte sie ihre Einsamkeit und den Mangel an Zugehörigkeit im hämmernden Schlag ihres Herzens und in einer heißen, panikartigen Angst.

Sie gewöhnte es sich an, abends Musik zu hören. Zum Lesen war sie zu müde, aber Musik tat ihr gut. Ins Sofa gekuschelt, hörte sie Mozart oder Offenbach, leise, um die Mieter nicht zu stören. Sie arbeitete sich langsam durch ihre ganze Schallplattensammlung. Sie erwartete nicht, Trost zu finden, Ablenkung und eine Abwehr der drückenden Stille mussten reichen.

Eines Abends, als sie eine Beethoven-Sonate hörte, klopfte es an der Tür. Als sie öffnete, stand Mr Reynolds vor ihr.

In der Annahme, die Musik sei zu laut, wollte sie sich gerade entschuldigen, als er sagte: »Verzeihen Sie, Mrs Craxton, aber könnten Sie die Tür vielleicht offen lassen? Ich liebe Beethoven.«

Sie bat ihn ins Zimmer, und sie hörten sich die Musik gemeinsam an. Er erzählte ihr ein wenig von sich. Er hieß mit Vornamen John, seine verwitwete Mutter lebte in Aylesbury, und sein einziger Bruder, jünger als er, war bei der

Handelsmarine. Er hatte sich zu einem Panzerregiment gemeldet, war aber wegen eines Rückenleidens abgelehnt worden.

In den folgenden vierzehn Tagen entdeckte sie, dass John Reynolds ein leidenschaftlicher Anhänger der Romantiker war. Sie redeten nicht viel, er war ein zurückhaltender Mann. Miss Cornish – Vera – gesellte sich ab und an zu ihnen und wippte im Takt zur Musik mit dem Fuß. Es war schöner, stellte Sophie fest, sich Musik in Gesellschaft anzuhören. Das immerhin war ein Trost.

Vera Cornish war aus, um ihre verheiratete Schwester in Earl's Court zu besuchen, und Hauptmann Wajszczyk, der das Haus wie immer in aller Frühe verlassen hatte, war noch nicht zurück, als eines Abends John Reynolds an die Wohnzimmertür klopfte.

»Ich hoffe, ich störe nicht, Sophie, aber ich habe die hier in einem Laden in der Tottenham Court Road entdeckt.«

»Die hier« war eine Aufnahme von Schumanns Klavierkonzert. Myra Hess hatte gerade die ersten Töne des Intermezzos angeschlagen, als Sophie hörte, wie draußen die Haustür geöffnet wurde. In der Annahme, Miss Cornish sei von ihrem Besuch zurück, stand sie auf, um sich zu erkundigen, wie der Abend bei ihrer Schwester verlaufen sei.

Aber im Flur stand Hauptmann Wajszczyk und begrüßte sie mit einer seiner typischen Verbeugungen. Ärmel und Schultern seiner Uniform waren regennass. Sie wechselten ein paar Worte, dann fragte Sophie, ob sie ihm sein Abendessen machen solle.

»Ich habe gegessen, danke, gnädige Frau.«

»Dann vielleicht eine Tasse Tee?«

»Auch das nicht, danke. Ich habe das hier.« Er hielt eine braune Papiertüte hoch.

»Was ist das denn?«

Er öffnete die Tüte, Kaffeeduft strömte durch den Flur.

»Kaffee!«, rief sie. »Wie köstlich!«

»Ein Geschenk von einem Freund. Ich, äh, habe ein Fahrrad repariert, ein …« Er schnippte mit den Fingern, während er nach dem richtigen Wort suchte. »Une crevaison.«

»Ein Loch im Reifen.«

»Ein Loch im Reifen«, wiederholte er gewissenhaft. »Haben Sie ein …?« Diesmal eine Drehbewegung mit der Hand.

»Eine Kaffeemühle? Ja, natürlich.«

»Dann mache ich uns Kaffee.«

Er folgte ihr in die Küche. Er war zu groß, oder vielleicht hatte er etwas zu Extravagantes für den bescheidenen Raum. Er passte nicht in diesen Rahmen. Sie holte die Kaffeemühle und wollte ihm die Bohnen abnehmen, doch er schüttelte den Kopf.

»Das mache ich.«

»Hauptmann, ich weiß, wie man Kaffee macht.«

»Aber Sie trinken immer Tee.«

»Mein Mann war leidenschaftlicher Kaffeetrinker.«

»Zu Hause mache ich den Kaffee.«

Da verstand sie. »Sie haben Heimweh.«

In den graugrünen Augen blitzte es kurz auf. »Ja. Heimweh.« Er drückte eine Hand auf die Brust. »Hier sitzt der Schmerz. Ich glaube, es geht Ihnen auch so. Sie tun so, als ginge es Ihnen gut, Sie lächeln, aber es geht Ihnen nicht gut.«

Verwirrt sah sie ihn an. »Ja, ich mache mir Sorgen um meine Söhne.«

Sie setzte sich an den Tisch, während er den Kaffee mahlte. Früher hatte sie Angst gehabt, Duncan würde zu schnell Fahrrad fahren und unter einen Lastwagen kommen. Oder er würde sich mit einem unpassenden Mädchen zusammentun oder eine Vorliebe für Alkohol entwickeln. Oder, nach Hughs Tod, er würde weggehen, um im Spanischen Bürgerkrieg mitzukämpfen. All diese Ängste waren in diesem Sommer zur Nichtigkeit verblasst. Duncan war bei der Royal Air Force und flog Spitfires. Die Deutsche Luftwaffe überzog Südengland täglich mit Angriffen, bombardierte Radarstationen und Militärflughäfen in Vorbereitung auf eine Invasion. Die Luftschlacht, die über den Grafschaften im Süden ausgetragen wurde, würde darüber entscheiden, ob das Vereinigte Königreich seine Freiheit bewahrte. Die Kämpfer in dieser Schlacht, die diese schmale Verteidigungslinie bildeten, waren junge Männer, kaum zwanzig Jahre alt, junge Männer wie Duncan. Sie sollten Cricket spielen oder studieren oder mit Mädchen in Tanzbars schäkern, stattdessen setzten sie täglich ihr Leben aufs Spiel. Sie stürzten ins Meer und ertranken oder verbrannten in einem Feuerball über den Feldern Kents. O ja, in ihrem Herz saß ein Schmerz.

Hauptmann Wajszczyk zog Schranktüren auf, offensichtlich suchte er etwas. »Der Kaffee wird Sie aufmuntern«, sagte er. »Kaffee muntert jeden auf.«

Er nahm einen kleinen Topf heraus, dann ein Sieb, hängte das Sieb über den Topf und goss kochendes Wasser über das Kaffeemehl. Sophie stellte auf einem Tablett das Kaffeeservice bereit, rosa mit Goldrand, ein Hochzeitsgeschenk ihrer Mutter, dazu Milch und Zucker. Hauptmann Wajszczyk trug es ins Wohnzimmer.

Sie tranken ihren Kaffee zum letzten Satz der Symphonie. Sophie saß auf dem rosa-grünen Chintzsofa in der Mitte, auf ihrer einen Seite der zurückhaltende John Reynolds, auf ihrer anderen der extravagante Hauptmann Wajszczyk. Hin und wieder summte John ein Stück mit. Die Finger des Hauptmanns tippten auf die Armlehne des Sofas, während Myra Hess' Finger über die Tasten flogen. Sophie bemerkte die feinen hellen Haare auf seinem Handgelenk, die gebräunte, sehnige Hand. Hin und wieder streifte ihre Schulter die seine, ein kurzer, knisternder Kontakt, der ihre Aufmerksamkeit von der Musik ablenkte.

Als das Konzert geendet hatte, trug er das Tablett in die Küche hinaus. Doch sein Anerbieten, das Geschirr zu spülen, lehnte sie mit Entschiedenheit ab. Darauf wünschte er ihr Gute Nacht und ging nach oben.

John Reynolds fragte, ob sie Klavier spiele. Ja, sie spiele, sagte sie, aber sie sei eine sehr mittelmäßige Pianistin.

»Und ich bin ein sehr mittelmäßiger Tenor«, versetzte er. »Da sollten wir eigentlich gut miteinander zurechtkommen.«

Sie begannen mit einem Buch englischer und schottischer Volkslieder und tasteten sich über *Linden Lea* und *All in the April Evening* an Gilbert und Sullivan heran. John Reynolds hatte eine leichte, angenehme Tenorstimme. Es machte Sophie Spaß, ihn zu begleiten. Ab und zu sangen sie Duette.

Eines Abends wagten sich Sophie und John mit Vera als Zuhörerin an *Fair Moon to Thee I Sing*. Sie waren mitten in der Arie, als aus dem Flur ein zweiter Sänger einstimmte. Hauptmann Wajszczyk erschien an der Tür. Er sang in einem unerwarteten satten Bariton, phrasierte gut, mit ernstem Ausdruck. Die zwei Stimmen verwoben sich zu einem Klang, der ans Herz rührte. Sophie verspielte sich ein-, zweimal.

»Das war ja eine Überraschung, Hauptmann Wajszczyk«, sagte sie nach dem Schlussakkord. »Ich hatte keine Ahnung, dass Sie so ein großartiger Sänger sind.«

»Mein Vater war ein Bewunderer der Opern von Gilbert und Sullivan. Ich habe diese Lieder schon als Junge gesungen. Wenn Sie gestatten.« Er trat neben sie, beugte sich zum Klavier hinunter und blätterte in den Noten, bis er eine Arie aus *Iolanthe* fand.

»Vielleicht diese hier?«

Sie spielte *Spurn Not the Nobly Born*. Die Männer sangen gemeinsam. Als sie zum Ende gekommen waren, applaudierte Vera.

»Wunderbar!«

Sie hatten gerade *Take A Pair of Sparkling Eyes* angestimmt, als Sophie das Schloss der Haustür klappern hörte. Sie hob die Hände von der Tastatur. Einen Moment hingen sie zitternd in der Luft, dann sprang sie auf und rannte in den Flur.

»Duncan!«

Ihr älterer Sohn ließ seinen Seesack fallen. »Achtundvierzig Stunden Urlaub«, sagte er. »Ich dachte, ich komm nach Hause.«

Sie warf die Arme um ihn. Er schwankte, und sie ließ ihn los, trat einen Schritt zurück, sah, wie blass er war.

Sanft strich sie ihm die zerzausten Haare aus der Stirn. »Was zuerst? Essen oder Schlafen?«

»Schlafen, Mum. Zu müde zum Essen.«

Sie hatte bemerkt, dass Hauptmann Wajszczyk nach oben gegangen war. Jetzt aber kam er mit einem Wäschebündel wieder herunter. »Ich schlafe hier unten«, sagte er.

»Hauptmann Wajszczyk.« Sie stellte ihn Duncan vor, ohne sich beim Namen zu verhaspeln.

»Das Zimmer ist frei.« Er nickte Duncan zu.

Duncan wusste, dass viele polnische Piloten, Exilanten wie der Hauptmann, mit Engländern, Franzosen, Amerikanern und Tschechen in der Luftschlacht um England kämpften. »Danke«, sagte er. »Das ist sehr nett von Ihnen.«

Sie ging mit Duncan nach oben und bezog das Bett, während er im Badezimmer war. Als er ins Zimmer kam, fiel er aufs Bett wie ein gefällter Baum und schlief augenblicklich ein. Sie zog ihm die Stiefel aus und stellte sie vor das Bett, dann deckte sie ihn zu. Sie erinnerte sich, wie er als kleiner Junge von ein oder zwei Jahren auch oft von einem Moment auf den anderen in Schlaf gefallen war. Wie geübt sie darin gewesen war, ihn in sein Bettchen zu legen, ohne ihn zu wecken, wie vorsichtig sie ihn hinuntergelassen hatte. Sie erinnerte sich an das schöne kleine Gesicht, den zarten Teint mit dem rosigen Schimmer, die durchscheinenden Augenlider.

Sie nahm ein Kissen und eine Decke aus dem Wäscheschrank und ging wieder nach unten. John und Vera waren zu Bett gegangen, Hauptmann Wajszczyk saß im Gemeinschaftsraum der Mieter. Er hatte seine Uniformjacke abgelegt und die oberen Knöpfe seines Hemdes geöffnet. Seine bloßen Füße wirkten verletzlich.

»Sie sollten im Wohnzimmer auf dem Sofa schlafen«, sagte sie.

Er nahm das Kissen und die Decke von ihr entgegen. »Ich glaube, ich bin zu lang für das Sofa. Ich schlafe hier auf dem Boden.«

»Danke Ihnen, dass Sie Ihr Zimmer hergeben. Das ist wirklich entgegenkommend.«

Er schüttelte den Kopf. »Nicht mein Zimmer, das Zimmer Ihres Sohnes.« Er sah sie an. »Ich glaube, heute Abend sind Sie wirklich glücklich, Mrs Craxton. Es tut gut, Sie so zu sehen. Wenn Sie glücklich sind, sind Sie sehr schön.«

Sie errötete. »Unsinn.«

»Es ist wahr.« Er wandte sich von ihr ab und legte das Kissen auf den Boden.

In dieser Nacht konnte sie nicht schlafen vor Glück und Erleichterung darüber, dass Duncan gesund zu Hause war, wenn auch nur für achtundvierzig Stunden. Unterschwellig aber quälte sie schon die Angst vor dem Moment, wenn er wieder wegmusste. Sie wünschte sich, der Krieg wäre vorbei, Hitler würde sich sagen, ach, eigentlich lohnt es sich gar nicht, und alles würde wieder so werden, wie es gewesen war.

Sie dachte an Hauptmann Wajszczyk, unten, im Gemeinschaftsraum der Mieter. Sie fragte sich, ob er sich auf dem harten Boden ruhelos hin und her wälzte oder das Talent des Soldaten besaß, zu schlafen, wo er sein Haupt niederlegte. Was er träumte. Von wem er träumte. Sie sah die gebräunte Haut im Ausschnitt seines Hemdes und die Konturen seines Gesichts und seines Halses. Sie dachte darüber nach, wie es wäre, mit ihm zu schlafen, was für ein Liebhaber er wäre. Kein egoistischer Liebhaber, vermutete sie, einer, der verstand, auf eine Frau einzugehen.

Duncan schlief vierzehn Stunden durch, und als er verschlafen in die Küche hinunterkam, aß er die Speisekammer leer. Es war ein schöner Tag, und am Nachmittag setzten sie sich in den Garten. Sie unterhielten sich über alles Mögliche, und dazwischen nickte er immer wieder im Sonnenschein ein. Er sprach nicht über den Krieg und nicht über seine täglichen Einsätze im Kampf mit feindlichen

Flugzeugen. Und er sprach nicht von den Freunden, die er verloren hatte.

Sally kam nach der Arbeit vorbei, sie aßen zusammen zu Abend, und dann gingen Duncan und Sally aus. Am folgenden Morgen hob Duncan ein weiteres Stück Rasen für ein Gemüsebeet aus und fuhr danach nach Richmond zum Essen mit den Flemings.

Am nächsten Morgen brach er in aller Frühe auf. Der Kamerad, der ihn mit dem Auto abholte, hupte kurz und wartete vor dem Haus. Ein kalter Zug fuhr ins Haus, als Sophie die Tür öffnete. Er umarmte sie. »Wink mir nicht, Mum«, sagte er. »Ich will nicht, dass du mir winkst.«

Also ließ sie es. Sie ging in die Küche, spülte sein Frühstücksgeschirr und kochte eine Kanne Tee, die sie mit auf die Terrasse hinausnahm. Sie setzte sich auf das Mäuerchen, fröstelnd in ihrem ärmellosen Sommerkleid, die hochgezogenen Knie mit beiden Armen umschlungen. Das neue Gemüsebeet sah aus wie eine frisch aufgerissene Wunde im Rasen; in der Ferne, hoch oben am Himmel, schwebten die geschwollenen silbernen Bäuche von Sperrballons. Sie trank ihren Tee und fühlte sich, als hätte ihr jemand das Herz aus der Brust gerissen.

John war geschäftlich unterwegs und Vera bei irgendeiner Veranstaltung der Kirchengemeinde. Sophie servierte Hauptmann Wajszczyk sein Abendessen im Esszimmer.

Als er gegessen hatte, trug er seinen Teller und sein Glas in die Küche. »Ich bin jetzt Vera«, sagte er, als er das Geschirr ins Spülbecken stellte.

Sophie lächelte. Diese humorvolle Seite kannte sie nicht an ihm. Die meiste Zeit schien er sich und das Leben sehr ernst zu nehmen. Was verständlich war.

Er krempelte die Ärmel hoch und spülte. Sophie trocknete. »Vera trinkt nach dem Abspülen immer eine Tasse Tee mit mir«, sagte sie, als sie fertig waren. Sie schlug einen leichten Ton an, doch sie spürte die Spannung zwischen ihnen.

Er zog die Mundwinkel ein wenig nach unten, wie um ihr zu zeigen, was er von Tee hielt.

»Ich habe auch einen Kognak, Hauptmann Wajszczyk.«

»Kazimierz.«

»Kasimir«, sagte sie versuchsweise.

Er schnitt eine Grimasse. »Vielleicht nennen Sie mich einfach Kaz.«

»Habe ich es nicht richtig ausgesprochen?«

»Hm, sehr charmant«, sagte er, offensichtlich um Takt bemüht, »aber nein. Kaz ist besser. Einfacher für Engländer.«

»Wenn ich Sie Kaz nennen soll, könnten Sie sich vielleicht dazu durchringen, Sophie zu mir zu sagen. ›Gnädige Frau‹ ist sehr förmlich.«

Er warf ihr einen kurzen Blick zu. »Sophie«, sagte er wie zur Probe. »Auf Polnisch, Zosia.«

Soh-scha oder so ähnlich. Es hatte einen leichten, frivolen Klang, fand sie. Könnte Zosia vielleicht mehr Spaß im Leben haben als Sophie?

Sie gingen ins Wohnzimmer. Sie fragte ihn, ob er Lust habe, etwas Musik zu hören, und er wählte eine Aufnahme von Chopins Mazurkas.

»Mein Vater hat die immer gespielt«, bemerkte er. »Und meine Mutter und ich haben dazu getanzt.«

»Auf Ihrem Schloss in Polen?«

»Schloss?« Er lachte amüsiert. »Nein, ein Schloss war es nicht.«

»Also ein Haus wie dieses?«

»Nicht wie dieses, nein. Ein Stück Land … eine Obstplantage, ein Fischteich.«

»Ein Herrenhaus.«

»Wir waren keine reichen Leute, Zosia. Es war nichts …« Er gestikulierte mit den Händen. »Nichts … wie sagt man?«

»Pompös? Prunkvoll?«

»Es war nichts Pompöses. Aber es war solide. Es war schön.« Sein Gesicht verdüsterte sich. »Ich glaube, jetzt leben Russen dort.«

»Was ist mit Ihrer Familie?«

»Meine Mutter ist gestorben, als ich vierzehn war. Mein Vater …« Ein Schulterzucken. »Ich weiß nicht. Ich hoffe, er ist in Ungarn.«

»Ist er dort denn sicher?«

»Ich hoffe es. Wir haben Freunde in Budapest.«

Die lebhaften, manchmal wehmütigen und aufwühlenden Klänge der Musik füllten den Raum. Mit Kaz zusammen Musik zu hören war ganz anders als mit John. Mit Kaz konnte sie nicht loslassen. Sie fühlte sich angespannt, verkrampft. Sie spürte eine unterdrückte Gemütsbewegung bei ihm, sehr dicht unter der Oberfläche.

»Und Sie, Zosia«, sagte er, »es ist sicher schwer für Sie ohne Ihren Mann.«

Sie konnte sich einen Laut der Geringschätzung nicht verkneifen.

Er hob die schmalen Brauen. »Nein?«

»Glauben Sie mir, Kaz, ich bin ohne ihn besser dran.«

»Hat er …« Er tippte an sein Kognakglas.

»Hugh hat ganz gern mal einen Schluck getrunken, aber nein, das war es nicht.«

»Dann hatte er eine Geliebte.« Er legte den Arm hinter ihr auf die Sofalehne. »Dann war er ein dummer Mann.«

Sie war es müde, nach Ausflüchten zu suchen, weil es ihr peinlich war, über Hugh zu reden. Sie fühlte sich dabei jedes Mal wie geknebelt. Mochte Kazimierz sie naiv finden, mochte er sie leichtfertig finden, es war ihr egal.

»Hugh hatte zwei Ehefrauen«, sagte sie. »Zu gleicher Zeit, verstehen Sie. Ich war die zweite.«

Er stand auf und holte die Kognakflasche. Während er ihr nachschenkte, sah er sie fragend an. »Ach, ist das in England erlaubt, zwei Ehefrauen zu haben?«

»Nein, natürlich nicht.«

»Er hat Sie belogen.«

»O ja. Immer und immer wieder.«

»Und jetzt ist er tot?«

»Hugh ist vor zweieinhalb Jahren gestorben.«

»Sie, ähm ...« Er machte eine schnelle Handbewegung. »Sie haben ihn erschlagen? Mit einer, einer ... wie sagt man, *une pelle* ...«

»Einer Schaufel. Einem Spaten.«

Ein kurzer Blick zum rückwärtigen Teil des Hauses. »Und Sie haben, diesen, diesen Ju im Garten vergraben?«

Sie musste lachen. »Nein, nein. Vielleicht hätte ich das tun sollen. Aber nein, er ist an einer Lungenentzündung gestorben.« Sie tippte sich mit der Hand auf die Brust, um nicht neue Verwirrung auszulösen.

Er lächelte. »Sie haben ein aufregendes Leben geführt, Zosia. Sie sind eine außergewöhnliche Frau.«

»Na ja, das ist auch ein Standpunkt.«

»Ein guter, oder?«

»Vielleicht. Bitte setzen Sie sich wieder hin, Kaz. Sie

haben etwas Erdrückendes, wenn Sie so vor mir stehen. Das macht mich nervös.«

»Das tut mir leid.« Er stellte die Kognakflasche auf die Kredenz und setzte sich wieder neben sie.

Sie verspürte eine gewisse Befreiung, ein Teil der Spannung fiel von ihr ab. Sie wusste nicht, ob es daher kam, dass sie endlich so weit war, über Hugh lachen zu können, oder ob der Kognak schuld war. Beides zusammen vielleicht. In den Monaten nach Hughs Tod hatte sie abends regelmäßig ein, zwei Gläser getrunken, weil sie ohne Alkohol nicht schlafen konnte. Bis sie eines Tages der Jungen wegen aufgehört hatte, sie sollten nicht zu allem anderen auch noch unter einer Mutter leiden, die sich dem Alkohol zuwandte.

»Komisch, wie das Leben spielt, nicht?«, sagte sie.

»Komisch?«

»Ich meine, seltsam. Merkwürdig. Sinnlos, sich darüber den Kopf zu zerbrechen.«

»Il faut chercher la consolation où l'on peut.«

»Ja, ganz recht.«

»Wunderschön, Ihre Haare, Zosia.« Er strich mit dem Handrücken sehr sachte über ihr blondes Haar. »Wie Seide.«

Sie erkannte – hatte es schon vor einer Weile erkannt –, dass er beabsichtigte, sie zu verführen. Sie hatte die gleiche Absicht, immerhin war sie diejenige gewesen, die den Kognak vorgeschlagen hatte. Man muss Trost suchen, wo man kann.

Sie hörte Vera nach Hause kommen, hörte, wie sie sich im Flur über den verspäteten Bus aufregte, und ging hinaus, um ihr eine Tasse Kakao zu machen.

Vera nahm den Kakao mit nach oben. Sophie räumte auf, bevor sie wieder ins Wohnzimmer ging. Es war leer, die zwei Gläser standen verlassen auf dem Couchtisch.

Sie ging in ihr Zimmer hinauf und schlüpfte in ein blassblaues seidenes Nachthemd, das sie seit Ewigkeiten nicht mehr getragen hatte. Dann setzte sie sich auf ihr Bett und wartete darauf, dass es im Haus still würde. Kaz fand sie außergewöhnlich; einen Moment lang fürchtete sie, er könnte sich irren, dass sie in Wirklichkeit ein ganz gewöhnlicher kleiner Feigling war, der Angst hatte vor dem Leben und allem, was es zu bieten hatte. Mit angehaltenem Atem stand sie auf der Schwelle zwischen dem einen Leben und einem anderen, unsicher, wohin sie ihren Fuß setzen sollte. Dann aber öffnete sie leise die Tür und trat in den Korridor hinaus.

Sie brauchte nicht bei ihm zu klopfen. Er musste auf sie gewartet haben, er kam ihr entgegen. Als er mit den Händen über ihre Arme strich, sah sie in seinen Augen das Feuer der Lust und des Begehrens. »Meine schöne Zosia«, sagte er leise, nachdem sie ihn in ihr Zimmer geführt und die Tür hinter sich geschlossen hatte. Sein Mund streifte ihre Brüste, die Berührung so leicht wie die einer Vogelschwinge. Die Träger ihres Nachthemds glitten über ihre Schultern, die blaue Seide floss zu Boden.

Danach kam er jede Nacht zu ihr. Der Ablauf der Abende war immer der gleiche. Klappern und Wasserrauschen aus dem Badezimmer, Veras oder Johns Schritte im Flur, dann endlich Stille, eine wunderbare Stille voller Erregung und Vorfreude, in der sie beide in stillschweigendem Einverständnis warteten. Dann öffnete sich die Tür. Er hatte Geschick darin, eine Tür lautlos zu öffnen und zu schließen.

Er hatte auch in anderen Dingen Geschick, wie sie entdeckte. Nicht eine Liebesnacht glich der anderen. Sie probierten Dinge aus, die sie mit Hugh nie erlebt hatte. Danach lag sie atemlos und aufgelöst in seinen Armen, und sie redeten flüsternd über dies und jenes. Sie erfuhr, dass er zweiunddreißig Jahre alt und sein Zuhause in Ostpolen war. Er hatte Jura studiert, und er war einmal verlobt gewesen, aber die Verlobte hatte sich von ihm getrennt. Sie sprachen über den Krieg. Jetzt kommt die Invasion, sagte er eines Nachts. Zuerst vernichten sie die Luftstreitkräfte, dann bombardieren sie London, dann kommen die Truppen. Wie in Warschau.

Sie gingen nie zusammen aus; er verließ weiterhin morgens früh das Haus und kam spät zurück. Sie hatte keine Ahnung, was er in dieser Zeit tat. Doch sie fühlte sich wieder lebendig, wieder jung. Sie freute sich wieder am Blau des Himmels, an der Üppigkeit einer Kletterrose, an einem heiteren Musikstück. Das Herz schlug ihr schneller, wenn sie Kaz heimkommen, seine Schritte im Flur hörte. Wenn er jetzt seine Verbeugung machte, lag Humor in seinem Blick und schweigendes Einverständnis. Es amüsierte sie, ihn höflich nach dem Ablauf seines Tages zu fragen, wenn sie ihm sein Abendessen servierte. Sie liebte seine Antworten, seinen Akzent und die Art, wie er die Augenbrauen zusammenzog, wenn er sich konzentrierte, um die richtigen englischen Worte zu finden.

Sie wusste von Anfang an, dass es nicht dauern würde, aber diese Liebesbeziehung war mehr als bloße Ablenkung von ihren Sorgen um Duncan und Stuart. Sie liebte Kaz, soweit sie in dieser Zeit fähig war, einen Mann zu lieben. Seine Verletzungen waren schwerer als ihre, und sie wollte ihn trösten. Sie wusste, was es hieß, wenn einem gewaltsam ein Stück Leben entrissen, ausradiert wurde, als hätte es nie existiert.

Seit einiger Zeit schon flogen die Deutschen immer wieder tagsüber Angriffe auf London, doch in der zweiten Augusthälfte nahmen die nächtlichen Angriffe zu. Eines Nachts rissen die Sirenen Sophie und Kaz im schönsten Moment in die Wirklichkeit zurück. Sie beendeten hastig, was sie begonnen hatten, dann zog Sophie sich mit fliegenden Händen an.

John und Vera standen schlaftrunken draußen im Flur, John in einem beigen Morgenmantel mit schottisch kariertem Revers, Vera mit einem glänzenden babyrosa Bettjäckchen über dem Nachthemd. Sophie klopfte demonstrativ an Kaz' Zimmertür, dann marschierten sie gesammelt zum Anderson-Unterstand hinunter. Kaz kam etwas später nach und setzte sich zu ihnen auf die Klappstühle, wo sie in Decken gehüllt warteten, bis es zwei Stunden später Entwarnung gab und sie in ihre Zimmer zurückkehren konnten.

Ihre Abende bekamen ein anderes Gesicht: Während sie für die Mieter kochte, bereitete sie die Thermosflasche mit Tee vor. Decken, eine Taschenlampe, Tassen und Löffel und, nur für den Fall, ein Buch und Strickzeug mussten in den Unterstand. Die Kübelspritze und ein Eimer Sand mussten zur Hand sein, falls Brandbomben fielen. Die Gasmaske und eine alte Aktentasche mit wichtigen Unterlagen, Geburtsurkunden, Versicherungspapieren und dergleichen sowie Geld, Hausschlüssel, ein Beutel mit Riechsalzen, Schmerztabletten, Lippenstift, Puder und ein Kamm, alles musste parat sein. Es gab ein, zwei ruhige Nächte, in denen Sophie und Katz sich ungestört und dennoch ständig wachsam liebten, und einen herrlichen Nachmittag, als er früher nach Hause kam und sie allein antraf. Einmal ein Hotel, wo sie das Gefühl des Verbotenen, leicht Anrüchigen in dem kleinen schäbigen Zimmer genoss. Rundherum saßen die Leute bei der Arbeit im Büro oder kauften in den Läden ein, und sie vergnügte sich hier mit ihrem Geliebten.

Den von Bombenangriffen zerfetzten Nächten folgten Tage, die im Nebel der Müdigkeit verschwammen. Man erinnerte sich an etwas, was dringend erledigt werden musste, und hatte es im nächsten Moment schon wieder vergessen. Sophie schrieb Listen: Kartoffeln besorgen, Tomaten gießen, Brandschutzübungen nicht vergessen. Allen ging es ähnlich, man sah die Übermüdung in den blassen, eingefallenen Gesichtern der Fahrgäste im Bus und der Frauen, die vor dem Lebensmittelladen Schlange standen.

Einmal, als sie nachts im Unterstand saßen, traf eine Bombe ein Haus, das nur zwei Straßen entfernt stand. Sie spürten den Einschlag unter ihren Füßen, ein Stoß, der durch die Erde lief. John gab einen gedämpften Laut von sich, und Vera sagte leise: »Lieber Gott.« In der Dunkelheit ergriff Kaz Sophies Hand und zeichnete mit dem Daumennagel ganz leicht ein Zeichen in ihre Handfläche. Ein Herz, dachte sie.

Eines Nachts, als sie von der Liebe erschöpft, aber glücklich beieinanderlagen, sagte Kaz: »Ich habe etwas für dich, Zosia.«

Er nahm einen kleinen Stoffbeutel aus der Tasche seiner Uniformjacke und gab ihn ihr. Sophie zog ihn auf, und als sie ihn umdrehte, fiel eine zarte, in Filigran gearbeitete Halskette mit Diamanten und Granaten in ihre geöffnete Hand.

»Kaz! Die ist ja wunderschön.«

»Sie hat meiner Mutter gehört.«

Sie wollte sie ihm zurückgeben. »Das kann ich nicht annehmen. Wirklich nicht. Es ist ein Familienstück.«

Er umschloss ihre Hand mit der Kette. »Ich habe sie damals meiner Verlobten geschenkt. Als sie die Verlobung löste, hat sie sie mir zurückgegeben. Ich möchte, dass du sie trägst.«

Sophie strich mit der Fingerspitze über einen der geschliffenen Steine. »Dann hebe ich sie für dich auf. Und nach dem Krieg, wenn du nach Hause kommst, gebe ich sie dir zurück.«

»Nach Hause?« Er verzog abfällig den Mund. »Hier ist nicht mein Zuhause.«

»Ich meinte«, erklärte sie, »wenn der Krieg zu Ende ist und du nach Polen zurückgehst.«

Er zündete sich eine Zigarette an und löschte das Streichholz mit einem kurzen Schnippen seiner Hand. »Ich weiß nicht, ob es für mich überhaupt noch ein Zuhause geben wird. Ich weiß nicht, ob es noch ein Land geben wird, in das ich zurückkehren kann. Es kann gut sein, dass die Russen die von ihnen eroberten Gebiete behalten.« Es klang bitter. Er zog an seiner Zigarette, dann lachte er trocken. »Es wird davon geredet, dass man uns Polen nach Schottland verfrachten will, damit wir die Ostküste vor einer Invasion schützen. Darum, liebe, süße Zosia, möchte ich, dass du jetzt meine Kette umlegst. Und wenn ich irgendwo an einer kalten, grauen Küste Patrouille gehe oder wenn ich, so Gott will, wieder für mein Land kämpfen kann … werde ich die Augen schließen, und dann sehe ich meine Kette auf deinem schönen …« Er legte die Hand auf ihre Brust. »Wie sagt man?«

»Busen«, sagte sie mit Entschiedenheit. »Man sagt Busen.«

Kaz schloss die Kette in ihrem Nacken, und die kühlen Steine berührten ihre Brüste. »So schön«, murmelte er. »Du siehst so wunderschön aus.«

Dann kam der 7. September. Sophie war allein im Haus, schabte in der Küchen Karotten, als draußen die Sirenen losheulten. Sie ließ den Kuchen, den sie gerade ins Rohr geschoben hatte, stehen, wo er war, und lief zum Unterstand hinaus. Nachdem sie eine Stunde lang in der Düsternis gesessen und auf Entwarnung gewartet hatte, wagte sie einen Sprint in die Küche, um den Kuchen zu retten, und da sah sie die riesige Rauchsäule, die in Wolken zum Himmel aufstieg.

Sie rannte nach oben. Blassroter Dämmerschein lag über London. So, wie der Qualm von Osten her über die Stadt zog, vermutete sie, dass die Docks in Brand standen. Reglos blieb sie am Fenster stehen und verfolgte das Schauspiel, erstarrt vor Furcht und Entsetzen. Das Wummern und Kreischen der Bomber hielt an.

Um sechs wurde Entwarnung gegeben. Als Sophie aus dem Unterstand trat, schmeckte sie Ziegelstaub und verbrannten Zucker in der Luft. Vera kam eine halbe Stunde später nach Hause und John Reynolds kurz danach. Vera erzählte, dass das Gaswerk in Beckton getroffen worden war. Kaz kam nicht, und schließlich setzten sie sich zu dritt zum Abendessen. Als Sophie das Geschirr spülte, begannen die Sirenen von Neuem zu heulen, und die Flugzeuge kehrten zurück. Zusammen mit Vera und John flüchtete sie in den Unterstand, wo sie bis morgens um halb fünf festsaßen. Während über ihnen die Hölle tobte und sie gegen ihre Angst kämpfte, dachte sie an Kaz, der jetzt irgendwo in der Stadt war, und betete darum, dass er einen sicheren Zufluchtsort gefunden hatte.

Am Morgen hörte sie, dass die Docks und Lagerhäuser im Osten der Stadt zerstört worden waren. Die Frachtschiffe von Tate & Lyle, einem der größten Nahrungsmittelhersteller, waren mitsamt dem geladenen Zucker in Flammen aufgegangen, genau wie eine Gummifabrik und ein Getreidespeicher. An einer Holzladestelle an den Surrey Commercial Docks, einer Hafenanlage im Süden, hatten sich die Feuer zu einem Inferno entwickelt, das Hunderte von Metern zum Himmel loderte. Rauch quoll aus den noch immer schwelenden Brandherden.

Als Kaz auch am Abend nicht zurückkam, versuchte Sophie sich einzureden, er helfe wahrscheinlich bei den Aufräumarbeiten. Den Abend und die Nacht durch folgte ein Bombenalarm auf den anderen. John Reynolds sagte: »Hoffentlich ist dem Hauptmann nichts passiert«, und Sophie sagte: »Ja, das hoffe ich auch«, sonst redeten sie kaum etwas. Die Angst hatte sich eingenistet und ließ sich nicht vertreiben.

Den folgenden Nachmittag half sie in einer Notunterkunft der Women's Voluntary Services aus, wo obdachlos gewordene Familien mit Nahrungsmitteln versorgt wurden. Bei der Rückkehr in die Gilbert Street sah sie vor ihrem Gartentor einen Soldaten stehen. Sie erkannte die Uniform, Kaz trug die gleiche. Sie kannte die Verbeugung, Kaz begrüßte sie stets auf die gleiche Art. Und sie erkannte an seinem Blick, dass etwas Schlimmes geschehen war.

Der polnische Soldat stellte sich ihr als Major Kaminski vor. Sophie bat ihn ins Haus. In ihrem Wohnzimmer, dem Zimmer, in dem sie und Kaz zusammen gesungen, wo sie ihm von Hugh erzählt und er ihr Haar bewundert hatte, erfuhr sie, dass Kaz tot war. Das Büro, in dem er gearbeitet hatte, war am frühen Samstagmorgen von einer versprengten Bombe getroffen worden. Er war auf der Stelle tot gewesen. Major Kaminski sagte ihr, dass Hauptmann Wajszczyk ein Held und wahrer Patriot gewesen sei und seine Pflicht mutig, selbstlos und unbeirrt erfüllt habe. Aber daran hätte sie ohnehin nie Zweifel gehabt.

Als der Major sich verabschiedet hatte, ging Sophie hinauf in ihr Schlafzimmer. Mit zitternden Händen nahm sie Kaz' Halskette aus dem Stoffbeutel und legte sie um. Die Diamanten und Granaten funkelten auf dem hellen Stoff ihrer Bluse. Sie ging wieder ins Wohnzimmer hinunter und setzte sich ans Klavier. Sie suchte die Gilbert- und Sullivan-Noten heraus und blätterte, bis sie *Take a Pair of Sparkling Eyes* gefunden hatte. Sie suchte die Töne auf den Tasten und musste aufhören, weil ihr die Tränen aus den Augen stürzten und sie die Noten nicht mehr lesen konnte.

Kaz hatte so viel verloren: eine Familie, ein Land, eine Zukunft. Sie hatten einander verstanden, dachte sie, Kaz und sie. Sie hatten beide ihre Geschichte verloren und von vorn anfangen müssen. Und irgendwie hatten sie in den Trümmern ihres Lebens Leidenschaft und Liebe gefunden.

14

Oktober 1940–Juli 1941

Nach einer Zeit unschlüssigen Schwankens, in der sie nicht wusste, was sie anfangen sollte (Archäologen waren nicht gefragt in einem Land, das stündlich mit einer feindlichen Invasion rechnete), stieß Thea auf dem Grund ihres Rucksacks auf den Brief, den Grace Fainlight ihr mitgegeben hatte. Der Adressat, ein Ministerialbeamter namens Nicholas Grey, war im Ministry of Supply tätig. Sie schrieb ihm und erhielt nach einiger Zeit ein Angebot für eine Stelle als Stenokontoristin.

Einige Wochen nach Beginn der Bombardierung Londons wurde ihre Abteilung aus der Stadt nach Wiltshire verlegt, in ein ehemaliges Herrenhaus, ein großer, nichtssagender Bau aus dem 18. Jahrhundert nördlich von Salisbury. Thea und die anderen Frauen wurden in Mansardenzimmern untergebracht, wo die Verdunkelung nie richtig funktionierte, sodass sie abends, wenn sie zu Bett gingen, Taschenlampen und Kerzen so schnell wie möglich löschten. Wenn sie zur Toilette mussten, stolperten sie im Dunklen herum und rissen Wecker, Wassergläser, Lippenstifte und gerahmte Fotografien von Angebeteten in Uniform zu Boden.

Bei Thea, die keinen Freund hatte, stand kein Foto auf dem kleinen braunen Lederkoffer, den sie als Nachttisch benutzte. Cormac Jamieson hatte sie geküsst, aber sie hatte kein Foto von ihm, und er war nicht ihr Freund. Sie hatte oft versucht, ihn zu zeichnen, aber die Skizzen wurden nie etwas. Sie fürchtete, dass sie zu vergessen begann, wie er aussah.

Auf Theas provisorischem Nachttisch lagen ein Stapel Bücher und der steinerne Axtkopf aus Corran. Eine ihrer Zimmergenossinnen, Davina, nahm eines Morgens den Axtkopf zur Hand. »Wozu brauchst du denn diesen Steinklotz, Craxton?«

»Das ist ein Axtkopf. Er ist ungefähr zehntausend Jahre alt.«

»Großer Gott.« Davina war auf einem dieser teuren, aber völlig überflüssigen Mädchenpensionate gewesen, wo man außer ein bisschen Zeichnen und Gartenarbeit allenfalls lernte, wie man aus einem Auto stieg, ohne dass der Rock zu hoch rutschte. Sie legte den Axtkopf gähnend wieder auf den Koffer. »Beeil dich. Sonst ist der Toast kalt, bis wir da sind.«

Thea hatte sich den Axtkopf ans Bett gelegt, um nicht zu vergessen, wer sie war und dass es nie ihr Lebensplan gewesen war, mit zwanzig anderen Frauen in einem eiskalten Salon zu sitzen und jeden Tag acht Stunden lang auf eine Schreibmaschine einzuhämmern. Irgendwann in der Zukunft, gleich, wie lange es dauerte, würde sie wieder an das Leben anknüpfen, das sie vor so kurzer Zeit für sich entdeckt hatte. Inzwischen hatte sie ihre Rolle im Haus gefunden. Sie war diejenige, die die Spinnen aus den Schlafräumen entfernte. Es gab massenhaft Spinnen im Whiteridge House. Manche Frauen sprangen kreischend auf die Betten, während Thea die armen Tiere vorsichtig mit ihren Händen umschloss und nach unten trug. Sie setzte sie immer in die Wärme der Küchenräume frei, aber das verriet sie niemandem.

Ihr machte der Aufenthalt im Whiteridge Haus nicht allzu viel aus. Sie war mit sechs Jahren auf ein Internat gekommen, sie kannte diese kalten Räume, in denen man ständig fror, und war es gewöhnt, dass man kaum je einen Moment für sich hatte. Wenn sie allein sein wollte, machte sie Spaziergänge im Park, stapfte in ihren Stiefeln mit Genuss durch das nasse Gras und sog die erdigen Gerüche von welkem Laub und Pilzen ein. Oft setzte sie sich auf eine der rostigen Bänke dort, wo einst vermutlich Männer mit Schlapphüten und schwarzen Gehröcken Frauen in voluminösen Seidengewändern den Hof gemacht hatten. Es war schwer, im Haus ein ruhiges Fleckchen zu finden, deshalb nutzte sie jede freie Stunde, um zu einer Bank, den Rehen und den Krähen zu entfliehen.

Dort las sie ihre Briefe. Briefe von Rowan, anfangs aus dem Lazarett in Kent, später aus London, wo sie, am St.-Anne's-Krankenhaus zurück, die Opfer der Bombenangriffe pflegte. Briefe von Peggy, die in Cornwall in einer Künstlerkolonie lebte. Briefe von ihren Archäologenfreunden. Das alte Team hatte sich zerstreut. Monty und Grace waren in der Schweiz geblieben, Lucy lebte weiterhin in London, wo sie als Sekretärin am Informationsministerium arbeitete. Will Taylor, den sie von der Barbury-Hill-Grabung kannte, hatte sich zur Royal Air Force gemeldet und flog Wasserflugzeuge. Geoffrey King war Luftschutzwart in seiner Heimatstadt Bristol.

Briefe von Helen, die wohlbehalten aus Frankreich heimgekehrt war und sich dem Auxiliary Territorial Service, der Frauenabteilung des britischen Heeres, angeschlossen hatte. Auch Max war beim Militär und in Nordengland stationiert. Die beiden wollten noch vor Ende des Jahres heiraten. Helens Briefe und die der anderen Freunde beim Militär trafen zunächst mit großen Verzögerungen ein. Die Postdienste brauchten eine Weile für die Einrichtung eines effektiven Zustellsystems für Zehntausende von Briefen von einsamen Männern in Heereslagern, auf Militärflughäfen und Schiffen an ihre gleichermaßen einsamen Freundinnen, Ehefrauen und Eltern. Aber dann hatte offenbar jemand eine Idee gehabt, denn der Dezember brachte eine Flut von Briefen. Doch Bombardierungen der Postzüge und Sammelstationen machten eine regelmäßige Zustellung weiterhin unmöglich.

Sie korrespondierte mit Stuart, der auf einem Minensuchboot an der Ostküste Dienst tat. Thea und Stuart waren übereingekommen, sich als Geschwister zu betrachten, auch wenn sie das nicht waren. Stuarts Mutter war Sophie, und Hugh Craxton war sein Vater gewesen. Theas Mutter war Sigrid, eigenwillig und schön, im Alter von fünfunddreißig Jahren ertrunken, und ihr Vater war… Nun ja, alles, was sie über ihn wusste, war, dass er in den Zwanzigerjahren auf Corran gelebt hatte. Es bestand also keine Blutsverwandtschaft zwischen ihr und Stuart. Aber sie hatte Stuart gern, und er hatte sie gern und sich als Geschwister zu bezeichnen war einfacher, als irgendeinen anderen Namen für ihre Beziehung zu finden.

Stuart war einer der wenigen Menschen, die offen mit ihr über ihren Vater sprachen, den Mann, den sie weiterhin als ihren wahren Vater betrachtete, der sie großgezogen hatte und an dem sie immer noch hing, trotz allem. Stuart wollte verstehen, wie sie. Er wollte die Gründe von Hughs Handeln verstehen, und das wollte sie auch. Nur kam bei ihr noch das Rätsel um Sigrid dazu. Bevor Rowan ihr von

Corran und dem Geliebten ihrer Mutter erzählt hatte, bevor sie selbst der Wahrheit über Sophie, Duncan und Stuart auf die Spur gekommen war, hatte sie angenommen, ihre Eltern hätten einander geliebt. Sigrids früher Tod, Hughs Trauer: Diese große, tragische Liebesgeschichte war das Grundmotiv, das sich durch ihre Kindheit und ihre frühe Jugend gezogen hatte. Aber es war überhaupt nicht so gewesen. Nichts von dem, was sie geglaubt hatte, stimmte. Sie machte weder Hugh noch Sigrid einen Vorwurf, so waren Menschen eben. Aber sie wollte die Wahrheit wissen. Sie wollte die Lücken schließen, genau wie Stuart, der seinen Vater ebenfalls geliebt hatte. Stuarts Bild von Hugh Craxton deckte sich in einigen Aspekten mit dem ihren, in anderen wiederum gar nicht.

Der Einzige, der ihr mehr über Sigrid sagen konnte, der Einzige, der von der Liebesbeziehung wusste, aus der sie hervorgegangen war, war Sigrids Liebhaber. Wäre nicht Krieg gewesen, so wäre sie vielleicht noch einmal nach Corran gereist und hätte ein wenig geforscht, in einer lang erkalteten Erde nach Relikten gegraben. Aber das kam im Moment nicht infrage.

Von Cormac hörte sie nichts. Ich schreibe dir, hatte er ihr zugerufen, als sie aufs Schiff gegangen war. Aber er hatte nicht geschrieben. Anfangs, als sie noch in Rowans Wohnung lebte, erwartete sie die Post jeden Tag mit Ungeduld. Jedes Mal hatte sie mit Herzklopfen in das Fach im Foyer gesehen. Sie hatte lange, bittere Wochen gebraucht, um sich damit abzufinden, dass keine Briefe kommen würden.

Im Lärm und Chaos von St. Malo hatte Cormac vielleicht ihre Adresse nicht richtig verstanden. Soweit sie wusste, hatten alle Schiffe aus St. Malo England unversehrt erreicht. Wenn er also dort aufs Schiff gegangen war, müsste er gesund zu Hause angekommen sein, und das war im Grund das einzig Wichtige. Es gab natürlich andere Möglichkeiten. Cormacs Einheit konnte zu einem anderen Hafen beordert worden sein, hatte vielleicht auf den Schiffen, die von St. Malo ausliefen, keinen Platz mehr gefunden. Viele Schiffe, die zu jener Zeit die französischen Häfen verlassen hatten, waren versenkt worden, unzählige Menschen waren umgekommen. Thea versuchte, solche Gedanken gar nicht erst hochkommen zu lassen, versuchte auch, nicht darüber nachzudenken, wie Cormacs Kopfverletzung sich möglicherweise entwickelt hatte. Sie hatte Rowan von Cormac erzählt, von der Umarmung und dem Kuss hatte sie allerdings nichts gesagt. Sie wusste nicht genau, warum, vielleicht, weil sich die Angst regte, sie könnte Cormac nicht so viel bedeutet haben wie er ihr. Rowan jedenfalls hatte ihr erklärt, dass Kopfverletzungen unberechenbar und lebensbedrohlich sein konnten. Auch daran versuchte sie nicht zu denken.

Cormac hatte vielleicht gar nicht das Bedürfnis, ihr zu schreiben. Der Kuss konnte ein Ausdruck glücklicher Erleichterung beim Anblick des Schiffes in St. Malo gewesen sein und nichts weiter.

Ihr jedoch hatte er alles bedeutet. Sie mochte noch so sehr versuchen, den Moment kleinzureden und seine Bedeutung wegzuanalysieren, es funktionierte nicht. Auf dieser Reise war etwas mit ihr geschehen. Andere würden es vielleicht als ein Produkt der überhitzten Stimmung in dieser Zeit voller Angst und Schrecken abtun, aber das konnte Thea nicht. Sie war einem Mann begegnet und hatte sich in ihn verliebt. Sie dachte Tag und Nacht an ihn. Sie sehnte sich danach, ihn zu sehen, zu berühren, seine Hand zu halten oder auch nur einen flüchtigen Blick auf ihn geschenkt zu bekommen.

Grace hatte ihr einmal zwei Tonscherben eines Bechers gezeigt. Sie hatte sie aneinandergelegt, um zu demonstrieren, wie genau sie zusammenpassten. So ging es ihr in den Momenten, in denen sie mit Cormac zusammen war. Als hätte sie ein Stück von sich selbst gefunden, von dem sie nicht einmal gewusst hatte, dass es fehlte.

Thea verbrachte die Weihnachtstage in London bei Rowan und nutzte die drei Tage, in denen Rowan beinahe ständig Dienst hatte, um alte Freunde zu besuchen. Peggy und Gerald, die sich vor dem Krieg voneinander entfernt hatten, waren wieder zusammen. Helen und Max hatten geheiratet. Beide Paare lebten die meiste Zeit getrennt, vom Krieg auseinandergerissen und in unterschiedlichen Teilen des Landes abgesetzt. Peggy und Gerald wohnten über Weihnachten bei Geralds Eltern, Helen und Max verbrachten ihren Urlaub im Haus der Fainlights in Bloomsbury.

Das Leben ihrer Freunde hatte sich weiterentwickelt, während ihr eigenes stehen geblieben war, wie ihr schien. Ihre beruflichen Pläne hatten sich zerschlagen, und sie hatte noch nicht einmal einen Freund. Eine traurige Bilanz, fand sie. Manchmal ging sie mit ein paar anderen Frauen aus dem Whiteridge House zu Tanzveranstaltungen oder irgendwelchen geselligen Abenden auf den Militärbasen. Sie machte Konversation und tanzte, und manchmal saß sie in einer Ecke des Flugzeughangars oder des Gemeindesaals und wünschte nur, sie könnte gehen oder hätte wenigstens ein Buch mitgenommen. Aber sie wusste, dass ihre Freunde das als verschroben und ungesellig empfunden hätten. Einmal schnappte sie ein Gespräch einiger Soldaten auf, die über sie sprachen. »Wie wär's mit der kleinen Dunklen?«, meinte ein Gefreiter zu seinem Freund. »Du meinst, die Flachbrüstige?«, antwortete der andere mit einem geringschätzigen Blick zu ihr. Tja, schöne Augen, wie Simon Pemberton sie an ihr entdeckt hatte, zählten nicht, wenn sie mit einem kleinen Busen einhergingen. Sie versuchte, die Bemerkung zu ignorieren, getroffen hatte sie sie trotzdem.

Dabei hatten sie, wenn sie ehrlich war, die jungen Männer, denen sie begegnet war, wenig interessiert. Keiner von ihnen konnte einem Vergleich mit Cormac standhalten. Es war vielleicht nicht fair von ihr, sie alle als unattraktiv und uninteressant abzutun, aber so war es. Sie mochte sich noch so oft sagen, dass sie kindisch war, dass sie Cormac vergessen sollte, es half nicht. Sie konnte ihn nicht vergessen. Er war immer da, die Erinnerung an ihn wie ein spitzer Dorn in ihrem Herzen, den sie trotz des Schmerzes hütete. Besser Schmerz und Verlangen als Taubheit.

Klirrender Frost hielt London an dem Tag umklammert, an dem Thea nach Wiltshire zurückfuhr. Ein Zug ohne Heizung, der zuckelnd auf einem Nebengleis anhielt und dort eine Dreiviertelstunde stand. Durch die mit Sprengschutzband verklebten Fenster betrachtet, schienen die Londoner Vororte in der Kälte zu schillern. Ein harter, eisiger Glanz überzog Dächer und Straßen, und der Himmel war bleich und frostig. Vor sechs Monaten war sie von gelben Weizenfeldern und saftig grünen Wäldern umgeben über staubige französische Feldwege gelaufen, Sonnenglut auf den Schultern, Rücken und Arme in Schweiß gebadet. Es war jetzt unmöglich, sich Wärme vorzustellen. Das alles schien einer anderen Zeit anzugehören. Dieser Winter war von einer gnadenlosen Härte.

Alle im Wagen mussten das dumpfe Brummen der Flugzeuge gehört haben, aber niemand sagte ein Wort. Thea musste an den Stuka denken, der schrill wimmernd aus dem weiten Himmel herabgestürzt war und auf den Zug flüchtender Menschen geschossen hatte. Sie dachte an Cormacs warme Hand in der ihren, als sie sich in St. Malo durch die Menschenmengen gedrängt hatten. Der Zug setzte sich endlich in Bewegung, der Knoten in ihrer Brust lockerte sich ein wenig.

Sie erinnerte sich, wie Cormac gesagt hatte: »Ich lasse dich nicht allein, Thea«, und fragte sich, wo er jetzt war. Wartete er irgendwo in einer kalten Kaserne in Northumbria oder Yorkshire ungeduldig auf seinen Einsatz, oder hatte man ihn ins Ausland geschickt, vielleicht auf die Schlachtfelder Nordafrikas? Sie hoffte aus tiefstem Herzen, dass er am Leben war und es ihm gut ging. Sie fragte sich, ob er an sie dachte, ganz gleich, wo er war, in den Bergen oder in der Wüste. Und ob der Marsch durch Frankreich ihm so viel bedeutet hatte wie ihr. Immer häufiger suchte sie der Gedanke heim, dass sie ihn vielleicht nie wiedersehen würde.

Der Winter verging, es begann zu tauen, und der Frühling kam. Sie hatte sich nicht vorgestellt, dass sie während des Krieges in einem Büro sitzen und Rechnungsformulare des Ministry of Supply ausfüllen würde, aber so war es gekommen. Zusammen mit einer Arbeitskollegin namens Claudia Daniels nutzte sie ihre freien Sonntage zu Fahrradausflügen über Land. Claudia war eine große, hagere junge Frau mit krausen aschblonden Haaren und großen, hellen, kurzsichtigen Augen. Sie las, was ihr in die Hände kam, und hatte, zu Theas Freude, eine Leidenschaft für Fossilien. Ihr

Nachttisch war voll mit Ammoniten und Belemniten, die sie auf feuersteinhaltigen Feldern und in Steinbrüchen in Wiltshire gesammelt hatte.

Sie radelten zum Cley Hill mit den Wällen und Gräben eines alten Forts, von dem man annahm, es stamme aus der Eisenzeit. In den konzentrisch angelegten Gräben entdeckte Thea einige Senken und Mulden, die nahelegten, dass sich dort Grabstätten befanden. Sie erinnerte sich der Grabstätten am Barbury Hill, der von der Zeit blank polierten Gebeine und ihrer Erregung, als sie die Geweihhacke aus der Erde geschält hatte. Die Gräser auf der Hügelkuppe neigten sich zitternd im scharfen Wind. Die sanft gewellte Landschaft Wiltshires lag unter ihnen ausgebreitet, und von ihrem Standort aus konnte Thea die Panzersperren aus Beton erkennen, über die Felder verstreut wie graue Gesteinsbrocken, die von einem Vulkan ausgespien worden waren. Eine Landhelferin führte einen Pferdewagen einen schmalen Feldweg entlang. Thea überlegte, wie es wäre, als Landhelferin zu arbeiten. Ganz sicher weniger langweilig, als im Ministry of Supply Formulare zu tippen, wenn auch mit mehr Schmutz und Kälte und Kartoffelklauben verbunden.

Sie waren auf dem Heimweg, mitten in einem Dorf, als Claudia mit dem Arm wedelte.

»Ich habe einen Platten!«

Sie bremsten ab und stiegen von ihren Rädern. Claudia bückte sich, um den Reifen zu untersuchen. »Lass mal, das hab ich gleich.«

Thea stellte ihr Rad ab und ging die Straße hinunter, um einen Briefkasten für die Briefe zu suchen, die sie am Morgen einzustecken vergessen hatte. Sie kam an einer Kirche vorüber, einer Schmiede mit Autowerkstatt und einer

Reihe reetgedeckter kleiner Häuser, alle mehr oder weniger verwahrlost. Als sie einen Kasten entdeckte, zog sie ihre zerknitterten Briefe aus dem Rucksack und versuchte, sie zu glätten. Weiter vorn hatte ein Militärlastwagen angehalten, der beinahe die ganze Straße blockierte. Frauen vom Auxiliary Territorial Service, der Frauenabteilung des britischen Heeres, in Kakihemden und Uniformjacken, standen rauchend und schwatzend in Grüppchen um ihn herum.

Claudia kam zu ihr gelaufen. »Alles in Ordnung«, sagte sie. »Es ist nur ein winziges Loch. Ich hab den Reifen jetzt aufgepumpt, das müsste halten bis nach Hause.« Nach einem kurzen Schweigen fügte sie hinzu: »Hast du jemals an so was gedacht?«

Theas Blick folgte dem der Freundin zu den A.-T.-S.-Frauen, die jetzt wieder auf den Lastwagen kletterten. »Das wäre furchtbar.«

»Und wie, ja.«

Leibesübungen in zugigen Kasernenhöfen, Anpfiffe von irgendeiner sadistischen Exerziermeisterin und die scheußlichste Uniform aller Frauenhilfsdienste – furchtbar war noch viel zu milde ausgedrückt. Es wäre verrückt, einen Beitritt zum A. T. S. auch nur in Betracht zu ziehen.

Sie radelten zum Whiteridge House zurück. Aber komisch, wie schwer es war, einen Gedanken wieder loszuwerden, wenn er einem einmal in den Kopf gekommen war. Er rieb und zwickte wie eine Wimper, die einem ins Auge geraten war, während man stundenlang stumpfsinnig Formulare tippte. Thea fiel ein, wie sie einmal, sie war sieben oder acht Jahre alt gewesen, absichtlich in ein Büschel Brennnesseln gesprungen war, weil sie wissen wollte, wie sich das anfühlte. Es hatte natürlich gebrannt und gejuckt wie die Hölle. Sich freiwillig zum A. T. S zu melden, dachte sie, käme dem sehr nahe.

Aber sie hätte es wenigstens versucht. Und würde sich wenigstens wieder lebendig fühlen.

Am 11. Januar wurde der Untergrundbahnhof Bank von einer Bombe getroffen. Die Detonationswelle raste Rolltreppen und Treppen hinunter und tötete oder verstümmelte jeden in ihrem Weg, Fahrgäste und jene, die in den U-Bahn-Schächten Schutz vor den Angriffen gesucht hatten. Die Verletzten wurden über alle Krankenhäuser verteilt, das St. Anne's eingeschlossen. Rowan schnitt den Menschen zu Lumpen verkohlte Kleider vom Leib und bewahrte sie zur Hilfe bei der Identifizierung auf.

Diese Nacht veränderte sie. Als sie endlich abgelöst wurde, ging sie in den Speisesaal des Schwesternheims, aber sie brachte das Frühstück, das man ihr hinstellte, nicht hinunter. Der Geruch verbrannten Fleisches hielt sich hartnäckig in ihrer Nase. Und auch in den folgenden Tagen lag er ihr beständig auf der Zunge, ganz gleich, wie viele Tassen Kaffee sie trank, wie viele Zigaretten sie rauchte.

Die Triage, die man im St. Anne's in den ersten Tagen des *Blitz,* des Bombenkriegs über London, eingeführt hatte, klappte jetzt dank Übung reibungslos. Die Verletzten wurden von Medizinstudenten auf Tragen in den Aufnahmeraum gebracht und von dort an die jeweiligen Fachbereiche, die Operationssäle und die Reanimationsräume im Souterrain des Krankenhauses verteilt. An einem Abend im Mai, als Rowan bereits den ganzen Tag gearbeitet hatte, gab es wieder Alarm. Sie nahm sich nur die Zeit, den Kittel zu wechseln, dann lief sie zurück zur Station. Der Strom von Verwundeten, vorwiegend Opfer von Brand-

und Explosionsverletzungen, schien endlos. Medizinische Teams kümmerten sich um Bluttransfusionen und Infusionen, Assistenzärzte verbanden Wunden. Rowan spülte gerade Instrumentenschalen, als jemand berichtete, dass das angesagte Café de Paris im West End von einer 50-Kilo-Bombe getroffen worden war, die zahllose Menschen getötet hatte, unter ihnen auch den Bandleader des dort engagierten Swing Orchesters, Ken »Snakeships« Johnson.

Sie hatte keine Zeit, sich zu sorgen, ob unter den Toten und Verletzten vielleicht Freunde von ihr waren; es wurden unablässig neue Opfer hereingebracht. In den frühen Morgenstunden wurde das Souterrain von der Stoßwelle einer Bombe erschüttert, die in der Nähe eingeschlagen hatte. Die Station versank in Finsternis, als der Strom ausfiel. Aus einem nahe gelegenen Operationssaal rief eine der Schwestern ihr zu: »Hier rüber, Scott! Halten Sie mal.« Rowan bekam eine Taschenlampe in die Hand gedrückt und richtete den Lichtstrahl wie befohlen auf den Operationstisch, wo ein Chirurg eine Bauchverletzung operierte. Wie alle anderen war sie inzwischen geübt darin, Aufregung und Angst in Schach zu halten.

Die Notgeneratoren sprangen an, die Lichter im Operationssaal flammten auf. Eine Schale mit Instrumenten war in der Dunkelheit zu Boden gefallen, Rowan sammelte sie ein, um sie auf einem Primuskocher erneut zu sterilisieren. Dann kehrte sie auf die Station zurück, wo sie sich um eine ältere Frau kümmerte, die nach der Behandlung der Brandwunden an ihrem Arm unkontrollierbar zitterte. Rowan hatte gelernt, die unterschiedlichen Arten von Schock zu erkennen. Bei gefährlichem Schock schwerster Art, etwa nach einer Verletzung oder Operation, war medizinisches Eingreifen sofort erforderlich. Ein leichterer

Schock konnte mit Wärme, Ruhe und dem Einflößen gesüßten Tees behandelt werden. Einige der Ärzte sprachen vom Sirenenkoller. Rowan dachte manchmal, dass sie alle, Patienten wie Ärzte, am Sirenenkoller litten. Man sagte: »Mir geht's gut, danke«, wenn einen jemand nach dem Befinden fragte, denn es saßen ja alle in demselben Boot. Wenn man eine wahrhaft schreckliche und beängstigende Bombennacht hinter sich hatte, wenn einem Freunde und Familie so sehr fehlten, dass es wehtat, sagte man vielleicht: »Na ja, es geht so.«

Gegen fünf Uhr morgens verebbte die Flut der Verletzten. Als Rowan zwei Stunden später das Krankenhaus verließ, sah sie sich von einer Szene der Verwüstung umgeben. London war seit Langem ihr Zuhause. Sie war mit neunzehn in die Stadt geflohen und hatte sich in romantische Abenteuer und das elegante Leben gestürzt. Nach dem Scheitern ihrer Ehe mit Patrick war die Wohnung in Covent Garden ihre Zuflucht geworden. Es war ein Schlag, die Stadt, die sie liebte, in Trümmern zu sehen. Schwindlig vor Müdigkeit, musste sie erst einen Moment überlegen, ehe sie sich auf den Weg zum Schwesternheim besann.

Im Haus fegte eine Putzfrau haufenweise abgebröckelten Putz und weißen Staub zusammen. Als Rowan die Treppe hinaufging, hielt eine barsche Stimme sie auf. »Schwester Scott!«

Rowan drehte sich um. Die Aufsichtsschwester funkelte sie vom Fuß der Treppe zornig an.

»Ja, Schwester?«

»Ich denke, Sie wissen, dass es gegen die Vorschrift ist, Schuhe im Zimmer auf dem Boden liegen zu lassen, Schwester.«

Rowan fasste das Treppengeländer fester. Vierundzwanzig Stunden Dienst, und sie bekam einen Rüffel wegen ihrer Schuhe. Unverzeihliches lag ihr auf der Zunge.

Aber dann zwang sie sich zu einem reuigen Lächeln. »Ja, Schwester. Tut mir wirklich leid.«

»Dass mir das nicht wieder vorkommt.«

In ihrem Zimmer zog sie ihre Tracht aus. Wütend schleuderte sie ihre Schuhe von den Füßen, knallte ihr Kleid, den Gürtel, das Häubchen und die schwarzen Strümpfe auf den Boden. In Unterwäsche legte sie sich aufs Bett und schloss die Augen. Bilder aus der Nacht zogen an ihr vorbei: der Chirurg, der den Magen eines Mannes nähte; die Frau mit dem verbrannten Arm, die am ganzen Leib zitterte. Und die Toten aus dem Café de Paris, die wirbelnden Röcke ihrer Kleider grau von Staub und Asche, im letzten Tanz erstarrt.

Duncan und Sally heirateten im Juni 1941. Die Trauung fand in der Gemeindekirche der Flemings in Richmond-on-Thames statt. Sie waren ein schönes Paar, Duncan groß und gut aussehend in seiner blauen Uniform, Sally voller Anmut in einem weißen Spitzenkleid, das ihre Mutter Eva geschneidert hatte. Die Kirche war mit weißen und gelben Blumen aus Evas Garten geschmückt. Die tüchtige, hübsche und gewandte Eva Fleming war Sophie unglaublich dankbar gewesen für ihr Angebot, die Hochzeitstorte zu stiften.

Sophie trug ein Ensemble aus blassblauer Shantungseide, das sie vor dem Krieg gekauft hatte, und steckte sich ein Hütchen aus Tüll und Bändern zusammen, die sie noch im Nähkasten hatte. Kaz' Halskette prunkte Feuer sprühend an ihrem Hals. Hin und wieder berührte sie die Steine mit der Hand und erinnerte sich, dass sie begehrt worden war, dachte an Kaz und lächelte in sich hinein. Dennoch gab es Momente an diesem Tag, in denen sie sich überflüssig fühlte, ein Gast unter vielen. Sallys Vater schwenkte sie edelmütig ein-, zweimal durch den Saal. Sehr anerkennenswert, fand Sophie, die den Verdacht hatte, dass Tanzen nicht seine Leidenschaft war. Aber gab es eine Situation, in der man einen Ehemann mehr vermisste als bei der Hochzeit des eigenen Kindes? Duncan war ein stolzer Mensch, es musste ihm sehr schwergefallen sein, den Flemings zu sagen, dass sein verstorbener Vater ein Bigamist gewesen war. Doch wenn Sophie glaubte, Geringschätzung und Mitleid in Eva Flemings strahlender Miene zu sehen, war das, wie sie wohl wusste, wahrscheinlich reine Einbildung.

In dem Sommer und dem Herbst, die auf die Hochzeit folgten, merkte sie, dass sie an Stärke gewann. Trotz des Kummers, den sie nach Kaz' Tod natürlich mit sich herumtrug, löste sich ihre Gehemmtheit, und ihr Selbstbewusstsein wuchs. Sie dachte seltener an Hugh und sagte sich oft, dass sie diese innere Veränderung Kaz zu verdanken hatte.

Sie hatte in diesen Tagen gar nicht die Zeit, sich mit der Vergangenheit zu beschäftigen. Sie stand bei Morgengrauen auf, um die Arbeit in Haus und Garten zu schaffen, Briefe an Stuart zu schreiben, der irgendwo an der Ostküste auf seinem Minensuchboot saß, und an Duncan, der jetzt in Lincolnshire stationiert war. Das ganze Jahr hindurch leistete sie regelmäßigen Schichtdienst beim Rettungsdienst, der ersten Anlaufstelle für Verletzte. Nachmittags half sie bei den W. V. S. aus, dem Freiwilligendienst für Frauen, wo sie in Notunterkünften Verpflegung verteilte und Wäschespenden zur Weitergabe an Obdachlose sortierte. Über den Freiwilligendienst kam sie in Kontakt mit Frauen aus anderen gesellschaftlichen Schichten. Von diesen Frauen, die ihr Zuhause und ihre ganze Habe verloren hatten, manche entsetzlicherweise ein Kind oder mehrere, lernte sie, was Widerstandskraft und Leidensfähigkeit bedeuteten.

Und dann waren da auch noch die Untermieter. Vera Cornish wohnte noch in der Gilbert Street, John Reynolds jedoch war in einen anderen Teil des Landes verzogen. Kaz' Zimmer hatte nach seinem Tod mehrere Monate leer gestanden, nun aber wohnte eine ehemalige Arbeitskollegin Sallys darin, eine angenehme junge Frau namens Heather, die bei der BBC tätig war. Das dritte Zimmer war an einen Angehörigen der Marine vermietet, Leutnant Walker, der in der Atlantikschlacht einen Arm und ein Auge verloren hatte und jetzt einen Posten bei der Admiralität bekleidete.

Für die Verpflegung ihrer Untermieter zu sorgen kostete sie immer mehr Zeit, und ihr Garten diente mittlerweile beinahe ausschließlich dem Anbau von Beeren und Gemüse. Vor dem Krieg hatte sie nur im Sommer Gemüse gezogen, jetzt war aus der Liebhaberei eine ganzjährige Notwendigkeit geworden. Und das Einkochen der Früchte, die Zubereitung von Chutney und Marmelade, die durch den Winter reichen mussten, kostete ebenfalls Zeit.

Sie lernte, ihren Mann zu stehen. Hugh hat dich rumkommandiert, hatte Viola einmal zu ihr gesagt. Er hat genau gewusst, wie er dich dazu kriegen konnte, das zu tun, was er wollte. Sie würde sich nie wieder von einem Mann herumkommandieren lassen. Nie, nie wieder.

15

Februar–Oktober 1942

Der Zug von London nach York war überfüllt, die Luft stand von Zigarettenqualm und der schalen Ausdünstung feuchter Uniformen. Es hatte geschüttet, als Thea am Nachmittag nach einem 48-Stunden-Urlaub vom A. T. S. Rowans Wohnung verließ, und auch jetzt, als die Lokomotive aus dem überdachten Bahnhof hinausdampfte, begann der Regen sogleich, gegen die Fensterscheiben zu schlagen. Unter Entschuldigungen wand Thea sich zwischen den gedrängt stehenden Menschen hindurch, stieg über Seesäcke und Koffer hinweg und spähte in jedes Abteil, allerdings ohne große Hoffnung, einen freien Platz zu finden.

Als sie aus einem der ratternden Gummikorridore zwischen den Waggons trat, krampfte sich plötzlich ihr Herz zusammen. Einen Moment lang glaubte sie, Wahnvorstellungen zu haben. Da, direkt vor ihr, stand mit schwarzen, leicht gewellten Haaren, gebräuntem Gesicht und diesen unglaublich blauen Augen Cormac Jamieson.

»Thea! Ich glaub's nicht!«

»Cormac! Bist du's wirklich?«

Er warf die Arme um sie und drückte sie so fest an sich, dass ihr die Luft wegblieb. Oh, die Seligkeit dieses Augenblicks. In der langen Zeit zwischen dieser Umarmung und jener anderen damals hatte sie sich nur halb lebendig gefühlt.

»Wahnsinn!« Er neigte sich zurück und sah sie an, strahlend wie sie. »Ich fass es nicht. Das ist unglaublich. Ein Wunder, Thea. Entschuldige mein Gequatsche, aber es ist so wunderbar, dich zu sehen. Wie geht es dir?«

»Oh, gut.«

»Füße wieder heil?«

Sie lachte. »Ja, ja. Und dein Kopf?«

»Alles wieder gut.« Er zog sie wieder näher an sich, als eine Gruppe Seeleute mit lautem Geschimpfe über die mangelnden Sitzplätze sich an ihnen vorbeizwängte. Sie spürte den rauen Stoff seiner Uniform an ihrer Haut, atmete seinen Geruch und war augenblicklich zurück im Gedränge in St. Malo, Hand in Hand mit ihm auf dem Weg zum Schiff.

»Ich hatte keine Ahnung, ob du gut heimgekommen bist«, sagte sie.

»Ich war gleich auf dem nächsten Schiff.«

Ich habe nichts von dir gehört. Warum hast du mir nicht geschrieben? Doch da sagte er schon: »Ich bin mehr oder weniger zusammengeklappt. Phil, der arme Kerl, musste mich praktisch aufs Schiff tragen.« Er runzelte die Stirn. »Du hattest mir doch deine Adresse zugerufen, nicht?«

»Ja.«

»Ich bin auf dem Schiff eingepennt und erst einen Tag später in Southampton wieder aufgewacht. Ich konnte mich an nichts erinnern. Ich wusste nicht mehr, was du mir gesagt hattest.«

»Das ist doch jetzt egal.«

»Ich konnte mich nicht mal an den Namen des Schiffes erinnern, mit dem du gefahren bist. In meinem Kopf war nur ein Riesendurcheinander.«

Ihr Mund war trocken. »Aber an mich konntest du dich erinnern?«

Er sah sie an. »Thea, ich könnte dich nie vergessen.«

Ihr Herz öffnete sich weit, und sie wusste, dass sie es nicht mehr verschließen musste, nie wieder womöglich, und sie sagte: »Ich dich auch nicht.«

Er lachte. »Es gibt eben doch Wunder.« Er lachte erneut. »Ich hatte Angst, ich würde dich nie wiedersehen. Und da stehst du plötzlich vor mir. Deine Schwester war bestimmt überglücklich, als du wieder da warst.«

»Ja, war sie. Sie ist immer noch am St. Anne's, als Krankenschwester. Wie geht es deiner Schwester, Cormac?«

»Nicola geht's gut. Sie ist zu Hause, auf dem Hof, mit meinem Vater. Ich glaube, es kracht immer wieder mal ordentlich. Nicola ist genauso jähzornig wie er.«

»Hast du dich wieder mit ihm versöhnt?«

»Das weißt du noch?«

Früher wäre sie jetzt vielleicht rot geworden, aber das Militärleben hatte sie abgehärtet. In den vergangenen sechs Monaten harter Ausbildung beim A.T.S. hatte sie ihre Schüchternheit und Unsicherheit großenteils abgelegt.

»Natürlich weiß ich das noch. Ich weiß noch alles, was wir erlebt haben.«

Sie drückten sich an die Wand, um ein paar Leute durchzulassen. Der Zug, der irgendwo zwischen zwei Bahnhöfen angehalten hatte, setzte sich mit einem Ruck wieder in Bewegung.

»Komisch eigentlich«, sagte Cormac, »man sollte doch meinen, dass man das alles am liebsten vergessen würde. Wir zwei, völlig am Ende, mit einer Heidenangst, dass wir's nicht nach England schaffen. Ich meine, das war doch die Hölle, und trotzdem habe ich immer daran denken müssen.«

Und in dem überfüllten, rumpelnden Zug mitten in einem tristen britischen Kriegswinter überfiel Thea die Erinnerung an die Glut der französischen Sonne, an den Geruch von Staub und verdorrtem Gras. So oft, dachte sie, hätte sie ihn beinahe verloren. An jenem Nachmittag in Frankreich hätte sie leicht an ihm vorübergehen können, ohne den Mut aufzubringen, ihm zu helfen, während über ihnen die Flugzeuge kreisten. Oder sie hätten beide gefangen genommen werden oder das letzte Schiff in St. Malo verpassen können. Und so leicht hätte es passieren können, dass sie, einmal getrennt, einander nie wiederfanden.

Aber sie würde nicht riskieren, ihn noch einmal zu verlieren. Sie wusste, als sie ihm jetzt so nahe war, ihn spürte, ihr Verlangen nach ihm und seiner Berührung, dass sie ihm ihre Gefühle zeigen musste und sich nicht in die Verschlossenheit zurückziehen durfte, die sie in ihrer zerrissenen Familie, in der so vieles verschwiegen worden war, gelernt hatte.

»Weißt du«, sagte sie, »ich glaube nicht, dass es nur der Krieg war, die Angst und das ganze Drumherum. Das würden sicher viele sagen. Aber für mich war es viel mehr.«

»Für mich auch.« Er zog die Brauen zusammen. »Für mich war alles gut, als ich mit dir zusammen war, Thea. Ich meine, ich war natürlich fertig und hatte irre Kopfschmerzen und wollte nur noch nach Hause, aber als du da warst, war es gut. Es war so, als wäre alles wieder klar.« Er hob die Hand zu ihrem Gesicht, als wollte er es berühren, um sich zu vergewissern, dass sie kein Trugbild war.

Die Seeleute hatten sich im Korridor niedergelassen; einer von ihnen bemerkte Cormacs Geste und stieß seinen Nachbarn an. Es folgten anzügliche Pfiffe.

»Schnauze«, sagte Cormac wohlwollend zu den Seeleuten und sah Thea mit einem entschuldigenden Lächeln an.

Sie beschlossen, sich auf die Suche nach einem ruhigeren Fleckchen zu machen. Als sie zum Speisewagen kamen, schlug Cormac vor, eine Tasse Tee zu trinken. Der Wagen war bis auf den letzten Platz besetzt, doch ein Fliegersoldat rückte auf seinem Sitz zur Seite, sodass Thea sich auf der Kante niederlassen konnte. Draußen wurde es langsam dunkel, Verdunkelungszeit, die schwarzen Jalousien wurden heruntergelassen.

Cormac kam mit zwei Tee und etwas zu essen vom Büfett zurück.

»Du bist also bei der Royal Artillery«, sagte er mit einem Blick auf ihre weiße Kordel.

Sie sei bei einer Flakeinheit, erklärte sie Cormac. »Zurzeit bin ich in einem Übungslager. Zur Ausbildung am Kinetheodolit.« Die Arbeit war interessant, und sie wusste, dass sie sich glücklich schätzen konnte, dazu eingeteilt worden zu sein.

»Und du, Cormac? Bist du auf Urlaub?«

»Ja. Ich fahre jetzt zwei Tage nach Hause, nach Northumberland, dann muss ich zu Manövern in Schottland. Zwischen meinem Vater und mir ist jetzt alles in Ordnung. Er und Nicola müssen zurzeit die ganze Arbeit auf dem Hof allein schaffen.« Er rührte seinen Tee um. »Unsere Leute sind alle zum Militär gegangen. Die Bezahlung ist lausig, aber immer noch besser als in der Landwirtschaft.«

»Worum ging es denn bei dem Streit mit deinem Vater?«

»Den Hof.« Er beugte sich ein Stück vor, da sich immer mehr Leute zum Büfett drängten. »Als ich meinem Vater sagte, dass ich mit der Landwirtschaft nichts am Hut habe, hat er getobt. Ich bin der einzige Sohn, er will natürlich, dass ich Crawburn übernehme. So, wie er vor mir und sein Vater vor ihm. Aber an meiner Meinung hat sich nichts geändert, obwohl er das glaubt. Ich halte jetzt einfach um des lieben Friedens willen den Mund, aber nach dem Krieg suche ich mir etwas, was mich wirklich interessiert.«

Als Teller und Tassen leer waren, kämpften sie sich, immer noch auf der Suche nach freien Plätzen, zum hinteren Ende des Zuges durch. Cormac bahnte den Weg durch den überfüllten Korridor. Im letzten Wagen war am meisten Luft. Ein Seemann hockte dösend auf seinem Seesack, und zwei Soldaten spielten auf dem Boden sitzend Karten. Cormac und Thea fanden ein Eckchen neben der Kabine des Kontrolleurs.

»Als der Krieg losging, habe ich mir vorgestellt, er würde ganz schnell vorbei sein, in sechs Monaten oder so«, sagte sie. »Ich war überzeugt, alle würden merken, was für ein Wahnsinn das ist. Aber jetzt sehe ich überhaupt kein Ende mehr. Irgendjemand hat gesagt, es könnte noch zehn Jahre so gehen. Zehn Jahre!«

»Was vermisst du denn jetzt am meisten?«

Sie lehnte sich an das Abteilfenster. Sie vermisste so vieles. Orangen und anständigen Kaffee, beleuchtete Straßen und die Möglichkeit, einfach in einen Laden zu gehen und Nadel und Faden zu kaufen, um ein Kleidungsstück zu flicken. Zeit zum Lesen. Zeit für Freunde und die Menschen, die sie liebte. Die sorglose Gewissheit, dass Rowan bei ihrer Arbeit im Krankenhaus nicht von einer Bombe getötet würde.

Aber sie sagte: »Ich vermisse meine Arbeit. Ich vermisse die Archäologie. Sie fehlt mir immerzu. Da hatte ich gerade angefangen, und mit einem Schlag war es vorbei. Wahrscheinlich ist das egoistisch von mir. Ich meine, so viele

Leute haben ihre Familie und ihre Freunde verloren. Aber als ich anfing, für Grace Fainlight zu arbeiten, da war das, als ob ich das fehlende Stück zu einem Puzzle gefunden hätte.«

»Willst du nach dem Krieg weitermachen?«

»Wenn ich kann. Aber das wird vielleicht nicht von mir abhängen. Wer weiß, ob Grace und Monty nach England zurückkommen. Vielleicht bleiben sie ja in der Schweiz, vielleicht hört Grace auf, obwohl ich mir das nicht vorstellen kann. Vielleicht gibt's auch nach dem Krieg gar nicht genug Arbeit auf dem Gebiet, schon gar nicht für Frauen. Es kann sein, dass ich noch mal ganz von vorn anfangen muss.«

»Und das wirst du bestimmt tun.«

»Ja.« Der Sommer am Barbury Hill war der schönste ihres Lebens gewesen. Sie würde einen Weg finden.

Sie fragte Cormac, was ihm fehlte. »Ein Zuhause«, antwortete er. »Irgendwo zu sein, wo ich hingehöre.«

Sie selbst fühlte sich wurzellos. Sie gehörte nirgendwohin, dachte sie.

Der Zug fuhr in einen Bahnhof ein, Leute drängten zum Bahnsteig hinaus. In einem Abteil in der Nähe wurden zwei Plätze frei, und sie setzten sich. Während der Zug seine schleppende Fahrt nach Norden fortsetzte, redeten sie über Gott und die Welt.

Dann sagte er: »Ich dachte, du hättest inzwischen jemanden kennengelernt.«

Sie sah ihn an. »Nein.«

»Gott sei Lob und Dank. Da hab ich doch eine Chance. Komm, leg deinen Kopf an meine Schulter.«

Der Zug zuckelte weiter. Cormacs Schulter war ein zuverlässiges, warmes Polster. Sie hätte in diesem Moment nirgends anders sein wollen als zusammen mit Cormac Jamieson in einem kalten Zug im Dunkel des Krieges. So viele Monate lang hatte sie sich Gedanken darüber gemacht, ob sie ihn je wiedersehen würde, und jetzt, da es dazu gekommen war, wusste sie, wie tief ihre Zuneigung zu ihm war. Sie brauchte oft lang, um sich mit einem anderen Menschen wirklich wohlzufühlen, mit ihm war es anders. Bei ihm hatte sie keinen Augenblick das Gefühl gehabt, ihm etwas vorspielen oder sich verstellen zu müssen.

Er weckte sie, als der Zug in York einlief. Noch ein wenig benommen vom Schlaf, sammelte sie ihre Sachen zusammen. Er küsste sie zärtlich auf die Wange, bevor sie ausstieg, und fragte, ob er ihr schreiben dürfe. Ja, bitte, sagte sie und nannte ihm erneut ihre Adresse. Ja, unbedingt.

Sie hatten nie gleichzeitig Urlaub, Briefe mussten ihnen genügen, um einander besser kennenzulernen. Sie schrieb ihm gleich zu Beginn mehrere Seiten, auf denen sie von Corran, von ihrer Mutter und dem Geliebten ihrer Mutter erzählte: *Ich weiß nicht, wer er war. Wahrscheinlich werde ich es nie erfahren.* Und sie schrieb von ihrem Vater, Hugh: *Er konnte manchmal unglaublich deprimiert sein, aber wenn es ihm gut ging, war er wunderbar. Sophie (Ehefrau Nummer zwei) erzählt das Gleiche. Ich habe sie ein paarmal besucht, wenn ich in London war. Ich mag sie. Manche Leuten würden das vielleicht verwunderlich finden, aber es ist leichter, mit jemandem zu reden, der Dad gut kannte – so gut man ihn eben kennen konnte.*

Er berichtete von seinem Elternhaus, Crawburn. *Hinter unserem Haus sieht man die Cheviot Hills*, schrieb er. *Sie sind mal blau, mal braun, mal orange, mal grün oder mal weiß, je nach Jahreszeit, und es sieht aus, als würden sie sich bis in den Himmel hinein übereinanderfalten. Als Kinder waren wir den ganzen Tag draußen in den Bergen. Wir haben Bäche gestaut und versucht, Fische zu fangen, und sind immer erst nach Hause gekommen, wenn es schon dunkel war. Dad hat uns dann jedes Mal ausgeschimpft, aber das war uns egal.*

Endlich einmal fiel der letzte Tag von Theas Urlaub mit dem ersten Tag von Cormacs 48-Stunden-Urlaub zusammen. Er war in Yorkshire und sie in London, in Rowans Wohnung. Nach gründlichem Studium von Karten und Bahnfahrplänen beschlossen sie, sich auf halbem Weg zu treffen, in einem kleinen Ort auf der Bahnstrecke London–Leeds.

Im Zug zählte Thea die Haltestellen. Die Bahnhofsschilder waren in der Invasionspanik abgenommen worden, da fiel es nicht immer leicht festzustellen, wo man sich gerade befand, aber wenigstens war jetzt im Sommer das Licht besser, und es gab keinen Nebel, sodass die Umgebung leichter zu erkennen war. Jedes Mal, wenn sie sich einem Bahnhof näherten, gab es lebhafte Diskussionen darüber, ob man nun an diesem oder jenem Ort sei. Oftmals riefen Leute zu den Fenstern hinaus, um den Bahnhofswärter zu fragen.

Cormac erwartete sie auf dem Bahnsteig. Das Gefühl der Beklemmung, das sie das letzte Stück Weg begleitet hatte, löste sich, als sie einander lachend umarmten – welch ein Glück, ihr Zug war gar nicht so verspätet, wie sie gefürchtet hatte, und sie hatten sich Gott sei Dank gleich gefunden. Als er sie bei der Hand nahm, schoss eine Welle reinen Glücks in ihr hoch. Dann küsste er sie.

Es kam ihr vor, als wäre es ihr erster richtiger Kuss. Sie

fühlte sich wie im Himmel, und er empfand offensichtlich genauso. Unter dem Bahnhofsdach stehend, küssten sie sich immer wieder, ohne sich um die Leute zu kümmern, die an ihnen vorbeieilten.

Lachend ließen sie endlich voneinander ab und gingen Arm in Arm los, um einen Pub zu suchen. Sie hielten sich an der Hand, während sie zusammen ein Glas Bier tranken, ein Sandwich aßen und redeten und redeten. Die wenigen Stunden, die ihnen gegönnt waren, vergingen wie im Flug, und Thea graute vor dem Moment, wenn sie sich von ihm würde trennen müssen. Die letzten gemeinsamen Minuten, wieder auf dem Bahnsteig, voller Pläne für ihr nächstes fernes Wiedersehen, waren qualvoll. Thea hoffte vergeblich, der Zug, der sie ins Lager zurückbringen sollte, würde sich verspäten. »Da kommt er«, sagte Cormac, und sie blickte voll Schwermut die Gleise entlang, auf denen der Zug näher rollte.

Er hielt an, Türen wurden geöffnet, und eine Dampfwolke hüllte die Menschen ein, die aus den Waggons stiegen. Cormac küsste sie noch einmal, erst auf die Stirn, dann auf den Mund, die Hände auf ihren Hüften. Sie schloss die Augen und gab sich ganz der Süße seines Kusses hin. Dann sagten sie einander Auf Wiedersehen, und sie stieg ein. Innerhalb eines kurzen Tages hatte sich alles verändert.

Vor dem kleinen Lokalbahnhof blieb Sophie einen Moment stehen, um sich zu orientieren, setzte kurz ihr Gepäck ab und machte sich dann auf den Weg zur Church Street, wo Duncan und Sally wohnten. Das Dorf lag eingebettet in ein Tal in Lincolnshire. Hinter der Kirche, der Schule und den adretten roten Backsteinhäusern dehnten sich, grau im abendlichen Zwielicht und von Herbstnebeln verschleiert, Felder mit kleinen Baumgruppen und Wäldchen. Fast schwarz standen die Bäume vor dem düsteren Himmel, und irgendwo schrie eine Eule. Duncan bildete auf dem Luftstützpunkt Lincolnshire Piloten aus. Er war wütend gewesen über die Versetzung, die er als Degradierung empfand. Sophie hatte es deshalb für klüger gehalten, ihre Erleichterung zu verbergen. Wie Sally auch, vermutete sie. In der letzten Zeit vor seiner Entsendung nach Lincolnshire war Duncan immer wieder an Halsentzündungen und Bronchitis erkrankt. Sophie war klar gewesen, dass er nach Jahren des Einsatzes im Luftkampf körperlich und seelisch erschöpft war. Sie nahm an, dass auch sein Vorgesetzter das erkannt hatte.

Sie war seit dem frühen Morgen unterwegs. In ihrem Korb und ihrem Koffer, die schwerer geworden zu sein schienen, seit sie sie am Abend zuvor in London gepackt hatte, lagen kleine Babystricksachen, Selbstgebackenes und Eingemachtes, Geschenke von Viola sowie von ehemaligen und derzeitigen Untermietern. Ihre Enkelin war vor drei Wochen zur Welt gekommen. Duncan und Sally hatten sie Rosalind Eva Sophie getauft. Dass sie dem Kind auch ihren Namen gegeben hatten, hatte Sophie zutiefst gerührt.

Eva Fleming, die zur Entbindung bei ihrer Tochter gewesen war, hatte Sophie gleich nach der Geburt geschrieben, um ihr mitzuteilen, dass Sally und ihre kleine Enkelin wohlauf waren. Viola hatte sich erboten, für die Untermieter zu kochen, um Sophie die Reise nach Lincolnshire zu ermöglichen, und Vera Cornish hatte ihre Bedenken mit einer wegwerfenden Handbewegung abgetan. »Wir wursteln uns schon durch, Sophie. Ich mache einen Dienstplan für den Küchendienst und fertig. Los, ab mit Ihnen.«

Mit einer Mischung aus Nervosität und Vorfreude war

sie ihrem Ziel entgegengefahren. Sie hatte sich an die Geburt ihrer Söhne erinnert, an die gewaltige körperliche Anstrengung und die überbordenden Gefühlswallungen. Bei Duncans Geburt war nur ihre Mutter bei ihr gewesen, weil Hugh auf Geschäftsreise war, doch als Stuart zur Welt kam, war er in London gewesen. Sobald die Schwester das Kind gesäubert hatte, hatte sie ihm seinen Sohn in den Arm gelegt. Er hatte geweint, hatte die Schwester erzählt. Sophie erinnerte sich, dass er auch geweint hatte, als er sie und das Baby in ihrem Zimmer besuchen durfte. Vor einiger Zeit noch hätte sie das als billiges Theater abgetan, doch jetzt, als sie sich dem Haus ihres Sohnes und seiner Frau näherte, war es ihr möglich anzuerkennen, dass Hughs Tränen echt gewesen waren.

Sie öffnete das Tor zum Garten des kleinen modernen Doppelhauses. Ein Vorhang wurde zur Seite geschoben, sie sah Sally, die ihr mit einem kleinen weißen Bündel auf dem Arm zuwinkte. Von Sehnsucht und Entzücken getrieben, lief sie den Gartenweg hinauf. Die Haustür wurde geöffnet, und sie und Sally umarmten einander auf der Vortreppe. Sie ging ins Haus, stellte Korb und Koffer nieder, zog ihren Mantel aus, und Sally legte ihr das Kind in die Arme. Sophie blickte zu dem blassen, vollkommenen Gesichtchen hinunter. »Oh, Sally«, begann sie und konnte nicht weitersprechen. Tränen liefen ihr über die Wangen, Freudentränen. Sally tätschelte ihr nur die Schulter und überließ sie dann ihrem Entzücken an ihrer Enkelin, während sie in die Küche ging, um ihnen beiden eine Tasse Tee zu machen.

16

März–September 1943

Ein Dutzend von ihnen saß dicht gedrängt um einen Tisch, als, an einem Abend im März, Rowan die Bar betrat. Aus mehreren Gesprächen, die zu gleicher Zeit geführt wurden, konnte sie Nicky Olivier heraushören, der sich laut und dogmatisch über Lyrik ausließ.

»Natürlich bestimmt die Form den Inhalt.«

»Glauben Sie?«, fragte ein Mann in Armeeuniform, der Nicky am Tisch gegenübersaß. Er hatte volle braune Haare, kleine, tief liegende Augen und eine lange Nase, die in einer kleinen Knolle endete. Es war ein Gesicht, dachte Rowan, in dem nichts so richtig zueinanderpasste. Aber ein sympathisches Gesicht.

»Meinen Sie nicht, dass es umgekehrt ist?«, fuhr der Mann fort.

»Keineswegs.«

»Wenn ich ein Gedicht schreiben wollte, würde ich mir zuerst überlegen, was ich sagen will, und dann die entsprechende Form wählen.«

Nicky beugte sich ihm entgegen. »Sind Sie Dichter?«

»Nein. Sie?«

»Bestimmt nicht.« Nicky verzog den Mund. »Ich verachte die Lyrik.«

Rowan, die neben ihm stand, zauste ihm die Haare.

»Nicky schreibt über Lyrik«, erklärte sie dem Soldaten. »Er ist ein berühmter Kritiker.«

»Ein Oxymoron, Rowan, Schatz.« Nicky tätschelte ihre Hand. »Kann ein Kritiker berühmt sein? Ich glaube nicht. Frag den Mann auf der Straße, ob er dir einen Kritiker nennen kann, und die Antwort wird Nein lauten.«

»F.R. Leavis«, sagte Denis Charlbury.

»Du bist nicht der Mann auf der Straße, Denis. Du machst Urlaub in St. Moritz und fährst einen Morgan. Du hast eine Wohnung in Belgravia und ein Haus, glaube ich, auf dem Land, in Hampshire oder irgend so einer gottverlassenen Gegend. Da ich praktisch keinen Penny in der Tasche habe, kann ich mit weit mehr Recht behaupten, der Mann auf der Straße zu sein.«

Denis lachte. »Gloucestershire, mein Haus ist in Gloucestershire. Es ist gegenwärtig voller alter Verwandter und Hunde.«

»Rowan, du siehst hinreißend aus.« Nicky legte ihr einen Arm um die Taille.

»Danke dir, Süßer.« Sie winkte ihren Freunden grüßend zu und bot dann dem Mann, mit dem Nicky diskutierte, die Hand. »Ich bin Rowan Scott.«

»Alex Moore. Freut mich sehr. Darf ich Ihnen einschenken?«

»Sie dürfen nicht auf ihn hören, Alex«, sagte sie, als sie sich gesetzt hatte. »Er tut das nur, um Aufmerksamkeit zu erregen.«

»Wie können Sie über Lyrik urteilen, wenn Sie sie nicht mögen?«

»Ich sagte nicht, dass ich sie nicht mag.« Nicky schob sein Kinn vor. »Ich sagte, ich verachte sie. Das ist etwas ganz anderes. Es ist leicht, über etwas zu schreiben, was man verachtet, das befeuert einen. Gleichgültigkeit hingegen versetzt einen in einen Stupor. Außerdem, wie kann man sagen, dass man ›Lyrik mag‹?« Er mimte ein affektiertes Lispeln. »Das ist ungefähr so, als sagte man, dass man Essen mag. Aber es ist doch so, dass man manche Dinge bewundert und andere verabscheut. Ich zum Beispiel liebe Tintenfisch und hasse Äpfel.«

»Wie geht es dir, Nicky?«, versuchte Rowan seinen Redefluss zu bremsen.

Er sah sie mit Leidensmiene an. »Ich bin tief deprimiert, Darling. Sie haben mich zum Leutnant befördert, kannst du dir das vorstellen? Leutnant Olivier. Ihnen muss entgangen sein, wie ungeschickt ich im Querfeldeinlauf, im Bergsteigen und all den anderen fürchterlichen Dingen bin, die verlangt werden. Ich hasse und verabscheue die Armee. Würde ich nicht ein Militärgefängnis noch mehr hassen und verabscheuen, würde ich desertieren.«

Rowan murmelte irgendetwas Mitfühlendes. Ein Kellner brachte eine frische Flasche Champagner. Sie strich mit dem Daumen über die Innenfläche ihrer Hand und zupfte an einem Fetzchen rauer Haut. Davey Manningham forderte sie zum Tanzen auf. Sie gingen nach unten zur Tanzfläche, wo die farbenprächtigen Kleider der Frauen einen lebhaften Gegensatz zu den blauen und kakifarbenen Uniformen der Männer bildeten. Davey war ein guter Tänzer, sie verstanden sich immer gut auf dem Parkett. Beim Tanzen vergaß sie das Krankenhaus und die Geschehnisse des Tages. Danach frischte sie in der Toilette ihr Make-up auf. Die Hälfte der Glühbirnen brannte nicht, das Schminken war reine Glückssache.

Als sie zur Tanzfläche zurückkehrte, sah sie, dass Davey sich mit Bobbie Wharton unterhielt. Sie ging nach oben, aber nicht zurück an ihren Tisch, sondern stellte sich in die Galerie, von wo sie, die Arme aufs Geländer gestützt, zu den Tanzenden und der Swingband hinunterblickte. Ihr Liebesabenteuer mit Bobbie Wahrton schien ihr eine Ewigkeit zurückzuliegen, nichts weiter als ein unwichtiges Zwischenspiel.

»Sie gestatten?«, fragte jemand hinter ihr.

Rowan drehte sich um. Armeeuniform, breite Schultern, unergründlicher Blick, rötlich braune Haare, wie Herbstlaub. Er war vielleicht einige Jahre älter als sie. Hatte etwas Wachsames an sich.

»Ja, natürlich.«

Er trat neben sie. »Sie sind doch Rowan Scott, nicht wahr? Ich bin Josh Makepeace.«

»Hallo, Josh. Woher wissen Sie meinen Namen?«

Er lächelte. »Ich habe Alex gefragt.«

»Ist Alex Moore ein Freund von Ihnen?«

»Wir kennen uns schon ewig, seit meinem ersten Internatstag, da war ich vierzehn. Alex hat mich damals unter seine Fittiche genommen.«

»Er scheint ein sehr sympathischer Mann zu sein. Sind Sie länger in London?«

»Nur für eine Nacht. Aber Sie leben hier, richtig?«

»Sie haben sich ja offensichtlich gut informiert, Josh.«

Er legte neben ihr seine Arme auf das Geländer. »Das ist immer von Vorteil. Kenne deinen Feind, wie es so schön heißt. Aber ich hoffe, wir sind keine Feinde.«

Rowan verspürte ein Aufflackern der alten Erregung. Es überraschte sie; es war so lange her, dass sie diese augenblickliche Verbindung mit einem Mann gespürt hatte, diesen Sog.

»Das hoffe ich auch«, sagte sie.

»Was arbeiten Sie?«

»Ich bin Krankenschwester.«

»Und Sie leben im Schwesternheim?«

»Nein, Gott sei Dank nicht mehr. Vor dem Ausbildungsabschluss ja, aber ich bin so oft wie möglich ausgebüxt in meine eigene Wohnung.«

Er zog die Augenbrauen hoch. »›Ausgebüxt‹? Waren da Badezimmerfenster und Regenrinnen im Spiel?«

»Ja, aber es war nicht so tollkühn, wie es klingt. Das Fenster war in der ersten Etage.«

»Was gab's denn am Schwesternheim auszusetzen?«

»Wenn Sie sich je das Gejammer einer Truppe Frauen über ihre Krampfadern hätten anhören müssen, wüssten Sie, wovon ich rede.« Sie musterte ihn. Es war schwierig, im dämmrigen Licht die Farbe seiner Augen auszumachen, grün vielleicht. Ihr fiel auf, dass er, obwohl er wie sie den hellen Teint der Rothaarigen hatte, tief gebräunt war. Was nicht auf Büroarbeit schließen ließ.

Sie sagte: »Sie haben wahrscheinlich ungastlichere Behausungen kennengelernt.«

»Ein-, zweimal, ja. Aber auch Soldaten jammern gern über ihre Leiden.«

»Wo sind Sie stationiert, Josh?«

»Oh, hier und dort. Man kommt herum.«

Das klang nonchalant, aber sie wusste, was es bedeutete: Ich darf Ihnen nicht sagen, wo ich stationiert bin und was ich tue. Also etwas Geheimes.

Er fragte sie, wo sie wohne. »Covent Garden«, antwortete sie. »Oft übernachten meine Freunde bei mir, wenn sie in London sind. Ich freue mich immer, sie zu sehen. Es geht nichts über gute alte Freunde, finden Sie nicht auch?«

»Soll ich Sie zu Ihrem Tisch zurückbringen?«

»O nein, so war das nicht gemeint.« Rowan blickte zur Tanzfläche hinunter, wo die Paare sich zu den Klängen von *I've Got You Under My Skin* drehten. »Mir ist heute ehrlich gesagt gar nicht nach Geselligkeit zumute«, gestand sie. »Ich glaube, ich bin nicht in Schwof-Laune.«

»Dann kann ich Sie also nicht zum Tanzen verführen?«

»Nein, tut mir leid, obwohl das ein Lieblingssong von mir ist.«

»Gut, dann halt ich die Klappe, damit Sie in Ruhe zuhören können.«

Und er schwieg. Sie fand das ziemlich bemerkenswert. So viele Männer fühlten sich genötigt, nur ja kein Schweigen aufkommen zu lassen.

Sie sagte ihm das, als sie ihren Regenmantel aus der Garderobe holte, nachdem sie nach dem Ende der Nummer beschlossen hatten, zu gehen und sich ein Restaurant zu suchen.

»Ich war in letzter Zeit ziemlich viel mit mir allein«, antwortete er. »Ich hatte schon Angst, ich würde vergessen, wie man sich mit anderen Menschen unterhält.«

Alleinsein war in dieser Kriegszeit in London ein Luxus. Überall herrschte ein ständiges Kommen und Gehen, einer der Gründe, warum Rowan jeden Freund, der zufällig in der Stadt war und einen Schlafplatz brauchte, in ihrer Wohnung aufnahm. Es konnte vorkommen, dass ein halbes Dutzend Leute in ihrer Wohnung nächtigten, in den Betten, auf dem Sofa, auf dem Boden.

»Ich glaube, bei mir hapert's inzwischen auch ein bisschen mit der Konversation«, sagte sie. »Ich könnte Ihnen Vorträge über Bettpfannen und Infusionen halten, aber besonders interessant wäre das nicht.«

»Glauben Sie nicht, dass alles interessant ist, wenn es

vom richtigen Gegenüber kommt?« Seine Hand streifte ihre Schulter, als er ihr in den Mantel half. Es war wie ein kleiner Stromschlag, der noch nachwirkte, als sie ins Freie hinaustraten.

Die Zeiten, als London regelmäßig jede Nacht bombardiert wurde, waren zwar vorbei, aber es gab immer noch Angriffe. Rowan blickte automatisch zum Himmel hinauf und bemerkte, dass Josh es auch tat. Ein leichter Regen fiel auf den Schutt, die Trümmer ausgebombter Häuser und auf die versehrten Straßen und Bürgersteige. Josh Makepeace bewegte sich in der dichten Dunkelheit sicher um alle Hindernisse herum. Diese gespannte Wachsamkeit, die ihr gleich an ihm aufgefallen war, schien hier draußen noch verstärkt.

Er führte sie in ein kleines Restaurant in der Piccadilly Street. Ein Ober brachte sie zu einem Tisch in der Ecke, der den Blicken der anderen Gäste entzogen war. »Ihr Tisch, wie immer, Hauptmann Makepeace«, sagte er und ging, nachdem er ihnen die Karten hingelegt hatte.

»Das hier ist eines meiner Schlupflöcher«, bemerkte Josh. »Wenn ich in London bin, esse ich häufig hier. Wirkt vielleicht etwas schäbig, aber das Essen ist hervorragend.«

So sah es aus, trotzdem brachte sie keinen Bissen hinunter. Sie schob die Fischfilets mit der Gabel auf ihrem Teller herum, schämte sich dabei halb zu Tode, hoffte, er würde es nicht bemerken, war wütend über die Verschwendung und ihre Dummheit.

Doch er berührte nur leicht ihre Hand und sagte ruhig: »Möchten Sie lieber gehen?«

»Ja bitte.« Sie merkte, dass sie brennend rot wurde.

Er redete kurz mit dem Kellner, dann gingen sie. Draußen auf der Straße sagte sie: »Es tut mir so leid. Ich bin wirklich ein hoffnungsloser Fall.«

»Kommen Sie, ist doch nicht der Rede wert.«

»Ich könnte gut verstehen, wenn Sie genug von mir haben.«

»Habe ich nicht.« Er wandte sich ihr zu. Schatten durchschnitten seine Stirn und lagen dunkel um seinen kräftigen, wohlgeformten Mund. »Rowan«, sagte er, »es kommt selten vor, dass ich so direkt auf eine Frau zugehe. Ich will damit nicht sagen, dass ich von Schüchternheit geplagt bin, sicher nicht, aber in letzter Zeit hat mein Leben mir wenig Gelegenheit zu anderem als Arbeit geboten. Vielleicht ist das ja bei Ihnen ähnlich. Jeden Tag mit Kranken und Verletzten umzugehen, das ist eine Riesenaufgabe. Vielleicht reicht Ihnen das für den Moment. Wenn ja, lasse ich Sie in Ruhe.«

»Nein.« Sie legte ihm die Hand auf den Arm. »Nein, das möchte ich nicht.«

»Gut.« Er nahm sie beim Arm. »Als ich Sie heute Abend in der Bar sah«, sagte er, als sie losgingen, »dachte ich …«

»Was dachten Sie?«

»Dass Sie sehr schön sind. Und dass ich Sie gern näher kennenlernen würde. Wollen wir zu mir gehen? Wäre Ihnen das recht? Es ist nicht weit von hier.«

Unterwegs erzählte er ihr von seiner Familie. Während seiner Kindheit hatten die Makepeaces ständig im Ausland gelebt, in Österreich, Italien und dann in Frankreich. Es war ein interessantes Wanderdasein gewesen, von der Arbeit seines Vaters im diplomatischen Dienst bestimmt. Seine Mutter war gern gereist; das gesellschaftliche Leben als Ehefrau eines Botschafters war ganz nach ihrem Geschmack gewesen. Josh und seine beiden älteren Brüder Peter und Ronald waren in Freiheit erzogen worden. Ihre Mutter fand, Jungen müssten sich austoben können, und bis sie allmählich in die Pubertät kamen, war ihr jede Schule für sie recht gewesen, die in der Nähe war.

Sie fragte ihn, wo seine Brüder jetzt seien.

»Peter ist auf einem U-Boot«, antwortete er. »Und Ronald treibt sich irgendwo im Nahen Osten herum. Ägypten, vermute ich.«

»Und Ihre Eltern? Leben sie noch im Ausland?«

»Nein, zum Glück nicht. Sie haben ein Haus in Suffolk. Mit einem Stück Land. Da kann meine Mutter ihre Leidenschaften ausleben. Sie liebt ihren Garten und ist eine Pferdenärrin. Und Sie, Rowan, haben Sie Familie?«

»Ich habe einen geschiedenen Mann.« Es war ihr wichtig, so schnell wie möglich klare Verhältnisse zu schaffen. Die gesellschaftliche Einstellung zur Ehescheidung hatte sich mit den steigenden Zahlen gescheiterter Ehen in den Kriegsjahren gewandelt, aber es gab immer noch Vorurteile. Sie glaubte nicht, dass er seine Haltung zu ihr ändern würde, aber man konnte nie wissen.

Doch er sagte: »Das muss schwer gewesen sein.«

»Ja, das war es. Ich erzähle es Ihnen einmal, Josh, aber nicht jetzt. Es ist vorbei, und für mich ist es erledigt.«

Ihr Weg führte sie durch das Gewirr schmaler Gassen hinter dem Strand. »Meine Eltern sind beide tot, aber ich habe eine Schwester, Thea, an der ich sehr hänge«, fuhr sie fort. »Und ich habe zwei Halbbrüder, der eine ist bei der Marine, der andere bei den Fliegern. Eigentlich kenne ich sie gar nicht. Den älteren habe ich nie gesehen. Ich habe erst vor ein paar Jahren überhaupt von ihrer Existenz erfahren, kurz vor dem Krieg.«

Josh sperrte eine Haustür auf und ließ ihr den Vortritt in ein Treppenhaus, in dem Fahrräder herumstanden und vergilbte Postsendungen aus den Briefkästen hingen. Die Fliesen waren staubig und voller Sprünge, und der Teppich auf der Treppe war in der Mitte durchgetreten.

Seine Wohnung war im obersten Stockwerk. Als er ihr den Mantel abnahm, sagte er: »Mein Großvater väterlicherseits, Frederick Makepeace, war ein lockerer alter Vogel. Er hatte eine Geliebte in Paris. Oder vielleicht auch mehrere, wer weiß. Wenn er meine Großmutter satthatte, was ziemlich oft vorkam, verschwand er einfach nach Frankreich. Meine Großmutter war natürlich nicht begeistert und machte ihm jedes Mal Riesenszenen. Es heißt, dass sie ihm alles nachgeworfen hat, was ihr zur Hand kam: Porzellan, Kaminuhren und dergleichen mehr. Deswegen gibt es in unserer Familie angeblich keine Erbstücke. Aber das ist sicher Übertreibung, wahrscheinlicher ist, dass alles verkauft wurde, um Schulden zu begleichen. Wie dem auch sei, Sarah Makepeace war eine berühmte Schönheit. John Singer Sargent hat sie gemalt. Ich habe immer schon den Verdacht, sie hat sich ihre Rache ganz direkt geholt. Mein Vater hat wenig Ähnlichkeit mit seinen Brüdern.«

Rowan lächelte. »Welch eine Erleichterung, jemanden zu treffen, dessen Familie so wenig ehrbar ist wie meine.«

»Ich glaube, dass es bei den meisten Familien nicht so weit her ist mit der Ehrbarkeit, wenn man ein bisschen an der Oberfläche kratzt. Setzen Sie sich doch, Rowan. Möchten Sie etwas trinken?«

»Gern, danke.«

Das Zimmer, in das er sie führte, wirkte sehr aufgeräumt, die Bücher ordentlich aufgereiht hinter dem Glas eines Bücherschranks, eine Ausgabe der Times, gefaltet auf einem Beistelltisch, daneben ein Stift, das Kreuzworträtsel bis ins letzte Kästchen ausgefüllt. Doch das Gebäude selbst war schwer beschädigt. Tiefe Risse zogen sich durch den Verputz der Wände, und eine der Fensterscheiben war durch Pappe ersetzt.

Josh reichte ihr ein Glas. »Der Angriff im Mai einundvierzig hat uns hier schwer mitgenommen«, erklärte er. »Das Haus hinter uns hatte es voll erwischt. Ein paar Meter näher, und es wäre nicht viel übrig geblieben.«

Rowan trank einen Schluck von einem Calvados, der wunderbar samtig und aromatisch war. »Waren Sie damals hier?«

»Nein, ich war zum Glück verreist.«

»Ich komme mir so blöd vor wegen des Essens vorhin. Ich denke immer, alles ist gut, ich bin hungrig, und dann merke ich, dass ich nichts essen kann. Vor ein paar Jahren, als es anfing, war es noch schlimmer. Uns wurden damals die Verletzten nach dem Angriff auf den U-Bahnhof Bank gebracht. Es war grauenhaft, Josh, wirklich grauenhaft, und danach konnte ich nicht mehr essen. Immer denke ich, ich wäre darüber hinweg, aber dann passiert es wieder, jedes Mal im dümmsten Moment. Es ist einfach lächerlich.«

»Nein, das ist gar nicht lächerlich«, sagte er begütigend. »Das war ein entsetzliches Erlebnis. Schock kann bei Menschen die merkwürdigsten Auswirkungen haben, ich habe es selbst erlebt. Sie stehen an der Front, Rowan, und das ist hart.«

»Ich hätte es vollkommen verstanden, wenn Sie vor einer Frau, die sich wegen einer Portion Schollenfilet derartig anstellt, schleunigst das Weite gesucht hätten.«

»So leicht werden Sie mich nicht los.« Er lachte. »Und jetzt koche ich uns etwas. Sie essen es, wenn Sie Appetit darauf haben, sonst lassen Sie es einfach stehen. Es spielt keine Rolle. Meine Mutter hat mir ein Pfund Schinkenspeck geschickt. Sie hält seit Neuestem Schweine.«

Köstliche Düfte wehten ins Zimmer, während Rowan umherwanderte und sich umsah. Ganz unerwartet bekam sie Hunger. Sie bemerkte, dass viele seiner Bücher fremdsprachig waren, Französisch, Deutsch, Italienisch.

»Sprechen Sie alle diese Sprachen?«, rief sie Richtung Küche.

Er kam an die Tür. »Ja. Als Kind schnappt man Sprachen praktisch von selbst auf. Und wenn man eine oder zwei beherrscht, lernt man die nächsten ganz leicht.«

Der Raum hatte etwas Karges, Strenges, und sie vermutete, dass er ihn nicht viel nutzte. Obwohl er auf den ersten Blick kaum etwas über seine Persönlichkeit auszusagen schien, gab es kleine Hinweise.

Er stellte einen Teller Sandwiches mit gebratenem Schinkenspeck auf den Tisch. »Erzählen Sie von Ihrer Arbeit«, sagte er. »Warum Krankenpflege? Was mögen Sie daran?«

»Die Patienten vor allem. Sie müssen so viel ertragen, und trotzdem schaffen einige es, darüber zu lachen. Und ich bin jemand, der die Dinge gern gut macht, und die Krankenpflege ist etwas Nützliches, gerade in dieser Zeit.«

»Gleich, was du tust, gib dein Bestes, das ist mein Motto.«

»Genau. Und warum dann nicht gleich etwas tun, was der Mühe wert ist. Leicht war es nicht. Ich habe in meinem ersten Jahr unglaublich viel verbockt.«

Er griff nach der Calvadosflasche und schenkte ihnen nach. »Verraten Sie mir, wovor Sie Angst haben, Rowan.«

»Woher wollen Sie wissen, dass ich Angst habe?«

»Jeder fürchtet irgendetwas. Auch wenn viele es leugnen.«

Sein Arm lag auf der Sofalehne hinter ihr. Sie war sich seiner Nähe sehr bewusst. Wenige Zentimeter, und sie würden einander berühren. Eine kleine Neigung in seine Richtung, und er würde sie küssen, das spürte sie. Jetzt konnte sie die Farbe seiner Augen erkennen. Es war ein ungewöhnliches grünlich schimmerndes Braun, beinahe bronzefarben.

»Ich zum Beispiel«, sagte er, »mag keine geschlossenen Räume. Ich hätte nie zu einem Panzerregiment gehen können.«

Was fürchtete sie? »Früher«, überlegte sie laut, »hatte ich immer Angst, alles könnte auseinanderbrechen. Und dass ich vielleicht nie entdecken würde, wofür ich im Leben bestimmt bin. Aber jetzt … Ich bin eine absolute Last, wenn ich mich langweile, Josh, das ist sicher. Vielleicht habe ich davor die größte Angst – vor Langeweile. Als ich mich für die Krankenpflege entschied, wollte ich mir, glaube ich, beweisen, dass ich etwas durchhalten kann. Aber dann merkte ich, dass mich die Arbeit fesselte. Im Übrigen wäre es das reinste Klischee gewesen, das Handtuch zu werfen. Krankenschwestern drohen dauernd mit Kündigung.« Sie hatte ihr Abschlussexamen im vergangenen Herbst bestanden. Sie war jetzt ausgebildete Krankenpflegerin.

»Dranbleiben, darauf kommt es an.«

»Genau.« Rowan stellte fest, dass sie, beinahe ohne es zu merken, ein Sandwich gegessen hatte.

»Es ist sicher sehr befriedigend, anderen zu helfen.«

»Oft, ja. Trotzdem wünschte ich, wir könnten mehr für die Patienten und ihre Angehörigen tun. Wir stützen sie eine Weile, und wenn sie es schaffen, schicken wir sie weg und lassen sie allein mit allem fertigwerden. Frauen, die so schreckliche Narben mitnehmen, dass nie wieder jemand sie hübsch finden wird, Männer, die den Rest ihres Lebens an Krücken gehen oder im Rollstuhl sitzen müssen. Und auch die Hinterbliebenen. Wir haben kaum Zeit, sie zu trösten. Wir sammeln die größten Scherben auf, aber mehr können wir nicht tun. Sie müssen lernen, allein mit ihrem Verlust umzugehen. Ich finde das schlimm.«

»Sie, wir alle, können nur unser Bestes tun.« Er lachte leise. »Das klingt wahnsinnig abgedroschen. Vielleicht sollte ich anfangen, Kolumnen zur moralischen Aufrüstung zu schreiben.«

Er nahm eine Fotografie von einem Regalbrett. Das Bild zeigte einen Strand, eine sandhelle Bucht unter hohen Felsen.

»Als ich siebzehn war«, sagte er, »beschloss ich, zu Fuß nach Kreta zu laufen.«

»Ist das überhaupt möglich?«

Er lachte. »Nicht ganz, nein.«

»Wie lange haben Sie gebraucht?«

»Fast ein halbes Jahr. Ich hatte die Schule satt und bin gegangen. Ich hatte es dem Direktor vorher angekündigt, es war also alles korrekt.« Seine Augen blitzten. »Gab natürlich viel Ärger rundherum, wie Sie sich vorstellen können. Meine Mutter war fuchsteufelswild. Ronald war beim Militär, Peter hatte einen Posten in der City, und ich tippelte durch Europa. Sie schickte mir Peter hinterher, er sollte mich zurückholen.«

»Aber es ist ihm nicht gelungen.«

»Nein, keine Chance. Ich war ein ganz starrsinniger Kerl. Und ich hab's dann auch geschafft, obwohl der Marsch teilweise die Hölle war. Ich war gerade mal vierzehn Tage unterwegs, als ich mir eine Lebensmittelvergiftung holte, in irgendeinem französischen Nest. Da hätte ich beinahe aufgegeben. Nur der Gedanke, dass die ganze Familie schreien würde: »Wir haben's dir ja gesagt«, hat mich daran gehindert. Ich habe immer wieder gearbeitet, um mir Geld zu verdienen, trotzdem ist es mir ein paarmal ausgegangen. Und einmal hatte ich zwei Tage lang keinen Tropfen Wasser. Es war furchtbar und unglaublich dumm. Aber das Schlimmste war, als ich mir mitten im Gebirge bei einem Sturz den Arm gebrochen habe. Weit und breit nichts als Berge. Ich musste zwei Tage laufen, ehe ich einen Arzt fand. Trotzdem möchte ich diese sechs Monate nicht missen. Sie haben mir die Augen geöffnet. Selbst in den ärmsten Bergdörfern, von denen bestimmt nie jemand gehört hatte, lud mich immer jemand zum Essen ein und gab mir einen Schlafplatz. Da erkennt man, dass die meisten Menschen anständig sind, wenn man ihnen die Chance dazu gibt.«

Sie sah ihn vor sich, siebzehn Jahre alt, ein eigensinniger Querkopf, wie er durch weltabgeschiedene Gegenden marschierte, wo alte Gebräuche herrschten und fast vergessene Sprachen gesprochen wurden. »Und warum haben Sie das gemacht?«, fragte sie. »Um zu sehen, ob Sie es schaffen?«

»So könnte man sagen, ja. Um mich auszuprobieren. Und natürlich um etwas von der Welt zu sehen.«

»Was war das Schönste?«

»Die Landschaft ... und die Menschen.« Er stellte das Foto auf das Bord zurück. »Als ich es endlich nach Kreta geschafft hatte, entdeckte ich diesen einsamen kleinen Strand. Ich riss mir sämtliche Kleider vom Leibe und watete ins Meer. Gott, tat das gut!« Seine Augen lachten, als er sie ansah. »Ich hatte den Arm immer noch in der Schlinge.«

»Ich stell's mir gerade vor, Josh, wie Sie mit nichts als einer Armschlinge ins Mittelmeer waten.«

»Es wäre ein prächtiger Anblick gewesen«, räumte er

ein. »Ich starrte vor Dreck und hatte einen roten Rauschebart. Doch als ich nach England zurückkam, hab ich mir einen Pauker gesucht, habe meine Prüfungen abgelegt und mit dem Studium angefangen. Alle dachten, ich hätte meine wilde Phase überwunden. Aber ich weiß nicht, ob man diesen inneren Drang je überwindet.«

Während er sprach, liebkosten seine Finger sanft ihren Nacken. Sie spürte wieder dieses Knistern. »Sie sind gar kein so übler Unterhalter, Josh«, sagte sie in leichtem Ton.

»Ich bin froh, dass Sie das so sehen.«

Dann küsste er sie. Sein Kuss berührte sie bis ins Innerste, weckte das alte Fieber des Verlangens.

Jemand hämmerte an die Wohnungstür. »Hauptmann Makepeace! Hauptmann Makepeace!«

»Ach, verdammt«, murmelte Josh.

»Wer ist das denn?«

»Mein Nachbar, Mr Lyons. Seit der Bombe ist er ein Wrack.« Er strich mit den Fingerspitzen über ihre Wange. »Verzeih mir, Rowan, ich muss mich um ihn kümmern.«

Sie stand auf. »Ich muss sowieso gehen.«

»Wirklich?« Er runzelte die Stirn.

Neuerliches Klopfen. »Hauptmann Makepeace, Poppy ist verschwunden!«

»Josh, du solltest hingehen.«

Der Nachbar schien völlig aufgelöst. Poppy war, wie Rowan dem Gespräch im Treppenflur entnahm, während sie im Spiegel ihrer Puderdose ihr Gesicht überprüfte, eine Katze. Schritte auf der Treppe, dann lautes, zorniges Miauen. Kurz danach hörte sie Josh rufen: »Alles in Ordnung, Mr Lyons, ich habe sie.«

Mr Lyons bedankte sich überschwänglich, dann kam Josh in die Wohnung zurück und schloss die Tür.

»Der arme Mann. Das dumme Tier, es läuft nie weit, aber er gerät sofort in Panik. Kann ich dich nicht umstimmen, Rowan?«

»Ich muss wirklich gehen. Es ist spät.«

»Ja, natürlich.« Er holte ihren Mantel. »Ich muss morgen verreisen, aber ich hoffe, wir können uns wiedersehen.«

»Ja, das wäre schön.«

Er hielt ihr den Mantel. Als sie den Arm hineinschob, roch sie den warmen, leicht salzigen Hauch seiner Haut. Plötzlich erschienen ihre Bedenken ihr albern und kleinlich. Sie wollte ihn wiedersehen, das wusste sie, worauf wartete sie dann? Josh Makepeace beherrschte mehrere europäische Sprachen, er war fit und risikofreudig, und sein Widerstreben, über seine Arbeit zu sprechen, ließ sie vermuten, dass er für den Nachrichtendienst tätig war, wo Männer seines Kalibers dringend gebraucht wurden. Wenn sie recht hatte, war seine Arbeit wahrscheinlich gefährlich, und es war ebenso wahrscheinlich, dass man ihn außer Landes schicken würde. Sie würde ihn vielleicht nie wiedersehen. Warum, um alles in der Welt, warten, die Schamhafte spielen, Bedauern auf Bedauern häufen?

Irgendwie – sie wusste nicht, wie es dazu kam – berührten sich ihre Körper, als sie ihren Mantel überzog. Und dann küssten sie sich wieder, wild und leidenschaftlich und voller Verlangen. Sie riss ihren Mantel herunter, und er zog sie an sich, und seine Finger folgten der Linie ihres Rückens, als er den Reißverschluss ihres orangefarbenen Seidenkleids öffnete.

Das war der Auftakt zu der Liebesbeziehung, die ihr Leben veränderte. Sie erwachten morgens um fünf und liebten sich von Neuem, langsam und jede Liebkosung auskostend. Danach lagen sie eng umschlungen und redeten. Über sich konnte Rowan durch die beschädigte Decke die rohen Holzbalken erkennen und Schimmer sternhellen Himmels zwischen den Dachschindeln.

Sie erzählte ihm ihre Geschichte. »Patrick und ich, wir dachten, das zwischen uns sei Liebe, aber das war es nicht. Ich glaube, wir hatten beide keine Ahnung von der Liebe. Ich war erst einundzwanzig. Man bildet sich ein, alles zu wissen, aber man weiß gar nichts. Patrick ist ein guter Kerl, aber wir passten nicht zusammen, wir haben uns gegenseitig nur unglücklich gemacht.« Vor sechs Monaten hatte sie Patrick, der bei der Marine war, zufällig getroffen. Er hatte ihr erzählt, dass sein alter Schuldfreund Colin Slater nach dem Fall von Singapur von den Japanern gefangen genommen worden war. Er war krank vor Sorge um ihn.

Sie erzählte ihm von Simon und ihrer Reise durch Europa mit Christopher Page. Von Lucian und dem Autounfall, dieser schmerzhaften, selbst verschuldeten Krise. Sie erzählte von einer Reise nach Schweden, die sie als kleines Mädchen mit ihrer Mutter unternommen hatte, und von ihren lückenhaften Erinnerungen an ein großes, helles Landhaus und an ihre Großeltern, ruhige, gütige Menschen. Sie hatte das Gefühl, in Josh Makepeace einen Menschen gefunden zu haben, dem sie alles sagen konnte, der in vielem dachte und fühlte wie sie und ihre Angst vor einem halb gelebten Leben teilte.

Sie fragte ihn, ob er je verlobt oder verheiratet gewesen sei. Es hatte einmal eine Frau gegeben, sagte er. Von Heirat war die Rede gewesen, aber es war nichts daraus geworden. Seine Freundin hatte sich ein Haus und Kinder gewünscht. »Sie sagte, ich sei kein ernsthafter Mensch«, fügte er mit etwas bitterer Ironie hinzu, als er zwei Zigaretten anzündete. »Und sie hatte recht. Ich glaube, ich bin inzwischen ein ernsthafter Mensch geworden, aber damals war ich's nicht.«

Sie schliefen wieder ein und erwachten erst am späten Vormittag. Nachdem sie gefrühstückt hatten, brachte er sie nach Hause. Sie küssten sich zum Abschied, nicht bereit, voneinander zu lassen, und dann stand sie vor dem Haus und sah ihm nach, bis er in der Menge der Passanten verschwand.

Die Zeit verging, und das Muster ihrer Beziehung wurde ihr vertraut. Der Anruf oder der in ihrer Wohnung hinterlassene Brief, gefolgt von einem kurzen, gehetzten Treffen. Eine Stunde in einem ruhigen kleinen Restaurant oder ein paar gestohlene Momente für einen Spaziergang in Londons zerstörten Straßen. Und danach die Leere, die Sehnsucht nach ihm, die Sorge um ihn. Einmal tanzte sie bei Signorelli's mit Davey Manningham, als dieser sie plötzlich mit einem bedauernden Lächeln freigab und Josh, den sie seit Monaten nicht gesehen hatte, sie in die Arme nahm. Die Band begann wieder zu spielen: *I've Got You Under My Skin*. Sie legte ihre Wange an seine und atmete die herbe Kälte, die er von draußen mit hereingebracht hatte. Sie sah, wie dünn er war, wie angegriffen er aussah, und drückte ihn an sich.

Wolkenfetzen verdunkelten den Abendhimmel, und ein frischer Wind wirbelte die Zigarettenkippen in den Rinnsteinen auf, als Thea in Salisbury aus dem Bahnhof trat. Das Hotel, in dem sie und Cormac sich zum Abendessen verabredet hatten, befand sich auf der anderen Straßenseite. Im Foyer wies der Portier ihr den Weg durch gewundene schlammbraune Korridore zum Restaurant. Der Speisesaal war ein großer, hoher Raum, und die meisten Tische waren bereits besetzt. Thea suchte nach Cormac.

Ein Kellner trat auf sie zu, und sie erklärte ihm, Gefreiter Jamieson habe einen Tisch bestellt. Er blätterte in seinem Buch.

»Wissen Sie, ob er schon hier ist?«

»Ich glaube nicht, mein Dame.«

Er führte sie zu einem Fenstertisch, zog ihr einen Stuhl hervor, reichte ihr die Speisekarte. Sie schlug sie auf und tat so, als läse sie, während sie immer wieder zur Tür blickte. Es war acht Uhr vorbei. Cormac hatte ihr geschrieben, er werde spätestens um halb acht im Hotel sein.

Seit zwei Monaten war er in Bulford stationiert, wo er an Manövern auf der Salisbury Plain teilnahm. Obwohl sie einander jetzt geografisch näher waren, verlief selten alles reibungslos, wenn sie sich trafen. Züge waren verspätet oder fuhren gar nicht, oder sein oder ihr Urlaub wurde in letzter Minute gestrichen. Es war Ironie, dachte Thea, hätte sie noch im Whiteridge House gearbeitet, hätten sie einander viel häufiger sehen können.

Der Kellner kam an ihren Tisch. Ob sie etwas zu trinken bestellen wolle? Sie lehnte dankend ab.

Ihr wurden diese spießigen Restaurants immer verhasster, wo man trotz Lebensmittelknappheit und Personalmangel an den steifen Formalitäten der Vorkriegsjahre festhielt. Sie wusste, dass auch Cormac sie nicht mochte. Sie trafen sich dort, weil man damit rechnen konnte, dass es praktisch im schäbigsten kleinen Nest am Bahnhof ein Hotel oder eine Gastwirtschaft gab oder wenigstens ein Bahnhofsbüfett mit trockenen Brötchen und einem einzigen Teelöffel für alle, der an der Theke angekettet war.

Thea bestellte dann doch ein Wasser. Die Tür zum Restaurant wurde aufgestoßen; sie sah eine kakifarbene Uniform, und ihr Herz machte einen Sprung. Aber es war nicht Cormac. Sie starrte wieder in die Speisekarte. Kalbskotelett, gebratener Fisch, kaltes Hühnchen. Ein Paar trat in den Saal, die Frau in einem Mantel mit Pelzbesatz und einem kleinen grünen Hut, der Mann in Marineuniform. Thea fragte sich, ob auch sie die Bahnhöfe landauf, landab kannten, von den vor Menschen wimmelnden Londoner Knotenpunkten bis zu den Provinzbahnhöfen mit Holzüberdächern und gepflegten Blumenbeeten und den einsamen kleinen Haltestellen auf dem Land, wo nur zweimal am Tag ein Zug fuhr und man keiner Menschenseele begegnete.

Halb neun. Früher wäre es ihr unerträglich peinlich gewesen, allein in einem Restaurant zu sitzen und auf einen Mann zu warten, sie hätte das Gefühl gehabt, von allen Seiten angestarrt zu werden. Sie hätte ihr Buch aufgeschlagen und versucht, sich mit Lesen von ihrer Nervosität und ihren Zweifeln abzulenken, und hätte kein Wort verstanden, weil sie sich nicht konzentrieren konnte. Aber diese Zeiten waren vorbei, das Einzige, was sie jetzt quälte, war eine unerhörte Sehnsucht nach Cormac. Sie hatte nie Zweifel an ihm. Sie kannte ihn seit dem Moment, als sie sich an einem französischen Wegrand neben ihn gekniet hatte und ihm in die tiefblauen Augen geblickt hatte, dachte sie oft. Sie erinnerte sich, dass sie sich früher einmal – es schien eine Ewigkeit her zu sein – gewünscht hatte, sich nach einem Mann zu verzehren. Damals hatte sie nichts davon gewusst, wie schmerzhaft das sein konnte, dass Abende wie dieser eisige Trostlosigkeit hervorrufen konnten.

Ein kalter Zug drang durch die Fensterritzen. Der Wind

wurde stärker, die Verdunkelungsjalousie schlug klappernd an die Scheibe. Der Kellner, der alt und müde aussah, brachte ihr das Wasser an den Tisch.

»Eine Suppe vielleicht, die Dame?«

Ob Cormac kam oder nicht, sie musste noch heute Abend nach London zurück. Sie hatte nur ein paar Schillinge bei sich und seit Mittag nichts gegessen. Sie war hungrig. Sie nahm die Karte noch einmal zur Hand. Eine Schale Gemüsesuppe konnte sie sich auch noch leisten. Sie bestellte und dankte dem Kellner.

Ein halbes Dutzend Leute an einem Tisch auf der anderen Seite des Saales kreischte und lachte und rief nach Bier. An einem Ecktisch saß, allein wie Thea, eine junge Frau in der Uniform der W. A. A. F. Ihre Blicke trafen sich, und die junge Frau lächelte dünn.

Neun vorbei. Ihr fiel ein, dass sie am Empfang nachfragen könnte, ob eine Nachricht für sie da sei. Sie ließ ihr Buch und ihre Mütze auf dem Tisch liegen und ging zum Foyer. Vor dem Empfang stand eine Schlange; Thea reihte sich hinten ein. Ein Fliegeroffizier – Schnauzer, Uniformjacke am Kragen lässig geöffnet – saß mit einem Drink vor sich in einem der Ledersessel. Thea merkte, wie er sie musterte.

Am Empfang sagte man ihr, dass keine Nachricht für sie vorliege. »Er hat Sie versetzt«, bemerkte der Flieger, als sie an ihm vorbeiging. »Kommen Sie, ich spendiere Ihnen ein Glas.«

»Nein danke«, entgegnete sie höflich.

In der Toilette wusch sie sich die Hände und fuhr sich mit dem Kamm durch die Haare. Wenn sie es lang genug hinauszögerte, wartete vielleicht Cormac am Tisch, wenn sie zurückkam. So war das doch, man wartete und wartete, und genau in dem Moment, da man die Hoffnung fast aufgegeben hatte, kam er.

Cormac war nicht da. Thea aß die Suppe. Der Freund der anderen einsamen jungen Frau, ein rotblonder GI, war inzwischen eingetroffen. Die Zahl der amerikanischen Soldaten, die sich in britischen Städten und Dörfern sammelten, um auf britischen Bergen und Stränden an Truppenübungen teilzunehmen, wuchs beständig. US-Einheiten verstärkten das Truppenkontingent in Großbritannien um ein Vielfaches, alle in Vorbereitung auf die Schlacht zur Befreiung Europas, die kommen musste. Irgendwann, eines Tages.

Die zweite Schlacht von El Alamein im Herbst 1942 hatte eine entscheidende Wende des Kriegsglücks zugunsten der Alliierten gebracht. Auf eine scheinbar endlose Reihe von Niederlagen folgte nun ein Sieg auf den anderen, zuerst in Nordafrika, dann in Italien. Nach erbitterten Kämpfen war es den Alliierten endlich gelungen, auf dem europäischen Festland Fuß zu fassen. Im Februar war Stalingrad zurückerobert worden, und Russland hatte begonnen, seine besetzten Städte zu befreien. Der Sieg war kein ferner Traum mehr, er war jetzt eine lockende, ernst zu nehmende Möglichkeit.

Die ersten Gäste verließen das Restaurant. Die Zeiger der Uhr bewegten sich unerbittlich auf halb zehn zu. Theas letzter Zug ging um zehn nach zehn. Sie war niedergeschlagen und bitter enttäuscht. Das waren die Momente, für die sie lebte, und wenn sie sich nicht erfüllten, fühlte sie sich wie innerlich ausgehöhlt. Wieder versenkte sie sich scheinbar in die Speisekarte. Sie hätte nie gedacht, dass es so sein würde. Sie hätte nie gedacht, dass die Liebe sie in so tiefe Verzweiflung stürzen könnte.

Der Kellner fragte, ob sie ein Hauptgericht zu bestellen wünsche. Die Küche schließe bald. Thea verlangte die Rechnung. Sie bezahlte ihre sechs Pence, legte dem Kellner ein paar Pennys hin und ging ins Foyer, um ihren Mantel zu holen. Leute zogen Jacken und Mäntel über, bezahlten Rechnungen, fragten nach Taxis und Bussen. Als sie ihren Gürtel schloss, ging die Tür auf, und sie sah Cormac.

Sie rannte ihm entgegen, sie fielen einander in die Arme. »Gott sei Dank, dass du noch hier bist«, sagte er. »Hast du meine Nachricht bekommen?«

Thea schüttelte den Kopf. »Nein. Nichts.«

»Verdammt, ich hab extra angerufen. Mein Zug wurde gestrichen. Ich hab dann jemanden gefunden, der mich auf dem Motorrad mitgenommen hat.«

Er legte den Arm um ihre Taille, als sie nach draußen gingen. »Ich hatte Angst, du würdest nicht kommen«, sagte sie.

Er blieb stehen und umschloss mit beiden Händen ihr Gesicht. »Das brauchst du nie zu fürchten.« Er küsste sie. »Ich werde dich immer finden, ganz gleich, wo du bist. Ich werde immer für dich da sein. Ich werde dich nie im Stich lassen. Ich liebe dich.«

»Und ich liebe dich auch. Ich liebe dich so sehr.«

Die welken Blätter auf der Straße raschelten im kühlen Wind. Thea schloss die Augen, und sie küssten sich erneut.

Sophie hatte sich unglaublich gefreut, als ohne Vorwarnung plötzlich Stuart vor der Tür stand. Sie wollte gerade den Mietern ihr Abendessen servieren, Gemüseauflauf, gefolgt von falschem Aprikosenkuchen. Die Aprikosen waren in Wirklichkeit Karotten, und der Teig war mit Kartoffelmehl zubereitet. Stuart erbot sich sofort, ihr beim

Servieren zu helfen. Vera sagte zwar, das würde sie übernehmen, um Stuart und Sophie Zeit zum Reden zu geben, aber Stuart blieb fest.

Er stand am Spülbecken und wusch ab, als sie wieder in die Küche kam, nachdem sie den Mietern ihren Tee gebracht hatte. Sie spürte seine Nervosität.

»Ich muss etwas mit dir besprechen, Mum.«

Vera, die ihr in die Küche gefolgt war, drehte um und zog beim Hinausgehen leise die Tür hinter sich zu.

Sophie nahm ein Geschirrtuch zur Hand. »Schieß los.«

Sie sah, wie er sich aufrichtete, als wollte er sich gegen Schläge wappnen. »Ich habe geheiratet, Mum.«

Sie schaffte es, das Glas, das sie gerade trocknete, nicht fallen zu lassen. »Geheiratet? Du meinst, du willst heiraten.«

»Nein, Mum. Ruby und ich haben am Samstag geheiratet.«

Ruby? Wer, um alles in der Welt, war Ruby? Sie hatte nie von Ruby gehört. Vorsichtig stellte sie das Glas weg.

Stuart sagte hastig: »Ich dachte, es wäre das Beste, wenn ich komme und es dir selbst sage.«

»Geheiratet«, sagte sie noch einmal.

»Ich liebe sie, Mom. Sie ist einfach wunderbar. Ich liebe sie so sehr. Wir haben in Liverpool geheiratet, da wohnt sie. Es waren nur wir zwei, und zwei Leute von der Straße als Trauzeugen.«

»Aber warum?«, rief sie. »Warum die Eile? Und warum hast du mir nichts gesagt?« Welchem schlauen Biest war es da gelungen, seine Klauen in Stuart zu schlagen? Sie war wie betäubt vom Schock.

Stuart blickte ins Seifenwasser hinunter. »Ruby erwartet ein Kind.«

Sophie setzte sich auf den nächsten Stuhl »Ach, Stuart…«

»Freust du dich denn nicht?«, fragte er ärgerlich. »Bei Rosalind hast du dich doch auch gefreut.«

Das ist etwas ganz anderes. Sie schaffte es, die Worte für sich zu behalten. Sie wusste, wenn sie jetzt das Falsche sagte, würde sie ihn vielleicht für immer verlieren. Stuart glaubte, dieses Mädchen, diese Ruby, zu lieben.

Mit Mühe sagte sie: »Aber natürlich freue ich mich. Ich liebe kleine Kinder, und noch ein Enkelkind, das macht mich glücklich, Stuart, ehrlich, glaub mir. Es kommt nur so plötzlich. Ich muss das erst verarbeiten.«

Er zog die tropfenden Hände aus dem Spülwasser. »Soll ich uns eine Tasse Tee machen?«

»Ja bitte.«

Sie betrachtete ihn, ihren kleinen Jungen, gerade erst einundzwanzig Jahre alt, während er das Wasser einlaufen ließ und den Kessel auf den Herd stellte. Er hatte ihr Temperament mitbekommen, war der gleiche Typ wie sie, blond, mit blauen Augen, und sie waren einander immer so nah gewesen. Manchmal hatte sie sich vorgestellt, was für eine Frau er heiraten würde. Eine Frau wie sie, eine Frau, mit der sie sich verstand. Sie hätte weinen können.

Aber sie fragte nur: »Wann kommt denn das Kind?«

»Im März.«

Und das bedeutete, dachte Sophie, die schnell nachrechnete, dass dieses Mädchen – Stuarts Frau – schon im dritten Monat war.

»Weiß es Duncan?«

»Ich habe ihn angerufen. Er meinte, ich soll herkommen und selbst mit dir reden.«

Nun, wenigstens einer ihrer Söhne war vernünftig. Stuart goss den Tee auf und stellte ihr eine Tasse hin. Er hatte sich zu einem kompetenten jungen Mann entwickelt, seit er bei der Marine war. Er war nicht mehr ihr kleiner Junge, nein, er war ein Mann, der fähig war, schwierige und gefährliche Aufgaben zu erledigen. Trotzdem. Vergangenes Weihnachten hatte er sich einen Seemannsbart stehen lassen wollen, aber es war nur ein flaumiger kleiner Ziegenbart daraus geworden. Duncan hatte ihn so erbarmungslos geneckt, dass er ihn sich wieder abrasiert hatte. Und selbst jetzt noch musste er sich manchmal über einen verspäteten Pubertätspickel ärgern.

Er öffnete die Tür zum Garten; frische Sommerluft strömte in die Küche. An den Türstock gelehnt, zog er eine Packung Zigaretten aus der Tasche. Sophie konnte nichts anderes denken, als dass er im Begriff war, seine Zukunft wegzuwerfen.

»Wie lange kennt ihr euch eigentlich, du und Ruby?«

»Ein halbes Jahr.« Stuart schnippte das abgebrannte Streichholz in ein Blumenbeet. »Wir kennen uns seit sechs Monaten, aber wenn man's zusammenzählt, hatten wir gerade mal neun Tage miteinander.« Er sagte das, als wäre es etwas Großartiges, ja sogar Anerkennenswertes.

»Wie alt ist sie?«

»Neunzehn.«

Neunzehn. »Und was sagen ihre Eltern? Sie hat doch Familie, nehme ich an?«

»Ihr Vater ist bei der Handelsmarine. Ihre Mutter hat sie rausgeschmissen. Sie schläft bei ihrer Schwester auf dem Sofa.«

Sophie wusste, sie hätte jetzt etwas sagen sollen wie »Ach, das arme Ding«, zweifellos wünschte Stuart sich das; aber sie brachte es nicht über sich. Sie empfand eher Abneigung.

Stuarts Züge wurden weich. »Ich wusste gleich, als ich sie das erste Mal sah, dass sie die Einzige für mich ist. Du wirst sie mögen, Mum, ganz bestimmt, glaub mir.«

»Ja, Stuart, sicher.« Wenigstens dazu konnte sie sich durchringen.

Er sagte halb verlegen, halb nervös: »Im Moment ist doch eins der Zimmer frei, oder, Mum?«

Sie starrte ihn an. »Es ist nur«, fügte er hastig hinzu, »Ruby weiß nicht, wohin. Nach Hause kann sie nicht. Ich dachte, sie könnte zu uns kommen.«

Lieber Gott, jetzt sollte sie dieses Mädchen auch noch aufnehmen. Sophie räusperte sich. »Deine Frau ist hier immer willkommen, Stuart.« Das »deine Frau« fühlte sich fremd an, lag ihr wie ein Klumpen auf der Zunge.

Zum ersten Mal lächelte Stuart. »Dann hol ich sie, ja?«

»Du holst sie?«, fragte Sophie verblüfft.

»Ja, sie wartet im Blackbird Tea-Room.« Er rannte zur Haustür hinaus.

Sophie hatte eine raffinierte kleine Göre erwartet, aufreizend gekleidet und hochzufrieden, dass es ihr gelungen war, Stuart einzufangen. Aber Ruby war ganz anders. Sie war klein und zart und wirkte ungeheuer jung, das ungeschminkte Gesicht war so kindlich wie das rote Kleid mit dem weißen Kragen und den weißen Manschetten, das lose an ihrem mageren Körper hing. Die zerdrückte braune Filzkappe hatte sie sich wohl eigens zur ersten Begegnung mit der Schwiegermutter auf die glatten dunklen Haare gedrückt. Sie erinnerte Sophie an Olive Oyl.

Ihre ersten an Sophie gerichteten Worte waren: »Ich freu

mich ja so, Sie kennenzulernen, Mrs Craxton, aber ich glaube, mir wird schlecht.«

Stuart raste mit ihr in die Gästetoilette. Als er kurz darauf zurückkam, erklärte er Sophie: »Sie muss sich dauernd übergeben, Mum. Die ganze Zeit.«

»Das arme Ding.« Diesmal sagte sie es, und es kam ihr von Herzen. »Bei manchen Frauen ist das leider so, weißt du. Würdest du noch mal Wasser aufsetzen?«

Blass, aber lächelnd kehrte Ruby in die Küche zurück. »Es tut mir wirklich leid, Mrs Craxton.«

»Das macht doch nichts. Ich habe bestimmt irgendwo ein paar Salzkekse. Die helfen. Komm, setz dich in den Garten. An der frischen Luft wirst du dich gleich besser fühlen.«

Sie und Ruby gingen hinaus. Während Stuart Tee kochte, stellte Sophie die Liegestühle auf. Ruby wanderte durch den Garten und erging sich in entzückten Ausrufen. »Der kleine Tisch da ist ja super! Mensch, ist das ein schöner Garten. Da drüben sind ja echte Himbeeren, Mrs Craxton.«

»Sophie. Nenn mich Sophie, und sag du. Komm, setz dich, Kind. Du bist bestimmt ganz kaputt nach der Reise.«

Ruby ließ sich in einen Liegestuhl fallen. »Ich dachte, wir kämen nie an. Dauernd musste ich zur Toilette rennen. Ein Mann hat mir dann seinen Platz gegeben. Das war doch riesig nett, oder?«

Stuart brachte den Tee und die Salzkekse. Ruby nahm sich gleich einen Keks. »Alles, was ich esse, kommt wieder raus«, sagte sie kauend. »Ich weiß nicht, wie das Baby größer werden soll.«

Nicht der Schatten eines Bäuchleins war unter dem losen roten Kleid zu erkennen. Stuart setzte sich neben Ruby und nahm ihre Hand.

»Es ist so nett von dir, dass ich hier wohnen kann, Sophie. Ich mach auch keine Mühe, das versprech ich. Stuart hat mir erzählt, dass du vermietest. Ich kann bei der Hausarbeit und beim Kochen helfen. Da bin ich gut, ehrlich.«

Rubys große braune Augen schwammen in Tränen, als sie Sophie ansah. Stuart legte den Arm um sie und drückte sie an sich. »Es ist alles gut«, murmelte er. »Stimmt doch, Mum, oder? Es wird alles gut.«

Und sie beugte sich zu Ruby hinüber und tätschelte die kleine, knochige Hand. »Aber sicher. Es wird alles gut.«

Ihre Befürchtungen legten sich. Ihr Herz wurde weich, als sie sah, dass Ruby alles daran lag, Stuart glücklich zu machen, und auch ihm ihr Glück das Wichtigste war. Das Bild der idealen Schwiegertochter, der Frau, die sie sich einmal als Stuarts Ehefrau vorgestellt hatte, verblasste und geriet in Vergessenheit.

Rubys Gesicht leuchtete auf, wann immer sie Stuart sah, und er war mit rührender Fürsorge um sie bemüht, kochte ihr Tee, brachte ihr Kissen für den Rücken. Wenn sie zusammen waren, hielten sie sich an der Hand oder schlangen die Arme umeinander. Oft zog Stuart sie zu sich auf den Schoß, und sie legte den Kopf an seine Schulter.

Sie taten einander gut, das konnte Sophie sehen. Stuart schien sich seiner selbst sicherer zu sein, seit er mit Ruby zusammen war. Er war immer ein sensibler und fürsorglicher Junge gewesen, möglich, dass die Sorge um Ruby genau das war, was er brauchte. Sie war vielleicht nicht hübsch im landläufigen Sinn, aber sie besaß einen eigenen Reiz, einen Zauber. Man musste schon sehr hartherzig sein, um Rubys Wärme und Enthusiasmus auf Dauer widerstehen zu können. Und im Übrigen, dachte Sophie, hatte sie selbst ja auch nicht gerade lang und gründlich überlegt, bevor sie Hugh geheiratet hatte.

Nachdem Stuart zu seiner Einheit zurückgekehrt war, ging Sophie mit Ruby in die Poliklinik, wo sie gemessen und gewogen wurde und ihre Zuteilung an Lebertran und Orangensaft bekam, und danach zu ihrem Hausarzt, der leichte Speisen und Tee verordnete, ohne viel Erfolg allerdings. Immer noch übergab Ruby sich regelmäßig nach dem Essen ... In der Hoffnung, dass sie wenigstens ab und zu etwas bei sich behalten würde, achtete Sophie darauf, dass Ruby stets eine Kleinigkeit aß, sobald sie nach einem Anfall von Übelkeit wieder dazu fähig war. Es half tatsächlich, denn nach einiger Zeit ließ die Übelkeit etwas nach, und Ruby entwickelte ein zwar kleines, aber deutlich sichtbares Bäuchlein.

Das Leben im Haus änderte sich mit Ruby. Ihre Dankbarkeit Sophie gegenüber, die sie aufgenommen hatte, und ihre Bewunderung für das Haus und den Garten fanden kein Ende. Sie entpuppte sich als wahres Energiebündel und schien schlechte Laune nicht zu kennen. Immer war sie bereit zu helfen, und Sophie, die ihr oft riet, sich doch lieber ein wenig hinzulegen, merkte bald, dass Ruby die Beschäftigung brauchte. Als Zweitälteste von sieben Geschwistern war sie es gewöhnt, bei der Hausarbeit zu helfen, und was sie anfing, erledigte sie flink und kompetent. Wie der Wind wischte sie auf Knien die gefliesten Böden und richtete sich dann auf, um ihr Werk zu betrachten und befriedigt festzustellen: »So, jetzt glänzen sie wieder.« Sie schälte in Rekordzeit Kartoffeln und Karotten und knetete mit ihren kühlen kleinen Händen den perfekten Pastetenteig. Nach einigen Wochen konnte Sophie sich das Haus kaum noch ohne sie vorstellen.

Sie wirkte wie ein zerbrechliches Kind, aber Sophie fiel eine Zähigkeit auf, die sich wohl als Folge von Kämpfen herausgebildet hatte, die sie schon in sehr jungen Jahren hatte ausfechten müssen. »Meine Mum hat einfach aufgegeben«, vertraute sie Sophie eines Tages an, als sie die Speisekammer aufräumten. »Sieben Kinder in zehn Jahren – kein Wunder eigentlich.« Ein Glas mit sauren Gurken wurde auf Hochglanz poliert. »Wenn meine Schwester Angie und ich von der Schule heimkamen, hat Mum jedes Mal im Bett gelegen, und Frank heulte in seinem Kinderbett. Wir sind dann immer abwechselnd heim und haben uns um ihn gekümmert. So werd ich bestimmt nicht. Ich will zwei Kinder und basta. Stuart sieht das auch so. Wir werden mal ein schönes Haus haben, mit einem Garten und einer Katze und einem Hund. Wie sich's eben für eine richtige Familie gehört.«

17

Oktober 1943–März 1944

Im Oktober reiste Thea nach Northumberland, um Cormacs Familie kennenzulernen. Cormac erwartete sie in Hexham, und von dort nahmen sie einen Lokalzug durch bergiges Land, bald lila von Heidekraut, bald rostrot von herbstlichem Farn, manche Gipfel von Wolken umzogen. An der Endhaltestelle mussten sie in einen Bus umsteigen, der sie in ein Dorf namens Lawton brachte. Von dort aus gingen sie zu Fuß weiter, Hand in Hand eine schmale Straße hinauf durch eine offene Landschaft steiler Hügel und tiefgrüner Täler.

Ihr Weg führte sie an einem großen, aus Stein erbauten Haus vorbei, das von der Straße zurückgesetzt war. Über die Fassade zog sich herbstlich roter wilder Wein, so üppig, dass er Teile der Fenster verhängte. Zu beiden Seiten des Baus warfen Zypressen und Buchsbäume dunkle Schatten auf einen Rasen, der aus mehr Disteln und Kreuzkraut als Gras zu bestehen schien. Die gekieste Auffahrt war von gelben Pfützen durchsetzt; auf einer Seite von ihr lag ein Haufen Flaschen und verrosteter Konservendosen. Auf einem Steinpfosten neben dem rostigen schmiedeeisernen Tor war der Name Langhill House eingemeißelt.

»Da wohnen die Grevilles«, sagte Cormac, und Thea

erinnerte sich, was er ihr von der Familie erzählt hatte, der in der Umgebung von Crawburn große Ländereien gehörten, so auch der kleine Pachthof seines Onkels.

Hinter Langhill ging die Straße in einen furchigen Weg über, der weiter bergauf führte. Ein Fahrrad kam ihnen von oben entgegengesaust, als sie um eine Ecke bogen. Die Räder sprangen auf dem holprigen Untergrund, und die dunklen Haare der Fahrerin flogen.

»Meine Schwester.« Winkend rief Cormac: »Nicola!«

Mit quietschenden Bremsen hielt das Fahrrad an, und Nicola Jamieson sprang herunter, schlank und biegsam, etwas größer als Thea, dunkel und gut aussehend wie ihr Bruder. Ihre Augen waren heller, grünlicher als Cormacs, ein blasses Aquamarin, das sich von ihrem gebräunten Gesicht abhob.

»Du musst Thea sein«, sagte sie. »Cormac hat uns alles von dir erzählt.« Sie verdrehte lachend die Augen. »Aber auch wirklich alles. In jeglicher Ausführlichkeit.«

Cormac sagte nur gelassen: »Ach, halt die Klappe, Nicola.«

Seine Schwester warf ihm einen spöttischen Blick zu. »Ich habe eine Mischung aus Mona Lisa und Marie Curie erwartet. Schönheit und Verstand.«

»Beachte sie einfach nicht, Thea. Wie geht's bei euch?«, fragte er seine Schwester.

»Ganz gut. Dad ist gerade ungenießbar.«

»Hat das einen besonderen Grund?«

Nicola zuckte mit den Schultern und wendete ihr Fahrrad, um es den Hang hinaufzuschieben. »Wir haben wieder einen Brief vom Landwirtschaftsministerium bekommen, dass wir auf dem Whin Fell Weizen anbauen sollen. Ich hab denen erklärt, dass da außer Ginster und Gras nichts wächst. Wenn sie uns noch mal diese Wichtigtuerin vorbeischicken, geht Dad durch die Decke.«

»Wie geht's mit seinem Husten?«

»Besser. Es geht ihm gut, Cormac. Er schafft nicht mehr so viel wie früher, und das regt ihn auf, das ist alles. Du kennst ihn ja.«

»Und der Hof? Kommst du zurecht?«

»Klar komm ich zurecht«, versetzte Nicola leicht pikiert. »Ich komm prima zurecht, wenn mir niemand reinpfuscht.« Dann entspannte sich ihr Gesicht. »Ich bin froh, dass du da bist. Vielleicht lenkt das Dad davon ab, mich ständig anzumaulen.«

»Ich freu mich auf zu Hause.« Cormac drückte Theas Hand. »Schau, da ist Crawburn.«

Über ihnen, hoch oben an einer Hügelflanke, leuchtete weiß das Haus, so akkurat in den Hang eingepasst wie ein Buch in das Fach eines Bücherregals. Ein Giebel krönte es auf der einen Seite, auf der anderen schlossen sich mehrere Nebengebäude an. Auf grauen Schieferdächern unterschiedlicher Höhe standen hohe weiße Schornsteine. Fenster mit schwarzen Rahmen blickten auf einen Garten hinunter, wie aufgetürmt aus Folgen von Terrassen, die durch schmale Aschenwege und Steintreppen miteinander verbunden waren. Auf einer der unteren Terrassen rankte sich eine Kletterrose über einen Apfelbaum. Weiter oben, neben einer steinernen Bank, quollen aus Terrakottatöpfen die letzten roten Geranien des Sommers.

»Ist das schön«, sagte Thea, und genau so empfand sie es. Hier hatte sie nach Monaten in Militärkasernen das Gefühl, aufatmen zu können. Hier konnte sie sich darauf besinnen, wer sie war. Die Soldatin Thea Margaret Craxton konnte einen Schritt zurücktreten.

»Das war Mums Garten«, sagte Cormac. »Jetzt versorgt Nicola ihn.«

»Ja, Dad haust da eher wie ein Totengräber.« Nicola lehnte ihr Rad an eine Mauer. »Ich lasse ihn gar nicht erst in die Nähe kommen. Die Frau vom Landwirtschaftsministerium wollte, dass ich auf den Terrassen Erbsen und Bohnen anpflanze. Aber der hab ich Bescheid gesagt.«

Die Haustür öffnete sich, und zwei schwarz-weiße Border Collies jagten auf Cormac zu. Dann trat ein Mann aus dem Haus.

»Hallo, Dad.« Cormac winkte seinem Vater zu.

Robert Jamieson war ein großer, stämmiger Mann mit einer Mähne buschiger grauer Haare. Er nickte Cormac zu, dann richtete er die scharfen blauen Augen auf Thea.

»Willkommen in Crawburn, Kind.«

Nach einem kurzen Austausch mit Thea wandte sich Robert Jamieson seinem Sohn zu. »Onkel John und Tante Cathy sind hier. Sie haben sich zum Abendessen eingeladen, um dich sehen zu können.«

»Sie sind bestimmt nicht wegen Cormac hier, Dad.« Nicola warf Thea einen verschmitzten Blick zu. »Alle wollen nur das Mädchen sehen, an das Cormac endlich sein Herz verloren hat.«

Cormac funkelte sie ärgerlich an. Nicola erklärte hastig, sie müsse nach dem Essen sehen, und ergriff die Flucht. Robert Jamieson fragte Thea nach dem Verlauf der Reise, es habe alles gut geklappt, sagte sie. Cormac und sein Vater redeten über den Hof, als sie zusammen ins Haus gingen.

Die Küche war ein großer gemütlicher Raum mit einer warmen Ausstrahlung gelebten Lebens, das auch in dem von vielen Füßen stellenweise abgetretenen Schieferboden seine Spuren hinterlassen hatte. Die niedrige Decke, von der an Haken gusseiserne Wasserkessel und Töpfe herabhingen, wurde von massiven schwarzen Holzbalken getragen, und die Tiefe der Fensternischen zeigte, dass die Mauern des Hauses mehr als dreißig Zentimeter dick waren. Das Herz der Küche bildete ein altmodischer schwarzer Kochherd, auf dem Nicola das Abendessen zubereitete. Auf dem massigen Küchenbüfett stand blau-weißes Delfter Keramikgeschirr, und in einer hohen Glasvitrine reihten sich Kupferkannen und Steingutkrüge. Auf dem großen runden Tisch standen sechs schöne alte Glaskelche in tiefem Burgunderrot.

Das Ticken der alten Standuhr in einer Ecke des Raumes war neben dem Klappern von Töpfen und Pfannen und dem allgemeinen Geplapper kaum zu hören. Während man sich miteinander bekannt machte, stand Nicola am Herd, rührte in den Töpfen und rief Cormac, der ohne Aufforderung den Tisch deckte, Anweisungen zu.

Onkel John war dünner als sein älterer Bruder, Cormacs Vater, dennoch war die Ähnlichkeit zwischen den beiden Männern, dunkel, mit markanten Gesichtszügen, unverkennbar. Seine Frau, Tante Cathy, war eine kleine, magere Person mit runzligem Gesicht und roten Apfelbäckchen. Ein Hagel von Fragen prasselte auf Thea ein. Woher ihre Familie stamme. Was sie von Northumberland halte. Ob sie schon früher einmal in der Gegend gewesen sei. Wo sie stationiert sei. Bei welchem Regiment sie diene, was ein Kinetheodolit sei und wie lange sie gebraucht habe, um den Umgang mit dem Gerät zu lernen.

»Ich hab euch doch gesagt, Cormacs Freundin hat Grips!«, rief Nicola und stach probeweise eine Kartoffel an.

Neue Fragen folgten, diesmal über London und den

Blitz und über Rowan. Dann fragte Tante Cathy: »Wo habt ihr beide euch eigentlich kennengelernt?«

»In Frankreich«, sagte Cormac. »Im Sommer 40.« Er verteilte Löffel auf dem Tisch. »Ohne Thea hätte ich es nicht nach Hause geschafft.«

»Ach, Quatsch.« Thea lief rot an. »Stimmt doch gar nicht. Es war genau umgekehrt. Du hast mich mitgeschleppt.«

»Nicht wahr. Wärst du nicht gewesen, wäre ich wahrscheinlich erst zu mir gekommen, wenn ein deutscher Soldat mir einen Rempler gegeben hätte. Und ich wäre jetzt in einem Gefangenenlager.«

Nicola, die die Teller abzählte, kam der nächsten Flut von Fragen zuvor. »Zeig doch Thea ihr Zimmer, Cormac. Das Essen ist gleich fertig, und sie möchte sich vorher bestimmt ein bisschen frisch machen.«

Cormac nahm ihren Seesack, und Thea folgte ihm. Die Zimmer im Haus gingen ohne Korridore ineinander über, manche hoch und geräumig, andere gedrückt mit niedrigen Decken. Hin und wieder zog Cormac den Kopf ein, um ihn sich nicht an einem Türstock anzuschlagen. Er tat das ganz instinktiv, brauchte offensichtlich gar nicht darüber nachzudenken.

»Immer wieder mal hat jemand ein oder zwei Zimmer angebaut, wenn ihm danach war«, bemerkte er. »Manche Teile des Hauses sind also ein paar Hundert Jahre alt und andere relativ neu. Im 17. Jahrhundert, als der Hof gebaut wurde, wurden die Nutztiere unten gehalten, wo jetzt die Küche ist.«

Sie stiegen eine schmale Wendeltreppe hinauf ins obere Stockwerk. Als Cormac sie in ihr Zimmer führte, sagte er mit einem entschuldigenden Lächeln: »Tut mir leid, dass sie dich so in die Mangel genommen haben, da unten.«

»Du kannst froh und glücklich sein, dass du eine richtige Familie hast.«

Als er sie küsste, strich sie zärtlich über die widerspenstigen kurzen Löckchen in seinem Nacken. Am liebsten wäre sie für immer so mit ihm geblieben, von seinen Armen umschlossen in diesem stillen Raum, aber von unten rief jemand seinen Namen.

»Ich muss runter.« Er schnitt ein Gesicht. »Aber eines Tages, das verspreche ich dir, werden wir ganz für uns sein, nur wir zwei.« Er küsste sie noch einmal. »Wir essen in ungefähr zehn Minuten. Wenn du den Weg nicht findest, geh einfach dem Krach von unten nach.«

Thea nahm ein Kleid aus ihrem Seesack und dachte über die Jamiesons nach, während sie es ausschüttelte. Sie gefielen ihr, besonders Nicola, und alle Nervosität, die sie vor diesem ersten Zusammentreffen mit Cormacs Familie geplagt hatte, war wie weggeblasen. Sie waren keine Familie, die zu demonstrativer Zärtlichkeit neigte. Cormacs Vater, sein Onkel und seine Tante hatten sie und Cormac mit einem Händedruck empfangen. Und Nicola hatte den Bruder, den sie seit vielen Monaten nicht gesehen hatte, mit einem Klaps auf den Arm begrüßt. Aber unter dem Spotten und Scherzen hatte Thea echte Zuneigung und Wärme gespürt.

Beim Umziehen sah sie sich das Zimmer genauer an. Es war ein kleiner, eigenwilliger Raum mit Blick auf den Vorgarten. Das Fenster saß schief – ja, das ganze Zimmer samt seinem Inventar schien leicht schräg zu hängen. Unter zwei Beine des Bettes waren Holzklötzchen geschoben, vermutlich, damit man nicht im Schlaf hinausrollte, und der Boden senkte sich merklich zu einem großen Alkoven, in dem eine Kommode und ein Waschtisch mit einem Krug Wasser, Seife und einem Handtuch standen. Jemand – Nicola, vermutete Thea – hatte Marmeladengläser mit Blumen auf den Waschtisch und die Kommode gestellt.

Thea meinte, den Atem der Geschichte dieses Hauses zu spüren. Er kam ihr ebenso aus dem verblichenen wattierten Bettüberwurf mit dem zarten Muster aus Blättern und Zweigen entgegen wie aus dem abgetretenen Flickenteppich und den schönen, vom täglichen Gebrauch abgenutzten Gegenständen unten in den Küchenschränken, die wohl seit Generationen in der Familie waren.

Frisch gewaschen und gekleidet ging sie nach unten. Es gab Lammtopf mit Kartoffelpüree und zum Nachtisch einen Apfelkuchen. Anfangs drehten sich die Gespräche um den Hof. Robert Jamieson berichtete seinem Sohn mit hochrotem Kopf von den Maßnahmen, die das Landwirtschaftsministerium angeordnet hatte, um die Erträge zu steigern und das Land damit während der Kriegszeit von Importen unabhängig zu machen. Onkel John wollte seinem Bruder die Nutzung eines Feldes verwehren, Nicola und ihre Tante stritten darüber, ob man für einen Apfelkuchen vorgekochte Äpfel verwenden sollte oder nicht.

»Er schmeckt jedenfalls köstlich«, sagte Thea, war sich aber nicht sicher, ob jemand sie hörte.

Dann sagte Cormacs Vater: »Sieht aus, als würde es der alte Greville nicht mehr lange machen.«

Cormac hob den Kopf. »Charles Greville ist krank?«

»Es heißt, er liegt im Sterben. Der Arzt ist jeden Tag in Langhill.«

Nicola reichte einen Krug mit Vanillesoße herum. »Marian Kerr hat mir erzählt, dass Mrs Greville Rufus geschrieben hat, dass er kommen soll.«

»Rufus ist beim Heer, oder?«

»Ja, er ist auf der Salisbury Plain stationiert, wie du, Cormac.« Nicola stellte die Kuchenplatte auf die Anrichte und setzte sich. »Vielleicht lauft ihr euch irgendwann mal über den Weg.« Sie lächelte ironisch.

Cormac sagte erklärend zu Thea: »Rufus ist der Sohn von Charles Greville. Er ist ein paar Jahre älter als ich. Du weißt, Langhill, das Haus, an dem wir vorbeigekommen sind.«

»Rufus ist inzwischen verheiratet«, bemerkte Tante Cathy. »Mit einer aus London. Wann haben sie gleich wieder geheiratet, John?«

»Woher soll ich das wissen?«, gab John Jamieson desinteressiert zurück.

»Vor fünf oder sechs Monaten«, sage Nicola. »Sie heißt Madeline. Sie hat blonde Haare und blaue Augen und sieht aus, als würde der nächste Luftzug sie umblasen.«

»Noch kein Anzeichen von Nachwuchs«, warf Tante Cathy ein.

»Lass ihnen doch Zeit«, brummte Onkel John.

Tante Cathy verzog geringschätzig den Mund. »Sie hat mich nicht mal gegrüßt, als wir uns im Dorf begegnet sind.«

»Vielleicht wusste sie nicht, wer du bist.«

»Jeder weiß, wer ich bin. Sie ist einfach eine eingebildete Ziege.« Tante Cathy nahm sich Vanillesoße. »Es heißt ja, dass die Grevilles praktisch keinen Penny mehr haben und Rufus die Frau deshalb geheiratet hat. Sie hat Geld mitgebracht.«

»Charles Greville konnte nie eine Pferdewette auslassen«, bestätigte Onkel John.

»Sie haben das Haus völlig verwahrlosen lassen.«

»Die Straße ist auch in schlechtem Zustand«, meinte Cormac.

Robert sagte finster: »Ich habe Greville deswegen geschrieben, aber bis jetzt habe ich keine Antwort erhalten.«

»Wenn er krank ist, Dad …«

»*Sie* hätte wenigstens antworten können.«

Um das Thema zu wechseln, erkundigte sich Cormac nach seinen Cousins Francis und Jack, den Zwillingssöhnen von John und Cathy, und das Gespräch wandte sich ihnen zu. Licht strömte durch die Fenster und warf zitternde Reflexe auf den Schieferboden.

Nach dem Abendessen erbot sich Thea, abzuspülen. Auch Cormac und Tante Cathy wollten helfen, doch Nicola entschied sich für Thea.

»Tante Cathy erzählt mir ständig, was ich alles falsch mache«, erklärte sie Thea, als die anderen sich in die Wohnstube hinübergesetzt hatten. »Und wenn Cormac da ist, kann er wenigstens verhindern, dass Dad und Onkel John Streit anfangen.«

Während Thea spülte, kochte Nicola eine große Kanne Tee und brachte sie hinüber zu den anderen. Wieder zurück, schloss sie die Tür hinter sich.

»Zigarette, Thea?«

»Nein danke.«

»Dann Tee.« Nicola setzte noch einmal Wasser auf. Sie zündete sich eine Zigarette an und lehnte sich tief aufatmend an die Tür. »Bravo«, sagte sie. »Du hast dich tapfer gehalten. Lass dich von mir nicht irritieren. Dad sagt immer, wenn ich meine Klappe aufreiße, kommt nichts als Blödsinn raus.«

»Ich weiß schon, wie du es meinst.« Thea zwinkerte ihr zu. »Muss doch Schwerarbeit sein, den Hof zu führen.«

»Ja, die Arbeit hört nie auf. Dad kann nicht mehr so viel machen, und das wurmt ihn fürchterlich. Wobei er im

Haus nie eine Hilfe war. Vor dem Krieg ist immer ein Mädchen gekommen, mit dem ich zur Schule ging, und hat mir geholfen, aber sie ist dann in eine Fabrik im Süden gegangen. Da verdient sie doppelt so viel wie bei uns.« Nicola legte die Zigarette an einer Untertasse ab und begann, zügig und routiniert die Gläser zu trocknen. »Schwer sind die Winter, wenn wir durch den Schnee von der Außenwelt abgeschnitten sind. Trotzdem, ich könnte nie woanders leben.« Sie stellte die Gläser in den Schrank und sagte dann förmlich: »Danke, dass du dich in Frankreich um Cormac gekümmert hast.«

»Hör mal, es stimmt, was ich vorhin gesagt habe. Ich habe eigentlich gar nichts getan.«

»Cormac erzählt keine Märchen. Wenn er sagt, du hast ihm geholfen, dann hast du ihm auch geholfen. Es wäre Dads Tod gewesen, wenn er für Jahre in einem Gefangenenlager gelandet wäre.« Nicola verteilte das Besteck in der Schublade. »Ist dein Zimmer in Ordnung?«

»Ich find's herrlich.« Thea lächelte. »Paradiesisch nach den Pritschen in den Wellblechbaracken. Hast du die Blumen ins Zimmer gestellt?«

»Ja.«

»Da ist wirklich lieb. Danke dir. Es ist schön, euch endlich alle kennenzulernen. Cormac hat mir so viel erzählt.«

»Er liebt dich wahnsinnig, Thea.«

»Ich liebe ihn auch.«

»Gut.« Nicola machte ein grimmiges Gesicht. »Ich hätte dich nämlich umgebracht, wenn ich gedacht hätte, du machst ihm nur was vor. Cormac hat immer auf mich aufgepasst. Lass den Topf stehen, Thea, den weichen wir erst mal ein. Komm, nehmen wir unseren Tee mit raus. Es ist dir doch warm genug, oder? Ich hab keine Lust, mich zu den alten Plauderern zu setzen. Soll Tante Cathy zur Abwechslung mal Cormac auf die Nerven gehen.«

Sie zogen ihre Mäntel über und gingen mit ihren Teetassen zur obersten Terrasse hinauf. Nicola ließ sich mit einem Seufzer auf der Steinbank nieder.

»Es ist schön, mal mit einer Frau reden zu können«, sagte sie. »In unserer Familie gibt's zu viele Männer. Ich glaube, Dad vergisst die halbe Zeit, dass ich ein weibliches Wesen bin.«

»Hast du Freunde in der Nähe?«

»Ein oder zwei.« Nicola blickte über die Terrassen hinweg ins Tal. »Im Moment sieht's dürftig aus. Viele sind weg, entweder zum Militär oder in die Fabriken. Und viel Zeit für Freunde habe ich mit dem Hof und Dad sowieso nicht.«

»Hast du keinen festen Freund?«

Nicola lachte. »Schau mich doch an.« Sie schwenkte die Hand über ihrer beigefarbenen Reithose und dem abgetragenen karierten Hemd. »Ich seh ja kaum noch wie eine Frau aus. Wie soll sich da noch einer für mich interessieren?« Sie lächelte schief. »Als ich Madeline Greville das letzte Mal in Lawton gesehen habe, hatte sie ein weißes Spitzenkleid an und dazu einen rosa Hut. Weiße Spitze! Was sollte ich mit einem weißen Spitzenkleid anfangen? Ich würde es nur versauen, wenn ich ausmiste oder die Schweine füttere.« Sie zündete sich eine frische Zigarette an. »Vor ein paar Jahren kreuzte ständig dieser Idiot Lennie auf und wollte mit mir ins Kino gehen.«

»Bist du mitgegangen?«

»Ein- oder zweimal. Er wohnt unten im Tal. Eigentlich ist er ganz nett. Aber jetzt ist er an der Front, in Italien, glaube ich. Bis er wieder heimkommt, hat er mich bestimmt vergessen bei den vielen schönen Italienerinnen.«

Cormac kam heraus und stellte sich zu ihnen auf die Terrasse. Nicola fiel plötzlich ein, dass sie etwas im Haus zu tun hatte, sie nahm die leeren Tassen und lief den Garten hinunter.

Cormac legte den Arm um Thea. »Geht's dir gut?«

»Ja.« Sie gab ihm einen Kuss.

»Wollen wir ein Stück laufen? Wir müssen etwas besprechen.«

»Was denn?«

»Gleich.«

Durch eine Pforte in der Trockenmauer hinter der Terrasse gelangten sie auf eine Wiese. Cormac zeigte ihr die Umgebung: Felder und Hügel, Bäche und Täler, auf dem Grund eines von ihnen, in Bane Rigg, lebten John und Cathy Jamieson. Der Wald, der sich an der Hügelflanke entlangzog, hieß Low Chase. Sie schlugen den Weg ein, der unter den Bäumen hindurchführte, ein zauberhafter Ort, wo das Licht in Sprenkeln zwischen weißstämmigen Birken lag und die Luft kalt und würzig nach Pilzen, herabgefallenem Laub und feuchter Erde roch. Dieser Teil Northumberlands sei eigentlich nur spärlich bewaldet, erklärte ihr Cormac, aber Low Chase gab es seit Jahrhunderten. Im Frühjahr blühten an den Uferbächen und in den Lichtungen Bärlauch und Waldanemonen. Es hieß, dass es irgendwo von Gestrüpp überwuchert die Überreste einer alten Siedlung gebe.

»Steinzeit oder Eisenzeit«, sagte Cormac. »Ich weiß nicht mehr genau. Dein Ressort, Thea. Hier komme ich immer her, wenn ich nachdenken will. Als Kind kannte ich jeden Baum in diesem Wald. Low Chase gehört eigentlich den Grevilles, aber wir benutzen den Weg immer, wenn wir nach Bane Rigg wollen, wo Onkel John und Tante Cathy wohnen.«

Sie traten aus dem Schatten der Bäume, und Cormac machte sie auf Langhill House aufmerksam, das unter ihnen lag.

»Und«, fragte er, »wie findest du Crawburn?«

Sie sah ihn lächelnd an. »Ich bin hingerissen.«

»Könntest du dir vorstellen, hier zu leben?« Leise Unsicherheit in seinem Ton und im Ausdruck seines Gesichts, als er in seine Jackentasche griff.

Er straffte die Schultern. »Heirate mich, Thea«, sagte er. »Willst du mich heiraten?«

Thea sah das Schmucketui. Er öffnete es. Auf Samt lag ein Verlobungsring, ein kleiner Smaragd, in Diamantsplitter gefasst.

Sie zögerte keinen Moment. »Ja«, sagte sie. »Ja, ich will.« Als sie sich küssten, schien ihr das Herz zu bersten vor Glück.

Sie heirateten sechs Wochen später ohne große Feier auf dem Standesamt. Thea trug ein cremefarbenes Seidenkleid und einen rosa Samtmantel, der Rowan gehört und den diese für sie geändert hatte. Cormacs Vater und Nicola kamen aus Northumberland, und Rowan nahm sich den Tag frei. Zu Theas Freude konnte auch Helen zur Trauung kommen. Sie lud außerdem Sophie mit Stuart und Ruby ein. Als sie aus dem Standesamt traten, warf Thea ihren Brautstrauß aus Beerenzweigen in die Luft, und Rowan fing ihn auf.

Rowan lieh ihnen ihre Wohnung für ihre zweitägigen Flitterwochen. Sie schliefen das erste Mal zusammen und fühlten sich wie im siebten Himmel. Trotz einer gewissen Nervosität war es Thea schnell möglich, in Cormacs Armen zu entspannen, und als sie sich das zweite Mal liebten, war alles noch viel schöner. Wie auch beim dritten und vierten Mal.

An ihrem letzten Morgen gingen sie zu Fuß zum Victoria-Bahnhof. Auf dem Bahnsteig nahmen sie Abschied voneinander, und danach – obwohl sie jetzt Soldatin Thea Margaret Jamieson war – ging das Leben im Großen und Ganzen weiter wie zuvor, mit denselben komplizierten Verabredungen, die häufig im letzten Moment platzten. Eigentlich hatten Ehepaare beim Militär Anspruch auf gemeinsamen Urlaub, aber die Realität sah oft anders aus.

Weihnachten verlebten sie drei gemeinsame Tage in einer Pension in Surrey, nicht weit von dem Standortübungsplatz, an dem Thea stationiert war, und dann kehrte Cormac zu seinem Regiment zurück. Im neuen Jahr hatte Thea ein paarmal mit Unwohlsein zu kämpfen. Anfangs glaubte sie, es läge am Essen. Das Essen beim Militär war reichlich, aber lieblos zubereitet und fade, Brot, Dosenfleisch und verkochter Kohl. Aber als sie Rowan im nächsten Brief ihr Leid klagte, schrieb diese ihr umgehend zurück. Thea, ist es möglich, dass du schwanger bist? Sie dachte an ihre »Flitterwochen« zurück, diese zwei Tage, während der sie nur aus dem Haus gegangen waren, wenn sie etwas zu essen brauchten, und fand es absurd, dass sie nicht gleich auf den Gedanken gekommen war.

Sie bekam ein Kind von Cormac, es war ein Wunder, und es machte sie selig, aber bei allem Entzücken war Thea doch auch mehr als ein wenig beklommen zumute. Wo sollten sie und Cormac leben? Sie hatten kein eigenes Zuhause. Irgendwann einmal, wenn der Krieg vorbei war, würden sie vielleicht etwas Eigenes finden. Bis dahin würde sie zurückmüssen in Rowans Wohnung.

Und so gern sie kleine Kinder hatte, sie hatte überhaupt

keine Erfahrung im Umgang mit ihnen. Sie war nie eins dieser Mädchen gewesen, die sich über jeden Kinderwagen beugten und gurrten wie die Turteltauben. Sie erinnerte sich an ihre erste Begegnung mit Grace Fainlight. Grace hatte sie nach ihrer häuslichen Situation gefragt – Ehemann oder Kinder? –, als könnten eine Ehe und Kinder ein Hindernis auf dem Weg zu einer Karriere als Archäologin sein. Die meisten verheirateten Frauen arbeiteten nicht. Sie wünschte sich dieses Kind, Cormacs Kind, von ganzem Herzen, aber ihr Wunsch, Archäologin zu werden, war genauso stark. Manchmal hatte sie den Eindruck, ihre früheren Ambitionen seien in den Hintergrund gerückt, beinahe so, als hätte jemand anderes das alles erlebt – die Freundschaft mit den Fainlights, die Wochen am Barbury Hill. In Theas Augen führten die Fainlights die ideale Ehe, zwei Menschen mit gemeinsamen Interessen und Zielen, die sich gegenseitig unterstützten. Grace hatte beides miteinander vereint, Familie und Karriere. Es war möglich, sagte sie sich, das zu schaffen.

Eine Schwangerschaft führte beim A. T. S. unweigerlich zur sofortigen Entlassung. Sie mogelte sich noch ein paar Wochen durch, überzeugt, alle rundherum sehr geschickt zu täuschen, bis eines Morgens ihre Vorgesetzte sie zur Seite nahm und rundheraus fragte, ob sie ein Kind erwarte. Zwei Tage später war Thea wieder in Zivil und auf der Rückfahrt nach London.

Die Bombenangriffe auf London hatten den ganzen Krieg hindurch angedauert, doch im *little Blitz* der kalten frühen Monate des Jahres 1944 häuften sich die schweren Bombardierungen wieder. Im Februar liehen sich Rowan und Josh ein Häuschen auf dem Land aus, das einer Bekannten von ihm namens Diana Clare gehörte. Es stand versteckt in einem Waldstück auf einem flachen Hügelkamm in Hampshire am Ende eines langen ausgefahrenen Forstwegs. »Großer Gott«, stöhnte Josh, als sein Sportwagen scheppernd in den gefrorenen Furchen auf und nieder sprang. »Meine Reifen.«

Rowan sperrte das Haus auf, während Josh ihr Gepäck aus dem Kofferraum holte. Der kleine einstöckige Bau wirkte wie ein Flickwerk, als hätte der Erbauer jedes Material verwendet, das er gerade zur Hand gehabt hatte: Ziegel, Holz, Kalkstein, sogar zwei Reklametafeln, eins für Bisto-Soßen, das andere für Champion-Zündkerzen, hatte man als Wetterschutz angebracht. Drinnen waren vier Zimmer, aber kein Bad. Ein eiserner Zuber hing von einem Haken an der Küchenwand, und nach einigem Suchen entdeckte Rowan hinter dem Haus eine eiskalte kleine Hütte mit einem Abtritt. In einer Ecke des Wohnzimmers lag ein Haufen Kinderspielzeug, und in einem der anderen Zimmer standen zwei schmale Betten und ein Wäscheständer, über dem Leintücher und Wolldecken hingen. Mrs Clare hatte einen Zettel auf dem Tisch hinterlassen: *Das Wasser müsst ihr euch aus dem Brunnen im Garten holen. Er friert manchmal ein, dann kippe ich kochendes Wasser hinunter, das wirkt meistens. Ihr solltet zur Reserve immer zwei Eimer voll im Haus haben. Hinten im Schuppen ist Holz. Wenn ihr den Vorrat wieder aufstocken könntet, wäre das wunderbar, denn ich muss ja die Zimmer für die Kinder warm halten.*

Josh holte Wasser vom Brunnen, während Rowan im offenen Kamin im Wohnzimmer und im Herd in der Küche Feuer machte. Sie stand am Spültisch und schälte Kartoffeln, als er mit einem Eimer Wasser zurückkam.

»Du machst deinen schönen Mantel ganz schmutzig«, sagte er.

Sie trug den cremefarbenen Kaschmirmantel, den sie in besseren Zeiten in Paris gekauft hatte. »Aber ohne ihn friere ich mich zu Tode«, erwiderte sie. »Ich hätte meinen Schwesternumhang mitnehmen sollen. Hast du Hunger?«

»Und wie. Ich bin ganz ausgehungert.« Er schob seine Hände unter den Kaschmirmantel und streifte mit seinen Lippen die ihren. Begehren flammte in ihr auf. Aber als sie wenig später, nachdem sie die Kartoffeln aufgesetzt hatte, ins Wohnzimmer ging, fand sie ihn schlafend auf dem Sofa.

Er war am Vortag völlig unerwartet in ihrer Wohnung erschienen. Er erschien immer unerwartet. Es war ungeheures Glück gewesen, dass ihr Wochenurlaub ausnahmsweise mit seinem zusammenfiel. Sie setzte sich zu ihm und betrachtete sein schlafendes Gesicht, in dem sich hin und wieder eine innere Regung spiegelte, sah zu, wie seine Brust sich im Rhythmus mit seinem Atem hob und senkte. Sie strich ihm mit den Fingerspitzen über die Stirn, um die Sorgenfalten zu glätten, und er schlug die Augen auf.

»Hallo, Josh …«

»Du bist es«, murmelte er. »Ich bin so froh, dass du es bist.« Er zog sie in seine Arme und zauste ihr liebevoll die Haare. Dann schlief er wieder ein.

Er schlief beinahe den ganzen ersten Tag hindurch. Hin und wieder wurde er wach, entschuldigte sich dafür, dass er so ein Langweiler sei, und schlug vor, ein Stück zu laufen. Aber bis Rowan ihren Mantel angezogen hatte, war er schon wieder eingeschlafen. Sie nahm es ihm nicht übel. Sie war froh, dass er da war und ihm hier nichts passieren konnte. Sie kochte verschiedene kleine Gerichte, und wenn er wach wurde, aß er etwas und schlief dann gleich wieder ein.

Rowan nahm Mantel, Schal und Mütze und ging nach draußen. Die gefrorenen Blätter, jedes mit weißem Reif gesäumt, knisterten unter ihren Füßen, als sie durch den Wald streifte. Die Luft war still und kalt, und die gepflügten Äcker in der Ferne schimmerten blass. Einmal sah sie einen Militärkonvoi, der sich in diesem tiefen Schweigen im dunklen Herzen des Winters auf einer der schmalen Landstraßen vorwärtsbewegte, und ab und zu flog eine Formation von Flugzeugen über den Himmel, vermutlich auf dem Weg zum Ärmelkanal. Als es ihr zu kalt wurde, kehrte sie ins Haus zurück, legte frische Scheite in das Feuer und las einen von Diana Clares historischen Romanen.

Am nächsten Tag, nachdem Josh sich gründlich ausgeschlafen hatte, zogen sie Mäntel und Stiefel an und gingen zusammen den durchfurchten Forstweg hinunter bis zur Straße. Auf der anderen Seite führte eine lange Kastanienallee in einen weitläufigen Park. Das elegante Herrenhaus im Palladianismus-Stil, das sich vor ihnen erhob, war mit einem Stacheldrahtzaun abgesperrt. Ein Soldat kam ihnen entgegen. Als Josh ihm seinen Ausweis zeigte, salutierte er und ließ sie weitergehen.

Unvermittelt fragte sie: »War es schlimm?«, und Josh sagte: »Ja, ziemlich schlimm diesmal.« Er sah sie nicht an, stieß nur die Stiefelkappen ins tote Laub. Als sie etwas sagen wollte, unterbrach er sie.

»Reden wir nicht davon. Es ist mir lieber, du weißt nichts von den Dingen, die ich gesehen habe. Ich möchte sie einfach vergessen. Und ich möchte dich von alledem fernhalten.«

Sie stellte keine Fragen mehr. Seine Wangen waren schmal, und im schwindenden Winterlicht wirkten seine

Augen grau. Sie legte den Kopf an seinen Oberarm, und sie gingen weiter.

Zurück im Haus, machte Rowan das Abendessen, während Josh im Schuppen hinter dem Haus Holz für das Feuer hackte. Sie hörte die kräftigen Schläge der Axt, immer wieder, als müsste er sich gewaltsam von etwas befreien.

Nach dem Essen gingen sie zu Bett. Es war der einzige Ort im Haus, wo man es warm hatte. Er liebte sie mit einer großen Zartheit und Achtsamkeit, und danach lag sie tief gesättigt neben ihm. Sie mussten beide etwa zur gleichen Zeit eingeschlafen sein. Ihr Schlaf war tief und traumlos wie früher, vor dem Krieg, doch sie wurde immer wieder von Josh geweckt, der sich unruhig wälzte, manchmal aufschrie und einmal laut schluchzte. Sie streichelte sein Gesicht, küsste und beruhigte ihn, bis er wieder einschlief.

Am nächsten Morgen fuhren sie in ein nahe gelegenes Dorf. Sie fragte sich, woher er das Benzin bekommen hatte. Und woher den Korb mit den Speisen und dem Wein, den sie mitgenommen hatten. Und an welchem grauenhaften Ort hatte er die letzten drei Monate verbracht?

Sie kauften Milch und Brot und machten einen Abstecher in einen Trödelladen, wo sie Tränen lachten über ihre Funde. Josh kaufte einen Feuerbock aus Messing und eine alte lederne Aktenmappe mit zerrissenem Henkel, den er reparieren wollte. Und für sie eine Halskette aus künstlichen Perlen. Sie legte sie an und bewunderte sich in einem Spiegel, der halb blind war von Fliegendreck.

In der Dorfkirche entdeckten sie ein Grabmal mit den steinernen Abbildern eines elisabethanischen Adligen und seiner Frau. An der Seite des Paares reihten sich, wie Miniaturausgaben der Eltern, seine sieben Kinder.

»Sieben auf einen Streich«, sagte Rowan.

»Wollen wir sieben Kinder haben?«

»Vielleicht lieber acht. Gerade Zahlen sind besser. Und wenn wir dann sterben, bekommen wir auch so ein prachtvolles Grabmal.« Dann sagte sie: »Ich bin nicht schwanger geworden, als ich mit Patrick verheiratet war. In dieser Beziehung lief es von Anfang an nicht gut zwischen uns, aber vielleicht kann ich gar keine Kinder bekommen.«

»Und wenn schon.« Er zuckte mit den Schultern. »Keine Kinder oder acht Kinder, es spielt keine Rolle. Du bist die, die ich liebe, Rowan.«

Hand in Hand gingen sie wieder hinaus und suchten sich einen Pub, wo sie zu Mittag aßen. Später, wieder im Auto, ließ er nicht gleich den Motor an.

»Rowan, meine Arbeit ... vorläufig muss alles andere warten. Es gibt so vieles, was ich dir sagen, was ich dich fragen möchte, aber ich kann nicht, nicht, solange ich dieses Leben führe. Es wäre dir gegenüber nicht fair. Aber ich habe Angst, dass es so, wie es ist, auch nicht fair ist.«

Sie drückte seine Hand. »Ich verstehe das vollkommen, Darling. Mach dir bitte meinetwegen keine Gedanken. Pass nur auf dich auf, das ist das Einzige, worum ich dich bitte.«

Am Abend machte Rowan etwas zu essen, dann setzten sie sich beide ans offene Feuer und lasen. Sich mit einem Mann so sehr im Einklang zu fühlen, mit ihm gemeinsam die Stille genießen zu können, in der nur das Knistern des Feuers und das gelegentliche Rascheln einer Buchseite zu hören waren, war etwas Köstliches. Sie kannte ihre Schwächen, ihre Rastlosigkeit und ihren Drang, ja kein Schweigen aufkommen zu lassen, aber mit Josh war es ganz anders. Sie liebte es, ihn einfach zu betrachten; oft spürte er ihren Blick, dann sah er sie an und lächelte.

Am nächsten Tag wurde es etwas milder. Die Kälte brannte ihr nicht mehr im Gesicht, als sie hinausging. Am Vormittag streiften sie wieder durch den fremden Park, erzählten von ihren Familien und von den Orten, an denen sie gewesen waren. Von der Zukunft sprachen sie nicht.

Nach dem Mittagessen verschwand Josh wieder im Schuppen, um mehr Holz zu hacken. Rowan war beim Abspülen, als sie von draußen Motorengeräusch hörte. Sie ging bis zum Rand der Bäume und blickte den Hang hinunter. Eine große schwarze Limousine kam den Forstweg heraufgefahren. Schwarze Verzweiflung überfiel sie. Aber vielleicht war es ja gar nicht das, was sie befürchtete, beruhigte sie sich. Vielleicht war es ein Fremder, der sich verirrt hatte. Aus dem Schuppen hinter dem Haus hörte sie die Schläge der Axt.

Der Wagen hielt am Ende des Weges, und zwei Männer stiegen aus. Einer war in Uniform, der andere in Zivil, grauer Mantel und Homburg.

Der Mann im grauen Mantel wischte sich mit einem Taschentuch die Stirn. »Verdammtes Gerumpel«, knurrte er. »Verdammte Landpartie.« Als Rowan näher kam, sagte er: »Mrs Scott? Wir holen Hauptmann Makepeace ab.« Er klopfte ungeduldig mit einem Fuß auf den Boden und zog ein Zigarettenetui heraus.

›Es ist zu früh, Sie können ihn jetzt nicht holen, er ist zu erschöpft, sehen Sie das nicht?‹, wollte sie sagen.

Der Mann in Uniform lächelte entschuldigend. »Es tut mir leid, Mrs Scott. Ich bin Major Drummond. Wir stören ungern, aber es ist leider dringend.«

Sie bat sie, beim Wagen zu warten. Beide Arme fest um sich geschlungen, ging sie nach hinten. Sie rief Josh nicht gleich, sondern blieb einen Moment unter den Bäumen stehen und betrachtete ihn. Er stapelte Scheite auf. Sie kannte diese hochgewachsene, schöne Gestalt so gut, die Haare, hellbraun wie die herbstlichen Buchenblätter, und seine Haltung, die auf den ersten Blick locker und entspannt wirkte, aber stets voll gespannter Energie war. Sie hätte am liebsten laut aufgeschrien.

»Josh?«

Er drehte sich nach ihr um. »Was ist?«

»Da sind zwei Männer … ein Major Drummond und ein anderer …« Sie brach ab, biss sich auf die Lippe, senkte den Kopf.

Er hielt sie an sich gedrückt, während sie weinte. Nach einiger Zeit gelang es ihr, die Tränen zurückzudrängen. Er wischte die Spuren mit der Fingerspitze weg, dann küssten sie sich und nahmen Abschied. Sie ging mit ihm nach vorn. Begrüßungen und Händeschütteln. Josh lief ins Haus und war im Nu, wie es Rowan schien, mit seiner Reisetasche zurück.

»Charles fährt dich im Morgan nach London zurück, Darling«, sagte er, bevor er in die schwarze Limousine stieg.

Major Drummond fragte: »Reicht Ihnen eine Stunde, um sich fertig zu machen, Mrs Scott?«, und Rowan sagte: »Nein, nicht nötig, zehn Minuten reichen auch.«

Sie sah zu, wie die schwarze Limousine kleiner wurde, als sie den Hang hinunterfuhr. Dann ging sie ins Haus, um zu packen.

Major Drummond brachte Rowan nach London zurück. Von Josh hörte sie nichts, aber das hatte sie auch nicht erwartet. Im Krankenhaus machte sie Tagdienst auf der Frauenstation, manchmal allerdings, wenn es schwere Angriffe gab, arbeitete sie auch bis tief in die Nacht hinein.

Mitte März war sie nach Dienstschluss mit einer Kollegin namens Florence, die in der Pädiatrie arbeitete, auf dem Weg zum Ausgang des Krankenhauses und amüsierte sich über Florence' gekonnte Nachahmung der eitlen Wichtigtuerei eines der Fachärzte. Als sie um eine Ecke bogen und ebendieser Mann ihnen entgegenkam, brachen sie beide in haltloses Gekicher aus.

Sie lachten immer noch, als sie die Vorhalle erreichten. Überrascht sah Rowan Joshs Freund, Alex Moore, auf sich zukommen.

Sie winkte ihm zu. »Hallo, Alex. Sie sind doch hoffentlich nicht krank?«

»Nein, nein.«

Sie wollte ihn gerade mit Florence bekannt machen, als sie den Ausdruck in seinem Gesicht bemerkte. Ihr Lächeln erlosch, und sie hatte ein Gefühl, als sänke ihr Herz in bodenlose Tiefen.

Er sagte: »Rowan, können wir hier irgendwo ungestört reden?«

Da wusste sie es. Der Moment, den sie immer fürchtete, seit sie sich in Josh Makepeace verliebt hatte, war gekommen. Und er war nicht zu ertragen.

»Es ist Josh, stimmt's? Sagen Sie es mir, Alex.«

»Es tut mir so leid, Rowan«, begann er, »aber er ist vermisst gemeldet.«

18

März–Juli 1944

Sophie, Ruby und Viola saßen in Sophies Wohnzimmer und strickten kleine Vierecke, die zu einer Decke zusammengefügt werden sollten. »Ich hatte an Dougs letztem Urlaubstag einen fürchterlichen Krach mit ihm«, erzählte Viola. »Er hat sich absichtlich die ganze Butterration auf seinen Toast gestrichen, nur um mich zu ärgern.«

»Und wie geht's Arnold?«, fragte Sophie. Die Wohnung von Violas Liebhaber, Arnold, war vor zwei Wochen ausgebombt worden. »Haust er immer noch in der Werkstatt?«

Viola biss einen Wollfaden ab. »Er wäscht sich in einem Eimer und teilt sich die Toilette mit dem Laden nebenan. Er beschwert sich nie. Ich könnte das nicht aushalten. Ich würde Doug sofort verlassen, wenn ich wüsste, wohin.«

»Du bist hier jederzeit willkommen.«

Sie hatten dieses Gespräch schon oft geführt. Aber Sophie hatte das Gefühl, dass Viola sich trotz ihrer vielen Klagen über Doug verpflichtet fühlte, bei ihm zu bleiben, bis der Krieg vorüber war.

Ruby schrie auf und ließ ihr Strickzeug fallen. »Ich muss aufs Klo.« Sie rannte, soweit sie dazu fähig war, aus dem Zimmer.

Viola sah Sophie an. »Das arme Ding, sie sieht aus wie eine überreife Melone, die gleich platzt.«

»Ich seh lieber mal nach ihr.«

Sophie ging in den Flur und setzte sich auf die unterste Treppenstufe. Eine Hitzewelle überflutete sie, so massiv, dass ihr Gesicht brannte. Sie riss sich die Strickjacke herunter und zerrte am Stoff ihrer Bluse. Es gab keinen Zweifel, sie steckte mitten in den Wechseljahren. Eine weitere Widrigkeit zu all den anderen, die einem das Leben schwer machten – nie genug Seife und Zahnpasta, Strümpfe, die nur noch aus gestopften Löchern bestanden, kaum heißes Wasser, weil es nirgends Kohle gab.

Als sie nichts von Ruby hörte, klopfte sie an die Toilettentür. »Ruby, Kind, ist alles in Ordnung?«

Die Tür öffnete sich. Ruby kam mit ihrem Höschen in der Hand heraus. »Ich glaube, meine Fruchtblase ist geplatzt.«

Viola rief die Sanitäter an, während Sophie Ruby beim Umziehen half. Dann holte sie Rubys Köfferchen, das schon gepackt war. Im Krankenhaus sagte man Sophie, sie brauche nicht zu warten, bis zur Geburt würde es noch Stunden, vielleicht Tage dauern. Sophie wartete trotzdem. Neben Hitzewallungen hatte das Klimakterium Eigensinnigkeit und Wut mit sich gebracht.

Und sie war froh, dass sie sich den Anweisungen des Personals widersetzt hatte; Rubys Sohn wurde nach sechsstündigen Wehen morgens um zwei geboren. Mit weiterer Hartnäckigkeit erkämpfte sich Sophie ein paar Minuten mit Ruby und ihrem Enkel außerhalb der Besuchszeit.

Rubys Gesicht war beinahe so weiß wie das Kopfkissen ihres Bettes. Das neugeborene Würmchen lag weiß gewickelt in dem Kinderbettchen neben ihr.

»Er ist entzückend, Ruby.« Sophie tätschelte ihrer Schwiegertochter die Hand. »Das hast du so gut gemacht. Wie geht es dir, Schatz?«

»Ich fühl mich, als ob sie mir die Eingeweide rausgerissen hätten«, krächzte Ruby. »Er heißt Kenneth. Zum Fressen, oder?«

Behutsam streichelte Sophie mit einer Fingerspitze das flaumige Köpfchen. Kenneths gespitztes rotes Mündchen suchte unruhig nach Milch. Ein Auge öffnete sich, dunkel und benommen von der Reise, die er hinter sich hatte. Die Welt schien stillzustehen, Krieg, Verlust und Täuschung waren vergessen, das ganze Leben bündelte sich in einer erschöpften Mutter und einem neugeborenen Kind in einem kleinen weißen Zimmer.

Sophie hatte einen neuen Mieter, einen Mann namens Ed Willoughby. Sein leichtes Hinken verstärkte sich, als er hinter ihr die Treppe hinaufging, um sich das freie Zimmer anzusehen. Das unregelmäßige Da-dum, Da-dum seiner Schritte begleitete sie auf dem Weg durch den oberen Flur.

Ed war ein Bär von einem Mann, Ende fünfzig, schätzte Sophie. Er hatte freundliche braune Augen, strubbelige braune Haare, die an den Schläfen grau schimmerten, und ein sanftmütiges Lächeln. Gut aussehend hätte man ihn nicht nennen können, aber er hatte etwas sehr Sympathisches. Immer wirkte er ein wenig unordentlich, ein wenig zerknautscht. Seine Kleidung, von guter Qualität, war abgetragen. Aber wessen Kleider waren inzwischen nicht abgetragen? Er war ein ruhiger Mann, ohne schüchtern oder unfreundlich zu sein. Sie hatte ihn gewarnt, dass ein Baby im Haus sei, ihr Enkel, der nachts häufig wach wurde, worauf Ed ihr versicherte, dass er kleine Kinder möge und ihn so leicht nichts wecken könne, wenn er einmal schlafe. Er war im Übrigen ohnehin die meiste Zeit an seiner Arbeitsstelle, irgendeiner staatlichen Forschungseinrichtung, einmal jedoch, als Kenneth abends Koliken bekam und Ed schon zu Hause war, nahm er den Kleinen kurzerhand auf den Arm und trug ihn an seine Schulter gedrückt im Wohnzimmer herum. Bei Kenneth kam das offenbar gut an, denn er schlief ungewöhnlich brav ein.

Kenneth war groß für seine drei Monate, und er war ständig hungrig. Er wurde immer dicker, während Ruby immer dünner wurde. Drall und blond, mit großen blauen Augen, war er unbestreitbar die Hauptperson im Haus. Er wurde von allen vergöttert, jede seiner Heldentaten bewundert. Wenn er abends nicht einschlafen wollte, reichten sie ihn herum und versuchten abwechselnd, ihn in den Schlaf zu wiegen.

Bei schönem Wetter trug Sophie nachmittags, wenn Ruby sich hingelegt hatte, Kenneth in den Garten hinaus und legte ihn auf eine Decke unter den alten Birnbaum. Sie setzte sich zu ihm und bereitete das Gemüse fürs Abendessen vor oder schrieb Briefe, während er versuchte sich umzudrehen, scheiterte, weil er zu pummelig war, den nächsten Versuch startete und dabei vor Vergnügen krähte. Oft blieben die Karotten ungeschält, und die Briefe wurden nicht geschrieben, weil das Entzücken an dem Kind sie ganz in Anspruch nahm.

Sie fuhr Kenneth in dem großen, alten, dunkelblauen Silver-Cross-Kinderwagen spazieren, in dem schon Duncan und Stuart gelegen hatten. Er liebte es, die Sonnenstrahlen durch die wippenden Fransen an der Plane zu beobachten. In diesem Frühling lag eine sonderbare Stimmung über London. Die Wiederkehr der schweren Bombenangriffe, durch die alle sich in die frühen finsteren Tage des Krieges zurückversetzt fühlten, machte die Menschen gereizt und nervös. Wieder bildeten sich spätnachmittags Schlangen aus Frauen, Kindern und alten Leuten, die in den Untergrundbahnhöfen Zuflucht suchten. In der Stadt waren alle möglichen Gerüchte in Umlauf: dass der Kampf an der Westfront unmittelbar bevorstehe; dass ein Heer von unvorstellbarer Größe sich im Süden Englands sammele, um den Krieg nach Frankreich zurückzutragen; dass ganze Teile von Süd- und Ostengland zu militärischen Zwecken abgesperrt worden seien. Cafés und Parks waren von Mengen ausländischer Soldaten bevölkert, viele von ihnen Amerikaner. Militärlastwagen krochen durch schmale Straßen und Gassen, und auf dem Land, wo ein Manöver auf das andere folgte, fanden riesige Truppenbewegungen statt.

Das alles verlieh dem strahlenden Frühling eine beinahe schmerzliche Intensität. Die Blumen in den Kensington Gardens schienen Sophie in diesem Jahr farbenprächtiger als sonst, der Himmel schien in einem tieferen Blau zu leuchten. Nie Dagewesenes kündigte sich an, und ganz gleich, wie sehr sie versuchte sich abzulenken, ihre Gedanken schweiften immer wieder in die Zukunft, die mit Macht auf sie alle zukam. Sie, die ihren Bruder in einem früheren Krieg verloren hatte, behielt ihre Ängste für sich. Was, wenn das Unternehmen scheiterte? Was, wenn die Streitkräfte der Alliierten an den Küsten Frankreichs zurückgeschlagen wurden? Wie wollten sie die Verluste an Menschenleben ertragen und das Wissen, dass der Krieg immer weitergehen musste?

Im Großen Krieg, als sie beim Voluntary Aid Detachment, dem medizinischen Hilfsdienst, gearbeitet hatte, hatte Sophie mit ihren Rekonvaleszenten, wann immer möglich, die Kensington Gardens aufgesucht. Sie hatte die Männer in Rollstühlen auf diesen Wegen geschoben oder bei ihren ersten Gehübungen an Krücken begleitet. Sie hatte sich mit ihnen auf eine Bank gesetzt, wenn sie vor Müdigkeit nicht mehr weiterkonnten. Junge Menschen, versehrte Menschen, in deren Leben nichts mehr so war wie früher. Sie dachte an Duncan und Stuart. Beklemmung überfiel sie, und sie schob den Kinderwagen schneller.

Eigentlich sollte sie wohl stricken, dachte Thea, aber sie brauchte geistige Beschäftigung, deshalb setzte sie sich in diesem ungewöhnlich schönen Mai des Jahres 1944, während ihre Schwangerschaft fortschritt, häufig mit ihren alten Archäologiebüchern in den Green Park.

Oft allerdings schweiften ihre Gedanken ab. Zu Rowan, die nichts mehr von Josh gehört hatte. Thea kaufte ein und kochte, stopfte Rowans Strümpfe, bemühte sich, die Wohnung in Ordnung zu halten, wenn Rowans Freunde sich dort einquartierten, und hörte Abend für Abend zu, wenn Rowan von Josh redete. Sie hätte alles getan, um ihrer Schwester die Last zu erleichtern. Nur fürchtete sie, dass nichts diese Last erleichtern konnte. »Ich werde nicht zusammenklappen«, hatte Rowan an jenem Abend gesagt, als sie erfahren hatte, dass Josh vermisst war, und sie unter dem Schock zitternd auf dem Sofa saß. ›Wenn er nach Hause kommt, muss ich stark sein für ihn.‹ Thea wusste, dass Rowan hoffte, Josh sei irgendwo in Frankreich untergetaucht. Sie vermutete, dass sie sich an diese verzweifelte Hoffnung klammerte, weil sie glaubte, wenn ihr Wille nur stark genug sei, würde er sich erfüllen. Wenn es den Alliierten gelang, Frankreich zu befreien, würde Josh sicher und wohlbehalten aus seinem Versteck hervorkommen, und sie würden wieder glücklich sein. Rowan hatte das nie ausgesprochen, aber Thea wusste, dass sie darum betete.

Das strahlende Wetter hielt an, Hitze senkte sich wie ein sanfter Schleier über London, und Ende Mai rief Cormac an und sagte, er habe ein paar Stunden Urlaub. Sie traf sich am Waterloo Bahnhof mit ihm. Zu Hunderten strömten die Soldaten aus den Zügen. Es sei ihr letzter Urlaub vor der Einschiffung, erklärte ihr Cormac, als sie aus der Bahnhofshalle traten, und Thea wurde kalt vor Angst trotz der Wärme des Tages.

Restaurants und Pubs waren voller Männer in Uniform, die sich von ihren Frauen und Freundinnen verabschiedeten. In einer kleinen staubigen Parkanlage, dem einzigen Ort, wo sie etwas Stille gefunden hatten, setzten sie sich auf eine Bank. Thea umfasste Cormacs Hand und führte sie zu ihrem Bauch. »Fühl mal«, sagte sie. Die Bewegungen des Kindes waren ihr anfangs so zart erschienen wie das Schlängeln eines kleinen Fisches; doch in den letzten Wochen waren sie kräftiger geworden.

Er lächelte, dann sagte er: »Fahr nach Crawburn zur Entbindung, Thea, bitte. Da seid ihr sicher, du und das Baby.«

Sie schüttelte den Kopf. »Das kann ich nicht. Ich muss bei Rowan bleiben.«

Er umfasste ihre Hände. »Ich weiß nicht, wie lange ich wegbleibe. Monate vielleicht oder sogar ein Jahr. Mir wäre viel wohler, wenn du in Crawburn wärst. Nicola und mein Vater wollen auch, dass du kommst.«

Sie gab ihm einen Kuss. »Ich kann Rowan jetzt nicht alleinlassen. Das verstehst du doch, oder?«

Es bedrückte sie, wie nahe sie einem Streit gekommen waren.

Dann kam der Abschied. Cormac beugte sich weit aus dem Fenster und winkte, und sie sah dem Zug nach, bis sie ihn nicht mehr erkennen konnte. Sie stand noch da, als er längst verschwunden war, als all die anderen Frauen auf dem Bahnsteig längst gegangen waren.

Danach bekam sie noch einen Brief von ihm, dann Schweigen. Die Truppen waren in den Bereitstellungsräumen eingeschlossen, abgeschnitten von ihren Frauen und Familien. Es fuhren keine Züge mehr; in den großen Londoner Bahnhöfen, vor wenigen Tagen noch voller Menschen, herrschte jetzt gähnende Leere. Am 5. Juni kam die Nachricht von der Befreiung Roms durch die Alliierten. Am nächsten Morgen wurde gemeldet, dass in Frankreich Fallschirmjäger gelandet waren. Überall, in Cafés und Geschäften, lief den ganzen Tag das Radio. Gleich, wohin man ging, sobald es Nachrichten gab, wurde es mucksmäuschenstill. Im Lauf des Tages wurde berichtet, dass die alliierten Truppen zu Tausenden an der französischen Küste zwischen Le Havre und Cherbourg gelandet waren.

Die Menschen waren erleichtert, dass es endlich begonnen hatte, und doch auch voll Angst, was es bedeuten könnte. Thea dachte unablässig an Cormac, der sich mit Hunderten anderer Soldaten auf einem Schiff eingesperrt auf der Fahrt über den Kanal befand und bald an einem französischen Strand abgesetzt werden würde. Die BBC meldete, Angehörige würden eine Karte von den Soldaten erhalten, die am D-Day nach Frankreich gebracht worden waren. Thea wartete. Sie konnte sich nicht mehr auf die Archäologiebücher konzentrieren, und beim Stricken rutschten ihr die Maschen von den Nadeln.

In diesem kalten, wolkenverhangenen, tristen Juni stand London unter der Bedrohung einer ganz neuen Waffe, der ferngelenkten V-1. Neben den täglichen Nachrichten von den Kriegsschauplätzen im Osten und im Westen schürte jetzt das Unheil kündende Brummen der Raketen, die Tag und Nacht auf London herabstürzten, die allgemeine Angst und Nervosität.

Als Sophie eines Tages nach Hause in die Gilbert Street kam, fand sie Ed Willoughby in der Küche bei der Reparatur eines Stuhls vor, den er umgedreht vor sich stehen hatte.

»Ich hoffe, Sie haben nichts dagegen«, sagte er. »Ich habe im Schrank unter der Treppe ein paar Werkzeuge gefunden.«

»Er wackelt seit drei Jahren, nein, ich habe überhaupt nichts dagegen.«

»So.« Er stellte den Stuhl auf die Beine und rüttelte leicht an ihm. Er stand fest und sicher. Sophie dankte ihm. Ed fragte, ob es ihr recht sei, wenn er sich den Geschirrschrank einmal ansähe. Es war ein Küchenschrank französischen Stils, der stark gelitten hatte, als Duncan und Stuart ihn bei einer ihrer Rangeleien, für die sie damals längst zu alt gewesen waren, umgestoßen hatten.

»Ich würde mich freuen«, sagte sie.

Sie räumten das Geschirr aus, dann trug Ed den Schrank auf die Terrasse hinaus. Ihr fiel auf, mit welcher Leichtigkeit er den alten Schrank in die Höhe hob, als hätte er kein Gewicht. Sophie packte ihre Einkäufe aus, dann machte sie ihm Tee und ein Brot und trug das Tablett zu ihm hinaus.

»So was!« Sie klatschte in die Hände. »Er ist nicht mehr schief.«

Er trat einen Schritt zurück. »Ja, besser so, denke ich.«

»Machen Sie das beruflich?«

»Früher, ja, vor dem Krieg.« Er dankte ihr für den Tee. »Ich hatte eine Werkstatt. Ich habe Möbel restauriert und aus altem Holz neue Stücke gefertigt und auch Sonderwünsche erfüllt. Wenn Sie etwas Farbe hätten, könnte ich den Schrank ein bisschen aufmöbeln.«

»Ich habe nur noch kleine Reste.«

»Das macht nichts. Damit lässt sich etwas anfangen.«

»Aber nur, wenn es keine Zumutung ist.«

»Es ist keine Zumutung.« Er strich mit der Hand über den Schrank. »Es wäre mir eine Freude.«

Sie setzte sich an den schmiedeeisernen Tisch. »Und was machen Sie jetzt?«

»Tarnung«, antwortete er. »Ich helfe mit, Dinge anders erscheinen zu lassen, als sie sind. Es ist gar nicht so viel anders als das, was ich früher gemacht habe. Bei der Truppe wollten sie mich wegen dem hier nicht haben.« Er tippte auf sein Bein.

»Wie ist das passiert?«

»Ich wurde angeschossen. Neunzehn-achtzehn.« Er lächelte mit bitterer Ironie. »Es war die letzte Kriegswoche, es war praktisch vorbei, und ich schaffte es, mir noch zwei Kugeln einzufangen.«

»Mein Mann, Hugh, wurde in der Picardie am Arm verwundet.«

»Und ist alles gut verheilt?«

»Sein Arm ist wieder geheilt, mehr oder weniger.« Sie schwieg einen Moment. »Falls Sie das meinen. Ich habe mich oft gefragt, ob ihn der Krieg verändert hat. Ob er vor dem Krieg vielleicht ein anderer Mensch war.«

»Oh«, sagte er milde, »ich glaube, wir waren vor dem Krieg alle andere Menschen.«

Irgendwie schaffte es Ed, mit ein paar wenig verheißungsvollen Farbresten ein Wunder zu vollbringen. Der Schrank, vorher ein von Schrammen durchzogenes Braun, strahlte jetzt in Hellblau und Creme mit Rosen-und Geißblattgirlanden über den Bögen der Türen. Eine dicke Hummel hing über einer der Trompetenblüten des Geißblatts. Sophie war beeindruckt, dass ein so robust wirkender Mann wie Ed eine so zarte Arbeit hervorbringen konnte.

»Oh, Ed«, sagte sie, als er den Schrank in die Küche brachte und an seinen Platz stellte.

»Der ist aber schön geworden«, rief Ruby, die mit Kenneth auf dem Arm die Küche betrat.

»Es war mir eine Freude.« Damit ging er hinaus.

Ruby sah Sophie mit hochgezogenen Brauen an. »Er mag dich«, sagte sie leise.

»Unsinn«, versetzte Sophie verlegen. »Er will einfach nur helfen.«

»Doch, er mag dich.«

Ein paar Tage später fragte Ed Sophie, ob sie Lust habe, mit ihm etwas trinken zu gehen.

Ihr erster Impuls war, höflich abzulehnen. Aber er fügte hinzu: »Nur ein Glas. Eine halbe Stunde. Ich weiß, Sie haben viel zu tun«, und sie dachte an den Stuhl und den Geschirrschrank. Sie war sehr lange nicht mehr aus gewesen.

Sie zog sich ein Kleid über und machte sich die Haare. Lippenstift hatte sie nicht mehr, aber ihre Puderdose gab gerade noch so viel her, dass sie ihre glänzende Nase abdecken konnte. Ein paar letzte Tropfen *Je Reviens* und ein Blick in den Spiegel. Sie müsste sich dringend die Haare waschen, und sie hatte Sommersprossen auf der Nase. Tja, nicht zu ändern.

Sie gingen in einen Pub in der Nähe. Ed fand einen freien Tisch und holte am Tresen Bier für sie beide. Sie redeten über ihre Familien; Sophie erzählte ihm von Stuart und von Duncan und Sally und Rosalind in Lincolnshire. Ed zeigte ihr ein Foto einer lächelnden Frau mit lockigen Haaren und zwei kleinen Jungen, seine Tochter Bridget, die in Lancashire lebte, und seine Enkel, Zwillinge, Max und Lewis. Seine Frau Jenny war vor acht Jahren an Krebs gestorben. »Es war schlimm«, sagte er. »Man lernt, damit zu leben, man kann wieder lachen, aber das Leben ist danach nie wieder dasselbe.«

Er fragte sie, woran Hugh gestorben sei. An einer Lungenentzündung, sagte sie, und ohne es zu wollen, erzählte sie ihm alles, von Hughs zweiter Familie, seinen beiden Töchtern, von denen die eine, Rowan, als Krankenschwester arbeitete und die andere, Thea, verheiratet war und ein Kind erwartete. Sie erzählte ihm sogar von Sigrid und Sigrids Liebhaber, der Theas leiblicher Vater war. Er hörte ihr aufmerksam zu, bat sie nicht ein Mal, etwas zu wiederholen, was sie ziemlich beeindruckend fand. Sie hatte nicht vorgehabt, diese ganze komplizierte Familiengeschichte vor ihm auszubreiten, es kam einfach irgendwie dazu. Vielleicht, weil Ed einem das Reden so leicht machte, vielleicht weil sie Hugh immer nüchterner betrachten konnte. Alles, was seit Hughs Tod ihr Leben ausgemacht hatte – die Mieter, die Arbeit in der Nothilfe und beim Freiwilligendienst, Kaz und natürlich ihre Söhne, Schwiegertöchter und Enkelkinder –, war wichtiger geworden als Hughs Verrat, hatte ihn in den Hintergrund gedrängt.

Sie sagte: »Stuart meint, Hugh müsse vom Krieg traumatisiert gewesen sein.«

»Da kann er recht haben. Ich vermute, das waren wir alle bis zu einem gewissen Grad.«

»Er meint, Hugh könne nicht bei klarem Verstand gewesen sein, als er mich heiratete.«

Ed runzelte die Stirn. »Sophie, nach den Kämpfen in den

Gräben hatten wir alle den Glauben an das verloren, woran wir vor dem Krieg geglaubt hatten. Viele glaubten an gar nichts mehr. Jeder wollte nur durchkommen, wie er eben konnte. Ich kannte Männer, die sich an keine Regel mehr hielten, die gelogen und gestohlen haben. Sie haben getan, wovon sie dachten, es würde sie am Leben halten. Sie waren der Meinung, dass man sie betrogen hatte, und hatten keine Skrupel, genauso zu betrügen.«

Auf dem Heimweg fragte er sie, wie sie sich ihr Leben nach dem Krieg vorstelle.

»Ach, ich vermute, ich werde weitermachen wie bisher – mit meiner Familie, den Mietern … Und Sie?«

»Ich eröffne wieder ein Geschäft.«

»Möbelreparaturen?«

»Und Hausrenovierungen. Da wird es eine Menge Arbeit geben. Es macht doch ungeheuer viel aus, in welcher Farbe man ein Zimmer streicht und was für Möbel man hineinstellt, finden Sie nicht auch?«

Sie gewöhnte sich daran, dass Ed immer zur Stelle war, wenn sie ihn brauchte. In den fünf Jahren Krieg war das Haus entschieden heruntergekommen. Aber Ed nagelte das lose Stück Sockelleiste wieder fest und schaffte es in einem Geniestreich, den Anderson-Unterstand abzudichten, sodass er nicht mehr jedes Mal voll Wasser lief, wenn es regnete. Als ein Sturm die Stangenbohnen umgerissen hatte, hielt er sie hoch, während sie sie an den Rankhilfen festband. Wenn er früh genug nach Hause kam und die Mieter und Kenneth versorgt waren, machten sie einen Abendspaziergang und kehrten manchmal noch in einem Pub ein. Müdigkeit plagte sie alle die meiste Zeit. Gewiss, der Grad der Müdigkeit wechselte, aber nie war es so, dass man nicht müde war. Allein schon dieses ewige Schwanken zwischen Hoffnung und Verzweiflung, das die täglichen Nachrichten von den Kämpfen in der Normandie hervorriefen, war zermürbend. Und dann noch das alltägliche, beschwerliche Leben dazu.

Ed erzählte Sophie, dass er für die nächste Zeit von London nach Southampton versetzt worden sei. Sie waren dabei, nach dem Abendessen aufzuräumen. Vera spülte und Sophie trocknete. Aus dem Wohnzimmer war Rubys Stimme zu hören, die versuchte, den brüllenden Kenneth zu beruhigen.

»Ach, Ed«, sagte sie.

Vera fragte: »Wann geht's denn los?«

»Übermorgen.«

Sophie stellte einen Teller in Eds Schrank. Für sie war es jetzt nur noch Eds Schrank. »Sie werden uns fehlen.«

»Und *Sie* werden *mir* fehlen. Sehr.«

»Wissen Sie schon, für wie lange?«

Er schüttelte den Kopf. »Wochen oder Monate, ich habe keine Ahnung. Sie sollten das Zimmer vermieten.«

Er wollte etwas hinzufügen, aber da kam Ruby herein. »Er ist ganz heiß. Glaubst du, er hat Fieber, Sophie? Schau dir sein Gesicht an, es ist ganz rot.«

Das Telefon läutete. »Ich geh hin, ja?«, sagte Ed.

Ruby und Sophie brachten Kenneth nach oben, um zu sehen, ob ein Bad helfen würde. Als Sophie später wieder herunterkam, war Ed ausgegangen.

Am folgenden Abend – Vera war bei ihrem Chorabend, und Ruby brachte Kenneth zu Bett, der, wie sich herausgestellt hatte, eine Mittelohrentzündung hatte – kam Ed in die Küche und erbot sich, Sophie zur Hand zu gehen. Über den Spültisch gebeugt sagte sie: »Sie waren mir so eine Hilfe, Ed.«

»Das freut mich.« Er stellte Backförmchen ins oberste Fach eines Hängeschranks. Er reichte leicht hinauf; sie musste dazu immer auf einen Schemel steigen. »Ich weiß gar nicht mehr, wo ich in den letzten Jahren überall gewohnt habe. Manchmal war es ganz in Ordnung, manchmal war's ziemlich schlimm. Aber nirgends war es wie hier.«

»Danke, wie nett, dass Sie das sagen. Ich stelle mir immer vor, wie sehr meinen Mietern wahrscheinlich die Familie fehlt, deshalb versuche ich, es ihnen so angenehm wie möglich zu machen.«

»Es liegt an Ihnen.« Er klappte die Schranktür zu. »Ihretwegen war ich hier glücklich, Sophie.«

Draußen läutete es, und Sophie eilte hinaus. Eine Bekannte vom Freiwilligendienst stand mit einer kleinen Familie vor der Tür. Mrs Wright und ihre zwei Kinder, beide im Schulalter, waren am Nachmittag ausgebombt worden. Ob Sophie sie für die Nacht bei sich aufnehmen könne. Sophie sprang in solchen Notsituationen manchmal ein. Sie richtete provisorische Betten im Gemeinschaftsraum der Mieter, machte der Familie etwas zu essen und suchte aus einem Sack mit gebrauchten Anziehsachen, den sie für solche Fälle dahatte, Kleidungsstücke für Mutter und Kinder heraus. Es war nach neun, als alles erledigt war. Sie kochte sich eine Tasse Tee und ließ sich aufatmend in einen Sessel in ihrem Wohnzimmer sinken. Als sie hochschreckte, war es finster, die Verdunkelung nicht heruntergelassen, die Tasse Tee neben ihr unberührt. Sie trank den Tee, ohne das Licht einzuschalten, dann verdunkelte sie und ging nach oben. Es war nach elf, wie sie auf der Uhr im Flur sah. Ihr

Blick flog zur Tür von Eds Zimmer. Sie waren nie dazugekommen, ihr Gespräch zu Ende zu führen. Sie überlegte kurz, ob sie klopfen sollte. Nein, er schlief vielleicht schon.

Am nächsten Morgen machte sie gerade das Frühstück, als Ed in die Küche kam. Er sah sehr korrekt aus in Anzug und Krawatte und trotzdem, dachte sie liebevoll, irgendwie zerknautscht.

»Ich wollte Ihnen danken«, sagte er, »dass Sie so gut für mich gesorgt haben.«

»Ed, Sie haben doch für uns gesorgt.«

Sie wechselten noch ein paar Worte des Abschieds, dann ging er. Ihre Stimmung sank abrupt. Da wurde die Tür wieder geöffnet. Sie hob den Kopf.

»Ich kann das nicht. Ich kann nicht einfach so gehen, Sophie. Ich möchte Sie wiedersehen. Wäre das möglich?«

»Ich weiß nicht.« Sie war plötzlich in Panik.

Seine Miene veränderte sich. »Natürlich, ich verstehe.«

Sie versuchte, es ihm zu erklären, hastig, in abgerissenen Sätzen. »Bitte glauben Sie nicht, dass ich Sie nicht mag … im Gegenteil, ich mag Sie sehr. Es ist nur … ich bin mir nicht sicher … ich bin mir nicht sicher, ob ich mir vorstellen könnte … noch einmal …«

Ed nahm einen Stift aus der Tasche und schrieb etwas auf einen Zettel. »Das ist meine Adresse«, sagte er. »Wenn Sie mir schreiben würden, Sophie, würde mich das sehr freuen. Und wenn ich nichts von Ihnen höre, dann ist das auch in Ordnung. Ich werde es akzeptieren und Sie in Ruhe lassen.«

Sobald er die Haustür hinter sich zugezogen hatte, wäre sie ihm am liebsten nachgelaufen. Warum zum Teufel hatte sie nicht gesagt: Ja, bitte, bleiben Sie in Verbindung, ich mag Sie wirklich sehr, und das Haus wird ohne Sie nicht dasselbe sein, und ich wünschte, Sie müssten nicht fort?

Sie faltete den Zettel, auf den Ed seine Adresse geschrieben hatte, und legte ihn oben in ihrem Schlafzimmer in die oberste Schublade der Kommode. Wenig später ging sie mit Ruby, Kenneth und der obdachlosen Familie aus dem Haus, um Mrs Wright und ihre Kinder aufs Gemeindeamt zu begleiten, während Ruby mit Kenneth den Kinderarzt aufsuchte. Sobald Mrs Wright alle nötigen Formulare erhalten hatte und damit beschäftigt war, sie auszufüllen, ging Sophie ihre Einkäufe machen. Sie stand in der Schlange beim Fleischer, als sie das Brummen der ersten V-1 des Tages hörte und gleich darauf das Heulen der Sirenen. Zusammen mit allen anderen rannte sie zum nächsten U-Bahnhof. Im Dämmerlicht des schmutzigen Schachts sitzend, ließ sie noch einmal das Gespräch mit Ed an sich vorüberziehen. Sie hatte dagestanden wie ein Ölgötze und kaum etwas gesagt. Doch bei all ihrem Ärger über sich selbst hatte sie auch Hoffnung. Sie würde ihm gleich heute Nachmittag schreiben. Sie würde ihm zu erklären versuchen, warum sie gezögert hatte, dass die Angst sie stumm gemacht hatte, die Angst davor, die Liebe noch einmal in ihr Leben zu lassen.

Endlich wurde Entwarnung gegeben. Sie überlegte, ob sie sich noch einmal beim Fleischer anstellen sollte, als sie jemanden sagen hörte, dass in South Kensington eine V-1 eingeschlagen hatte. In Panik rannte sie nach Hause. Sie hätte Ruby und Kenneth aufs Land schicken sollen. In London waren sie nicht mehr sicher. Es war dumm und egoistisch von ihr gewesen, sie bei sich zu behalten.

Als sie sich der Ecke zur Gilbert Street näherte, sah sie die Rauchwolke, hörte die lauten Rufe der Feuerwehrleute. Sie rannte schneller. »Bitte, lieber Gott, gib, dass sie nicht nach Hause gegangen sind, bitte, bitte, lieber Gott.«

Sie bog um die Ecke. In der Häuserreihe, dort, wo ihr Haus gestanden hatte, klaffte eine Lücke. Sie drückte die Hand auf den Mund, sie konnte nicht einmal mehr beten. Als sie vorwärtsstürzte, hielt ein Feuerwehrmann sie auf.

»Mein Enkel ... meine Schwiegertochter ...« Tränen liefen ihr übers Gesicht.

»Sind sie das nicht da drüben?«

Ihr Blick folgte dem ausgestreckten Arm zur anderen Straßenseite, und da stand Ruby mit dem Kinderwagen. Ihre Knie gaben nach, glühende Hitze überschwemmte sie von Kopf zu Fuß. Sie musste sich an die Mauer lehnen und einen Moment die Augen schließen.

Ein Krater gähnte in der Straße, wo vorher das Haus ihrer nächsten Nachbarn gestanden hatte. Ihr eigenes Haus sah aus, als wären das Dach und das obere Stockwerk mit den Schlafzimmern und dem Bad mit einer scharfen Klinge abrasiert worden. Und rund um das Haus lagen staubige, rauchende Schutthaufen, Backsteinbrocken, gesplittertes Holz zerschmetterte Fliesen, alles durchnässt vom Wasser aus den Feuerwehrschläuchen.

Ihr Trost war die Gewissheit, dass Ruby und Kenneth nichts passiert war. Und die Anteilnahme von Freunden. Es wurde telefoniert, Telegramme wurden verschickt. Nachbarn taten sich zusammen und spendeten Windeln und Kleidung für Kenneth. Vera Cornish trottete mit ihr von der Notunterkunft zum Gemeindeamt und zur Bank und wartete geduldig auf sie, während sie Anträge auf Neuausstellung von Lebensmittelkarten, Ausweisen und Scheckbüchern und auf Zuweisung staatlicher Unterstützung ausfüllte. Viola besorgte Bahnkarten, und Ruby und Kenneth wurden nach Lincolnshire zu Duncan und Sally geschickt. Sophie blieb in London und schlüpfte bei Viola unter. Reste ihres bisherigen Lebens, die man aus den Trümmern geborgen hatte, wurden ihr zurückgebracht: ein durchnässtes Konversationslexikon, ihre Schreibmappe und Kaz' Halskette. Sie wusch und säuberte sie in Violas Küche im Spülbecken. Der Verschluss war verbogen, doch abgesehen davon hatte sie die Katastrophe heil überstanden.

Zwei Tage später kehrte Sophie noch einmal in die Gilbert Street zurück. Eine Nachbarin lud sie zu einer Tasse Tee ein und überreichte ihr eine Tasche mit Dingen, die aus dem zerstörten Obergeschoss geborgen worden waren. Danach ging sie über die Straße und sah sich an, was von dem Haus geblieben war, in dem sie mit ihrer Familie gelebt und ihre Kinder großgezogen hatte. Der Zugang war abgesperrt. Das Erdgeschoss des Hauses schien mehr oder weniger verschont geblieben zu sein, doch vom oberen Stockwerk waren nur Schutt und Asche übrig.

Sophies Blick wanderte über den Schauplatz der Verwüstung. Da lagen ein Bein ihres Toilettentischs und dort ein in zwei Teile gebrochenes Keramikbecken. Scherben farbiger Glasbehälter aus dem Badezimmer sprenkelten wie staubblinde Edelsteine die Trümmerhaufen – und dazwischen, o Gott, lag das Kopfbrett von Kenneths Bettchen mit dem Häschenbild darauf. Hier und dort hingen nasse Stofffetzen, vielleicht von Kleidungsstücken oder Vorhängen, in bräunlichroten Verschlingungen über Gesteins- und Ziegelbrocken, die einmal ein Teil ihres Hauses gewesen waren. Nicht eine Schublade oder ein Knauf der Kommode aus ihrem Schlafzimmer war geblieben. Der Zettel, auf dem Ed ihr seine Adresse aufgeschrieben hatte, war für immer verloren. »Wenn ich nicht von Ihnen höre, werde ich das akzeptieren und Sie in Ruhe lassen«, hatte er gesagt. Damit, dachte Sophie, war dieses Kapitel wohl erledigt.

An Violas Küchentisch sahen sie die Tasche durch, die die Nachbarin ihr mitgegeben hatte. Sie zog eine leere Puderdose heraus. Dann einen Morgenrock voller Ziegelstaub. Dann ein paar Bücher und einen Lampenständer aus Holz.

Und ganz unten noch etwas. Sophie schnaubte entnervt. Das hatte gerade noch gefehlt.

»Was ist das?«, fragte Viola.

»Mein Fotoalbum.« Sophie nahm es aus der Tasche. »Ach, Vi«, sagte sie und wischte eine Träne weg. »Dass ausgerechnet das überlebt hat!«

Rowan erinnerte sich an das Gespräch mit Josh, bei dem sie sich darin einig gewesen waren, man solle immer sein Bestes tun, gleich, was es sei. Sie bemühte sich also, bei der Arbeit ihr Bestes zu geben und dafür zu sorgen, dass Thea, die im siebten Monat war, gesund blieb. Und sie hielt die Verbindung zu jenen Freunden aufrecht, die in London geblieben waren. »Dranbleiben«, auch das hatte Josh gesagt, und das tat sie trotz der Leerstelle in ihrem Leben.

Beim Absprung hatte es eine Panne gegeben, hatte Alex an dem Abend bekannt, als er ihr die Hiobsbotschaft gebracht hatte. »Ich darf es Ihnen eigentlich nicht sagen, aber Josh ist mit dem Fallschirm in Frankreich abgesetzt worden. Unsere Leute dort sollten ihn in der Landezone aufnehmen, aber er ist nie angekommen. Der Pilot sagte, die Wetterverhältnisse hätten sich plötzlich verschlechtert und Wind sei aufgekommen. Es kann also sein, dass er vom Kurs abgetrieben wurde.«

Der Wind konnte seinen Fallschirm in einen Fluss oder

Bach getrieben haben. Josh konnte sich bei der Landung verletzt haben. Er konnte gefangen genommen und als Spion erschossen worden sein. Sie versuchte, sich solche Gedanken aus dem Kopf zu schlagen. An einem guten Tag gelang ihr das, mehr oder weniger, aber in einer schlimmen Nacht stellte sie sich vor, wie der Fallschirm einer Feder gleich durch den Nachthimmel taumelte und vom Wind in die Äste eines Baumes gedrückt wurde.

Sie *fühlte* nicht, dass er tot war. Er war, nur vier Tage nachdem sie sich getrennt hatten, vermisst gemeldet worden. Sie hatte da schon wieder gearbeitet, aber ihr Gefühl hatte ihr nichts gesagt. An den guten Tagen war sie überzeugt, dass sie es gefühlt hätte, wenn Josh etwas zugestoßen wäre. Sie sagte das niemandem, weder Alex noch Artemis, nicht einmal Thea. Sie fürchtete sich davor, das Mitleid in ihrem Blick zu sehen, auch wenn sie ihr nicht widersprechen würden. Der einzige Mensch, dem sie sich anvertraute, war Joshs Mutter, die genauso empfand wie sie.

Julia Makepeace schrieb ihr. »Josh hat mir Ihre Adresse gegeben, bevor er abreiste. Ich würde Sie gern kennenlernen, Mrs Scott.«

Sie verabredeten sich zum Tee, sobald Julia nach London kommen würde. Julia Makepeace war eine resolute Frau, schön, charmant, wohlerzogen und elegant in hellem Wollrock und beigefarbenem Kaschmirpullover. Sie schenkte den Tee ein und reichte Rowan eine Tasse.

»Josh ist klug und vernünftig, ein heller Kopf«, sagte sie. »Er wird sich versteckt halten, bis die Luft wieder rein ist.« Ihr Ton war heftig, und ihre grünbraunen Augen – Joshs Augen – funkelten Rowan an, als wollten sie sagen, unterstehdich, mir zu widersprechen.

»Er kann im Dunklen sehen«, sagte Rowan.

Julia Makepeace lachte kurz. »Ja, das konnte er schon immer, der Halunke. Möchten Sie ein Stück?« Sie bot Rowan eine Platte mit Gebäck an.

»Nein danke.«

»Keinen Appetit? Ich auch nicht. Ich packe sie Ihnen ein, und Sie nehmen sie für Ihre Kolleginnen mit. Krankenschwestern sind immer hungrig, habe ich mir sagen lassen.«

Rowan verfolgte den Vormarsch der Alliierten auf dem französischen Festland täglich auf der Karte. Julia hatte recht, dachte sie, Josh war klug und vernünftig. Wenn jemand eine Fallschirmlandung auf feindlichem Boden überleben konnte, dann Josh.

In den schlimmen Nächten höhnten die Stimmen in ihrem Kopf, dass niemand, sei er noch so schlau und umsichtig, gegen das Schicksal gefeit war.

Sie hielt an ihrem kindlichen Aberglauben fest. Wenn sie nicht nach ihm Ausschau hielt, wenn sie aus dem Krankenhaus kam … wenn sie nicht auf einen Brief oder einen Anruf hoffte … wenn sie einfach mit gar nichts rechnete … dann würde alles gut werden. Josh hatte seine eigene Art, die Dinge nicht zu beschreien. Deshalb hatte er gesagt: »Ich möchte dir so vieles sagen, aber es wäre nicht fair.« Auch er hatte Angst davor gehabt, zu viel zu hoffen.

Alex war mittlerweile zurück in England, um die Verwundungen auszuheilen, die er in der Normandie erlitten hatte. Rowan besuchte ihn im Lazarett, saß an seinem Bett und sah, was die Granatsplitter mit seinem einst sympathischen und so wenig auffallenden Gesicht angerichtet hatten. Nach seiner Entlassung besuchte er sie ein- oder zweimal die Woche, immer noch vorsichtig bei jeder Bewegung wegen seiner Rippenbrüche. Sie sprachen viel von Josh.

Rowan versuchte, nicht über das Leben nachzudenken, das ihnen nicht gegönnt gewesen war. Sie versuchte, nicht an das gemeinsame Zuhause zu denken, das sie gehabt hätten, und nicht an die Jahre, die sie gemeinsam verbracht hätten. Und nicht bitter darüber zu sein, dass sie nicht schwanger war wie Thea. Aber in manch einer schlimmen Nacht kam sie gegen solche Gedanken nicht an. Wenn sie sein Kind erwartete, könnte sie ein Stück von ihm an ihr Herz drücken, und es würde ihr durch die dunklen Monate und Jahre helfen, die vor ihr lagen.

Sophie wusste nicht, was sie mit sich anfangen sollte. Sie fühlte sich unbehaust. Doug war auf Urlaub zu Hause, und da sie ihm und Viola nicht im Weg sein wollte, sah sie zu, dass sie tagsüber außer Haus war.

Manchmal besuchte sie Freunde, aber häufig streifte sie einfach ziellos durch die Straßen. »Wie stellen Sie sich Ihr Leben nach dem Krieg vor?«, hatte Ed sie gefragt, und sie hatte geantwortet: »Ich vermute, ich werde weitermachen wie bisher. Mit meiner Familie, den Mietern.« Ja, von wegen, sagte sie sich bitter, jetzt nicht mehr. Das Haus war unbewohnbar, die Mieter waren in alle Winde zerstreut, ihre Schwiegertochter und ihr Enkel lebten in Lincolnshire. Ihre weltliche Habe, alles, was man aus dem Erdgeschoss des Hauses gerettet hatte, war in den Gartenschuppen und Garagen hilfsbereiter Nachbarn untergebracht. Sophie besaß nur noch die Kleider, die sie am Leib trug, ein paar Sachen, die Viola ihr geschenkt hatte, eine leere Puderdose, eine Halskette aus Granaten und Diamanten, eine Lampe, die wahrscheinlich nie wieder funktionieren würde, ein Konversationslexikon, dessen Inhalt größtenteils unleserlich war, und ein Fotoalbum, das sie seit Jahren nicht aufgeschlagen und von dem sie oft gedacht hatte, es wäre am besten im Ofen aufgehoben. Aber wie sollte man es fertigbringen, die Bilder seiner kleinen Söhne ins Feuer zu werfen?

Sie würde noch einmal von vorn anfangen müssen. Aber irgendwie schien ihr die Puste ausgegangen zu sein. Sie war *heimatlos.* Sie hatte das Wort während des Krieges oft genug gehört, in Bezug auf Flüchtlinge und Ausgebombte – und auf Kaz, natürlich –, aber nie in seiner ganzen Bedeutung erfasst. Jetzt fühlte sie sich genau so: heimatlos. Sie wusste nicht mehr, wohin sie gehörte. Es war, als wäre sie ständig auf der Suche nach einem Ort für sich und unfähig, ihn zu finden.

Manchmal fühlte sie sich auf absurde Weise beschwingt. Kein Haus in Ordnung zu halten, keine Windeln zu wechseln, kein Garten zu jäten. Die letzten sechseinhalb Jahre hatte Arbeit ihre Tage und Nächte ausgefüllt, zuerst der Kampf ums Überleben nach Hughs Tod, dann der Krieg. Und jetzt, nichts. In Fassungslosigkeit, Trauer und Verwirrung mischte sich ein Anflug von Erleichterung.

Das Album plagte sie, ein unerledigtes Stück Vergangenheit, das von seinem Platz in ihrem Zimmer aus (dem Zimmer von Violas Sohn Tom mit seinen alten Modellautos und Schuljahrbüchern) ihrer zu spotten schien. Sie erinnerte sich, wie sie kurz nach Hughs Tod versucht hatte, ihn aus einem der Fotos herauszuschneiden. In ihrem Zorn war ihr die Schere abgerutscht, sie hatte einen kleinen Stuart zerschnitten und sich entsetzlich gefühlt.

Eine ihrer ziellosen Wanderungen führte sie am St.-Anne's-Krankenhaus vorbei. In einem Zeitungsgeschäft in der Nähe kaufte sie eine Postkarte, schrieb ein paar Zeilen darauf und gab sie am Empfang für Rowan ab. Am folgenden Tag kam ein Brief mit einer Einladung von Rowan.

Rowan erwartete sie an der Tür ihrer Wohnung und führte sie herein. Thea, hochschwanger, erhob sich schwerfällig aus einem Sessel und gab ihr einen Kuss auf die Wange. Sophie erkundigte sich nach Theas Befinden, und dann sprachen sie ein wenig über Theas Mann, der in Frankreich an der Front war. Während Rowan in der Küche Tee machte, erzählte Thea Sophie leise, dass Rowans Freund vermisst war und sie nicht darüber reden wollte. Deshalb wechselte Sophie schnell das Thema, als Rowan mit dem Teetablett auftauchte, und erzählte von der Gilbert Street.

»Dein schönes Haus«, sagte Thea teilnahmsvoll. »Das tut mir so leid. Es muss scheußlich sein für dich.«

»Wenn du nicht weißt, wohin, komm einfach hierher«, schlug Rowan vor. »Hier ist Platz genug. Einer mehr oder weniger spielt keine Rolle.«

Sophie hatte in letzter Zeit viel Hilfsbereitschaft erfahren, aber dieses Angebot von Hughs Tochter, als wäre es das Natürlichste von der Welt, der in Not geratenen Zweitfrau des eigenen Vaters unter die Arme zu greifen, rührte sie beinahe zu Tränen. Sie dankte Rowan mit belegter Stimme, dann nahm sie das Album aus ihrer Tasche und legte es auf den Tisch.

»Das wurde gerettet«, sagte sie. »Das Einzige, was ich gern in Flammen hätte aufgehen sehen. Ich weiß nie, was ich damit machen soll, und mach dann jedes Mal gar nichts.«

Thea schlug das Album auf und lächelte. »Ach, Sophie«, sagte sie, den Blick zu dem Buch gesenkt. »Das ist Dad, nicht?«

Eine Aufnahme von Hugh Craxton in Uniform. Neben ihm stand Sophie in einem weißen Kleid mit Spitzenkragen.

»Gott, war ich damals jung – gerade einundzwanzig. Hugh wollte ein Foto von mir mit nach Frankreich nehmen. Ich war Hilfsschwester. Ein ganz kleines Licht.«

»Bettpfannen und Infusionen«, sagte Rowan und stellte Sophie Tasse und Untertasse hin.

»Und Putzen.« Sophie griff nach der Tasse. »Wir mussten ständig putzen. Ich weiß nicht mehr, warum. An die eigentliche Pflege haben sie uns gar nicht gelassen. Bei den freiwilligen Pflegekräften, die nach Frankreich geschickt wurden, war das etwas anderes, die mussten sich um die Verwundeten kümmern, aber ich habe in einem privaten Genesungsheim gearbeitet. Wir waren nur bessere Dienstmädchen … und die Schwestern waren Drachen. Eine hat mich regelmäßig zum Heulen gebracht. Sogar die Männer, die Patienten, hatten Angst vor ihr.«

»Dad auch?«, fragte Thea.

Sophie schüttelte den Kopf. »Nein, Hugh nicht. Nichts und niemand konnte Hugh Angst machen. Er fürchtete sich vor nichts. Er hat immer genau das getan, was er wollte.« Sie seufzte. »Ich habe ein paar Fotos für Stuart aufgehoben. Duncan sag ich gar nichts, der will davon sowieso nichts wissen. Aber ich dachte, ihr beide würdet sie euch vielleicht gern anschauen. Ich weiß nicht, was ich mit dem Album machen soll. Ich habe keine Lust, das blöde Ding mit mir rumzuschleppen, aber irgendwie schaffe ich es auch nicht, es einfach wegzuwerfen.«

»Ich hebe es für dich auf, wenn's dir recht ist«, sagte Thea.

»Wirklich?«

»Ja. Irgendwie ist es ja auch unsere Geschichte.«

Thea blätterte in dem Album. Sophies Blick fiel auf Momentaufnahmen von Hugh: in seiner Wanderkluft, mit

Duncan in den Armen oder an einem Strand, neben einer Sandburg stehend.

Rowan sagte: »Ich frage mich, ob er überhaupt jemanden von uns wirklich geliebt hat.«

Thea wandte sich ihr zu. »Ganz bestimmt, Rowan. Er hat uns alle geliebt. Überleg doch mal, was für eine Mühe ihn das gekostet haben muss, zwei Familien, die er unbedingt auseinanderhalten musste! Wieso hätte er das alles auf sich nehmen wollen, wenn es ihm egal gewesen wäre? Und er hat's sicher nicht nur getan, weil er Angst hatte, dass alles rauskommt. Sophie hat's ja schon gesagt, Dad hat sich vor nichts gefürchtet.«

»Hm …« Rowan zog die Augenbrauen zusammen. »Vielleicht.«

Thea blätterte zur nächsten Seite. Sophie war froh, das Album abgegeben zu haben. Hatte Thea recht, hatte Hugh sie alle geliebt? Sie konnte es nicht sagen.

Ihre Gedanken waren immer bei Josh. Täglich verfolgte Rowan in den Zeitungen und über das Radio den Vormarsch der alliierten Truppen in der Normandie, verschaffte sich zu Hause auf einer Karte Überblick über die Kriegsschauplätze. Sie versuchte, sich keine zu großen Hoffnungen zu machen, als die Alliierten immer weitere Teile Frankreichs zurückeroberten und das Kriegsglück sich endlich zu ihren Gunsten wendete, aber es gelang ihr nicht. Jetzt mussten sie ihn bald finden. Wenn sie abends aus der Aufnahmehalle des Krankenhauses ins Freie trat, war sie angespannt. Ob sie wollte oder nicht, sie suchte in der Menge nach Alex. Er hatte ihr versprochen, sich zu melden, sobald er etwas hörte. Sie würde es ihm ansehen, ob die Nachricht gut oder schlecht war.

Im Krankenhaus behandelten sie vor allem Opfer der V-1-Angriffe. Hinzu kam eine Masernepidemie. Nachts arbeitete Rowan auf einer Infektionsstation, abseits vom Haupttrakt des Krankenhauses. Sie und eine Lernschwester waren allein verantwortlich für zweiunddreißig fleckenübersäte, niesende, hustende, schniefende, hochinfektiöse Kinder, Säuglinge in Sauerstoffzelten und Fünf- bis Sechsjährige mit Bronchitis, Lungenentzündungen und Bindehautentzündungen. Bei Fliegeralarm mussten alle Kinder in den Luftschutzkeller gebracht werden. Die älteren Kinder mussten geweckt und in Decken gepackt werden, während die kranken Säuglinge aus den Sauerstoffzelten genommen und von den Schwestern hinuntergetragen wurden.

Eines Tages, als sie nach der Entwarnung alle Kinder gerade wieder auf die Station gebracht hatten, heulten die Sirenen von Neuem los. Rowans Lernschwester, ein dünnes Mädchen mit Brille, zog die Augenbrauen hoch. »Was für eine lausige Nacht.«

Sie packten die Kinder wieder ein und brachten sie in den Luftschutzkeller hinunter. Rowan lief noch einmal in die Station zurück, um einen schwer kranken Säugling zu holen, der seit drei Tagen mit starken Atembeschwerden unter dem Sauerstoffzelt lag. Es war der gewohnte Höllenlärm: Bombenschläge und Flakfeuer. Weiß Gott, eine lausige Nacht, dachte sie und fühlte sich selbst entsprechend. Sie hatte Kopfschmerzen und fürchtete, dass eine Migräne im Anzug war. Sie waren völlig unterbesetzt, nachdem viele Krankenschwestern sich freiwillig zum Dienst an der Front in Frankreich gemeldet hatten. Niemand hatte jetzt Zeit, krank zu werden.

Sie hob den Kleinen aus dem Zelt, als in unmittelbarer Nähe eine Bombe einschlug. Das ganze Gebäude bebte von der Erschütterung. Rowan stürzte zu Boden, schaffte es aber, das Baby sicher in den Armen zu halten. Zitternd rappelte sie sich auf und rannte in den Keller hinunter. Als sie, von Kopfschmerzen und einem Kratzen im Hals geplagt, mit dem Kind in den Armen in dem fensterlosen Raum saß, wurde ihr mit einem Sturz in tiefste Aussichtslosigkeit klar, dass all ihr Hoffen vergeblich gewesen war. Wenn Josh untergetaucht wäre, hätte man ihn inzwischen gefunden. Jenes Gebiet Frankreichs, in dem er abgesprungen war, war längst befreit. Besser, sich damit abzufinden, dass er tot war, und sich nicht länger zu quälen. Sie hatte die Hoffnung über Monate aufrechterhalten, jetzt konnte sie nicht mehr. Sie war zu müde.

Zwei Stunden später gaben die Sirenen Entwarnung, und sie trugen die Kinder wieder hinauf in die Station. Jemand kam mit einem Servierwagen vorbei, aber Rowan brachte keinen Bissen hinunter. Die Stunden bis zum Ende ihrer Schicht erschienen ihr endlos. Am liebsten hätte sie den Kopf auf den Schreibtisch gelegt und geschlafen. Als sie endlich Dienstschluss hatte, zog sie ihr Cape über, schleppte sich zum U-Bahnhof und ließ sich im Zug auf den nächsten freien Platz fallen. Sie wusste, dass sie sich fangen musste, bevor sie zu Hause mit Thea zusammentraf, aber heute Abend war es schwer. Von heftigem Juckreiz geplagt stieg sie, erhitzt und todmüde, in Covent Garden aus und nahm den Weg zur Macklin Street. Ihr war viel zu warm; sie riss sich das Cape herunter.

Thea hatte sie offenbar kommen hören; sie empfing sie an der Tür. »Rowan«, sagte sie nur, nahm sie bei der Hand und führte sie ins Wohnzimmer, wo Alex Moore wartete.

Rowans Herz begann zu rasen.

»Er lebt, Rowan!«, rief Alex ihr entgegen. »Sie haben

Josh gefunden, und er lebt, und er wird bald wieder ganz gesund sein.«

Das Zimmer verschwamm in grünlichen Nebeln; sie schwankte und wäre gestürzt, hätte nicht Alex sie gehalten.

Als sie die Augen öffnete, lag sie auf ihrem Bett. Alex saß neben ihr. »Thea macht Ihnen einen Tee.«

»Was ist mit ihm?«, flüsterte sie. Tränen liefen ihr über das Gesicht.

»Er wird bald wieder ganz gesund sein«, sagte Alex noch einmal. Er lächelte. »Er hat ein gebrochenes Bein und Schlimmes erlebt, aber er kommt nach Hause, Rowan.« Dann sagte er bedauernd: »Ich habe Sie erschreckt. Das tut mir leid.«

Ihr war schwindlig vor Glück, doch körperlich fühlte sie sich hundeelend. Sie setzte sich halb auf, öffnete eine Manschette ihrer Bluse und sah sich ihren Arm an.

»Sie waren das nicht, Alex«, sagte sie. »Sie haben mir die schönste Nachricht der Welt gebracht.« Sie hob den Kopf, als Thea ins Zimmer kam. »Thea, haben wir die Masern gehabt? Nein, komm nicht in meine Nähe, Darling, ich bin vielleicht hoch ansteckend. Erinnerst du dich, ob wir je die Masern hatten?«

Der Soldat, der Thea gegenübersaß, holte ihren Koffer aus dem Gepäcknetz und öffnete ihr die Tür. Auf dem Bahnsteig, tief im Herzen des ländlichen Northumbria, blieb sie einen Moment stehen und sog die weiche, milde Luft ein.

Dann ging sie hinaus zur Bushaltestelle. Wolkenfetzen zogen über den klaren blauen Himmel und breiteten Schattenbilder wie Olivenhaine auf die lichtgrünen Hänge. Rowan lag mit Masern auf der Isolierstation des Krankenhauses, und da sie sich beide nicht erinnern konnten, ob

Thea als Kind die Masern gehabt hatte, hatte Thea in aller Eile ihren Koffer gepackt, um nach Northumberland, zu Cormacs Familie in Crawburn, zu reisen.

Der Bus kam, sie stieg ein und bezahlte. In ihren Sitz zurückgelehnt, legte sie eine Hand auf ihren Bauch und spürte den Bewegungen ihres Kindes nach. Er oder sie würde hier geboren werden. Ihr Sohn oder ihre Tochter würde aufwachsen, wo Cormac aufgewachsen war, und darüber freute sie sich. Ihr Kind würde hier Wurzeln schlagen und Teil einer großen, liebevollen Familie werden. Und es würde keine Geheimnisse mehr geben.

Teil 3

Abschied von der Insel

1945–1946

19

Oktober 1945–Januar 1946

Das obere Stockwerk und das Dach des Hauses in der Gilbert Street waren instand gesetzt, Sophie, Stuart, Ruby und Kenneth waren vor vierzehn Tagen wieder ins Haus eingezogen. Stuart war an diesem Nachmittag arbeiten, und während Ruby mit Kenneth Freunde besuchte, nahm Sophie an den Fenstern Maß für neue Vorhänge. In den oberen Räumen hing noch der Geruch von feuchtem Mörtel. Farbe und Tapeten waren Mangelware, deshalb mussten einige der bräunlichroten Wände vorläufig unverputzt bleiben.

Der Krieg war vorbei, aber nicht die Rationierung. Alles war knapp. Sophie, die wusste, dass sie sich glücklich preisen konnten, ein Dach über dem Kopf zu haben in diesen Zeiten, da so viele andere Familien obdachlos oder notdürftig bei Verwandten untergekommen waren, behielt ihr Gefühl, dass das Haus nicht mehr dasselbe war, für sich. Die Gewissheit, dass etwas verloren gegangen war, ließ sich dennoch nicht vertreiben. Nur in den unteren Räumen schienen ihre Erinnerungen fortzuleben. Maßband, Stift und Block in der Hand, ging sie von Raum zu Raum. Hier, im Flur, hatte ihre erste Begegnung mit Ruby stattgefunden, die sie so schnell lieb gewonnen hatte. Dort, in Hughs Arbeitszimmer, jetzt der Gemeinschaftsraum der Mieter, hatte sie begonnen, seinen Verrat in seinem ganzen Ausmaß zu entdecken. Und da, im Wohnzimmer, hatte Kaz ihre Haare gestreichelt. »So wunderschöne Haare, Zosia. Wie Seide.«

Sophie ging in die Küche, kletterte auf die Geschirrablage des Spültischs und maß im Knien das Hinterfenster aus. Auch der Garten hatte bessere Zeiten erlebt. Von dem alten Birnbaum, den ein Gewittersturm im Sommer gefällt hatte, war nichts geblieben als eine Narbe im Gras und die Scheite, die Stuart geschnitten hatte. In der letzten Woche hatten Stuart und Duncan den alten Anderson-Unterstand demontiert und die Wellblech- und Eisenplatten im Schuppen abgestellt, wo Kenneth nicht an sie herankam. Sophie hatte das Herbstlaub zusammengefegt und Stuart die Gemüsebeete umgegraben. Freunde und Nachbarn hatten ihr Sämlinge von Wintergemüsen geschenkt, und sie hatte sie eingepflanzt. Derzeit stieß sie mit ihrem Spaten auf Backsteine und Fliesenscherben, wenn sie im Garten arbeitete. An der Mauer häufte sich schon ein ganzer Berg davon. Stuart wollte sie für einen Sandkasten für Kenneth und sein kleines Geschwisterchen verwenden, das in sechs Monaten zur Welt kommen sollte.

Die Küche, ein Raum voller Licht und Erinnerungen, war immer das Herz des Hauses gewesen. Hier hatte sie Viola von Hugh erzählt, hier hatte Viola sie mit dem Bekenntnis überrascht, dass sie einen Liebhaber hatte. Hier hatte Viola ihr nach dem Ende des Krieges in Europa eröffnet, dass sie beschlossen hatte, Doug zu verlassen und mit Arnold zusammenzuleben. Und hier hatte Viola erst gestern, während sie sich eine graubraune Haarsträhne hinters Ohr strich, zu ihr gesagt: »Die letzten Monate waren die Hölle, Sophie, die reine Hölle. Ich hätte nie gedacht, dass die Jungs es so schwer nehmen würden. Aber ich musste Douglas verlassen, und ich kann keinen Funken Bedauern aufbringen.«

Duncans und Sallys zweite Tochter, Isobel, war mittlerweile sechs Jahre alt. Duncan hatte den Dienst bei der Royal Air Force quittiert und arbeitete jetzt auf dem Flughafen Croydon. Die Familie wohnte bei den Flemings in Richmond, bis ein eigenes Haus gefunden war. Stuart, der im Moment als Aushilfsarbeiter in einem Hotel beschäftigt war, würde im September ein Ingenieurstudium beginnen.

Sophie ließ sich von der Geschirrablage hinunter. Noch ein Fenster, ein kleines, in der Speisekammer. Sophie strich mit der Hand über Eds Schrank, als sie an ihm vorüberkam. Er hatte wie durch ein Wunder die Explosion unbeschadet überlebt. Sie erinnerte sich, wie Ed an dem Tag, als er fortgegangen war, an der Küchentür gestanden hatte, an dem Tag, an dem die V-1 das Nachbarhaus dem Erdboden gleichgemacht hatte. Die Erinnerung war schön und schmerzlich. »Ich kann nicht einfach so gehen, Sophie. Ich möchte Sie wiedersehen.« Jedes Mal, wenn sie an einem Trödelladen vorbeikam, ging sie hinein, in der Hoffnung, dort Ed beim Polieren eines alten Möbelstücks oder beim Malen einer romantischen Blumengirlande anzutreffen. Aber ihre Hoffnung erfüllte sich nie. Vielleicht war er nach Lancashire gezogen, in die Nähe seiner Tochter und seiner Enkel. Vielleicht hatte er eine Frau kennengelernt. Vielleicht geheiratet. Sie hatte er wahrscheinlich lange vergessen.

Zu Hause vertauschte Rowan die Schwesterntracht mit einem Tweedrock und einem perlgrauen Pullover. Sie zog ihren Mantel über, band einen Schal um und machte sich auf den Weg zu einem Pub am Strand, wo sie mit Josh verabredet war.

Die Wände des Schankraums waren dunkel getäfelt, die Fenster aus Ätzglas. Einige der Scheiben hatten Sprünge, die von Klebestreifen zusammengehalten wurden. Im offenen Kamin brannte kein Feuer, und die Tür stand offen. Unwillkürlich wappnete sie sich innerlich, als sie sich nach Josh umschaute, und hasste sich zugleich dafür. Immer hoffte sie, dass diesmal alles gut wäre, dass er vielleicht einen guten Tag hatte, dass er auf dem Weg war, wieder der Alte zu werden. Doch in letzter Zeit war die Hoffnung dünn geworden. Josh war vor einem Jahr aus Frankreich zurückgekehrt, und in diesem Jahr hatte sie ein Gespür für seine Stimmungen entwickelt, das ihr auf den ersten Blick verriet, wie es ihm ging. An einem seiner schlimmen Tage wäre er gar nicht gekommen.

Dann sah sie ihn. Blass und müde saß er an einem kleinen runden Tisch und zog mit einem Streichholz Muster in eine Pfütze vergossenen Biers. Sie setzte ein Lächeln auf und ging zu ihm.

»Hallo, Darling.« Sie gab ihm einen Kuss auf die Wange und setzte sich.

Sein Lächeln war nur ein Mundverziehen. »Wie war dein Tag?«

»Ganz gut eigentlich. Viel zu tun. Ich war froh, als ich Dienstschluss hatte.«

»Gin mit Tonic?«

»Bitte.«

Er ging zum Tresen. Manchmal gelang es ihr, ihn aus den finsteren Tiefen emporzuziehen, in denen er sich gerade befand. Sie vermied es, zu ihm hinüberzusehen, während er am Tresen stand. Sie wusste, dass er ihre Sorge, die Scham und ein Gefühl der Unfähigkeit bei ihm hervorrief, kaum ertragen konnte. Aber sie hatte Angst um ihn. Er fühlte sich schon in kleineren Menschenansammlungen bedrängt, und sie wünschte jetzt, sie hätte einen ruhigeren Ort vorgeschlagen.

Als er zum Tisch zurückkehrte und das Glas vor sie hinstellte, bemerkte sie, dass seine Hand nicht zitterte. Das war ein gutes Zeichen.

Er setzte sich. »Ich habe gekündigt.«

Seine Worte trafen sie wie ein Schlag. Die letzten zwei Monate hatte Josh für einen Bekannten in der City gearbeitet. »Na und? Ist doch nicht so schlimm«, sagte sie künstlich unbekümmert. »Freie Stellen gibt es mehr als genug.«

»Natürlich ist es schlimm«, entgegnete er mit einem Anflug von Ärger. »Ich komme mir so verdammt nutzlos vor.«

Vor dem Krieg war Josh bei einer Weingroßhandlung angestellt gewesen, für die er in halb Europa unterwegs gewesen war. Seit seiner Rückkehr nach England hatte er in dieser oder jener Firma im Büro gearbeitet. Bei keiner war er lange geblieben.

»Tut mir leid«, sagte er leise und ergriff ihre Hand. »Es ist meine Schuld. Aber ich habe es nicht ausgehalten.«

»Es war eben nicht das Richtige für dich, Darling. Du findest bestimmt bald etwas Besseres. Da bin ich mir sicher.«

»Ich hatte ständig Kopfschmerzen.« Er tippte sich an die Schläfe. »Hier.«

»Du hast immer noch diese Kopfschmerzen?«

»Ab und zu.« Er fügte hastig hinzu: »Sag jetzt nicht, ich soll wieder zu Dr. Clayton gehen. Er ist überzeugt, dass das alles Einbildung ist. Das merke ich genau.«

»Eigentlich wollte ich etwas ganz langweilig Banales von genug trinken und viel frischer Luft sagen.«

Diesmal lächelten seine Augen mit.

»Sag mal«, fragte sie, »hast du dir das mit Alex' Hochzeit noch mal überlegt?« Alex Moore wollte Ende November eine Krankenschwester heiraten, die er während des Krieges kennengelernt hatte.

»Ich sollte hingehen. Alex hat sich mir gegenüber immer sehr anständig verhalten.«

»Dann fahren wir doch! Ein Wochenende auf dem Land, das wäre bestimmt schön. Ich seh mal, ob ich meinen Urlaub umlegen kann.«

Ein beleibter Mann, der sich mit zwei Biergläsern zwischen den Tischen hindurchschob, rempelte Rowan an. Bier schwappte aus den Gläsern.

Josh sprang auf. »Passen Sie doch auf, Sie Klotz!«

»Was heißt hier Klotz?« Der Mann funkelte Josh wütend an. Josh hatte die Fäuste geballt.

»Schon gut«, versuchte Rowan, den Fremden zu besänftigen. »Ist ja nichts passiert. Komm, Josh, alles in Ordnung.«

»Passen Sie gefälligst auf, was Sie sagen«, knurrte der Dicke, ehe er weiterging.

»Zu voll hier, Rowan. Wär's dir recht, wenn wir gehen?«

Sie stand auf und wischte sich das Bier vom Rock. Der kurze Moment der Normalität während ihres Gesprächs war zerstört. Nach so einem Vorfall würde Josh eine Weile brauchen, um sein Gleichgewicht wiederzugewinnen. Sie hätte dem Dicken am liebsten ihren spitzen Absatz in den Fuß gerammt, als sie den Pub verließen.

Sie gingen zu Fuß zum Embankment. Auf ihren Spaziergängen führten sie oft die besten Gespräche. Ihr war allerdings der deprimierende Gedanke gekommen, dass das vielleicht so war, weil sie einander dabei nicht ansahen. Sie hörte sich wieder in diesem künstlich munteren Ton reden, den sie ihm gegenüber häufig anschlug.

»Die frische Luft tut so gut. Ich bin den ganzen Tag nicht rausgekommen. Eine Kollegin ist krank, da konnte ich nicht einmal meine Pause nehmen.«

Josh sagte nichts. Rowan unternahm noch einmal einen Versuch, ein Gespräch in Gang zu bringen, aber auch darauf reagierte er nicht. Von da an schwiegen sie beide. Auf dem öligen Wasser der Themse schaukelte das Spiegelbild eines fast vollen Mondes, der die vor den öden Ruinen der Lagerhäuser vertäuten Schiffe und Kohlekähne beleuchtete.

»Hast du jetzt auch Kopfschmerzen?«, versuchte sie erneut, das Schweigen zu brechen.

»Nein, im Moment nicht.« Er blieb abrupt stehen und sah sie an. »Hör auf, mich zu bemuttern, Rowan. Ich hasse das.«

Sie war müde und gereizt, und die Worte entfuhren ihr, scharf und beißend, ohne Überlegung. »Wäre es dir lieber, ich rede gar nichts mehr?«

Er zuckte mit den Schultern. »Es würde mich nicht stören.«

»Hast du Mr Hennessy angerufen?«

»Ob ich Mr Hennessy angerufen habe? Herrgott noch mal, Rowan, ich sagte doch, lass das!«

»Du hast nicht angerufen, stimmt's?«

»Nein.« Er begegnete zornig ihrem Blick. »Weshalb soll ich noch so einen verdammten Psychomenschen aufsuchen, wenn schon die beiden vorherigen weniger als nichts zustande gebracht haben?«

»Weil es bei ihm vielleicht anders ist. Weil er dir vielleicht helfen kann. Bitte, Josh, willst du es dir nicht wenigstens überlegen?« Als er schwieg, fügte sie hinzu: »Er soll wirklich gut sein. Er hat Erfahrung mit Männern wie …« Sie brach ab und verbesserte sich hastig. »Er hat Erfahrung mit Männern, die an der Front waren.«

Aber sein Zorn hatte sich nicht gelegt. »Mit Männern wie mir«, sagte er zynisch. »Irren. Verrückten. Das wolltest du doch sagen, nicht, Rowan?« Ein Lächeln spielte um seine Mundwinkel, als bereitete es ihm ein bitteres Vergnügen, sie ertappt zu haben.

»Nein, Josh.« Sie schloss die Augen. »Das wollte ich nicht sagen.« Plötzlich war ihr alles zu viel. »Ich glaube, ich gehe besser. Wir tun einander heute Abend nicht gut. Ich ruf dich morgen an.«

Sie küsste ihn auf die Wange, dann ging sie. Als sie sich umdrehte, verschwamm sein Bild in ihren Tränen. Er stand reglos an die Mauer gelehnt, wie zuvor. Ihr schoss der erschreckende Gedanke durch den Kopf, dass er heute Abend vielleicht eine Dummheit machen, sich in den weichen braunen Schlamm unter ihm stürzen oder mit jemandem einen Streit vom Zaun brechen würde. Aber sie drehte sich nicht noch einmal um.

Im Juli 1944, als in der Normandie noch die Kämpfe tobten, hatten alliierte Soldaten Josh in einer kleinen unterirdischen Kammer unter einer Scheune entdeckt. Zwei Monate hatte er dort gehaust, von dem mutigen Bauern, dem die Scheune gehörte, mit Nahrung versorgt. Nur nachts hatte er in dieser Zeit, als alle auf die Befreiung der Normandie warteten, sein Versteck verlassen können.

Fünf Monate zuvor, im Februar, hatte eine Französin ihn nach dem missglückten Fallschirmabsprung mit gebrochenem Bein und hohem Fieber in einem Graben gefunden. Sie hatte ihn in der Tiefe der Nacht auf einem Karren in ihr Haus im nächsten Dorf gebracht. Dort hatte ein Arzt ihn untersucht, das verletzte Bein behandelt, so gut es ihm möglich war, und dann seine Freunde in der Résistance alarmiert. In den folgenden zweieinhalb Monaten war Josh von einem Versteck ins andere gewandert, diverse Stallungen, Keller und Speicher, bis er schließlich in der Grube unter der Scheune angekommen war.

Das alles wusste sie von Alex Moore. Josh hatte nie darüber gesprochen. Schaudernd hatte sie von der Erdgrube gehört und daran denken müssen, wie Josh ihr erzählt hatte, dass er geschlossene Räume nicht mochte.

Vor sich sah sie jemanden aus der Middle Temple Lane heraustreten und erkannte ihn. »Patrick!«, rief sie. »Patrick? Bist du das?«

Er drehte sich um. »Großer Gott, Rowan!«

»Hallo, Patrick.« Sie begrüßten sich mit einem Kuss.

»Du bist so schön wie eh und je.«

»Hm. Sehr schmeichelhaft. Ich fühle mich wie eine abgetakelte Fregatte. Aber du, dir scheint es gut zu gehen.« Im Licht der Straßenlaterne konnte sie erkennen, dass Patricks blonde Haare sich gelichtet hatten und von Grau durchzogen waren. Um seine Augen lag ein Netzwerk von Fältchen.

»Wo gehst du hin?«, fragte sie.

»Waterloo-Bahnhof. Ich lebe jetzt in Guildford, mit meinem Vater zusammen. Komm doch ein Stück mit. Es ist so schön, dich zu sehen, Rowan.«

»Guildford … Und Elaine?« Elaine war Patricks Schwester, die den kränklichen Vater versorgt hatte.

»Elaine ist verheiratet«, sagte er zu ihrer Überraschung.

Sie hatte Elaine immer für eine eingeschworene Junggesellin gehalten. »Sie hat ein Kind, einen kleinen Jungen. Er ist zwei Jahre alt.«

»Ist sie glücklich?«

»Sehr, ja.«

Sie gingen das Embankment zurück in Richtung Waterloo-Brücke. »Das freut mich«, sagte sie. »Und dein Vater? Wie geht es ihm?«

»Er ist jetzt schon sehr gebrechlich. Aber er hält sich aufrecht. Und du, arbeitest du noch im Krankenhaus?«

»Ich bin Stationsschwester. Ich darf den Lernschwestern sagen, was sie tun sollen.«

»Du bist bestimmt eine sehr gute Krankenschwester.«

»Meinst du, Patrick?« Sie sah ihn klar an. »Ich weiß nicht, wie du darauf kommst. Ich war keine gute Ehefrau.«

»Ich glaube, wir waren beide keine Volltreffer.«

»Ja, das stimmt.«

»Du hast es nicht noch mal versucht?«

»Nein.« Sie zögerte einen Moment, dann sagte sie: »Es gibt jemanden. Ich liebe ihn sehr, aber es ist schwierig. Und du?«

Er schüttelte den Kopf. »Nein, niemand. Colin ... Erinnerst du dich an Colin?«

»Colin Slater, deinen Schulfreund, ja.«

»Er ist tot. Er war in einem japanischen Kriegsgefangenenlager. Ich schreibe an einer Monografie über ihn, über sein Leben. Er war ein außergewöhnlicher Mensch, ich will nicht, dass man ihn vergisst. Wenn ich keinen Verleger finde, bringe ich das Buch im Selbstverlag raus. Seine Familie und die Schule werden sicher ein Exemplar haben wollen, wenn schon sonst niemand.«

Sie legte ihm die Hand auf den Arm. »Patrick, das tut

mir wirklich leid. Wie traurig für dich. Du hast recht, er war ein außergewöhnlicher Mensch«, fügte sie hinzu.

»Danke. Tja, man gewöhnt sich an alles, nicht?«

Wirklich?, fragte sie sich. Sie haderte noch immer mit dem Schicksal, das Josh getroffen hatte. Sie hatte es heute Abend nicht geschafft, ihre Wut in Zaum zu halten. Dieses verzweifelte Hoffen und Bangen, nachdem er vermisst gemeldet worden war – und was hatte es ihr gebracht? Dem Mann, den sie liebte, waren sein Leben und seine Gesundheit geraubt worden. Es gab Momente, da hatte sie Angst, es würde niemals besser werden.

Sie sah Patrick an. »Du hast doch deinen Vater immer so anstrengend gefunden.«

»Vielleicht bin ich weicher geworden. Oder vielleicht verstehe ich ihn besser. Wir kommen ganz gut miteinander aus. Es gibt reichlich Arbeit für mich in Guildford, und ich genieße mein Onkeldasein unheimlich.«

An der Waterloo-Brücke trennten sie sich unter Beteuerungen, in Verbindung zu bleiben, die, wie Rowan klar war, weder er noch sie einhalten würden. Sie ging weiter das Embankment hinunter.

Josh war Anfang des Jahres, im Januar 1945, aus gesundheitlichen Gründen aus dem Militärdienst entlassen worden. Körperlich hatte er sich einigermaßen erholt. Auch wenn sein rechtes Bein jetzt zweieinhalb Zentimeter kürzer war als das linke, war er immer noch fit und aktiv. Psychisch jedoch ging es ihm weiterhin sehr schlecht. Wie immer man es nennen wollte – Kriegstrauma oder psychische Belastung –, er litt. Rowan hatte während des Londoner *Blitz* genug durch die Angriffe traumatisierte Patienten gepflegt, um die Symptome zu kennen. Josh fürchtete Menschenansammlungen. Er ermüdete leicht, litt an häufigen Kopfschmerzen und Schlafstörungen. Es kostete ihn Mühe, sich zu konzentrieren, und er war ständig in Anspannung. Vorfälle wie der im Pub, eine unerwartete Bewegung, ein plötzliches Geräusch oder die Unachtsamkeit eines Fremden lösten übermäßige Schreckreaktionen aus.

Sie hatte immer gewusst, dass es Zeit und Geduld brauchen würde. Sie hatte ihn vorsichtig ermutigt, als er wieder zu arbeiten anfangen wollte, obwohl sie das Gefühl gehabt hatte, dass er dafür noch nicht reif war. Sie hatte versucht, ihn zu überreden, sich in psychiatrische Behandlung zu begeben, jedoch ohne großen Erfolg. Sie vermutete, dass er fürchtete, ein Psychiater würde ihn zwingen, sich mit Erlebnissen auseinanderzusetzen, die er in ihrer Schrecklichkeit als unerträglich empfand. Josh versuchte, die Vergangenheit wegzusperren, sich von schwer zu ertragenden Emotionen abzukapseln, doch sie brachen immer wieder durch. Er versuchte, selbst den Weg durch seine Krankheit zu finden, obwohl er dazu nicht die Distanz besaß. Er war das, was manche einen tapferen Mann nannten, jemand, der es, wie im Übrigen seine ganze Familie, für kläglich hielt, um Hilfe zu bitten, und für unwürdig, Schwäche einzugestehen. Ein Makepeace kam allein mit den Dingen zurecht. Aber Josh kam nicht zurecht.

Vor seinem Haus angekommen, klingelte sie. Nachdem Mr Lyons sie eingelassen hatte, ging sie nach oben und klopfte.

Josh atmete tief auf, als er sie sah, und nahm sie ohne ein Wort in die Arme. Lange blieben sie eng umschlungen stehen, ehe sie hineingingen.

Die Wohnung sah kaum anders aus als an jenem ersten Abend, als sie mit ihm hierhergekommen war, nachdem sie sich im Signorelli's kennengelernt hatten. Die Räume wirkten so wohlaufgeräumt und schnörkellos wie damals, aber es war nichts repariert oder renoviert worden. Die Wohnung, dachte Rowan, wirkte wie zu Eis erstarrt, ein Abbild von Josh.

»Bitte sei mir nicht böse, Darling«, sagte sie. »Ich war einfach fertig. Es war so ein fürchterlicher Tag.«

»Nein, es war meine Schuld. Du kannst nichts dafür. Nie.« Er strich ihr über das Haar.

»Schenkst du mir einen Kaffee ein?«

Er stellte eine Tasse vor sie auf den Tisch und setzte sich neben sie aufs Sofa. Die Finger an die Stirn gepresst, sagte er: »Manchmal fühle ich mich, als würde gleich eine Granate explodieren. Eine Granate in meinem Kopf. Die Schmerzen machen mir gar nicht so sehr zu schaffen, es ist das Warten auf sie, das Gefühl, dass gleich etwas Entsetzliches passieren wird.«

Es war das erste Mal, dass er sich ihr so weit öffnete, und es machte ihr ein klein wenig Hoffnung. »Es ist eine Krankheit, Josh. Und es wird besser werden, glaub mir. Ich weiß, das sagen alle, und es fällt dir schwer, es zu glauben, aber es braucht einfach Zeit.« Während sie auf ihn einredete, fragte sie sich, ob sie ihm wirklich die Wahrheit sagte. In einigen der großen Nervenkliniken lebten noch immer Patienten mit schweren Traumatisierungen aus dem früheren Krieg, dem Großen Krieg. Sie unterdrückte ein Schaudern.

»Ich will zu keinem Psychiater mehr«, sagte er. »Ich weiß, dir muss das irrational erscheinen, aber ich kann nicht. Ich würde kein Wort herausbringen. Es wäre reine Zeitverschwendung.«

Sie schob ihre Hand in die seine. »Okay. Es ist nicht irrational. Ich versteh das, Darling, wirklich. Ich habe mehr als zehn Jahre gebraucht, ehe ich mit jemandem über meine

Mutter reden konnte. Wenn das kein Rekord ist.« Sie hielt einen Moment inne, dann fragte sie: »Könntest du dir vorstellen, eine Weile nach Suffolk zu deinen Eltern zu ziehen? Julia und Bill würden sich freuen, das weißt du.«

»Hört sich an wie ein letzter verzweifelter Versuch, mir die Mucken auszutreiben«, sagte er mit solch beißendem Sarkasmus, dass sie sich zusammennehmen musste, um nicht zurückzuzucken.

»Nein, Josh, so war das nicht gemeint. Aber ich glaube, du bist noch nicht so weit, dass du wieder arbeiten kannst. Ich glaube, das Land würde dir guttun. Nur ein paar Monate, bis du über den Berg bist.«

»Und was soll ich dort anfangen? Was soll ich ohne dich anfangen?«

»Ich könnte mir etwas in der Nähe suchen. Es gibt da sicher ein Bezirkskrankenhaus oder ein Sanatorium, wo ich arbeiten könnte.«

Er sah erschöpft aus, die Haut um seine Augen grau und knittrig. »Das kann ich nicht von dir verlangen.« Er schwieg lange, dann sagte er: »Ich würde dich so gern bitten, mich zu heiraten, Rowan, aber wie kann ich das, wenn ich nicht einmal imstande bin, für unseren Lebensunterhalt zu sorgen?«

Es wäre sinnlos vorzuschlagen, dass sie doch für beide verdienen könnte. Bei den Makepeaces verdienten die Männer das Geld. Sie wusste, etwas anderes käme für ihn nicht infrage. Deshalb sagte sie nur: »Das eilt doch nicht.«

»Ich bin ein elendes Wrack, und ich habe Angst, dass ich immer eins bleiben werde.«

»Nein, das wirst du nicht.« Sie drückte ihr Gesicht an seine Brust. Aber sie war so mutlos wie er, und ihr standen schon wieder die Tränen in den Augen. Sie murmelte, dass sie noch Milch für ihren Kaffee brauche, und ging in die Küche.

Er folgte ihr. »Ich liebe dich. Ich liebe dich so sehr.«

»Und ich liebe dich.«

Er zog sie an sich, der Kaffee war vergessen, als sie ins Schlafzimmer taumelten und einander mit fliegenden Händen die Kleider vom Leib rissen, überwältigt von der Intensität ihrer Leidenschaft und ihres Verlangens. Den Kopf auf ihrer Brust, schlief er hinterher ein. Das war die Sprache, in der sie sich am besten verständigen konnten, diese wortlose Vereinigung von Körper und Seele, bei der ihre Liebe sich durch Berührung und Liebkosung mitteilte. Manchmal hatte sie Angst, das sei alles, was ihnen geblieben war.

Als Thea in Lawton aus der Post kam, bemerkte sie auf der anderen Straßenseite Madeline Greville, hochgewachsen und feingliedrig, mit glatten platinblonden Haaren, die beinahe den gleichen Ton hatten wie ihre Weißfuchskappe. Im Dorf wurde gemunkelt, Madeline erwarte ein Kind; jetzt verbarg ein weiter karierter Mantel ihren schlanken Körper. Thea fand die Fehde zwischen den Jamiesons und ihren nächsten Nachbarn, den Grevilles, lästig und sinnlos, aber das behielt sie für sich, zumal in letzter Zeit neue Verstimmungen aufgetreten waren. Sie rief ein »Guten Morgen« über die Straße, und Madeline Greville starrte sie einen Moment an, ehe sie den Gruß gedämpft erwiderte.

Thea schob den Kinderwagen aus dem Dorf hinaus zur Straße nach Langhill. Polly, die inzwischen fünfzehn Monate alt war, bäumte sich im Wagen auf, sie wollte unbedingt laufen. Thea gab ihr ihre Schlüssel zum Spielen, und Polly warf sie prompt auf die Straße. Um sie abzulenken, zeigte Thea ihr eine Krähe, eine kleine Herde Schafe und den Collie, der sie zusammentrieb, und gab dazu die passenden Laute von sich. »Bald kommt dein Daddy nach Hause, Polly«, sagte sie. Polly streckte die Hand nach den Schlüsseln aus und biss auf dem Metallring herum. Ihre blaue Strickmütze war verrutscht, darunter quollen die dunklen Locken hervor. Thea war froh, dass ihre Tochter Cormacs lockige Haare mitbekommen hatte und nicht ihre glatten. Nach einem Wetterumschwung in der letzten Nacht war der Tag beißend kalt, das Gras stand steif und reifgrau am Hügelhang. Thea hätte die Mütze gern gerade gezogen, aber das wäre fatal, weil Polly sie sich dann ganz vom Kopf reißen würde. »Dein Daddy kommt nach Hause«, wiederholte sie. »Nur noch ein paar Tage.« Sie lächelte, und Polly lächelte zurück. Die Trennung von Cormac – anderthalb Jahre jetzt – war ein nagender Schmerz, der immer da war, auch wenn er manchmal etwas in den Hintergrund rückte. Sie gab dem großen alten Kinderwagen einen kräftigen Stoß, um ihn über ein Stück Straße voller Schlaglöcher zu befördern.

Ihr Weg führte sie am Langhill House vorbei, dem Haus der Familie Greville. Die roten Farbpatzen auf dem schmiedeeisernen Tor wirkten wie eine blutige Herausforderung. Thea kaute nachdenklich auf der Unterlippe, während sie sie musterte, dann ging sie weiter. Die Jamiesons fanden Madeline Greville hochnäsig, aber Thea hielt es für möglich, dass sie einfach schüchtern war. Charles Greville, Madelines Schwiegervater, war während des Krieges gestorben. Seine Witwe war nach Kriegsende in den Süden Englands in die Nähe ihrer Tochter gezogen, und Charles' Erbe, Rufus, und seine Frau Madeline hatten sich in Langhill niedergelassen. Das alles hatte Thea von Cormacs Tante Cathy erfahren, die alles wusste. Cathy hatte ihr auch erzählt, dass Madeline Greville in London aufgewachsen war und ihrem Vater eine Bank gehörte. Wenn Madeline Greville eine echte Städterin war, die gern durch die Geschäfte bummelte, Restaurants und Theater besuchte, fühlte sie sich dann nicht vielleicht einsam in Langhill? Thea war auch in der Großstadt aufgewachsen, aber sie hatte sich auf dem Land immer wohlgefühlt und sich mit dem Umzug in diesen abgelegenen Teil Northumberlands gut arrangiert, auch wenn ihr manches fehlte: Museen, Bibliotheken, ihre Freunde und Rowan natürlich. Und ihre Arbeit.

Plötzlich einer großen, streitlustigen Familie anzugehören – ja, daran hatte sie sich erst gewöhnen müssen. Im Haus der Jamiesons ging es laut und immer geschäftig zu, und ständig wollte jemand mit einem reden und einem sagen, was man zu tun und wie man es zu tun hatte. Vom Internat und vom A. T. S. war sie das Leben in der Gemeinschaft gewöhnt, aber nicht die ausgedehnten Debatten und die Neugier, wie sie in diesem Haus gepflegt wurden. Die persönlichen Fragen, die Kommentare dazu, wie man einen Kuchen backte oder eine Windel wechselte; damit hatte Thea Mühe gehabt. Die Fragen und die klugen Ratschläge – die Jamiesons waren Meister darin, Ratschläge zu geben – waren gut gemeint, das wusste Thea, aber selbst Nicola, die sich auf einem Traktor oder mit der Heugabel in der Hand am wohlsten zu fühlen schien, hatte anfangs gedacht, sie müsste bei der Babypflege ihren Senf dazugeben. Thea hatte es nicht allzu sehr gestört, weil sie wusste, dass Nicola ganz vernarrt in Polly war, alles für sie tun würde, ihr beinahe eine zweite Mutter war und nach einer unruhigen Nacht oder wenn Thea einen Moment für sich brauchte, immer mit Freuden einsprang. Inzwischen war Nicola sowieso selbst verheiratet, mit Lennie, der 1944 aus dem Militärdienst entlassen wurde, nachdem er in Italien verwundet worden war. Die beiden hatten auch eine kleine Tochter, Janet, gerade sechs Wochen alt.

In Crawburn lebten jetzt neben Robert Jamieson seine Tochter Nicola mit Lennie und Janet sowie Thea und Polly. Robert hatte das große Schlafzimmer, das er einst mit Cormacs Mutter geteilt hatte, Nicola und ihrer kleinen Familie überlassen. Thea und Polly wohnten in dem Zimmer mit dem schrägen Boden und dem Blick auf den Garten.

Thea hing mit leidenschaftlicher Liebe an ihrer kleinen Tochter, die im September 1944 in Crawburn zur Welt gekommen war, und hätte alles für sie getan, ohne einen Moment der Überlegung ihr Leben für sie gegeben. Sie konnte sich so leicht in den Anblick des schlafenden Kindes verlieren, bezaubert von der Rundung einer rosigen Wange und dem Schatten der Wimpern auf der zarten Haut. Es war eine Liebe, die nährte, aber auch zehrte. Sie hatte keine Ahnung gehabt, was Schwangerschaft, Entbindung und Mutterschaft bedeuteten. Obwohl sie während der Schwangerschaft gewissenhaft alles gelesen hatte, was es zur Geburt und zum Umgang mit Neugeborenen gab, hatte sie sehr schnell gemerkt, dass sie völlig unvorbereitet war. Die Bücher, so schien ihr, waren beschwichtigend bis zur Unehrlichkeit. Sie verwendeten das Wort »Beschwerden« zur Beschreibung der Geburtswehen. Sie hatten sie nicht darüber aufgeklärt, dass man litt, wenn das Kind weinte, und der Verzweiflung nahe kam, wenn man nicht ergründen konnte, warum. Über die lähmende Erschöpfung, die das nächtliche Stillen zur Folge hatte, waren sie schlicht hinweggegangen. Vier Wochen nach der Entbindung, als sie sich endlich imstande gefühlt hatte, nach Lawton zu laufen, hatte sie sämtliche Bücher bei einem Trödelmarkt abgegeben.

So hatte sie sich das Muttersein nicht vorgestellt. Cormac hatte ihr entsetzlich gefehlt. Es wäre alles so viel leichter gewesen, hätte sie ihr Glück und ihre Erschöpfung, einen Teil der Last und der Sorge, mit Cormac teilen können.

Sie hatte nicht geahnt, wie viel Zeit ein so winziges Bündel Mensch in Anspruch nehmen konnte. Sie hatte das Neugeborene gestillt, gewickelt und in den Schlaf gewiegt, dann sauber gemacht, und als sie damit fertig war, musste Polly schon wieder gefüttert werden. In den ersten fünf Monaten hatte Polly nicht ein einziges Mal durchgeschlafen und nicht einmal den Ansatz eines Rhythmus entwickelt. Thea bewegte sich nur noch in einem Nebel der Müdigkeit, zog Socken an, die nicht zusammengehörten, trank einen Schluck Tee und wusste nachher nicht mehr, wo sie die Tasse abgestellt hatte. Wenn sie wunderbarerweise einmal zehn Minuten Ruhe hatte, um ein Buch aufzuschlagen, ertappte sie sich dabei, dass sie immer wieder denselben Satz las, ohne ihn zu verstehen. Alles, was sie in ihrem früheren Leben getan hatte, das jetzt unglaublich fern schien, die Arbeit als Schreibkraft, als Bedienung, in der Archäologie, ja selbst der Einsatz beim A. T. S. war nichts im Vergleich zu der täglichen Sorge um ein Neugeborenes.

Der Tag, an dem Polly zum ersten Mal an ihrer Brust einschlief, als das erste Lächeln über ihr Gesichtchen huschte – das waren Wendepunkte gewesen. Irgendetwas machte sie anscheinend doch richtig. Pollys Blick war ihr gefolgt wie gebannt, als sie sich durchs Zimmer bewegt hatte. Thea empfand es als unglaubliches Glück, dass ihre kleine Tochter ein so schönes und aufgewecktes Kind war. Das Erbe der hitzköpfigen Jamiesons und der unsteten

Sigrid hätte sich auch zu einer ganz anderen Kombination verbinden können. Natürlich gab es in Theas Stammbaum eine große Leerstelle. Vielleicht war Pollys Großvater, Sigrids Geliebter, eine schwarzhaarige, blauäugige Frohnatur gewesen wie Polly.

Ihren Vater hatte Polly mit ihren inzwischen fünfzehn Monaten noch immer nicht kennengelernt. Als Soldat der alliierten Streitkräfte hatte Cormac die Kämpfe mitgemacht, die von der Normandie nach Berlin geführt hatten. Als der Krieg in Europa im Mai 1945 endete, war er in Berlin geblieben und hatte seinen kleinen Teil dazu beigetragen, den unsicheren Frieden in einer Stadt des Hungers und der Ruinen zu sichern. Das erste Lächeln seiner Tochter, ihre ersten Schritte, ihr erstes Wort, das alles hatte er nicht erlebt. Vor zwei Tagen hatte Thea die Nachricht erhalten, dass er aus dem Dienst entlassen werden würde. Er kam endlich nach Hause.

Als Thea den Kinderwagen in den Hof schob, lief Nicola ihr entgegen. Sie nahm Polly auf den Arm. »Hallo, du Süße«, sagte sie. »Wie geht's meinem kleinen Mädchen?«

Auf dem Weg ins Haus fragte Thea nach der kleinen Janet. Sie schlafe, sagte Nicola und erbot sich, Polly zu ihrem Mittagsschlaf nach oben zu bringen, während Thea das Gemüse fürs Abendessen vorbereitete. Aus der Wohnstube waren erhobene Stimmen zu hören. Zurück in der Küche, verkündete Nicola: »Sie ist sofort eingeschlafen.«

»Danke, Nicola.« Thea wies mit einer kurzen Kopfbewegung zur Wohnstube. »Was ist denn da los?«

»Onkel John ist vorbeigekommen.«

»Und Jack und Francis?« Jack und Francis waren die Söhne von John und Cathy, Zwillinge Anfang zwanzig, zwei wilde, unbesonnene Burschen, die anderen gern Streiche spielten und auch gern einmal zu tief ins Glas schauten. Thea mochte sie, obwohl sie die geborenen Unruhestifter waren. Im Moment allerdings war sie bei dem Gedanken an sie vor allem genervt.

»Sie sind nicht mitgekommen, Gott sei Dank«, sagte Nicola.

»Soll ich die Suppe machen?«

»Nein, schon gut, ich mach das. Du solltest den Mantel ausziehen, Thea, es ist zu heiß hier drinnen.«

»Ich wollte noch spazieren gehen, wenn es dir nichts ausmacht, derweil nach Polly zu sehen.«

»Natürlich nicht. Du weißt, dass mir das nie etwas ausmacht. Du brauchst nicht zu fragen.« Sie warf Thea einen forschenden Blick zu, und ihre Stirn glättete sich. »Alles in Ordnung?«

»Ja, mir geht's gut.« Sie schlüpfte wieder in ihre Stiefel. »Ich kann nur einfach nicht stillsitzen.«

Nicola warf ein Stück Butter in eine heiße Pfanne. »Mich macht die Warterei auf ihn auch ganz verrückt«, sagte sie, als Thea zur Tür hinausging.

Thea nahm den Weg über die Terrassen nach oben. Sie brauchte einen flotten Marsch durch Gras und Bäume statt der Zuckelei mit dem Kinderwagen auf der Landstraße. Sie musste etwas von der Spannung abbauen, die sich in ihr staute. Seit sie Cormacs Brief erhalten hatte, fieberte sie vor Aufregung. Aber es mischte sich auch ein wenig Furcht in Aufregung und Freude. Das, was Cormac erlebt hatte, konnte niemand durchstehen, ohne sich zu verändern. Sie wusste, dass auch sie sich verändert hatte. Sie waren beide nicht mehr die Menschen, die vor anderthalb Jahren auf einem Bahnhof voneinander Abschied genommen hatten. Und wenn man einmal nachrechnete, wie viel Zeit sie insgesamt miteinander verbracht hatten, was kam dann heraus? Vier, fünf Wochen?

Viele Ehen waren nach der Heimkehr des Mannes, der an der Front gewesen war, zerbrochen, das wusste jeder. Thea brauchte nur an Rowan zu denken, um die Schwierigkeiten zu erkennen, die vielleicht warteten. Josh war Anfang des Jahres zurückgekommen, aber er und Rowan lebten weiterhin getrennt. Thea wusste, dass die beiden sich liebten, es war deutlich zu sehen, aber konnte diese Liebe die Kluft überwinden, die der Krieg zwischen ihnen aufgerissen hatte?

Sie hatte Cormac während des Krieges täglich geschrieben. Selbst am Tag von Pollys Geburt hatte sie es geschafft, ein paar Zeilen zu kritzeln. Manchmal war eine Woche oder mehr ohne einen Brief von Cormac vergangen, Tage voller Sorge und Angst, bis dann endlich ein ganzes kleines Bündel durch den Postschlitz in den Flur rutschte. Seine Briefe füllten zwei Schuhkartons, Briefe, in denen sie ihre Hoffnungen und Ängste teilten. Cormac hatte ihr geschrieben, dass Phil Coleman, ein Freund aus seinem Regiment, der ebenfalls aus Northumberland stammte und den Thea vor mehr als fünf Jahren in St. Malo flüchtig kennengelernt hatte, ihm Arbeit in seinem kleinen Betrieb in der Nähe von Hexham angeboten hatte. Philip reparierte Motorräder und stellte Ersatzteile für sie her. Cormac hatte seinem Vater noch nicht gesagt, wie seine Zukunftspläne aussahen.

Seit Thea in Crawburn lebte, bemühte sie sich nach Kräften, ihren Beitrag zur täglichen Arbeit zu leisten. Sie hatte gewissenhaft Bücher über Haushaltsführung durchgeackert und kochte inzwischen weit besser als vor ihrer Heirat, auch wenn sie den Verdacht hatte, dass aus ihr nie eine Meisterköchin werden würde. Nicola konnte noch so schlecht gelaunt in der Küche herumtoben, sie backte Biskuitkuchen von wunderbarer Leichtigkeit und köstliches knuspriges Brot. Theas Gebäck und Brot gingen nicht immer richtig auf, was unweigerlich einen Kommentar von Tante Cathy herausforderte. Thea fand das ewige Einerlei der Hausarbeit nervtötend. Die Arbeit war notwendig und wichtig, aber sie befriedigte nicht, und vielleicht war sie auch nicht mit dem Herzen dabei.

Sie nahm den Trampelpfad durch das froststarre Gras der Wiese zum Wald. Sie liebte das wilde, weltabgeschiedene Land rund um Crawburn, und ganz besonders liebte sie den Forst von Low Chase. Die kühle, dunkle Stille erinnerte sie an die Wälder in der Normandie, in denen sie 1940 auf ihrer Flucht aus Frankreich Schutz gesucht hatte. Sie hatte den Platz mit den Überresten einer alten Siedlung gefunden, von der Cormac ihr an dem Abend erzählt hatte, als er sie gefragt hatte, ob sie ihn heiraten wolle. Auf einer kleinen Lichtung tief im Herzen des Waldes bildeten große, von samtigem Moos überzogene Steine eine annähernd kreisförmige Einfriedung. Sie hätte gern eine kleine Grabungssondage ausgehoben, um ihre Theorie, dass die Anlage aus der Eisenzeit stammte, zu überprüfen. Aber das Land gehörte den Jamiesons nicht, es war Eigentum von Rufus Greville. So begnügte sie sich damit, die Anlage zu zeichnen, und hatte begonnen, einen genauen Plan von ihr anzufertigen. Manchmal nahm sie ihre kleine Schaufel mit und hob an Stellen, die vom Weg aus nicht zu sehen waren, Erdschichten ab. Wenn sie ihre Arbeit vollendet hatte, wollte sie Grace eine Beschreibung der Stätte zuschicken.

Sie setzte sich auf einen der bemoosten Steinbrocken. Grace und Monty Fainlight waren kurz nach Kriegsende nach London zurückgekehrt. Helen und Max wohnten mit ihrem dreijährigen Sohn Rafe bei ihnen in dem Haus in Bloomsbury. Bisher hatten Helen und Max bei ihrer Suche nach einem eigenen Heim keinen Erfolg gehabt. Nach den ungeheuren Zerstörungen, die der Krieg angerichtet hatte, waren Häuser und Wohnungen knapp, vor allem in den Städten.

Und auch das Geld war knapp. Grace hatte Thea geschrieben, dass sie versuchte, die Mittel zusammenzubekommen, um im folgenden Sommer eine Grabung in Wiltshire zu finanzieren. Es würde infolge der finanziellen Barrieren nur ein bescheidenes Unternehmen werden, eine fortführende Untersuchung einer kleinen Grabungsstätte, an der Grace und Monty schon einmal gearbeitet hatten. Grace hatte ihr noch kein Angebot zur Mitarbeit gemacht, aber Thea vermutete, dass sie es irgendwann tun würde. Wenn ja, dann würde sie ablehnen müssen. Wie könnte sie Polly so lange allein lassen? Nein, das war ausgeschlossen. Sie hatte niemandem von der Grabung erzählt, weder Nicola noch Cormac, und versuchte, sich alle Gedanken daran aus dem Kopf zu schlagen.

Manchmal, wenn sie den steinernen Axtkopf aus Corran betrachtete, den sie immer noch wie einen Schatz hütete, und an ihren Wunsch dachte, Archäologin zu werden, flog Panik sie an. Den Jamiesons, die sie mit offenen Armen aufgenommen hatten, sagte sie nichts davon und schämte sich oft für ihren Kummer darüber, dass die Archäologie aus ihrem Leben verschwunden war. Was wollte sie denn? Sie war mit dem Mann verheiratet, den sie über alle Maßen liebte, sie hatte eine schöne und gesunde Tochter und lebte in einem komfortablen Haus in herrlicher Landschaft. Der Krieg war vorbei, sie müsste glücklich und zufrieden sein. Doch das, was sie einmal gehabt hatte, war ihr so erschreckend schnell und leicht entglitten, dass sie fürchtete, es werde für immer dahin sein. Konnte man sich als Archäologin betrachten, wenn man seit sechs Jahren nichts mehr mit Archäologie zu tun hatte?

Sie trat aus dem Wald hinaus auf die Felder und blieb stehen, um zum Langhill House hinunterzusehen. Seit Rufus Greville dort lebte, hatte er einiges verändert. Man konnte seine Tatkraft nur bewundern. Das Haus legte allmählich den schmutzigen, grauen Panzer ab, der ihm zu Charles Grevilles Zeiten gewachsen war, und gewann seine frühere Eleganz zurück. Auffahrt und Terrasse waren von Unkraut befreit, der Rasen gemäht, die Büsche gestutzt, die Rabatten mit Blumen bepflanzt worden. Irgendwo musste man einen Topf weiße Farbe ausgegraben haben, denn Fensterrahmen und Terrassentüren strahlten. Als Thea im Spätsommer einmal am Tor von Langhill vorbeigekommen war, hatte sie Rufus gesehen, der das rostige Schmiedeeisen eigenhändig abgeschmirgelt hatte.

Vor zwei Monaten hatte Rufus Greville Cormacs Onkel John mitgeteilt, dass er den Pachtvertrag für Bane Rigg nicht erneuern werde, wenn er auslief. Der Brief hatte wie eine Bombe in das beschauliche Leben der Jamiesons eingeschlagen. John Jamiesons Bitte, sich die Sache noch einmal zu überlegen, hatte Rufus abgelehnt, und in der vergangenen Woche hatten John und Cathy das Land verloren, das sie über Jahrzehnte bewirtschaftet hatten. Jack und Francis, die, erst vor Kurzem aus dem Militärdienst entlassen, untätig herumlungerten und nichts als Blödsinn im Kopf hatten, war nichts Besseres eingefallen, als aus Rache knallrote Farbe, die sie wer weiß woher hatten, über das strahlend weiße Tor von Langhill House zu kippen. Das war vor zwei Tagen passiert. Thea war wütend, dass die

Zwillinge sich diesen üblen Scherz so kurz vor Cormacs Heimkehr geleistet hatten und das Wiedersehen nun wahrscheinlich durch Ärger und Streitereien getrübt würde.

Ihr Blick glitt vom Langhill House zur Straße. Dort kam jemand den Hang herauf. Sie beobachtete die ferne Gestalt, die, klein wie ein Strichmännchen, der gewundenen Straße folgte, hin und wieder hinter einer Böschung oder in einer Senke verschwand und dann wieder zum Vorschein kam. Sie wusste, sie sollte heimgehen; es war Zeit, das Abendessen vorzubereiten, und Polly würde bald wach werden. Aber sie konnte den Blick nicht von dem Mann auf der Straße lassen.

Ein Frösteln durchrann sie. Sie ballte die Fäuste und holte tief Luft. Dann lief sie los. Ihre Stiefel hämmerten auf das Gras, als sie den Hang hinunterrannte.

Atemlos und mit klopfendem Herzen kam sie unten an. »Cormac! Cormac!«

Auch er begann jetzt zu laufen, riss sie in seine Arme, als er bei ihr war, und überschüttete ihr Gesicht und ihren Mund mit Küssen. Und sie fühlte sich wieder ganz, als etwas, das ihr so lange gefehlt hatte, endlich wieder seinen Platz fand.

Polly war wach geworden, und Thea trug sie nach unten in die Wohnstube. Noch ein wenig benommen, saß sie auf Theas Schoß, lutschte an ihrem Daumen und warf scheue Blicke auf den Fremden, der ihr Vater war. Auf einer Kommode stand das Teetablett, und Nicola reichte Tassen herum. Janet, Nicolas Kleine, gurrte in einem Körbchen neben dem Sofa vor sich hin. Theas Blick flog, wie der ihrer Tochter, immer wieder zu Cormac. Er war vertraut und doch auch fremd, gereift durch Erfahrung und Verantwortung. Er hatte einen Platz in einem früheren Transport bekommen, hatte er ihr erzählt, die amtlichen Entlassungsformalitäten so schnell wie möglich erledigt und war dann am vergangenen Tag bis York gereist. »Ich konnte es nicht erwarten«, hatte er gesagt. »Ich musste dich sehen. Es war so eine lange Zeit.«

Robert, John und Nicola redeten auf Cormac ein. »Bane Rigg ist nichts ohne das Land«, erklärte John Jamieson und rührte zornig in seinem Tee. »Ich sag ja nicht, dass ich gutheiße, was sie getan haben.«

»Diese dummen Kerle«, warf Nicola ein.

»Seid ihr sicher, dass sie es waren?«

»Ich habe sie seitdem nicht mehr zu Gesicht bekommen. Sie sind nicht nach Hause gekommen, Cormac.«

»Hat Rufus Greville etwas hören lassen?«

»Noch nicht.«

»Verdammte Idioten.«

Cormac schien sich nur für Polly zu interessieren. Sie hatte das Fläschchen geleert, das sie nach dem Schlafen gern trank, und wurde munterer. Sie rutschte von Theas Schoß und watschelte zu ihrem Spielzeugkasten. Sie hatte gerade erst laufen gelernt und war noch unsicher auf den Beinen.

»Ist dir doch recht, wenn ihr eine Weile im alten Zimmer wohnt, Cormac?«, fragte Nicola.

»Natürlich, wunderbar.« Cormac beobachtete Polly, die eine Stoffpuppe aus ihrem Kasten zog.

»Wird ein bisschen eng für euch drei«, sagte Nicola. »Aber im grünen Zimmer ist das Dach undicht, sonst hättet ihr das haben können.«

»Es ist ja nicht für lang. Thea und ich wollen uns sowieso was Eigenes suchen.«

»Das ist nicht nötig«, warf Robert ein. »Hier ist reichlich Platz.«

»Ich weiß, Dad, und danke dir, aber Thea und ich brauchen unser eigenes Zuhause. Ich hab zu lange in Zelten und Baracken gehaust und in Straßengräben oder sonst wo unter freiem Himmel genächtigt.« Er nahm ihre Hand und streichelte sie sanft, während er sprach, und sie spürte, wie das Verlangen in ihr erwachte.

Robert entgegnete: »Du wirst hier gebraucht, Junge, auf dem Hof.«

»Ich bleibe nicht auf dem Hof, Dad.«

»Quatsch.«

»Nicola sollte Crawburn übernehmen. Sie hat hier den Krieg durch die ganze Arbeit gemacht.«

»Und Lennie kommt inzwischen auch gut zurecht«, bemerkte Nicola.

»Ich helfe euch natürlich, wenn ihr nicht genug Leute habt.«

»Sehr großzügig von dir«, knurrte Robert.

»Ich habe eine Arbeit, Dad. In Hexham, bei einem Freund, der einen Mechanikerbetrieb hat.«

»Was zum Teufel willst du da?« Robert hatte die Stimme erhoben.

Janet begann zu weinen. »Also, ehrlich, Dad«, sagte Nicola ärgerlich. Robert brummte eine Entschuldigung, und Nicola wiegte das Körbchen.

Cormac drückte fest Theas Hand und wechselte das Thema. »Ich habe Polly etwas gebastelt.«

Aus seinem Seesack zog er eine bunt bemalte Holzente an einer Schnur und setzte sie auf den Boden. Polly sah aufmerksam zu, als Cormac die Wackelente auf dem Teppich hin und her zog. Dann hielt er seiner Tochter die

Schnur hin. Lange geschah nichts, während Polly die Lage einzuschätzen schien. Und dann watschelte sie durchs Zimmer, packte die Schnur und lächelte ihren Vater zum ersten Mal an.

Rowan war bei einer Freundin und blätterte auf dem Sofa sitzend in einer Broschüre für werdende Mütter. Ihre Freundin, Caroline Jenkins, war die frische junge Frau, mit der Rowan 1940 in dem Lazarett in Kent gearbeitet hatte. Sie waren in Verbindung geblieben. Sie hieß jetzt nicht mehr Jenkins, sie war Caroline Ross, mit einem Chirurgen vom St.-Anne's-Krankenhaus verheiratet, Mutter eines dreijährigen Jungen und erwartete ihr zweites Kind.

»Nichts als ein Haufen Blödsinn«, bemerkte Caroline zu der Broschüre. »Ich weiß nicht, warum sie einem die beim zweiten Mal noch mal in die Hand drücken.«

Rowan war bei den Schwangerschaftssymptomen: »Müdigkeit, Übelkeit, schmerzende Brüste, Ausbleiben der Periode oder nur sehr leichte Blutungen«. Sie überflog die Liste noch einmal. Und ein drittes Mal.

Erst dann merkte sie, dass Caroline mit ihr sprach. Sie hob den Kopf.

»Alles in Ordnung, Rowan?«

»Ja, ja. Keine Sorge. War nur ein langer Tag.«

»Ich weiß nicht, wie du es immer noch am St. Anne's aushältst. Ich hatte die Nase so voll davon. Ich konnte es gar nicht erwarten, da rauszukommen.«

Rowan zwang sich zu einem Lächeln. »Du freust dich sicher unheimlich auf dein Baby. Muss wunderbar sein für dich und Alan.«

Sie redeten ein Weilchen über Kinder, Rowan bemühte

sich, Interesse zu zeigen, dann fragte Caroline, ob sie noch eine Tasse Kaffee wolle.

»Danke, nein. Ich muss los.«

Von oben lautes Weinen. Caroline zog die Augenbrauen hoch. »Du lieber Gott. Er hat eine Erkältung, der Arme. Na, da blüht uns wohl eine anstrengende Nacht.«

Caroline brachte sie zur Tür. Rowan war in Aufruhr. Während sie auf den Bus wartete, ging sie im Geist noch einmal die Liste aus Carolines Broschüre durch. Sie zeigte jedes der Schwangerschaftssymptome, seit Wochen schon. Sie war entsetzt, und sie war überglücklich. Sie konnte es Josh unmöglich sagen. Doch, sie musste es Josh sagen. Sie konnte nicht schwanger sein. Aber sie wusste, dass sie es war.

Sie fuhr Richtung Strand und ging das letzte Stück zu Fuß. Sinnlos, das Gespräch aufzuschieben. Früher oder später musste sie es ihm sagen. Bei dem Gedanken wurde ihr bewusst, dass sie keine Ahnung hatte, wie er reagieren würde. Sie hatte Angst, er könnte sich in die Ecke gedrängt fühlen.

Als sie das Haus erreichte, kam gerade jemand heraus, und sie schlüpfte hinein. Oben klopfte sie an Joshs Tür.

Er begrüßte sie mit einem Kuss. »Ich habe dich gar nicht erwartet. Ich dachte, du wärst bei Caroline.«

»Ich bin nicht lange geblieben. Störe ich dich?«

»Nein, natürlich nicht. Ich freue mich, dass du da bist. Möchtest du etwas trinken?«

»Nein danke. Oder einen Kaffee vielleicht. Nein, lieber doch nicht.« Bei der Vorstellung von Kaffee wurde ihr fast übel. »Nur ein Glas Wasser, bitte.«

»Ich bin froh, dass du gekommen bist«, sagte er, während er das Glas unter den Wasserstrahl hielt. »Ich habe nachgedacht.« Er reichte ihr das Glas. »Vielleicht hast du recht, vielleicht sollte ich wirklich eine Zeit lang zu meinen Eltern ziehen.«

»Es würde dir vielleicht helfen.« Sie wusste, wie schwer ihm der Entschluss gefallen sein musste.

»Ich kann so nicht weitermachen. Das ist mir klar. Ich muss etwas tun. Ich habe das Gefühl, ich lasse dich völlig im Stich.«

»Nein, Josh, das tust du nicht.« Sie rieb seinen Arm.

»Du wirst mir entsetzlich fehlen.«

»Vielleicht sollte ich mitkommen.«

»Rowan, das hatten wir doch schon.«

»Ich glaube, ich bin schwanger.«

Er starrte sie an. »Schwanger?«

»Ja, ich glaube schon. Ach, verdammt, ich bin mir ganz sicher. Ich fühle mich schon seit Wochen so eigenartig.«

Er sagte nichts. Gegen ihre Enttäuschung kämpfend, sagte sie hastig: »Ich weiß, so dumm von mir, das nicht früher zu merken – und dabei bin ich Krankenschwester. Aber ich dachte, ich könnte keine Kinder bekommen.«

»Darling, du weißt ja nicht, wie glücklich mich das macht.« Und seinem Blick sah sie an, dass es die Wahrheit war. »Das ist eine wunderbare Überraschung.«

»Ja, nicht wahr?«, sagte sie mit brüchiger Stimme und Tränen in den Augen.

»Komm, setz dich hin. Willst du nicht doch irgendetwas haben?«

»Nein. Fang nicht an, mich zu bemuttern, Josh.«

Er warf ihr einen Blick zu, in dem etwas von dem alten, ironischen Josh aufblitzte, und sie lächelte. »Ja, ich weiß, wer im Glashaus sitzt und so weiter. Wir müssen uns eben damit abfinden, dass wir uns gegenseitig bemuttern, wenigstens bis das Baby da ist. Dann können wir beide *ihn* bemuttern.«

»Ihn?«

»Ihr Makepeaces produziert doch offenbar nur Söhne.« Joshs älterer Bruder Ronald hatte drei Söhne; der zweite Bruder Peter hatte zwei. »Ich dachte, es würde dir schwerfallen, im Krankenhaus aufzuhören«, sagte er.

Sie seufzte. »Ganz ehrlich, Josh, ich habe eigentlich genug vom Krankenhaus. Es ist komisch, weißt du, aber seit der Krieg vorbei ist, ist es für mich nicht mehr das Gleiche. Ich will damit nicht sagen, dass ich nicht froh bin, dass er beendet ist und dieses ganze Grauen ein Ende hat, aber ich fühle mich – leer, vielleicht.«

»Davon hast du nie etwas gesagt.«

»Ich dachte, es würde vorbeigehen. Ich kann einfach nicht mehr den Enthusiasmus von früher aufbringen. Alles ist anders. Die Lernschwestern auf meiner Station kommen mir so jung vor, Josh. Und kindisch, die meisten jedenfalls. Sie schauen mich an, als wär ich ein Relikt von anno dazumal.«

Sie fürchtete manchmal, sie betrachteten sie als alten Drachen mit festgefahrenen Ansichten. Es deprimierte sie, sich in der Rolle genau der Leute zu sehen, über die sie zu Beginn ihrer Laufbahn gelacht hatte. Erst vor ein paar Tagen, mit einigen Lernschwestern im Gespräch darüber, wie sie während des *Blitz* in der Pflege improvisieren mussten, hatte eine von ihnen ganz ungeniert gegähnt.

»Die Leute wollen vergessen«, meinte er. »Die Jungen wollen nicht an den Krieg denken.«

»Ja, ich weiß.« Und sie konnte sie verstehen.

»Mir geht es wie dir«, sagte er. »Was nützen mir jetzt die Fähigkeiten, die ich mir im Krieg aneignen musste? Ich kenne einige Männer, die hier weg sind, um in irgendwelchen Kleinkriegen am anderen Ende der Welt mitzumischen. Sie wollen die Spannung zurückhaben. Sie wissen nicht, wie sie ohne sie leben sollen. Meine Nerven sind dafür zu kaputt, aber ich kann schon verstehen, warum sie so handeln.« Er nahm ihre Hand. »Du willst doch dieses Kind, Rowan?«

»Ja, sehr.«

Aber es war schwer, sich an den Gedanken zu gewöhnen. Es wollte ihr einfach nicht in den Kopf. Sie hatte sich schon vor einiger Zeit damit abgefunden, dass sie nie Mutter werden würde.

»Ich bin ziemlich alt für ein erstes Kind, Josh – zweiunddreißig. Und die Vorstellung, ein Kind aufzuziehen, macht mir ganz schön Angst.«

»Ach was, du wirst eine großartige Mutter.«

Wirklich? Man konnte die besten Vorsätze haben und alles falsch machen. Wie Sigrid – sie hatte wahrscheinlich auch die besten Vorsätze gehabt.

Er küsste sie auf den Scheitel. »Pass auf, wir ziehen erst mal nach Suffolk. Da können können wir in Ruhe planen. Mach du dir bitte ja keine Sorgen. Nur sollten wir vielleicht heiraten, meinst du nicht?«

»Das sollten wir wahrscheinlich.« Wieder war sie den Tränen nahe. »Ja – ach, ja bitte, Josh.« Er nahm sie in die Arme und drückte sie an sich.

Das erste Haus auf ihrer Liste war verkauft, ehe sie es überhaupt zu sehen bekamen. In den folgenden Wochen besichtigten Thea und Cormac jedes Haus und jede Wohnung in der Gegend von Hexham, die zu verkaufen oder zu vermieten waren und im Bereich ihrer finanziellen Möglichkeiten lagen. Da waren die Wohnung über einer Frittenbude, in der es nach Bratfett roch, und das Häuschen auf dem Land, in dem die Zimmer so niedrig waren, dass Cormac nicht aufrecht stehen konnte. Dann der eiskalte Bungalow mit schwarzem Schimmel an den Wänden. Dann die Wohnung, in der sie jedes Wort des Streits in der Nachbarwohnung verstehen konnten, und das idyllische kleine Steinhaus inmitten einsamer Landschaft, in dem es weder Badezimmer noch Strom oder fließendes Wasser gab. Und dann waren da noch ein paar andere, alle gleich kalt und niederdrückend.

Sie besichtigten ein Reihenhaus in einem Dorf knapp zehn Kilometer außerhalb von Hexham. Der Garten glich einer Mülldeponie: eine zerfetzte, durchweichte Matratze, ein Sessel, aus dem das Rosshaar hervorquoll, durchnässte Kartons und Haufen von Dosen und Flaschen. Es sah aus wie nach einem Bombenangriff, dachte Thea, obwohl nichts darauf hinwies, dass hier jemals Bomben gefallen waren. Ein Mann in einer fleckigen Cordhose, der kaum je die Zigarette herausnahm, die ihm im Mundwinkel hing, führte sie herum. Auf einem Sofa im Wohnzimmer schlief ein halbwüchsiger Junge unter zerschlissenen Decken. Er zog sich die Decken über den Kopf, als sein Vater die Vorhänge öffnete. In jedem Raum roch es nach sauer gewordener Milch und Katzen.

Sie sprachen kein Wort, als sie gingen. Das Motorrad ratterte aus dem Dorf. Auf einer schmalen, kurvigen Straße hielt Cormac an, und Thea rutschte vom Sozius.

»Sieben Jahre bei der Armee«, sagte er bitter. »Lieber Gott. Und das steht uns zur Wahl: entweder im Dreck hausen oder zu meiner Familie ziehen. Während Männer wie Rufus Greville weiterhin das Sagen haben.« Sie sah den

Zorn in seinem Blick, als er sich ihr zuwandte. »Das habe ich mir nicht für uns vorgestellt, Thea. Nicht für uns und nicht für unsere Tochter.«

Da Rowan geschieden war, konnten sie und Josh nicht kirchlich getraut werden. Rowan spürte Missbilligung: Lediglich eine standesamtliche Trauung, das gab es nicht bei den Makepeaces. Sie selbst war im Grunde froh, dass es nicht anders ging. Eine kurze Feier ohne Aufhebens würde für Josh weit weniger anstrengend sein und für sie weniger belastet mit Erinnerungen an ihre erste Hochzeit mit Patrick. Und da Eheschließungen dieser Art in den Augen der Familie Makepeace etwas Dubioses anhaftete, würde niemand etwas dagegen haben, wenn sie in London heirateten statt in Suffolk, es wäre also für ihre Freunde einfacher, dabei zu sein.

Rowan sagte zu Thea: »Josh wird das Ganze wahrscheinlich unerträglich finden.«

»Tja, nicht jeder kann sich an Hochzeiten berauschen«, meinte Thea. »Ich war heilfroh, als meine vorbei war.«

Es war Rowans Hochzeitstag. Thea war ihre Trauzeugin. Sie betrachtete sich und ihre Schwester in ihrem Toilettenspiegel. Sie hatte sich die Haare hochgesteckt und mit einem kobaltblauen Band durchflochten, genau in der Farbe ihres Ensembles aus Seidenrips. Thea hatte ihre dunklen Haare geschnitten, sodass sie weich wie Federn ihr Gesicht umrahmten, und trug eine zierliche Kappe aus dem champignonbraunen Satin, aus dem auch das langärmelige Kleid gemacht war, das Rowan bei Edwina für sie ausgesucht hatte.

Rowan stand auf, um sich von der Seite im Spiegel zu

mustern. Viel war von ihrer Schwangerschaft noch nicht zu erkennen. Julia Makepeace hatte ihr einen ausladenden Strauß aus winterlichen Blättern und Beeren gesteckt, der den kleinen Ansatz um ihre Taille kaschieren würde.

Bill Makepeace würde ihr Brautführer sein. Rowan musste unwillkürlich an ihren Vater denken. Erst hatte er sich in die schöne Schwedin verliebt, die er in Paris kennenlernte, und dann, neun Jahre später, in die junge Krankenschwester, der er in einem Genesungsheim in London begegnete. Das immerhin hatten sie gemeinsam, sie und ihr Vater, diese Neigung, sich immer wieder neu zu verlieben. Aber sie wusste, dass es diesmal, mit Josh, für immer war.

Sie fuhren mit dem Taxi zum Standesamt. In einem Vorraum strich Thea ihrer Schwester noch einmal glättend über Kleid und Mantel. Rowan holte tief Luft, und Thea drückte ihr die Hand.

»Du siehst wunderschön aus, Kind«, sagte Bill Makepeace. »Josh wird stolz auf dich sein.«

Er bot Rowan den Arm, dann traten sie in den Raum, in dem sich die Gäste versammelt hatten. Rowans Blick fiel auf Josh, der mit Alex, seinem Trauzeugen, vorn stand, und ihr Herz schlug schneller. Und als Josh sich ihr zuwandte, überströmte sie die Liebe zu ihm, und sie wusste, dass ihre Ehe diesmal von Dauer sein würde.

20

Februar–Mai 1946

Thea schob den Kinderwagen von Lawton nach Hause. Sie hatte Polly und Nicolas Kleine, Janet, bei sich, da Nicola jetzt, zur Lammzeit, von früh bis spätabends auf dem Hof zu tun hatte. Als sie in Crawburn ankamen, war Janet eingeschlafen. Vorsichtig hob sie Polly vom Kinderwagensitz und stellte ihn draußen vor die Küchentür in den Schatten des vorspringenden Dachs. Feiner Regen glänzte auf den Pflastersteinen im Hof. Sie trug Polly nach oben und packte sie zum Mittagsschlaf in ihr Bettchen, dann holte sie die Einkäufe ins Haus. Sie schnitt das Gemüse für einen Eintopf, rührte geschlagene Eier, Butter und Mehl zu einem Teig zusammen und stellte ihn ins Rohr. John, Jack und Francis waren auf dem Hof, um sich gemeinsam mit Nicola um die Schafe und neugeborenen Lämmer zu kümmern, da musste sie ordentliche Mengen Essen auf den Tisch bringen. Sie schälte die Kartoffeln und räumte dann in Windeseile die Küche auf, bevor sie nach Janet sah. Aufatmend setzte sie sich schließlich mit einer Tasse Tee in die Wohnstube und schlug das Buch über Wheelers Ausgrabung von Maiden Castle in Dorset auf, das sie sich in der Bücherei von Hexham bestellt hatte.

Sie war gerade am Ende der ersten Seite angelangt, als sie draußen Janet weinen hörte. Sie klappte das Buch zu und holte die Kleine aus dem Wagen. Kaum hatte sie ihr das Fläschchen warm gemacht, rief Polly von oben. In ihrem Zimmer setzte sich Thea aufs Bett und fütterte Janet, während sie gleichzeitig mit Polly ein Bilderbuch anschaute. Gedanken an ihre Freunde gingen ihr durch den Kopf. Sie hatte am Morgen einen Brief von Peggy bekommen, die schrieb, dass Ralph und Nancy Waldham, die damals in Bloomsbury mit ihnen im selben Haus gewohnt hatten, jetzt drei Kinder hatten. Nancy verbringe mehr Zeit in Wales bei ihrer Mutter als bei Ralph in London, berichtete Peggy. Peggy selbst lebte weiterhin in Cornwall. Sie hatte sich von Gerald getrennt. Thea hätte sie gern besucht, aber bis nach St. Ives, wo Peggy jetzt zu Hause war, waren es um die achthundert Kilometer, das ging nicht. Claudia Daniels, mit der zusammen sich Thea damals zum A. T. S. gemeldet hatte, lebte in York, nicht allzu weit entfernt. Da könnte sie doch vielleicht einmal hinfahren. Aber sie verwarf den Gedanken sofort: Eine Zugfahrt, vielleicht mit mehrmaligem Umsteigen, mit einen Kleinkind, Kinderwagen und dem ganzen Zeug, das man so brauchte – Proviant, Windeln, Kleidung zum Wechseln –, um Claudia zu besuchen, die sich ein Zimmer mit einer Freundin teilte, das ging gar nicht. Claudia arbeitete in einer Bücherei. Thea stellte sie sich vor, wie sie Bücher sortierte und stempelte, und verspürte einen Anflug von Neid.

Als Janet gefüttert war, wickelte Thea beide Kinder. Sie hatte nur noch drei saubere Windeln; sie musste unbedingt welche waschen. Nachdem sie die schmutzigen im Becken in der Spülküche eingeweicht hatte, setzte sie in der Küche Janet in ihr Babystühlchen und Polly mit Malkreiden und Papier in das Ställchen und deckte den Tisch für das Abendessen. Polly war weinerlich, der späte Nachmittag war immer die schlimmste Zeit, und schluchzte, als eine ihrer Wachsmalkreiden abbrach. Thea setzte sie auf die Geschirrablage, während sie die Windeln ausspülte. Polly auf eine Hüfte geklemmt, wollte sie gerade nach den Kartoffeln schauen, als Janet zu weinen begann. Die Kartoffeln kochten über, aber die Windeln mussten auf den Wäscheständer beim Ofen, sonst würden sie nicht schnell genug trocknen, und sie würde ohne dastehen. Eilig setzte sie Polly zurück in ihr Ställchen, sah nach den Kartoffeln und spülte dann die Windeln aus. Beide Kinder heulten.

Nicola kam herein, als Thea Janet zu trösten versuchte. »Lass mal, ich stille sie.« Sie setzte sich auf den nächsten Stuhl, knöpfte ihre Bluse auf und nahm Thea das Kind ab. Sie sah müde aus.

»Wie ist es gegangen?«

»Wir haben zwei Lämmer verloren. Dad hat's versucht und ich auch, aber wir konnten sie nicht retten.« Janet hörte abrupt auf zu weinen, als sie die Brust gefunden hatte. »Hast du Dad gesehen?«

»Noch nicht.«

»Dann hast du's also noch gar nicht gehört?«

»Nein, was denn?«

»Rufus hat den Forst eingezäunt.«

Thea, die die Windeln auf dem Wäscheständer verteilte, drehte sich um. »Low Chase?«

»Ja. Heute waren den ganzen Tag zwei Männer draußen und haben zwischen unserer Wiese und dem Forst einen Zaun gezogen.«

»Das kann er nicht machen.«

»Natürlich kann er, Thea, es ist sein Land. Er kann uns jederzeit daran hindern, es zu betreten. Das haben wir Jack und Francis zu verdanken. Rufus Greville hat's nicht gern, dass man sich über ihn lustig macht. Jeder, der an Langhill vorbeikommt, musste die rote Schmiere auf dem Tor sehen. Anscheinend haben ein paar Leute Bemerkungen gemacht, als Rufus in Lawton war, und hinter seinem Rücken gelacht. Ich kann mir vorstellen, dass er wütend war.«

Die Tür öffnete sich. Robert, Lennie, John und Cathy traten in die Küche. »Ich fackle das verdammte Ding ab«, schimpfte Robert.

»Dad!«, zischte Nicola. »Die Kinder!«

»Ja, Entschuldigung. Aber ich tu's. Ich zünde diesen Zaun an.«

»Und was soll das bringen?«

»Ja, was soll ich denn machen?« Roberts Stimme schwoll an. »Sagen, ja, Mr Greville, ganz wie Sie wollen, Mr Greville, ein paar Kilometer extra außenrum gehen macht uns nichts aus?«

»Der blöde Kerl«, sagte Francis. Die Zwillinge legten draußen im Flur ihre nassen, verdreckten Ölmäntel und Stiefel ab. »Für wen hält der sich? Wir haben den Weg schon immer benutzt.«

Janet begann wieder zu weinen. »Sch-sch, Schatz«, murmelte Nicola besänftigend und versuchte, den Mund der Kleinen wieder an ihre Brust zu führen.

»Geh rüber und stille sie in der Wohnstube, Nicola«, sagte Cathy. »Da habt ihr Ruhe. Ich helfe Thea mit dem Essen.«

Die Familie setzte sich an den Tisch, und Thea und Cathy trugen das Essen auf. Thea brachte Nicola einen Teller in die Wohnstube. Nicola sah sie mit hochgezogenen Brauen an. »Er tut's«, sagte sie leise. »Ich traue es Dad zu, dass er den Zaun abbrennt. Du hättest ihn draußen hören sollen, er war so wütend.«

Cormac kam von der Arbeit nach Hause, als sie bei der Nachspeise saßen. Er holte sich seinen warm gehaltenen Teller aus dem Rohr und quetschte sich neben Thea, die Polly auf dem Schoß hatte, an den Tisch.

»Ich geb dir die Zündhölzer, Onkel Robert«, rief Jack laut, um die anderen, die immer noch erregt diskutierten, zu übertönen.

Cormacs Stimme durchschnitt das Getöse. »Du rührst diesen Zaun nicht an.« Sein kalter Blick traf erst den einen, dann den anderen Zwilling. »Du nicht … und du auch nicht. Ihr lasst die Finger davon, verstanden?«

Francis machte ein mürrisches Gesicht. Jack entgegnete: »Ich seh nicht ein, warum wir uns das brav gefallen lassen sollen.«

»Ich werde mit Rufus Greville reden. Dad, Onkel John, lasst es einfach, ja?«

Neue Proteste erhoben sich. Thea, die das Gestreite nicht mehr hören konnte und Kopfschmerzen hatte, stand unter dem Vorwand auf, dass sie Polly noch baden müsse, und floh nach oben. Sie ließ das Wasser einlaufen und zog Polly aus.

Cormac kam ins Zimmer und schloss die Tür hinter sich. »Ist das den ganzen Tag so gegangen?«

»Ich weiß nicht. Ich habe mich um die Kinder gekümmert.«

»Lass mich das machen. Du bist ja völlig erledigt.« Er nahm ihr die strampelnde nackte Polly ab und ließ sie vorsichtig ins Wasser gleiten.

Thea wischte sich mit einem Schulterzucken die Haare aus den Augen. »Diese ewigen Streitereien. Das macht mich fertig, Cormac.«

»Ich weiß. Es tut mir leid.« Er sah Thea an, während er

Polly einseifte. »Ich finde etwas für uns, ganz bestimmt, Schatz. Bald. Ich versprech's dir.«

»Es ist ja nicht deine Schuld.«

Sie ging nach unten, um die Windeln zu holen. Während sie in der Spülküche stand und sie faltete, sah sie sich selbst, wie sie stumm und starr unter den tobenden Jamiesons am Tisch saß. Sie hatte sich in eine Frau verwandelt, die sie kaum wiedererkannte. Eine Frau, die keine Seite in einem Buch lesen konnte, ohne darüber einzudösen oder gestört zu werden. Eine Frau, die sich über Windeln und Kochrezepte Gedanken machte statt über alte Tonscherben und Geweihhacken. Eine Frau, die über Abstillen und wunde Babypopos redete, anstatt die Schwierigkeiten der zeitlichen Einordnung von Eisenzeitsiedlungen zu diskutieren. Eine Frau, die immer müde war und allmählich den Glauben an ihre Fähigkeiten verlor.

Sie schaute zum Fenster hinaus. Es regnete immer noch. Sie sah die nassen Steine auf der Terrasse vor sich und den schmalen Trampelpfad, der auf dunklem, niedergetretenem Gras über die Wiese führte. Und sie stellte sich den Zaun vor, der nun Crawburn von Rufus Grevilles Land abschnitt. Sie dachte an die Anlage aus der Eisenzeit, die sie im Wald entdeckt hatte, an die moosgrünen alten Steine, an ihre Zeichnungen und an die Recherchen, die sie aufgenommen hatte, um sich ein Bild von dem zu machen, was dort einst gestanden hatte. Diese Arbeit hatte ihrem Leben hier einen Sinn gegeben; jetzt erschien sie fruchtlos, vergeudet.

Sally war zu Besuch gekommen und hatte ihre kleinen Mädchen mitgebracht. Sie spielten drüben in Sophies Wohnzimmer mit Ruby und Kenneth. In der Küche beschwerte sich einer der Mieter, der ewig nörgelnde Mr Nuttall, bei Sophie über das Essen.

»Ich dachte, als ich das Zimmer mietete, hätte ich klargestellt, dass ich eine zarte Gesundheit habe. Etwas geschmorter Fisch oder auch Rührei ... das ist doch gewiss nicht zu viel verlangt.«

Sophie hatte weder Fisch noch Eier da, aber sie versprach zu versuchen, für den Abend etwas Geeignetes aufzutreiben. »Wenn das ginge, Mrs Craxton«, sagte Mr Nuttall, der reisender Vertreter war. Dann warf er mit erhobenen Brauen einen Blick in Richtung Wohnzimmer und stöhnte: »Mein Gott, dieser Lärm.«

Sophie hätte am liebsten gesagt, so sei das nun mal mit kleinen Kindern, sie machten Lärm, aber sie hielt den Mund und holte stattdessen Einkaufstasche, Lebensmittelkarte und Portemonnaie, zog ihren Mantel an und stülpte ihre Mütze über den Kopf. Dann ging sie. Es war ein harter Winter gewesen, und der Frühling hatte nur zögernd Einzug gehalten. Heute hatte sich der Nebel den ganzen Tag nicht gelichtet. Sophie stellte die leeren Milchflaschen vor der Tür gerade und wischte mit dem Mantelärmel über den Türknauf aus Messing. Dann schloss sie das Törchen hinter sich.

Sie blickte den Bürgersteig hinauf und sah jemanden aus dem Nebel auf sich zukommen. Einen Mann, groß und breitschultrig, in dunklem Mantel. Die verschwommene Gestalt verdichtete sich.

Ed Willoughby.

Sie blieb stehen wie vom Donner gerührt. »Ed!«, rief sie. »Das gibt's doch nicht! Ed!« Sie starrte ihn an, erwartete beinahe, dass er wieder im Nebel zerfließen würde.

Er kam ihr mit strahlendem Lächeln entgegen. »Komme ich gerade ungelegen?«

»Nein, nein, überhaupt nicht.« Sie hielt die Einkaufstasche hoch. »Ich muss nur noch mal los, Fisch besorgen, für meinen Mieter zum Abendessen.«

»Kann ich mitkommen?«

»Aber natürlich, gern.«

Während sie beim Fischhändler in der Schlange warteten, fielen ihr die kleinen Veränderungen an ihm auf. Er hatte einige weiße Haare mehr, an den Schläfen und an den Seiten, und auch ein paar Fältchen mehr um die braunen Augen. Doch sein Lächeln war unverändert, klar und herzlich.

Es gelang ihr, ein Stück Seelachs und zwei Bücklinge zu ergattern; er nahm ihr die Einkaufstasche ab. »Da, über der Straße, ist ein Café«, sagte er. »Wenn Sie Zeit hätten …«

Sie suchten sich einen Tisch, und nachdem Ed bestellt hatte, wagte er endlich zu fragen: »Wie geht es Ihnen denn jetzt, Sophie?«

»Ach, mir geht's gut. Und Ihnen?«

»Danke, ich kann nicht klagen. Und die Familie?«

»Ich habe jetzt noch eine kleine Enkelin, Isobel. Sie ist die Tochter von Duncan und Sally, ein süßes kleines Ding. Und Ruby erwartet in drei Monaten ihr zweites Kind.«

Ed gratulierte ihr, dann erkundigte er sich nach den Mietern.

»Vera Cornish ist im vergangenen August ausgezogen«, erzählte Sophie. »Sie lebt jetzt bei ihrer Schwester in Birmingham und unterrichtet an einer Mädchenschule. Wir schreiben uns regelmäßig. Ich musste natürlich ein paar neue Mieter aufnehmen.« Sie hätte das vierte Zimmer gern Stuart und Ruby für die Kinder gegeben, aber das Geld war knapp. Stuart bezahlte ihr einen kleinen Beitrag, den sie nur nahm, weil er darauf bestand. Seine Stellung im

Hotel war nicht gut bezahlt, und er musste sparen, wenn er und Ruby sich in absehbarer Zeit eine eigene Wohnung nehmen wollten. Dabei war Ruby ihr eine so große Hilfe im Haus, dass sie oft dachte, sie sollte eigentlich ihr etwas bezahlen.

Die Kellnerin brachte ihnen eine Kanne Kaffee. »Die neuen Mieter können Ihnen und Vera nicht das Wasser reichen, Ed«, sagte Sophie, während sie einschenkte. »Mr Nuttall hat ständig etwas zu bemängeln und ist unglaublich von sich eingenommen. Und Miss Kerridge… Sie behauptet, Balletttänzerin zu sein. Kommt nachts zu den unmöglichsten Zeiten nach Hause und ist wahnsinnig schlampig.« Sophie graute jedes Mal vor den Bergen herumliegender kunstseidener Unterwäsche und schmutziger Nylonstrümpfe, die sie erwarteten, wenn sie Miss Kerridges Zimmer sauber machen musste.

Sie stellte ihre Tasse ab. »Ich kann für diese Leute keine Sympathie aufbringen, Ed.« Sie seufzte. »Meine Mieter damals, im Krieg, die mochte ich. Sie und Vera und John und die meisten anderen. Sie waren Freunde für mich. Mr Nuttall hat mir erzählt, dass er wegen Untauglichkeit nicht zum Militär musste. Er hat so etwas Schwammiges, wissen Sie. Und bei Miss Kerridge kann man nicht umhin, sich zu fragen, wie sie zu ihrem teuren Make-up und ihren Nylonstrümpfen kommt. Oh, oh!« Sie schnitt eine Grimasse. »Wehe dem Vorurteil.«

Er bot ihr eine Zigarette an, die sie nahm, dann gab er sich einen Ruck. »Ich habe nach dem Krieg versucht, Sie ausfindig zu machen. Erst war ich mir nicht sicher, ob ich Sie besuchen sollte nach dem, was wir vereinbart hatten, aber dann habe ich mich einfach dazu entschlossen. Ich wollte wenigstens wissen, wie es Ihnen geht. Als ich sah, in welchem Zustand Ihr Haus war, hatte ich Angst, Ihnen allen wäre etwas Schreckliches zugestoßen. Aber dann sagte mir einer Ihrer Nachbarn, dass Ihnen nichts passiert ist. Er konnte mir allerdings nicht sagen, wo Sie leben.«

»Wir sind erst einmal herumgezogen«, sagte sie. »Es war schwierig damals. Aber, mein Gott, es hätte so viel schlimmer kommen können. Wir hatten großes Glück.«

»Ich bin danach noch ein paarmal hier gewesen. Ich komme nicht so oft nach London, aber jedes Mal, wenn ich hier war, habe ich in der Gilbert Street vorbeigeschaut.« Er hielt inne. Sie sah ihm an, dass er überlegte. »Wenn ich Sie heute nicht getroffen hätte«, fuhr er schließlich fort, »hätte ich es, glaube ich, nicht noch einmal versucht. Damals, im Krieg, als ich wegmusste, hoffte ich, Sie würden mir schreiben, Sophie. Es hat lange gedauert, bis ich akzeptieren konnte, dass Sie sich dagegen entschieden hatten. Aber wenn man gegen alle Vernunft immer weiter hofft, öffnet man damit schließlich nur dem Schmerz Tür und Tor.«

»Es ist genau an dem Tag passiert, an dem Sie weggegangen sind.« Sophie sprach schnell, als hätte sie Angst, ihr könnte die Zeit ausgehen. »Die V-1. Ich hatte vor, Ihnen noch am Nachmittag zu schreiben.«

Er runzelte die Stirn. »Am selben Tag?«

»Ja. Sie hatten mir Ihre Adresse auf einen Zettel geschrieben, Ed, und ich habe ihn oben in meine Kommode gelegt. Danach bin ich weggegangen. Und als ich zurückkam, war vom oberen Stockwerk nichts mehr da. Alles war verbrannt oder vom Löschwasser so durchnässt, dass es nicht mehr zu gebrauchen war.«

Er rieb mit der Fingerspitze über die zwei Furchen zwischen seinen Brauen, als wollte er sie glätten. »Wenn Sie meine Adresse noch gehabt hätten, was hätten Sie mir geschrieben?«

»Wie sehr ich bedaure, dass ich gezögert habe. Und dass ich Sie sehr gernhabe.«

Sie bemerkte, wie er die Lider senkte, als wollte er ihr nicht in die Augen sehen, und ihr kam der Gedanke, dass es vielleicht zu spät war. Mühsam sagte sie: »Vielleicht haben Sie jemand anderen kennengelernt.«

»Nein.« Er schüttelte den Kopf. »Nein, Sophie. Sie sind nicht die Einzige, die etwas zu bedauern hat. Ich hätte Ihnen schreiben können. Ich hätte früher kommen können.« Er räusperte sich. »Aber zurückgewiesen zu werden ist eben so kränkend. Ich wollte Sie sehen, weil ich dachte, dann könnte ich Ihnen Ihre Gefühle vom Gesicht ablesen. Ich dachte, ich könnte erkennen, was Sie von mir halten. Sie würden die Tür vielleicht einen Spalt öffnen, und dann würde ich sehen, ach, ich weiß nicht – dass ich Ihnen auf die Nerven falle, vielleicht. Und wenn es so wäre, dachte ich mir, würde ich ein bisschen höfliche Konversation machen und schleunigst den Rückzug antreten.«

»Wie wir uns selbst quälen«, sagte sie leise.

»O ja. Wie wahr.«

Ihre Hände trafen sich in einer unwillkürlichen Bewegung. Berührung war wirksamer als Sprache. Sie hob die Missverständnisse auf. Sie gewährte ihr eine Möglichkeit zum Glück.

»Es war schwer für mich, wieder nach vorn zu schauen«, sagte sie. »Wegen Hugh. Ich habe zu lange gebraucht.«

»Nicht alle Männer sind wie Hugh. Ich bin nicht wie er.«

»Das weiß ich, Ed. Aber nach Hughs Tod musste ich lernen, allein zurechtzukommen. Es war hart, aber ich habe es geschafft. Mit der Hilfe von wunderbaren Menschen, die mir begegnet sind.«

»Was glauben Sie, warum er es getan hat?«

Sie dachte an Hugh, gut aussehend, charmant, psychisch verletzt. »Weil er es konnte.« Sie hatte viel Zeit gehabt, über diese Frage nachzudenken. »Weil sich ihm die Gelegenheit geboten hat. Frauen flogen auf ihn.«

Die Kellnerin räumte die Tische ab, in ihrer Einkaufstasche begann Mr Nuttalls Seelachsfilet, warm zu werden, und die Mieter warteten auf den Nachmittagstee. Ed bezahlte, und sie gingen. Auf dem Rückweg zum Haus hakte sie sich bei ihm ein und bat ihn, von seiner Frau Jenny zu erzählen, die vor fast zehn Jahren gestorben war. Er habe sie innig geliebt, sagte er. Sie hatten sich mit achtzehn bei einem Tanzabend der Kirchengemeinde getroffen. Er schilderte eine lebensfrohe, energische Frau, die gern getanzt und Tennis gespielt hatte.

»Wir sind oft zusammen tanzen gegangen«, erzählte er. »Ich war nie eine Größe, aber sie war wirklich gut und hat mir richtig Beine gemacht. Nach ihrem Tod habe ich nie mehr getanzt. Und ich dachte, ich würde nie mehr lieben. Sie sind nicht die Einzige, die erst wieder leben lernen musste, Sophie. Ich habe auch lange dazu gebraucht.«

Die Atmosphäre im Haus war gedrückt. Zwar hatte Cormac Rufus Greville aufgesucht, um mit ihm über den Zaun zu sprechen, aber Rufus hatte sich unnachgiebig gezeigt, und der trennende Zaun war geblieben. Ein paar Tage später hatte Robert Jamieson nachmittags seinen Bruder John in Bane Rigg besucht, und die Männer hatten einiges zusammen getrunken. Auf dem Heimweg bei schlechtem Wetter beschloss Robert, den kürzeren Weg durch Low Chase zu nehmen. Im Dunklen versuchte er, über den Zaun zu klettern, rutschte ab und holte sich in einem Bein eine Muskelzerrung. Er war vom Regen bis auf die Haut durchnässt, als er schließlich humpelnd zu Hause ankam, und in den folgenden Tagen hatte sich bei ihm eine Bronchitis entwickelt. Da sein Zustand sich immer weiter verschlechtert hatte, war er an diesem Morgen ins Bezirkskrankenhaus gebracht worden. Nicola erwartete Cormac mit der Nachricht, als er am Abend von der Arbeit nach Hause kam.

»Ich fahre hin und sehe nach ihm«, erklärte er und schlüpfte wieder in seinen nassen Mantel.

»Lass mich das machen«, sagte Nicola.

»Nein, du bleibst hier.« Er gab Thea und Polly einen Kuss und machte sich auf den Weg.

Thea brachte Polly zu Bett, dann räumte sie zusammen mit Nicola die Küche auf, während Lennie in der Wohnstube und dem etwas förmlicheren Wohnzimmer Feuer machte. Der Regen prasselte ohne Unterlass gegen die Fensterscheiben. Es wurde neun Uhr, und Cormac war noch immer nicht zurück, obwohl die Besuchszeit im Krankenhaus um acht Uhr beendet war. Thea, Nicola und Lennie saßen in der Wohnstube zusammen. Für die Familie Jamieson war es ein ungewöhnlich ruhiger Abend, es wollten keine Gespräche aufkommen. Sie machten sich alle Sorgen um Robert und fürchteten wohl, vermutete Thea, Cormac sei im Krankenhaus geblieben, weil es seinem Vater schlechter ging.

Um halb zehn ging Thea nach oben und legte sich hin. Jedes Mal, wenn sie kurz vor dem Einschlafen war, schreckten die Geräusche von Sturm und Regen sie auf. Als sie endlich in einen tieferen Schlaf glitt, hörte sie unten die Haustür klappen. Gleich darauf kam Cormac ins Zimmer.

»Wie geht es deinem Dad?«, flüsterte sie.

»Stabil, sagt der Arzt.« Er zog sich die nassen Sachen aus. »Aber schwach. Er konnte sich kaum aufsetzen im Bett. Es ist schrecklich, ihn so zu sehen.« Er nahm ein Handtuch und frottierte sich die Haare.

»Du bist ja klatschnass.«

»Kein Wunder bei dem Regen.«

»Du warst lange weg.«

»Ich musste etwas erledigen.«

Polly brabbelte im Schlaf vor sich hin, und Cormac sah noch einmal nach ihr. Dann kam er zu Thea ins Bett und nahm sie in die Arme. Sie zuckte unter der Berührung seiner kalten Haut zusammen. Dann schlief sie wieder ein.

Am nächsten Morgen kümmerte sich Cormac um Polly und ließ Thea schlafen. Als sie später nach unten kam, war Cormac schon zur Arbeit gefahren. Nicola sagte ihr, dass sie im Krankenhaus angerufen hatte. Robert hatte eine ruhige Nacht verbracht. Sie setzte Janet in den Kinderwagen, um mit ihr ins Dorf zu gehen.

Thea backte mit Pflaumen, die sie im vergangenen Sommer eingemacht hatten, einen Kuchen für den Nachmittag, während Polly sich in ihrem Babystuhl mit den Teigresten vergnügte. Der Postbote brachte einen Brief von Grace, den Thea, nachdem sie ihn gelesen hatte, oben hinter den Spiegel ihres Toilettentischs steckte.

Dann klopfte es an der Haustür. Sie öffnete. Ein Polizist stand auf der Vorstufe. »Mrs Jamieson?«, fragte er.

Als er gegangen war, schob Thea den Kuchen ins Rohr, hob die Teigklümpchen vom Boden auf und machte Polly sauber. Bald nachdem sie sie gefüttert und zu ihrem Mittagsschlaf nach oben gebracht hatte, kam Nicola aus

Lawton zurück. Thea erzählte ihr vom Besuch des Polizeibeamten. Rufus Greville hatte Anzeige wegen Sachbeschädigung erstattet. Irgendjemand war dem Zaun um Low Chase mit einer Axt zu Leibe gerückt.

»Das waren bestimmt wieder die Zwillinge«, rief Nicola aufgebracht. »Das wird Riesenärger geben. Diese Idioten!«

Thea sagte nichts. Der Polizist hatte sie gefragt, ob sie eine Ahnung habe, wer den Zaun beschädigt haben könnte. Nein, sie wisse nichts darüber, hatte sie halbwegs aufrichtig gesagt. Nicola musste recht haben, sicher hatten Jack und Francis den Zaun zerlegt. Das passte zu ihnen. Trotzdem bekam sie den Gedanken an Cormac nicht aus dem Kopf, der so spät nach Hause gekommen war und so gründlich durchnässt vom Regen, dass seine Kleider noch heute Morgen, als sie sie zur Wäsche gelegt hatte, feucht gewesen waren.

Cormac war viel zu vernünftig, um so etwas zu tun, sagte sie sich. Aber in letzter Zeit hatte er verschlossen gewirkt. Es erschreckte sie, dass sie sich nicht erinnern konnte, wann sie das letzte Mal ein richtiges Gespräch miteinander geführt hatten. Dabei hatten sie doch immer alles miteinander bereden können.

Er konnte das nicht getan haben. So dumm wäre er nicht.

Am Nachmittag besuchte Nicola ihren Vater. Thea kümmerte sich um die Kinder und das Abendessen. Sie dachte über Grace' Brief nach, und sie dachte über Cormac nach, wie er sich beim Nachhausekommen die Haare trocken frottiert hatte. »Du warst lang weg.« »Ich musste etwas erledigen.«

Robert ginge es besser, berichtete Nicola, als sie aus dem Krankenhaus zurückkam. Er hatte aufrecht gesessen und sich mit ihr unterhalten. Sie hatte ihm nichts von der Sache mit dem Zaun erzählt. Er würde es natürlich erfahren, wahrscheinlich von Cathy oder John, aber sie hatte ihn nicht aufregen wollen. Nach ihrem Besuch hatte sie noch mit einer der Schwestern gesprochen, die ihr versichert hatte, dass ihr Vater gut auf die Behandlung ansprach.

Am Morgen, bevor er zur Arbeit aufgebrochen war, hatte Cormac ihnen gesagt, dass er in Hexham bleiben und abends seinen Vater besuchen werde. Sie aßen also allein zu Abend, und danach legte Thea Polly schlafen. Sie kniete sich, wie sie das jeden Abend tat, neben das Bettchen und sang Schlaflieder, eins nach dem anderen, immer wieder, mit leiser werdender Stimme. Sie wünschte, sie könnte sich an das schwedische Wiegenlied erinnern, das ihre Mutter ihr immer vorgesungen hatte, aber ihr war nichts im Gedächtnis geblieben. Hatte auch Sigrid einmal neben dem Bettchen ihrer Tochter gekniet und sich voller Angst gefragt, was ihr Mann getan hatte? Ob er vielleicht ein ganz anderer war als der, den sie gesehen hatte, als sie ihn geheiratet hatte?

Polly waren die Augen zugefallen. Ohne mit dem Singen aufzuhören, stand Thea leise auf und las noch einmal Grace' Brief. Grace bot ihr für den Sommer Arbeit an. Sie wollte für Grabungen an einem Langgrab in Wiltshire so viele Mitarbeiter des alten Teams zusammentrommeln, wie sie konnte. Thea versuchte, die aufkeimende Sehnsucht zu unterdrücken. Sie brauchte den Brief nur zu zerreißen, dachte sie, und zu vergessen, was einmal gewesen war.

Sie brachte es jetzt nicht über sich, nach unten zu gehen. Stattdessen setzte sie sich aufs Bett und las. Nach einer Weile hörte sie Stimmen aus dem Hausflur und erkannte die Cormacs.

Er trat ins Zimmer. »Schläft sie?«, flüsterte er.

»Ja. Wie geht es deinem Dad?«

»Besser, Gott sei Dank.« Er zog seine Jacke aus und hängte sie über die Stuhllehne.

Sie wartete darauf, dass er mehr sagen würde, doch er schwieg. Nicola oder Lennie mussten ihm von der Zerstörung des Zauns berichtet haben. Sie fand es merkwürdig, dass er nichts davon erwähnte. Stumm sah sie zu, wie er seinen Schlips abnahm, ihn zusammenrollte und in die Kommode legte. Er hatte sie noch nicht einmal richtig angesehen. Es war, dachte sie, als würden sie einander kaum kennen.

»Warst du es, Cormac?«

Da erst schaute er sie an. »Es steht ihm nicht zu, den Wald abzusperren.«

Sie drückte die Hand auf den Mund.

»Ja, er hat ein Stück Papier, auf dem steht, dass der Wald ihm gehört, aber du und ich, wir wissen doch, dass dieses alte Land Gemeinschaftsland ist, das uns allen gehört. Rufus Greville ist nur der Hüter, sonst nichts.«

Sie schob sich die Stirnfransen aus dem Gesicht. Sie müsste sich dringend die Haare schneiden, dachte sie. Sie musste Klarheit schaffen, bei sich und in ihrem Leben. »Du hast mir nichts davon gesagt. Du hast das einfach gemacht, ohne mir ein Wort zu sagen.«

»Ich wollte dich nicht beunruhigen.«

»Blödsinn. Du hattest kein Vertrauen zu mir.«

»Das ist nicht wahr. Rufus Greville hat kein Recht darauf. Und als ich Dad da im Krankenhaus sah …«

»Darum geht es nicht.« Ihre Stimme war leise und hart. »Ich dachte, wir beide wollten alles teilen. Wir müssen ehrlich miteinander sein. Nach allem, was wir geschafft haben, ziehst du los und tust so was! Setzt unsere Zukunft aufs Spiel!«

»Unsere Zukunft?« Seine blauen Augen schienen plötzlich eisig. »Welche Zukunft? Was haben wir denn schon geschafft, wir beide? Was haben wir denn vorzuzeigen nach diesen endlosen Jahren der Trennung? Nichts! Wir haben nicht einmal ein eigenes Zuhause.«

»Wir haben uns. Wir haben Polly. Das ist nicht nichts.« Ihr kamen die Tränen, und sie kniff zornig die Augen zusammen, um sie zurückzudrängen.

Er trat ans Fenster und schob den Vorhang ein wenig zur Seite. Mit dem Rücken zu ihr sagte er: »Ich habe mir das Heimkommen anders vorgestellt. Ich habe dich enttäuscht.«

Sie starrte ihn an. »Nein.«

»Ich wollte für dich sorgen. Stattdessen sitzen wir hier auf diesem Hof, können nicht weg und müssen uns in die Streitereien anderer Leute hineinziehen lassen.« Er drehte sich um. »Du bist nicht glücklich, Thea, stimmt's?«

Doch, natürlich bin ich glücklich, aber die Worte wollten ihr nicht über die Lippen. Sie senkte die Lider, eben noch hatte sie gesagt: »Wir müssen ehrlich miteinander sein.«

»Ich liebe dich, Cormac, und ich liebe Polly.«

»Das weiß ich. Aber du bist nicht glücklich.«

Sekunden vergingen, ehe sie mit kleiner Stimme sagte: »Ich sollte glücklich sein. Ich habe Polly. Ich habe dich. Ich habe ein Dach über dem Kopf.«

»Das Hausfrauendasein langweilt dich zu Tode, das merke ich doch.«

Sie knüllte die Patchworkdecke in ihren Händen zusammen. »Aber es sollte mich nicht langweilen, Mutter zu sein, oder?«

Sie empfand tiefe Scham. Sie dachte: Meine Mutter setzte uns in ein Boot und fuhr bei Sturm mit uns aufs Meer hinaus, und ich wäre ertrunken, wäre nicht Rowan gewesen. Vielleicht hatte es auch Sigrid nicht genügt, nur Mutter zu sein. Und wie hatte es geendet?!

Cormac setzte sich neben sie aufs Bett. »Thea, du liebst sie, und das ist alles, was zählt«, sagte er liebevoll. »Das ganze Drumherum – das brauchst du nicht zu lieben.«

»Aber viele Frauen sind glücklich und zufrieden damit.«

»Na und? Wenn ich eine Frau gewollt hätte, der Kochen und Putzen genug ist, hätte ich mir so eine Frau gesucht.«

Sie schwiegen beide. Thea dachte an den Brief hinter dem Spiegel ihres Toilettentischs. Er sollte es wissen.

»Grace hat mir geschrieben«, sagte sie.

»Und was hat sie geschrieben?«

»Sie hat mir Arbeit angeboten, diesen Sommer, in Wiltshire.«

»Dann greif zu.«

»Wie kann ich denn?«

»Wir finden schon einen Weg. Nicola kümmert sich gern um Polly, das weißt du. Und Tante Cathy auch. Und ich nehme mir eine Weile frei.«

»Das kann ich nicht von dir verlangen.«

»Warum nicht? Ich bin ihr Vater.« Er berührte ihre Hand, der erste körperliche Kontakt, seit er ins Zimmer gekommen war. »Die Arbeit bei Phil ist als Übergang ganz in Ordnung, aber ich werde da nicht bleiben. Mir ist klar geworden, dass das nichts für mich ist, immer nur drinnen zu sein.«

»Davon hast du nie etwas gesagt.«

»Nein.«

»Wir sind ein ziemlich hoffnungsloses Paar, oder?«

»Das finde ich nicht.« Der Anflug eines Lächelns. »Ich glaube, wir sind dabei, uns zu finden. Meinst du nicht auch?«

Sie nickte. Er umschloss ihre Hand. »Thea, ich will nicht derjenige sein, der dich einschränkt. Ich will nicht der Mann sein, der dich dazu zwingt, etwas zu sein, was du nicht sein willst. Ich denke schon eine Weile darüber nach, dass wir hier vielleicht wegziehen sollten.«

»Weg von Crawburn?«

»Ja.«

»Das würde ich nie von dir verlangen. Ich weiß doch, wie gern du hier bist.«

»Ich kann lernen, auch woanders gern zu sein.«

Sie dachte darüber nach. Dann sagte sie: »Wohin würden wir denn gehen?«

»Irgendwohin, wo wir neu anfangen können. Hier ist man wie von einem Netz umsponnen. Ich weiß nicht, ob das so erstrebenswert ist. Es ist schön und gut, einen Ort zu lieben, aber nicht, wenn es einen hemmt. Ich habe das Gefühl, ich kann mich hier nicht entfalten. Ganz gleich, wo wir landen, Thea, ich werde es schön finden, solange ich mit dir zusammen bin. Das ist das Einzige, was mir wichtig ist.« Sein Blick wanderte durch das Zimmer und kehrte zu ihr zurück. »Gestern Abend ist es einfach mit mir durchgegangen. Ich habe dir nicht erzählt, was passiert ist, als ich wegen des Zauns bei Rufus Greville war. Ich kam mir am Ende wie ein Idiot vor, dass ich geglaubt hatte, ich könnte ihn umstimmen. Er hat mich wie einen Bediensteten behandelt, einen Untertan. Erst hat er mich eine halbe Stunde warten lassen, und als er sich endlich dazu herabließ, mich zu empfangen, hat er mir nicht einmal einen Platz angeboten. Ich musste mit der Mütze in der Hand vor ihm stehen, während er hinter seinem Schreibtisch thronte.«

»Ach, Cormac.«

Sie legten sich nebeneinander aufs Bett. Es tat ihr weh, dass er seine Demütigung für sich behalten hatte, dass er nicht imstande gewesen war, sich ihr anzuvertrauen. Es tat ihr weh, dass sie eine Zeit lang nicht fähig gewesen waren, miteinander zu reden. Rufus Greville würde vielleicht Anzeige erstatten, das hatte der Polizist ihr gesagt. Der Gedanke, dass Cormac vor ein Gericht gestellt würde, entsetzte sie. Sie spürte immer noch den hämmernden Schlag ihres Herzens und die bohrende Angst. Cormacs Hand strich sanft und tröstend über ihren Körper. Die kleinen vertrauten Geräusche im Zimmer – Pollys leise Atemzüge, das Knacken der Holzbalken und das Klopfen des Regens an den Fensterscheiben – beruhigten sie nach und nach. Und sie fand in sich eine Kraft, die der Gewissheit entsprang, dass sie alles durchstehen konnte, solange sie zusammen waren, wahrhaft zusammen. Sie drängte sich näher an ihn, begann, sein Hemd aufzuknöpfen, und sie liebten sich mit stummer Leidenschaft.

Den ganzen nächsten Tag wartete sie auf das Pochen an der Haustür. Bei jeder Bewegung draußen im Hof oder dem Geräusch von Schritten auf den Pflastersteinen fuhr sie zusammen und rannte mit klopfendem Herzen zum Fenster. Aber der Polizeibeamte kam nicht wieder. Am Abend erhielten sie Besuch von John und Cathy, die bei Robert im Krankenhaus gewesen waren. Cathy erzählte, dass am Morgen Madeline Greville ihr Kind bekommen hatte; es sei eine schwere Geburt gewesen und man habe Madeline und das Kind, ein Mädchen, Hals über Kopf ins Krankenhaus gefahren. Das Kind sei angeblich schwer krank. Cormac wurde sehr still, als er das hörte. Später, als er mit Thea allein war, nahm er sie in die Arme. »Wie konnte ich nur so verbohrt sein«, sagte er. »Gott verzeih mir, dass ich Rufus Greville jemals beneidet habe, den armen Kerl. Ich habe eine wunderschöne, gesunde Tochter, und ich habe dich. Ich sollte froh und dankbar sein.«

Sonntagsessen bei den Makepeaces. Joshs zweijähriger Neffe Freddie, ein kleines Energiebündel, hämmerte mit seinem Löffel unaufhörlich auf die Metalllehne seines Kinderstuhls ein. »Komm, hör auf damit, Schatz«, sagte seine Mutter Mary. Freddie hämmerte weiter.

Marys Mann Ronald, Joshs ältester Bruder, bemerkte ironisch: »Da siehst du, worauf du dich eingelassen hast, Josh. Kinder können einen in den Wahnsinn treiben.«

Josh stand auf. »Ich geh ein Stück spazieren.« Er nahm seine Jacke von der Stuhllehne und wandte sich zur Tür.

Als Rowan ebenfalls aufstehen wollte, legte ihr Joshs Mutter Julia die Hand auf den Arm, um sie zurückzuhalten. »Mary, Ronald«, sagte sie, »wollt ihr nicht mit den Jungs nach oben gehen und mit der Eisenbahn spielen?«

Mary und Ronald zogen mit ihren drei Söhnen hinauf zur Mansarde, wo Bills Modelleisenbahn aufgebaut war.

»Ronald war noch nie besonders taktvoll«, bemerkte Julia, während sie die Dessertschalen zusammenstellte.

»Ich sehe mal lieber nach ihm«, sagte Rowan. »Falls es ihm nicht gut geht.«

»Ich würde ihn in Ruhe lassen. Josh braucht nur einen Moment für sich. So war er immer schon: Konnte sich großartig unterhalten, aber dann verschwand er plötzlich, weil er allein sein wollte.« Puddingkleckse sprenkelten den

Kinderstuhl und den Tisch. Julia kratzte sie mit einem Löffel zusammen. »Manchmal sehnt man sich nach den Zeiten zurück, als Kinder im Kinderzimmer bleiben mussten«, meinte sie mit hochgezogenen Augenbrauen.

Rowan und Josh lebten seit drei Monaten bei den Makepeaces in der herrschaftlichen Backsteinvilla *The Sandlings*, die auf einem weiträumigen Stück Land in dem Dorf Wintlesham stand. Hinter der Koppel, wo Julia ihr Pferd und ein Pony für ihre Enkel hielt, breitete sich eine lichte Landschaft mit Birken und Ginster aus, der sandige Boden von unzähligen gewundenen Wegen durchzogen, die zur bröckelnden Küste Suffolks und zum Meer führten. Rowan wusste, dass Josh jetzt auf diesen Wegen wanderte. Er tat das jeden Tag, seit sie hier waren. Und er würde, wie es seine Vorliebe war, eine Route wählen, die er noch nicht kannte. Auch wenn sein Hang zum Abenteuer ihm beinahe zum Verderben geworden wäre, sein Forscherdrang war ihm geblieben. Mit gesenktem Kopf würde er gegen den peitschenden Regen ankämpfen, ohne sich von dem schlechten Wetter beeindrucken zu lassen.

Meistens begleitete ihn Rowan auf diesen Wanderungen. Manchmal redeten sie, manchmal tauschten sie nur kurze Kommentare zu irgendetwas, was ihnen unterwegs auffiel. Die Wanderungen bildeten einen Teil ihres täglichen Lebens. Bei den Makepeaces liefen die Tage ab wie am Schnürchen, und die Fäden hielt Julia in der Hand. Es tat Josh gut, das merkte Rowan, er war beschäftigt, ohne dass zu viel von ihm verlangt wurde. Die Mahlzeiten wurden zu festen Zeiten eingenommen; Gartenarbeit und die Betreuung der Pferde, Schweine und Hühner sowie Julias Frauenvereinstreffen und Bills Golf nahmen die Zeit zwischen den Mahlzeiten in Anspruch. Bill spielte gern zwei-, dreimal die

Woche eine Runde Golf mit Josh. Sonntags ging es zum Morgengottesdienst in die hübsche Dorfkirche, man trank einen Sherry mit den Nachbarn, und um eins wurde das Mittagessen serviert. Häufig kamen Joshs Brüder mit ihren Familien dazu. Die Bedächtigkeit, mit der das Leben hier ablief, wirkte wie ein Schock nach dem Tempo in London und im Krankenhaus. Rowan hatte das Gefühl, als wäre sie eine sehr lange Zeit gerannt wie verrückt und nun plötzlich stehen geblieben. Sie hätte sich langweilen müssen, aber sie tat es nicht, noch nicht.

»Das hat er schon eine Weile nicht mehr gemacht«, sagte sie. »Dass er einfach so gegangen ist.« Sie fühlte sich mutlos und verzweifelt.

»Mach dir keine Sorgen, es geht ihm gut.« Julia klopfte ihr leicht auf die Schulter. »Ronalds drei Racker können jedem den letzten Nerv rauben. Ich bin ihre Großmutter, und ich liebe sie von Herzen, aber ich greife jedes Mal zur Ginflasche, wenn sie wieder weg sind.« Sie trug das Geschirr in die Küche, und Julia folgte ihr.

»Josh erholt sich«, sagte Julia. »Das siehst du doch auch, Rowan.«

»Manchmal denke ich, es geht ihm besser, aber dann kommt wieder ein Rückfall.«

»Ist das nicht typisch bei Krankheiten?«

»Ja, du hast wahrscheinlich recht.«

»Er hat seit der ersten Woche hier keine Kopfschmerzen mehr gehabt. Und du hast mir gesagt, dass er besser schläft.«

»Ja, jetzt bin ich diejenige, die immer wieder wach wird. Das kleine Ding hier mit seiner Strampelei.« Rowan legte die Hand auf ihren gerundeten Bauch. Sie war im sechsten Monat schwanger.

»Es geht ihm wirklich besser«, erklärte Julia mit Entschiedenheit. »Er hat mir gesagt, dass er sich auf das Baby freut. Ich war immer der Meinung, dass Josh mal ein großartiger Vater wird. Geh, setz dich in den Wintergarten, Rowan. Ich bringe dir eine Tasse Tee. Du weißt, der Arzt hat gesagt, dass du dir mehr Ruhe gönnen sollst.«

»Ich helfe dir in der Küche.«

»Lieber Gott, ich habe Abendessen für dreißig Leute geschmissen, als Bill und ich in Ooty stationiert waren. Das hier ist ein Kinderspiel. Na komm, geh schon.«

Der Wintergarten war ein renovierungsbedürftiger, aus Holz und Glas zusammengezimmerter Anbau hinten am Haus, stets kühl, aber immer hell und luftig. Bill und Josh hatten versucht, die Löcher im Dach zu flicken, aber es leckte immer noch.

An den Wänden im Haus hingen Porträts illustrer Makepeaces. Sie hatten in Kolonialkriegen gekämpft oder in der Politik Karriere gemacht, waren Weltreisende oder Renegaten gewesen. Einige von Joshs Vorfahren hatten sich in Paradeuniform oder Abendanzug konterfeien lassen; andere, dubiosere Gesellen vielleicht, präsentierten sich in fantastischen Versionen fremder Trachten, in Turban oder Djellaba. Rowan hatte keinen Zweifel, dass jeder dieser imposanten Makepeace-Vorfahren ein Essen für dreißig Personen in Ooty, wo immer das war, mit links hätte »schmeißen« können. Die Geschichte der Familie sprach von Selbstbewusstsein und der Überzeugung persönlicher Unfehlbarkeit. Vielleicht, dachte sie manchmal, war das Teil von Joshs Problem.

Aber Julia hatte recht. Es ging ihm besser. Die einzelnen Stationen auf dem Weg sprangen nur deshalb nicht ins Auge, weil die Erholung ein allmählicher Prozess war. Die

Stimmungsschwankungen hatten nachgelassen, er ermüdete nicht mehr so schnell. Es war offensichtlich, dass ein Leben in der Natur das Richtige für Josh war. Bei ihren langen Wanderungen über Heideland und kiesige Strände hatte sie gespürt, dass das Laufen ihm ein Mittel war, sich aus dem seelischen Tief zu befreien.

Sie trank den Tee, den Julia ihr gebracht hatte, und überließ sich dem Schlaf, der sie lockte. Erst der Luftzug, der durch die Gartentür wehte, weckte sie, und sie richtete sich auf.

Josh war hereingekommen. Seine Jacke war nass, seine Haare dunkel vom Regen. »Hallo, Schatz«, sagte er. »Hast du Lust auf einen Spaziergang?«

»Jetzt?«

»Ja. Ich habe etwas ganz Erstaunliches entdeckt. Ich möchte es dir gern zeigen.«

Rowan zog ihren Regenmantel über, schlüpfte in ihre Stiefel, dann gingen sie los. Die Wolkendecke hatte sich gelichtet, und zwischen Regenböen leuchtete manchmal die wässrige Frühlingssonne auf dem nassen Rasen und den grauen Ästen der Buchenhecken auf. Sie nahmen den Weg durch den Garten und an der Koppel entlang zur Heide. Ginster zu beiden Seiten und Birken wie hohe Wächter. Allein in dieser weiten, unberührten Landschaft hätte sie sich wahrscheinlich hoffnungslos verlaufen, doch Josh besaß einen untrüglichen Orientierungssinn.

Er passte sich ihrem Tempo an und nahm sie fest bei der Hand, um sie jederzeit vor einer aufgeworfenen Wurzel oder einem Kaninchenloch zurückhalten zu können. Sosehr sich Rowan auf das Kind freute, so gehörte sie, wie sie festgestellt hatte, doch nicht zu den Frauen, die ihre Schwangerschaft genossen. Sie fühlte sich gestört von den körperlichen Einschränkungen, die die Schwangerschaft ihr auferlegte. Die Ermahnungen ihres Arztes, sich Ruhe zu gönnen, gingen ihr auf die Nerven, aber weit mehr ging ihr auf die Nerven, dass sie angebracht waren. Sie wurde jetzt immer sehr schnell müde.

Der Weg schlängelte sich durch einen Buchswald, krumme blassgelbe Stämme, ledriges dunkles Laub, und führte sie schließlich wieder auf die Heide hinaus. Noch ein paar Hundert Meter und das Gesicht der Landschaft veränderte sich von Neuem, als der Ginster Laubbäumen wich. Der Wind hatte sich gelegt, ein leichter Regen fiel still auf das Dickicht unter den Bäumen.

»Schau«, sagte er.

Ein Eindruck von Grau und Backsteinrot und das Blitzen einer Fensterscheibe. An diesem Ort, wo das Land mit dem Meer verschmolz, schien das Haus, das vor ihnen stand, wie eine Luftspiegelung zu schimmern.

»Oh, Josh!« Sie lächelte. »Es hat etwas Verwunschenes.«

»Ja, nicht?«

Sie gingen den Hang hinunter zu der Mauer aus Feuerstein und Backstein, die das Haus umschloss. Das Tor war von Efeu zugewachsen. Josh begann, die Ranken abzureißen.

»Josh, das dürfen wir nicht.« Sie flüsterte, als fürchtete sie einen unsichtbaren Beobachter. »Wenn jemand kommt.«

»Es steht leer.« Er öffnete den Riegel des Tors. »Ich habe mich vorhin gründlich umgesehen.«

Neugierig folgte sie ihm in einen eingefriedeten Garten. Wo früher Rasen gewesen war, stand jetzt hohes verwildertes Gras, in dem wilde Narzissen sich angesiedelt hatten. Eine Decke aus niedrigen Sträuchern und Kriechpflanzen lag über den früheren Blumenbeeten. Das Haus hatte die

Form eines L, mit einem Stufengiebel am Ende der kürzeren Seite, an die sich im rechten Winkel ein langer zweistöckiger Flügel anschloss. In diesem Winkel lag eine geschützte Terrasse.

Sie gingen über nasse, von Flechten gefleckte Pflastersteine. Welke Blätter trieben in dem vom Regen gekräuselten Wasser eines rechteckigen Teiches; eine riesige Kletterrose rankte sich an der rückwärtigen Mauer des Hauses bis zum Dach empor. Eine französische Fenstertür führte in den Raum hinter der Terrasse. Josh drehte den Knauf, ohne auf Rowans Protest zu achten. Aber die Tür war abgeschlossen. Sie versuchte, durch eines der Fenster ins Haus zu sehen.

Sie gingen weiter zum anderen Ende des Hauses. Ein Gemüsegarten, ein Gewächshaus mit einem Glasdach, in dem ein Großteil der Scheiben fehlte, sodass der Regen ungehindert eindringen konnte. Ein Schuppen, neben dem eine überfließende Regentonne stand, und ein Backsteinbau mit mehreren vergitterten Gehegen.

»Hundezwinger«, sagte Josh. »Für Wachhunde. Das Haus muss während des Krieges beschlagnahmt gewesen sein. Von der Royal Air Force wahrscheinlich, hier draußen in Suffolk.«

Sie entdeckten eine grüne Seitentür, von der die Farbe blätterte. Wieder versuchte Josh vergeblich, sie zu öffnen. Dann zog er sein Taschenmesser heraus.

»Josh!«, rief sie unterdrückt.

Er drehte die schmale Klinge des Messers im Schloss, und die Tür sprang auf.

»Josh, das dürfen wir nicht.«

Er drehte sich nach ihr um und lächelte. »Komm, sehen wir uns da drinnen mal um.«

Sie traten in eine kleine Diele. Rostbraune Fetzchen welker Blätter stoben im Luftzug über einen schwarz-weiß gefliesten Boden. Eine kakifarbene Wasserflasche hing an einem Garderobenhaken, und eine Hundeleine lag wie eine Schlange zusammengerollt auf einem Schuhregal.

Von der Diele weg führte ein Flur zu mehreren leeren Räumen. An den Fenstern hingen zerrissene Lappen Verdunkelungsmaterials neben Vorhängen aus verblichenem Brokat und Chintz. Rowan stellte sich vor, wie bei klarem Wetter das silbrige Küstenlicht in diese Räume strömte.

Josh strich mit dem Finger durch die dicke Staubschicht auf einem Kaminsims. »Es steht anscheinend schon eine ganze Weile leer.«

»Was es wohl vor dem Krieg war? Ein Bauernhaus vielleicht. Oh, Josh, komm, das musst du sehen.«

Sie stand an der Tür zu dem Raum, den sie von der Terrasse aus gesehen hatte. Tapeten mit verblassten grünen Rauten stilisierter Efeuranken spiegelten das dunkelgrüne Laub der Kletterrose an den Fenstern.

»Stell dir vor, du sitzt hier an einem Sommertag. Stell dir zwei gemütliche Sofas vor – gelb und grün, ja, ich würde dieses Zimmer ganz in Gelb und Grün halten. Zwei Sofas und ein paar Sessel.«

»Eindeutig dein Ressort, das weiche Mobiliar«, sagte er, während er umherwanderte. »Ich denke, ich könnte für die harten Sachen sorgen.«

Sie sahen sich die übrigen Räume des Erdgeschosses an. Eine Tür, die klemmte, war in Bodennähe voller Schrammen, vermutlich von den Stiefeln der Soldaten, die sie mit Tritten aufgestoßen hatten. In einem Korridor war das Stück Wand über der Tapetenleiste mit Namen und Daten bekritzelt. Die alten Holzfußböden lagen unter einer

Decke von Schmutz und Staub; an einer Wand verrieten kreisförmig verstreute Löcher, winzig wie Nadelstiche, dass dort einmal eine Dartscheibe gehangen hatte. Einige Möbelstücke waren noch vorhanden, unbequeme Metallstühle, die, vermutete Rowan, das Militär hinterlassen hatte. Sonst waren nur Einbaumöbel da, wie der kobaltblaue Küchenschrank, in dessen kleinen Schubladen Rowan alle möglichen Dinge entdeckte: Sicherheitsnadeln, einen Bleistiftstummel, eine leere Streichholzschachtel, eine Rolle Garn.

Und Knöpfe. Sie nahm eine Handvoll heraus. Kristall und buntes Glas glitzerten in ihrer Hand. »Josh, komm, schau dir das an«, rief sie. »Ein paar davon sehen richtig alt aus.«

Keine Antwort. Sie drehte sich um. Er war nicht in der Küche. »Josh?«, rief sie wieder. Sie ließ die Knöpfe in die Schublade gleiten und machte sich auf die Suche nach ihm.

Sie fand ihn in einem Korridor, der von der Küche abging. Eine Falltür im Fußboden war aufgeklappt. Eine Treppe führte in die Finsternis eines Kellers. Sie hörte sein angestrengtes Atmen; als sie ihn noch einmal rief, blickte er nach oben, doch sie hatte den Eindruck, dass er sie gar nicht wahrnahm. Sie wusste, er war wieder in der Grube unter der Scheune, in der er in Frankreich versteckt gewesen war.

»Josh?«

»Ich hab's vermasselt.«

»Josh, es ist alles in Ordnung, ich bin hier.«

»Den Absprung, Rowan. Ich habe ihn vermasselt.« Er starrte sie an. Sein Blick war tief gequält.

Er hatte nie mit ihr über diesen letzten katastrophalen Auftrag im besetzten Frankreich gesprochen. Wenn sie einmal versucht hatte, das Thema anzuschneiden, hatte er jedes Mal ärgerlich abgewehrt. Sie nahm ihn bei der Hand, als er hochkam, und zog ihn weg vom Keller, zurück in die Küche. Auf dem Küchenschrank stand ein Blechbecher; sie spülte ihn aus, füllte ihn mit Wasser und reichte ihn ihm.

Sein Blick war auf die Fensterscheiben gerichtet, an denen der Regen herablief. »Es hat geregnet«, sagte er. »Viel stärker.«

»In Frankreich?«

»Ja. Das Wetter war gut, als wir in England abflogen. Eine klare Nacht, kein Wind. Aber die Vorhersage kann nicht gestimmt haben. Als wir über dem Kanal waren, schlug das Wetter um.«

»Das muss es schwierig gemacht haben.«

»Ja.« Er senkte den Kopf. »Es ist alles schiefgegangen, Rowan.« Er schloss die Augen.

»Trink einen Schluck Wasser, Josh.«

Er trank, und sein Atem schien ruhiger zu werden. Er wischte sich den Mund mit dem Handrücken. »Der Wind hat mich seitlich abgetrieben.« Seine Stimme war leise, sie musste sich anstrengen, um die Worte zu verstehen. »Und durch den verdammten Regen konnte ich kaum etwas sehen. Ich habe nicht schnell genug reagiert. Als ich runterkam, bin ich auf die Ecke eines Hausdachs aufgeschlagen. Eine elende kleine Hütte mitten im Nichts. Ich hätte sie sehen müssen. Wenn ich sie gesehen hätte, wäre es vielleicht möglich gewesen, noch auszuweichen. Wenn ich nur ein, zwei Meter Abstand gehabt hätte, wäre alles gut gegangen.«

»Es war nicht deine Schuld, Josh.«

Er sah sie an. »Doch, es war meine Schuld. Ich dachte, der verdammte Schirm funktioniert nicht, irgendetwas sei nicht in Ordnung, und habe nach oben geschaut, und genau da bin ich auf die Hütte aufgeschlagen.«

Er drückte beide Hände aufs Gesicht. »Jeder Fehler, den man begeht, bringt Dutzende anderer in Gefahr. Ich weiß nicht, wie viele Menschen ihr Leben riskiert haben, um mir zu helfen, nur weil ich nicht konzentriert war und einen idiotischen Fehler gemacht habe. Ich erinnere mich an ein Mädchen, ein Schulmädchen noch, vielleicht sechzehn oder siebzehn, so ein kleines Ding mit Zöpfen und einer Brille. Sie hat mir zu essen gebracht, als ich mit meinem kaputten Bein irgendwo in einem Schuppen hockte. Und eines Tages kam sie nicht mehr. Ich habe nicht gefragt, warum. Das brauchte ich nicht.«

Als sie seine Hand nahm, spürte sie die zitternde Anspannung seiner Muskeln. »Jetzt hör mir mal zu, Josh«, sagte sie zart. »Es war dunkel, es hat geregnet, und du hattest Zweifel an deinem Fallschirm. Es hätte jedem passieren können.«

»Ja, aber es ist mir passiert.«

»Vielleicht war ja mit dem Fallschirm wirklich etwas nicht in Ordnung. Du kannst das nicht wissen. Die Wettervorhersage war falsch, das hast du selbst gesagt. Vielleicht ist das Flugzeug vom Kurs abgekommen. Du warst es nicht allein.«

Er antwortete mit einer resignierten Geste. »Es läuft auf mich hinaus. Es läuft immer auf die Person hinaus, die für die Erledigung einer Aufgabe verantwortlich ist.«

»Ja, das ist mir schon klar, aber angenommen, es wäre Alex gewesen, Josh, angenommen, Alex wäre das passiert, was hättest du ihm gesagt?«

Er runzelte die Stirn. »Wie meinst du das?«

»Wenn Alex in einer schlimmen Nacht ein kleiner Fehler

in der Beurteilung der Situation unterlaufen wäre, würdest du ihn dafür verdammen?«

Er blickte zu seinen Händen hinunter. »Ich weiß es nicht«, murmelte er.

»Doch, ich glaube, du weißt es. Ich glaube, du hättest ihm gesagt, dass jeder mal einen Fehler machen kann und er sich keine Vorwürfe machen soll. Ich glaube, du hättest ihm verziehen. Vielleicht solltest du daran denken, dir selbst zu verzeihen.«

Er schwieg lange. Dann schüttelte er kurz den Kopf, als wollte er sich von etwas befreien. »Ich habe panisch reagiert, Rowan. Ich konnte immer sagen, wo Norden liegt. Ich wusste, dass ich mich ziemlich schwer verletzt hatte. Mein Bein war nicht zu gebrauchen. Ich wusste, dass ich den Fallschirm loswerden musste, aber ich hatte bei jeder Bewegung so mörderische Schmerzen, dass ich dachte, ich würde das Bewusstsein verlieren. Es kam mir vor, als wären Stunden vergangen, bis ich es endlich schaffte, die Gurte durchzuschneiden. Ich habe den Fallschirm neben der Wand der verdammten Hütte in die Erde gestopft. Wir hatten Anweisung, ihn zu vergraben, aber das konnte ich nicht. Ich wusste, ich musste irgendwie weg, aber ich wusste nicht, in welche Richtung ich mich bewegen sollte. Ich musste mich über den Boden schleppen. Ich hatte den Plan der Landezone im Kopf, aber da ich vom Kurs abgetrieben worden war, konnte ich nicht…« Er befeuchtete seine trockenen Lippen mit der Zunge. »Ich konnte mich einfach nicht orientieren. Ich dachte, ich würde dort sterben, in irgendeinem beschissenen kleinen Drecksloch in Frankreich.«

»Ach, Josh.«

Er fuhr mit dem Fingernagel eine der Rillen in der Geschirrablage entlang. »In dieser ganzen Zeit in Frankreich«, sagte er leise, »wusste ich eigentlich nie, wo ich war. Sie brachten mich von einem Versteck ins nächste. Ich durfte nur nachts raus. Ich weiß nicht, ob es etwas damit zu tun hatte, dass ich nie Tageslicht sah, aber ich war unfähig, mich zurechtzufinden. Ich habe versucht, mich am Stand der Sterne zu orientieren, aber ich kannte mich nicht mehr aus.« Noch ein langes Schweigen. Dann sagte er: »Und seitdem versuche ich immer noch, mich zurechtzufinden.«

»Darling, wir schaffen das zusammen.« Sie legte ihre Arme um ihn und drückte ihren Kopf an seine Schulter.

Minuten verstrichen, dann sagte er leise: »Ich hätte es dir nicht übel genommen, wenn du Schluss gemacht hättest.«

Sie streichelte sein Gesicht. »Ich liebe dich so, wie du bist.«

»Ich weiß nicht, ob ich je wieder so werden kann, wie ich einmal war.«

»Das brauchst du nicht, Josh.«

»Ich glaube nicht, dass ich es schaffe, je wieder in London zu arbeiten.«

»Das macht doch nichts. Dann bleiben wir hier.«

»Aber dann brauche ich eine Beschäftigung. Ich kann nicht einfach herumsitzen und nichts tun.«

»Das wirst du bestimmt nicht tun. Ich kenne dich doch. Du findest etwas. Komm, machen wir uns jetzt darüber kein Kopfzerbrechen. Sehen wir uns oben um.«

Als sie die Treppe hinaufgingen, sagte er: »Du und meine Eltern … ich weiß nicht, was ich ohne euch angefangen hätte. Ich habe solches Glück.«

Glück, dachte sie und hätte am liebsten laut geschrien bei dem Gedanken an alles, was er durchgemacht hatte: den körperlichen Schmerz und die seelischen Qualen.

Stattdessen drückte sie den Kopf an seinen Arm und sagte: »Ich liebe dich auch.«

Die Sonne brach endlich durch die Wolken, auf dem Eichenfußboden des oberen Flurs lagen zitternde Lichtstreifen. »Vielleicht bin ich auch reif für eine Veränderung«, sagte sie.

»Könntest du dir vorstellen, hier zu bleiben?«

»Um hier zu leben?« Sie dachte kurz nach. »Warum nicht?«

»Weil du ein Stadtmensch bist. Weil du dann von Thea und deinen Freunden getrennt wärst.«

»Wenn wir ein eigenes Haus hätten, könnten sie uns besuchen und bei uns wohnen. Deine Freunde natürlich auch, Josh.«

»Ich wüsste schon ein paar, die ich einladen würde, wenn wir ein eigenes Haus hätten. Männer, die es ähnlich erwischt hat wie mich.«

»Das ist eine gute Idee.«

»Da tun wir auch gleich etwas Sinnvolles.«

»Wir haben sie im Krankenhaus erlebt«, sagte sie langsam. »Männer, die an der Front gewesen waren und zu uns auf die Unfallstation gebracht wurden. Manche hatten sich betrunken und dann einfach auf der kalten Straße schlafen gelegt. Sie waren völlig durchgefroren, wenn sie bei uns ankamen. Oder sie hatten sich geprügelt. Ich habe immer versucht, mit ihnen zu reden, weil ich dachte, ich könnte vielleicht irgendwie helfen, aber es gab kaum etwas, was man für sie tun konnte.«

Ein Gedanke blitzte flüchtig auf, aber sie bekam ihn nicht zu fassen. Durch das Fenster des größten der oberen Zimmer sah sie das schimmernde Meer, keinen Kilometer entfernt.

»Ach, diese Aussicht, Josh! Schau doch!«

»Ich weiß. Sie kann einen behexen.« Sein Blick richtete sich aufs Meer. »Vielleicht ist das Haus zu verkaufen.«

Sie schaute ihn von der Seite an. »Das lässt sich sicher herausfinden. Aber könnten wir es uns leisten?«

»Ich habe etwas Geld. Von meinem Großvater. Es wäre doch ideal für eine Familie, meinst du nicht?«

Ja, dachte sie. Aber könnte sie hier leben, so fern dem Leben, das sie gewöhnt war? Sie hatte ihm erklärt, sie wünsche sich eine Veränderung. Würde sie sich mit einer so umwälzenden Veränderung anfreunden können?

»Es hat einen herrlich großen Garten«, sagte sie. »Und der Strand ist so nah.«

»Ja.«

»Das Haus ist allerdings ziemlich heruntergekommen. Es müsste gründlich renoviert werden.«

»Das könnte ich. Es würde mir Spaß machen.«

Wie ein Stäubchen im Sonnenschein blitzte wieder dieser Gedanke auf, und diesmal fing sie ihn ein. »Wir könnten eine Art Erholungsheim einrichten«, begann sie und malte ihre Idee aus: »Ehemalige Soldaten, denen es nicht gut geht, könnten herkommen und eine Weile hierbleiben. Mit deinen Freunden könnten wir anfangen. Wir bieten ihnen Ruhe und Natur, und sie können sich erholen. Du würdest das Heim leiten, Josh, und ich würde alles übernehmen, was mit der Pflege zu tun hat. Und wenn nötig, könnten wir uns ja immer Hilfe holen. Du bist nicht der Einzige, der eine Beschäftigung braucht. Ich weiß, ich habe das Kind, aber ich brauche auch etwas, um mein Hirn auf Trab zu halten. Die vielen Jahre Arbeit als Krankenschwester, die will ich nicht einfach wegwerfen.«

»Ein Erholungsheim ...« Er runzelte die Stirn.

»Was denkst du?«

Er zog sie an sich. »Ich denke, das ist eine großartige Idee.«

Rowan sah sich im Zimmer um. Sie stellte es sich als eine Symphonie in den weichen Blau-, Grau- und Goldtönen vor, die in der umgebenden Landschaft vorherrschend waren. Sie sah Vasen mit Rittersporn im großen Vorderzimmer, hörte das Getrappel von Kinderfüßen auf der Treppe, roch den Rosenduft, der durch die weit geöffnete Terrassentür ins Haus strömte.

»Könnten wir hier leben?«, fragte er. »Wäre es völliger Wahnsinn, an einen Kauf des Hauses zu denken?«

Sophie besuchte Ed, der in der Nähe von Lewes, in Sussex, lebte. Heckenrosen und Geißblatt blühten in den Hecken. Auf einem Schild vor der Scheune stand *E. Willoughby, Tischlerei und Möbelrestaurierung.* Die Holzverschalung der Scheune war schwarz gebeizt; auf einer Seite des Baus befand sich ein großes zweiflügeliges Tor, durch das früher vermutlich Fuhrwerke und landwirtschaftliche Maschinen gerollt waren.

Eds Wohnräume, Küche, Wohnzimmer und zwei weitere Räume, lagen im hinteren Teil des Gebäudes. In der Küche, die er mit Schränken aus altem Holz ausgestattet hatte, kochte er eine Kanne Kaffee. Dann gingen sie nach vorn in die Werkstatt, ein großer, luftiger Raum, in dem es nach Harz und Sägemehl roch, und Ed zeigte Sophie seine neuesten Auftragsstücke, einen Schaukelstuhl mit geschwungener Rückenlehne, einen runden Tisch aus einem Holz mit sanft goldenem Glanz.

Als ein Kunde vorbeikam, um den Ed sich kümmern musste, überließ Sophie ihn seiner Arbeit und setzte sich draußen auf einem Stück Rasen neben dem Haus auf eine Bank. Es war ein Lieblingsplatz von ihr. Das Sonnenlicht fiel in grünlich schimmernden Strahlen durch das Geäst der Ulmen, und Wiesenkerbel breitete einen weißen Schleier über das Gras. Die warme Luft hatte die scharfe Würze von Brennnesseln.

In Eds Werkstatt stand eine lange Werkbank mit Farben, Papieren und Marmeladengläsern voller Pinsel. Dort arbeitete er, wie er ihr erzählt hatte, dekorative Muster und Ornamente aus. Sophie erinnerte sich, dass sie in der Schule den Kunstunterricht mit am meisten gemocht hatte. Sie war begabt gewesen. Sie hatte vorgehabt, sich an einer Kunstakademie einzuschreiben, aber dann war der Krieg gekommen, und ihr Bruder war gefallen, und sie war stattdessen Krankenschwester geworden. Sie hatte mit den Jungen gezeichnet und gemalt, als sie klein gewesen waren, aber danach hatte sie nur noch Wände und Fensterrahmen gestrichen. Ed drängte sie, wieder mit dem Malen anzufangen.

Rubys zweites Kind, ein Mädchen, Leah, war vor sechs Wochen zur Welt gekommen. Sophie plante, Stuart und Ruby das Haus zu überlassen. Mr Nuttall und Miss Kerridge war bereits angekündigt worden, dass die Pension schließen würde. Ruby hatte die Absicht, sie irgendwann in der Zukunft, wenn die Kinder größer waren, wiederzueröffnen.

Nach Monaten der Suche hatten Duncan und Sally ein Haus in der Nähe des Flughafens Croydon gefunden, wo Duncan arbeitete. Es war eine hübsche allein stehende Villa mit Erkerfenstern, an der zwar noch einiges zu wünschen übrig blieb, aber wo war das nicht so? Sophie hatte ihren Entschluss, Stuart das Haus zu geben, mit Duncan besprochen, der sofort einverstanden gewesen war. Natürlich, Mum, das ist völlig in Ordnung, aber was ist mit dir? Sie hatte begonnen, ihm von Ed zu erzählen, was für ein wunderbarer Mensch er war, wie zuverlässig und ehrlich er war, wie sehr er sie unterstützte und wie sehr sie sich liebten, aber Duncan, der im Wohnzimmer seines neuen Hauses Bücherregale aufstellte, hatte sie unterbrochen. »Stu hat mir schon von ihm erzählt, Mum. Hauptsache, du bist glücklich. Wollt ihr heiraten?« Leicht verblüfft darüber, dass dieses Gespräch, das sie sich schwierig vorgestellt hatte, so problemlos verlief, hatte sie geantwortet, ja, ja, sie wollten heiraten, voraussichtlich im Herbst. Dass sie wahrscheinlich schon vorher zu Ed ziehen würde, hatte sie nicht erwähnt, das würde Duncan früher oder später ohnehin mitbekommen.

Nachdem Eds Kunde gegangen war, nahmen sie beide draußen das Mittagessen ein und machten hinterher einen Spaziergang. Die Scheune stand am Rand der South Downs; von der Höhe des Hügels blickte man hinunter auf das wenige Kilometer entfernte Lewes. Sophie stellte sich vor, wie sie an einem schönen Tag nach Lewes spazierte und ein paar kleine Einkäufe machte. Sie stellte sich vor, wie sie mit Ed in den hellen, weiten Räumen der Scheune zusammenleben würde.

Hier, umgeben vom Duft von Geißblatt und Heckenrosen, küsste er sie. Eine unwillkommene Hitzewelle trieb ihr die Röte ins Gesicht, und sie musste ihre Bluse aus dem Rock ziehen, um sich etwas Luft zuzufächeln. »Das sind die Wechseljahre«, erklärte sie, aber das wusste er, kannte das Phänomen und war schon in die Küche gegangen, um ihr ein Glas Wasser zu holen. Sie trank es, die Hitze legte sich, und sie küssten sich von Neuem. Und dann hängte er das *Geschlossen*-Schild ans Scheunentor, und sie gingen hinein.

Thea schob Polly im Kinderwagen die Straße nach Langhill hinauf. Sie hatte sie mit einem Keks bestochen, im Wagen sitzen zu bleiben, sonst wären sie ewig unterwegs gewesen. Wenn Polly laufen durfte, musste sie jedes Steinchen und jeden Grashalm genau untersuchen und konnte gut und gern eine halbe Stunde lang ein paar Schafe auf einer Weide bestaunen. Heute aber hatte Thea es eilig, sie musste packen.

Sie bemerkte eine Frau, die ein Stück vor ihr ging, ebenfalls mit einem Kinderwagen. An den hellen Haaren erkannte sie Madeline Greville. Die Jamiesons hatten nichts mehr von der Polizei gehört; Rufus Greville hatte keine Anzeige erstattet. Und das zerstörte Stück Zaun war nicht wieder aufgerichtet worden. Thea vermutete, dass man das alles über den dramatischen Umständen der Geburt von Rufus' Tochter vor sechs Wochen, im April, vergessen hatte.

»Hallo!«, rief sie.

Madeline Greville drehte sich um. »Guten Morgen, Mrs Jamieson.«

»Darf ich sie mir einmal ansehen?«

»Ja … ja, natürlich.«

Thea bewunderte das Baby im Kinderwagen. »Sie ist ja süß«, sagte sie. »So ein hübsches kleines Mädchen.«

»Danke.«

»Ich hoffe, es geht ihr gut.«

»Der Arzt sagt, sie hat Herzgeräusche. Er meinte, es sei nichts Besorgniserregendes, aber Venetia hat bei ihrer Geburt anfangs nicht geatmet und …« Sie stockte und berührte das Gesicht ihrer Tochter, als wollte sie die Wärme ihrer Haut prüfen.

»Das macht einem natürlich Angst«, sagte Thea.

»Ich bin ständig in Sorge.« Es klang wie ein Aufschluchzen.

»Das kann ich verstehen. Und Sie, geht es Ihnen gut?«

»Ja, danke.« Unter Madelines hellblauen Augen lagen bläuliche Schatten. »Ich bin nur immer so müde. Sie hat bei der Geburt nur fünf Pfund gewogen, das muss sie jetzt aufholen.«

»Das Stillen nachts ist eine Quälerei, nicht?«

»Ja, das stimmt. Wie alt ist Ihre Tochter jetzt, Mrs Jamieson?«

»Polly wird im September zwei.«

Madeline lächelte. »So schöne Locken.«

»Ich weiß. Sie kann froh sein, nicht meine Haare geerbt zu haben. Wollen wir zusammen gehen?«

Seite an Seite schoben sie ihre Kinderwagen weiter die Straße hinauf. Polly schrie lauthals mäh, mäh, als sie an einer Herde Schafe vorbeikamen. Madeline Greville sagte unvermittelt: »Sie kommen nicht von hier, nicht wahr?«

»Nein, ich bin in Glasgow geboren.«

»Und wie finden Sie das Leben hier? Ich finde es sehr still.«

»Ach, Cormac und ich ziehen bald um. Wir haben in Wiltshire ein kleines Haus gefunden, das wir mieten können.«

»Ich hoffe …« Madeline brach hastig ab, ihr blasses Gesicht von Röte übergossen. Sie schien zu ändern, was sie eigentlich hatte sagen wollen. »Ich hoffe, Sie werden sich dort wohlfühlen«, sagte sie. »Ich würde gern nach London zurückgehen. Aber Rufus hat sich noch nicht entschieden.

Mir wäre es wegen Venetia lieber, die medizinische Versorgung ist dort doch besser. Langhill House werden wir natürlich behalten. Wir würden die Sommer hier verbringen.«

»Es ist ein sehr stilvolles Haus.«

»Ja.«

Sie hatten das Tor von Langhill House erreicht. »Es wäre doch schön«, sagte Thea, »wenn unsere Töchter hier zusammen auf den Wiesen und im Wald spielen könnten. Wenn sie später vielleicht Freundinnen würden.«

Madeline öffnete das Tor. »Ja, das wäre schön.«

Sie verabschiedeten sich voneinander, und Thea setzte ihren Weg nach Crawburn fort. Morgen würden sie, Cormac und Polly den Zug nach Süden nehmen. Sie würden über Nacht in London bleiben, bei Rowan, und am folgenden Tag nach Wiltshire weiterreisen, wo das Häuschen wartete, das sie gemietet hatten. Cormac würde sich um Polly kümmern, während Thea mit Grace zusammenarbeitete. Die Grabung war nur einige Kilometer entfernt, sie konnte die Strecke leicht mit dem Fahrrad bewältigen. Cormac hatte versprochen, ihr das Motorradfahren beizubringen. Man hatte ihnen gesagt, es bestünde eine Möglichkeit, das Haus später zu kaufen. Cormac hatte schon große Pläne für den Fall, dass alles klappte, also drückte Thea die Daumen.

21

September–Oktober 1946

Der Hochzeitsempfang fand in der Scheune statt. Bei ihren Planungen waren Sophie und Ed sich einig gewesen, dass sie nur die Menschen einladen würden, die ihnen am nächsten standen, aber als sie am Ende Familie und Freunde zusammenzählten, waren es mehr als achtzig Personen. Nach der Trauung auf dem Standesamt in Lewes trafen die Gäste nach und nach mit Auto, Bus und Taxi ein. Wer den gelegentlichen Regenschauer nicht fürchtete, kam zu Fuß über die Felder. Ed hatte das große zweiflügelige Tor geöffnet, und dort empfingen er und Sophie ihre Gäste. Alles Menschen, die sie liebte, dachte sie, während sie jeden Einzelnen begrüßte. Eds Tochter Bridget mit ihrer Familie, Duncan und Stuart mit ihren Familien. Eds Freunde und ihre Freunde, Viola und Arnold, Frauen vom W. V. S. und von der Rettungsstation. Und die Mieter natürlich. Vera war von Birmingham heruntergekommen, John Reynolds aus Manchester.

Und Rowan und Thea mit ihren Familien. Sophie hatte auf dem Standesamt einen Moment des Unbehagens durchgemacht, als Rowan sich mit Duncan bekannt gemacht hatte, aber er hatte ihr nur lächelnd die Hand gegeben. Und jetzt standen die beiden etwas abseits vom Gedränge, jeder mit einem Kind auf dem Arm, Rowan mit Jamie und Duncan mit Isobel, und unterhielten sich, als wäre es das Natürlichste von der Welt, als würden sie sich seit Jahren kennen. Was ja in gewisser Weise auch so war, auch wenn sie einander vor diesem Morgen nie begegnet waren.

Das Gespräch war anfangs etwas steif. Doch als Rowan das Haus erwähnte und erzählte, was sie damit vorhatten, wurde Duncan, der sie vom Aussehen her unheimlich an ihren Vater erinnerte, lockerer und wirkte ehrlich interessiert.

»Das ist ein toller Plan«, sagte er.

»Meine Hoffnung ist, dass es unseren Gästen eine Atempause gestattet. Man rennt doch so oft gehetzt herum und erlaubt sich gar nicht, wirklich nachzudenken. Ach, Süßer«, sagte sie zu Jamie, der einen Schluckauf hatte. Er war acht Wochen alt und das schönste Kind der Welt mit seinen dunkelblauen Augen und den feinen roten Haaren. Sie drückte ihn an ihre Schulter.

»Wo ist es denn?«

»In Suffolk, nah der Küste, ungefähr sieben Kilometer von Dunwich entfernt. Uns ist beiden noch kein passender Name eingefallen. Bei den Einheimischen heißt es nur White's Farm, was ziemlich nichtssagend ist. Josh meinte, wir sollen es ›Letzte Rettung‹ nennen, aber ich habe ihm gesagt, das würde die Moral der Männer wohl kaum heben. Ich würde es gern ›Meeresblick‹ nennen, wegen der herrlichen Aussicht.« Automatisch sah sie sich nach Josh um und entdeckte ihn auf der anderen Seite des Raums im Gespräch mit Cormac. »Im Moment wohnt schon ein Freund von Josh bei uns. Er ist unser erster Gast. Ein unglaublich sympathischer Mann.«

»Ich kenne da jemanden. Aus meinem Geschwader«,

sagte Duncan. »Ein ziemlich trauriger Fall. Ich besuche ihn ab und zu. Er wäre bei euch sicher gut aufgehoben.«

Jamie begann, unruhig zu werden, er war offensichtlich hungrig. Rowan entschuldigte sich und suchte nach Sophie, die sie zu einem ruhigen Zimmer mit einem bequemen Sessel wies, wo Rowan ihren Sohn stillen konnte. Wenn man seine Herkunft bedachte, war es ein Wunder, fand Rowan, dass Jamie so ein genügsames Kind war. Hauptsache, er konnte essen und schlafen.

Zum Hochzeitsfrühstück gruppierten sie sich um mehrere lange Klapptische, die Ed in der Werkstatt aufgestellt hatte. Sophie und Ruby hatten die Speisen für das Festmahl zubereitet. Ruby war mit Stuart und den Kindern eigens zwei Tage früher angereist, um zu helfen. Rowan und Josh hatten außerordentlich großzügig zwei Kisten Wein mitgebracht, die sie in irgendeinem dunklen Keller der Makepeaces ausgegraben hatten. Zweige mit herbstlich gefärbtem Laub und Beeren schmückten die weiß gedeckten Tische.

Der Raum um sie herum war erfüllt vom Stimmengewirr lebhafter Gespräche. Ed nahm ihre Hand. »Kannst du es denn genießen?«

»Ganz ungeheuer«, sagte sie. »Und du?«

»Jeden Moment. Ich muss allerdings zugeben, dass ich es kaum erwarten kann, bis sie alle gehen.«

»O ja.« Sie stieß einen kleinen Seufzer aus. »Ich weiß, was du meinst. Es ist alles ganz wunderbar, aber mir geht es wie dir.«

Thea entdeckte Rowan in einem Winkel der Werkstatt, wo sie sich Stühle ansah. »Ich habe mir überlegt, dass Ed uns vielleicht Esszimmerstühle machen könnte«, sagte Rowan.

»Wir haben nur alte Militärstühle. Und Julia droht damit, uns irgendwelche steifen gepolsterten Dinger aus *The Sandlings* ins Haus zu stellen.«

»Wo ist Jamie?«

»Er schläft im Kinderwagen. Josh sieht ab und zu nach ihm.«

»Du kannst froh sein um dein schlaffreudiges Kind.«

»Ich weiß«, sagte Rowan selbstzufrieden.

»Wie geht es Josh?«

»Sehr gut eigentlich. Erstaunlich gut. Das Werkeln im Haus macht ihm Spaß. Ich habe ihm gesagt, er kann ja Installateur oder Elektriker werden, wenn er mit unserem Haus fertig ist.« Sie sah Thea an. »Was ist denn, Darling?«

»Ich habe etwas gefunden«, sagte Thea.

»Bei deiner Grabung?«

Die Grabungsarbeiten hätten inzwischen eigentlich beendet sein sollen, doch am vorletzten Augusttag hatten sie auf einer Seite des Langgrabs einen Sondagegraben gelegt und die Überreste eines Pfostenkreises entdeckt. Grace war es gelungen, eine Genehmigung zur weiteren Erforschung der Anlage zu erhalten. Thea half ihr bei der mühsamen und größte Sorgfalt erfordernden Arbeit, die Erdschichten abzutragen, und führte Buch über ihre Funde: ein Zahn, Knochenfragmente, ein Feuersteinkratzer. Den ganzen Sommer hindurch hatte sie drei Tage in der Woche für Grace Fainlight gearbeitet. Während sie an der Grabungsstätte beschäftigt war, kümmerte sich Cormac um Polly. Diese unkonventionelle Einteilung kam ihnen beiden entgegen, und sie beschlossen, das Häuschen zu kaufen, das sie bisher gemietet hatten. Es war aus rotem Backstein, in den Dreißigerjahren erbaut und stand allein auf einem großen Grundstück, das von einem Bach begrenzt wurde.

»Nein, nicht bei der Grabung«, antwortete Thea. Sie sah sich in dem Raum voller Menschen um. »Ich muss mit dir reden. Aber nicht hier.«

Es hatte aufgehört zu regnen, aber immer noch riss ein scharfer böiger Wind an den Blättern der Ulmen. Ein Grammofon spielte, und einige Paare tanzten. Die Musik wurde leiser, als Thea und Rowan sich einem Feldweg folgend von der Scheune entfernten.

Thea trug dasselbe Kleid wie zu Rowans Hochzeit. Sie bemühte sich, in ihren champignonbraunen Satinschuhen die Matschpfützen zu umgehen. »Weißt du noch«, sagte sie, »als wir damals deine Wohnung ausgeräumt haben, weil du sie verkaufen wolltest, hast du doch meinen alten Rucksack gefunden.«

Rowan krauste die Stirn. »Er lag ganz hinten in einem Schrank, ja.«

»Ich hatte ihn seit Jahren nicht mehr benutzt. Einer der Schulterriemen war durchgescheuert, und ich habe mir mit meinem ersten Geld, das ich bei Grace verdiente, einen neuen Rucksack gekauft. Ich dachte wohl, ich hätte ihn ganz ausgeleert, als ich ihn in den Schrank legte. Und dann habe ich ihn völlig vergessen. Kurz und gut, als du ihn mir jetzt geschickt hast, habe ich die Taschen durchgesehen und das hier gefunden.« Thea zog ein Buch aus ihrer Handtasche. Rowan warf einen Blick auf den Titel.

»*Abschied von der Insel*«, las sie laut.

»Ja. Es ist ein Gedichtband. Ich bekam ihn vor Jahren geschenkt, noch vor dem Krieg, als ich auf Corran war. Aber ich habe das Buch nie gelesen. Wahrscheinlich habe ich es einfach in den Rucksack gesteckt und nie wieder daran gedacht.«

Thea dachte an das niedrige weiße Haus und den Mann

im Garten, der ihr den Weg nach Portmore erklärt hatte. Und an den Vogel aus Stein, der sie an einen Tölpel erinnert hatte, und den aus einem Baumstumpf geschnitzten springenden Fisch. Lorcan Richardson hatte ihr gesagt, er sei Dichter und Gärtner. Aber was war er noch?

»Dieser Mann, Lorcan Richardson«, sagte sie und wies auf den Namen des Autors, »er hat mir das Buch geschenkt. Und ein Steinbeil.«

»Das war nett«, sagte Rowan ohne sonderliches Interesse.

»In allen Gedichten geht es um Corran.«

Zum ersten Mal sah Rowan sich das Buch genauer an. »Hast du sie gelesen?«

»Ja. Eines heißt *Die grauen Tänzer*. Das ist eine Anlage aus der Jungsteinzeit auf Corran. Ich habe sie mir angesehen, als ich dort war.«

Neugierig, was Lorcan Richardson über den Steinkreis schrieb, hatte sie das Gedicht herausgesucht. Und sie hatte gefröstelt, vom eiskalten Finger der Vergangenheit berührt.

Sie schlug das Gedicht auf und zeigte es Rowan. »Oh«, sagte Rowan so leise, dass es wie ein Seufzen klang.

Das Gedicht hatte eine Widmung: *Für Sigrid*.

»Ach, Thea.«

»Es ist ein Liebesgedicht. Es handelt von Liebe und Verlust.«

Rowan überflog die Seite, dann sah sie Thea an. »Und du glaubst …«

»Ja. Das Alter hat gestimmt. Und er hatte glatte dunkle Haare wie ich.«

»Wenn er Mamas Geliebter war …«

»Könnte er mein Vater sein.«

Sie lehnten sich nebeneinander an ein Gatter, hinter dem

sich eine Weide erstreckte. Fragen schwebten wie taumelnde Blätter durch die Luft, aber keine von beiden sagte etwas. Lorcan Richardsons Gedicht beschrieb den Moment, als die Tänzer auf Corran zu Stein geworden waren. Eine Schwere der Glieder, eine Starre der Hand, die sich durch die Luft bewegen wollte. Haut, die das Glitzern von Sandstein und Granit annahm, Füße, die zur Erde hinuntergezogen wurden. Herzschlag, der sich verlangsamte, zäh wurde, anhielt. Tanzen und ertrinken, dachte Thea. Eben noch Bewegung, dann Stillstand.

Im folgenden Monat reisten sie alle drei nach Corran. Sie marschierten die schmalen Straßen hinter dem Anleger hinauf und gelangten bald in freies Land. Über büscheliges Wiesengras schritten sie voran, Cormac mit Polly auf den Schultern.

Thea erkannte das Haus mit den grünen Küstenfelsen und dem saphirblauen Meer dahinter. Sie sah, dass ein Mann im Garten war. Er zog alte Bohnenstangen aus der Erde und streifte vertrocknete schwarze Ranken von ihnen ab. Als sie näher kamen, drehte er sich um.

Sie wartete an der Pforte. Lorcan Richardson kam auf einem der schmalen, geschlängelten Wege auf sie zu. Dann blieb er stehen, sah sie forschend an.

»Thea?«

»Ich habe das Gedicht vor langer Zeit geschrieben«, sagte Lorcan. »Ich habe es fünf Jahre nach dem Tod deiner Mutter geschrieben. Als ich dir damals ein Exemplar von *Abschied von der Insel* mitgab, war das, glaube ich, so etwas wie eine Flaschenpost.«

»Es hat lange gedauert, bis sie mich erreicht hat.«

»Ja, aber sie ist angekommen, und ich bin froh.«

Sie saßen in Lorcans Wohnzimmer. Auf dem langen, tiefen Fenstersims lagen Treibholzstücke, Steine mit Löchern darin, Kristalle und ein Vogelschädel mit papierdünnen Knöchelchen. Der Raum war weiß gestrichen wie die Außenmauern des Hauses. Sonnenlicht fiel durch die Fenster auf ausgebleichte Teppiche im Blaugrün-Ton des Meeres und auf einen Schreibtisch mit Stapeln von Papieren.

Lorcan saß ihr am niedrigen Tisch gegenüber. Seine Schwester Eilidh hatte ihnen Kaffee gebracht, aber sie hatten ihn beide noch nicht angerührt. Cormac war mit Polly zum Strand hinuntergegangen, zu der Höhle und den Tölpeln.

»Möchtest du wissen, wie es war?«, fragte er.

Sie nickte. »Ja, bitte, erzähl es mir.«

»Das erste Mal sah ich deine Mutter 1920. Sie zog ihr Segelboot an den Strand. Sie war kräftig und groß und sehr schön. Ihre Haare hatten eine Farbe wie Rohseide und flatterten wie ein Banner im Wind. Ich glaube, das war der Moment, als ich mich in sie verliebt habe. Ich habe auch darüber ein Gedicht geschrieben, wie ich Sigrid und die *Iduna* am Strand gesehen habe, aber ich habe es nie veröffentlicht und werde es auch nie tun. Ich half ihr mit dem Boot, und wir haben uns unterhalten. Das war der Anfang.« Er blickte zum Fenster hinaus. »Ich bin immer abends zu ihr gegangen, wenn deine Schwester im Bett war. Man könnte uns vorwerfen, dass das unrecht war von uns. Aber dazu kann ich nur sagen, wenn wir zusammen waren, hat es sich nie unrecht angefühlt.« Er lächelte kurz. »Manche Leute finden die Vorstellung von der Liebe auf den ersten Blick lächerlich. Sie halten sie für eine Erfindung sentimentaler Dichter, wie ich einer bin. Aber ich weiß, dass es sie gibt, und ich weiß, dass sie nicht weich und kuschelig ist; sie ist hart und gnadenlos wie der Schlag einer Axt.«

Thea musste an einen Soldaten denken, der an einem staubigen französischen Feldrain mit seinem Motorrad stürzte. Als sie neben ihm kniete, war sie gefangen gewesen von der Kontur einer Wange, der sanften Krümmung eines Augenlids.

»Ja, das stimmt«, sagte sie.

»Ah, du auch?« Diesmal galt sein Lächeln ihr, und sie spürte eine innere Verbindung mit ihm, eine Ahnung, dass sie sich, da sie ihn gefunden hatte, vielleicht selbst besser verstehen würde.

Lorcan fuhr fort. »Viele würden uns dafür verurteilen. Sigrid war verheiratet, sie hatte ein Kind. Sie hatte das Haus auf Corran und die *Iduna* von dem Geld gekauft, das sie von ihren Großeltern geerbt hatte. Sie sagte, sie brauche einen Ort für sich allein. Sie erzählte mir, dass sie gern in der Natur war, dass sie sich dann lebendiger fühlte und dass sie sich in der Stadt, in Glasgow, eingesperrt fühlte.« Seine Stimme wurde leise, und er sah weg, richtete den Blick zum Fenster hinaus. »Sie war sehr unglücklich, Thea. Die Ehe war nicht glücklich.«

»Mein Vater hat sie betrogen. Er hatte 1918 eine andere Frau kennengelernt.«

Lorcans Blick kehrte zu ihr zurück. »Aha. Sigrid war sich nie sicher. Ich frage mich, ob es leichter für sie gewesen wäre, ob es etwas an der Situation geändert hätte, wenn sie Gewissheit gehabt hätte.« Sein Gesicht verdunkelte sich. »Es war nicht nur Egoismus von meiner Seite, der Genuss, mit einer Frau wie ihr zusammen zu sein. Ich habe ja gesehen, wie sie unter ihrer Ehe litt. Ich habe gesehen, wie diese Ehe sie einschränkte und hemmte. Es war schwer, das mitanzusehen, Thea. Ich dachte, ich könnte ihr ein Leben bieten, das ihr besser entsprach – arrogant vielleicht, aber ich glaubte eben, ich könnte sie glücklich machen. Ich wollte, dass sie bei mir bleibt und hier, auf Corran, mit mir zusammenlebt.«

»Sie hat die Insel geliebt, oder?«

»Ja, sehr.« Er blickte ihr in die Augen. »Aber am meisten hat sie ihre Töchter geliebt, Rowan und dich. Du solltest nie vergessen, dass ihr der Mittelpunkt ihres Lebens wart.«

Thea sah zu ihren verkrampften Händen hinunter und presste die Lippen zusammen. Lorcan ließ ihr Zeit, sich zu fassen, ehe er weitersprach.

»Ich wusste schon in dem Moment, als ich dich das erste Mal sah, dass du meine Tochter bist, Thea. Es war nicht zu verkennen. Und Sigrid wusste es auch. Ich wollte sie überreden, Hugh zu verlassen, aber dazu war sie nicht bereit. Ich glaube, es hat sie innerlich zerrissen. An dem Tag, an dem sie starb, hatten wir deswegen Streit. Ich bat sie, Hugh zu verlassen, ich flehte sie an, aber sie lehnte ab. Und Rowan hat uns beobachtet. Das werde ich mir nie verzeihen.« Er schenkte den Kaffee ein und reichte ihr eine Tasse. »An dem Morgen … ja, ich war wütend. Ich habe sie stehen lassen und bin nach Hause gegangen. Damals lebte ich hier allein, Eilidh zog erst später hierher. Irgendwann im Lauf des Tages hörte ich, was passiert war. Einer der Fischer hatte vom Strand aus das Unglück beobachtet. Das Boot schlug gegen das Riff, und Sigrid wurde ins Wasser geschleudert. Man nahm an, dass sie mit dem Kopf an die Felsen prallte. Sie hatte keine Chance.«

»Die Arme«, sagte Thea leise.

»Ja.« Er schwieg lange. Schließlich fuhr er fort: »Es wird schnell gegangen sein. Es heißt, Ertrinken sei ein sanfter

Tod. Aber damals erschien es so ungeheuer grausam. Sie war so lebendig gewesen. Ich empfand es als bodenlose Ungerechtigkeit, dass sie einfach so ausgelöscht worden war.« Er atmete einmal auf. »Viele Jahre habe ich mir an allem die Schuld gegeben. Sigrid hatte mir mehr als einmal gesagt, die Beziehung sei für sie beendet. Aber dann kam sie wieder auf die Insel, und alles begann von vorn. *Ich* hätte den Mut aufbringen müssen, einen Schlussstrich zu ziehen. Ich hätte die Insel verlassen müssen, anstatt sie zu einer Entscheidung zu zwingen, die ihr unmöglich war. So habe ich das viele Jahre lang gesehen.«

Thea hatte wieder Tränen in den Augen. »Aber es war ja auch für dich schwer«, sagte sie Anteil nehmend. »Du hast sie geliebt.«

»Ja, ich habe sie sehr geliebt.«

»Warum hast du mich nach Mamas Tod nicht gesucht?«

Er schüttelte langsam den Kopf. »Das wollte ich. Es drängte mich danach. Aber es gab viele, viele Gründe dagegen. Du hättest mich vielleicht abgelehnt oder sogar gehasst. Bei deiner Schwester wäre es ganz sicher so gewesen.«

»Anfangs, ja«, sagte Thea. »Aber jetzt nicht mehr. Jetzt würde Rowan es verstehen.«

Sie und Rowan hatten viel über die Liebe gelernt, dachte sie. Dass sie einen unversehens ergriff, einen schüttelte wie ein Sturm und manchmal verriet; dass sie einen zu einem anderen Menschen machen konnte, wenn man an ihr festhielt.

Lorcan sagte: »Außerdem wäre es Hugh gegenüber nicht fair gewesen, wenn ich, nachdem er gerade auf so tragische Weise seine Frau verloren hatte, bei ihm aufgekreuzt wäre und behauptet hätte, ich sei der Vater eines seiner Kinder. Nein, das wäre schlimm gewesen. Aber ich habe nie aufgehört zu hoffen. Ich habe immer gehofft, du würdest eines Tages hierher zurückkehren.«

»Als ich damals hier war, das erste Mal, wusstest du da, wer ich war?«

»Nein.« Er neigte den Kopf zur Seite und sah sie lächelnd an. Ein schönes Lächeln, dachte sie. War es befremdend, die eigenen Züge in denen eines anderen gespiegelt zu sehen? Fühlte sie sich zu ihm hingezogen? Er war ihr Vater. Sie war ein Teil von ihm.

»Obwohl es mir möglicherweise in den Sinn kam«, sagte er. »Vielleicht hatte ich eine Ahnung. Wie gesagt, ich habe immer gehofft. Und ich schenke meine Steinbeile nicht jedem.« Er bot ihr den Teller mit den Keksen an. Sie nahm einen. »Es ist ein Trost, dich so wohl zu sehen, Thea, so glücklich und schön wie deine Mutter. Sigrid war lebhaft und impulsiv. Ich habe nie eine andere Frau so sehr geliebt wie sie. Ich habe immer um sie getrauert. Sie ist bei mir, und ich bin ihretwegen auf Corran geblieben. Ich sehe sie über die Hügel gehen. Ich sehe sie am Strand den Wellen entgegenlachen.«

Sie tranken den Kaffee und redeten noch eine Weile, dann machten sie sich auf den Weg zu den Felsen über dem Strand, wo Cormac und Polly waren. Sie unterhielten sich über seine Arbeit und ihre, über die Grabung und das Häuschen in Wiltshire und über Cormacs Plan, dort eine Baumschule anzulegen. Der Wind blies ihnen in die Gesichter und peitschte die Wellen zu weißen Kronen auf. Sie ging im Gleichschritt mit diesem Mann, ihrem Vater. Es würde schön werden, ihn kennenzulernen. Sie hatte das Gefühl, dass eine Geschichte, die vor langer Zeit begonnen hatte, wieder aufgenommen wurde und sie in die Zukunft begleiten würde.

Von der Höhe des Küstenwegs blickte Thea hinunter zum Strand, wo Cormac und Polly im Sand spielten. So mochte Sigrid gestanden haben, im eiskalten Wasser, um Steine über die Wellen springen zu lassen. Sigrid würde ihr und Rowan die Namen der Blumen gesagt haben, die sich im Wind wiegten, und die der Seevögel, die von den Felsen aufstiegen. Sigrid hatte sie Dinge gelehrt, die ihr geblieben waren und die sie an ihre Tochter weitergeben würde. Sigrid hatte Corran verlassen wollen und war am Ende für immer geblieben. Man konnte die Insel vielleicht verlassen, dachte Thea, als sie den Weg zum Strand hinunter nahmen, aber sie verließ einen nie und zog einen immer wieder zu sich zurück.

Ende

Dank

Ein herzlicher Dank gebührt Clare Foss, meiner einfühlsamen und inspirierenden Lektorin bei Headline. Maggie Hanbury von der Hanbury Agency danke ich für viele Jahre der unerschütterlichen Unterstützung und Ermutigung.

Der Piper Verlag ist seit zwanzig Jahren mein deutschsprachiger Verlag, und Bettina Feldweg war während all dieser Zeit meine Lektorin – danke für dein Vertrauen in mich.

Iain, mit Liebe und Dankbarkeit für all die magischen Besuche der schottischen Inseln. Ich freue mich auf viele weitere.